AUSSERDEM VON JAE LIEFERBAR

Vorsicht, Sternschnuppe

Die Portland-Serie:
Auf schmalem Grat
Rosen für die Staatsanwältin
Umzugsfieber

Die Hollywood-Serie:
Liebe à la Hollywood

Die Mondstein-Serie:
Cabernet & Liebe
Verführung für Anfängerinnen

Die Serie mit Biss:
Zum Anbeißen
Coitus Interruptus Dentalis

Die Gestaltwandler-Serie:
Vollmond über Manhattan

ROSEN
FÜR DIE STAATSANWÄLTIN

JAE

Ylva

DANKSAGUNG

Wie die meisten Bücher ist auch dieses eine Gemeinschaftsproduktion. Ich möchte mich ganz herzlich bei meinen Betaleserinnen Christiane, Kirstin, Pia, Sarah und Susanne sowie bei meiner Lektorin, Denise, bedanken.

Ein besonderer Dank gilt auch dem Ylva Verlag, der meinen Büchern ein Zuhause bietet.

KAPITEL 1

»WAS HAST DU AN?«, HAUCHTE eine verführerische Stimme in den Hörer.

Aiden schloss die Akte, die sie gerade gelesen hatte, und warf sie zu den anderen auf ihrem Schreibtisch. Sie drückte das Telefon gegen ihr Ohr und wirbelte den Bürostuhl herum, bemüht, in dem Raum voller neugieriger Ermittler ein wenig Privatsphäre zu bewahren. Sie hielt eine Hand vor den Hörer und senkte die Stimme. »Was ich anhabe?«

»Ooh, Carlisle hat einen obszönen Anrufer in der Leitung!« Jeff Okada stieß einen lauten Pfiff aus.

Die anderen Detectives sahen von ihren Schreibtischen auf.

Sie bedeutete ihnen, wieder an die Arbeit zu gehen.

»Ja«, sagte Dawn. »Oder genauer: Was hast du nicht an?«

Aiden lehnte sich im Stuhl zurück und entspannte sich zum ersten Mal seit Stunden. »Ist das etwa sexuelle Belästigung einer Ermittlerin der Sondereinheit für Sexualdelikte? An ihrem Arbeitsplatz? Ganz schön gewagt, Doktor Kinsley!«

»Gewagt? Nein. Wohl eher besorgt.« Dawn gab ihre Versuche auf, verführerisch zu klingen. »Ich habe dich seit drei Tagen nicht gesehen und der Stapel Post in deinem Briefkasten hat mir verraten, dass du seit Donnerstag nicht mehr zu Hause warst.«

Dawns Schlussfolgerung stimmte. Aiden seufzte. »Tut mir leid.«

»Ich rufe nicht an, um dir ein schlechtes Gewissen zu machen. Du musst dich nicht dafür entschuldigen, dass du deine Pflicht erfüllst. Ich dachte nur, du brauchst vielleicht Kleidung zum Wechseln. Es sei denn, die Polizei von Portland hat eine neue Verhörtaktik und versucht, Geständnisse zu erzwingen, indem der Verdächtige so lange mit dir in einen Raum gesperrt wird, bis er es einfach nicht mehr aushält.«

Aiden lachte, wurde dann aber wieder ernst. »Wir müssen ihn erst mal schnappen, bevor wir ihn zu einem Geständnis bewegen können, sei es nun durch Geruchsbelästigung oder auf eine andere Weise.«

»Das werdet ihr«, sagte Dawn. »Es braucht eben einfach seine Zeit.«

Zeit, die sein nächstes Opfer nicht hatte. Trotzdem tat Dawns Vertrauen in sie gut.

»Soll ich später auf dem Revier vorbeikommen und dir frische Kleidung bringen?«, fragte Dawn.

Aiden sah sich in der belebten Dienststelle um. Es war Samstagabend, aber zwei Dutzend Beamte arbeiteten noch immer unter Hochdruck, um einen Vergewaltiger ausfindig zu machen. Ihre Beziehung zu Dawn war kein Geheimnis, aber sie bemühte sich, Arbeit und Privatleben getrennt zu halten.

Als sie zögerte, sagte Dawn: »Ich könnte dir Klamotten aus deiner Wohnung holen und sie mit dem Fahrradkurier schicken, falls dir das lieber …«

»Nein«, sagte Aiden, lauter als beabsichtigt. »Ich will dich sehen, nicht den Fahrradkurier.«

Die anderen Detectives warfen ihr neugierige Blicke zu.

Aiden rieb sich das Gesicht und versuchte, ihr Erröten vor den Kollegen zu verbergen.

»Okay«, sagte Dawn nach einer Weile. »Dann komme ich später vorbei. Meine Mutter hat mich zum Essen eingeladen. Ich fahre auf dem Nachhauseweg am Revier vorbei.«

Aidens Magen knurrte. Sie konnte sich kaum daran erinnern, wann sie zuletzt etwas gegessen hatte, geschweige denn eine selbstgekochte Mahlzeit. »Richte Grace Grüße von mir aus.«

»Mache ich. Ich liebe dich.«

»Äh.« Aiden sah sich um. *Jetzt ist mein Ruf gleich dahin.* »Ich …«

Dawn lachte. »Du musst es nicht sagen. Ich weiß ja, dass die Jungs vermutlich jedes Wort mithören.«

»Ja. Das ist eine neugierige Bande.«

»Dann lass ich dich jetzt besser gehen«, sagte Dawn nach einem Moment des Schweigens. »Wir sehen uns später.«

»Dawn?«

»Ja? Keine Sorge. Ich werde dir nicht die sexy Unterwäsche bringen. Ich werde nach einem zweckmäßigen Altdamenschlüpfer suchen.« Dawn lachte.

Aidens angespannte Gesichtszüge glätteten sich. »Ich liebe dich«, sagte sie, bevor sie auflegte.

Ray beugte sich über seinen Schreibtisch. »Wie geht's dem kleinen Doc?«

Aiden sah auf, eine scharfe Zurechtweisung auf den Lippen, aber als sie nichts als Aufrichtigkeit in den Augen ihres Partners las, lehnte sie sich zurück. »Ihr geht's gut.« Sie schlug die Akte wieder auf.

»Kennst du die noch nicht auswendig?«, fragte Ray.

Aiden starrte auf den Tatortbericht, bis die Schrift vor ihren Augen zu verschwimmen begann. »Wir übersehen irgendetwas.« Sie legte die Akte beiseite und stapfte zur Kaffeemaschine. Nur Koffein, Adrenalin und störrische Entschlossenheit hielten sie noch wach.

»Warum haust du dich nicht für ein Stündchen im *Verlies* aufs Ohr?«, sagte Ray. »Falls wir wirklich etwas übersehen, wirst du es nicht finden, erschöpft wie du bist.«

Aiden stellte ihre Kaffeetasse ab. Er hatte recht. Die Pritschen in dem winzigen Raum, den sie das *Verlies* nannten, waren nicht sonderlich bequem, aber sie war so müde, dass es sie nicht weiter interessierte. »Weck mich sofort, sobald wir eine neue Spur haben.«

»Du wirst die Erste sein, die davon erfährt«, sagte Ray.

Mit einem müden Nicken machte sich Aiden auf den Weg zur nächstgelegenen Pritsche.

Dawn trat aus dem Fahrstuhl und stellte überrascht fest, dass auf dem Gang des Polizeireviers selbst zu dieser Uhrzeit noch einiges los war. Vorsichtig balancierte sie mehrere Tüten und Behälter, als sie die Glastüren mit der Aufschrift *Sondereinheit für Sexualdelikte* aufstieß.

Sie war schon früher hier gewesen, damals aber unter ganz anderen Umständen. Vor sechs Monaten war sie eines der Opfer gewesen, deren Fotos an der Wandtafel hingen. Ein Schauer lief ihr über den Rücken. Die Tüten gegen ihre Brust drückend, durchquerte sie den Raum.

Ein junger Zivilbeamter versperrte ihr den Weg. »Kann ich Ihnen helfen, Ma'am?«

»Ich bin auf der Suche nach Detective Carlisle.« Sie zeigte auf Aidens Schreibtisch.

Aiden war nicht da, aber Ray Bennet erhob sich und begrüßte sie mit einem warmen Lächeln. »Ist schon okay, Moreno. Sie ist hier jederzeit willkommen.«

Die Worte waren vermutlich ebenso sehr an den jungen Detective wie an Dawn selbst gerichtet und sie wusste das zu schätzen.

»Hallo, Dawn«, rief Ruben von der gegenüberliegenden Seite des Raums. »Schön, Sie zu sehen, besonders nachdem ich den ganzen Tag lang die hässliche Visage meines Partners anstarren musste.«

Okada ignorierte ihn. »Hallo, Doktor.« Er trat näher und schielte in Dawns Tüten. »Wie ich sehe, haben Sie uns etwas mitgebracht.«

»Ja. Meine Mutter und ich wollten sichergehen, dass Portlands beste Spezialeinheit heute Nacht nicht verhungert.« Dawn stellte die Taschen auf den nächstbesten Schreibtisch und verteilte die noch warmen Behälter.

Lieutenant Swensons Bürotür schwang auf und die Chefin der Spezialeinheit betrat das Großraumbüro. »Was ist hier los?« Sie betrachtete stirnrunzelnd ihre Untergebenen, die sich um Aidens Schreibtisch herum versammelten. »Haben wir eine neue Spur?«

Dawn erstarrte. Sie war nicht nur eine Zivilistin, die eigentlich gar nicht hier sein durfte, sondern auch die Hauptzeugin in einem früheren Fall. Aiden war von ihren Vorgesetzten dafür gerügt worden, dass sie eine Beziehung mit ihr begonnen hatte.

»Nein, nur eine gesetzestreue Bürgerin, die uns Verpflegung bringt«, sagte Okada und schaufelte sich eine Gabel seines Abendessens in den Mund.

Die Polizisten um Dawn wichen zur Seite, als Lieutenant Swenson nähertrat. Swensons Stirnrunzeln vertiefte sich. »Doktor Kinsley, nicht wahr?«

Dawn schluckte und nickte.

»Sie ist nur hier, um Wäsche für Aiden vorbeizubringen«, sagte Ray.

»Ja. Und nun, da ich das getan habe, werde ich gehen, damit Sie weiterarbeiten können.« Dawn trat den Rückzug an.

»Dr. Kinsley«, rief Aidens Chefin. »Ich glaube, sie hat sich gerade etwas hingelegt. Sie würde ihren Partner sicher umbringen, wenn er Sie ziehen ließe, ohne dass sie Ihnen Hallo sagen konnte. Wieso gehen Sie nicht und wecken sie auf, bevor ihr Abendessen kalt wird?«

Dawn starrte sie an.

Astrid Swensons blaugraue Augen blickten weniger streng, als sie Dawn ermutigend zunickte. »Gehen Sie nur.« Sie zeigte auf eine der Türen.

»Danke.« Dawn drückte ihr einen der Behälter in die Hand und eilte den Gang hinab, bevor Swenson es sich anders überlegen konnte. Sie öffnete die Tür, auf die Lieutenant Swenson gezeigt hatte.

Im Zimmer war es dunkel, deshalb blieb sie im Türrahmen stehen, bis ihre Augen sich daran gewöhnt hatten. Schließlich konnte sie eine Gestalt unter einer Decke ausmachen. Die Position, in der die Person schlief – auf dem Rücken, mit dem Gesicht zur Tür – war typisch für Aiden. Sie umklammerte mit einer Hand die Decke, die Finger zur Faust geballt.

Dawn hätte ihr Diplom in Psychologie nicht gebraucht, um zu erkennen, dass Aiden gestresst war. Dieser Fall setzte ihr wirklich zu.

Leise und vorsichtig, um im Dunkeln nicht zu stolpern, schlich sie näher. Sie setzte sich auf die Bettkante und sah auf ihre schlafende Partnerin hinab. Aidens kurze, schwarze Haare waren zerzaust. Eine Falte hatte sich zwischen ihren Augenbrauen eingegraben und ihr athletischer Körper war selbst im Schlaf angespannt.

Dawn konnte nicht widerstehen. Sie beugte sich hinab und küsste sanft Aidens Mundwinkel.

»Was?« Aiden schoss in die Höhe. Sie starrte Dawn an, blinzelte, rieb sich die Augen und sah dann wieder zu ihr. »Falls das ein Traum ist, weck mich bitte nicht.«

Dawn fuhr mit den Fingern durch Aidens Haar und versuchte, die wirren Haarsträhnen zu ordnen. »Wenn das ein Traum wäre, dann würde ich dir keine frische Unterwäsche bringen. Dann würde ich Unterwäsche tragen ... und sonst nichts.« Als Aiden nicht auf den Witz reagierte, nahm Dawn sie in die Arme.

Warmer Atem streifte Dawns Hals, als Aiden geräuschvoll schnaufte.

Sie hielten einander mehrere Minuten lang eng umschlungen, ohne ein Wort zu sagen. Nach einer Weile spürte Dawn, wie Aidens Anspannung nachließ. »Komm. Dein Essen wird kalt.«

Aiden wich etwas zurück. »Du hast mir etwas zu essen gebracht und hast es dann bei den zwanzig ausgehungerten Polizisten da draußen zurückgelassen? Glaubst du wirklich, die schrecken vor Diebstahl zurück, nur weil sie Gesetzeshüter sind?«

»Keine Sorge. Ich habe genug zu essen mitgebracht, um die hungrigen Massen zufriedenzustellen.« Dawn nahm Aidens Hand und zog ihre Freundin von der Pritsche hoch.

Aiden streckte sich, sinnlich wie eine Katze.

Dawn bewunderte ihre hochgewachsene Gestalt.

Als ihre Blicke sich trafen, murmelte Aiden: »Manchmal glaube ich, das ist alles nicht real.«

»Der Fall?«

»Du.« Aiden berührte Dawns Wange mit dem Zeigefinger. »Wir.«

Dawn bedeckte Aidens Hand mit ihrer eigenen und drückte sie gegen ihr Gesicht. »Es ist real.«

»Ja. Aber du musst ständig auf mich warten und wegen meines Jobs die zweite Geige spielen und statt dich zu beschweren, wenn ich mich drei Tage lang nicht melde, kommst du vorbei und bringst mir Essen und Kleidung. Das ist fast zu schön, um wahr zu sein«, flüsterte Aiden.

»Mein Vater, mein Bruder und mein Exmann waren Polizisten«, sagte Dawn. »Ich wusste genau, worauf ich mich einlasse, als ich mich an dich rangemacht habe.«

»Du hast dich an mich rangemacht? Entschuldige, Doc, aber das habe ich ganz anders in Erinnerung.«

Dawn war froh zu spüren, dass Aidens Stimmung sich aufhellte. Sie erwiderte ihr Lächeln. »Sprichst du etwa von deinem kläglichen Versuch, mich zum Essen einzuladen?«

»Kläglicher Versuch? Wenn ich mich recht erinnere, hast du ziemlich freudig zugestimmt.«

Die Tür wurde aufgerissen. »Aiden!« Ray stürmte in den winzigen Raum und prallte fast mit ihnen zusammen. »Deming hat angerufen. Beim letzten Opfer wurden DNA-Spuren gefunden. Wir haben einen Namen und eine Adresse.«

Sofort verwandelte sich Aiden von der sanften Partnerin zur entschlossenen Polizistin. Sie nahm Dienstmarke und Waffe vom Hocker neben der Pritsche und befestigte beides an ihrem Gürtel. Grimmige Entschlossenheit schimmerte in ihren bernsteinfarbenen Augen. »Lass uns gehen.«

Ein kurzes Danke und ein letzter Blick zurück zu Dawn, dann fiel die Tür hinter Aiden zu.

Dawn lauschte ihren sich entfernenden Schritten und seufzte. »Sei vorsichtig«, flüsterte sie in die Dunkelheit des leeren Raums.

KAPITEL 2

Die Tiefgarage war fast leer. So spät an einem Samstagabend waren die meisten anderen Anwälte und Rechtsanwaltsgehilfen schon längt nach Hause gegangen. Kade Mathesons Absätze klackerten in ihren Ohren fast unerträglich laut über den Asphalt.

Als sie das Parkdeck überquerte, verfolgte sie das unheimliche Gefühl, beobachtet zu werden.

Sie umklammerte ihre Autoschlüssel fester und marschierte in Richtung ihres BMWs, so schnell ihr Rock und ihre hochhackigen Schuhe es zuließen.

Ein Geräusch hallte durch die Tiefgarage und ließ sie herumwirbeln.

Da war nichts. Die Tiefgarage war noch immer leer.

»Langsam wirst du paranoid, Kadence Matheson«, murmelte sie. Das war nicht das erste Mal, dass sie sich fühlte, als beobachtete sie jemand, aber wenn sie dann über die Schulter blickte, war niemand da.

Als sie ihr Auto erreichte, ließ sie sich mit einem erleichterten Seufzen auf den Fahrersitz fallen. Sie starrte ihre Schlüssel an und erinnerte sich an eine ganz ähnliche Situation, die sich in derselben Tiefgarage ereignet hatte.

Fünf Monate zuvor

Nach einem langen Tag im Gericht und einem noch längeren Abend im Büro, wo sie über Zeugenaussagen, Tatortberichten und Beweismittellisten gebrütet hatte, ging Kade endlich zu ihrem Auto.

Ein Geräusch hallte durch die Tiefgarage hinter ihr.

Sie drehte sich um, in der Erwartung, einen Praktikanten der Bezirksstaatsanwaltschaft mit einem letzten Dokument hinter sich herlaufen zu sehen, das sie sich bis morgen ansehen musste.

Aber es war niemand da.

Kade fröstelte und ging schneller. Normalerweise war es kein Problem für sie, das Büro allein zu verlassen und im Dunkeln zu ihrem Auto zu gehen. Selbst nach den zwei Jahren, die sie nun schon mit der Sondereinheit für Sexualdelikte zusammenarbeitete, hatte sie keine Angst davor, überfallen zu werden. Mit dem

Pfefferspray in ihrer Tasche war sie zuversichtlich, jeden Angreifer abwehren zu können.

Aber während der letzten Wochen war ihr Sicherheitsgefühl ins Wanken geraten. Es hatte keine Drohungen gegen sie gegeben, jedenfalls nicht mehr als sonst. Aber in der letzten Zeit kam es ihr oft so vor, als würde sie beobachtet.

Vielleicht lag es nur an der Verhandlung, die in der vorigen Woche begonnen hatte. Kade war immer wild entschlossen, jeden ihrer Fälle zu gewinnen, aber Aiden schien eine besondere Beziehung zu Dawn Kinsley, einem der Opfer, zu haben und das setzte Kade noch mehr unter Druck, eine Verurteilung zu erreichen.

Eine Stahltür schlug irgendwo hinter ihr zu. Sie zog die Autoschlüssel aus der Tasche, nicht nur, um sich schnell ins Auto flüchten zu können, sollte das notwendig sein, sondern auch, um eine Art Waffe in der Hand zu haben.

Schritte erklangen hinter ihr und kamen schnell näher.

Sie sah über die Schulter zurück.

Als sie den Knopf auf dem Schlüssel drückte, leuchteten die Blinker ihres BMWs auf und enthüllten eine dunkle Gestalt, die auf sie zurannte. Die Person rief etwas, aber die hallenden Schritte auf dem Zementboden machten die Worte unverständlich.

Kade erstarrte.

Die hochgewachsene Person kam genau auf sie zu, das Gesicht in den Schatten eines Pfeilers verborgen.

Kades Kampfwille stellte sich ein. Ihre Matheson-Gene verboten eine Flucht. Sie stieß dem Angreifer ihre Schlüssel in die Seite und nutzte den Moment, in dem er sich die Rippen hielt, um sich unter seinem Arm hindurchzudrücken und die Hand nach dem Türgriff des BMWs auszustrecken.

Aber ihr Angreifer war schneller. Eine langfingrige Hand hielt die Autotür zu und verhinderte, dass Kade sie öffnete. »Autsch. Sagen Sie immer so Hallo, Frau Staatsanwältin?«

Kade wirbelte herum. Die Stimme war schmerzverzerrt, aber definitiv weiblich. Im Dämmerlicht hier unten konnte sie die Gesichtszüge einer lateinamerikanischen Frau um die Vierzig ausmachen. Sie kam ihr irgendwie bekannt vor, aber Kade war sicher, dass sie einander nie vorgestellt worden waren. »Wer sind Sie?«

Die hochgewachsene Frau schob eine Hand in ihre Jackentasche.

Aus Angst, dass sie gleich eine Waffe ziehen würde, griff Kade nach dem Pfefferspray in ihrer Handtasche.

Die Frau hob die Hände, die Handflächen nach außen. »Nur keine Panik. Ich bin Polizistin. Ich wollte Ihnen nur meine Dienstmarke zeigen.«

Kades Anspannung ließ nach, als sie das goldene Abzeichen und den Ausweis sah, der ihre ›Angreiferin‹ als Lieutenant Delicia Vasquez Montero auswies.

»Detective Carlisle hat Sie schon angekündigt, aber normalerweise besuchen Polizeibeamte mich im Büro und lauern mir nicht an dunklen, abgelegenen Orten auf.«

Lieutenant Vasquez grinste verlegen. »Tut mir leid. Das war wohl nicht die beste Art und Weise, mich vorzustellen. Aber Ihre Assistentin sagte, dass ich Sie knapp verpasst hätte und ich Sie vielleicht noch in der Tiefgarage antreffen könnte. Ich wollte Sie nicht erschrecken.«

Kade steckte ihre Autoschlüssel ein. »Sie haben mich nicht erschreckt.«

»Natürlich nicht.« Lieutenant Vasquez lächelte, wurde dann aber ernst. »Können wir irgendwo reden?«

»Na klar. Wenn Sie einen Termin mit meiner Assistentin vereinbaren, können wir uns so lange unterhalten, wie Sie möchten.«

Lieutenant Vasquez ließ ihre Hand auf der Fahrertür liegen. »Ich habe keine Zeit, um einen offiziellen Termin zu vereinbaren. Sie stecken bereits mitten in der Verhandlung, über die ich mit Ihnen sprechen möchte.«

Kade betrachtete sie aus zusammengekniffenen Augen. »Sie sind nicht bei der Sondereinheit für Sexualdelikte.«

»Nein. Ich bin bei der Mordkommission.«

»Der Fall, den ich verhandle, ist aber kein Mord.« Obwohl es ganz schnell zu einem Mordfall werden könnte, falls diese Polizistin sie weiterhin hier festhielt.

»Ich weiß. Ich habe auch nicht beruflich mit dem Fall zu tun.« Vasquez sah sie mit ihren dunklen Augen eindringlich an.

Kade neigte den Kopf und hielt ihrem Blick stand. »Was soll das heißen, Lieutenant?«

»Das soll heißen, dass ich eine persönliche Verbindung zu dem Fall habe. Und deshalb würde ich es auch vorziehen, das nicht hier in der Tiefgarage zu besprechen«, sagte Lieutenant Vasquez. »Haben Sie schon zu Abend gegessen?«

Kade unterdrückte ein undamenhaftes Schnauben. Sie hatte noch nicht mal zu Mittag gegessen. »Noch nicht.«

»Dann lassen Sie uns zum Italiener um die Ecke gehen. Wir können einen Happen essen und dann erkläre ich Ihnen, was ich mit dem Fall zu tun habe.«

Kade hasste es, während der Verhandlung unvorbereitet dazustehen. Der Vorschlag klang also vernünftig. Sie verschloss ihren Wagen und nickte Vasquez zu. »Dann mal los, Lieutenant.«

»Also?«, sagte Kade, ohne ihren Salat auch nur probiert zu haben.

»Angesichts dessen, was ich Ihnen gleich erzählen werde, sollte ich mich vielleicht erst mal richtig vorstellen. Ich bin Lieutenant Del Vasquez vom zwölften Revier.« Sie streckte die Hand über den Tisch.

Kade erwiderte selbstbewusst den Händedruck.

Verwunderung stand Del einen Moment lang ins Gesicht geschrieben, so als hätte sie einen kraftlosen Handschlag erwartet, nur weil Kade in ihrem Salat stocherte, während Del eine Dreitausend-Kalorien-Pasta verschlang.

Es war nicht das erste Mal, dass jemand sie aufgrund ihres Aussehens oder ihrer Familie falsch eingeschätzt hatte. »Also, was haben Sie mit einem meiner Fälle zu tun?« Kade wollte keine Zeit mehr mit dem Austausch höflicher Floskeln verschwenden.

Del legte ihre Gabel beiseite. »Ich bin in der Nacht, als Dawn Kinsley vergewaltigt wurde, mit ihr in dem Nachtclub gewesen. Ich will, dass Sie mich in den Zeugenstand rufen, damit ich aussagen kann, dass sie nie mit Garret Ballard gesprochen hat.«

Kade entfaltete langsam ihre Serviette und drapierte sie auf ihrem Schoß. Del Vasquez war also lesbisch … oder eine heterosexuelle Frau, die sich gerne in Lesbenbars aufhielt. Sie musterte die Polizistin. Mit ihrer stämmigen, athletischen Figur, den kantigen Gesichtszügen und ihrem kurzen, schwarzen Haar war Del Vasquez nicht gerade der Inbegriff einer femininen, heterosexuellen Frau. *Hör auf mit deinen Vorurteilen.*

»Warum fragen Sie nicht einfach?«, sagte Del.

»Was?« Kade starrte sie an.

Del grinste. »Sie fragen sich gerade, ob ich lesbisch bin. Wenn Sie das wissen wollen, können Sie mich einfach fragen.«

Kade war eine solche Direktheit nicht gewohnt. Höfliches Schweigen und Tratschen hinter dem Rücken anderer waren in ihren Kreisen verbreiteter. Sie ließ sich ihre Überraschung nicht anmerken und bedachte Del mit einem durchdringenden Blick. »Na schön«, sagte sie und zwang sich, ihr weiter in die Augen zu sehen. »Sind Sie mit Dawn Kinsley in die Lesbenbar gegangen, weil Sie lesbisch sind?«

»Ich bin mit ihr hingegangen, weil ich Zeit mit ihr verbringen wollte«, antwortete Del. »Aber ja, ich bin lesbisch.«

Einen Moment lang musste Kade ihre beiläufige Offenheit ganz einfach bewundern, dann richtete sie ihre Aufmerksamkeit wieder auf den Fall. »Und woher kennen Sie Dr. Kinsley?«

»Falls das Ihre politisch korrekte Art ist, mich zu fragen, ob ich etwas mit ihr am Laufen habe, lautet die Antwort Nein. Ich bin eine alte Freundin der Familie. Ihr Vater war mein Partner, bevor er ums Leben kam.«

Kade beugte sich vor. »Wenn ich Sie in den Zeugenstand rufe, wird der gegnerische Anwalt in Dr. Kinsleys Liebesleben herumstöbern … und auch in Ihrem. Sind Sie bereit dazu?«

Del reckte das Kinn. »Ich werde alles tun, was notwendig ist, um diesen Bastard hinter Gitter zu bringen.«

Ihre Loyalität war beeindruckend, aber sie warf auch neue Fragen auf. »Wenn Sie so entschlossen sind, Ballard hinter Schloss und Riegel zu bringen, warum haben Sie dann nicht schon früher angeboten, auszusagen?«

»Das habe ich. Dawn hat sich geweigert. Sie wollte mich nicht in diese unschöne Verhandlung mit hineinziehen und ich habe ihre Wünsche respektiert.«

»Warum kommen Sie dann jetzt zu mir?«, fragte Kade.

»Tja, so wie der Fall im Moment läuft … Nehmen Sie's nicht persönlich. Sie sind eine erstklassige Staatsanwältin, aber mir behagt es nicht, dass jetzt so viel von Dawns Aussage abhängt.« Del sah sie an, ohne die Sorge in ihren dunklen Augen zu verbergen.

Kade akzeptierte diese Erklärung mit einem Nicken. »Sind Sie öfter mit Dr. Kinsley in die Bar gegangen?«

Del schüttelte den Kopf. »Wir sind beide keine Stammgäste. Ein paar Freundinnen haben sie an jenem Abend überredet, mitzugehen und ich habe sie begleitet, weil ich ahnte, dass sie Dawn im Stich lassen würden, sobald ein paar attraktive Mädels mit einem Bier winken.«

»Und? Haben sie Dawn im Stich gelassen?«

»Nein. Ich habe es getan.« Del nahm einen großen Schluck Wein, als versuchte sie, einen bitteren Geschmack loszuwerden.

»Wie meinen Sie das?«, fragte Kade in dem Tonfall, den sie benutzte, um zögerliche Zeugen zum Sprechen zu bringen.

»Ich bin vor Dawn gegangen, weil mir der Rauch und das grelle Licht im Nachtclub auf die Nerven gingen.« Del leerte mit abrupten Bewegungen ihr Glas.

»Selbst wenn Sie Dr. Kinsley persönlich nach Hause begleitet hätten, es hätte nichts geändert«, sagte Kade und gab dem plötzlichen Drang nach, Del zu trösten.

Del stocherte in ihrer Pasta. »Ich weiß.« Sie seufzte. »Aber zumindest hätte ich dann aussagen können, dass Dawn kein einziges Wort mit Ballard gewechselt hat. Jetzt kann ich das nicht bestätigen.«

»Aber Sie können aussagen, dass Dr. Kinsley nicht mit Ballard gesprochen hat, als sie den Club betrat. Das ist besser als nichts. Und wenn Sie wirklich eine alte Freundin der Familie sind, können Sie auch bestätigen, dass Dr. Kinsley lesbisch ist und sich nicht auf einen One-Night-Stand mit einem Mann einlassen würde.«

Del nickte.

»Na schön.« Kade schob ihren noch immer vollen Teller beiseite und nahm einen Notizblock aus der Tasche. »Dann lassen Sie uns die Fragen durchgehen, die ich Ihnen im Zeugenstand stellen werde.«

Als sie eine Stunde später das Restaurant verließen, bestand Del darauf, Kade zu ihrem Auto zu begleiten.

Kade setzte sich hinter das Steuer und nickte ihr zu, bevor sie die Hand ausstreckte, um die Tür zu schließen.

»Ach, Frau Staatsanwältin?« Del wartete, bis Kade sie ansah. »Nächstes Mal«, sagte sie und zeigte auf den Autoschlüssel, der im Zündschloss steckte, »zielen Sie besser auf die Augen.«

Ein Klopfen am Fenster der Fahrertür brachte Kade zurück in die Gegenwart. Sie zuckte zusammen und wirbelte herum, die Faust um die Autoschlüssel gekrampft.

Ein Sicherheitsbeamter stand vor ihrem Auto. Er bedeutete ihr, das Fenster zu öffnen. »Ist alles in Ordnung, Ma'am? Sie sitzen schon eine ganze Weile da, ohne sich zu rühren, und …«

»Alles bestens«, sagte Kade. Wie peinlich, dass er sie beim Tagträumen ertappt hatte.

»Dann ist ja gut.« Er trat einen Schritt zurück. »Ich wollte nur sichergehen.«

»Das weiß ich zu schätzen. Gute Nacht.« Sie schloss das Fenster und schob den Schlüssel ins Zündschloss. »Es wird kein nächstes Mal geben, Del Vasquez«, sagte sie und startete den Wagen.

KAPITEL 3

Als Dawn die kleine Büroküche betrat, saß ihre Kollegin Janet am Tisch und aß mit genießerischem Gesichtsausdruck ein Stück Käsekuchen. Dawn durchsuchte die Schränke nach Tee. »Schwerer Fall?«

»Sind sie das nicht alle?«, murmelte Janet mit vollem Mund.

Dawn zuckte mit den Schultern und setzte sich zu ihr an den Tisch, während sie darauf wartete, dass ihr Teewasser kochte.

»Und wieso läufst du den ganzen Morgen über mit einem Dauergrinsen durch die Gegend?«, fragte Janet, als der letzte Krümel Käsekuchen in ihrem Mund verschwunden war.

Dawn lächelte. *Weil ich den ganzen Sonntag mit der wunderbaren Aiden Carlisle im Bett verbracht habe.* Aiden und ihre Kollegen hatten den Vergewaltiger, den sie am Samstag verhaften wollten, noch immer nicht geschnappt. Als sie seine Wohnung erreichten, war er bereits verschwunden. Lieutenant Swenson hatte ihre Leute nach Hause geschickt, weil sie im Moment ohnehin nichts tun konnten. So hatten Aiden und Dawn zum ersten Mal seit Wochen den ganzen Tag miteinander verbringen können. »Wieso? Ist es nicht erlaubt, montagmorgens zu lächeln?«

Janet drohte ihr mit der Gabel. »Die Taktik wirkt bei mir nicht.«

Dawn setzte ihre unschuldigste Miene auf. »Welche Taktik?«

»Eine Frage mit einer Gegenfrage zu beantworten«, sagte Janet. »Ich lasse meine Patienten nicht damit davonkommen und dir erlaube ich es auch nicht.«

Dawn rührte Zucker in ihren Tee. »Keine Gefälligkeiten unter Kollegen?«

»Nö.« Janet grinste sie an. »Sag schon, wer ist der neue Kerl?«

Dawn erstarrte, die Teetasse auf halbem Weg zum Mund. »Welcher neue Kerl?« Sie hatte geglaubt, Janet wüsste, dass sie mit einer Frau zusammen war. Hatte Janet sie nicht genau aus diesem Grund gefragt, ob sie in ihre Praxis mit einsteigen und die jugendlichen Patienten übernehmen wollte, die nicht mit ihrer sexuellen Orientierung klarkamen?

»Du tust es schon wieder … Eine Frage mit einer Gegenfrage beantworten«, sagte Janet. »Glaub nicht, ich hätte es nicht bemerkt. Also?«

Oh, Mann. Dawn hatte erst seit vier Monaten wieder Kontakt mit ihrer Kommilitonin. Zwischen den Sitzungen hatten sie wenig Zeit zum Reden, aber wenn sie welche fanden, dann sprachen sie meist über die Arbeit. Deshalb glaubte Janet wohl, Dawn verabredete sich nur mit Männern, so wie das zu Unizeiten noch gewesen war.

»Komm, gib's zu«, sagte Janet. »Es ist dieser gutaussehende Detective, der hier ständig rumhängt.«

Dawn blinzelte. Redete sie etwa von Ray, Aidens Partner? »Ja, ich bin mit einem gutaussehenden Detective zusammen, aber …«

Janet stöhnte. »Du hast doch sicher den Ring an seinem Finger bemerkt, oder?«

»Detective Bennets Ehefrau hat nichts von mir zu befürchten. Ich bin an seiner Partnerin interessiert.«

»An seiner P…« Janet riss die Augen auf. »Du meinst …? Du …?«

»Ich liebe Aiden Carlisle.« Sie hielt die Luft an, während sie auf Janets Reaktion wartete.

Janet saß da und schüttelte benommen den Kopf. Schließlich lächelte sie. »Also hast du endlich herausgefunden, warum du in deiner Ehe nicht glücklich warst, was?«

»Das ist einer der Gründe, ja«, sagte Dawn.

»Tja, wenn das so ist …« Janet erhob sich, schob ihren Stuhl zurück und kniete vor Dawn nieder.

Dawn umklammerte ihre Teetasse, bis ihre Knöchel weiß anliefen. »Was machst du da?«

Janet lachte. »Keine Bange. Ich will dir keinen Heiratsantrag machen. Ich bitte dich nur um einen Gefallen.«

»Weißt du, Leute wie du sind schuld daran, dass alle glauben, Psychologen wären selbst ein wenig durchgeknallt.« Dawn gab ihr einen sanften Schubs. »Steh auf, du Nuss. Was für einen Gefallen meinst du?«

Janet richtete sich auf. »Auf dem Weg zur Küche habe ich einen Blick auf meine neue Patientin im Wartezimmer geworfen.«

»Eine Patientin wartet auf dich und du sitzt hier, isst Käsekuchen und fragst mich über mein Liebesleben aus?«

»Sie ist eine halbe Stunde zu früh dran«, sagte Janet.

Dawn kannte diese Machtspielchen nur zu gut. Zu früh oder zu spät zu kommen – oder gar nicht aufzutauchen – waren oft Versuche eines Patienten, der Therapeutin zu zeigen, wer die Kontrolle über ihre Sitzungen hatte.

»Mrs. Phillips sagt, ihre Mutter hat sie vorbeigebracht und sah aus, als wäre sie froh, sie für eine Weile los zu sein«, sagte Janet.

»Ein rebellischer Teenager also?«

»Rebellischer geht's nicht«, sagte Janet. »Lederjacke, Tätowierung, Daumenring, das volle Programm. Und ich habe so das Gefühl, dass sie sich auch mehr für deinen Schatz als für Detective Bennet interessieren würde.«

Dawn feixte. »Das ist reichlich klischeehaft gedacht.«

»Vielleicht. Aber ich bin lieber vorsichtig. Wie du sicher weißt, haben Studien gezeigt, dass Therapien mit homosexuellen Patienten effektiver sind, wenn der Therapeut ebenfalls homosexuell ist.«

»Sagst du das, weil du in der Küche bleiben und noch ein Stück Käsekuchen essen willst, statt dich mit einem rebellischen Teenager abgeben zu müssen?« Dawn sah sie gespielt streng an.

»Nein. Ein Stück Käsekuchen reicht mir. Einige von uns suchen schließlich immer noch den Mann fürs Leben.« Janet tätschelte sich den Bauch. »Aber mal im Ernst, ich habe wirklich das Gefühl, dass du mit dieser besonderen Patientin besser zurechtkommen würdest. Hast du Zeit, sie zu übernehmen?«

Dawn sah auf die Uhr. Normalerweise würde Ms. Clantons Sitzung in wenigen Minuten beginnen, aber die Patientin war vor Kurzem weggezogen. Dawn hatte noch keinen neuen Klienten angenommen, sie hatte also genug Zeit für ein Erstgespräch mit der Jugendlichen. »Na schön. Wenn das Mädchen einverstanden ist, nehme ich sie dir ab.«

»Danke.« Janet lächelte. »Vielleicht esse ich ja doch noch ein zweites Stück Käsekuchen.«

»Es ist also alles in Ordnung zwischen uns?«, fragte Dawn und musterte ihre Kollegin. »Es macht dir nichts aus, dass ich …?«

»Dass du lesbisch bist?«

Dawn nickte.

»Es kommt ein bisschen überraschend, aber wenn ich es mir recht überlege … Ich kann mir dich gut mit einer Frau vorstellen und diese Polizistin sieht nicht schlecht aus.«

»Nein, tut sie nicht.« Ein Bild von Aidens hochgewachsenem, muskulösem Körper, ihren markanten Gesichtszügen und ihren sanften bernsteinfarbenen Augen ging ihr durch den Kopf. Sie stellte ihre leere Tasse in die Spülmaschine und ging sich das Patientenformular von Mrs. Phillips, ihrer Sekretärin, holen.

Der Name Evan Whitfield stand ganz oben. Aus dem Geburtsdatum schloss sie, dass ihre neue Patientin sechzehn war. In der Zeile, in der sie die Art ihrer Probleme angeben sollte, hatte das Mädchen »Seelenklempner« eingetragen. Die Namen im Feld für vorherige Therapieerfahrungen lasen sich wie eine Liste der bekanntesten Psychologen Portlands.

»Herzlichen Dank, Janet«, murmelte Dawn. Sie straffte die Schultern und ging zum Wartezimmer. »Ms. Whitfield?«

Die einzige Patientin im Wartezimmer sah nicht auf. Das dunkelhaarige Mädchen wippte mit dem Kopf im Takt der lauten Musik, die aus ihren Kopfhörern dröhnte.

Dawn ging auf sie zu und zog einen der Ohrknöpfe heraus.

»Hey!« Das Mädchen sprang auf und funkelte Dawn an. Sie trug ihre schwarzen Haare in einem lässigen Kurzhaarschnitt. Nur der Pony war etwas länger und fiel ihr rebellisch in die Augen. Sie war schon jetzt größer als Dawn und genoss es offensichtlich, auf sie herabschauen zu können.

»Hallo, Ms. Whitfield.« Dawn hielt ihr die Hand hin. »Ich bin Doktor Kinsley.«

Evan ignorierte ihre ausgestreckte Hand und verschränkte ihre Arme vor der Brust. »Und?«

»Kommen Sie doch mit in mein Büro und setzen Sie sich«, schlug Dawn vor, ohne auf den herausfordernden Tonfall zu reagieren.

»Setzen? Ich dachte immer, man muss sich auf die Couch legen.« Evan grinste, aber zumindest folgte sie Dawn, als diese zu ihrem Büro ging.

»Wenn Sie das vorziehen würden, okay, aber ich persönlich sehe meinen Mitmenschen gerne in die Augen, wenn ich mit ihnen spreche.«

Das Mädchen antwortete nicht. Sie schob die Hände in die Taschen ihrer Schlabberjeans und sah sich im Büro um.

Dawn verkniff sich ein Lächeln. Ihr Büro war sicher nicht, was Evan erwartet hatte. Es hatte nur wenig mit den tadellos aufgeräumten, sterilen Büros anderer Psychologen gemein. Auf ihrem alten, zerkratzten Schreibtisch stapelten sich Papierberge neben Spielzeug, Schokolade und gerahmten Fotos. Ihre Diplomurkunden hingen Seite an Seite mit Kinderzeichnungen. »Warum setzen wir uns nicht?«

Evan umrundete einen gelben Sitzsack und ließ sich auf den Besucherstuhl vor dem Schreibtisch fallen, sodass Dawn auf der anderen Seite sitzen musste, mit dem Schreibtisch als Barriere zwischen ihnen.

Dawn setzte sich und musterte das Mädchen. Die meisten ihrer Patienten erwarteten, dass sie sofort damit begann, ihnen Fragen zu stellen, und sie versuchten angestrengt, die unangenehme Stille zu füllen. Sie hatte die Macht des Schweigens schon vor langer Zeit zu schätzen gelernt, deshalb saß sie nur da und betrachtete Evans lange Beine, die sie lässig von sich weggestreckt hatte, das markante Kinn, die Lederjacke und den wachsamen Blick der braunen Augen. *Meine Güte!* Ihre neue Patientin sah aus wie eine jüngere Version von Aiden.

Sie starrte Evan einen weiteren Moment lang an, bevor sie sich zusammenriss. *Komm schon. Man möchte meinen, du wärst endlich über diese total verknallte Phase hinweg, in der dich alles und jeder an Aiden erinnert. Konzentrier dich auf die Arbeit!* Sie räusperte sich. »Warum erzählen Sie mir nicht ein wenig von sich?«

Evan sah weiterhin aus dem Fenster, als hätte sie Dawn nicht gehört.

Deshalb hatte sie also so viele Therapeuten gehabt. Sie hatte sich geweigert, mit ihnen zu sprechen.

»Okay, ich habe verstanden, was Sie mir signalisieren. Sie wollen nicht hier sein.«

»Verdammt richtig, Doc!«

Dawn reagierte nicht auf das Fluchen oder die Abkürzung ihres Titels. »Aber wir sind nun mal hier. Warum lassen wir nicht die kindischen Spielchen und unterhalten uns wie Erwachsene?«

Einen Moment lang glommen Überraschung und widerwilliger Respekt in den Augen des Mädchens auf. Dann setzte sie wieder ihre Maske des zornigen Teenagers auf. »Erlaubt man Ihnen wirklich, so mit Patienten zu reden?«

»Man?«

»Die Leute vom Ethikkomitee«, sagte Evan. Ihre Worte stellten eine unausgesprochene Drohung dar.

Wie lange war sie wohl von einem Therapeuten zum nächsten geschoben worden, um in ihrem Alter schon über das Ethikkomitee Bescheid zu wissen? »Man möchte, dass ich meine Wortwahl meinen Patienten anpasse, damit sie sich wohler dabei fühlen, mit mir über ihre Probleme zu sprechen.«

»Ich habe kein Problem«, brüllte Evan. »Ich bin nicht verrückt! Ich brauche keinen Seelenklempner!«

»Gut, dass ich keiner bin«, antwortete Dawn sanft. »Ich bin Psychologin. Ich arbeite mit Menschen, die mit einigen Aspekten ihres Lebens nicht zufrieden sind.«

Ein Tritt traf ihren Schreibtisch. »Wer sagt, dass ich nicht mit meinem Leben zufrieden bin?«

»Warum schreien Sie dann?« Dawn sprach absichtlich ruhig, um den Unterschied in ihrem Kommunikationsstil zu betonen. In Wirklichkeit machte es ihr nichts aus, wenn Evan herumschrie, solange sie nur mit ihr redete. Manche Patienten hatten ihr im Flüsterton ihre schmerzhaftesten Geheimnisse verraten, während andere ihren Schmerz herausgeschrien hatten. In Evans Fall bedeutete es, dass sie erfolgreich die lässige, gelangweilte Fassade durchbrochen und die darunter brodelnden Emotionen erreicht hatte.

»Ich schreie doch ...«, schrie Evan, hielt dann inne und senkte die Stimme. »Ich schreie nicht. Ich will nur nicht hier sein.«

»Ich weiß. Aber da wir trotzdem hier sind, lassen Sie uns doch einfach versuchen, das Beste daraus zu machen.«

Evan verdrehte die Augen und weigerte sich zu antworten.

»Also«, sagte Dawn, »wessen Idee war es, Sie zu mir zu schicken?«

Evan ignorierte sie.

»War es Ihre Mutter?«, fragte Dawn.

»Sie ist nicht meine Mutter!« Evans lange Beine spannten sich an, als wollte sie gleich aufspringen.

Treffer. »Ach nein?«, fragte Dawn in neutralem Ton.

»Nein.« Evan umklammerte die Armlehnen, als müsste sie sich zwingen, sitzen zu bleiben.

Ein Themenwechsel war angesagt, sonst würde ihre neue Patientin davonlaufen und nie wiederkommen. »Bevor wir anfangen, sollte ich noch erwähnen, dass unsere Sitzungen unter Schweigepflicht stattfinden. Falls Sie mir nicht gerade ankündigen, sich oder jemand anderen verletzen zu wollen, werde ich nichts, was wir hier drin besprechen, an Ihre Familie, Ihre Lehrer oder sonst wen weitergeben.«

Evan schnaubte. »Klar. Als ob ich das glauben würde.«

»Gibt es einen bestimmten Grund für Ihr Misstrauen?«, fragte Dawn.

Evan musterte sie kühl. »Vielleicht mag ich Sie einfach nicht.«

»Hören Sie, Ms. Whitfield.« Sie stoppte sich. Evan zu siezen und mit dem Nachnamen anzusprechen, fühlte sich nicht richtig an. Es war eine weitere Barriere, hinter der Evan sich verstecken konnte, und das wollte sie nicht zulassen. »Kann ich dich Evan nennen?«

Evan grinste verwegen. Einen Moment lang war Dawn wieder an Aiden als Teenager erinnert, so wie ihre Mutter sie in dem Bild im Schlafzimmer gemalt hatte. »Nur, wenn ich dich …« Evan reckte den Hals, um den Namen auf der Diplomurkunde an der Wand lesen zu können. »Dawn nennen kann.« Sie hielt Dawns Blick stand und rechnete offensichtlich damit, dass Dawn ihre Frage zurücknahm.

Dawn zögerte, beschloss dann aber, dass sie mit ihren üblichen Methoden nicht weiterkam. »Einverstanden.«

Wieder zeigte sich Überraschung auf Evans Gesicht, bis sie ihre Gefühle rasch verbarg.

»Unter einer Bedingung«, fügte Dawn hinzu.

Evan stöhnte. »Ich hätte es wissen müssen. Welche Bedingung?«

»Du kannst mich duzen, wenn du es mit demselben Respekt tust, den ich dir entgegenbringe.«

Evan starrte sie an. »Sie sind ein ziemlich seltsamer Seelenklempner, Doc.«

Doc. Nicht Dawn. Und sie siezt mich weiterhin. Ihre neue Patientin wollte sie nicht mit Respekt behandeln. »Was ich eben über meine Schweigepflicht gesagt habe … das habe ich ernst gemeint. Falls du nicht gerade dich oder andere in akute Gefahr bringst, werde ich nichts, was du mir anvertraust, weitererzählen.«

»Ja, ja.« Evan lehnte sich mit gelangweilter Miene zurück.

»Du kannst es ja testen.«

Evan sah auf. »Was?«

»Wenn du mir nicht glaubst, kannst du mich testen. Erzähl mir irgendetwas über dich. Wenn deine … die Frau, die dich hergebracht hat, dich nicht deswegen ausschimpft, wirst du wissen, dass du mir vertrauen kannst.«

Evan kniff die Augen zusammen. Dann kräuselten sich ihre Lippen zu einem Grinsen. »Sie wollen etwas über mich wissen? Wie wäre es hiermit: Bevor ich herkam, hab ich ein Mädchen gevögelt. Ist das persönlich genug für Sie?«

Dawn zwang sich, nicht darauf zu reagieren. Herzlichen Glückwunsch, Janet. Dein Gaydar funktioniert bestens. »Die Frau, die nicht deine Mutter ist, weiß also nichts von dieser Beziehung?«, fragte sie.

»Wer sagt, dass es eine Beziehung ist?« Evan sah sie herausfordernd an.

»Ist es nicht?« Offensichtlich wollte Evan sie schocken, aber Dawn war nicht sicher, ob sie wirklich mit einem Mädchen geschlafen hatte oder nur angeben wollte.

Evans Lederjacke knarrte, als sie die Arme hinter dem Kopf verschränkte und sich zurücklehnte. »Ich will nur meinen Spaß haben. Ich stehe nicht auf Beziehungen.«

»Wieso nicht?«

»Warum sollte ich die ganze Kuh kaufen, wenn ich nur die Milch will?«

Dawn beugte sich vor, um die Distanz zwischen ihnen zu überbrücken. »Lass uns versuchen, uns nicht hinter solch lahmen Sprüchen zu verstecken, während du hier bist, okay?«

Evan warf ihr einen finsteren Blick zu, senkte die Arme und verschränkte sie vor der Brust.

»Die Frau, die dich hergebracht hat … Wer ist sie?«, fragte Dawn, in der Hoffnung, dass Evan die Frage jetzt, da sie angefangen hatte, mit ihr zu sprechen, beantworten würde.

Evan studierte ihre Fingernägel.

Na schön. Dann eben anders. »Sie ist nicht der One-Night-Stand, den du eben erwähnt hast, oder?«

Eine schwarze Haarsträhne fiel Evan ins Gesicht, als ihr Kopf herumruckte. »Sind Sie verrückt? Was sollte ich denn mit so einer nervigen alten Tussi wollen?«

Ich schätze, das heißt dann nein. Dawn sah sie nur an und wartete.

Evan hielt ihrem Blick eine Minute lang stand, bevor sie aufgab. »Sie ist Pflegemutter Nummer siebenunddreißig.«

Das war sicher eine Übertreibung, aber Dawn verstand, was es bedeutete. Evan war in diversen Pflegefamilien aufgewachsen. Ihr rebellisches Auftreten war nur ein Versuch zu verstecken, wie einsam und zurückgewiesen sie sich wirklich fühlte.

»Wie lange lebst du schon in ihrer Familie?«

Ein lässiges Schulterzucken. »Eine Weile.«

»Und was ist so schrecklich daran?«, fragte Dawn.

Evan sah sie mürrisch an. »Ich hab nie behauptet, dass es schrecklich ist.«

»Du hast sie eine nervige alte Tussi und Pflegemutter Nummer siebenunddreißig genannt, statt sie beim Namen zu nennen«, sagte Dawn. »Das klingt nicht gerade, als ob eure Beziehung sonderlich herzlich wäre.«

Gab es überhaupt jemanden in Evans Leben, den sie sich zu mögen gestattete? Dawn fragte sich, was sie dazu veranlasst hatte, sich ihren Mitmenschen zu verschließen.

»Sie nervt einfach.« Evan zupfte an einem Riss in ihrer Jeans herum.

»Was genau macht sie denn, das dich nervt?«

»Alles!«

Das können ja lange fünfzig Minuten werden. Dawn unterdrückte ein Seufzen. »Kannst du ein Beispiel nennen?«

»Ständig nörgelt sie wegen der Schule, wegen meiner Klamotten und meiner Freunde.«

»Darüber streitet doch jeder Teenager mit seinen Eltern«, sagte Dawn.

»Sie sind nicht meine Eltern!«

Dawn musterte sie in dem Wissen, dass ihre nächste Frage wahrscheinlich nicht beantwortet werden würde. Aber sie musste es trotzdem versuchen. »Kann ich fragen, warum du nicht bei deinen biologischen Eltern lebst?«

»Sie können fragen«, sagte Evan. »Aber das heißt nicht, dass ich antworten werde.«

»Ich weiß, dass das ein schwieriges Thema für dich sein muss …«

»Sie wissen gar nichts!« Evan sprang auf. Ihr Stuhl kippte um. »Sie wissen gar nichts von mir!« Sie tigerte wie ein gefangenes Raubtier im Büro auf und ab.

Dawn blieb sitzen. »Du hast recht. Und genau aus diesem Grund muss ich dir Fragen stellen. Ich muss dich etwas kennenlernen, bevor ich dir helfen kann. Würdest du jetzt bitte den Stuhl aufheben und dich wieder setzen?«

Evan hielt inne, um sie anzufunkeln.

»Bitte.« Dawn zeigte auf den Stuhl, ihre Stimme sanft, aber ihr Blick unnachgiebig.

Evan hob den Stuhl auf, setzte sich aber nicht. Sie blieb hinter dem Stuhl stehen und umklammerte mit beiden Händen die Lehne. »Wie kommen Sie auf die Idee, dass sie einem hoffnungslosen Fall wie mir helfen können, wenn all die anderen Seelenklempner es nicht geschafft haben? Halten Sie sich für die Mutter Teresa der Psychologie oder was?«

Dawn konnte sich das Lächeln nicht verkneifen. Evan war intelligenter, als sie sich anmerken ließ. Vermutlich hätte sie eine Einser-Schülerin sein können, aber das hätte natürlich ihr toughes Image ruiniert. »Weil ich nicht glaube, dass du ein hoffnungsloser Fall bist. Du bist eine intelligente junge Frau und du willst, dass ich dir helfe.«

Evan schnitt eine Grimasse. »Sie leiden an Wahnvorstellungen, Doc. Wer sagt, dass ich Ihre Hilfe will? Die Art, wie ich Ihre Büromöbel behandle?« Sie stieß Gelächter aus, das frei von jeglichem Humor war.

»Nein. Die Tatsache, dass du geblieben bist und dreißig Minuten lang mit mir gesprochen hast.« Dawn drehte die kleine Uhr auf ihrem Schreibtisch herum, sodass Evan sie lesen konnte.

Evan starrte auf die Uhr. Ihre Augen weiteten sich panisch, als sie bemerkte, dass sie in der Tat während der letzten halben Stunde in ein Gespräch verstrickt worden war.

»Jetzt, wo wir festgestellt haben, dass du kein hoffnungsloser Fall bist und ich nicht der Feind bin, glaubst du, wir können einander eine Chance geben und versuchen, miteinander zu arbeiten?« Dawn hielt ihr erneut die Hand hin.

Evan ignorierte die Geste erneut, aber sie setzte sich wieder. »Wenn ich bleibe, dann nur, weil mir langweilig ist. Im Fernsehen läuft nichts, was mich interessiert, und mir ist gestern das Gras ausgegangen.«

Dawn lächelte nur. Sie würde später mit Evan über ihren Drogenkonsum reden. »Dann erzähl mir mal von Pflegemutter Nummer siebenunddreißig. Hat sie einen Namen?«

KAPITEL 4

Del schob den Papierkram auf ihrem Schreibtisch beiseite und griff nach dem Telefon. Zwar hatte sie noch jede Menge zu tun, bevor sie Feierabend machen konnte, aber sie hatte ihrer besten Freundin, Grace, seit zwanzig Jahren zu jedem Geburtstag Blumen geschickt und sie wollte mit dieser Tradition nicht brechen, ganz egal, wie beschäftigt sie war. »Hallo, Tina. Hier spricht Del Vasquez. Ich brauche einen Blumenstrauß.«

»Gerne. Sollen es wieder Rosen sein?«

Wieder? Scheinbar stand sie im Ruf, ständig Rosen zu bestellen. »Ja, aber diesmal gelbe, bitte.«

»Geht klar. Was soll ich auf die Karte schreiben?«

Del dachte einen Moment lang darüber nach. »Schreib einfach: Herzlichen Glückwunsch zum Geburtstag. Alles Liebe, Del.«

Nachdem sie aufgelegt hatte, drehte sie ihren Bürostuhl, sah aus dem Fenster und dachte an das letzte Mal, als sie einer Frau Blumen gekauft hatte.

Fünf Monate zuvor

»Wir sollten wirklich aufhören, uns hier zu treffen.« Del stieß sich von Kades BMW ab und trat in den Schein der flackernden Neonlichter der Tiefgarage, bewaffnet mit ihrem charmantesten Lächeln und einem Strauß langstieliger Rosen.

Kades Schritt stockte. Sie bedachte Del und die Rosen mit einem misstrauischen Blick. »Lieutenant.«

Del trat näher und hielt ihr den Blumenstrauß hin. »Die sind für Sie.«

Kade machte keine Anstalten, die Blumen entgegenzunehmen. Sie schob eine Strähne ihres roten Haares hinters Ohr und betrachtete Del stirnrunzelnd.

»Sie sind nicht rot«, sagte Del.

»Was?«

»Die Rosen. Sie sind nicht rot. Wahrscheinlich können Sie es in dem schlechten Licht hier unten nicht sehen, aber sie sind rosa.«

Kade winkte ab, als wäre die Farbe der Rosen ihr egal. »Warum bringen Sie mir Blumen, Lieutenant?«

»Ich möchte mich dafür bedanken, dass Sie Dawns Fall gewonnen haben. Deshalb auch die rosafarbenen Rosen. Rosa steht für Dankbarkeit und Bewunderung.«

Sie versuchte erneut, ihr die Blumen zu geben, aber Kade wollte sie noch immer nicht annehmen. »Das ist wirklich nett von Ihnen, aber Sie haben mir bereits gedankt, als Sie mir nach der Verhandlung einen Drink spendiert haben. Blumen sind nicht nötig. Ich werde dafür bezahlt, dass ich meine Arbeit mache.«

Del bedachte sie mit einem geduldigen Lächeln und entschied, dass es an der Zeit war, es mit einer anderen Taktik zu versuchen. »Wenn Sie sie nicht als Dankeschön für Ihre gute Arbeit annehmen wollen, dann sehen Sie es als Zeichen meiner persönlichen Bewunderung.« Sie verbeugte sich leicht, in der Hoffnung, Kade zum Lachen zu bringen.

»Wir sollten einige Dinge klarstellen, Lieutenant.«

Del neigte den Kopf. »Welche Dinge wären das?«

»Ich möchte nicht, dass Sie die Situation fehlinterpretieren, deshalb sollte ich Ihnen vermutlich sagen, dass ich heterosexuell bin«, sagte Kade.

Diese Offenbarung überraschte Del nicht, aber sie verminderte ihre Bewunderung auch nicht. »Mögen heterosexuelle Frauen denn keine Blumen?«

Einen Moment lang starrte Kade sie an. »Doch, natürlich«, sagte sie. Sie sprach so vorsichtig und präzise, als müsste sie sich konzentrieren, um nicht zu stottern.

»Gut.« Del drückte ihr den Strauß Rosen in die Hand.

»Autsch!« Kade sah auf ihre Hand hinab. Ein Dorn hatte sich in ihren Daumen gebohrt, dort quoll nun ein winziger Blutstropfen hervor.

Oh, Mist! Del sprang vorwärts, statt wie bisher respektvoll Abstand zu halten. »Lassen Sie mich mal sehen.«

Kade versteckte ihre verletzte Hand hinter dem Rücken. »Keine Sorge. Es ist keine tödliche Wunde. Ich werde Sie schon nicht wegen gefährlicher Körperverletzung verklagen.«

Del fuhr sich mit den Fingern durchs Haar. Gott, sie stellte sich wirklich nicht sehr geschickt an. »Bei unserem ersten Treffen erschrecke ich Sie fast zu Tode und jetzt greife ich Sie mit einem Blumenstrauß an. Das Eis ist sicher gebrochen, oder?«

»Lieutenant.« Kade hob die Hand, um die Unterhaltung zu beenden.

»Ich hoffe, Sie wissen, dass ich Sie nicht verletzen will.« Del sah direkt in Kades blaue Augen und hoffte, sie verstand, dass sie nicht nur ihren Finger meinte.

Kade kramte die Schlüssel aus ihrer Handtasche und schloss ihren Wagen auf. »Nichts passiert. Danke für die Blumen.«

»Wie wäre es, wenn wir uns mal zum Abendessen treffen?«, fragte Del, bevor Kade in ihr Auto springen und die Tür schließen konnte.

Kade legte die Blumen auf den Beifahrersitz und umklammerte das Lenkrad. »Ich bin mir nicht sicher, was Sie damit bezwecken, Lieutenant. Ich habe Ihnen doch eben gesagt, dass ich heterosexuell bin.«

»Aber Sie müssen trotzdem essen«, sagte Del.

»In regelmäßigen Abständen, ja.«

Del lächelte. Sie mochte Kades trockenen Humor. »Warum tun Sie es dann nicht mit mir? Essen, meine ich. Sie müssen mir nicht jetzt gleich antworten. Ich bin eine geduldige Frau. Denken Sie einfach darüber nach, okay?«

Kade nickte zögerlich und schloss die Fahrertür.

Del drehte den Bürostuhl wieder herum und starrte das Telefon an. Gerne hätte sie Kade einen weiteren Strauß Blumen geschickt, um ihr zu zeigen, dass sie noch immer an ihr interessiert war, aber das war keine gute Idee.

Seufzend öffnete sie die nächste Akte und machte sich wieder an die Arbeit.

KAPITEL 5

Die blau-roten Lichter zweier Streifenwagen erhellten die Nacht. Mit eingezogenem Kopf schritt Kade durch den Regen hin zu dem Haus, das heute Nacht zum Tatort geworden war.

»Guten Abend, Ms. Matheson.« Der uniformierte Beamte am Eingang überreichte ihr die Liste, um ihre Anwesenheit einzutragen, und hob dann das gelbe Absperrband für sie an.

Vor zwei Jahren hätte er sie angehalten und nach dem Ausweis verlangt, der jetzt in ihrer Handtasche steckte. Inzwischen kannten die meisten Polizisten sie und ihre Angewohnheit, an Tatorten aufzutauchen.

So war das nicht immer gewesen. Am Anfang ihrer Zusammenarbeit mit der Abteilung für Sexualdelikte hatte sie nur die Fotos der Tatorte in den Fallakten gesehen. Persönlich den Tatort zu inspizieren, war ihr unnötig erschienen. Sie hatte sich gesagt, dass es nicht ihre Aufgabe sei, mitten in der Nacht durch Pfützen zu waten. Dafür wurden schließlich ihre Detectives bezahlt.

Inzwischen, nach hunderten schwieriger und manchmal herzzerreißender Fälle, sah sie die Detectives nicht mehr länger als ihre Handlanger an. Es hatte ein wenig gedauert, aber jetzt betrachtete Kade sich und die Detectives als Teil eines Teams, als Rädchen im Justizsystem.

Sie duckte sich unter dem Absperrband hindurch und betrat das Haus.

Aiden blickte von der Leiche im Esszimmer auf. »Hallo, Kade.«

Kade musterte die Blutflecken auf dem ehemals weißen Perserteppich. »Darum hat der Bezirksstaatsanwalt es also für nötig befunden, meinen Schönheitsschlaf zu stören.« Robert Parker, der Mann, der tot am Boden lag, hatte einflussreiche Freunde. Sie betrachtete die Schusswunde auf seiner Stirn. »Sieht mir nicht nach einem Sexualverbrechen aus. Warum haben wir diesen Fall übernommen?«

»Seine Frau ist vergewaltigt worden, bevor man sie erschossen hat.« Aiden zeigte zum Obergeschoss. »Und hinten im Garten liegt noch eine Leiche. Wir haben Unterstützung von der Mordkommission.«

»Dann gehe ich mal und sage deren Staatsanwältin Hallo. Ich wette, ihr Chef hat sie ebenfalls aus dem Bett geklingelt.« Vorsichtig, um keine Beweismittel zu zerstören, betrat sie den Garten.

Draußen war nichts von Stacy Ford oder den anderen Staatsanwälten der Mordkommission zu sehen. Eine hochgewachsene Beamtin in Zivil und zwei Leute von der Spurensicherung standen über die Leiche gebeugt und versuchten, Beweise zu sichern, bevor sie vom Regen davongespült wurden. Einige Minuten später richtete sich die Beamtin auf und drehte sich um.

Kade erstarrte, als sie die Frau erkannte. *Del Vasquez.* Sie hatten einander seit dem Valentinstag nicht mehr gesehen. Kade schloss die Augen, als sie sich an diesen fürchterlichen Tag erinnerte.

Zwei Monate zuvor

Kade kam zu spät zu der Valentinstagsverabredung, die eigentlich gar keine Verabredung war. Jedenfalls keine romantische. Sie hatte sich nicht etwa verspätet, weil sie sich nicht entscheiden konnte, was sie anziehen würde. Sie hatte das nächstbeste Outfit gewählt, das ihr ins Auge fiel – ein schlichtes, aber elegantes blaues Kleid – und sich nicht gestattet, einen weiteren Gedanken an ihr Aussehen zu verschwenden. Zu lange darüber nachzudenken, was sie anziehen würde, hätte bedeutet, dass sie Del beeindrucken wollte und das wollte sie auf keinen Fall zugeben.

Ihre Verspätung war vielmehr das Resultat ihrer Unsicherheit. Sie hatte bis zur letzten Sekunde gezögert, bevor sie ihre Wohnung verließ. Zweimal hätte sie den Taxifahrer fast umkehren lassen. Sie war noch immer nicht sicher, ob es eine gute Idee gewesen war, Del anzurufen und einem gemeinsamen Abendessen zuzustimmen. Es war einer der seltenen Spontanentschlüsse in ihrem Leben gewesen. Na ja, so spontan vielleicht doch wieder nicht, immerhin hatte es siebenundachtzig Blumensträuße und Karten von ihrem »heimlichen Verehrer« gebraucht, bis sie sich dazu durchgerungen hatte.

Dels Entschlossenheit, ihr den Hof zu machen, erschreckte sie ein wenig, aber wenn sie ehrlich war, schmeichelte es ihr auch. Man hatte sie gelehrt, ständige Bewunderung von den Männern in ihrem Leben zu erwarten, aber die Realität war bisher immer hinter ihren Erwartungen zurückgeblieben. Liebe hatte nie eine Rolle in ihrem Leben gespielt. Seit ihren halbherzigen Verabredungen mit dem Sohn des Geschäftspartners ihres Vaters hatte sie keine Blumen mehr bekommen und sie musste zugeben, dass es nett war, nach einem langen Arbeitstag nach Hause zu kommen und Blumen und manchmal eine Karte auf der Türschwelle vorzufinden.

Zur gleichen Zeit hatte sie mit angesehen, wie die Freundschaft zwischen Aiden und Dawn sich zu mehr entwickelt hatte. Aiden hatte sogar Weihnachten mit den Kinsleys gefeiert und Kade war sicher, dass die beiden irgendwelche romantischen Pläne für den Valentinstag hatten, während sie nur mit ihren Fallakten und Gesetzestexten zu Hause sitzen würde.

Nein, hatte sie sich gesagt. *Nicht dieses Jahr.* Ohne sich zu gestatten, weiter darüber nachzudenken, hatte sie Del angerufen.

Jetzt, da sie zum Tisch geführt wurde, wo Del bereits saß, hatte sie Schmetterlinge im Bauch und versuchte, kühl und gefasst zu wirken.

Del erhob sich, als Kade näher kam. In einer einfachen, aber sauber gebügelten schwarzen Hose und einer kupferfarbenen Bluse, die vermutlich kein Markenprodukt war, sah sie entspannt aus. Das war eines der Dinge, die Kade an ihr mochte. Del verstellte sich nie; sie war immer sie selbst.

Sie versuchte nicht, den Stuhl für Kade zurechtzurücken, und akzeptierte damit stillschweigend die Regeln, die Kade während ihres Telefongesprächs aufgestellt hatte: Del durfte sie nicht abholen, die Tür nicht für sie öffnen oder das Abendessen bezahlen, denn Kade war noch nicht so weit, ihr Treffen als Date anzusehen.

Del wartete, bis Kade saß, und grinste sie dann an. »Sie sind also doch nicht umgekehrt.«

Kade umklammerte die Weinkarte. Für gewöhnlich war sie nicht so einfach zu durchschauen. Es verunsicherte sie, dass Del genau zu wissen schien, warum sie zu spät kam. »Wieso glauben Sie, ich hätte umkehren wollen? Wie Sie sehen können, bin ich hier.«

»Ja, zu meiner Überraschung und unsagbaren Erleichterung. Ich brauche nämlich jemanden, der mir all die verschiedenen Gabeln und Gläser erklärt«, sagte Del mit einem selbstironischen Lächeln.

Kade musterte sie. In ihren Kreisen hätte niemand offen zugegeben, die Regeln der oberen Zehntausend nicht zu kennen. Nie eine Schwäche einzugestehen, machte Kade zu einer guten Anwältin, aber es war wohl auch der Grund, weshalb sie keine engen Freunde hatte. Sie vertiefte sich in die Speisekarte, obwohl sie schon so oft hier gewesen war, dass sie diese fast auswendig kannte. Wenigstens hielt es sie davon ab, die Frau auf der anderen Seite des Tischs anzustarren.

Einige Minuten später kam der Kellner, um ihre Bestellung aufzunehmen. »Welchen Wein darf ich Ihnen bringen?« Er blickte zu Del, vermutlich, weil sie mindestens zehn Jahre älter als Kade war.

»Mich dürfen Sie nicht fragen«, sagte Del lächelnd. »Ich mag Wein, aber ich bin keine Kennerin. Wieso suchen Sie nicht unseren Wein aus, Ms. Matheson?«

Kade entschied sich schnell für einen Wein, überrascht über die Lockerheit, mit der Del ihr die Entscheidung überlassen hatte. Es war schon eine Weile her, seit Kade zuletzt mit jemandem ausgegangen war, aber sie erinnerte sich noch gut daran, wie ihre letzte Verabredung darauf bestanden hatte, den Wein auszusuchen, obwohl Kade überzeugt war, dass er kaum Rot- und Weißwein auseinanderhalten konnte.

Del hingegen schien es nicht nötig zu haben, sich zu beweisen.

Als der Kellner den Wein gebracht und Kade zustimmend genickt hatte, hob Del ihr Glas und stieß mit ihr an. »Trinken wir auf das Du.«

Kade zögerte, das Glas schon fast am Mund. Sie war nicht sicher, ob sie die alten, vertrauten Rollen schon aufgeben wollte.

»Ich bewundere die Staatsanwältin Matheson, aber ich würde gerne mit Kade zu Abend essen«, sagte Del.

Der unverwandte Blick verschlug Kade die Sprache. Mit Del hier zu sein, war ganz anders als jede Verabredung, die sie zuvor gehabt hatte, und das nicht nur, weil Del die erste Frau war, mit der sie je ausgegangen war. Sie war an Komplimente, Small Talk und Schmeicheleien gewöhnt, nicht an diese unverblümte Direktheit.

»Oder ziehst du Kadence vor?«, fragte Del.

Kade blinzelte. Niemand hatte sie je nach ihren Vorlieben gefragt. »Kade ist mir lieber«, antwortete sie schließlich und nahm einen Schluck Wein.

Del nickte. »Dann also Kade.« Sie berührte erneut Kades Glas mit ihrem. »Gibt es einen Grund, warum du lieber Kade als Kadence genannt werden willst?«

Kade sah hinab in die roten Tiefen ihres Weins und dann zurück in Dels Augen. »Es ist der Name, den ich mir selbst verdient habe, nicht der, den meine Eltern mir gaben.« Sie hatte den Namen Kadence geerbt, genauso wie sie ihre Investmentfonds geerbt hatte. Aber sie hatte es sich erarbeiten müssen, Kade genannt und von ihren Kollegen akzeptiert zu werden. »Und du? Willst du lieber Del oder Delicia genannt werden?«

Del verzog das Gesicht. »Ich habe ganz vergessen, dass du das D-Wort kennst.«

»Das D-Wort?« Kade musste lächeln.

»Meinen fürchterlichen Vornamen«, sagte Del.

»Wieso fürchterlich?«, fragte Kade.

Del breitete die Arme aus und schaute an sich hinab. »Sehe ich vielleicht wie eine Delicia für dich aus?«

Zum ersten Mal gestattete sich Kade, sie eingehend zu mustern. Sie ließ ihren Blick über die hochgewachsene, athletische Gestalt und die muskulösen Unterarme gleiten, die unter den hochgekrempelten Ärmeln hervorsahen. Del trug kein Make-up und brauchte es dank ihres lateinamerikanischen Teints auch nicht. Mit ihren kleinen Brüsten und den schmalen Hüften sah sie nicht wie die kurvigen Latinas aus, die Kade kannte, und ihre Gesichtszüge waren zu markant, um als hübsch zu gelten. Trotzdem musste Kade zugeben, dass sie Del attraktiv fand. »Nein«, sagte sie. »Nicht wirklich.«

Del grinste nur. Als der Kellner an den Tisch kam, gestattete sie Kade, für sie beide zu bestellen. Sie nahm die Gabel, von der Kade ihr sagte, dass sie für die Vorspeise gedacht war. »Erzähl mir ein wenig von dir.«

Kade stocherte in ihrem Feldsalat. »Was willst du denn wissen?«

»Alles.« Dels Stimme war leise und aufrichtig.

»Also, ich arbeite jetzt seit etwas mehr als zwei Jahren für die Abteilung für Sexualdelikte. Davor habe ich …«

»Ich weiß bereits so einiges über die kompetente Staatsanwältin, aber jetzt will ich die Frau dahinter kennenlernen«, sagte Del.

Kade legte ihre Gabel beiseite und fuhr sich mit der Serviette über die Lippen. »Meine Arbeit ist ein sehr wichtiger Teil meines Lebens.« Sie hatte erwartet, dass sie hauptsächlich über ihre Arbeit sprechen würden, denn immerhin gab es hier gemeinsame Erfahrungen, auf denen sie aufbauen konnten. Dels Weigerung, über Berufliches zu sprechen, verunsicherte sie.

»Die Arbeit ist ein Teil deines Lebens, sicher, aber da gibt es doch bestimmt noch viel mehr Wissenswertes über dich.«

»Ich verbringe vierzehn Stunden am Tag mit Anwälten, Polizisten und Verbrechern, was soll da denn sonst noch sein?«, fragte Kade.

Del zuckte mit den Schultern. »Du könntest mir erzählen, was du mit den restlichen zehn Stunden anstellst, welche Musik du magst, ob du Geschwister hast und nach was du in dem Mann oder der Frau fürs Leben Ausschau hältst.«

»Schlafen oder joggen gehen, Jazz, einen älteren Bruder und ich halte nicht Ausschau.« Kade zählte die Antworten an den Fingern ab.

Del starrte sie an und begann dann zu lachen. Die Leute an den Nachbartischen sahen zu ihnen herüber, aber Del beachtete sie nicht. »Du bist sehr effizient, wenn auch nicht gesprächig, das muss ich dir lassen.«

Kade grinste und griff wieder nach ihrer Gabel.

»Du joggst also?«, fragte Del.

Das Laufen war eine von Kades Spezialitäten, besonders wenn es darum ging, vor Dingen wegzulaufen, denen sie sich nicht stellen wollte. Das schloss ihr Interesse an der Frau ihr gegenüber ein. »Ja. Ich laufe jeden Morgen, egal, was passiert.« Sie versuchte, sich Dels lange, muskulöse Beine vorzustellen, die unter dem Tischtuch verborgen waren. »Joggst du auch?«

»Ich trainiere für den Polizeimarathon, aber ich habe so das Gefühl, dass ich es nicht mit dir aufnehmen kann«, sagte Del.

Kade lächelte. Es war schön, mit jemandem zu Abend zu essen, der daran glaubte, dass sie mehr Vorzüge hatte, als nur gut auszusehen. »Man weiß nie«, sagte sie grinsend.

»Es sei denn, ich gehe mal mit dir laufen und finde es heraus.« Del beobachtete sie, während sie auf ihre Antwort wartete.

»Sehr geschickt, Detective. Du versuchst doch nicht etwa, mich um eine zweite Verabredung zu bitten, noch bevor die erste vorbei ist?« Dels Hartnäckigkeit schmeichelte ihr, auch wenn sie ihr zugleich ein wenig Angst einjagte.

Del fuhr mit dem Finger über den Rand ihres Weinglases. »Du sagtest, du hältst nicht nach jemandem Ausschau, aber wenn du jemanden kennenlernen würdest, der dich interessiert, würdest du der Person eine Chance geben?«

Kade seufzte. Es war ihr nicht entgangen, wie umsichtig Del es vermied, das Geschlecht der Person zu nennen. »Wir könnten Freunde sein.«

»Freunde?« Del wiederholte das Wort, als wollte sie seinen Klang kosten.

»Ja.« Sie wusste, dass es nicht das war, was Del hören wollte, aber sie war nicht bereit, sich Hals über Kopf in eine Beziehung mit einer Frau zu stürzen. Zumindest noch nicht. »Fürs Erste.«

»Na schön, dann lass uns für den Moment Freunde sein.« Del streckte die Hand über den Tisch, was ihnen erneut die Aufmerksamkeit der anderen Gäste eintrug.

Kade fühlte ihre Blicke auf sich ruhen, während Del es nicht zu bemerken schien. Zögernd griff sie über den Tisch und legte ihre Hand in Dels warmen, festen Griff.

Während sie aßen, unterhielten sie sich über alles Mögliche, nur nicht über die Arbeit. Schließlich wollte Kade um die Rechnung bitten, aber Del schüttelte den Kopf. »Wie wäre es mit einem Dessert?«

Kade faltete ihre Serviette. »Nein, danke, nicht für mich.«

»Komm schon, Kade. Du kannst ein wenig mehr Fleisch auf den Rippen doch vertragen. Lass uns ein Stück Käsekuchen teilen.«

Noch eine Premiere. Keine ihrer Verabredungen hatte Kade je ermutigt, mehr zu essen. Die Männer, mit denen sie ausging, schienen es zu mögen, wenn sie nur damenhaft in ihrem Essen stocherte und ihre Mutter hatte ihr beigebracht, dass eine Frau unter keinen Umständen mehr essen sollte als ihre Verabredung. Aber sie aß gerade nicht mit einem Mann zu Abend und ihre Mutter war nicht hier, um sie zu kritisieren. Selbst wenn sie hier gewesen wäre, hätte sie wohl kaum das Dessert kritisiert, sondern eher die Tatsache, dass Kade sich mit einer Frau verabredet hatte.

»Soll das heißen, du hältst mich für zu dünn?«, fragte sie mit ihrem strengsten Staatsanwältinnenblick.

»Das soll heißen, ich glaube, dass du dir die Chance verwehrst, das Leben richtig zu genießen«, sagte Del und sah ihr dabei in die Augen.

Kade verschlug es schon wieder die Sprache. Nie zuvor hatte jemand diese Wirkung auf sie gehabt und sie war nicht sicher, ob das gut oder schlecht war.

»Und fürs Protokoll«, sagte Del, diesmal mit einem Lächeln, »ich finde dich wunderschön, genau so, wie du bist.«

Normalerweise nahm Kade solche Komplimente gelassen entgegen, aber nun fühlte sie, wie ihre Wangen glühten. »Okay, lass uns ein Stück Käsekuchen teilen.«

Einige Minuten später stellte der Kellner das Stück Kuchen zwischen ihnen ab.

»Hau rein oder du musst dich mit den letzten Krümeln begnügen.« Del nahm ihre Gabel. »Ich habe fünf Brüder. Damenhafte Zurückhaltung war nicht angesagt bei uns zu Hause.«

Kade lächelte, schüttelte aber innerlich den Kopf. Das konnte doch nicht funktionieren. Sie und Del könnten nicht unterschiedlicher sein. Sie nahm einen Bissen Käsekuchen und ließ ihn langsam im Mund zergehen.

»Dann erzähl mal«, sagte Del nach einer weiteren Gabel. »Was hat dich schließlich dazu gebracht, mit mir auszugehen?«

Kade fuhr sich mit der Serviette über den Mund. »Ich schätze, deine Beharrlichkeit hat sich ausgezahlt.«

Del neigte den Kopf zur Seite. »Beharrlichkeit?«

»Würdest du siebenundachtzig Blumensträuße nicht als beharrlich bezeichnen?« Selbst für Matheson-Standards war das beeindruckend.

»Siebenundachtzig Blumensträuße?«

Kade nickte. »Ich habe mitgezählt.«

Del schob den Teller beiseite und beugte sich vor, um Kade zu mustern. »Ich weiß nicht, wovon du redest. Jemand hat dir Blumen geschickt?«

Kade starrte sie an. Del war bisher so offen und ehrlich gewesen, warum leugnete sie jetzt, ihr die Blumen geschickt zu haben. »Ja. Du.«

»Meinst du die Rosen?«, fragte Del.

»Die Rosen, die Nelken, die Lilien, die Gladiolen …« Kade hielt inne, als sie Dels verständnisloses Gesicht sah. »Du warst nicht diejenige, die sie mir geschickt hat?«

Del schüttelte den Kopf. »Ich wünschte, ich hätte es getan, aber nein, das muss ein anderer Verehrer gewesen sein.«

»Ist das dein Ernst? Ich war mir so sicher, dass sie von dir kommen. Das mit den Blumen und den Karten hat angefangen, nachdem du mir die Rosen geschenkt hattest, und deshalb dachte ich …«

»Kade.« Del legte ihre Hand auf Kades. »Blumen zu senden, ohne die Karte zu unterschreiben, ist nicht mein Stil. Ich hätte dir persönlich jeden Tag Blumen vorbeigebracht, wenn ich geglaubt hätte, das würde etwas bringen, aber ich dachte, das würde dich nur in die Flucht treiben.«

Kade konnte es nicht glauben. »Aber wer sonst würde mir so viele Blumen schicken?«

Del drückte ihre Hand. »Ich bin sicher, es gibt eine Menge Leute, die einiges tun würden, um dich zu beeindrucken.«

»Einen Blumenstrauß, sicher, aber doch nicht siebenundachtzig.« Ein Schauer lief ihr den Rücken hinunter. Jetzt, da sie wusste, dass die Blumen nicht von Del stammten, wurde es langsam unheimlich. »Das würde irgendein normaler Verehrer doch nicht tun. Bist du sicher, dass du nichts damit zu tun hattest?«

»Ich bin bei der Polizei. So viel Geld verdiene ich nicht, glaub mir«, sagte Del mit einem bedauernden Kopfschütteln.

Kade zog ihre Hand unter Dels weg und legte sie auf ihren Schoß. »In einer der Karten hast du geschrieben, dass die Blumen aus deinem eigenen Gewächshaus kommen.«

»Ich habe diese Karte nicht geschrieben und auch keine der anderen sechsundachtzig«, sagte Del. »Weißt du wirklich nicht, wer dir die Blumen und die Karten sonst geschickt haben könnte? Kade, wenn das nicht nur ein harmloser Verehrer oder eine hartnäckige Anwaltskanzlei ist, die dich zur dunklen Seite der Macht bekehren will, sollten wir ein paar Nachforschungen anstellen. Möchtest du, dass ich …?«

»Nein«, sagte Kade. Sie wollte Del nicht in diese Sache hineinziehen, auch wenn sie es allmählich mit der Angst zu tun bekam. Wer sonst würde sich so viel Mühe machen, ihre Aufmerksamkeit zu erregen, aber ihr dann nicht mal seinen Namen verraten? Im letzten halben Jahr hatte ihr niemand viel Beachtung geschenkt. Niemand außer Del.

Ein Gedanke kam ihr. Die Blumen stammten nicht von Del. Vermutlich hatte sie nicht mal an Kade gedacht, seit sie sich im November zuletzt gesehen hatten … und Kade hatte sie angerufen und sie am Valentinstag zum Essen eingeladen. *Gott, wie peinlich!*

»Hör mal.« Del streckte die Hand aus, um Kades Finger zu berühren, aber Kade zog eilig ihre Hand zurück. »Die Blumen sind nicht von mir, aber das ändert gar nichts. Ich bin immer noch an dir interessiert.«

»Kade?« Eine Stimme riss sie aus ihren Gedanken. »Kade? Hallo?«

Kade sah auf und genau in die Augen der Person, die sie seit zwei Monaten mied wie der Teufel das Weihwasser. Jetzt stand sie, mitten in der Nacht in einem winzigen Garten im Regen, Lieutenant Delicia Vasquez gegenüber, ohne dieser unbehaglichen Situation entkommen zu können. Sie setzte ihr geübtes Anwältinnenlächeln auf. »Hallo, Lieutenant.«

Del musterte sie ausgiebig. Schließlich lächelte sie. »Wir hatten uns doch auf Del geeinigt, schon vergessen?«

»Nicht bei der Arbeit«, sagte Kade. *Und schon gar nicht, nachdem ich mich so vor dir zum Narren gemacht habe.*

Del trat näher und ignorierte dabei den Regen und Kades abweisende Haltung. »Ich weiß, es war dir ziemlich peinlich, dass du angenommen hast, ich wäre diejenige gewesen, die …«

Kade hob die Hand, um sie zu unterbrechen. Sie blickte zu den beiden Beamten von der Spurensicherung, die jedes Wort mit anhören konnten. »Lieutenant …«

»Du hast den Kontakt zu mir abgebrochen und das habe ich respektiert«, fuhr Del mit gesenkter Stimme fort. »Ich bin kein Stalker.«

Kade konnte nicht verhindern, dass sie zusammenzuckte. Das Wort Stalker hallte durch ihren Kopf. Seit Del in ihr Leben getreten war, hatte sie immer öfter das Gefühl, beobachtet und verfolgt zu werden, aber sie wollte nicht an einem Tatort über ihren Verdacht sprechen. »Gehört er zur Familie?«, fragte sie und zeigte auf die Leiche im Garten. Sich auf die Arbeit zu konzentrieren, war immer ihre bevorzugte Methode gewesen, mit den komplizierten Dingen in ihrem Leben umzugehen. Jetzt war nicht der richtige Moment, das zu ändern.

Del betrachtete sie noch einen Moment lang, drehte sich dann um und ging zu dem Toten hinüber. »Wir haben noch keine Beweise aus der Forensik, aber wenn ich raten müsste, würde ich sagen, er ist einer der Männer, die heute Nacht ins Haus eingebrochen sind und Mrs. Parker vergewaltigt haben.«

»Und dann hat er im Garten Selbstmord begangen?«

»Er hat nicht einmal eine Waffe«, sagte Del. »Ich vermute, sein Komplize hat ihn erschossen. Vielleicht wollte er keine Augenzeugen oder er wollte das Geld, das sie gestohlen haben, nicht teilen. Möglicherweise war es auch gar nicht geplant, jemanden zu vergewaltigen und zu ermorden, und es gab deswegen Streit.«

Kade nickte bedächtig. Das klang plausibel. »Brauchen Sie mich für irgendetwas?«

»Im Augenblick nicht«, antwortete Del. »Vielleicht später, wenn wir den Kerl identifiziert haben. Falls er vorbestraft ist, brauchen wir Durchsuchungsbefehle für die Wohnungen seiner üblichen Komplizen.«

Es gab also keinen Grund, weiter am Tatort zu bleiben. Sie konnte diese unbehagliche Situation endlich hinter sich lassen. »Na schön. Wenn Sie mich brauchen, lassen Sie es meine Detectives wissen. Sie kontaktieren mich dann.«

»Oder ich könnte ihnen die Arbeit ersparen und Sie gleich selbst anrufen«, sagte Del und sah prüfend in Kades Augen.

Kade biss sich auf die Unterlippe. »Das geht natürlich auch.« Sie hatte sich den Respekt ihrer Kollegen und Mitarbeiter zu hart erarbeitet, um sich jetzt unprofessionell zu verhalten. Mit einem letzten Nicken, das Del und die beiden Leute von der Spurensicherung mit einschloss, ging sie ins Haus zurück.

Del stand im strömenden Regen und sah der davoneilenden Staatsanwältin nach. Sie hatte in den Wochen seit Valentinstag oft an sie gedacht, aber Kade hatte nicht wieder angerufen. Del war klar, dass sie eigentlich einen Schlussstrich ziehen und sich eine Frau suchen sollte, bei der sie bessere Chancen hatte. Aber es war unmöglich, Kade Matheson zu vergessen. Die kühle, selbstbewusste Anwältin faszinierte sie, seit sie Kade zum ersten Mal im Gericht gesehen hatte. Mit jedem weiteren Treffen hatte ihre Bewunderung für sie zugenommen und die heutige Nacht stellte keine Ausnahme dar. Kades Hingabe an ihren Job war beeindruckend. Keine der Staatsanwältinnen der Mordkommission hatte sich bisher am Tatort blicken lassen, aber Kade war mitten in der Nacht durch Pfützen gestiefelt – und die Art und Weise, wie ihre nasse, maßgeschneiderte Hose an ihrem Körper klebte, war genauso eindrucksvoll wie ihr Pflichtbewusstsein.

Del wusste nur nicht, wie sie diese Schutzmauer von Professionalität durchbrechen konnte. Kade war am Valentinstag sehr verlegen gewesen und eine stolze Frau wie sie konnte eine solche Demütigung nur schwer ertragen, deshalb hatte sie sich zurückgezogen.

Fragt sich nur, ob ich es zulasse. Del starrte zur Hintertür, wo Kade eben verschwunden war. »Sichern Sie den Tatort. Ich bin gleich wieder da«, sagte sie zu den Männern von der Spurensicherung und eilte ins Haus.

Keine Spur von Kade, dafür sah sie Aiden, die gerade die Aktentasche des Opfers durchsuchte.

Na toll. Del verzog das Gesicht. Sie wollte nicht ausgerechnet Aiden in ihre Privatangelegenheit hineinziehen. Noch immer brachte sie ihr gemischte Gefühle entgegen. Es war nicht etwa so, dass sie Aiden nicht mochte. Sie war bloß noch immer nicht sicher, ob die pflichtbewusste Polizistin die Richtige für ihre Ziehtochter Dawn war.

Komm schon. Gib ihr 'ne Chance.

Dawn war aber nicht das einzige Problem zwischen ihnen. Del hatte die bewundernden Blicke gesehen, die Aiden während des Eröffnungsplädoyers von Dawns Verhandlung auf Kades lange Beine geworfen hatte.

»Hat er irgendwelche Ausweispapiere bei sich?«, fragte Aiden, in Richtung Garten zeigend.

»Nein«, antwortete Del. »Wir werden wahrscheinlich mehr wissen, sobald wir seine Fingerabdrücke durch die Datenbank gejagt haben. Ist Ms. Matheson oben im Schlafzimmer?«

Aiden warf ihr einen wissenden Blick zu. »Nein, sie ist gerade gegangen. Soll ich Sie anrufen?« Sie griff nach dem Handy an ihrem Gürtel.

»Nein, schon gut.« Del zögerte kurz und hastete dann zur Tür.

Kade wich einer Pfütze aus und versuchte, im Dunkeln ihr Auto zu finden. Die Streifenwagen hatten die Auffahrt blockiert, deshalb hatte sie auf der Straße parken müssen. Wegen all der Polizisten am Tatort war sie hier dennoch in

Sicherheit – es sei denn, der Stalker war Polizist. Sie wollte nicht glauben, dass es Del war, aber sie konnte es auch nicht ausschließen.

Eine Katze jaulte in einer Gasse und Schritte hallten über den nassen Asphalt hinter ihr.

Sie schlug den feuchten Mantelkragen hoch und ging schneller.

Die Schritte hinter ihr wurden ebenfalls hastiger.

Kade wirbelte herum. Als ihr Verfolger nah genug kam, um ihn im strömenden Regen zu erkennen, kämpften Erleichterung und Wut in ihr um Vorherrschaft. »Würdest du um Gottes Willen endlich damit aufhören!«

Del hob die Hände. »Tut mir leid. Ich wollte dich nur zu deinem Auto bringen.«

Kade wandte sich ab und fuhr sich mit einer Hand durch ihr feuchtes Haar.

»Ist alles in Ordnung mit dir?« Del trat näher und berührte sie sanft am Arm, bis Kade sich zu ihr umdrehte.

»Alles bestens«, sagte Kade. Jetzt, da Del ihr so nah war und sie besorgt ansah, konnte sie nur schwer glauben, dass sie ihr schaden wollte.

Del musterte sie. »Bist du sicher? Du wirkst ein wenig nervös. Ich hoffe, das liegt nicht an mir.«

»Nein. Wie schon gesagt, es ist alles in Ordnung.« Sie wollte sich nicht ausgerechnet Del anvertrauen und sie um Hilfe bitten.

»Du bist eine gute Lügnerin, aber nicht gut genug, um einen alten Haudegen wie mich zu täuschen.« Del wartete auf ihre Reaktion. Als Kade nicht antwortete, seufzte sie. »Wollten wir nicht eigentlich Freunde sein?«

Kade sah sie durch die Regentropfen auf ihrer Brille an. »Ich glaube, wir sollten Arbeit und Freundschaft lieber trennen.«

»Das kann ich gut verstehen. Warum treffen wir uns nicht mal außerhalb der Arbeit? Ich suche immer noch jemanden, der mit mir für den Marathon trainiert. Wie wäre es, wenn wir uns morgen früh um sechs an der Riverplace Marina treffen?«

»Warum ausgerechnet die Riverplace Marina?« Die kleinen Härchen in Kades Nacken standen zu Berge. War es nur ein Zufall oder wusste Del, dass sie ganz in der Nähe des Yachthafens wohnte?

»Weil es dort früh am Morgen einfach schön ist«, sagte Del. »Wir können am Fluss entlangjoggen bis hinauf zum Waterfront Park.«

Kade musterte sie noch einen Augenblick lang, konnte aber keine Hintergedanken erkennen. »Wie kommst du darauf, dass ich um sechs schon wach bin und mit dir laufen gehe?«

Del betrachtete sie von oben bis unten. »Du bist kein Morgenmuffel.«

Das stimmte. Kade seufzte. Sie sollte ablehnen, Del ein für alle Mal einen Korb geben und sich auf die Arbeit konzentrieren, aber wenn sie ehrlich war, musste sie zugeben, dass sie Del gerne besser kennenlernen wollte. »Nicht ausgerechnet morgen. Übermorgen wäre mir lieber. Ich bin zwar kein Morgenmuffel, aber ein bisschen Schlaf brauche ich schon und es ist bereits vier Uhr.«

Als Kade davonfuhr, stand Del noch immer mitten auf der Straße. Ihr kurzes, regennasses Haar klebte an ihrem Kopf. Kade spürte ihren Blick auf sich ruhen, bis sie um die Ecke bog.

KAPITEL 6

Dawn erwachte plötzlich und schnappte nach Luft.

Ihr Blick hetzte durch den Raum und versuchte, die Dunkelheit zu durchdringen. Alles war still in der Wohnung. Keine Schritte im Flur, keine Hände, die grob nach ihr griffen, keine kalte Pistolenmündung, die ihr an die Schläfe gepresst wurde.

Du bist in Sicherheit. Dawn rieb sich die Brust, um ihren hämmernden Herzschlag zu beruhigen. Ihr Blick fiel auf die schlafende Frau neben ihr und endlich verflog ihre Panik.

Sie wusste, dass sie nicht wieder einschlafen konnte, deshalb schlüpfte sie leise aus dem Bett. Behutsam, um Aiden nicht zu wecken, entriegelte sie das Fenster, öffnete es und kletterte hinaus auf die Feuertreppe. Unter ihr flackerten die Lichter der Stadt und Autos fuhren vorbei. In solchen Momenten wünschte sie fast, sie würde rauchen.

Sie wusste nicht, wie viel Zeit vergangen war, als das Fenster geöffnet wurde, das sie hinter sich geschlossen hatte. »Was machst du mitten in der Nacht hier draußen?« Aiden kletterte hinaus und setzte sich neben sie auf die oberste Stufe.

»Ich konnte nicht schlafen«, antwortete Dawn.

»Es ist kalt hier draußen.« Aiden schlang einen Arm um sie und zog sie gegen ihren noch bettwarmen Körper. »Ist alles okay?«, flüsterte sie, den Mund dicht an Dawns Schläfe.

Dawn kuschelte sich an sie. Ihre Augen fielen zu. Jetzt konnte ihr nichts mehr wehtun. »Ich hatte einen Albtraum.«

»Denselben wie immer?« Aiden legte auch den anderen Arm um sie.

Dawn nickte. Es war nicht nötig, Einzelheiten zu nennen. Aiden hatte nach der Vergewaltigung ihre Aussage aufgenommen, deshalb wusste sie, was in Dawns Albträumen passierte. Solche Träume kamen mittlerweile nicht mehr so oft vor, aber gelegentlich hatte sie noch einen. Die Liebe, die sie und Aiden verband, tat ihr unglaublich gut, aber sie war kein magisches Wundermittel, das die Vergewaltigung ungeschehen machen oder ihre Probleme lösen konnte.

»Du bist barfuß«, sagte Dawn. Sie drehte sich in Aidens Armen und presste ihre sockenbedeckten Füße gegen Aidens nackte Zehen. Jetzt saßen sie so dicht beieinander, dass sie fast ineinander überzugehen schienen.

Aiden küsste sie auf die Stirn und streichelte sanft einen ihrer Arme. »Was ist das denn?« Sie sah hinab auf das Pflaster in Dawns Armbeuge.

»Ich war heute beim Arzt«, sagte Dawn im Flüsterton.

»Was? Warum das denn?« Aidens starke Arme umklammerten sie fester. »Stimmt was nicht?«

Dawn streichelte ihren angespannten Rücken. »Nein, es ist alles okay. Ich musste mich nur noch mal auf Aids und Geschlechtskrankheiten testen lassen. Eine normale Vorsichtsmaßnahme nach … nach einer Vergewaltigung, das weißt du doch.«

Aiden schwieg eine Weile lang. »Daher kommt also der Albtraum.«

»Vermutlich.« Dawn schauderte und es lag nicht an der kühlen Luft. Die Untersuchung hatte eine Menge unschöner Erinnerungen wachgerufen.

Aiden senkte den Kopf und küsste sanft das Pflaster und dann die umliegende Haut. »Warum hast du nichts gesagt? Ich hätte doch mitgehen können.«

Ein Teil von ihr hätte Aiden gerne dabei gehabt, weil sie sich dann sicherer gefühlt hätte, aber sie hatte das allein durchstehen müssen. Aiden hatte schon genug Stress bei der Arbeit und brauchte die zusätzliche Belastung nicht. »Es wäre doch unnötig gewesen, dir wegen einer Sache, die fünf Minuten dauert, den halben Tag freinehmen zu müssen. Dafür hast du mit deinen neuen Fällen zu viel zu tun.«

Aiden ließ Dawns Unterarm los. »Wenn es um dich geht, habe ich nie zu viel zu tun. Du versuchst doch immer, mir beizubringen, dass man seine Ängste und Sorgen teilen muss, oder nicht?« Sie lächelte, aber der Ausdruck in ihren bernsteinfarbenen Augen war ernst.

»Sieht so aus, als wäre ich eine fast zu gute Lehrerin.« Dawn rieb ihre Nase an Aidens Kinn und atmete ihren beruhigenden Duft tief ein. »Ich wollte das einfach nur so schnell wie möglich hinter mich bringen. Ich wollte nicht, dass es unser Leben stört.«

Aiden nickte. »Wann bekommst du die Ergebnisse?«

»In ein paar Tagen«, sagte Dawn.

»Wird schon alles gut gehen.«

Dawn atmete langsam aus. »Ja.«

»Komm, lass uns zurück ins Bett gehen.« Aiden zog sie hoch und half ihr, ins Schlafzimmer zurückzuklettern. Sie wartete, bis Dawn wieder im Bett lag und nahm sie dann behutsam in die Arme. »Ist das in Ordnung?«, fragte sie.

Dawn schätzte ihr Verständnis sehr. Aiden hielt es nie für selbstverständlich, sie jederzeit berühren zu können, nur weil schon sechs Monate seit der Vergewaltigung vergangen waren. Sie verstand, dass Dawn körperliche Nähe nicht immer ertragen konnte, wenn sie einen Albtraum gehabt hatte. »Es ist wunderbar.« Sie schlang die Arme um Aidens Taille. »Du bist wunderbar.«

»Versuch jetzt einzuschlafen, alte Schmeichlerin«, sagte Aiden grinsend.

Lächelnd schloss Dawn die Augen. Aiden konnte ihre Albträume nicht immer vertreiben, aber wenigstens würde sie da sein, falls Dawn wieder in Panik aufwachte.

»Ihr Drei-Uhr-Termin ist jetzt da, Doktor Kinsley«, sagte Mrs. Phillips durch die Sprechanlage. »Schon wieder Jamie Dean.«

Dawn runzelte die Stirn. Soweit sie wusste, hatte sie keine Patientin mit diesem Namen. »Jamie Dean?«

Die Sekretärin lachte. »Das rebellische Mädchen. Ihre Mutter ist auch hier und würde gerne mit Ihnen reden, falls Sie kurz Zeit haben.«

Dawn sah auf die Uhr. Evan und ihre Pflegemutter waren erneut zu früh dran. »Sagen Sie ihr bitte, sie kann reinkommen.«

Keine Minute später ging die Tür auf und eine kleine Frau Anfang Vierzig kam herein. »Ich bin Judy LeCroix.« Sie hielt Dawn die Hand hin. »Danke, dass wir kurz reden können.«

Dawn schüttelte ihre Hand. »Kein Problem. Was kann ich für Sie tun?«

»Ich wollte nur nachfragen, ob Evan auch tatsächlich mit Ihnen redet«, sagte Mrs. LeCroix. »Mit den anderen Therapeuten war sie nicht sonderlich kooperativ. Sie erzählt mir nicht viel, aber Sie haben zugestimmt, Sie als Patientin anzunehmen, oder?«

Dawn nickte. »Ich würde gerne zwei Termine pro Woche mit ihr ausmachen.«

Erleichterung zeigte sich auf Mrs. LeCroix' Gesicht, bevor die Sorgenfalten zurückkehrten. »Und hat sie …?«

»Tut mir leid, aber darüber kann ich nicht mit Ihnen reden«, sagte Dawn höflich, aber bestimmt.

Judy LeCroix blinzelte. »Aber … aber Sie haben doch zugesagt, mir zu helfen!«

Dawn erhob sich hinter dem Schreibtisch, um zu verdeutlichen, dass das Gespräch beendet war. »Ich habe zugesagt, Evan zu helfen.« Sie hielt inne, damit Mrs. LeCroix Zeit hatte, den Unterschied zu verstehen. »Wir können nicht erwarten, dass sie sich mir öffnet, wenn sie glaubt, dass ich Ihnen dann über jedes Wort Bericht erstatte. Ich muss mir ihr Vertrauen erst verdienen, deshalb erwarten Sie bitte keine regelmäßigen Updates von mir.«

Mrs. LeCroix starrte sie an. Nach ein paar Augenblicken nickte sie. »Ich verstehe. Ich mache mir nur Sorgen um Evan. Sie ist außer Rand und Band und ich weiß mir einfach nicht mehr zu helfen. Sie vernachlässigt die Schule und trifft sich mit einigen ziemlich tough aussehenden Gestalten. Oft kommt sie nur zum Schlafen nach Hause. Ich glaube, sie nimmt auch Drogen, und ich mache mir

Sorgen, dass sie ungeschützten Geschlechtsverkehr hat. Was, wenn sie schwanger wird?«

Dawn bemühte sich um einen neutralen Gesichtsausdruck. *Das ist das Einzige, worüber Sie sich keine Sorgen machen müssen.* »Ich würde es Ihnen sagen, falls sie in akuter Gefahr wäre, aber ansonsten müssen Sie mir einfach vertrauen. Mir und Evan. Geben Sie ihr nicht das Gefühl, dass Sie nur Schlechtes von ihr erwarten. Kriegen Sie das hin?«

»Ich werde es versuchen.« Mit hängendem Kopf verließ Mrs. LeCroix Dawns Büro.

Dawn nahm noch einen Schluck ihres längst kalt gewordenen Tees und ging dann, um ihre junge Patientin aus dem Wartezimmer abzuholen.

Evan unterhielt sich mit jemandem, deshalb blieb Dawn im Türrahmen stehen.

Ein blondes Mädchen in Evans Alter saß neben ihr und unterhielt sich angeregt mit Evan. Irgendwie kam sie Dawn bekannt vor. Vielleicht war sie eine von Janets Patientinnen, die sie schon früher im Wartezimmer gesehen hatte.

Evan saß stumm da und hörte mit unbewegtem Gesicht zu.

Das Mädchen ließ sich davon nicht stören. Sie berührte Evans Arm und fragte sie nach ihrer Tätowierung.

Dawn hatte erwartet, dass Evan ein finsteres Gesicht machen und die Hand abwehren würde, aber sie sah das blonde Mädchen nur mit einem selbstbewussten Halblächeln an, das Dawn erneut an Aiden erinnerte. Die Fass-mich-an-und-ich-reiß-dir-den-Arm-ab-Einstellung war verschwunden.

Schätze, man muss einfach nur jung, blond und attraktiv sein. Moment mal, ich bin jung, blond und attraktiv. Lächelnd sah Dawn den beiden Teenagern zu. *Sieh's ein, Kinsley. Du wirst alt.*

Sie betrat das Wartezimmer. »Hallo, Evan. Tut mir leid, wenn ich dich und deine Freundin unterbrechen muss …«

»Sie ist nicht meine Freundin.« Evan ignorierte das Mädchen und ihren verletzten Gesichtsausdruck. »Nur eine Leidensgefährtin, deren Eltern Psychotherapie auch für eine Modeerscheinung halten.« Sie erhob sich, ohne das Mädchen eines Blickes zu würdigen und marschierte zu Dawns Büro. »Kommen Sie, Doc? Sie verschwenden sonst meine Zeit und mein Geld.«

Dawn warf dem blonden Mädchen einen entschuldigenden Blick zu, bevor sie Evan folgte.

Evan hatte sich wie üblich auf den Besucherstuhl gesetzt, deshalb nahm Dawn hinter dem Schreibtisch Platz. »Warum hast du ihr wehgetan?«

»Hab ich das?« Evan zuckte mit den Schultern.

Dawn warf ihr einen strengen Blick zu. »Kennst du sie?«

»Nicht im biblischen Sinn. Zumindest noch nicht.« Ein selbstbewusstes Grinsen breitete sich auf Evans Gesicht aus.

Dawn hätte fast mit den Augen gerollt. »Wie heißt sie denn?«

»Lori oder Lauren oder so ähnlich. Normalerweise will ich die Namen gar nicht wissen. Die kann ich mir ohnehin nicht alle merken.« Sie zwinkerte Dawn zu.

Oh Mann. Wenn es so sein würde, ein Kind aufzuziehen, das Aiden ähnelte, sollte sie ihren Kinderwunsch vielleicht noch mal überdenken. »Wer verschwendet hier Zeit und Geld?« Sie sah Evan in die Augen. »Warum hast du ihr wehgetan? Und versuch zur Abwechslung mal, ehrlich zu antworten. Du musst mich nicht mit coolen Sprüchen beeindrucken.«

Evan senkte den Blick und betrachtete die Gegenstände auf Dawns Schreibtisch. »So schlimm war es ja wohl nicht. Es sollte witzig sein. Aber scheinbar hat sie keinen Sinn für Humor.«

»Findest du es witzig, wenn jemand dir sagt, du wärst nicht sein Freund, und andeutet, dass es Zeitverschwendung ist, mit dir zu reden?«

»Hey, Sie haben das doch eben angedeutet, Doc.«

Dawn würdigte das nicht mit einer Antwort. Sie sah Evan nur an.

»Na gut, vielleicht war es nicht sonderlich witzig«, sagte Evan.

»Warum hast du es dann gesagt? Warum warst du absichtlich so unfreundlich zu ihr? Sie scheint nett zu sein und ich glaube kaum, dass sie irgendetwas getan hat, um eine solche Behandlung zu verdienen, oder?« Sie versuchte, es wie eine neutrale Frage, nicht wie eine Rüge klingen zu lassen.

Evan sah sie nicht an. »Man kriegt im Leben eben nicht immer, was man verdient. Wer sagt, dass das Leben fair ist, Doc?«

»Dein Leben oder das Leben im Allgemeinen?« Dawn ahnte, dass sie sich jetzt einem wunden Punkt näherten.

»Beides, schätze ich.«

Dawn nickte bedächtig. »Und was ist so unfair an deinem Leben?«

»Ach, ist das jetzt der Moment, an dem ich Ihnen mein Herz ausschütten und von meiner vermurksten Kindheit berichten soll, Doc?« Evan grinste überheblich, aber eines ihrer Knie wippte auf und ab.

»Erzähl mir davon.« Dawn hielt sich nicht damit auf, Evan für ihre Wortwahl zu rügen. Es war nur eine Provokation, damit Evan nicht über sich und ihre Gefühle sprechen musste. »Wie warst du so als Kind?«

Evan warf den Kopf zurück und lachte übertrieben. »Na, ich war ein wahrer Engel. Warum sonst wollte mich wohl niemand adoptieren?«

»Wie alt warst du, als du zur ersten Pflegefamilie kamst?«

Evan warf ihr einen bösen Blick zu, antwortete aber. »Sechs.«

»Und davor hast du bei deiner Mutter gewohnt?«

Evan schüttelte den Kopf.

»Wieso nicht?« Dawn wusste, dass sie neugierig erschien, aber sie musste ein wenig von Evans Familiengeschichte wissen, um sie besser verstehen zu können. »Ist sie …gestorben?«

»Schön wär's. Nö. Soviel ich weiß, ist sie immer noch quietschlebendig.«

Also hatte sie ihre Tochter zur Adoption freigegeben. Daher also Evans Wut und ihre Minderwertigkeitsgefühle. »Warum konnte sie dich nicht behalten? Dachte sie, sie sei zu jung oder zu arm, um eine gute Mutter zu sein?«

»Sie wollte keine Mutter sein!« Evans Stimme war laut und rau.

»Wirklich? Aber sie hat dich doch trotzdem bekommen.«

»Das war nicht auf ihrem Mist gewachsen. Sie hätte mich ohne zu zögern umgebracht, aber meine Großmutter hat es ihr ausgeredet.« Evan starrte mit unbewegtem Gesicht ins Leere. All ihre Wut war verschwunden.

»Du hast also bei deiner Mutter und deiner Großmutter gewohnt, bis du sechs warst?«, fragte Dawn, um ein klareres Bild zu bekommen.

»Ach, Sie glauben, meine gute alte Mutter wäre so lange geblieben, um mich kennenzulernen?« Der Sarkasmus kehrte zurück. »Träumen Sie weiter, Doc. Sie ist abgehauen, kurz nachdem ich auf die Welt kam.«

»Das tut mir leid«, sagte Dawn aufrichtig.

Evan nahm den Stressball von Dawns Schreibtisch. Einen Moment lang sah sie aus, als wollte sie ihn Dawn an den Kopf werfen. »Ich brauche Ihr Mitleid nicht.«

»Mein Mitleid gilt nicht nur dir, sondern auch deiner Mutter.« Es war eine berechnete Antwort und sie rief die erwartete Reaktion hervor.

»Warum haben Sie Mitleid mit ihr?« Evan umklammerte den Stressball so fest, dass ihre Knöchel weiß anliefen. »Sie hat doch bekommen, was sie wollte!«

Dawn rutschte auf die Stuhlkante und beugte sich vor. »Sie tut mir leid, weil sie so einiges verpasst hat.«

»Was denn? Die Psychotherapie ihrer verkorksten Tochter bezahlen zu müssen? Mich im Jugendknast zu besuchen? Das Abendessen noch mal aufwärmen zu müssen, weil ich wieder mal nachsitzen muss?«

Dawn wartete, bis Evan sich beruhigt hatte, bevor sie antwortete. »So, wie du das eben gesagt hast, klingt das nicht wie eine Leistung. Du bist nicht so stolz auf all das, wie du sonst immer tust.«

»Aber ich bin richtig gut darin«, gab Evan zurück. Ihr Grinsen war nicht so selbstbewusst wie sonst.

»Sicher gibt es doch auch andere Dinge als gegen Regeln zu verstoßen, in denen du richtig gut bist.« Falls Evan wirklich Aiden ähnelte, war sie vermutlich eine Sportskanone und konnte auch ziemlich charmant sein, wenn sie nur wollte. Nun musste Dawn sie nur noch dazu bringen, sich selbst auch so zu sehen.

Evan feixte und öffnete den Mund, um zu antworten.

»Nicht die Klugscheißervariante, bitte«, sagte Dawn. Sie hatte das untrügliche Gefühl, dass Evan eben vorgehabt hatte, mit ihrem Sexleben anzugeben. »Ich möchte, dass du darüber nachdenkst und dann ganz ehrlich antwortest.«

»Tja, in dem Fall bin ich nicht gut in irgendetwas anderem.« Evan lehnte sich zurück und verschränkte die Arme vor der Brust, so wie sie das zu Beginn ihrer ersten Sitzung immer getan hatte.

»Dann ist das jetzt deine Hausaufgabe«, sagte Dawn. »Bis zu unserer nächsten Sitzung am Montag möchte ich, dass du etwas findest, worin du gut bist. Schreib es auf.« Sie drückte Evan einen Notizblock in die Hand.

Die ließ ihn zu Boden fallen. »Ich bin gut darin, meine Hausaufgaben zu vergessen.«

»Etwas Positives. Ich möchte, dass du etwas Positives findest, das du gut kannst. Und ich meine damit meine Definition von positiv, nicht deine.« Sie lächelte Evan an, aber ihr Blick war unnachgiebig.

»Na gut. Ich werd's versuchen«, sagte Evan, hob den Notizblock aber nicht vom Boden auf.

»Gut, dann lass uns jetzt über deine Großmutter sprechen.«

Evan rutschte nach unten und streckte die Beine aus, bis sie fast in ihrem Stuhl lag. »Da gibt's nichts zu sagen. Sie ist tot.«

Deshalb war Evan also zu einer Pflegefamilie gekommen. »War sie eine gute Ersatzmutter?«

Evans Lederjacke knarrte, als sie mit den Schultern zuckte.

Dawn bemerkte, dass Evan sich immer weigerte, das Kleidungsstück auszuziehen. Es war eine Art Schutzpanzer für sie. »Kannst du mir das genauer beschreiben?«

»Na ja«, murmelte Evan, »sie hat mich nicht geschlagen oder so.«

»Aber das allein macht noch kein gutes Elternteil aus, oder? Sonst wärst du viel glücklicher mit deinen jetzigen Pflegeeltern.«

Evan sah auf. Überraschung stand ihr ins Gesicht geschrieben, ehe sie schnell ihre gelangweilte Miene wieder aufsetzte.

Offenbar hatte sie nicht erwartet, dass Dawn die elterlichen Fähigkeiten der LeCroixs infrage stellen würde, obwohl alle anderen Evan die Schuld dafür gaben, wenn es nicht gut lief.

»Wieso erzählst du mir nicht ein wenig von ihr.« Dawn lehnte sich zurück.

»Von Judy oder meiner Großmutter«, fragte Evan und sah noch immer etwas aus der Bahn geworfen aus.

Diesmal war es Dawn, die mit den Schultern zuckte. »Fang an, mit wem du willst.«

Evan musterte sie einen Moment lang. »Sie haben ja schon selbst mit Judy geredet, deshalb wissen Sie vermutlich alles, was es über sie zu sagen gibt.« Die unausgesprochene Anklage stand im Raum.

Mist. Ich hätte es früher ansprechen sollen. Dawn stand auf, ging um den Schreibtisch herum und setzte sich neben Evans Stuhl auf die Tischkante. »Ja, sie war vorhin in meinem Büro. Tut mir leid, dass ich dir das nicht gesagt habe.«

»Sie versuchen nicht mal, es abzustreiten?«

»Warum sollte ich?«, antwortete Dawn so ruhig wie möglich. »Ich habe nichts zu verbergen.«

Evan stieß einen anzüglichen Pfiff aus.

Es war nur ein weiterer Versuch zu verbergen, wie verletzt sie war.

»Evan.« Dawn wartete, bis das Mädchen aufsah. »Ich habe deiner Pflegemutter klar und deutlich gesagt, dass ich deine Therapeutin bin, nicht ihre. Unsere Sitzungen unterliegen der Schweigepflicht. Ich werde ihr nicht sagen, worüber wir sprechen.«

Evan schnaubte. »Aber sie bezahlt Sie doch.«

»Das Geld ist mir egal. Es geht mir um dich.« Dawn verfluchte sich, sobald sie es gesagt hatte. Das war etwas zu viel des Guten. »Es geht mir darum, dir zu helfen.«

Evan schwieg eine ganze Weile. Als sie aufsah, waren die Wut und der Schmerz aus ihrem Gesicht verschwunden. »Judy hat mir ihre Bibel nicht über den Kopf geschlagen oder mich aus dem Haus geworfen, weil ich mit einem Mädchen geschlafen habe. Schätze mal, Sie haben ihr noch nicht davon erzählt.«

»Nein, habe ich nicht.« Dawn hielt ihrem Blick stand. »Und das werde ich auch nicht.«

»Das werden wir ja sehen«, antwortete Evan.

Dawn nickte. Es würde seine Zeit dauern, bis Evan ihr vertraute. »Gibt es einen bestimmten Grund, warum du deiner Pflegemutter nicht gesagt hast, dass du auf Mädchen stehst? Mir gegenüber warst du nicht gerade schüchtern, was das angeht, wieso verheimlichst du es also ihr gegenüber?«

»Ich verheimliche es nicht. Es gab bisher einfach nie eine Gelegenheit, es zu sagen. Wir reden nicht so viel.«

Das glaubte Dawn sofort. Aber dennoch musste es einen Grund geben, warum Evan ihre Pflegemutter nicht mit ihrer sexuellen Orientierung konfrontiert hatte. »Hast du Angst davor, es ihr zu sagen?«

»Angst? Ha!« Evan schlug sich auf die Schenkel.

Dawn schüttelte den Kopf. »Lach nicht. Sich Leuten gegenüber zu outen, auf die man angewiesen ist, kann ziemlich angsterregend sein. Man weiß ja nie, wie sie reagieren.«

»Es ist mir schnuppe, wie sie reagieren oder was sie von mir halten«, sagte Evan. »Und ich bin nicht auf sie angewiesen. Wenn sie nicht mit einer Lesbe unter einem Dach leben wollen, dann werde ich eben zur nächsten Pflegefamilie abgeschoben. Wen schert's?«

»Weißt du, warum Judy mit mir sprechen wollte?«, fragte Dawn.

»Sie ist eine neugierige Schlampe. Deshalb.«

Dawn ignorierte die Bemerkung. »Sie macht sich Sorgen um dich.« Sie redete über Evans sarkastisches Schnauben hinweg. »Sie hat Angst, dass du dir mit den Drogen oder den Partys schaden könntest ... und dass du schwanger wirst.«

Evan schien nicht überrascht, das zu hören. »Wohl kaum«, sagte sie amüsiert. »Den Leuten, mit denen ich ins Bett gehe, fehlt dazu ein gewisses Körperteil.«

»Ja, aber Judy weiß das ja nicht.« Dawn hielt die Bemerkung zurück, dass Evan sich sehr wohl eine Geschlechtskrankheit zuziehen konnte, auch wenn eine Schwangerschaft ausgeschlossen war. Das würde sie in einer späteren Sitzung besprechen. »Du hast sie absichtlich in dem Glauben gelassen, du würdest mit den Jungs schlafen, mit denen du dich triffst.«

»Ich kann doch nichts für ihre bescheuerten Annahmen.« Das Funkeln in Evans braunen Augen zeigte, dass es ihr gefiel, ihre Pflegemutter das glauben zu lassen.

Dawn warf einen Blick auf die kleine Uhr auf ihrem Schreibtisch. »Unsere Zeit für heute ist zu Ende.«

»Wie die Zeit vergeht, wenn man sich amüsiert«, kommentierte Evan.

Dawn verkniff sich eine schlagfertige Antwort. »Bis zu unserer nächsten Sitzung am Montag möchte ich, dass du darüber nachdenkst, warum es dir gefällt, wenn Judy sich um dich sorgt.«

»Noch mehr Hausaufgaben?« Evan stöhnte.

»Nun ja«, sagte Dawn mit ihrem süßesten Lächeln, »du hattest doch gesagt, dass dir langweilig ist, nicht?«

Evans Gesichtsausdruck veränderte sich nicht, aber Dawn hatte ihre Gestik und Mimik nun zwei Stunden lang beobachtet, deshalb ahnte sie, dass Evan sich nur mit Mühe davon abhielt, ihr Lächeln zu erwidern.

»Ich muss wohl in Zukunft aufpassen, was ich Ihnen sage, Doc«, sagte Evan nach kurzem Schweigen.

»Nein, musst du nicht«, sagte Dawn ernst. »Darum geht es ja in einer Therapie. Du kannst alles sagen, solange du nur versuchst, ehrlich zu dir selbst zu sein.«

Evan erhob sich und ging zur Tür.

Dawn brauchte nicht nachzusehen, um zu wissen, dass der Notizblock für ihre Hausaufgaben immer noch am Boden lag. »Hast du nicht was vergessen?«

»Wie, Sie wollen einen Abschiedskuss?« Evan grinste über ihre Schulter zurück.

»Nein, danke«, antwortete Dawn, ohne mit der Wimper zu zucken. Sie warf Evan den Notizblock zu. »Dann bis Montag.«

KAPITEL 7

Der Kies unter Kades Turnschuhen knirschte, als sie auf und ab ging, um sich warmzuhalten. Es war fünf nach sechs und die Sonne ging gerade über der Riverplace Marina auf, aber von Del gab es weit und breit keine Spur.

Es war eine blöde Idee gewesen, sich noch mal mit ihr zu treffen. Nachdem die letzte Verabredung kein gutes Ende genommen hatte, hätte sie sich von Del fernhalten sollen, aber scheinbar hatte sie masochistische Tendenzen. Noch fünf Minuten, dann würde sie nach Hause gehen oder ohne sie joggen.

Sie hatte den Gedanken gerade erst zu Ende gedacht, als der Klang von Schritten auf dem Kies sie aufsehen ließ.

Del kam den Pfad entlanggerannt.

Kade sah vielsagend auf die Uhr.

Del kam schliddernd vor ihr zum Stehen. »Tut mir leid. Ich …« Sie beugte sich vornüber und schnappte nach Luft.

»Ich dachte, wir wollten gemeinsam joggen gehen, aber du siehst aus, als hättest du bereits deinen Morgenlauf hinter dir.«

Del richtete sich auf und schob sich eine Strähne ihres schwarzen Haares aus der Stirn. »Ich komme direkt von einem Tatort. Zum Glück habe ich immer meine Trainingsklamotten im Kofferraum.«

»Du hättest mich anrufen und absagen sollen.«

»Nein«, sagte Del eilig. »Ich brauche etwas Bewegung, nachdem ich die ganze Nacht über Beweismitteln gekniet habe. Mir geht's gut, also lass uns loslegen.«

Kade musterte sie skeptisch. Del sah erschöpft aus. Kade konnte nicht umhin, sich geschmeichelt zu fühlen, dass Del trotzdem so entschlossen war, etwas Zeit mit ihr zu verbringen. Wenn sie ehrlich war, musste sie zugeben, dass sie Dels Gesellschaft ebenfalls genoss. »Okay. Dann mal los. Ich verspreche, dass ich Rücksicht auf dich nehmen werde.«

Del schnaubte. Sie begannen, am Fluss entlangzulaufen. »Mit all dem Adrenalin, das durch meine Adern pumpt, solltest du lieber hoffen, dass ich Rücksicht auf dich nehme.«

Kade lächelte und lief schneller.

Eine Weile liefen sie nebeneinander, keine von beiden schneller als die andere.

Kade hatte schon seit langem keine Laufpartnerin mehr gehabt. Sie zog es vor, allein zu laufen, denn so hatte sie Zeit, ihren Terminkalender durchzugehen oder ihre Eröffnungs- und Schlussplädoyers zu üben. Aber immerhin war Del eine ziemlich gute Laufpartnerin. Sie versuchte nicht, Kade in ein Gespräch zu verwickeln, und Kade genoss das behagliche Schweigen.

Ein paar Fahrradfahrer und eine Frau auf Inlineskates rasten an ihnen vorbei, aber ansonsten war auf dem Weg noch nicht viel los. Zwei uniformierte Polizisten patrouillierten am Fluss entlang und Del salutierte spielerisch.

Als sie sich der Hawthorne Bridge näherten, merkte Kade, dass Dels schelmische Art und ihr Dauerlächeln einem ernsteren Gesichtsausdruck gewichen war. »Alles okay? Brauchst du eine Pause?«

»Was?« Del drehte den Kopf und sah sie an. »Oh, nein. Mir geht's gut. Es ist nur …« Sie zeigte nach links. »Mir ist nur eben aufgefallen, wie lange ich nicht mehr hier war.«

»Wieso auch? Aiden sagte, dass du in St. Johns wohnst und das ist nicht gerade um die Ecke.« Deshalb war Kade ja auch so überrascht und etwas misstrauisch gewesen, als Del vorgeschlagen hatte, sich am Yachthafen zu treffen.

»Das meinte ich nicht.« Del zeigte erneut auf etwas zu ihrer Linken.

Kade sah genauer hin. Die Gedenkstätte für gefallene Polizisten war ganz in der Nähe.

»Der Name meines früheren Partners steht an dieser Mauer«, sagte Del. »Dawn und ich sind früher immer zusammen hergekommen.«

»Jetzt nicht mehr?«, fragte Kade.

Del wandte den Blick von dem Denkmal ab. »Hin und wieder, aber nicht mehr so oft wie früher. Ich glaube, Dawn geht jetzt mit Carlisle hin.«

Na toll. Was soll ich darauf sagen? Kade war es nicht gewohnt, mit derartigen Gefühlen konfrontiert zu werden, schon gar nicht so früh am Morgen. »Möchtest du jetzt hingehen?« Sie lächelte neckisch, um die Stimmung aufzulockern. »Du siehst aus, als könntest du eine Pause dringend gebrauchen.«

Del dachte kurz darüber nach. »Nein, danke. Ich weiß das Angebot zu schätzen, aber Jimmy, mein Partner, würde mir kräftig in den Hintern treten, wenn ich eine schöne Frau anschleppe, um trübselig die Gedenkstätte anzustarren, anstatt ihre Gesellschaft zu genießen.«

Kade war schon öfter, als sie zählen konnte, als schön bezeichnet worden, aber es von Del zu hören, ließ sie nicht kalt. »Dann lass uns mal sehen, ob du meine Gesellschaft auch noch genießt, wenn ich dich bei einem Wettrennen schlage.«

Del grinste breit. »Du kannst es ja versuchen. Welche Regeln hat dieses Wettrennen? Gibt es einen Preis für den Gewinner?«

»Keinen Preis. Wer zuerst am Brunnen ist, hat gewonnen. Fertig? Los!« Kade rannte los, ohne auf Dels Bestätigung zu warten.

»Hey! Warte, du kleine Betrügerin!«
Kade lächelte nur und lief schneller.

Del betrat leise den Gerichtssaal, gerade als Richterin Linehan den Hammer auf den Resonanzblock schlug, um die Verhandlung zu unterbrechen.

Die Zuschauer erhoben sich von den Bänken und verließen den Gerichtssaal. Einige von ihnen warfen Del verärgerte Blicke zu, als sie um sie herumgehen mussten. Unbeeindruckt blieb sie stehen und schlug ihre Jacke zurück, was das goldene Abzeichen an ihrem Gürtel enthüllte. Ihre Aufmerksamkeit galt einzig und allein der rothaarigen Frau hinter dem Tisch der Anklage.

Die Staatsanwaltschaft beschäftigte eine Menge junger, attraktiver Anwältinnen, aber selbst von hinten gesehen, wusste Del sofort, dass es Kade war. Nachdem sie gestern eine Stunde lang hinter diesen langen Beinen hergelaufen war, würde sie diese überall erkennen.

Sie ließ den Blick über die wohlgeformten Waden und den Rest von Kades Körper gleiten und bewunderte dabei den maßgeschneiderten Rock, den teuren Blazer und das perfekt gestylte Haar. Himmel, sie liebte Frauen in Röcken. Diese Frau, um genau zu sein.

Es wäre einfacher gewesen, wenn ihre Bewunderung Stacy Ford, der Staatsanwältin der Mordkommission, gegolten hätte. Stacy war lesbisch, auch wenn sie das nicht an die große Glocke hängte. Aber nein, sie musste sich ja ausgerechnet für diese offenbar heterosexuelle, quasi-blaublütige Anwältin interessieren.

Kade schlang ihre Aktentasche über die Schulter und drehte sich um.

Inzwischen war Del die einzige Person im hinteren Teil des Gerichtssaals, sodass sich ihre Blicke sofort trafen. Del lächelte und öffnete die hölzerne Absperrung, die den Zuschauerbereich vom Rest des Saals trennte.

Kade schritt auf ihren Pfennigabsätzen auf sie zu und passierte die Absperrung so beiläufig, als wäre sie daran gewöhnt, dass man ihr Türen aufhielt. »Gibt man dir im zwölften Revier nicht genug zu tun, Lieutenant?« Das schelmische Leuchten in Kades Augen glich ihren geschäftsmäßigen Tonfall aus.

»Oh doch. Ich bin aus beruflichen Gründen hier«, sagte Del. »Ich suche nach einer Staatsanwältin.«

»Und was wirst du jetzt, wo du eine gefunden hast, mit ihr machen?«

Del starrte sie an. Flirtete Kade etwa mit ihr? »Hm, vielleicht werde ich sie entführen und sie zwingen, mir jeden Wunsch von den Augen abzulesen?«, sagte sie mit einem Zwinkern.

Kade umklammerte den Riemen ihrer Aktentasche und ihre stahlblauen Augen verengten sich.

»Entspann dich.« Del lachte. »Im Moment möchte ich nur eines von dir.«

»Und das wäre?«

»Ich brauche eine Staatsanwältin, die einen Richter dazu bringt, meinen Durchsuchungsbefehl zu unterschreiben«, sagte Del.

Kade runzelte die Stirn. »Ich bin aber nicht für die Mordkommission tätig.«

Traurig, aber wahr. Kade während der Arbeitszeit regelmäßig zu sehen, gehörte nicht zu den Vorteilen, die ihr Job bot. »Ich weiß, aber ich kann Stacy nicht finden und ich war gerade in der Gegend, da dachte ich mir, ich sag mal Hallo und bitte um ein wenig Hilfe von einer befreundeten Abteilung.«

Eine von Kades perfekt gezupften Augenbrauen schnellte in die Höhe. »Das nennt man dann wohl Arbeit und Vergnügen verbinden, oder?«

Del zuckte mit den Schultern. »Multitasking ist doch eine gute Sache.«

»Nicht in meinem Beruf«, sagte Kade. »Eine gute Staatsanwältin hat sich ausschließlich auf den Fall zu konzentrieren.«

»Während der Arbeit, sicher. Aber im Moment verhandelst du gerade keinen Fall.«

»Nein«, antwortete Kade. »Aber du bist wegen eines Durchsuchungsbefehls hier. Was ist so wichtig daran, dass du verzweifelt nach einer Staatsanwältin suchst?«

Del gab es auf, Kade dazu bewegen zu wollen, auf persönlicher Basis mit ihr zu sprechen. In diesen ehrwürdigen Hallen war Kade im Arbeitsmodus. »Wir haben die Fingerabdrücke unseres Verdächtigen am Tatort gefunden und ich möchte, dass meine Detectives seine Wohnung nach der Mordwaffe absuchen, bevor er beschließt, Ferien im Ausland zu machen.«

»Es gibt Fingerabdrücke und du beantragst trotzdem nicht gleich einen Haftbefehl?«, fragte Kade. »Was geht hier vor?«

Mist. Kade hatte nicht nur ein hübsches Gesicht und eine heiße Figur, sie war auch nicht auf den Kopf gefallen. Del musste eine Entscheidung fällen: Entweder sie sagte die Wahrheit und setzte damit ihren Durchsuchungsbefehl aufs Spiel oder sie log und ergatterte das heißbegehrte Dokument. Als sie Kade in die Augen sah, fiel ihr die Entscheidung ganz leicht. »Der Verdächtige behauptet, ein Alibi zu haben. Er war angeblich mit der Nichte des Polizeichefs aus.«

»Deshalb schickt man also einen Lieutenant, um einen einfachen Durchsuchungsbefehl zu bekommen«, sagte Kade, ohne mit der Wimper zu zucken.

Deshalb und weil ich es nicht erwarten konnte, dich wiederzusehen. Del hielt es für besser, das nicht auszusprechen. Kade wusste bereits von ihrem Interesse, es weiterhin zu betonen, hätte sie nur abgeschreckt. »Es ist eine delikate Situation«, antwortete sie und benutzte die Worte ihres Vorgesetzten.

Kade setzte eine strenge Miene auf. »Niemand steht über dem Gesetz, nicht einmal die Nichte des Polizeichefs. Haben deine Detectives sie schon befragt?«

Del nickte. »Wir können es nicht beweisen, aber wir glauben, dass sie ihn deckt. Keiner der Nachbarn hat gesehen, dass er das Haus betreten oder verlassen hat.«

»Dann lass uns gehen und dir einen Durchsuchungsbefehl besorgen.« Kade marschierte hinaus in den Flur.

Del eilte ihr nach. »Wohin gehst du? Da sitzt eine Richterin mit zwei schreibfähigen Händen gleich nebenan.« Sie zeigte auf das Zimmer neben dem Gerichtssaal.

Kade schüttelte entschieden den Kopf. »Richterin Linehan um einen Gefallen zu bitten, wenn ich dabei bin, ist keine gute Idee.«

Del lachte. »Was hast du angestellt?«

»Angestellt?« Das undurchdringliche Anwältinnenpokerface verriet nichts. »Wieso denkst du, dass ich irgendetwas angestellt hätte?«

»Weil das derselbe Gesichtsausdruck ist, den du gestern hattest, als du dir mit deinem kleinen Trick einen Vorsprung in unserem Wettlauf verschafft hast.« Del hatte es nichts ausgemacht zu verlieren, denn so hatte sie die ganze Zeit Kade in ihren engen Laufhosen beobachten können.

Kade grinste kurz, aber dann verwandelte sie sich wieder in die professionelle Staatsanwältin. Sie klopfte an eine Tür und bedeutete Del, ihr zu folgen.

Richter Thayer? Del unterdrückte ein Stöhnen, als sie den grauhaarigen Richter hinter seinem Schreibtisch sitzen sah. Henry Thayer war nicht dafür bekannt, dass er großzügig mit Durchsuchungsbefehlen umging. Das letzte Mal, als Del an seine Tür geklopft hatte, um sich einen ausstellen zu lassen, hatte er ohne langes Federlesen abgelehnt.

»Euer Ehren«, sagte Kade, versuchte aber nicht, ihn mit ihrem atemberaubenden Lächeln zu bezirzen. »Wir brauchen eine Unterschrift für einen Durchsuchungsbefehl in einem Mordfall.«

Der Richter schob seine Brille etwas höher und musterte sie, bevor sein Blick zu Del wanderte. »Was geht hier vor?«

»Wie meinen Sie das?« Kade war das perfekte Unschuldslamm.

»Ein Lieutenant und eine Staatsanwältin von der Abteilung für Sexualdelikte kommen her, um mich um einen Durchsuchungsbefehl in einem Mordfall zu bitten? Was geht hier vor?«, wiederholte Richter Thayer, diesmal noch ungeduldiger.

Del trat vor, aber Kade hob den Zeigefinger und signalisierte ihr, dass sie das Sprechen übernehmen wollte. »Eine Alibizeugin mit einflussreichen Freunden deckt den Hauptverdächtigen.«

»Wer?«, fragte der Richter.

Kade sah ihm in die Augen. »Die Nichte des Polizeichefs.«

»Und Sie erwarten, dass ich diesen Durchsuchungsbefehl unterschreibe, obwohl Sie genau wissen, dass ich morgen früh mit dem Polizeichef Golf spiele?«

Mist. Del verzog das Gesicht. Den Durchsuchungsbefehl konnten sie vergessen.

Sie hatte erwartet, dass Kade mit einer leidenschaftlichen Rede über Gerechtigkeit antworten würde, aber sie sagte nur »Ja« und legte dem Richter den Durchsuchungsbefehl vor die Nase.

Thayer nahm einem Kugelschreiber und unterzeichnete das Dokument, ohne es sich auch nur anzusehen.

»Danke.« Kade nahm den Durchsuchungsbefehl und verließ den Raum.

Del folgte ihr hastig. »Was war das denn?«, fragte sie, nachdem sie die Tür hinter ihnen geschlossen hatte.

»Du hast deinen Durchsuchungsbefehl«, sagte Kade und drückte ihr das Dokument mit einem Hauch von Stolz in die Hand.

»Er hat nicht mal gefragt, welche Beweise wir haben, oder uns gewarnt, die Nichte des Polizeichefs nicht zu hart anzugehen!« Del schüttelte den Kopf. »Das ist nicht der sture Hund von Richter, den ich kenne. Normalerweise zwingt er mich immer, über glühende Kohlen zu kriechen, bevor er einen Durchsuchungsbefehl unterschreibt.«

Ein Lächeln huschte über Kades Gesicht, als sie mit schnellen Schritten den Korridor hinabging.

»Vielleicht ist er ja der Verehrer, der dir all die Blumen geschickt hat«, sagte Del. Er wäre sicher nicht der erste Hüter von Recht und Ordnung, der Kade Mathesons Charme zum Opfer fiel.

Kade versteifte sich. »Nein, ist er nicht.«

Sie erreichten den Ausgang des Gerichtsgebäudes und Del ging schneller, um Kade zu überholen und die schwere Tür für sie aufzuhalten. »Wie kannst du da so sicher sein?« Del glaubte nicht, dass Kade ihre Wirkung auf andere unterschätzte. Normalerweise schien sie eine Frau zu sein, die genau wusste, wie attraktiv sie war.

»Er ist mein Onkel«, sagte Kade und stapfte die lange Treppe hinunter.

»Was? Richter Thayer ist dein Onkel?« *Verdammt.* Und sie hatte ihn einen sturen Hund genannt. »Das wusste ich nicht.«

»Woher auch?«

Ja, woher auch? Kade war nicht gerade offenherzig mit Informationen über sich selbst.

»Nur um das klarzustellen.« Am Fuß der Treppe blieb Kade stehen und drehte sich um. »Er hat den Durchsuchungsbefehl nicht unterschrieben, weil ich seine Nichte bin. Er hat ihn unterschreiben, weil er weiß, dass ich ihn nicht darum bitten würde, wenn wir nicht ausreichend Beweise hätten.«

Del starrte in ihre blitzenden, blauen Augen. Offenbar war es Kade wichtig, ihr klarzumachen, dass sie die Karriereleiter nicht erklommen hatte, weil ihre Familie ihren Einfluss hatte spielen lassen. »Das hatte ich auch nicht gedacht.«

Kade nickte und ging die Fourth Avenue hinab.

»Hat dir schon mal jemand gesagt, dass es keine gute Idee ist, in Stöckelschuhen für den Marathon zu trainieren?«, fragte Del, als sie Kade eingeholt hatte. Sie wollte Kade eigentlich auf einen Kaffee einladen, aber scheinbar hatte diese es ziemlich eilig, zurück ins Büro zu kommen.

»Entschuldige. Das ist in letzter Zeit zur Gewohnheit geworden.«

Fast hätte Del es übersehen. Schon seit der ersten Begegnung mit Kade hatte sie jedem kleinen Detail Beachtung geschenkt … ihrer Körpersprache, ihrer Mimik, jeder Nuance ihrer Stimme. Nun zahlte sich das aus, denn sie konnte die Frustration in Kades Stimme heraushören. »In letzter Zeit?«

Als Kade nicht antwortete, trat Del näher. »Kade, ist alles okay?«

»Alles bestens.« Kade setzte den Weg fort, nur unmerklich langsamer als zuvor.

Del musterte die elegante Kurve ihres Rückens. »Kade …«

»Ich muss zurück ins Büro und du hast eine Wohnung zu durchsuchen«, sagte Kade.

»Richtig.« Del spielte mit dem Dokument in ihrer Hand und entschied, noch nicht aufzugeben. »Danke für deine Hilfe. Wenn wir die Tatwaffe finden, gebe ich dir einen Kaffee aus.«

»Das musst du nicht. Ich habe nur meine Arbeit getan.«

»Genau genommen hast du das nicht. Du arbeitest nicht bei der Mordkommission.« Del erlaubte sich ein flüchtiges Grinsen, als sie Kade mit ihren eigenen Waffen schlug und ihre Worte von vorhin wiederholte. »Kaffee ist das Mindeste, was ich dir schulde, nachdem ich deinen Onkel beleidigt habe.«

Kade drehte sich zu ihr um. Ein schelmisches Funkeln wärmte ihre eisblauen Augen. »Hast du nicht. Onkel Henry ist ein sturer Hund … genau wie alle übrigen Mitglieder der Familie.«

Del lachte. »Anwesende eingeschlossen?«

Ein Grinsen kräuselte Kades Lippen. »Was denkst du?«

»Ich denke, dass ich sture Hunde mag. Ich rufe dich dann wegen der Verabredung zum Kaffee an.« Sie hielt den Durchsuchungsbefehl in die Höhe. »Danke noch mal. Pass auf dich auf.« Sie ging davon, bevor Kade gegen das Wort *Verabredung* protestieren konnte.

KAPITEL 8

Aiden warf ihr Abzeichen auf den Couchtisch und streifte die Schuhe ab. Sie holte sich ein Bier aus dem Kühlschrank und trank es sofort zur Hälfte leer. Nach dem achtstündigen Verhör, das sie gerade hinter sich gebracht hatte, hätte sie sofort ins Bett gehen sollen, aber dazu war ihr Adrenalinspiegel noch zu hoch.

Nachdem sie acht Stunden lang in das überhebliche Gesicht des Verdächtigen hatte sehen müssen, hatten sie es endlich geschafft, ihm ein Geständnis zu entlocken. Als er merkte, was er da gesagt hatte, war er aufgesprungen und auf sie zugestürmt. Mit einer gewissen Befriedigung hatte Aiden den Vergewaltiger einer jungen Mutter auf den Tisch geknallt und ihm Handschellen angelegt.

Sie tigerte im Wohnzimmer auf und ab, zu aufgewühlt, um zu schlafen. Noch vor sechs Monaten wäre sie nach einem solchen Tag nicht sofort vom Revier nach Hause gefahren. Oder wenn, dann zumindest nicht allein. Nächte wie diese hatten oft zu One-Night-Stands geführt. Sex ohne Bindung war immer ihre Methode gewesen, etwas Dampf abzulassen.

Aber jetzt war sie in einer Beziehung, deshalb stand diese Form des Stressabbaus nicht zur Debatte. Es war auch schon zu spät für ein Training mit dem Boxsack oder eine Runde durch den Park. Aiden stellte sich auf eine schlaflose Nacht in einem kalten Bett ein. Sie stapfte ins Bad und streifte sich im Gehen die Bluse über den Kopf.

Stirnrunzelnd suchte sie nach dem T-Shirt, in dem sie immer schlief. Sie hätte schwören können, dass sie es im Badezimmer liegengelassen hatte. Schließlich zog sie den BH aus und beschloss, ohne T-Shirt ins Bett zu gehen. Schließlich war sie heute Nacht allein, niemand würde ihr Schlafzeug oder dessen Fehlen kritisieren.

Ohne das Licht anzumachen, trank sie ihr Bier aus und ging ins Schlafzimmer. Sie schlüpfte unter die Decke und zuckte zusammen.

Statt kalter Laken berührte sie einen warmen Körper. Sie knipste die Nachttischlampe an.

Dawn schlief friedlich auf der anderen Seite des Betts. Ihr rötlich-blondes Haar umgab ihr hübsches Gesicht auf dem Kissen. Im Schlaf sah sie jünger aus als ihre achtundzwanzig Jahre. Die Decke war nach unten gerutscht und gab den Blick frei auf Aidens vermisstes T-Shirt, das Dawns üppige Kurven betonte.

Das zufriedene Grinsen auf Aidens Lippen fühlte sich nach dem frustrierenden Arbeitstag irgendwie seltsam an. Sie schaltete das Licht aus und kuschelte sich an Dawn.

Dawns warmer Körper fühlte sich unglaublich gut an und sie fand es sexy zu wissen, dass Dawn ihr T-Shirt trug ... und vermutlich nichts darunter. Sie presste ihr Gesicht gegen Dawns Hals und atmete tief ihren betörenden Geruch ein.

Dawn begann sich zu regen und drehte sich in Aidens Armen.

Hitze schoss durch Aiden, als Dawns Brüste ihre eigenen berührten. Automatisch zog sie Dawn noch etwas näher.

»Hm«, murmelte Dawn. Ihre Lippen streiften Aidens Schlüsselbein. »Aid'n?«

»Ja.« Mit einer Hand fuhr sie unter das T-Shirt und streichelte die weiche, warme Haut. »Ich bin zu Hause.«

Dawn öffnete blinzelnd die Augen. Ein verschlafenes Lächeln huschte über ihr Gesicht, als sie Aiden im Halbdunkel ansah.

»Was machst du denn hier? Nicht, dass ich etwas dagegen hätte«, sagte Aiden, etwas abgelenkt, weil sie gerade entdeckt hatte, dass Dawn keine Unterwäsche trug. Sie hatte wohl ganz spontan entschieden, hier zu übernachten. Normalerweise schliefen sie unter der Woche getrennt.

»War einsam«, murmelte Dawn.

Aiden rollte sich über sie und bedeckte Dawns Körper mit ihrem eigenen. »Lass uns mal sehen, ob wir das nicht ändern können«, flüsterte sie dicht an Dawns Lippen.

Dawn erwiderte ihren Kuss. Sie legte die Arme um Aiden, bewegte sie jedoch nicht, sondern hielt sie nur fest.

Diese beiläufige Fügsamkeit entfachte einen unerwarteten Funken in Aiden. Plötzlich wollte sie nichts mehr, als Dawn zu erobern, ihre Leidenschaft zu wecken und sie spüren zu lassen, wie lebendig sie waren. Sie knabberte an Dawns Hals. Als Dawn sich ihr entgegenbäumte, hob sie eines von Dawns Beinen an und legte es über ihre Hüfte.

Dawn krallte sich an ihr fest und brachte Aidens Körpertemperatur noch mehr zum Steigen.

Sich mit einer Hand abstützend, begann Aiden sich rhythmisch zu bewegen, während sie mit der anderen Hand Dawns T-Shirt nach oben schob, sodass ihr Mund Dawns Brust verwöhnen konnte.

Dawn stöhnte. Ihre Finger glitten Aidens Rücken hinauf und fuhren dann durch ihr kurzes Haar.

Aiden saugte an einem der harten Nippel und schob eine Hand zwischen ihre Körper.

»Nein!«

Das Wort traf sie wie ein Schlag ins Gesicht. Sie erstarrte und sah auf Dawn hinab.

Deren Atem ging viel zu schnell, nicht vor Erregung, sondern vor Panik.

»Tut mir leid, aber ich kann nicht. Nicht heute Nacht.« Dawn starrte an die Decke und mied Aidens Blick.

Schnell rollte sich Aiden von Dawns warmem Körper, hinüber auf das kalte Laken. Sie bedeckte das Gesicht mit einem Arm und schloss die Augen. »Ist alles in Ordnung mit dir?«, fragte sie nach einigen Sekunden. Sie versuchte vergebens, sanft zu sprechen. Verlangen, Schuldgefühle und Wut machten ihre Stimme rau und sie wusste, dass Dawn es hören konnte.

»Ja.« Dawn atmete zittrig aus. »Es war nur kurz ein bisschen überwältigend.« Sie rollte sich herum, lehnte sich über Aiden und strich ihr eine Haarsträhne aus dem Gesicht. »Ist bei dir auch alles in Ordnung?«

Aiden sprang aus dem Bett. Sie konnte Dawns Zärtlichkeit im Moment nicht ertragen, weil sie sich fühlte, als verdiente sie diese nicht.

»Aiden?«, rief Dawn ihr nach. »Wo gehst du hin?«

Auch das hatte sich geändert: Nun konnte sie sich nicht mehr einfach anziehen und die Wohnung ihrer Bettgenossin kommentarlos verlassen. »Ich habe vergessen zu duschen.« Es fühlte sich an, als bräuchte sie dringend eine Dusche, um all den Frust und die Schuldgefühle abzuspülen. Sie stolperte durch die dunkle Wohnung zum Badezimmer, wo sie dann unter dem brühend heißen Wasser stand, die Hände gegen die Fliesen gepresst. Das Wasser trommelte wie ein mittelalterliches Folterinstrument auf ihren Rücken. Ein mentales Bild von sich selbst, wie sie eine andere Frau gegen die Wand der Dusche drückte, ging ihr durch den Kopf. Sie schlug die Faust gegen die Fliesen. *Hör auf! Du bist doch kein Tier, das nur von seinen Trieben kontrolliert wird! Du bist nicht wie dein Vater!*

Der Duschvorhang wurde beiseite gezogen.

Aiden schluckte etwas Wasser, als sie aufsah.

Dawn streifte sich das T-Shirt über den Kopf, warf es zu Boden und stieg in die Dusche.

»Dawn …« Aiden wich zurück, so weit das möglich war.

Dawn kam näher.

Schnell stellte Aiden die Wassertemperatur auf ein erträglicheres Maß ein. Sie versuchte, sich aus Dawns Armen zu lösen, aber Dawn hielt sie störrisch fest und presste ihre Lippen gegen die roten Flecken, die das heiße Wasser auf Aidens Haut hinterlassen hatte. »Was tust du dir nur an?«

»Mir?« Aiden lachte rau auf. »Du meinst wohl dir?«

Dawn zog Aidens Kopf herum und zwang sie, ihr in die Augen zu sehen. »Du hast nichts falsch gemacht.«

Aiden schnaubte. Selbst jetzt versuchte Dawn, sie zu verteidigen. »Ich bin praktisch über dich hergefallen.«

»Mm-hm, auf eine sehr angenehme Weise.«

»Ach, hör auf!« Aiden stellte das Wasser ab und sprang aus der Dusche. »Du warst offensichtlich nicht in der Stimmung und ich …«

Dawn folgte ihr und trat im engen Badezimmer nah an sie heran. »Und du warst es. Das ist doch nicht schlimm. Ich habe genossen, was du getan hast. Es ist nur … Heute Nacht kamen viele Erinnerungen hoch. Plötzlich habe ich mich gefühlt, als würde ich die Kontrolle verlieren, und du riechst nach Bier.«

Heute Nacht. Aiden wurde schlagartig etwas klar. »Hast du heute die Testergebnisse bekommen?« Kalter Schweiß stand auf ihrer noch immer feuchten Haut und sie fühlte sich, als bekäme sie nicht genug Luft.

Dawn nickte. »Keine Sorge. Es ist alles okay. Wie gesagt, es hat nur viele Erinnerungen wachgerufen, als ich im Wartezimmer saß und mich hilflos fühlte.«

Du bist ein Arsch, Carlisle. Aiden griff zum Handtuch und rubbelte damit unsanft über ihre Haut. *Ein gigantisches Arschloch.*

»Hör auf damit!« Dawn nahm ihr das Handtuch weg und fuhr damit sanft über Aidens Körper. »Bestraf dich nicht dafür, dass du mit deiner Freundin Liebe machen wolltest.«

»Ich wollte nicht Liebe machen. Ich wollte Sex haben!« Aiden wirbelte herum und stürmte aus dem Badezimmer. Ihre Kleidung nahm sie mit und zog sie hastig an.

Als Dawn im Bademantel aus dem Bad kam, fiel die Wohnungstür bereits hinter Aiden zu.

Kade ließ das dicke Gesetzbuch lautstark zuschlagen und lehnte sich zurück, um das Arbeitspensum zu betrachten, das sie heute Abend geschafft hatte. Einen Stalker zu haben, hatte scheinbar auch seine Vorteile. Sie war diese Woche jeden Tag länger im Büro geblieben, weil sie sich hier, umgeben von Polizisten und Sicherheitsbeamten, sicherer fühlte als zu Hause. Mittlerweile hatte sie fast allen liegen gebliebenen Papierkram erledigt und die anstehenden Verhandlungen vorbereitet. Das war ein mittleres Wunder, das in den zwei Jahren, die sie schon bei der Abteilung für Sexualdelikte arbeitete, kaum vorgekommen war.

Ein Blick auf die Uhr zeigte, dass es schon fast Mitternacht war. Sie zog kurz in Betracht, erneut auf der Couch im Büro zu übernachten, aber dann verwarf sie den Gedanken. Gleich morgen früh musste sie in Richter Trentons Gerichtssaal antreten und sie hatte keine Kleidung zum Wechseln dabei.

Sie schob ein paar Unterlagen, die sie sich vor dem Schlafengehen ansehen wollte, in ihre Tasche und klemmte sich einen Stapel Akten unter den Arm. Die wollte sie auf dem Nachhauseweg noch kurz im Polizeirevier vorbeibringen, damit ihre Detectives sie gleich morgen früh vorfinden würden.

Der Sicherheitsbeamte sah kaum noch auf, als sie ihm gute Nacht sagte. Längst hatte er sich an ihre nächtliche Anwesenheit gewöhnt.

Als sie das Gebäude verließ, blieb sie kurz auf der obersten Treppenstufe stehen und starrte in die Dunkelheit. Alles war ruhig. *Sei nicht albern.* Niemand außer einer arbeitssüchtigen Staatsanwältin wollte hier noch um Mitternacht herumhängen. Selbst blumenbringende Stalker hatten kürzere Arbeitszeiten als sie.

Ohne sich ein weiteres Zögern zu gestatten, marschierte sie zu ihrem Auto. Wenige Minuten später parkte sie vor der Polizeiwache und nahm die Akten vom Beifahrersitz.

Zwei Polizisten von der Nachtschicht lehnten rauchend an ihrem Streifenwagen und grüßten sie.

Kade nickte ihnen zu, blieb aber nicht stehen, um sich mit ihnen zu unterhalten. Sie ging durch die noch immer geschäftige Dienststelle direkt zu den Carlisle/Bennet-Schreibtischen, die um diese Uhrzeit eigentlich unbesetzt hätten sein müssen.

Stattdessen saß Aiden da und starrte ins Leere. Sie rieb sich mit einer Hand den Nacken, während die andere mit einem Kugelschreiber spielte. Kade hatte schon oft gesehen, wie sie das tat, manchmal während einer Zeugenbefragung, manchmal, wenn sie einen Tatortbericht las, aber diesmal hatte sie den Eindruck, dass Aiden nicht über die Arbeit nachdachte.

Sie legte die Akten auf Rays Schreibtisch. »Aiden?«

Aiden wirbelte herum. »Was?« Ihr Blick wurde sanfter. »Oh, hallo, Kade. Was machen Sie denn noch hier um …« Sie warf einen Blick auf ihre Armbanduhr. »… Mitternacht?«

»Dasselbe wie Sie, vermute ich.« Jeder wusste, dass Aidens Workaholictendenzen nur noch von ihren eigenen übertroffen wurden.

Aiden lachte auf und murmelte etwas, das klang wie »Also verstecken Sie sich auch vor Ihrer lesbischen Partnerin?«

»Was?«, fragte Kade und täuschte vor, es nicht verstanden zu haben.

»Ich muss nur noch etwas fertig machen.« Aiden tat so, als überfliege sie eine Zeugenaussage, in der bereits einige Stellen gelb markiert waren.

Früher hatten sie beide diese höflichen kleinen Lügen respektiert, um professionellen Abstand zu halten. Sie hatten sich immer nur über die Arbeit, nie über ihr Privatleben unterhalten.

Aber in den letzten Monaten hatte sich etwas geändert. Kade konnte nicht genau sagen, was es war. Es hatte alles begonnen, als sie Aiden gestanden hatte, dass sie am Valentinstag mit Del verabredet war. Zwischenmenschliche

Beziehungen waren da wie die Tätigkeit als Anwältin: Sobald ein Geständnis abgelegt wurde, war das Spiel aus. Dann gab es kein Zurück. *Ach ja? Wenn deine Arbeit und zwischenmenschliche Beziehungen sich so sehr ähneln, wie kommt es dann, dass du im einem so gut und im anderen so unglaublich schlecht bist?*

Sie wandte ihre Aufmerksamkeit wieder Aiden zu, die nun ein gerahmtes Foto auf ihrem Schreibtisch betrachtete.

Zuerst dachte Kade, es wäre ein Foto ihrer Mutter, aber als sie genauer hinsah, merkte sie, dass es ein neues Foto war. Dawn Kinsley lächelte auf eine Weise in die Kamera, die keinen Zweifel daran ließ, dass Aiden das Foto gemacht hatte.

Dawn. Sie war Teil dessen, was sich zwischen ihnen geändert hatte. Jetzt, da Aiden in einer Beziehung war, hatte sich ihre Dynamik geändert. Nicht, dass eine von ihnen je eine Beziehung miteinander ernsthaft in Betracht gezogen hätte. Kade hatte das zumindest nie getan. Sie hatte sich erlaubt, Aidens bewundernde Blicke zu genießen, aber mehr auch nicht.

Aiden war eine Kollegin, jemand, der für sie arbeitete ... Ganz zu schweigen davon, dass sie eine Frau war. Das bedeutete automatisch, dass sie aus der Kategorie »romantisches Interesse« ausgeschlossen war. Kades eiserne Regel besagte, die Arbeit und das Privatleben stets strikt getrennt zu halten.

Trotz dieser persönlichen Regel war ihr Leben und das von Aiden nun nicht mehr so separat, wie sie einst gewesen waren. Kade hatte Aiden ihr Interesse an Del gebeichtet und dieser Vertrauensbeweis war der Anfang einer zögerlichen Freundschaft gewesen.

»Kann ich Sie was fragen?« Aidens Stimme riss Kade aus ihren Gedanken.

Sie nickte.

Aiden sah von Dawns Bild auf und konzentrierte sich auf Kade. »Was ist zwischen Ihnen und Del vorgefallen?«

Kade zog Rays Stuhl um den Schreibtisch herum und rückte ihn neben Aidens. Sie wollte nicht, dass die gesamte Dienststelle ihre Antwort mitbekam, auch wenn sie kurz war. »Nichts.«

»Nichts?«

»Zwischen uns ist nichts vorgefallen.« Kade sprach, als stände sie vor einer Jury.

Aiden klopfte mit dem Kugelschreiber auf den Tisch. »Das wusste ich schon. Sonst hätte Dawns Freundin sicher beim Abendessen mit den Kinsleys mal was erzählt.«

Kade musterte sie. Warum klang Aiden immer etwas brüsk, wenn sie über Del sprach? »Dawns Freundin? Nicht unsere Freundin? Ich dachte, lesbische Paare haben keine getrennten Freundeskreise?«

»Befürchten Sie, dass ich jetzt meine Mitgliedskarte im Lesbenverein zurückgeben muss? Haben Sie etwa lesbische Paarungsrituale studiert?« Aiden zeigte ihr charmantes Grinsen, sodass Kade den beiläufigen Spott ihrer Worte fast vergaß.

Sie ignorierte Aidens Bemerkung. Ihre Paarungsgewohnheiten, ob nun lesbisch oder nicht, standen hier nicht zur Diskussion, besonders nicht mitten in der Dienststelle. »Ich dachte, Sie und Del verstehen sich prima?«

Aiden zuckte mit den Schultern. »Tun wir auch, schätze ich.«

»Warum deuten Sie dann an, dass Del es jedem Angehörigen der Familie Kinsley erzählen würde, wenn zwischen uns etwas passiert wäre?« Kade setzte ihren Kreuzverhörblick auf. Del war eine gute, ehrenwerte Person und sie würde nicht zulassen, dass Aiden das Gegenteil behauptete. *Moment mal! Erst dachtest du, sie wäre dein Stalker und nun verteidigst du ihre Ehre?*

»Ich deute gar nichts an«, sagte Aiden. »Ich sage nur, dass jede Lesbe es am liebsten von den Dächern rufen würde, wenn sie es geschafft hätte, von einer ganz bestimmten Staatsanwältin ... ins Kreuzverhör genommen zu werden.«

Kade schüttelte energisch den Kopf. »Es gab kein Kreuzverhör.«

Aiden neigte den Kopf zur Seite. »Warum nicht? Dawn sagt, sie hätte Del seit Jahren nicht mehr so interessiert an einer Frau erlebt, und ich hatte den Eindruck, als wäre von Ihrer Seite auch ein gewisses Interesse da. Warum haben Sie das nicht weiterverfolgt?«

Kade warf den beiden Polizisten, die nun schon zum dritten Mal an Aidens Schreibtisch vorbeispazierten, einen bösen Blick zu. Sofort schien ihnen einzufallen, dass sie dringend woanders gebraucht wurden, ganz egal, wo. »Ich habe sie aus dem Zeugenstand entlassen, als sie gegen die goldene Regel des Anwaltsdaseins verstoßen hat.« Wenn sie Jura-Analogien verwendete, konnte sie wenigstens so tun, als sprächen sie über einen Fall, und jeder Lauscher hätte denselben Eindruck.

»Die goldene Regel des Anwaltsdaseins?« Aiden kratzte sich am Kopf. »Sie sprechen nicht von diesem ›Manchmal sind lange Beine besser als lange juristische Diskussionen‹, oder?«

Kade musste grinsen. Das hatte sie Aiden mal vor ein paar Monaten erzählt. Klar, dass sie sich ausgerechnet daran erinnerte. »Nein. Die wichtigste Regel vor Gericht ist, nie eine Frage zu stellen, deren Antwort man nicht kennt.«

»Del hat also eine Frage gestellt, ohne die Antwort zu kennen?«

»Noch schlimmer«, sagte Kade. »Wir kannten die Antwort beide nicht.«

»Dann sind Sie gleichgestellt. Was ist denn daran so schlimm?« Aiden sah sie neugierig an.

Kade seufzte. »Ich dachte, ich kenne die Antwort, musste aber feststellen, dass ich die Situation komplett falsch eingeschätzt habe.«

Aiden schüttelte den Kopf. »Ich glaube, wir sollten aufhören, in Juristengeheimsprache zu sprechen, sonst komme ich nicht mehr mit. Über welche Situation sprechen wir denn genau?«

Kade wollte sich im Moment nicht in das Minenfeld ihres Privatlebens begeben. Wenn sie Aiden vom Valentinstag und den Blumen erzählte, würde sie nur wissen wollen, wer sie ihr geschickt hatte … und die Antwort auf diese Frage wusste Kade ebenfalls nicht.

Einen Moment lang spielte sie mit dem Gedanken, Aiden alles zu erzählen. Aiden würde ihr zweifellos helfen wollen. Vermutlich wäre sie sogar ein wenig zu eifrig. Ehe sie sichs versah, hätte sie eine Wache vor der Tür und zwei Polizisten würden ihr auf Schritt und Tritt folgen. Kade schüttelte den Kopf. Sie wollte nicht, dass ein privates Problem, das überhaupt noch kein echtes Problem war, sich in Windeseile in ganz Portland verbreitete. Sie war nicht in akuter Gefahr, deshalb war es besser, nichts zu sagen.

»Kommen Sie schon«, sagte Aiden, als Kade nicht antwortete.

»Es ist …« Kade zögerte und sagte schließlich: »… kompliziert.«

Aiden wedelte mit dem Zeigefinger. »Das ist eine Ausflucht. Ich bin mit einer Psychologin liiert, schon vergessen?«

»Und wenn schon. Sie ist jetzt nicht hier.«

Aiden wurde ernst. »Nein, ist sie nicht.«

Sie starrten einander an und errichteten beide stillschweigend die altvertrauten Grenzen professionellen Verhaltens.

»Haben Sie irgendetwas Interessantes in dieser Zeugenaussage gefunden?«, fragte Kade.

»Was hat es mit den Akten auf sich?«, fragte Aiden gleichzeitig.

Beide lachten.

»So viel ist mal klar, wir haben beide kein Talent für solche Gespräche unter Frauen.«

Kade lächelte. »Kein Widerspruch von der Staatsanwaltschaft. Wenn Sie über die Einzelheiten romantischer Beziehungen sprechen wollen, ist Ihre ganz persönliche Psychologin wohl doch die bessere Wahl.«

Das Lächeln, das Aiden ihr schenkte, wirkte etwas gezwungen, aber sie hatten sich eben darauf geeinigt, ihre nicht sehr effektiven Versuche aufzugeben, eine Unterhaltung unter Freunden zu führen. Kade konnte also schlecht fragen, was los war.

»Wäre schön, wenn Sie sich die Akten im Fall Walker vor Verhandlungsbeginn noch mal anschauen könnten.« Sie zeigte auf die Akten, die sie auf Rays Schreibtisch gelegt hatte. »Ich habe mit Klebenotizen markiert, wo mir Dinge unklar waren.«

Aiden nahm sich die erste Akte vom Stapel. »Wird sofort erledigt.«

»Ray?«

Er sah kurz von der Straße weg, um zu seiner Partnerin auf dem Beifahrersitz zu blicken. Den ganzen Morgen hatte er darauf gewartet, dass sie endlich etwas sagte, aber bisher hatte sie nur grübelnd dagesessen und mit müden Augen aus dem Fenster gestarrt.

»Wie lange bist du jetzt schon mit Susan zusammen?«, fragte Aiden.

Die unerwartete Frage ließ ihn das Lenkrad fester umklammern. »Seit fast achtzehn Jahren.« Er sah wieder zu ihr, aber sie starrte stur geradeaus. »Wieso interessiert dich das auf einmal?«

Sie hatten zwar schon früher über seine Ehe gesprochen, aber meistens war es dann um ein Problem zwischen ihm und Susan gegangen und Aiden hatte geduldig zugehört oder ihm in den Hintern getreten, wenn er sich wie ein Idiot benahm.

»Hast du in all den Jahren je etwas gewollt, was Susan nicht wollte?«, fragte Aiden.

Er runzelte die Stirn. »Was meinst du? So was wie: Ich will Schweinebraten zum Abendessen, während sie lieber einen vegetarischen Eintopf möchte? Klar, das passiert fast jeden Tag.«

»Nein, ich rede nicht über eure verschiedenen Essgewohnheiten«, sagte Aiden. »Ich meine wichtigere Dinge. Große Dinge.«

»In eine gemeinsame Wohnung ziehen?« Das wäre doch sicher eine große Sache für sie, besonders, weil sie bisher noch nie mit jemandem zusammengelebt hatte.

Aiden seufzte. »Nein, nichts dergleichen. Ich …« Sie schüttelte den Kopf. »Vergiss, was ich gesagt habe, okay?«

Ray schwieg eine Weile und konzentrierte sich aufs Fahren. Als Aiden den Kopf drehte, um wieder aus dem Fenster zu starren, hielt er sie schnell davon ab, sich in sich selbst zurückzuziehen. »Bist du sicher, dass du das willst? Ich bin dein Partner. Du kannst mit mir über alles reden. Das weißt du doch, oder?«

Aiden nickte, schwieg aber.

»Irgendetwas beschäftigt dich doch.«

»Mir geht's gut«, kam die erwartete Antwort.

»Du hast im *Verlies* übernachtet, obwohl ich genau weiß, dass du gestern Nacht nach Hause gefahren bist. Und heute bist du grummeliger als Okada. Das klingt nicht gerade, als ob es dir sonderlich gut ginge.«

Aiden funkelte ihn an, wandte dann aber den Blick ab. »Schieb es einfach auf PMS und vergiss es.«

Ray lächelte und schüttelte den Kopf. »Ich lebe mit fünf weiblichen Wesen zusammen. Das hat mich gelehrt, dass es einen Mann rasch das Leben kosten kann, wenn er irgendwas auf PMS schiebt.«

Das entlockte ihr dann doch ein Lächeln, doch es verschwand schon nach einer Sekunde wieder. »Dawn und ich ... wir hatten gestern Nacht Streit. Oder zumindest hätten wir uns gestritten, wenn ich nicht einfach gegangen wäre.«

»Über was habt ihr euch denn gestritten?« Normalerweise war seine Partnerin niemand, der leicht einen Streit vom Zaun brach, und seiner Meinung nach war Dawn so ziemlich die geduldigste Frau auf Erden. Worüber sie auch gestritten hatten, es musste etwas Wichtiges sein.

»Das kann ich dir nicht sagen«, antwortete Aiden.

Ray beobachtete sie aus dem Augenwinkel und sah, wie die Röte ihr ins Gesicht stieg. *Ooh!* Sie stritten sich schon jetzt über Sex? Na, von dem Thema würde er schön die Finger lassen. Es war schon schwer genug, sich nicht vorzustellen, was es wohl sein mochte, was seine Partnerin wollte und Dawn nicht. »Hast du versucht, mit Dawn darüber zu reden?«

Aiden bewegte den Kopf in einer Geste, die ebenso gut Ja wie Nein bedeuten konnte. »Hat aber nicht sehr gut geklappt. Es hat damit geendet, dass ich mitten in der Nacht aus der Wohnung gestürmt bin.«

»Autsch. Und seither hast du nicht mehr mit ihr geredet?«

Aiden schüttelte den Kopf und starrte auf den Pappbecher, den sie in der Hand hielt.

»Hat sie versucht, dich anzurufen?« Wenn er und Susan Streit hatten, rief sie ihn meistens bei der Arbeit an, weil sie Angst hatte, dass ihm etwas passieren könnte und sie nicht wollte, dass ihre letzten Worte an ihn im Zorn gesprochen worden waren.

Aiden spielte mit dem Handy an ihrem Gürtel. »Nein.«

»Nein? Ich dachte, sie wäre diejenige, die immer den ersten Schritt macht und darüber reden will.«

»Normalerweise ist das auch so«, sagte Aiden.

Ray grinste. Wie ironisch, dass ausgerechnet seine Partnerin, die ihre Gefühle und Probleme gerne ignorierte, sich in eine Psychologin verliebt hatte. »Und das bringt dich um den Verstand.«

»Sie ist so erwachsen und vernünftig und kann so gut über Gefühle sprechen. Es ist zum aus der Haut fahren.«

Sie grinsten einander an.

Dann verwandelte sich Aidens Grinsen in ein sanftes Lächeln. »Und ich liebe sie dafür«, fügte sie so leise hinzu, dass Ray es fast nicht verstanden hätte.

Er fuhr rechts ran, schaltete den Motor aus und drehte sich zu ihr um.

»Was machst du?«, fragte Aiden.

»Ich? Nichts. Aber du rufst jetzt deine Freundin an und ich glaube kaum, dass du das tun willst, während ich jedes Wort hören kann.«

Aiden starrte ihn an. »Hat dir schon mal jemand gesagt, dass du ein aufdringlicher Bastard bist?«

Ray grinste. »Nein, das ist das erste Kompliment, das ich heute bekomme.«

Aiden stellte ihren Pappbecher beiseite und öffnete die Beifahrertür. Mit einem Fuß am Boden, drehte sie sich noch einmal um und schenkte ihm ein aufrichtiges Lächeln. »Danke, Partner.« Sie drückte die Tür mit der Hüfte zu.

»Gern geschehen«, sagte Ray.

Er sah zu, wie sie die Nummer eins in ihrem Kurzwahlprogramm drückte. Früher hatte er diese Position in ihrem Leben innegehabt. Sie spazierte neben dem Auto auf und ab, während sie darauf wartete, dass Dawn abnahm. Mitten in der Bewegung blieb sie stehen, sagte etwas in die Sprechmuschel und hörte dann kurz zu. Sie ließ den Kopf hängen, sagte wieder etwas und hakte das Handy zurück an ihren Gürtel.

»Hat sie einfach aufgelegt?«, fragte Ray, als sie wieder ins Auto stieg.

»Nein. Ihre Sekretärin hat abgenommen. Dawn ist gerade mit einer Patientin im Gespräch«, sagte Aiden und klang, als wäre sie zugleich erleichtert und enttäuscht.

»Hast du ihr etwas ausrichten lassen?«

»Was denn?«

»Dass es dir leidtut und dass du sie liebst?«, schlug Ray vor. »Funktioniert bei mir immer.«

»Ja, aber du bist auch keine Lesbe«, sagte Aiden.

Was hatte das denn damit zu tun? »Nein, das steht nicht in meinem Lebenslauf. Aber warum sollte dich das davon abhalten, ihr auszurichten …«

»Weil ich nicht sicher bin, ob ihre Sekretärin weiß, dass Dawn lesbisch ist«, sagte Aiden. »Sich auf der Arbeit zu outen kann für eine Psychologin etwas knifflig sein. Manche Patientinnen könnten zu einem anderen Therapeuten wechseln wollen, weil ihnen eine lesbische Therapeutin unangenehm ist, oder sie könnten sogar versuchen, sie zu verklagen, und behaupten, sie wäre ihnen in einer Einzelsitzung zu nahe getreten.«

»Was hast du der Sekretärin also gesagt?«

»Dass später eine Polizistin vorbeikommen würde, um mit Doktor Kinsley über ihre unbezahlten Strafzettel zu sprechen«, antwortete Aiden mit ernster Miene.

Ray lachte. »Das hast du doch nicht wirklich gesagt, oder?«

»Nein.« Aiden grinste. »Ich sagte, ich würde später noch mal anrufen und dass es nichts mit meinem Job zu tun hat. Ich will nicht, dass Dawn einen Schrecken bekommt.«

Ray nickte und startete den Wagen.

Die Bürotür schloss sich hinter Dawns Patientin. Sie lehnte sich stöhnend im Stuhl zurück und rieb sich die Augen. Die letzte Patientin des Tages hatte ihren Termin abgesagt, sodass sie jetzt nach Hause gehen konnte.

Nach Hause ... Eigentlich hatte sie keine Lust, in ihre leere Wohnung zu fahren. Normalerweise hätte sie Aiden angerufen, um zu fragen, wie ihr Tag gelaufen war, zu flirten und am Telefon Scherze zu machen, bis sie all die Probleme vergaß, von denen ihre Patientinnen den ganzen Tag lang berichtet hatten.

Nicht heute. Dawn starrte zum Telefon, griff aber nicht danach. Sie war schon ein halbes Dutzend Mal drauf und dran gewesen, Aiden anzurufen, aber jedes Mal hatte sie vor dem ersten Klingeln wieder aufgelegt. Zur Abwechslung wusste sie nicht, was sie sagen sollte.

Die Worte, die Aiden ihr an den Kopf geworfen hatte, bevor sie aus der Wohnung gestürmt war, hallten noch immer durch ihren Kopf: *Ich wollte nicht Liebe machen. Ich wollte Sex haben!* Aiden hatte es nicht gesagt, um sie zu verletzen, aber es tat trotzdem weh. Es gab ihr das Gefühl, dass sie Aiden nicht geben konnte, was sie brauchte.

»Doktor Kinsley?« Die Stimme ihrer Sekretärin aus der Sprechanlage riss Dawn aus ihren Gedanken. »Ihre nächste Patientin ist hier.«

Dawn runzelte die Stirn. »Ich dachte, Ms. Chancey hätte abgesagt?«

»Hat sie auch, aber ich habe die Lücke in Ihrem Terminkalender mit einer neuen Patientin gefüllt, die vorhin angerufen hat«, sagte Mrs. Phillips. »Sie ist ... ach, das werden Sie schon selbst sehen, wenn sie den Patientenfragebogen lesen.«

Dawn unterdrückte ein Seufzen. *Komm schon. Dich noch eine Stunde professionell zu verhalten, wird dich schon nicht umbringen. Danach kannst du zusammenbrechen, wenn du willst.* »Gut. Ich komme und hole sie ab.« Sie zog es vor, ihre Patientinnen persönlich im Wartezimmer abzuholen, statt sie von ihrer Sekretärin zum Büro begleiten zu lassen.

Am Empfangstresen hielt sie inne, um sich den Patientenfragebogen abzuholen, den sie sich auf dem Weg zum Wartezimmer kurz ansah. Sie blieb abrupt stehen, als sie sah, welcher Name ganz oben stand.

Xena, die Kriegerprinzessin? Sie musste lachen. Vielleicht würde eine witzige Patientin sie aufheitern ... vorausgesetzt, es war als Witz gemeint und die Frau hielt sich nicht wirklich für Xena.

Dawn warf einen Blick auf den Fragebogen, um herauszufinden, weswegen die Kriegerprinzessin ihre Hilfe brauchte. Sie tippte auf posttraumatische Belastungsstörung oder aggressives Verhalten, aber auf dem Formular stand »Beziehungsprobleme«. *Tja, ständig das Verlangen nach der Bardin unterdrücken zu müssen, kann nicht gut für die Seele sein.*

Sie nahm sich kurz Zeit, um sich zu sammeln und eine neutrale Miene aufzusetzen, bevor sie das Wartezimmer betrat.

Von Xena, der Kriegerprinzessin, gab es weit und breit keine Spur. Stattdessen erhob sich eine verlegen wirkende Aiden Carlisle von ihrem Stuhl, stand stumm da und verlagerte ihr Gewicht vom einen Bein aufs andere.

Dawn wusste nicht, was das alles zu bedeuten hatte, aber wenigstens war Aiden hergekommen. Das bedeutete ihr viel. »Weißt du«, sagte sie und ließ ihren Blick von Kopf bis Fuß über Aiden gleiten, »ich dachte immer, die mächtige Kriegerprinzessin wäre größer.«

»Tut mir leid, dich zu enttäuschen.« Das Bedauern in Aidens Augen hatte nichts mit ihrer Körpergröße zu tun.

»Ich bin nicht enttäuscht, nur überrascht, dich zu sehen«, sagte Dawn. »Lass uns in mein Büro gehen.«

Aiden folgte ihr mit zögernden Schritten. Sie ignorierte die Couch und die Sitzsäcke und zog es vor, im Besucherstuhl vor Dawns Schreibtisch zu sitzen.

Es erinnerte Dawn etwas zu sehr an ihre Therapiesitzungen mit Evan, deshalb rollte sie ihren Stuhl hinter dem Schreibtisch hervor und setzte sich neben Aiden. Sie wollte nicht, dass während dieses Gesprächs eine zusätzliche Barriere zwischen ihnen stand.

»Ich habe angerufen und mir einen Termin geben lassen, weil ich sichergehen wollte, dass du für mich Zeit hast«, sagte Aiden.

»Ich bin froh, dass du das getan hast, auch wenn ich mich ein wenig wie ein gut bezahltes Callgirl fühle.«

Keine von ihnen lachte über Dawns Versuch, einen Witz zu machen.

Dawn verzog das Gesicht. *Idiot!* Wenn man ihren letzten Wortwechsel bedachte, war ein Witz über Sex keine gute Art, diese Unterhaltung zu beginnen.

Sie sahen einander an, beide etwas ratlos, was sie sagen sollten.

Schließlich räusperte sich Dawn. »Also, Frau Kriegerprinzessin, was kann ich für Sie tun?« Vielleicht würde es Aiden … ihnen beiden helfen, wenn sie es bei dem Rollenspiel beließen.

Aiden lächelte. »Die Sache ist die … Ich ziehe mit einer wunderschönen und sehr talentierten Bardin durchs Land.«

Dawn verkniff sich ein Grinsen. »Ich habe von ihr gehört. Sie beide sind ein Paar, oder?«

»Na ja, nicht dem offiziellen Drehbuch zufolge, aber wenn Sie versprechen, es nicht weiterzuerzählen …« Aiden senkte die Stimme und sah Dawn in die Augen. »Sie ist die Liebe meines Lebens.«

Dawn schluckte. Das hatte Aiden ihr bisher noch nie gesagt und sie hatte nicht erwartet, es jetzt zu hören. »Was ist denn dann das Problem?«, fragte sie nach einem Moment des Schweigens.

»Gestern Nacht, nachdem ich den Schurken der Woche besiegt hatte, litt ich unter … einem Anfall von Lust und als ich Gabrielle auf meiner Schlafstätte vorfand, begann ich, sie zu berühren.« Aiden sah hinab und studierte ihre Hände mit aufgesetztem Interesse.

Dawn hätte gerne die Hand ausgestreckt und diese Hände berührt, aber sie zwang sich zu bleiben, wo sie war. »Ich nehme mal an, die Bardin hat nicht allzu gut darauf reagiert?«

»Ihre Reaktion war absolut angemessen«, sagte Aiden. »Sie … ich …«

»Aiden …« Dawn konnte das Xena/Gabrielle-Rollenspiel nicht länger aufrechterhalten. »Lass uns spazieren gehen. Wenn wir hier drin bleiben, fühle ich mich, als würde ich eine Paartherapie durchführen … mit mir selbst als eine der Patientinnen. Das ist einfach zu merkwürdig.«

Aiden sprang schnell auf, so, als wäre sie ebenfalls nicht scharf darauf, im Büro einer Psychologin zu bleiben. »Wenigstens könntest du dann sicher sein, dass die Therapeutin auf deiner Seite ist«, sagte sie mit einem gezwungen wirkenden Lächeln.

»Es gibt keine Seiten, Aiden. Ja, zwischen uns gibt es Probleme, aber wir sind keine Feinde. Ich liebe dich immer noch.«

Mit der Hand auf der Türklinke drehte sich Aiden zu ihr um. »Ich liebe dich auch.«

Und ich glaube, das ist Teil des Problems, dachte Dawn, sagte aber nichts, bis sie das Büro verlassen hatten.

Normalerweise hielten sie sich an den Händen, wenn sie nebeneinandergingen, aber jetzt schob Aiden ihre Hände in die Taschen ihrer Lederjacke.

Dawn steckte die Hände in die Taschen ihres Mantels. »Danke, dass du diejenige warst, die den ersten Schritt gemacht hat.«

»Warum hast du es nicht getan?«, fragte Aiden. Es klang lediglich neugierig, nicht vorwurfsvoll. »Normalerweise bist du doch immer diejenige, die mich aufsucht und mich zwingt, darüber zu reden.«

»Bisher ging es meist um dich und deine Probleme, aber diesmal kommt es mir so vor, als ob es um mich geht. Als ob ich schuld bin.« Manchmal war Dawn wütend auf sich selbst und ihren Körper, der noch immer nicht zwischen dem brutalen Zupacken eines Vergewaltigers und Aidens leidenschaftlichen, aber sanften Berührungen unterscheiden konnte. Dass Aiden einfach gegangen war, hatte sie zusätzlich verletzt, aber sie wollte ihre Unterhaltung nicht gleich mit einem Vorwurf beginnen. Aiden fühlte sich auch so schon schuldig genug.

»Du trägst keine Schuld an dieser ganzen verkorksten Situation«, sagte Aiden.

»Wenn ich gestern Nacht mit dir geschlafen hätte, gäbe es jetzt kein Problem, oder?« Dawn starrte sie an, bis Aiden den Blick abwandte. »Vielleicht ist Schuld nicht der richtige Ausdruck, aber ich habe genauso zu dieser verkorksten Situation beigetragen wie du.«

»Ich hätte das nicht tun sollen.« Aiden trat mit dem Fuß gegen eine leere Dose, die jemand auf den Gehweg geworfen hatte. »Ich hätte einfach wegbleiben sollen.«

Mit zwei schnellen Schritten holte Dawn sie ein, packte sie an der Schulter und zog sie herum. »Ich bin diejenige, die in dein Bett geschlüpft ist. Hör auf, dir die Schuld zu geben.«

»Wenn keine von uns Schuld ist, warum ist das letzte Nacht dann passiert?« Aidens bernsteinfarbene Augen blitzten.

Dawn seufzte. Als Polizistin gab es für Aiden manchmal nur schwarz oder weiß, gut oder schlecht. Ihrer Erfahrung nach war jemand entweder schuldig oder unschuldig. Da gab es keine Abstufungen. »Wir hatten gestern Nacht einfach Bedürfnisse, die miteinander im Konflikt standen. Nachdem ich die Testergebnisse bekommen hatte, wollte ich nur im Arm gehalten werden und du wolltest nach einem stressigen Tag einfach etwas Dampf ablassen. Es war bloß schlechtes Timing, das ist alles.«

»Schlechtes Timing?«, wiederholte Aiden, als könnte sie nicht glauben, dass es so leicht sein konnte.

Dawn nickte. »Wir lieben und respektieren einander, aber wir sind trotzdem zwei sehr verschiedene Menschen mit unterschiedlichen Bedürfnissen und Methoden, mit unseren Gefühlen umzugehen. Mir hilft es normalerweise, darüber zu sprechen, während du versuchst, Gefühle auf körperliche Weise zu verarbeiten.«

Oft hatte sie Aiden nach einem besonders harten Tag vor dem Boxsack angetroffen, auf den sie wie eine Wilde einprügelte. Auch ahnte sie, dass Sex für Aiden ein Stressventil gewesen war, bevor sie einander kennengelernt hatten.

»Ja, aber jetzt, da ich in einer Beziehung bin, ist Sex nicht mehr die geeignete Methode, um Dampf abzulassen«, sagte Aiden. »Das muss sich ändern.«

»Vielleicht wird es das auch, aber nicht von heute auf morgen.« Alternative Möglichkeiten zu finden, mit ihren Gefühlen umzugehen, würde Zeit und Geduld benötigen.

Aiden starrte sie an. »Ich hoffe, du willst damit nicht sagen, dass wir eine offene Beziehung führen sollten?«

»Nein!« Dawn brüllte fast. Dann zwang sie sich, ruhiger zu sprechen. Aiden schien genauso wenig ein Verlangen danach zu haben, sich auf andere Frauen einzulassen, wie sie selbst. »Fürs Protokoll: Ich bin ein überzeugter Anhänger der Monogamie.«

Aiden nickte. »Ich auch.«

»Ist das nicht ironisch?« Dawn lächelte wehmütig. »Jetzt bist du endlich in einer festen Beziehung und doch hast du weniger Sex als je zuvor.«

»Ray sagt, das ist ganz normal«, sagte Aiden mit einem Schulterzucken.

»Nicht, wenn man in einer Beziehung mit Aiden Carlisle ist. Du bist eine sehr leidenschaftliche und sexuell aktive Frau.«

Aiden sah auf ihre Schuhe hinab. »Ja, schon«, murmelte sie.

»Das ist kein Verbrechen, weißt du.« Dawn berührte sie sanft am Arm, damit Aiden aufsah. »Du musst dich nicht schlecht fühlen, nur weil du mich begehrst. Das schmeichelt mir wirklich sehr. Als ich wie ein halbnacktes Überraschungspaket im Bett auf dich gewartet habe, hätte ich eigentlich darauf gefasst sein müssen, dass du Liebe machen willst.«

»Ich wollte nicht Liebe machen. Ich wollte Sex haben«, wiederholte Aiden, was sie gestern Nacht gesagt hatte, nur sprach sie jetzt viel sanfter.

Dawn schüttelte langsam den Kopf. »Ich glaube nicht, dass das stimmt. Es gibt viele verschiedene Arten, Liebe zu machen, Aiden.« Sie verflocht ihre Finger mit Aidens. »Liebe machen, Sex haben … das sind nur Begriffe. So lange es aus Liebe geschieht, ist es dasselbe.«

Aiden betrachtete sie mit gerunzelter Stirn.

»Nur weil du manchmal ein bisschen … energischer wirst, heißt das nicht, dass du mich nicht mehr liebst, oder?«, fragte Dawn.

»Natürlich nicht!«

»Wir schlafen erst seit ein paar Wochen miteinander, da wird es sicher noch eine Weile dauern, bis wir uns völlig fallenlassen können. Das ist normal, besonders nach einer Vergewaltigung.« Dawn zwang sich, das Wort auszusprechen und ganz offen zu sein. »Nur weil wir bisher sehr zärtlich im Bett waren, heißt das nicht, dass es immer so bleiben wird. Manchmal wird eine von uns oder wir beide Lust auf heißen, ungezügelten Sex haben. Manchmal werden unsere sexuellen Uhren synchron gehen und manchmal eben nicht.«

»Was bedeutet das für unsere Beziehung?« Der zerknirschte Ausdruck auf Aidens Gesicht ließ langsam nach. »Ich meine, unsere sexuellen Bedürfnisse werden sicher auch in der Zukunft manchmal in Konflikt stehen.«

»Du könntest mir einfach sagen, was du brauchst«, antwortete Dawn.

»Nein.« Entschlossen schüttelte Aiden den Kopf. »Das werde ich nicht. Ich will nicht, dass du nur mit mir schläfst, weil du dich dazu verpflichtet fühlst.«

Frustriert rieb sich Dawn die Stirn. Über emotionale Angelegenheiten mit Aiden zu sprechen, war anstrengender als alle Auseinandersetzungen mit ihren beiden Expartnern zusammengenommen. Aber es war auch lohnender, sagte sie sich. »Es geht nicht um Verpflichtungen. Es geht darum, einen Kompromiss zu finden.«

»Kompromiss?«, wiederholte Aiden. »Dawn, Schatz, vielleicht hast du es noch nicht bemerkt, aber Sex ist irgendwie eine Alles-oder-nichts-Sache. Entweder man hat Sex oder eben nicht. Da gibt es keine Kompromisse.«

Dawn musste lachen. »Oh, das habe ich schon bemerkt, glaub mir. Aber wir könnten einen Kompromiss finden, was die Art und Weise angeht, wie wir Sex haben. Zum Beispiel macht es mir nichts aus, dir ein wenig … Erleichterung zu verschaffen, selbst wenn ich manchmal nicht berührt werden will.«

Aiden schüttelte den Kopf. »Du verstehst nicht. Ein Orgasmus ist nicht wirklich, was ich in solchen Situationen will. Zumindest nicht nur. Was ich will, ist, meine Partnerin ganz wild vor Lust zu machen. Ich will sie zum Höhepunkt bringen. Im Gegenzug auch berührt zu werden, ist nur das Sahnehäubchen.«

»Du, liebe Xena«, Dawn tippte sie sanft auf die Nase, froh und beeindruckt, dass Aiden sich mit ihr wohl genug fühlte, um offen über ihre Bedürfnisse zu sprechen, »willst manchmal Xena, die Eroberin sein.«

Ihre Zusammenfassung brachte Aiden zum Lachen. »Ja. Ohne all die Gewalt und das Blutvergießen. Darauf stehe ich nicht.«

»Ich weiß.« Sie wusste, dass Aiden sie nie körperlich verletzen würde. »Ich weiß, dass du kein gewalttätiger Mensch bist, also hör endlich auf, dich wegen gestern Nacht schuldig zu fühlen.«

»Ich kann nicht«, flüsterte Aiden und scharrte mit den Füßen über den Asphalt. »Es tut mir so leid, dass ich dir wehgetan habe.«

Dawn sah ihr in die Augen. Jetzt musste sie ehrlich sein und ihre eigenen Gefühle offenbaren, statt Aiden nur zu helfen, mit ihren Emotionen fertigzuwerden. »Ich kann nicht leugnen, dass du mich verletzt hast.« Sie berührte Aidens Wange und zwang sie, ihr in die Augen zu sehen, als sie den Blick senken wollte. »Aber nicht auf die Weise, wie du denkst.«

Aiden schluckte. »Wie dann?«, krächzte sie.

»Was am meisten wehgetan hat, war nicht, wie stürmisch du im Bett warst. Das war einen Augenblick lang etwas überwältigend, aber das ist auch schon alles.« Dawn blieb stehen, sodass Aiden jedes Wort hören konnte. Sie war nicht sicher, ob sie es zweimal sagen konnte, denn es schmerzte sie genauso sehr, es auszusprechen, wie es Aiden wehtat, die Worte zu hören. »Viel schlimmer war, dass du dann einfach gegangen bist, obwohl ich wollte, dass du bleibst, mit mir darüber redest und mich tröstest.«

Aiden wurde bleich. »Ich wollte dir nicht wehtun. Es ist nur … Ich war zu wütend, um bleiben zu können.«

»Was wäre passiert, wenn du trotzdem geblieben wärst, egal, wie wütend du warst? Wir hätten uns gezankt und angeschrien, vielleicht ein paar unschöne Dinge gesagt … na und? Ich hätte lieber einen Streit riskiert, als den Rest der

Nacht allein in deiner Wohnung auf und ab zu gehen.« Dawn schniefte und suchte in ihren Manteltaschen nach einem Taschentuch.

Wortlos gab Aiden ihr eines. Ihre Hand zitterte. »Es tut mir leid«, flüsterte sie. »Ich hab mich von meiner Wut und meinen Schuldgefühlen hinreißen lassen. Ich konnte nicht damit umgehen, deshalb bin ich weggerannt.«

»Das versuche ich doch gerade, dir zu erklären.« Dawn wischte sich ein paar Tränen aus den Augenwinkeln. »Unsere verschiedenen sexuellen Bedürfnisse sind nicht das einzige Problem. Wir gehen auch ganz unterschiedlich mit Stress und emotionalen Problemen um. Meistens fühle ich mich erst dann besser, wenn ich mit jemandem darüber gesprochen habe. Ich will nicht allein gelassen werden, um meine emotionalen Wunden zu lecken. Du hingegen ignorierst deine Gefühle und rennst davor weg, bis sich so viel aufgestaut hat, dass du dir irgendwie körperlich Erleichterung verschaffen musst.«

»Du hast recht«, sagte Aiden langsam, fast traurig. »Wir könnten nicht verschiedener sein.«

»Das ist doch nicht schlimm. Unterschiede machen das Leben interessanter. Aber wenn wir wollen, dass unsere Beziehung Bestand hat, müssen wir Kompromisse finden.«

Aiden schwieg so lange, dass Dawn befürchtete, sie würde sich zurückziehen und sie ausschließen. Aber dann sah Aiden auf. »Es tut weh, daran zu denken, dass wir uns noch mal streiten könnten, aber ich weiß, dass es mit ziemlicher Sicherheit wieder passieren wird. Wie wäre es also hiermit: Wenn ich den Drang verspüre, davonzulaufen, um einer gefühlsüberladenen Situation zu entkommen, gehe ich zum nächsten Kaffeehaus. So habe ich eine halbe Stunde, um mich wieder in den Griff zu bekommen. Dann komme ich mit einer heißen Schokolade mit Karamelsirup für dich zurück und wir setzen uns hin, um in Ruhe zu reden.«

»Bring mir lieber Tee oder irgendetwas anderes, was nicht so viele Kalorien hat«, sagte Dawn lächelnd.

Aiden sah einen Moment lang verdutzt aus, dann lachte sie. »Du meinst wohl, du musst sonst in den nächsten Jahren eine Menge heißer Schokolade trinken? Da hast du wohl recht.«

»Nur zu Anfang. Es wird dir immer leichter fallen, zu bleiben und darüber zu reden, und mir wird es leichter fallen, dich gehen zu lassen, ohne auszuflippen.« Sanft strich sie Aiden eine schwarze Haarsträhne hinters Ohr. »Ich bin stolz auf dich.«

»Stolz?«

»Du hast mich aufgesucht, um darüber zu reden, und du warst diejenige, die einen Kompromiss für zukünftige Auseinandersetzungen gefunden hat«, sagte Dawn. »Über Gefühle zu reden, fällt dir nicht leicht, aber du kannst es, wenn du dir Mühe gibst.«

»Ich hatte noch nie einen triftigen Grund, mich zu bemühen. Die anderen Frauen, mit denen ich zusammen war, haben mich nicht am Ohr gepackt und mir die Hölle heiß gemacht, wenn ich mich wie ein unsensibler Arsch verhalten habe.«

»Das werde ich auch nicht tun. Ich möchte mich nicht wie ein Elternteil verhalten, dich kritisieren oder dich ändern, aber ebenso wenig habe ich vor, dich auf meinen Gefühlen herumtrampeln zu lassen«, sagte Dawn ernst. Im letzten Jahr ihrer Ehe war sie durch die Hölle gegangen und sie hatte sich geschworen, das nie wieder zuzulassen.

»Ich werde versuchen, mehr auf deine Gefühle einzugehen«, sagte Aiden. »Wenn ich auch nur für einen Moment darüber nachgedacht hätte, was für einen Tag du gestern hinter dir hattest, hätte ich nicht sofort versucht, dich zu verführen.«

Dawn verflocht erneut ihre Finger mit Aidens. »Meistens hätte ich kein Problem damit, verführt zu werden. Warn mich einfach vor, wenn du das nächste Mal ausziehst, um Griechenland zu erobern, okay?«

»Mehr Kommunikation, was?« Aiden hob Dawns Hand und küsste sie.

Dawn nickte. »Sag mir vorher, was du vorhast, statt es einfach zu tun. Ich weiß, das zerstört jegliche Spontaneität, aber ich glaube, ich brauche das noch eine Zeit lang. Gib mir Gelegenheit, richtig aufzuwachen, bevor du mit dem Verführen beginnst. Und lass das Bier weg.«

»Das krieg ich hin.«

»Und schon haben wir noch einen Kompromiss gefunden.«

Sie grinsten einander an. Vermutlich würde es manchmal Situationen geben, wo selbst diese Kompromisse nicht genug waren, aber es war schon mal ein Anfang und sie waren beide bereit, weiter daran zu arbeiten.

Gemütlich schlenderten sie zurück in Richtung von Dawns Büro.

»Jetzt, da du die Kriegerprinzessin erfolgreich behandelt hast, warten noch weitere Patientinnen auf eine Wunderheilung?«, fragte Aiden lächelnd.

»Nein, die wunderwirkende Bardin kann jetzt nach Hause gehen.«

»Wenn das so ist … Würde es dir etwas ausmachen, wenn ich heute bei dir übernachte?« Aiden schaukelte auf den Fußballen wie ein Teenager mit zu viel nervöser Energie. »Ich würde dich heute Nacht gerne im Arm halten. Wie wäre das?« Sie sah Dawn mit einem hoffnungsvollen Dackelblick an.

»Nein. Ich meine, ja. Ich hätte gerne, dass du bei mir übernachtest, aber ich bin heute Abend beim Selbstverteidigungskurs, schon vergessen?«

»Oh. Klar. Kein Problem. Schätze, wir sehen uns dann am Wochenende.« Wie immer verbarg Aiden ihre Enttäuschung hastig.

»Ich bin sicher nicht vor zehn zurück, aber das heißt nicht, dass du nicht vorbeikommen kannst. Du hast einen eigenen Schlüssel. Oder ich könnte zu dir kommen, wenn der Kurs vorbei ist.« Dawn hielt es für wichtig, dass sie in Aidens Wohnung zurückkehrten und nicht bei ihr blieben, um Erinnerungen an letzte Nacht zu vermeiden.

Aiden sah auf ihre verschlungenen Hände hinab und streichelte Dawns Finger mit dem Daumen. »Wäre dir das wirklich recht? Wenn du etwas Zeit allein brauchst ... Ich will nicht zu anhänglich sein.«

Dawn lachte. »Du bist nie zu anhänglich, Aiden Carlisle. Ich komme zu dir, sobald ich alle Kung-Fu-Manöver erfolgreich absolviert habe«, sagte sie, auf einen alten Witz anspielend, der noch aus der Zeit stammte, als sie nur eine Polizistin und eine Zeugin füreinander gewesen waren.

»Gut. Dann schließ ich das Bier und die Kriegerprinzessin weg, bevor du kommst.« Aiden drückte ihre Hand.

»Das Bier wegzulassen, ist eine gute Idee, aber hin und wieder weiß ich eine abenteuerlustige Frau sehr zu schätzen.« Dawn zwinkerte ihr zu. »Vielleicht könnte diesmal ich dich aufwecken und verführen.«

Aiden beugte sich hinab, um sie zu küssen. »Mmm. Ich hätte nichts dagegen.«

»Gut.« Dawn tätschelte den unwiderstehlichen Hintern ihrer Partnerin. »Dann bleibt jetzt nur noch eine Frage zu klären, Xena. Wo hast du Argo, dein treues Schlachtross, geparkt?«

KAPITEL 9

Das Telefon klingelte zum dritten Mal innerhalb einer halben Stunde.

Kade stöhnte und öffnete ihre müden Augen. Sie befreite sich von der schweißfeuchten Decke und setzte sich auf. Schmerz pochte in ihren Schläfen. Während sie darauf wartete, dass das Zimmer aufhörte, sich zu drehen, versuchte sie zu entscheiden, ob sie das Telefon ignorieren oder rangehen sollte.

Die beiden vorigen Male hatte der Anrufer in den Hörer geatmet, aber nichts gesagt. Es waren nicht die ersten anonymen Anrufe. Es hatte vor einigen Tagen begonnen. Sobald sie vom Büro nach Hause kam, klingelte das Telefon. Wenn sie abnahm, sagte der unbekannte Anrufer kein Wort. Er stieß weder Drohungen noch Flüche aus, sondern atmete nur in den Hörer, bis Kade auflegte.

Auch fand sie noch immer Blumen auf der Türschwelle, selbst nach Valentinstag. Kade hatte überlegt, die Polizei zu rufen, den Gedanken aber wieder verworfen. Ja, ihr Verehrer wurde immer unheimlicher, aber im Vergleich zu ihren früheren Erfahrungen schien er harmlos. Kade ließ sich nicht so leicht einschüchtern. Immerhin war es ihr Beruf, den Zorn von Verbrechern zu erregen. In den zwei Jahren bei der Abteilung für Sexualdelikte hatte sie so viele Drohbriefe und detaillierte Beschreibungen kranker Fantasien bekommen, dass sie problemlos ihre Dreizimmerwohnung damit hätte tapezieren können. Sie schenkte ihnen keine Beachtung, genauso wenig wie den siebzehn Liebesbriefen und den zwei Heiratsanträgen, die sie per Post bekommen hatte.

Aber jetzt war sie krank und hilflos ans Bett gefesselt. Die Situation schien zu eskalieren und sie war keineswegs paranoid. Ihre Nummer stand nicht im Telefonbuch, aber der Stalker hatte sie trotzdem irgendwie herausgefunden.

Sie sah auf das Display. Unbekannter Anrufer. Auf das schlimmste gefasst, griff sie zum Telefon. »Hallo?«

»Hallo, Kade. Hier spricht Del Vasquez. Ich rufe wegen des schon längst fälligen Kaffees an, den ich dir versprochen hatte.«

Kade drehte sich einen Moment lang zur Seite, um sich zu schnäuzen. »Oh, hallo. Also habt ihr die Tatwaffe in der Wohnung des Verdächtigen gefunden?«

»Ja. Und er hat ein Geständnis abgelegt. Der Fall ist abgeschlossen.« Ein Lächeln schwang in Dels Stimme mit. »Du klingst seltsam. Bist du krank? In deinem Büro sagte man mir, dass ich dich zu Hause erreichen könnte.«

»Nur eine Erkältung. Am Montag werde ich wieder zurück im Gericht sein.« Kade beschloss, dass es so sein würde. Sie hatte nicht die Zeit oder die Geduld, hier krank herumzuliegen.

»Hast du genug zu trinken und zu essen? Medizin? Und jemanden, der sich um dich kümmert?«, fragte Del so schnell hintereinander, dass Kades Kopf noch mehr wehtat.

»Ich habe alles, was ich brauche«, sagte sie. Sie war es nicht gewohnt, verhätschelt zu werden.

Del schwieg und sagte dann: »Warum habe ich das Gefühl, dass da nur eine Tasse lauwarmer Tee und eine Packung Taschentücher auf deinem Nachttisch sind?«

Kade drehte ihren pochenden Kopf und sah zum Nachttisch. *Weil es so ist?* Del konnte sie derartig leicht durchschauen, dass ihr etwas unbehaglich zumute war. War sie nur eine gute Beobachterin? Oder war sie doch Kades Stalker und wusste deshalb so viel über sie? Meistens mochte Kade nicht daran glauben, aber es war besser, vorsichtig zu sein.

»Soll ich dir etwas Hühnerbrühe vorbeibringen?«

»Nein. Du musst nicht …«

»Kade, du solltest etwas essen, sonst hat dein Körper nicht die Kraft, gesund zu werden.«

Wenn sie bedachte, wie schwach sie sich fühlte, hatte Del vielleicht recht. Trotzdem wollte sie nicht, dass Del sie so sah. »Du brauchst wirklich nicht …«

»Ich weiß«, sagte Del. »Aber ich möchte es. Das macht mir wirklich keine Umstände.«

Kade sah zur Decke. Wann hatte sie die Kontrolle über ihr Leben verloren? Schließlich seufzte sie. »Okay.« Sie gab Del ihre Adresse. »Aber wenn du dich ansteckst, gib bloß nicht mir die Schuld.«

Del lachte. »Werde ich nicht.«

»Gracie?« Del klemmte sich das schnurlose Telefon zwischen Ohr und Schulter und durchwühlte den Küchenschrank nach einem Topf. »Hast du kurz Zeit für deine beste Freundin?«

Grace lachte. »Wenn du eine Unterhaltung mit der Betonung deines Beste-Freundin-Status' beginnst, endet es meistens damit, dass du mir etwas sagen willst, das länger dauert.«

»Diesmal nicht«, sagte Del. »Ich brauche nur dein Rezept für Hühnersuppe.«

Einige Sekunden lang herrschte absolute Stille. »Du willst kochen? Du?«

Del richtete sich zu ihrer vollen Größe auf. »Hey, ich kann das. Normalerweise tue ich es nur deshalb nicht, weil ich all die talentierten Kinsleyfrauen um mich habe. Also, was brauche ich für die Suppe? Einen Topf habe ich schon. Was lege ich rein?«

»Du magst doch Hühnersuppe nicht mal«, sagte Grace. »Was ist los?«

Del seufzte. Grace kannte sie zu gut. »Kade ist krank«, sagte sie, als erklärte das alles. Sie zögerte, Grace zu viel zu verraten, weil sie nicht wusste, wie ihre alte Freundin reagieren würde. Grace war lange die einzige Frau in ihrem Leben gewesen. Obwohl sie nie eine Beziehung im romantischen Sinn gehabt hatten, war es doch für beide eine Umstellung.

»Kade? Welche Kade?«

»Kade Matheson. Die Staatsanwältin, die Dawns Fall verhandelt hat.«

»Das ist kein Ernährungsprogramm für die Staatsanwaltschaft, oder?«, fragte Grace. »Warum willst du Hühnersuppe für Ms. Matheson kochen?«

Del zögerte nur kurz. Sie schuldete es ihrer Freundin, die Wahrheit zu sagen. »Ich mache ihr den Hof und jetzt ist sie krank und ich glaube, sie hat niemanden, der sich um sie kümmert.«

»Du machst ihr den Hof?« Grace' Stimme klang eine Tonlage höher als gewöhnlich. »Ist sie überhaupt … du weißt schon?«

»Ich bin nicht sicher. Aber eine Frau wie Kade ist es wert, dass ich es herausfinde.«

Grace brummte nur.

»Grace?«, fragte Del, als das Schweigen zwischen ihnen andauerte. »Bist du noch da?«

»Ja, natürlich«, sagte Grace.

»Tut mir leid, dass ich mit der Tür ins Haus falle. Ich hätte vorbeikommen und es dir persönlich erzählen sollen. Obwohl es im Moment noch nicht viel zu erzählen gibt.« Del seufzte.

Grace lachte. »Macht sie dir das Leben schwer?«

»Oh ja.« Die Spannung in Dels Schultern löste sich etwas. »Vielleicht sollte ich sie mal zum Essen mitbringen, damit du mich in den höchsten Tönen loben und sie ermutigen kannst, mir eine Chance zu geben.«

»Lass uns erst mal damit anfangen, sie mit der Hühnersuppe zu beeindrucken«, sagte Grace.

»Okay.« Vermutlich brauchte Grace ein wenig Zeit, bevor sie bereit war, Kade zum Essen einzuladen. Del griff nach einem Kugelschreiber. »Also, was brauche ich für diese magische Hühnersuppe?«

»Del Vasquez. Ich möchte gerne zu Kade Matheson«, sagte Del zu einer der wenigen weiblichen Portiers in Portland, als sie das Foyer von Kades Hochhaus betrat.

Die große Frau schüttelte mit unbewegtem Gesicht den Kopf. »Ms. Matheson empfängt heute keine Besucher.«

»Sie hat sicher nur vergessen, unten anzurufen, um mich anzukündigen«, sagte Del. *Komm schon, Schwester. Zeig ein wenig Mitgefühl mit einer anderen Lesbe.* Sie war ziemlich sicher, dass die muskulöse Frau lesbisch war.

»Tut mir leid, aber Ms. Matheson sagte, sie will heute Abend niemanden sehen.« Die Pförtnerin versperrte ihr noch immer den Weg zu den Aufzügen.

Del griff in ihre Jackentasche und zog ihren Polizeiausweis heraus. »Dringende Polizeiangelegenheit!« Sie tat, als wäre der Suppentopf, den sie im Arm hielt, eine geheime Polizeiwaffe und nichts Ungewöhnliches für eine Polizistin im Dienst.

Die Pförtnerin furchte die Stirn, trat aber endlich beiseite.

Del hastete an ihr vorbei zum Aufzug, bevor sie es sich anders überlegen konnte. Wenige Minuten später klopfte sie an Kades Wohnungstür.

Es dauerte ziemlich lange, bis Kades heisere Stimme von der anderen Seite der Tür erklang. »Wer ist da?«

»Ich bin's, Del. Ich bringe deine Hühnersuppe.«

Die Tür wurde einen Spaltbreit geöffnet. Kade blickte durch den Spalt, bevor sie die Tür vollends öffnete und den Flur hinab verschwand, vermutlich, um zurück ins Bett zu gehen.

Del trat ein und zog die Tür hinter sich zu. Sie stellte den Suppentopf und die Tasche, die sie mitgebracht hatte, auf eine Kommode und sah sich um. Die elegant eingerichtete Wohnung passte perfekt zu Kade. Del stiefelte über das glänzende Parkett und ging am Gaskamin und den Ölgemälden im Wohnzimmer vorbei. Vor der bis zum Boden reichenden Glasfront blieb sie kurz stehen, um den Anblick des Willamette River und der schneeweißen Yachten im Hafen zu genießen. Dann folgte sie Kade.

Sie klopfte an die Schlafzimmertür. »Kade?«

»Stell doch die Suppe einfach in die Küche«, rief Kade und hustete.

Del war nicht den ganzen Weg von St. Johns gekommen, um die Küche zu sehen. »Kann ich kurz reinkommen?«

»Ich habe nur einen Bademantel an.«

»Ich habe schon öfter Frauen in Bademänteln gesehen«, sagte Del lächelnd.

»Aber nicht diese Frau.«

Del lehnte sich gegen die Tür. »Denkst du das wirklich von mir? Dass ich nur hier bin, um deine Schwäche auszunutzen und dich im Bademantel zu begaffen?« Sie hielt die Luft an. Falls Kade bejahte, würde sie die Suppe zurücklassen und gehen. Sie war zwar verrückt nach Kade, aber sie war keine Masochistin.

Schließlich drang ein Seufzen durch die Tür. »Okay, komm rein, aber nur kurz. Ich will nicht, dass du dich ansteckst.«

Del öffnete die Tür.

Statt der perfekt gekleideten und frisierten Anwältin, die Del bisher kennengelernt hatte, traf sie nun auf eine Kade im Bademantel, mit roter Nase und glasigen Augen. Sie saß mit angezogenen Beinen im Bett, die Arme um die Knie geschlungen.

»Hi. Wie geht es dir?«

»Mir …« Kade nieste. »… geht's gut.«

»Klar. Du erfreust dich bester Gesundheit. Warst du schon beim Arzt?«

»Ich brauche keinen Arzt.« Kades Argument verlor etwas an Überzeugungskraft, weil ihre Nase völlig verstopft klang. »Es ist nur eine Erkältung. Die braucht eine Woche mit Hilfe eines Arztes und sieben Tage ohne. Du weißt doch, wie das ist.«

Del sah, wie gerötet Kades normalerweise helle Haut war. »Du siehst aus, als hättest du Fieber.« Sie widerstand mit Mühe dem Drang, Kades Stirn zu berühren, um zu sehen, wie warm sie war.

»Ich muss mich nur mal gründlich ausschlafen. Das ist alles.« Kade schnäuzte sich lautstark.

Del lächelte. »Soll ich dir einen Teller Suppe bringen? Sie dürfte noch warm sein.«

»Ich habe keinen Hunger«, sagte Kade. »Aber trotzdem danke.«

Ehe Del etwas erwidern konnte, klingelte das Telefon.

Kade zuckte zusammen. Ihr Blick glitt gehetzt zu dem Apparat.

»Willst du nicht rangehen?«, fragte Del, als das Telefon weiterklingelte.

»Ich bin krank. Das heißt, ich muss nicht rangehen.« Kade verschränkte die Arme über ihrer bademantelbedeckten Brust.

Del hatte das Gefühl, dass normalerweise nicht einmal eine Lungenentzündung Kade von ihrer Arbeit abhalten konnte. Warum weigerte sie sich, ans Telefon zu gehen? »Hast du nicht gesagt, es sei nur eine simple Erkältung?«

»Ist es auch.«

»Was ist dann los?«

»Nichts.« Kade riss das Telefon ans Ohr. »Ja? Oh! Hallo, Mutter.« Erleichterung stand Kade ins Gesicht geschrieben.

Del zeigte auf die Tür und flüsterte: »Soll ich gehen?«

Vorhin hatte Kade noch versucht, Del zum Gehen zu bewegen, aber jetzt schüttelte sie den Kopf. »Nein, bleib ruhig.« Sie lauschte in den Hörer. »Nein, Mutter. Ich habe keinen Mann zu Gast. Nur eine Freundin.«

Freundin. Del lächelte. Das war schon mal ein Schritt in die richtige Richtung.

»Ja, Mutter.« Kade bedeckte die Sprechmuschel mit der Hand, als sie husten musste. »Nur eine Erkältung. Ja, Mutter, ich werde sie anrufen und ihr zur Eheschließung gratulieren.« Nach ein paar Zusicherungen beendete Kade das Gespräch und legte das Telefon auf den Nachttisch. Sie atmete aus und sank zurück in die Kissen.

»Alles okay?«

»Ja. Das war nur meine Mutter. Sie ruft mich ständig an, wenn eine meiner Schulfreundinnen heiratet«, sagte Kade und verzog das Gesicht.

»Um dich daran zu erinnern, dass du noch immer nicht verheiratet bist, oder?« Del lächelte sie an.

Kade erwiderte das Lächeln. »Klingt, als ob du meine Mutter kennen würdest.«

»Nein, aber ich bin schon mit Frauen ausgegangen, die solche Mütter hatten«, antwortete Del. *Aber natürlich keine, die so wohlhabend oder einflussreich gewesen wären wie deine.*

»Deine eigene Mutter ist also nicht so?« Kade nahm einen Schluck aus ihrer Tasse und schüttelte sich. Der Tee war vermutlich längst kalt geworden.

»Oh doch. Meine Mutter hat sich immer einen Ehemann, eine große Hochzeit und einen Stall voll Kinder für mich gewünscht. Aber das ist nicht mehr wichtig. Ich habe schon seit einer langen Zeit nicht mehr mit meinen Eltern geredet. Oder vielmehr: Sie reden nicht mehr mit mir.«

Kade sah sie mit einer Mischung aus Mitgefühl und Neugier an.

Del konnte die Fragen, die ihr auf der Zunge lagen, praktisch spüren, aber Kade hielt sich zurück, vermutlich, damit sie im Gegenzug keine Fragen zu ihrem Privatleben beantworten musste.

Als Kade den Blick abwandte, ging Del zur Tür. »Ich hole dir einen Teller Suppe.« Sie ignorierte Kades Proteste und verließ das Schlafzimmer.

Als sie kurz darauf zurückkam, öffnete sie leise die Tür, nur für den Fall, dass Kade eingeschlafen war.

Kade schlief nicht. Sie saß gegen das Kopfende gelehnt im Bett, die Decke um sich gewickelt. Ihr fielen fast die Augen zu, aber sie weigerte sich stur, sie zu schließen.

Del ging zu ihr hinüber und setzte das Tablett, das sie in der Küche gefunden hatte, vorsichtig auf Kades Schoß.

»Was ist das denn alles?«, krächzte Kade. »Hast du eine Apotheke überfallen?«

Del sah hinab auf den Teller Suppe, die Tasse Kräutertee, die Scheibe Toast und den Hustensaft auf dem Tablett. »Ist doch kaum der Rede wert. Iss. Dann wirst du dich besser fühlen.« Sie drückte Kade einen Löffel in die Hand.

Kade beugte sich vor und versuchte, trotz ihrer verstopften Nase an der Suppe zu riechen.

Del nutzte die Gelegenheit, Kades Kissen aufzuschütteln.

»Hör bitte auf, so einen Wirbel um mich zu machen«, grummelte Kade.

Del hielt inne und richtete sich auf. »Wovor hast du solche Angst, Kade?« Sie musterte ihre blassen Gesichtszüge. Selbst mit roten Flecken auf den Wangen und laufender Nase sah Kade noch wunderschön aus. »Hast du Angst, mir etwas schuldig zu sein?«

Kade beantwortete die Frage nicht. »Warum tust du das alles?«

Del lächelte. »Versuchst du, ein Motiv zu finden, das zu deiner Theorie passt, Frau Anwältin? Das hier ist kein Fall und ich bin keine Verdächtige. Ich habe keine Hintergedanken. Ich bin ein ehrlicher, direkter Mensch. Alles, was ich will, ist, dir zu helfen und dich dabei vielleicht ein bisschen besser kennenzulernen. Das ist alles.«

»Ich verstehe dich nicht«, sagte Kade. Ihre Stimme klang rau, nicht nur wegen der Erkältung, sondern auch vor Frustration.

»Dann frag doch einfach. Ich bin immer bereit, alles zu erklären.«

»Ich habe dir gesagt, dass ich heterosexuell und nicht an dir interessiert bin, aber du .... umwirbst mich immer noch.« Kade schüttelte den Kopf. »Was erhoffst du dir davon?«

»So uninteressiert bist du nicht«, sagte Del lächelnd. »Und so heterosexuell auch nicht.«

Kade starrte sie an. »Und das schließt du aus welchen Beweisen?«

»Du hast dich mit mir zum Essen verabredet ... am Valentinstag, möchte ich hinzufügen ... und du hast die Blumen und Karten nicht verweigert, als du gedacht hast, sie sind von mir.«

»Alles nur Indizienbeweise«, sagte Kade.

Der juristische Begriff brachte Del zum Lachen. Einen Moment lang stellte sie sich vor, wie Kade ihr solche Wörter nach einer heißen gemeinsamen Nacht ins Ohr flüsterte. »Ich will ja auch keinen Richter und keine Geschworenen überzeugen. Nur dich.«

»Und wenn dir das nicht gelingt?«

Del zuckte mit den Schultern. Sie wusste, dass das durchaus nicht unwahrscheinlich war. Kade Matheson war einfach zu stur. »Dann hoffe ich, dass ich zumindest eine gute Freundin gewonnen habe. Danach zu urteilen, dass du hier ganz allein in deiner Wohnung vor dich hin leidest, könntest du auch eine Freundin gebrauchen.«

Das erneute Klingeln des Telefons ließ Kade zusammenzucken. Ihr Löffel fiel klirrend aufs Tablett, aber sie machte keine Anstalten, den Anruf entgegenzunehmen.

»Soll ich rangehen, damit du essen kannst, bevor die Suppe kalt wird?«

»Nein!« Kade schnappte sich das schnurlose Telefon und hielt es außer Reichweite, bis der Anrufbeantworter angesprungen war.

Del musterte sie stirnrunzelnd. »Was ist hier los?«

»Nichts«, sagte Kade. Mit Ausnahme ihrer roten Nase und der roten Flecken auf ihren Wangen war sie nun noch bleicher als zuvor. Den Ausdruck auf ihrem Gesicht hatte Del noch nie zuvor bei der selbstbewussten Anwältin gesehen, deshalb dauerte es einen Augenblick, bevor sie erkannte, was es war: Angst.

»Kade?«

Als Kade aufsah, war der ängstliche Ausdruck auf ihrem Gesicht verschwunden und die arrogante Anwältinnenmaske verbarg, was sie fühlte. »Ja?«

Del stellte das Tablett auf den Fußboden.

»Die Suppe wird kalt«, protestierte Kade.

»Ich werde sie später noch mal aufwärmen.« Del wusste, dass es nicht die abkühlende Suppe war, um die Kade sich sorgte. »Nachdem du mir erzählt hast, was mit dir nicht stimmt.«

Kade neigte den Kopf in einer fast perfekten Zurschaustellung unschuldiger Ahnungslosigkeit. »Was soll mit mir nicht stimmen?«

»Irgendetwas beschäftigt dich. Und sag nicht, es wäre nichts. Irgendetwas macht dich nervös und es liegt nicht an der Erkältung. Du zuckst jedes Mal zusammen, wenn das Telefon klingelt.«

Kade zögerte.

»Was es auch ist, du kannst mir vertrauen. Bitte.« Del streckte die Hand aus, verharrte aber, bevor sie Kade berühren konnte. Eine Frau, die nicht wollte, dass jemand Suppe für sie machte, war sicherlich auch kein sonderlicher Fan von Händchenhalten während emotionaler Geständnisse. Sie setzte sich auf die Bettkante, hielt aber respektvoll Abstand. »Erzähl mir, was los ist.«

Kade rieb sich die Schläfen. Ihre Instinkte sagten ihr, dass sie Del vertrauen konnte. Sie war Polizistin und sie war ihr gegenüber bisher immer ehrlich gewesen. Im Gegensatz zu Kade, die ständig verbarg, was sie dachte und fühlte.

»Erzähl es mir«, sagte Del erneut.

Kade holte tief Luft. »Erinnerst du dich noch daran, dass ich dachte, du hättest mir jeden Tag Blumen geschickt?«

»Natürlich erinnere ich mich daran«, antwortete Del. »Diese mysteriösen Blumenlieferungen waren es doch, die dich dazu gebracht haben, vor mir wegzulaufen.«

Das ist einer von vielen Gründen. »Ungefähr zur gleichen Zeit, als das mit den Blumen angefangen hat, habe ich begonnen, mich irgendwie beobachtet zu fühlen. So, als ob mir jemand folgen würde. Vielleicht hat mein Beruf mich ein wenig paranoid gemacht, aber …«

»Das glaube ich nicht.« Eine tiefe Sorgenfalte grub sich zwischen Dels dunkle Augenbrauen. »Du bekommst auch anonyme Anrufe.«

»Ja. Das hat erst vor ein paar Tagen angefangen. Er sagt kein Wort, aber ich kann ihn atmen hören.«

»Hast du entgangene Anrufe oder Nachrichten auf dem Anrufbeantworter, wenn du abends nach Hause kommst?«, fragte Del, ganz die Ermittlerin.

Kade schüttelte den Kopf. »Er ruft nur an, wenn ich zu Hause bin.« Das war es ja, was ihr Angst einjagte. Es bedeutete, dass ihr Stalker ständig genau wusste, wo sie war und was sie tat. Ein kalter Schauer lief ihr den Rücken hinab und sie zog die Decke enger um sich.

Del schnappte nach Luft. »Warum hast du niemandem davon erzählt?«

»Eine Staatsanwältin darf sich nicht so leicht einschüchtern lassen. Ich kann doch nicht jedes Mal nach einem Bodyguard verlangen, wenn mich ein Verdächtiger auch nur schief ansieht.«

»Darum geht es hier nicht und das weißt du auch. Das hier ist etwas Persönliches. Du könntest wirklich in Gefahr sein.«

Kade wusste, dass Del recht hatte, auch wenn ein Teil von ihr sich immer noch weigerte, es zu glauben. »Es gibt keine Beweise. Du weißt doch, dass es fast unmöglich ist, Stalking eindeutig nachzuweisen.«

»Wie viel Beweise brauchst du, bevor du bereit bist, dir Hilfe zu holen? Wolltest du etwa warten, bis er dich angreift, bevor du jemandem davon erzählst? Warum hast du mir nichts gesagt?« Ein Hauch von Ärger war aus Dels normalerweise ruhiger Stimme herauszuhören.

Kade öffnete den Mund, aber Del war schneller.

»Na schön.« Sie atmete tief ein und aus. »Ich kann verstehen, warum ich nicht die Erste war, der du davon erzählen wolltest, aber warum hast du nicht wenigstens Carlisle um Hilfe gebeten?«

»Sie hat im Moment schon genug zu tun.« Wenn sie Aiden davon erzählte, würde sie sofort anfangen, nachts ihre Wohnung zu beobachten, anstatt zu Dawn nach Hause zu fahren. Kade wollte nicht noch mehr Probleme in ihrer Beziehung verursachen als diese ohnehin schon zu haben schien.

Del runzelte die Stirn. »Was genau hat sie denn zu tun? Das hat doch nichts mit Dawn zu tun, oder?«

Kade kannte den Ausdruck auf Dels Gesicht nur zu gut. Aiden sah immer genauso aus, wenn sie darauf bestand, Kade nach einer nächtlichen Wohnungsdurchsuchung zu ihrem Auto zu begleiten. Wenn sie Del sagte, dass Aiden neulich auf der Polizeiwache übernachtet hatte, würde Del sie sofort aufsuchen und zur Rede stellen. »Die Sondereinheit für Sexualdelikte kann sich vor ungelösten Fällen kaum retten.«

»Aber das ist doch immer so«, sagte Del.

Kade verzog innerlich das Gesicht. Sie hatte vergessen, dass Del nicht nur eine Bewunderin, sondern auch eine erfahrene Polizistin war. Sie wusste genau, dass die Ermittler der Sondereinheit nicht mehr als sonst zu tun hatten.

»Na schön«, sagte Del, als Kade schwieg. »Wenn du nicht willst, dass deine eigenen Detectives sich darum kümmern, dann lass mich mal sehen, ob ich …«

»Nein!« Kade hielt Del davon ab, zum Handy zu greifen. Sie drückte Dels Finger, bevor sie ihre Hand zurückzog. »Wenn ich Anzeige gegen unbekannt erstatte und es zu einer offiziellen Ermittlung kommt, wird mein Privatleben … das bisschen, das ich habe … nicht mehr länger privat sein. Jeder Polizist und Richter, mit dem ich arbeite, wird davon wissen und die Strafverteidiger werden versuchen, es gegen mich zu verwenden. Bitte, Del. Das will ich nicht.«

Del sah sie lange an. »Okay. Wir werden es so lange es geht geheim halten. Aber wenn ich das Gefühl habe, dass die Sache aus dem Ruder läuft, habe ich keine andere Wahl, als offizielle Schritte zu unternehmen. Mir ist es lieber, du verlierst deine Privatsphäre als dein Leben.«

Kade schluckte. Ihr Hals schmerzte. »Glaubst du wirklich, mein Leben ist in Gefahr?«

»Nicht, solange ich in der Nähe bin.« Dels Augen glühten vor Entschlossenheit.

Kade schüttelte den Kopf, hielt aber inne, als das ihre Kopfschmerzen verstärkte. »Halt dich da raus.«

»Du erzählst mir, dass du möglicherweise in Lebensgefahr bist und erwartest, dass ich mich raushalte und nichts tue? Das kann ich nicht.«

»Es ist nicht deine Pflicht, mich zu beschützen. Du bist nicht Kevin Costner und ich nicht Whitney Houston.« Die Sache würde nicht so enden wie der Film … damit, dass Del angeschossen würde oder Kade in ihrem Bett landete.

Del rang sich ein Lächeln ab. »Da liegst du falsch.«

»Nein«, sagte Kade. »Du siehst nicht wie Costner aus und ich könnte nicht mal einen Ton treffen, wenn es um mein Leben ginge.« Sie stöhnte innerlich, als ihr Versuch, einen Scherz zu machen, sie erneut daran erinnerte, dass ihr Leben in Gefahr sein könnte.

»Da magst du recht haben, aber es ist dennoch meine Pflicht, dich zu beschützen.« Del schlug die Jacke zurück und zeigte auf ihr goldenes Abzeichen.

»Du hast eben zugestimmt, die Sache inoffiziell zu behandeln, da kannst du jetzt nicht deine beruflichen Pflichten vorschieben«, sagte Kade.

Del zuckte mit den Schultern. »Okay. Ich wollte dich nicht in Verlegenheit bringen, aber wenn du darauf bestehst … Meine Entschlossenheit, dich zu beschützen, hat nichts mit meinem Beruf zu tun. Ich würde selbst dann vor deiner Wohnung Wache stehen wollen, wenn ich Kindergärtnerin wäre.«

Ihr eindringlicher Blick ließ Kades ohnehin schon warme Wangen noch mehr glühen. Sie hasste es, sich wie ein hilfloses Fräulein zu fühlen, aber sie musste zugeben, dass Dels Fürsorge ihr guttat.

»Hast du noch die Karten, die bei den Blumen lagen?«, fragte Del nach einer Weile.

»Ja. Ich habe sie alle aufbewahrt. Nicht weil ich geglaubt habe, dass sie von dir sind«, fügte sie schnell hinzu. »Nur weil ich dachte, sie könnten vielleicht Beweismittel sein.«

Del lächelte. »Klar. Ich nehme sie mit und lasse sie auf Fingerabdrücke untersuchen. Wer weiß. Vielleicht hat der Typ ja ein paar *CSI*-Folgen verpasst und Fingerabdrücke hinterlassen.«

»Was können wir sonst noch tun, ohne die Ermittlung offiziell zu machen?«

»Ich werde mit dem Boten sprechen, der die Blumen ausliefert, und mit dem Blumenladen. Falls der Stalker seine Kreditkarte benutzt hat, um die Blumen zu bezahlen, wird er am Ende der Woche im Gefängnis schmoren.«

Wenn es doch nur so einfach wäre. Kade schüttelte den Kopf. »Er schickt die Blumen nicht per Boten und sie kommen nicht aus einem Blumenladen. Er legt mir die Sträuße vor die Tür und in einer Karte stand, dass er sie selbst züchtet.«

»Dann schickt er dir keine Blumen ins Büro?«

»Nein«, sagte Kade. »Entweder weiß er nicht, wo ich arbeite, oder er hält sich fern, weil ihm da zu viele Polizisten, Sicherheitsbeamte und Kameras sind.« Sie seufzte. »Er ist ein schlauer Hund.«

»Da bin ich mir nicht so sicher. Wenn er dir jeden Tag persönlich Blumen vorbeibringt, muss doch jemand etwas gesehen haben.« Del nahm ein Notizbuch aus der Tasche und begann, sich Notizen zu machen. Als sie damit fertig war, sah sie auf. »Wenn du wieder im Büro bist, solltest du deine alten Fälle durchgehen. Halte nach ungewöhnlichen Dingen Ausschau, die passiert sind, kurz bevor das mit den Blumen und den Karten angefangen hat.«

Kade lachte bitter. »Wenn ich jeden ungewöhnlichen Fall der letzten Monate durchgehe, ist der Stalker an Altersschwäche gestorben, bevor ich damit fertig bin.«

»Ich werde dein Telefon und dein Handy abhören«, sagte Del.

»Ich glaube nicht, dass die Anrufe lange genug dauern, dass wir sie zurückverfolgen können.« Kade unterdrückte ein Seufzen. Sie wollte die Augen schließen, einschlafen und diesen ganzen Schlamassel vergessen.

»Es ist trotzdem einen Versuch wert. Ich würde deine Wohnung gern auch unter Überwachung stellen, besonders nachts und zu den Zeitpunkten, zu denen er dir die Blumen bringt.« Del sah Kade so vorsichtig an, als rechnete sie mit Protest.

Kade schüttelte den Kopf. »Wie willst du das deinen Vorgesetzten gegenüber rechtfertigen, ohne es zu einem offiziellen Fall zu machen?«

»Ich muss es nicht rechtfertigen, denn ich werde diejenige sein, die deine Wohnung überwacht.« Del hielt ihrem Blick stand.

»Das werde ich nicht erlauben. Du arbeitest hart. Wenn du Dienstschluss hast, musst du dich entspannen, nicht vor meiner Wohnung herumlungern.«

»Erlauben? Kade, ich respektiere dich und deine Wünsche, aber das kannst du mir nicht erlauben oder verbieten.«

»Oh doch! Das ist mein Leben, von dem wir hier sprechen, also treffe ich die Entscheidungen!« Kades Wangen begannen zu glühen, als Wut in ihr emporstieg. Sie hasste es, wenn andere versuchten, über ihr Leben zu bestimmen.

Del atmete dreimal tief ein und aus. »Na schön. Es ist deine Entscheidung. Aber bitte triff sie nicht aus den falschen Gründen. Wenn du dich weigerst, meinen Schutz anzunehmen, weil du Angst hast, mich ein Teil deines Lebens sein zu lassen ...« Sie brach ab und schüttelte den Kopf. »Ich tue das nicht, um dich zu beeindrucken oder um dich dazu zu bringen, mit mir auszugehen. Ich will nur, dass du in Sicherheit bist.«

Kade biss sich auf die Lippe. Es war unmöglich, Nein zu sagen, wenn Del sie mit einem so liebevollen Blick ansah. »Du musst das nicht tun«, versuchte sie es ein letztes Mal. »Dieses Gebäude hat sogar einen Portier, ich bin also nicht völlig schutzlos.«

»Ich bin ohne Probleme an der Pförtnerin vorbeigekommen, obwohl du ihr gesagt hattest, dass du heute keinen Besuch willst«, sagte Del.

»Einen Abend.« Kade hob einen Finger und zeigte damit auf Del, um die Regeln zu verdeutlichen. »Du kannst meine Wohnung einen Abend lang beobachten und wenn alles ruhig bleibt, gehen wir davon aus, dass der Stalker tagaktiv ist und du gehst nach Hause.«

Del zögerte, schien dann aber zu spüren, dass Kade keine weiteren Eingeständnisse machen würde. Schließlich nickte sie. »Strafverteidiger hassen es sicher, mit dir über einen Deal zu verhandeln.« Ihre Lippen kräuselten sich zu einem widerwilligen Lächeln. Sie stand vom Bett auf. »Dann gehe ich mal und besteche jemanden aus dem Labor, damit er die Fingerabdrücke auf den Karten untersucht. Und du solltest jetzt endlich die Suppe essen. Soll ich sie noch mal aufwärmen?«

»Nein.« Kade hielt den Teller fest, als Del ihn von dem Tablett nehmen wollte. »Geht schon. Sie ist immer noch warm.«

»Na gut«, sagte Del. »Ich bringe dir dann Nachschub, wenn ich vorbeikomme, um deine Wohnung zu beobachten.«

Ehe Kade antworten konnte, ging Del zur Tür. »Wo bewahrst du die Karten auf?«

»Ich zeige es dir.« Kade stellte die Suppe beiseite und stand auf. Gott, ihre Beine fühlten sich an, als hätte sie gerade einen Marathon hinter sich, nicht, als hätte sie den ganzen Tag nur herumgelegen. Vorsichtig ging sie zu der Kommode im Flur und öffnete die oberste Schublade.

Del erstarrte, als sie die Schachtel voller Karten sah, sagte aber nichts. Sie nahm die Schachtel aus der Schublade, ohne die Karten zu berühren, und trug sie zur Tür. »Schließ bitte hinter mir ab.« Ein letzter Blick zurück, dann ging sie.

Kade drehte den Schlüssel im Schloss und legte die Sicherheitskette vor, bevor sie zurück ins Schlafzimmer schlurfte und mit der Suppe ins Bett kletterte. Der erste Löffel ließ sie eine Grimasse schneiden. Del hatte zu viel Salz in die Brühe getan. *Ich hoffe, sie kann besser beschützen als kochen.*

KAPITEL 10

Stöhnend massierte sich Del mit beiden Händen den Nacken. Wenn sie nicht damit aufhörte, im Auto vor Kades Haus zu schlafen, hatte ihr Chiropraktiker bald viel zu tun. Außer einer dicker werdenden Akte hatten ihre Bemühungen nichts ergeben.

Zwar waren Fingerabdrücke auf den Karten gefunden worden, was darauf hindeutete, dass der Stalker vielleicht doch nicht so clever war, aber keiner davon hatte mit den Fingerabdrücken in der Datenbank übereingestimmt. Die Überwachung von Kades Telefon hatte auch noch nichts ergeben und die Nachbarn schienen sich um ihre eigenen Angelegenheiten zu kümmern, sodass niemand etwas Verdächtiges bemerkt hatte.

Kein Problem, hatte sie gedacht. Sie würde den Bastard schnappen, wenn er sich ins Gebäude schlich, um die Blumen vor Kades Tür zu legen.

Aber an den fünf Abenden und Nächten, die sie das Haus nun schon im Auge behielt, hatte sich niemand auch nur mit einer einzigen Rose genähert. Jeder, der das Gebäude betrat oder verließ, schien einen guten Grund dafür zu haben. Sie hatte sich mit den drei Pförtnern unterhalten, die abwechselnd das Haus betreuten, aber auch sie hatten nichts Ungewöhnliches bemerkt. Selbst die Aufzeichnungen der Überwachungskamera, die vor den Aufzügen hing, gaben keinerlei Hinweise auf die Identität des Stalkers. Entweder hatte er die Blumensträuße in einem Rucksack oder einem Korb ins Gebäude geschmuggelt oder er wusste, wie er es anstellen musste, um nicht von der Kamera erfasst zu werden.

Kade hatte erleichtert aufgeatmet, als die Blumenlieferungen aufhörten, sobald Del mit ihrer Überwachung anfing, aber Del war nicht sicher, ob es wirklich ein gutes Zeichen war.

Es bedeutete, dass der Stalker von ihrer inoffiziellen Ermittlung wusste. Sie hoffte, dass er sich ein weniger gut bewachtes Opfer suchen würde, aber sie glaubte nicht so recht daran. Immerhin hatte sie sich auch nicht anderweitig umgesehen, obwohl Kade behauptete, heterosexuell zu sein.

Seufzend rückte sie den Fahrersitz zurück, damit das Lenkrad nicht im Weg war, und griff zum Laptop, um ihre Nachforschungen fortzusetzen und eine Liste von Menschen zu erstellen, die in Portland und Umgebung ein Gewächshaus besaßen.

Als Dawn erwachte, war das Bett neben ihr kalt und leer. »Aiden?«, rief sie und setzte sich auf, während sie sich die Augen rieb.

Aiden kam in Trainingskleidung aus dem Badezimmer. »Guten Morgen.« Sie beugte sich herab und küsste Dawn sanft.

Die Augen schließend, schlang Dawn die Arme um Aidens Hals und versuchte, sie zurück ins Bett zu ziehen. Sie hatte das morgendliche Kuscheln während der Arbeitswoche vermisst.

»Oh nein!« Aiden leistete sanften Widerstand. »Komm schon, Faultier. Steh auf und geh mit mir joggen.«

Dawn kuschelte sich tiefer in die warme Decke. Heute war ihr freier Tag und den wollte sie nicht damit beginnen, wie eine Verrückte im Park herumzurennen. Genauer gesagt wollte sie ihren Tag noch gar nicht beginnen, wenigstens nicht vor zehn Uhr. »Joggen? Ich?« Sie schüttelte den Kopf. »Ich jogge nicht. Wenn du jemanden suchst, der morgens mit dir joggen geht, dann solltest du dir einen Hund oder eine andere Freundin zulegen.«

»Mit meinen Arbeitszeiten wäre es nicht fair gegenüber dem armen Tier und ich bin sehr zufrieden mit der Freundin, die ich habe. Also nein, danke. Na ja, mal abgesehen von ihrer mangelnden Bereitschaft, mit mir joggen zu gehen.«

»Warum fragst du nicht Del, ob sie deine Trainingspartnerin werden möchte?« Strahlend setzte Dawn sich auf. Seit Monaten versuchte sie nun schon, sich etwas einfallen zu lassen, das ihre Partnerin und ihre älteste Freundin dazu brachte, etwas Zeit miteinander zu verbringen, aber bisher war sie wenig erfolgreich gewesen.

»Ich weiß nicht so recht.«

»Sie ist ständig auf der Suche nach jemandem, der mit ihr mithalten kann. Oder denkst du, sie ist zu fortgeschritten für dich? Del trainiert für den Marathon. Das könnte etwas zu viel für dich sein.« Dawn sah mit ihrem unschuldigsten Gesichtsausdruck zu Aiden auf. Sie wusste, wie ehrgeizig und kompetitiv Aiden sein konnte, besonders, wenn es um Del ging.

Aiden verschränkte die Arme vor der Brust. »Ruf sie an. Ich wette, sie ist noch nicht mal wach.«

Grinsend griff Dawn zum Telefon. Sie rief Del zu Hause an, aber es meldete sich nur der Anrufbeantworter, deshalb versuchte sie es auf dem Handy.

Del nahm nach dem dritten Klingeln ab.

»Guten Morgen, Del.«

»Grashüpfer? Bist du das?«

Der Spitzname aus ihrer Kindheit ließ Dawn schmunzeln. »Ja. Ich habe dich doch nicht geweckt, oder?«

»Nein, hast du nicht.«

Verkehrslärm drang aus der Leitung. »Bist du gerade unterwegs?«

»Nein. Ich genieße einen ruhigen Morgen in South Waterfront«, antwortete Del.

South Waterfront? Soweit Dawn wusste, kannte Del niemanden in dieser Gegend und es war auch nicht in der Nähe ihrer Wohnung in St. Johns. Sie hielt den Hörer mit einem Stück Decke zu und sah zu Aiden. »Wo wohnt Kade?«

»South Waterfront. Sie hat eine schnieke Wohnung mit Blick auf den Yachthafen.« Aiden band sich die Laufschuhe zu und sah auf. »Warum fragst du?«

Dawn antwortete nicht. Sie war zu geschockt. Wow. Hatte Del wirklich die Nacht mit Kade verbracht? »Del?«, sagte sie in den Hörer. »Willst du joggen gehen?«

»Mit dir?« Del lachte ungläubig.

»Na danke«, grummelte Dawn. »Nein, mit Aiden.«

»Aha. Äh, ich dachte, ich setze heute mal aus und fange morgen wieder an.«

Dawn trommelte mit dem Zeigefinger auf dem Telefon herum. »Ich weiß ja, dass Aiden ein paar Jahre jünger ist als du, aber das ist doch kein Grund, warum du nicht mit ihr trainieren solltest. Wenn du willst, kann ich sie bitten, sich ein wenig zurückzuhalten.« Sie unterdrückte ein Grinsen, weil sie wusste, dass Del es aus ihrer Stimme heraushören würde.

Del knurrte. »Sag deinem Schatz, sie soll was Ordentliches frühstücken. Sie wird es brauchen.« Sie sagte Dawn, wann und wo sie Aiden treffen würde, und legte auf.

Als Dawn das Telefon auf den Nachttisch legte und aufsah, stand Aiden mit in die Hüften gestemmten Händen da. »Du hast die Frau wirklich um deinen süßen kleinen Finger gewickelt.«

»Euch beide«, sagte Dawn mit einem charmanten Grinsen. Sie wusste, dass sie Del und Aiden schamlos manipulierte, aber die beiden waren einfach zu stur, um von sich aus Zeit miteinander zu verbringen und sich besser kennenzulernen. »Hör mal, Aiden. Ich weiß, dass ich das eigentlich nicht tun sollte, aber es würde mir wirklich viel bedeuten, wenn du und Del euch gut verstehen würdet.«

»Tun wir doch«, sagte Aiden.

Dawn seufzte. Eigentlich gingen die beiden einander eher aus dem Weg. »Ihr seid höchstens höflich zueinander, aber ihr seid Fremde, die nur den Beruf und mich gemeinsam haben. Meinst du, du könntest es versuchen? Für mich?«

»Für dich werde ich sie sogar gewinnen lassen.« Aiden richtete sich auf und hüpfte mehrmals auf den Fußballen auf und ab.

»Gewinnen? Das ist doch kein Wettrennen. Ihr werdet nur zusammen joggen gehen.« Dawn begann langsam zu ahnen, dass sie einen schweren Fehler begangen hatte.

Aiden sah nach rechts, wo Del Vasquez den Berg hinaufjoggte. Del war nicht außer Atem und lief ruhig und gleichmäßig. Zufrieden stellte Aiden fest, dass auch ihre eigenen Beine sich noch stark anfühlten und ihr Atem nicht gehetzt klang.

Schweigend liefen sie einen weiteren Kilometer nebeneinander her. Ihre Geschwindigkeit war nicht so schnell, dass sie sich nicht hätten unterhalten können, aber trotzdem hatte keine von beiden etwas gesagt, seit sie losgelaufen waren.

Aiden wusste, dass Dawn sie später fragen würde, worüber sie gesprochen hatten. Nur »Hallo« und »Tschüss« würde da nicht ausreichen. »Wie weit joggst du jeden Morgen? Zehn Kilometer?«

Del drehte den Kopf in ihre Richtung. »Meistens fünfzehn, aber an den Wochenenden eher mehr.«

Hm. Vielleicht sollte ich auch ein paar Kilometer zu meinem Trainingsplan hinzufügen. Aiden schwieg ein paar Meter und wartete darauf, dass Del etwas sagen würde, um die Unterhaltung am Leben zu halten.

Del sagte nichts.

Okay. Noch ein Versuch, eine Unterhaltung anzufangen, dann hatte sie ihre Pflicht und Schuldigkeit getan. »Hast du einen Trainingspartner?«

»Nein. Meistens laufe ich allein.« Gerade als Aiden dachte, dass sie es bei dieser knappen Antwort belassen würde, fügte Del hinzu: »Letzte Woche bin ich aber mal mit Kade gelaufen.«

Aidens Tempo wurde unwillkürlich langsamer, sodass sie einen Moment lang hinter Del zurückfiel. Eilig lief sie schneller. »Du bist mit Kade joggen gegangen?«, wiederholte sie, nur um sicherzugehen, dass sie es nicht missverstanden hatte. Hatte Kade Del also doch keinen Korb gegeben?

Del nickte zustimmend. Ein leichtes Lächeln ersetzte ihren konzentrierten Gesichtsausdruck.

»Ich hoffe, du hast Rücksicht auf sie genommen.« Kade war gut in Form, aber Aiden konnte nicht glauben, dass sie mit Del mithalten konnte.

Ein amüsiertes Grinsen breitete sich auf Dels Gesicht aus. »Offensichtlich warst du noch nie mit Kade laufen. Sie war diejenige, die Rücksicht auf mich nehmen musste.«

Nur mit Mühe konnte Aiden ein Stirnrunzeln verbergen. Dels Antwort überraschte sie in mehrfacher Hinsicht. Nicht nur, dass Kade schneller und ausdauernder war als Del, sondern dass die ehrgeizige Polizistin das so gut weggesteckt hatte.

»Werdet ihr denn jetzt regelmäßig zusammen trainieren?«, fragte sie, um herauszufinden, welche Art von Beziehung die beiden hatten.

»Glaube ich kaum. Kade läuft lieber allein.« Dels Stimme war neutral und verriet nicht, was sie davon hielt.

»Das hat sie gesagt?«, fragte Aiden. *Autsch, Kade, das war ja eine ziemlich deutliche Zurückweisung.*

Del bog nach links ab. »Das musste sie nicht. Ich konnte es spüren. Ich glaube, sie geht in Gedanken ihre Eröffnungs- und Schlussplädoyers durch, während sie läuft.«

Aiden stolperte fast über eine Wurzel, als sie Del anstarrte. Sie arbeitete schon seit zwei Jahren mit Kade zusammen, aber das hatte sie nicht gewusst. Wie kam es, dass Del sie schon so gut kannte? Ein unerwartetes Gefühl, das fast wie Eifersucht wirkte, überkam sie, dicht gefolgt von Ärger auf sich selbst. *Lass das!* Zwischen ihr und Kade war nie etwas gelaufen und außerdem hatte sie jetzt Dawn.

Sie blickte zu Del, die mittlerweile etwas Vorsprung hatte. Schnell schloss Aiden zu ihr auf, bis sie wieder Seite an Seite liefen. Das rhythmische Atmen half ihr, auch ihr emotionales Gleichgewicht wiederzufinden. Nach ein paar Metern merkte sie, dass sie nicht eifersüchtig auf Del war, weil sich womöglich eine Beziehung zwischen ihr und Kade anbahnte. Sie war eifersüchtig, weil Del die private, verletzlichere Seite von Kade kennenlernen durfte, während sie selbst nur die kühle, energische Staatsanwältin kannte.

»Alles in Ordnung?«, fragte Del.

»Klar.« Aiden wollte nicht, dass Del dachte, sie wäre erschöpft, nur weil sie in Gedanken war. »Sollen wir ein wenig schneller laufen?« Sie warf Del ein herausforderndes Grinsen zu.

»Aber sicher. Nur weil deine Staatsanwältin mir davongelaufen ist, heißt das nicht, dass ich mich einem einfachen Detective geschlagen gebe!«, rief Del, als sie beschleunigte und sich vor Aiden schob.

Fluchend lief Aiden schneller.

Sie schlugen einen Bogen zurück zum Auto. Die letzten hundert Meter rannten beide, so schnell sie konnten.

Mit zusammengebissenen Zähnen sammelte Aiden ihre verbliebenden Kräfte und schaffte es, einen Meter Vorsprung zu gewinnen. Ihre Lungen brannten, aber sie schwang weiter ihre Arme und Beine.

Del zog gleich und tauchte neben ihr auf.

Sie liefen nebeneinander den Weg entlang, ohne dass eine die andere abhängen konnte. Sie schossen um die Kurve und erreichten gleichzeitig das Auto. Nach Luft schnappend, sanken sie dagegen, beugten sich vornüber, drehten die Köpfe und sahen einander an.

Schweiß tropfte von Dels Gesicht und sie fuhr sich mit einem Arm darüber. »Nicht schlecht für einen Detective.«

Aiden grinste. »Nicht schlecht für einen alten Lieutenant.«

Del gab ihr einen Klaps auf die Schulter. »Komm. Lass uns zum Abkühlen ein paar Dehnübungen machen.«

KAPITEL 11

Lieutenant Swensons Bürotür schloss sich hinter ihr. »Mist«, murmelte Aiden. *Das war's dann mit den Plänen für heute Abend.*

Ray sah von den Akten auf seinem Schreibtisch auf. »Was ist? Freust du dich etwa nicht darauf, acht Stunden in einem Auto mit einer kaputten Heizung festzusitzen und nicht mal Kaffee trinken zu dürfen, weil du sonst aufs Klo musst?« Er grinste, als sie ihn anfunkelte. »Tja, so habe ich mir meinen Freitagabend auch nicht vorgestellt. Hattest du Pläne mit deiner Lieblingspsychologin?«

»Ja. Wir sind zu einer Kunstausstellung eingeladen.«

Ray stieß einen Pfiff aus. »Ach du meine Güte. Jetzt wirst du aber vornehm.«

Aiden unterdrückte ein Seufzen. Kunstausstellungen waren normalerweise nicht so ihr Ding, aber Dawn hatte sie gefragt, ob sie mitkommen wollte, also hatte sie Ja gesagt. Nun dachte Dawn sicher, sie würde die Arbeit vorschieben, um sich vor einer Veranstaltung zu drücken, zu der sie ohnehin nicht hatte gehen wollen. Sie wartete, bis Ray am Telefon mit seiner Frau sprach, dann wählte sie Dawns Büronummer. »Hallo, Mrs. Phillips. Hier spricht Aiden Carlisle. Ist Dawn mit einer Patientin beschäftigt?«

»Nein, sie hat gerade Pause«, sagte die Sekretärin. »Sie haben sechs Minuten. Ich stelle Sie durch.«

»Hallo, Schatz«, sagte Dawn gut gelaunt. Wie es aussah, lief ihr Tag besser als Aidens.

»Hi.« Aiden holte tief Luft. Es war unmöglich, ihre schlechten Nachrichten zu beschönigen, also beschloss sie, es einfach geradeheraus zu sagen. »Dawn, ich rufe wegen heute Abend an. Ich kann nicht mitkommen. Wir müssen dem Rauschgiftdezernat bei einer Überwachung helfen. Das wird vermutlich die ganze Nacht dauern.«

Einen Moment lang herrschte Stille. »Oh. Na gut. Ruf mich an, wenn du nach Hause kommst, okay?«

»Es könnte mitten in der Nacht sein. Ich will dich nicht aufwecken.«

»Ruf an«, sagte Dawn mit Nachdruck.

»Okay. Es tut mir leid, dass ich nicht dabei sein kann.«

»Das gehört zu den Risiken deiner Arbeit, das wussten wir beide von Anfang an«, antwortete Dawn.

Aiden wusste, dass Dawn enttäuscht war, auch wenn sie es gut versteckte. Statt einen schönen Abend zu verbringen, würde Dawn jetzt zu Hause sitzen und sich um sie sorgen. »Warum fragst du nicht Austen, ob sie mitkommen will?« Dawns neue Freundin aus dem Malkurs kannte sich mit diesem Kunstkram ohnehin viel besser aus.

»Sie ist diese Woche bei einem Fortbildungsseminar.«

Mist. Aiden rieb sich die Augen. Sonst kannte sie niemanden, der Dawn begleiten konnte. *Moment mal …* Sie grinste, als sie sah, wie Kade die Dienststelle betrat. Kades Familie war als Förderin der schönen Künste bekannt, es war also anzunehmen, dass Kade sich für Kunst interessierte. »Was, wenn ich dir einen Ersatz für mich anbieten könnte?«

»Dich kann niemand ersetzen«, sagte Dawn.

Aiden lächelte. »Na schön, sie wird mich nicht ersetzen können, aber sie könnte dich zumindest begleiten. Vermutlich weiß sie ohnehin mehr über Kunst als ich.«

»Wer?«, fragte Dawn.

Aiden blickte zum anderen Ende des Raums, wo Kade gerade mit Okada sprach, ihre Aktentasche über die Schulter geschlungen, was zeigte, dass sie auf dem Weg nach Hause war. »Kade.«

»Kade? Du willst, dass Kade Matheson mich begleitet?«, fragte Dawn. Ihre Stimme war ein ungläubiges Quieken. »Weiß sie überhaupt, dass du mir ihre Begleitung anbietest?«

»Sie ist gerade hier«, sagte Aiden, ohne zu lügen, aber auch, ohne die volle Wahrheit zu sagen.

Aber Dawn kannte sie viel zu gut. »Du hast sie noch gar nicht gefragt.«

»Aber ich werde es tun. Und ich wette, sie würde gerne mitgehen.«

»Vermutlich ist sie zu beschäftigt«, sagte Dawn.

»Ich frage sie einfach. Du würdest doch mit ihr hingehen, oder?«

Dawn zögerte. »Ich weiß nicht so recht.«

Aiden runzelte die Stirn. Dawn war nicht schüchtern. Sie war gern unter Leuten und jeder mochte sie. Aber wenn es um Kade ging, war sie seltsam befangen. »Du hast mich überredet, mit deiner Freundin Del joggen zu gehen. Jetzt bist du an der Reihe, etwas Zeit mit einer meiner Freundinnen zu verbringen.« Sie hielt inne und lauschte dem Echo ihrer Worte. *Freundin …* Ja, sie musste zugeben, dass Kade langsam zu einer Freundin wurde, obwohl sie sich kaum privat sahen und nur über die Arbeit sprachen.

Es klopfte an Dawns Bürotür. »Ich muss auflegen.« Nach kurzem Zögern fügte Dawn hinzu: »Sag Kade, sie kann mich anrufen, wenn sie mit mir zu der Ausstellung gehen will.«

»Super.« Aiden grinste.

»Sei bitte vorsichtig. Ich liebe dich«, sagte Dawn, so wie immer, wenn es Zeit zum Verabschieden war.

»Werde ich.« Aus dem Augenwinkel sah Aiden, dass Kade neben ihrem Schreibtisch stehen blieb. »Und …« Sie gab sich einen Ruck. »Ich liebe dich auch.«

Sie beendete das Gespräch und sah zu Kade, die mit undeutbarer Miene auf sie hinabblickte.

»Sind Sie auf dem Weg nach Hause?«, fragte sie und deutete auf Kades Aktentasche.

Kade nickte. »Oder brauchen Sie noch irgendetwas?«

»Nein. Wir werden ein paar vergnügliche Stunden mit den Jungs vom Rauschgiftdezernat verbringen«, sagte Aiden und verzog das Gesicht. »Es sollte ein ruhiger Abend für Sie werden.«

Kade nickte.

Aiden konnte nicht sagen, ob sie sich auf den ruhigen Abend freute oder nicht. Manchmal war es schwer, Kade zu durchschauen. »Haben Sie Pläne?«

Kade schien einen Moment lang überrascht zu sein. Normalerweise fragten die Detectives nicht nach ihrem Privatleben. »Nicht wirklich.«

»Interessieren Sie sich für Kunst?«, fragte Aiden, bevor der Mut sie verlassen konnte. Irgendwie fühlte sich das seltsamerweise fast so an, als wollte sie Kade um ein Rendezvous bitten.

»Kunst?«

»Ja, Sie wissen schon, Gemälde, Skulpturen … so was halt«, sagte Aiden mit einem verlegenen Grinsen.

»Herzlichen Dank, Detective. Ich kenne die Definition von Kunst, aber warum fragen Sie, ob ich daran interessiert bin?«

Aiden nahm einen Kugelschreiber vom Schreibtisch und spielte damit herum. »Na ja, ich sitze heute Abend bei dieser Überwachung fest, deshalb hat Dawn niemanden, der mit ihr zu einer Kunstausstellung geht. Ich dachte, vielleicht sind Sie ja interessiert.«

Kade wechselte die Aktentasche auf die andere Schulter, als wollte sie sich damit etwas Zeit verschaffen, um über die Frage nachzudenken. »Sie wollen, dass ich mit Ihrer …« Sie sah sich in der Dienststelle um, in der noch immer geschäftiges Treiben herrschte. »… dass ich mit Dawn zu einer Kunstausstellung gehe?«

Aiden versteifte sich. »Sie ist hier keine Persona non grata. Ihr Fall ist schon längst abgeschlossen. Es gibt keinen Grund, warum es Ihnen nicht erlaubt sein sollte, mit ihr wegzugehen. Es sei denn, Sie mögen sie nicht.« Sie musterte Kade und wartete auf ihre Antwort.

»Ich kenne sie nicht gut genug, um mir eine Meinung bilden zu können«, antwortete Kade.

Die neutrale Antwort gab Aiden genau das Argument, das sie brauchte. »Dann gehen Sie doch mit ihr zu der Ausstellung und lernen sie besser kennen.«

Kade fuhr mit beiden Händen über ihren Rock und glättete nicht vorhandene Falten. »Wenn es ihr nichts ausmacht, dass ich sie vielleicht sitzen lassen muss, falls man mich wegen eines Durchsuchungsbefehls oder etwas Ähnlichem wegruft.«

»Keine Sorge. Daran ist Dawn gewöhnt«, sagte Aiden. Ihre romantischen Abende für zwei waren öfter unterbrochen worden, als sie zählen konnte.

Kade zögerte kurz, straffte aber dann die Schultern. »Es ist schon ein Weilchen her, dass ich zuletzt bei einer Ausstellung war, also warum nicht?«

»Prima.« Aiden schrieb Dawns Handynummer auf einen Zettel und gab ihn Kade, bevor sie es sich anders überlegen konnte. Dann stand sie auf, nahm ihre Jacke von der Stuhllehne und schlüpfte hinein. »Viel Spaß.«

»Du verkuppelst Kade mit deiner Freundin?«, fragte Ray grinsend, als sie sich auf den Weg zum Auto machten.

Aiden rollte mit den Augen. »Hör mit deinen schmutzigen Fantasien auf, Ray. Sie werden sich lediglich ein paar Gemälde ansehen, während sie Sekt schlürfen und Käsewürfel essen. Das ist alles.«

»Und über dich reden«, sagte Ray mit einem breiten Grinsen.

Aiden blieb vor dem Zivilfahrzeug stehen und drehte sich zu ihm um. »Was?«

Ray lachte. »Schau nicht so überrascht. Über was sollten sie denn sonst reden? Dawn ist eine Psychologin aus einer mittelständischen Familie und Kade ist eine Anwältin aus dem Geldadel. Es gibt nur eines, was sie gemeinsam haben: dich.«

Aiden verzog das Gesicht. Es war ihr darum gegangen, dass Kade und Dawn sich besser kennenlernten, und nicht darum, dass sie Informationen über sie austauschten. Sie wollte nicht, dass Kade Dawn von den gefährlichen Situationen erzählte, in die sie manchmal bei der Arbeit verwickelt wurde, und sie wollte vermeiden, dass Kade zu viel von der privateren, verletzlicheren Aiden Carlisle erfuhr. Aber sie hatte Kade bereits Dawns Nummer gegeben, deshalb konnte sie nichts mehr daran ändern. »Gib mir den Autoschlüssel. Ich fahre.« Das war immerhin eine Sache, über die sie noch Kontrolle hatte.

Dawn scharrte mit den Füßen, als sie vor der Kunstgalerie auf Kade wartete. Sie hatte sich schon gefühlte tausend Mal gesagt, dass es keinen Grund für ihre Nervosität gab, aber es half nicht. Vielleicht weil sie ein hilfloses Opfer gewesen war und Kade die kompetente Staatsanwältin, als sie sich kennengelernt hatten.

Aiden hat dich am schlimmsten Tag deines Lebens gesehen, aber deshalb fühlst du dich trotzdem nicht unwohl mit ihr, oder? Mit Kade war es irgendwie anders, vielleicht weil sie von Anfang an Aidens Mitgefühl und ihre Bewunderung gespürt hatte, während es sehr viel schwerer war zu erahnen, was Kade fühlte und dachte.

»Dr. Kinsley?«

Dawn drehte sich um und stand Kade Matheson gegenüber. Sie war nicht die Einzige, die Kade anstarrte.

In ihrem engen, tannengrünen Kleid, das einen auffallenden Kontrast zu ihren roten Haaren bildete, zog Kade die Aufmerksamkeit jedes Mannes und der meisten Frauen auf sich, die vorbeikamen. Sie kam mit anmutigen, selbstbewussten Schritten auf Dawn zu, ohne die bewundernden Blicke zu beachten.

Dawn seufzte. Noch etwas, was sie unterschied. Dawn war ein schüchterner, etwas übergewichtiger Teenager gewesen und war erst vor fünf oder sechs Jahren die überflüssigen Pfunde losgeworden. Im Vergleich zur klassisch schönen Kade Matheson fühlte sie sich immer noch wie ein hässliches Entlein. »Hallo. Nennen Sie mich doch Dawn, nicht Dr. Kinsley. Ich freue mich, dass Sie kommen konnten.«

Kade gab ihr die Hand. Ihr Händedruck war sanft, aber fest. »Kade«, sagte sie lächelnd. »Danke für die Einladung. Sollen wir?« Sie nickte zum Eingang der Kunstgalerie.

Sie traten ein und wanderten von Gemälde zu Gemälde, wobei sie Stil und Farben diskutierten. Beide unterhielten sich angeregt mit anderen Gästen und einigen der Künstler. Kade fühlte sich offenbar bei solchen Veranstaltungen ganz zu Hause.

»Dawn!« Eine elegante Hand legte sich auf Dawns Arm und kam in einer vertraulichen Geste in ihrer Armbeuge zu ruhen.

Dawn drehte sich um. »Hallo, Maggie.« Sie hatte damit gerechnet, hier auf ihre Ex zu treffen, immerhin war es ihre Galerie. Wenn sie sich nicht irrte, waren einige der Bilder auf der anderen Seite des Raums ebenfalls Maggies.

»Gut zu sehen, dass du die Kunst nicht aufgegeben hast, nur weil du mich verlassen hast«, sagte Maggie mit einem Zwinkern.

Na toll. Jetzt weiß Kade, dass sie meine Ex ist. Ihre gescheiterte Beziehung mit Maggie war nicht das Erste, was Kade von ihr erfahren sollte.

»Und Frauen hast du auch nicht aufgegeben«, fügte Maggie hinzu. Sie musterte Kade mit unverhohlenem Interesse. »Was ist mit der Polizistin passiert?«

Dawn seufzte. So elegant und gebildet Maggie auch war, eine Diplomatin würde sie nie werden. Manchmal übertrieb sie es damit, ein künstlerischer Freigeist zu sein. »Aiden muss arbeiten. Darf ich dir Kade vorstellen? Sie ist eine … Freundin.«

Kade nickte Maggie mit einem freundlichen Lächeln zu, ohne mit der Wimper zu zucken, so als hätte sie Dawn schon hundert Mal zu einer Kunstausstellung begleitet.

Maggies Grinsen wurde breiter, als sie verstand, dass Kade nicht etwa Dawns neue Lebensgefährtin war. Sie nahm Kades Hand, aber statt sie zu schütteln, hob sie sie zum Mund und deutete einen Handkuss an. »Freut mich, Ihre Bekanntschaft zu machen.«

Für einen Sekundenbruchteil wirkte Kade überrascht, bevor sie nickte, als küssten Frauen ihr reihenweise die Hand.

»Maggie«, zischte Dawn.

»Was ist?« Maggie bedachte sie mit einem unschuldigen Lächeln.

Dawn schüttelte streng den Kopf. Die Zeit, in der sie Maggies Charme nicht hatte widerstehen können, war längst vorbei. »Wir sind hier, um die Bilder zu bewundern, nicht die Künstler.«

»Geht nicht beides?«, fragte Maggie, den Blick noch immer nicht von Kade abgewandt.

Eine Künstlerin gesellte sich zu ihnen, um Maggie etwas zu fragen.

Schnell nutzte Dawn die Gelegenheit, um Kade wegzuziehen.

Kade nahm ein Glas Sekt von einem Tablett. »Das war also Maggie Forsyth.«

Es überraschte Dawn nicht, dass Kade es erraten hatte. Kade hatte einen großen Bekanntenkreis, der wiederum einen großen Bekanntenkreis hatte. »Ja, das ist Maggie Forsyth.« Sie nahm sich einen Orangensaft vom Tablett. »Und ja, sie ist meine Ex, falls Sie sich das gefragt haben.«

Kade nickte nur, aber dieser Mangel an Reaktion machte Dawn nur noch nervöser, deshalb sprach sie weiter. »Ich weiß, ich weiß, sie ist eine britische Version von Bette Porter mit weniger starkem Alphaweibchen-Auftreten, natürlich.«

»Bette Porter? Sie sprechen nicht von Stadtrat Porters Frau, oder?«

Dawn verschluckte sich fast an ihrem Saft, als sie loslachte. Endlich entspannte sie sich in Kades Anwesenheit. »Äh, nein. Bette Porter ist eine Figur aus einer Fernsehserie.«

Nur weil Kade die Nacht mit Del verbracht hatte, war sie noch lange kein umfassend informiertes Mitglied des Lesbenclubs. Immerhin hatten sie die Nacht nicht damit zugebracht, sich auf ein Quiz über Lesben in Filmen und Serien vorzubereiten.

Kade nickte ihr zu. »Ich hätte auch nicht gedacht, dass Stadtrat Porters Frau so aalglatt andere Frauen anmachen würde.«

Wer hätte das gedacht? Kade hatte Humor und fühlte sich offenbar wohler unter Lesben, als Dawn gedacht hatte. »Ich wette, Maggie ist darin viel geschickter als Mrs. Porter.«

»Wie haben Sie einander kennengelernt?«, fragte Kade zwischen zwei Schlucken Sekt. »Auch bei einer Ausstellung?«

Dawn nickte und erinnerte sich lächelnd an diesen Tag. »Vor fünf Jahren habe ich mir ein Bild angesehen, als eine schöne Frau neben mich trat und mich fragte, wie ich es finde. Ich sagte ihr, dass ich es nicht mag. Erst später habe ich erfahren, dass es eines ihrer Bilder war.«

Kade lachte und Dawn merkte, dass sie Kade noch nie zuvor hatte lachen hören. Der Klang von Kades Gelächter ließ Maggie von ihrer Unterhaltung aufsehen und Kade anlächeln.

»Es tut mir leid, das sagen zu müssen, aber ich fürchte, Sie haben einen nicht sehr heimlichen Verehrer«, sagte Dawn.

Kades Lächeln erstarrte.

Dawn runzelte die Stirn. »Fühlen Sie sich damit unwohl? Soll ich Maggie sagen, sie soll sich zurückhalten?«

»Nein, damit werde ich schon fertig«, sagte Kade. »Wenn es mir zu viel wird, sage ich ihr einfach, dass ich einen Freund habe.«

Dawn musterte sie. Sie fand es noch immer schwer, Kade zu durchschauen. Sie schien kein Problem damit zu haben, von einer Lesbe angeschmachtet zu werden, aber sie war zusammengezuckt, als Dawn einen heimlichen Verehrer erwähnt hatte. »Stimmt das?« *Was ist mit Del?,* wollte sie fragen, biss sich aber auf die Zunge, bevor sie es tun konnte.

»Dass ich einen Freund habe? Der Gerüchteküche zufolge habe ich eine wilde Affäre mit Richter Yates, aber die Wahrheit ist, dass ich weder die Zeit noch die Energie für so etwas habe.«

»Das kenne ich nur zu gut. Aiden wollte letzte Woche mit mir tanzen gehen, aber ich war zu erschöpft«, sagte Dawn.

Kade nickte, ging aber nicht näher darauf ein.

Dawn hatte angenommen, dass sie die meiste Zeit über Aiden sprechen würden, schließlich war sie das Einzige, was sie beide gemeinsam hatten, aber bisher hatte Kade das Thema gemieden. »Manchmal hat Aiden einfach mehr Energie als ich«, fuhr Dawn fort und beobachtete Kade aufmerksam. »Ich habe versucht, sie zu überreden, mit Del für den Marathon zu trainieren, aber ich weiß nicht, ob das eine so gute Idee war.«

»Warum nicht?«, fragte Kade. Offensichtlich war sie viel williger, über dieses Thema zu sprechen. »Del ist gut im Training. Sie sollten gut miteinander mithalten können.«

Aha. Dawn verstand so langsam. Kade war bereit, über Aiden zu reden, aber offenbar hatte sie beschlossen, sich aus ihrer Beziehung herauszuhalten. Dawns Respekt für sie wuchs. »Stimmt. Und das ist das Problem. Sie sind beide zu ehrgeizig und wollen nicht klein beigeben. Aiden kam total durchgeschwitzt und erschöpft vom Joggen nach Hause und ich wette, Del sah auch nicht besser aus.«

»So ehrgeizig ist Del doch gar nicht«, sagte Kade. »Sie hat nicht mal mit der Wimper gezuckt, als ich sie in einem Wettrennen geschlagen habe.«

Scheinbar hatten die beiden mehr Zeit zusammen verbracht, als Dawn bewusst gewesen war. Sie musste sich eingestehen, dass sie in letzter Zeit so mit ihren eigenen Problemen beschäftigt gewesen war, dass sie keine Ahnung hatte, was in Dels Leben vorging. Sie schwor sich, das zu ändern. »Ich scheine ihren Ehrgeiz auch nicht herauszufordern.« Lachend fügte sie hinzu: »Was auch kein Wunder ist. Ich bin keine große Läuferin und könnte mit ihr und Aiden nicht mithalten. Ich glaube, Del ist nur mit manchen Leuten kompetitiv. Mit Aiden und früher auch manchmal mit meinem Vater.«

»Sie waren Partner bei der Polizei, richtig?« Zum ersten Mal schien Kade aufrichtig interessiert und nicht nur höflich am Small Talk beteiligt.

Dawn erinnerte sich noch daran, wie ihr Vater und Del in der Auffahrt Basketball gespielt hatten. Sie lächelte wehmütig. »Sie waren viel mehr als das. Sie waren fast wie Geschwister, auch wenn mein Vater zehn Jahre älter war. Mein Vater hat mehr Zeit mit Del als mit seiner eigenen Familie verbracht. Auf gewisse Weise hat sein Tod sie schwerer getroffen als uns.«

»Warum das?«

»Mein Vater wurde bei einer Verkehrskontrolle getötet. Del stand neben ihm, konnte aber nicht rechtzeitig eingreifen. Deswegen hat sie sich lange schuldig gefühlt. Sie wusste nicht, wie sie uns in die Augen sehen sollte, deshalb ist sie uns aus dem Weg gegangen, so lange bis meine Mutter sie angeschrien hat, dass es schon schlimm genug ist, ein Mitglied der Familie zu verlieren.«

Kade nickte nachdenklich.

»Was ist mit Ihrer Familie? Stehen Sie sich nahe?«, fragte Dawn.

Kade stellte ihr halb volles Glas auf einem Tablett ab. Ihre stahlblauen Augen sahen in Dawns. Für einige endlos wirkende Sekunden blickten sie einander an. Diesmal ließ sich Dawn nicht von dem kühlen Selbstbewusstsein einschüchtern, das Kade ausstrahlte. Einen Moment lang konnte sie hinter die Fassade sehen. »Mein Vater ist vor ein paar Jahren gestorben und meine Mutter lebt in Ashland, an der kalifornischen Grenze. Wir sehen einander nicht sehr oft«, antwortete Kade. Ihre Stimme war ruhig und verriet nicht, was sie fühlte.

»War Ihr Vater ebenfalls Anwalt?«, fragte Dawn.

Nur ein kurzes Zucken ihrer Hände zeigte, dass Kade überrascht war. »Woher wissen Sie das?« Sie rang sich ein Lächeln ab. »Sie wenden doch nicht etwa Ihre telepathischen Fähigkeiten bei mir an, oder, Doktor?«

Dawn erwiderte das Lächeln einen Moment lang. Scheinbar waren Polizisten nicht die Einzigen, die Witze machten, um ihre wahren Gefühle zu verbergen. »Ich bin Psychologin, keine Hellseherin. Und ich glaube, das ist der richtige Moment, um die kleine Rede zu halten, die ich allen potenziellen Freunden vortrage. Also, fürs Protokoll: Ich bin nicht hier, um Sie zu therapieren. Wenn wir über emotionale Angelegenheiten sprechen, dann tue ich das als Dawn, nicht als Dr. Kinsley. Das hier ist Freundschaft, nicht Therapie.«

»Ist es das?«, fragte Kade.

»Freundschaft?« Dawn wartete, bis Kade bestätigend nickte, bevor sie fortfuhr. »Was mich betrifft, so könnte es das werden. Sie sind eine der wenigen Freunde, die Aiden hat, und die Frau, mit der meine beste Freundin ausgeht, deshalb würde ich Sie gerne besser kennenlernen.«

Anstatt sich nun zu öffnen, erschien Kade noch reservierter. Dawn konnte fast hören, wie die Stahltüren zuschlugen. »Wie kommen Sie auf die Idee, dass ich mit Del ausgehe?«

»Ich dachte …« Dawn hielt inne. Das hier war nicht der geeignete Ort, um über Kades Privatleben zu sprechen. »Wissen Sie was? Ich denke, ich hatte genug Kunst für heute. Wie wäre es, wenn wir zu mir fahren und einen Kaffee trinken oder etwas Anständiges essen?«

Einen Moment lang dachte sie, Kade würde ablehnen, aber dann hob sich einer von Kades Mundwinkeln zu einem Lächeln. »Ist das ein eindeutiges Angebot, Dr. Kinsley?«

Dawn blinzelte und lachte dann überrascht los. Kades Humor und ihre schlagfertigen Antworten trafen sie immer ein wenig unvorbereitet. »Ist das ein Ja, Frau Anwältin?«

Kade zögerte, bevor sie schließlich nickte. »Na schön. Eine Tasse Kaffee, dann mache ich mich auf den Heimweg.«

»Machen Sie es sich schon mal bequem, während ich Kaffee koche«, rief Dawn, als sie in Richtung Küche ging.

Kade schlenderte durch das Wohnzimmer und betrachtete Regale voller Bücher, Fotos, Stofftiere, Muscheln und anderem Kleinkram. Der Couchtisch sah aus, als wäre er mit Pockennarben übersät, und die Farben des Sessels waren etwas verblichen. Offenbar war die Couch das einzig neue Möbelstück in der Wohnung.

Ihre Eltern wären von dieser bescheidenen kleinen Wohnung und den zusammengewürfelten Möbeln nicht beeindruckt gewesen, aber Kade gefiel es. Es fühlte sich wie ein gemütliches Zuhause an. Trotz all der teuren Designermöbel hatte ihre Innenausstatterin das bei ihrer Eigentumswohnung nie geschafft.

Vor dem Bücherregal blieb sie stehen, um sich Dawns Fotos anzuschauen. Eines der Bilder zeigte Dawn mit einem Baby auf dem Arm, während Aiden beide von hinten umarmte. Ein kleines Mädchen vor ihnen grinste in die Kamera. Kade hatte Aiden schon früher mit Kindern gesehen, aber es waren immer traumatisierte Opfer oder verschüchterte Zeugen gewesen. Das hier war etwas anderes. Die Kinder auf diesem Foto sahen glücklich aus, genau wie Aiden.

Ein Fauchen ließ Kade von dem Foto wegsehen. Eine braun-beige Katze starrte mit gesträubtem Fell zu ihr auf.

Kade hatte Respekt vor Katzen, aber sie wusste nicht viel über sie, deshalb zog sie es vor, einfach nur zurückzustarren, bis Dawn ins Wohnzimmer zurückkam.

»Oh, wie ich sehe, haben Sie die Hausherrin schon kennengelernt.« Dawn stellte ein Tablett auf den Couchtisch.

»Ich hätte nicht gedacht, dass Aiden ihr Leben mal mit einer Katze teilen würde.« Genauer gesagt hätte sie nie gedacht, dass Aiden ihr Leben mit irgendjemandem teilen würde.

»Ach, anfangs war sie nicht so begeistert von Katzen, aber Kia hat sie schnell vom Gegenteil überzeugt«, sagte Dawn grinsend.

Der Schwanz der Katze zuckte, bevor sie hocherhobenen Hauptes aus dem Raum stolzierte und Kade dabei ignorierte.

Schwer zu glauben, dass ein Tier mit solchem Gehabe jemanden für sich gewinnen konnte.

»Sie ist nicht immer so zurückhaltend und arrogant«, sagte Dawn. »Wenn man sie besser kennenlernt, ist sie ein richtiger Schatz.«

Sprach Dawn von der Katze oder sah sie Kade genauso?

»Ich schlüpfe mal in etwas Bequemeres«, sagte Dawn. »Wollen Sie auch was zum Wechseln?«

Kade schüttelte den Kopf. Sie hatte nicht vor, sich hier häuslich niederzulassen. »Nein, das ist nicht nötig. Gehen Sie nur.«

»Ihr Kleid ist wunderschön, aber es wurde dafür gemacht, auf Partys herumzustehen, nicht, um damit bequem auf der Couch zu sitzen. In einem solchen Kleid kann man sich nicht richtig unterhalten.«

Generationen von Mathesonfrauen waren da anderer Meinung. Kades Mutter hatte nie eine Jeans besessen oder, noch schlimmer, Jogginghosen. Maßgeschneiderte Baumwollhosen und eine Seidenbluse galten bei ihr als legere Kleidung.

»Kommen Sie schon. Ich lege Ihnen eine Jogginghose raus.«

»Wir haben aber nicht die gleiche Größe.« Kade sah vielsagend auf die kleinere Frau hinab. Dawn war mindestens zehn Zentimeter kleiner, dafür aber kurviger gebaut. »Ich glaube kaum, dass irgendetwas, was Sie im Schrank haben, mir passen würde.«

»Das ist kein Problem«, sagte Dawn und war bereits auf dem Weg ins Schlafzimmer. »Ich gebe Ihnen was von Aiden. Ich glaube, Sie sind etwa gleich groß.«

Kade verzog das Gesicht. Aidens Kleidung zu tragen, war so ziemlich das Letzte, was sie wollte. Irgendwie erschien es ihr viel zu intim.

Einige Minuten später kam Dawn in einer ausgebeulten Jogginghose zurück, die einmal schwarz gewesen sein musste, jetzt aber grau wirkte. Die Ärmel ihres Sweatshirts hatte sie nach oben geschoben und sie war barfuß. »Ich habe Ihnen was zum Anziehen ins Bad gelegt.«

Seufzend erhob sich Kade.

Das Badezimmer war klein und genauso gemütlich wie der Rest der Wohnung. Zwei Zahnbürsten standen in einem Glas vor dem Spiegel. Sie schlüpfte aus ihrem Kleid und in das Oberteil und die Jogginghose, die Dawn ihr hingelegt hatte. Die Hose erwies sich als etwas zu groß, aber wenn sie die Kordeln enger zog, würde es schon gehen.

Als sie aus dem Bad kam, drückte ihr Dawn eine Tasse Kaffee in die Hand und schob ihr einen Teller selbstgebackener Kekse hin. *Wie häuslich. Muss nett für Aiden sein, in so ein Zuhause zu kommen. Eine Frau zu haben, hat auch seine Vorteile.* Über ihre eigenen Gedanken grinsend, nippte sie am Kaffee. Sie war froh, dass Aiden einen solchen Rückzugsort gefunden hatte. Über den Rand der Tasse hinweg musterte sie Dawn, die im Schneidersitz auf der Couch saß und mit beiden Händen ihre Teetasse hielt.

Ab und zu wackelte sie mit den Zehen. Sie sah so sorglos und im Reinen mit sich selbst aus, dass Kade kaum glauben konnte, dass sie erst sechs Monate zuvor vergewaltigt worden war. Sie schien so viel zufriedener mit sich und ihrem Leben zu sein, als Kade es je gewesen war. Kade wollte immerzu mehr erreichen und besser werden, als sie es im Moment war.

Dawn schien diese Art Druck nicht zu kennen. Sie war zufrieden mit dem, was sie hatte und was sie war.

»Möchten Sie etwas essen?«, fragte Dawn. »Außer den Keksen, meine ich.«

»Nein, danke.« Sie hatte in der Galerie ein paar Häppchen probiert, das würde ihr reichen.

»Sicher? Wir könnten uns eine Lasagne machen.«

Kade starrte sie an. Ihre Freunde, wenn man sie denn überhaupt als solche bezeichnen konnte, hätten vorgeschlagen, in ein Restaurant zu gehen, aber niemand hatte je mit ihr kochen wollen. »Sie möchten nicht, dass ich auch nur in die Nähe Ihrer Küche komme, glauben Sie mir.«

»Es kann nicht schlimmer sein als bei Del oder Aiden«, sagte Dawn.

Lächelnd erinnerte sich Kade an die versalzene Suppe, die Del ihr gebracht hatte. »Da wäre ich nicht so sicher. Meine Mutter glaubt, einen guten Koch anzustellen und eine Speisekarte zu lesen, ist alles, was eine Frau über das Kochen wissen muss.«

»Und meine Mutter hätte mich nicht von zu Hause ausziehen lassen, bevor ich nicht jedes Rezept in Omas altem Kochbuch kochen konnte.« Dawn erhob sich, nahm Kades Hand und zog sie von der Couch hoch. »Kommen Sie. Es wird Spaß machen.«

Die unerwartete Berührung überraschte Kade und sie erlaubte Dawn, sie in die kleine Küche zu ziehen. »Vielleicht sollte ich besser zusehen.«

»Jetzt hören Sie aber auf, Kade.« Dawn legte Zutaten für eine Lasagne auf die Arbeitsfläche. »Sie sind niemand, der nur zusieht. Sie sind eine Frau der Tat.«

Das konnte Kade nicht bestreiten. Anderen nur zuzusehen, war nie ihr Ding gewesen. »Na schön. Wie kann ich helfen, ohne das Gericht zu verderben?«

»Sie werden es nicht verderben. Es soll ja kein Meisterwerk der gehobenen Küche werden, sondern lediglich essbar sein.« Dawn reichte ihr den Käsehobel. »Hier, Sie können den Käse raspeln. Aber passen Sie auf Ihre Finger auf. Ich will nicht von einer übereifrigen Anwältin verklagt werden.«

Das freundschaftliche Necken war ungewohnt. Kade hatte einen großen Bekanntenkreis und viele Menschen, die versuchten, sich mit ihr anzufreunden, aber die meisten hatten Hintergedanken. Manche hatten es auf ihr Geld abgesehen, andere wollten vom Einfluss ihrer Familie profitieren und einige wollten eine attraktive Frau am Arm oder im Bett haben.

Ganz offensichtlich gehörte Dawn nicht zu diesen Menschen. Sie hatte ein gesichertes Einkommen durch ihre Praxis, aber nach ihrer Wohnung zu urteilen, machte sie sich nicht viel aus Geld oder Macht. Und sie hatte bereits eine attraktive Frau im Bett. Es ging ihr tatsächlich nur um eine Freundschaft.

Kade nahm das Stück Käse und begann, es über den Hobel zu reiben. »Wie kommt es, dass Sie nie versucht haben, Del das Kochen beizubringen?«

Wenn sie schon den ganzen Abend hier sein würde, konnte sie die Zeit auch nutzen, um mehr über Del herauszufinden. Sich zu informieren, war schließlich das, was Anwälte taten.

»Wer sagt, dass ich es nicht versucht hätte?« Dawn sah von dem Hackfleisch auf, das sie in der Pfanne anbriet.

»Dels klägliche Versuche, Hühnersuppe zu machen«, antwortete Kade, noch ehe sie sich davon abhalten konnte. Zu spät bemerkte sie, was sie da eben offenbart hatte.

Dawn drehte sich mit dem Kochlöffel in der Hand zu ihr um und musterte sie, bis das Brutzeln aus der Pfanne sie dazu brachte, sich wieder abzuwenden. »Del hat mich immer so akzeptiert, wie ich bin, deshalb versuche ich, dasselbe für sie zu tun. Wenn sie nicht gerne kocht, werde ich sie nicht dazu zwingen«, sagte sie über die Schulter. Zu Kades Erleichterung sagte sie nichts zu dem, was Kade herausgerutscht war.

»Wieso zwingen Sie mich dann dazu?«, fragte Kade.

»Weil Sie es erst mal ausprobieren müssen, bevor Sie wissen, ob Sie es mögen oder nicht.«

Da hat sie recht. Kade fuhr damit fort, den Käse zu raspeln.

»Kann ich Sie etwas fragen?«, fragte Dawn, während sie mit blitzschnellen Bewegungen eine Tomate zerkleinerte.

Kade erstarrte. *Na toll. Mach dich auf etwas gefasst.*

»Keine Sorge.« In der engen Küche berührte Dawn sie leicht am Arm. »Ich werde nicht nachfragen, was zwischen Ihnen und Del vor sich geht. Ich bin zwar neugierig und auch ein wenig um meine beste Freundin besorgt, aber ich respektiere Ihre Privatsphäre. Ich werde das Thema nicht anschneiden, es sei denn, Sie wollen darüber reden.«

Kade schnappte sich das nächste Stück Käse. Erleichterung überkam sie, gefolgt von einer Portion Schuldgefühle. Dawn war ganz offen und ehrlich zu ihr, während sie ständig Dinge zurückhielt. Als Anwältin verstand sie das Prinzip des Quidproquo nur zu gut. »Dann fragen Sie einfach, was Sie wissen wollen«, sagte sie mit aufgesetzter Heiterkeit.

»Warum ist zwischen Ihnen und Aiden nie etwas gelaufen?«, fragte Dawn leise.

Die scharfen Kanten des Käsehobels kratzten über Kades Finger, als sie abrutschte. »Autsch.« Sie starrte auf den Blutstropfen, der ihren Zeigefinger hinablief.

Dawn packte sie am Arm und zog sie zur Spüle.

Schon seit geraumer Zeit war niemand mehr so lässig und unbedarft mit Kade umgegangen. »Es ist nur ein Kratzer«, sagte Kade, hielt aber dennoch still, als Dawn ihr ein Pflaster auf den Finger klebte.

»Tut mir leid«, sagte Dawn. »Das war kein guter Moment für diese Art Frage.«

Für eine solche Frage gab es Kades Meinung nach keinen richtigen Zeitpunkt. »Ich dachte, Sie respektieren meine Privatsphäre?«

Dawn biss sich auf die Lippe. »Vermutlich sind es nur meine eigenen Unsicherheiten, aber … Haben Sie je *Star Trek* geschaut?«

»Wie bitte? Was hat eine Science-Fiction-Serie denn damit zu tun?«

»Na ja, es gab ein paar Episoden, in denen es um alternative Realitäten ging. Wenn man eine Entscheidung trifft, dann ändert das den Verlauf des restlichen Lebens. Verschiedene Entscheidungen führen zu verschiedenen Leben.«

»Okay, so weit komme ich noch mit«, sagte Kade. »Aber ich verstehe immer noch nicht, was das mit Aiden und Ihnen und mir zu tun hat.«

»In einer alternativen Realität könnte Aiden jetzt mit Ihnen statt mit mir zusammen sein.«

Kade winkte ab. »In einer alternativen Realität könnte Sie jetzt mit einer Menge anderer Frauen zusammen sein.«

»Ich weiß, dass Aiden mit vielen Frauen geschlafen hat, bevor ich sie kennengelernt habe, aber aus irgendeinem Grund ist die einzige Beziehung in ihrem

Leben, von der ich mich ein wenig bedroht fühle, die Beziehung zu Ihnen«, sagte Dawn.

»Dawn …« Kade sah ihr in die Augen. Das musste ein für alle Mal geklärt werden. »Zwischen uns ist nie etwas passiert. Ich bin keine Bedrohung. Aiden liebt Sie.«

Ein verträumtes Lächeln huschte über Dawns Gesicht. »Ich weiß. Ich zweifle nicht an Aidens Gefühlen oder an ihrer Treue. Darum geht es nicht. Ich weiß, dass sie mich liebt, aber an schlechten Tagen frage ich mich schon, ob ich die ideale Partnerin für sie bin. Wenn die Umstände anders wären, könnte ich mir Sie beide gut als Paar vorstellen, wissen Sie? Sie hätten gut zueinander gepasst. Sie könnten ihr alles geben, was ich nicht kann.«

Kade wollte es erst abstreiten oder darüber lachen, aber sie wusste, dass Dawn zu stur war, um das Thema so einfach fallenzulassen. Sie lehnte sich gegen die Arbeitsfläche und erlaubte sich zum ersten Mal, wirklich darüber nachzudenken. Könnte sie es sich vorstellen, in einer solchen alternativen Realität mit Aiden zusammen zu sein? Es gab immer noch viele Unklarheiten bezüglich ihrer sexuellen Orientierung und der möglichen Auswirkungen auf ihre Karriere. Aber wenn sie das mal für einen Moment außen vor ließ, konnte sie sich durchaus vorstellen, mit Aiden auszugehen und sie zu küssen. Aber was war mit einer längerfristigen Beziehung? »Es hätte nicht funktioniert. Selbst wenn man mal die Tatsache ignoriert, dass ich noch nie etwas mit einer Frau hatte, glaube ich nicht, dass Aiden mit mir so glücklich gewesen wäre, wie sie es mit Ihnen ist. Wir sind beide zu sehr mit unseren Jobs beschäftigt, um eine konstruktive Beziehung zueinander aufbauen zu können.«

»Mein Job ist mir auch wichtig.«

»Er ist eines der Dinge, die Ihnen wichtig sind«, sagte Kade. »Aber bei Ihnen dreht sich nicht alles um Ihren Beruf.«

Dawn nickte. »Ja, aber Prioritäten können sich ändern.«

»Meine nicht«, sagte Kade mit Nachdruck. »Aiden verdient etwas Besseres, als hinter einem Job zurückstehen zu müssen, bei dem Überstunden der Normalzustand sind.«

Dawn sah noch immer nicht überzeugt aus.

Kade hatte sie bewundert und fast sogar beneidet, weil sie sich in ihrer eigenen Haut so wohl zu fühlen schien, aber jetzt verstand sie, dass auch Dawn ihre Probleme hatte. Es war an der Zeit, ganz ehrlich mit Dawn zu sein und sich ihr ein wenig zu öffnen. »Als Aiden mir das erste Mal von ihrer … Bekanntschaft mit Ihnen erzählt hat, war ich stinksauer.« Sie hob die Hand, als Dawn zu einer Frage ansetzte. »Meine Reaktion hatte nichts damit zu tun, dass ich eifersüchtig oder homophob war. Es ging mir darum, dass Sie eine Zeugin waren und Aiden in Ihrem Fall ermittelt hat. Ich habe es nie zuvor erlebt, dass sie wegen persönlicher

Gefühle einen Fall aufs Spiel gesetzt hat. Ich habe mir Sorgen um den Fall und um Aidens Karriere gemacht.«

»Ich würde nie …«

Kade hielt sie erneut davon ab, weiterzusprechen. »Mittlerweile sorge ich mich nicht mehr, dass Ihre Beziehung Aiden oder ihrer Karriere schaden könnte. Ab und zu höre ich mal eine abfällige oder anzügliche Bemerkung auf der Polizeiwache, aber insgesamt gesehen hat Ihre Beziehung Aiden gut getan. Sie ist jetzt so viel glücklicher und ausgeglichener als zuvor.«

»Sie hat jemanden gebraucht, der für sie da ist«, murmelte Dawn mit einem liebevollen Gesichtsausdruck.

Langsam schüttelte Kade den Kopf. *Komm schon. Du hast Hunderte von Geschworenen überzeugt, da sollte eine einzelne Frau doch kein Problem sein.* »Nicht irgendjemanden. Sie. Aiden hat Sie gebraucht. Ich kenne Sie noch nicht sehr gut, aber selbst ich kann unschwer erkennen, wie fürsorglich und warmherzig Sie sind. Genau das hat Aiden gebraucht. Jemanden, der sie liebt, ohne einen Teil von sich zurückzuhalten. Jemanden, der ihr hilft, sich ebenfalls zu öffnen und ohne Vorbehalt zu lieben. Ich könnte nie diese Frau sein.« Nur eine winzige Spur von Bedauern schwang in Kades Stimme mit. Sie hatte schon längst akzeptiert, dass sie nicht der Typ für diese Art von Liebe war.

»Ohne irgendetwas zurückzuhalten«, wiederholte Dawn im Flüsterton, als spräche sie mehr zu sich selbst. Sie fuhr sich mit dem Ärmel über die Augen und schüttelte den Kopf. »Das ist es ja gerade. Ich halte manchmal etwas zurück. Ich kann einfach nicht … Nach der Vergewaltigung …«

Kade umklammerte die Kante der Arbeitsfläche, als wäre es das Geländer vor der Geschworenenbank. Im Moment wäre sie lieber in Richterin Linehans Gerichtssaal als in Dawns Küche gewesen. Sie wollte nicht über das Liebesleben der beiden sprechen. Sie wollte nicht mal daran denken.

»Tut mir leid«, sagte Dawn und riss sich eilig zusammen. »Jetzt habe ich Sie in Verlegenheit gebracht.«

Das war einer der Entscheidungspunkte, die zu den alternativen Realitäten führen würden, von denen Dawn gesprochen hatte. Sie konnte jetzt nicken und das Thema wechseln. Dann bliebe ihnen beiden eine unangenehme Unterhaltung erspart, aber sie würden nie mehr als oberflächliche Bekannte sein. Oder aber sie konnte in den sauren Apfel beißen und versuchen, Dawn über ihre Unsicherheiten hinwegzuhelfen. Kade atmete tief durch.

»Ich kann mir vorstellen, dass es für Sie und auch für Aiden nicht immer leicht ist.« In den zwei Jahren in der Abteilung für Sexualdelikte hatte sie oft genug gesehen, welch verheerende Folgen eine Vergewaltigung für das Opfer und die Angehörigen hatte. »Aber Sie lieben einander und das ist wichtiger als alles andere. Was würde ihr eine Frau nutzen, die ihr heißen Sex, aber nicht ihr ganzes Herz geben kann?«

Dawn seufzte und schenkte Kade ein zittriges Lächeln. »Ich weiß, es ist albern.«

»Ist es nicht«, sagte Kade. »Sie fragen sich, ob Sie Aiden alles geben können, was sie braucht, oder ob sie nicht mit einer anderen Frau glücklicher wäre. Allein die Tatsache, dass Sie sich darüber Gedanken machen, beantwortet die Frage doch schon.«

Dawn sah sie fragend an.

»Sie denken immer zuerst an Aidens Bedürfnisse. Nicht, dass ich da aus Erfahrung sprechen würde, aber ich denke doch mal, das spricht für wahre Liebe.«

Langsam hellte sich Dawns Miene auf. Sie trat einen Schritt auf Kade zu und blieb unmittelbar vor ihr stehen. »Ich glaube immer noch, dass Sie ihr alles geben könnten … heißen Sex, wahre Liebe, das volle Programm. Ganz egal, was die meisten denken, Sie können sehr liebenswert und warmherzig sein.«

Warmherzig? Liebenswert? Kade hatte schon eine Menge Beschreibungen ihrer Persönlichkeit gehört, einige davon wenig schmeichelhaft, aber warmherzig und liebenswert waren nie darunter gewesen.

»Ja«, sagte Dawn lächelnd. »Sie haben es eben bewiesen. Sie wollten eigentlich nicht über das Thema sprechen, haben es aber trotzdem getan, weil Sie wussten, dass ich sonst für den Rest meines Lebens darüber nachgrübeln würde. Danke.«

Kade nickte ihr stumm zu. »Ich bin froh zu hören, dass meine juristischen Überzeugungskünste funktioniert haben. Sie sind eindeutig das Beste, das Aiden passieren konnte.«

Dawn schüttelte den Kopf. »Tut mir leid, Ihrem Anwältinnenego zu nahe treten zu müssen, aber Ihre Argumente haben mich nicht überzeugt. Nicht hundertprozentig zumindest. Ich glaube immer noch, dass Sie eine gute Partnerin für Aiden gewesen wären, aber ich habe beschlossen, dass ich zur Abwechslung mal ein wenig selbstsüchtig sein werde. Ich bin froh, dass Aiden jetzt mit mir und nicht mit Ihnen zusammen ist.«

Kade wusste nicht, was sie antworten sollte, also nickte sie nur. Sie bewunderte Dawns Offenheit und ihre Ehrlichkeit. Sie hatte ihre emotionalen Unsicherheiten bloßgelegt, was Kade ihr ganzes Leben lang vermieden hatte.

»Dann mal weiter, Chefkäsehoblerin!« Dawn stupste Kade sanft mit der Schulter an. »Die Lasagne macht sich nicht von selbst.«

»Was für eine Zeitverschwendung«, murmelte Aiden, als sie Dawns Wohnung betrat. Leise legte sie ihr Abzeichen und ihre Dienstwaffe auf die Kommode im Gang, für den Fall, dass Dawn schon schlief.

Die Überwachungsaktion war früher als vorgesehen beendet gewesen, deshalb hatte sie beschlossen, herzufahren und zu sehen, ob Dawn noch wach war, statt sie mit einem Anruf aufzuwecken. Dawn würde sicher froh sein, wenn sie sich selbst davon überzeugen konnte, dass es ihr gut ging, aber Aiden hatte auch ganz selbstsüchtige Gründe, weshalb sie hier war. Sie hatte Dawn vermisst und konnte sich kein besseres Ende für diesen frustrierenden Tag vorstellen, als mit Dawn in den Armen einzuschlafen.

Kia fing sie im Gang ab und trieb sie mit forderndem Miauen zur Küche. Aiden füllte ihren Napf und kraulte die Katze im Nacken. Als sie sich aufrichtete, fiel ihr Blick auf den Behälter, der auf der Arbeitsfläche stand. Sie hob den Deckel an und schnupperte. *Mmm.*

Dawn hatte Lasagne gemacht, Aidens Lieblingsessen, und der Behälter war offensichtlich für sie gedacht. Sie nahm sich eine Gabel, schüttelte dann aber den Kopf. *Erst einen Begrüßungskuss, dann das Essen.*

Sie zog die Schuhe aus und trat in den Gang. Aus dem Wohnzimmer kamen leise Stimmen. War Dawn mal wieder vor dem Fernseher eingeschlafen? Sie öffnete die Tür und erstarrte.

Dawn schlief nicht und sie war auch nicht allein. Auf der Couch neben ihr saß Kade Matheson und wirkte entspannter, als Aiden sie je zuvor gesehen hatte. Sie hatte ein Bein untergeschlagen und hielt ein Weinglas in der Hand. Ein leerer Teller stand auf dem Couchtisch vor ihr.

Aiden riss die Augen auf. Trug Kade ihre Klamotten?

Dawn sah auf und merkte, dass Aiden im Türrahmen stand. »Hallo, Aiden. Ich dachte, du wärst die ganze Nacht mit dieser Überwachung beschäftigt?«

»Das dachte ich auch, aber der Kerl hat sich spontan entschlossen, nach Las Vegas zu fliegen. Jetzt haben die armen Jungs von der dortigen Polizei das Vergnügen und wir konnten nach Hause gehen.«

Normalerweise hätte sie Dawn mit einem Kuss begrüßt, aber da Kade sie beobachtete, hielt Aiden sich zurück. Sie wusste nicht genau, was sie von dieser Situation im Wohnzimmer halten sollte. Natürlich hatte sie gewusst, dass Dawn und Kade zusammen zur Ausstellung gehen würden, aber das hier sah doch sehr viel vertrauter aus, als sie erwartet hatte.

Dawn stand auf und kam um den Tisch herum. Sie stellte sich auf die Zehenspitzen und berührte Aidens Lippen mit ihren.

Aidens Augenbrauen schnellten in die Höhe. Sie war überrascht, nicht nur weil Dawn sie vor Kade küsste, sondern auch weil sie schmecken konnte, dass Dawn Rotwein getrunken hatte. Dawn hatte sich nie viel aus Alkohol gemacht und mied ihn seit der Vergewaltigung komplett. Nicht so heute Abend, wie es schien. Was hatten die beiden angestellt?

»Hast du Hunger?«, fragte Dawn, als sie sich wieder setzte. »In der Küche ist etwas zu essen für dich. Kade und ich haben Lasagne gemacht.«

»Ihr beide habt Lasagne gemacht?« Aiden starrte sie an. Dawn war eine ausgezeichnete Köchin, aber jeder auf dem Revier wusste, dass Kades Talente im Gerichtssaal angesiedelt waren, nicht in der Küche.

Kade stellte ihr Weinglas beiseite. »Dawn hat Lasagne gemacht. Ich habe nur den Käse gerieben.«

Aiden schüttelte den Kopf. Staatsanwältin Kadence Matheson ging der alltäglichen Arbeit des Käsereibens nach? Sie konnte sich das noch immer nicht so recht vorstellen.

»Es ist schon spät. Ich sollte gehen.« Kade stand auf und ging auf Aiden zu.

Nach einigen Sekunden begriff Aiden, dass sie den Weg zum Bad versperrte, wo Kade vermutlich das Kleid zurückgelassen hatte, das sie zur Ausstellung getragen hatte. Schnell trat sie beiseite.

Kade schloss die Badezimmertür hinter sich.

Jetzt, da sie kurz allein waren, kam Dawn zu ihr und schlang beide Arme um Aidens Taille. »Alles in Ordnung mit dir?«

Aiden legte die Hände auf die vertrauten Rundungen von Dawns Hüften. »Ja. Mir geht's gut. Ich bin nur ein wenig überrascht.« Sie zeigte mit dem Kinn in Richtung Badezimmer.

»Ich hoffe, es ist okay, dass ich sie mit nach Hause genommen habe?«, fragte Dawn.

»Natürlich. Das ist deine Wohnung. Du kannst mitnehmen, wen du willst.«

Dawn ließ den Kopf gegen Aidens Schulter sinken. »Nicht, wenn du dich damit nicht wohlfühlst. Ich möchte, dass meine Wohnung Aiden-freundlich ist.«

Aiden lachte und legte ihr Kinn auf Dawns blondes Haupt. »Du hast dir Wiederholungen von dieser Serie mit der Vampirjägergöre angesehen.« Sanft stupste sie Dawn. »Der Psychologenverband sollte wirklich nicht zulassen, dass seine Mitglieder so viel fernsehen.«

Dawn schmunzelte.

Als die Badezimmertür geöffnet wurde, ließ Aiden Dawn zögernd los und trat zurück.

Kade kam in ihrem Kleid ins Wohnzimmer.

Wow. Fast hätte Aiden die Kleidung fallen lassen, die Kade ihr in die Hand drückte.

Jetzt stupste Dawn sie an. »Danke fürs Gesellschaftleisten«, sagte sie zu Kade.

»Danke für den Kochunterricht«, antwortete Kade lächelnd.

Aiden sah zwischen den beiden hin und her. Sie hatte das Gefühl, dass hier mehr passiert war als nur die Zubereitung von Lasagne. »Ich fahre Sie nach Hause«, bot sie an.

»Nein«, sagte Kade. »Sie kommen gerade erst von der Arbeit. Ich nehme ein Taxi.«

»Das macht keine Umstände, wirklich.« Zwar wäre Aiden lieber bei Dawn geblieben, aber sie wollte nicht, dass Kade mitten in der Nacht allein unterwegs war. »Ich bin ohnehin auf dem Nachhauseweg und es liegt praktisch auf dem Weg.«

Das stimmte nicht und sie wussten es beide.

»Sie sind nicht nach einem Fünfzehnstundentag hergekommen, um mich nach Hause zu fahren.«

Aiden seufzte. Es war unmöglich, mit einer Frau zu diskutieren, die hauptberuflich Streitgespräche gewann. »Na schön. Dann sehen wir uns morgen.«

Als das Handy auf dem Nachttisch klingelte, stöhnte Aiden. Sie war eben erst eingeschlafen.

Neben ihr begann Dawn, sich zu rühren, als Aiden sich aufsetzte. »Meins?«, murmelte Dawn verschlafen.

Trotz ihrer Verärgerung, vom Schlafen abgehalten zu werden, musste Aiden lächeln. Dawn war einfach zu süß, wenn sie im Halbschlaf war. Nachdem sie jahrelang nachts aufgeweckt worden war, hatte sich Aiden daran gewöhnt und war schon beim ersten Klingeln des Telefons hellwach, aber Dawn fehlte dieses Training. »Nein, es ist meins. Schlaf weiter.« Sie strich Dawn eine blonde Haarsträhne aus der Stirn und griff mit der anderen Hand nach dem Handy. »Carlisle.«

»Aiden, ich bin's, Ray.«

»Warte kurz.« Aiden stieg aus dem Bett, tastete sich durch das dunkle Schlafzimmer und zog die Tür hinter sich zu. »Okay, jetzt kannst du sprechen.«

Sie hörte, wie Ray tief Luft holte, und wusste, dass jetzt nichts Gutes kommen würde.

»Es ist jemand vergewaltigt worden«, sagte Ray.

Mitten in der Nacht wegen einer Vergewaltigung angerufen zu werden, war nichts Neues, aber normalerweise zitterte Rays Stimme nicht. Kälte kroch durch Aidens Körper. »Wer?«

»Der Name des Opfers«, sagte Ray und räusperte sich, »ist Matheson.«

Kade. Aidens Hand mit dem Handy sank hinab. Unmöglich. Sie war erst vor einer Stunde hier gewesen und es war ihr gut gegangen. *Nicht Kade. Oh Gott, ich hätte darauf bestehen sollen, sie nach Hause zu fahren.* Sie sank gegen die Wand. Nach einer Weile hob sie das Handy wieder ans Ohr. »Was ist passiert, Ray?«

»Sie konnten mir nicht viel sagen. Ein alter Freund von der Polizeiakademie hat mich angerufen. Einer seiner Leute war der erste Beamte am Tatort.«

»Ich fahre sofort zu Kades Wohnung.« Aiden eilte ins Schlafzimmer, um ihre Kleidung zu holen.

»Nein. Man hat mir eine andere Adresse gegeben«, sagte Ray.

Eine andere Adresse? Sie hatte angenommen, Kade würde gleich nach Hause fahren. Wo zum Teufel war sie um die Uhrzeit denn noch hingefahren?

»Bleib, wo du bist. Ich komme und hole dich ab«, sagte Ray. »Ich bin schon fast da.«

Aiden versuchte mit einer Hand, ihre Jeans anzuziehen. »Ich bin nicht zu Hause.«

»Ich weiß. Ich habe versucht, dich da zu erreichen. Ich hole dich in zehn Minuten vor Dawns Wohnung ab.« Ray legte auf.

Dawn knipste das Licht an und setzte sich blinzelnd im Bett auf. »Musst du gehen?«

»Ja.« Aiden schob ihre Pistole ins Holster. Sie versuchte, in den Polizistinnenmodus zu schalten und so zu tun, als wäre alles rein dienstlich.

»Aiden?« Dawn streckte den Arm aus, um sie zu berühren.

Aiden zuckte zurück. »Kade wurde … angegriffen.« Sie flüsterte, aber es klang trotzdem viel zu laut.

»Was? Was ist passiert?« Dawn sprang aus dem Bett.

»Ich weiß es nicht. Ray holt mich gleich ab.« Aiden zog sich das nächstbeste Sweatshirt über den Kopf und erstarrte für einen Moment, als ihr klar wurde, dass es das Oberteil war, das Kade erst vor wenigen Stunden getragen hatte.

»Ich komme mit.« Dawn begann, ihre Kleidung zusammenzusuchen.

Aiden hielt sie mit einer kurzen Berührung zurück. »Nein. Das ist eine Polizeiangelegenheit.«

»Aber …«

»Nein.« Sie wollte Dawn sicher in ihrer Wohnung wissen und nicht in der Nähe von dem, was heute Nacht passiert war. »Ich rufe dich an, sobald ich Näheres weiß, okay?«

»Okay.« Dawn sah zu, wie sie die Handschellen am Gürtel befestigte. Sie folgte Aiden zur Tür und gab ihr das Abzeichen, das sie auf der Kommode abgelegt hatte. »Sei bitte vorsichtig.«

Aiden berührte ihre Hand, bevor Dawn sie zurückziehen konnte. Sie wollte ein letztes Andenken an alles, was gut war in ihrem Leben, mit zu dem fürchterlichen Tatort nehmen, der sie erwartete. »Mach ich.«

KAPITEL 12

Das Klingeln des Telefons weckte Del. Sie rollte sich auf den Rücken und versuchte zu entscheiden, ob sie das Telefon abnehmen oder das verdammte Ding gegen die Wand werfen sollte. In letzter Zeit hatte sie mehr Zeit vor Kades Haus als in ihrem eigenen Bett verbracht. Nachdem mehrere Tage in Folge nichts Außergewöhnliches geschehen war, hatte sie beschlossen, eine Pause einzulegen. Sonst würde Kade noch Verdacht schöpfen und bemerken, dass sie nicht nach der einen Nacht aufgehört hatte, ihre Wohnung zu bewachen.

Das Telefon klingelte erneut.

Del knipste das Licht an und sah auf das Display. Sofort erkannte sie die Nummer und riss das Telefon ans Ohr. »Dawn? Alles okay?«

»Ja, mir geht's gut«, sagte Dawn, klang aber nicht so. »Tut mir leid, dass ich so spät noch anrufe, aber …«

»Du weißt doch, dass du mich jederzeit anrufen kannst, Grashüpfer. Was ist los?«

Das Scheppern von Töpfen drang durch die Leitung. Entweder machte Dawn Tee oder sie kochte. Beides wies darauf hin, dass sie sich über irgendetwas sorgte und versuchte, sich zu beruhigen.

»Aiden bekam gerade einen Anruf von ihrem Partner.«

»Mach dir keine Sorgen um sie. Du weißt doch, dass diese Anrufe mitten in der Nacht Teil ihres Jobs sind. Aber die Tatorte sind immer schon gesichert, wenn die Detectives eintreffen, und …«

»Ich mache mir keine Sorgen um Aiden«, unterbrach Dawn. »Ich meine … natürlich tue ich das, aber das ist nicht der Grund, warum ich dich anrufe. Es ist etwas passiert. Ich weiß, ihr habt versucht, es für euch zu behalten, und das wollte ich respektieren, aber deswegen weiß jetzt niemand von euch. Niemand wird dich anrufen.«

Von was zum Teufel sprach sie eigentlich? »Beruhig dich erst mal und erklär mir alles von Anfang an, bitte.«

Dawns bebender Atem hallte durchs Telefon. »Ich weiß, dass sie nicht wollte, dass jemand von euch erfährt, deshalb hat sie dich sicher nicht auf die Liste der Leute gesetzt, denen man im Notfall Bescheid sagen soll.«

»Notfall? Was ist passiert?«

Einige Sekunden lang herrschte Stille in der Leitung. Dann sagte Dawn: »Kade wurde … angegriffen.«

Eiskalter Angstschweiß schoss Del aus allen Poren. Sie erstarrte. »Geht es ihr gut?«

»Ich weiß es nicht, Del«, sagte Dawn mit sanfter Stimme. »Ich hoffe es. Aiden wird mich anrufen, sobald sie etwas weiß.«

»Ich muss gehen. Ruf mich auf dem Handy an, sobald du etwas von Carlisle hörst.« Del sprang aus dem Bett und zog sich mit zitternden Fingern an.

Dreißig Minuten später hielt sie ihr Auto mit heulender Sirene vor dem Haus an, dessen Adresse einer ihrer Kollegen ihr besorgt hatte.

Als sie die Fahrertür zuschlug und zum Eingang stürmte, verfluchte sie sich noch immer. »Dumm, dumm, dumm!«

Ein uniformierter Beamter stand am Rand des Grundstücks Wache. Er war keiner von ihren Leuten, aber er schien sie zu erkennen und wusste, dass er ihr nicht im Weg stehen durfte, wenn sie derart aufgebracht war.

Ihr Zorn richtete sich nicht gegen ihn, sondern gegen sich selbst. *Gott, ich hätte nie zustimmen dürfen, es geheim zu halten. Ich hätte sofort eine offizielle Ermittlung starten und ihr einen Bodyguard besorgen müssen.* Aber sie hatte es nicht getan und jetzt war Kade etwas zugestoßen.

Del wusste noch immer nicht, was genau passiert war, und die Ungewissheit brachte sie fast um den Verstand.

»Was liegt vor?«, fragte sie den jungen Polizisten im Flur, in einem Versuch, wenigstens halbwegs professionell zu klingen.

Er richtete sich zu seiner vollen Größe auf. »Wir haben das Arschloch geschnappt«, verkündete er mit stolzgeschwellter Brust. »So eine Vergewaltigung hab ich noch nicht erlebt.«

Vergewaltigung! Kade war vergewaltigt worden? *Nein, nicht sie. Bitte nicht sie auch noch.* Sie schüttelte immer wieder den Kopf, bis ihr schwindelig wurde.

»Wo ist Kade … Staatsanwältin Matheson?« Wo der Vergewaltiger war, interessierte sie im Moment nicht. Mit dem Bastard würde sie sich später auseinandersetzen. Im Moment war nur Kade wichtig.

Der Officer zeigte auf eine Tür. »Sie …«

Del schob sich an ihm vorbei. Im letzten Moment zögerte sie, die Hand schon auf der Türklinke. Sie hatte ein wenig Angst vor dem, was sie vorfinden würde.

Das Weinen einer Frau drang durch die Tür, übertönt von dem wütenden Geschrei eines Mannes.

Del stürmte in den Raum.

Von Kade war weit und breit nichts zu sehen. Eine weinende Frau saß auf der Couch und ein Mann mit hochrotem Kopf tigerte in dem geräumigen Wohnzimmer auf und ab.

Gehörten sie zu Kades Familie? Hatte Kade sie besucht, als es passiert war? Del hielt sich nicht damit auf, nachzufragen. »Wo ist sie?« Sie zückte ihren Polizeiausweis, um eine Antwort zu erzwingen.

»Sie hat sich im Schlafzimmer eingeschlossen. Sie …« Der Rest von dem, was die Frau sagte, war unverständlich, weil sie wieder zu weinen begann.

Del durchquerte eilig den Raum und lauschte an der Tür. Sie glaubte, leises Weinen und eine beruhigende Stimme wahrzunehmen. Wenigstens hatten sie jemand zu Kade hineingeschickt.

»Kade?«, rief sie sanft.

Die Tür wurde geöffnet und eine bleiche Kade blickte durch den Türspalt.

»Oh, Kade«, flüsterte Del. Sie wusste nicht, was sie sonst sagen sollte. Schuldgefühle überkamen sie. *Gott, ich hätte sie nicht aus den Augen lassen dürfen, nachdem sie mir von dem Stalker erzählt hat. Ich hätte sie dazu drängen sollen, Anzeige zu erstatten.* Sie widerstand dem Impuls, Kade in die Arme zu schließen. Kade hätte das unter normalen Umständen nicht gewollt, also wollte sie es jetzt sicher erst recht nicht. »Was ist passiert?«

»Das versuche ich gerade herauszufinden. Sie weigert sich, es uns zu sagen.« Kade zeigte hinter sich, wo Del einen Blick auf Carlisle und ihren Partner erhaschte. »Ihre Eltern hatten auch keinen Erfolg.«

Del starrte sie an. »Hä? Wessen Eltern?«

»Hat es dir niemand gesagt? Ich dachte, deshalb wärst du hier. Meine Nichte ist vergewaltigt worden.«

»Deine Nichte? Du bist nicht …? Du wurdest nicht …? Dir ist nichts passiert?«

»Natürlich nicht. Mir geht es gut«, sagte Kade. »Na ja, so gut, wie es einem inmitten dieses Chaos eben gehen kann. Uff!« Sie brach ab, als Dels überraschende Umarmung ihr die Luft aus den Lungen presste.

Del ließ sie schnell wieder los. »Entschuldige. Es ist nur … Ich dachte … Man sagte mir, du wärst angegriffen worden.«

Kade schnaubte. »Ich hätte das kleine Würstchen mit dem Trageriemen meiner Aktentasche erwürgt.«

Del konnte den Blick nicht von ihr abwenden. Sie studierte ihr Gesicht, um sicherzugehen, dass es ihr wirklich gut ging. Schließlich zwang sie sich, zurück in den Polizistenmodus zu schalten. »Möchtest du, dass ich mal mit deiner Nichte rede? Vielleicht wäre es für sie einfacher, mit jemandem zu sprechen, der kein Kollege ihrer Tante ist.«

Kade zuckte mit den Schultern. »Ich bin so weit, dass ich so ziemlich alles versuchen würde. Bisher hat sie nur geheult und ich habe kein Wort verstanden, das sie gesagt hat, seit mein Bruder mich angerufen hat.«

Carlisle trat neben Kade, eine Hand um den Gürtel neben ihrer Dienstwaffe gelegt. »Ray und ich kümmern uns jetzt um den Täter.«

Del nickte ihr zu. Sie wollte auch ein Wörtchen mit dem Vergewaltiger sprechen, aber das musste warten.

»Ich will, dass alles nach Vorschrift abläuft!«, rief Kade den beiden davongehenden Detectives zu. »Tun Sie alles, was legal möglich ist, um ein Geständnis zu bekommen. Aber legen Sie keine Daumenschrauben an, nur weil das Opfer meine Nichte ist.«

Als sie allein waren, wandte sich Del an Kade und musterte ihre bleichen, vornehmen Gesichtszüge. »Bist du wirklich okay? Als Dawn mich angerufen hat, dachte ich, der Stalker …«

»Das hier hat nichts damit zu tun. Hier geht es um meine Nichte und um sonst nichts.«

Del nickte und akzeptierte widerwillig, dass Kade nicht über den Stalker oder über Dels Sorge um sie sprechen wollte. »Solltest du dich nicht von dem Fall zurückziehen? Die Verteidigung könnte sonst vor Gericht behaupten, dass es einen Interessenkonflikt gibt.«

»Noch wissen wir nicht mal, ob das überhaupt ein Fall ist«, sagte Kade. »Im Moment bin ich nur ein besorgtes Mitglied der Familie.«

Del musste schmunzeln. *Ein Familienmitglied, das über eine Horde Polizisten verfügen kann.* »Na schön. Dann lass uns mit deiner Nichte sprechen.«

Kade nickte.

Del trat ein, hielt sich aber im Hintergrund, damit sich das Mädchen durch ihre Anwesenheit nicht bedroht fühlte.

»Laurie«, sagte Kade. Die Zärtlichkeit in ihrer Stimme hatte eine starke Wirkung auf Del und so hoffte sie, dass das bei Laurie auch der Fall war. Kade setzte sich auf die Bettkante.

Die Gestalt unter der Decke bewegte sich und dann kam ein Blondschopf zum Vorschein. Das Mädchen sah von Kade zu Del. Ihre blauen Augen waren rotgeweint. Schnell versteckte sie den Kopf unter dem Kissen und weinte, ohne auch nur ein einziges Wort hervorzubringen.

Del blinzelte. Mit Ausnahme der Haarfarbe sah Laurie Matheson ihrer Tante zum Verwechseln ähnlich. Sie sah aus wie eine jüngere, verletzlichere Version von Kade. »Hallo«, sagte Del sanft. »Ich bin Lieutenant Vasquez.«

Laurie verschwand wieder unter der Decke.

»Ihr Name ist Del«, sagte Kade. »Sie ist eine Freundin von mir. Kannst du ihr bitte erzählen, was passiert ist?«

»Ich k…kann nicht. Ich will nicht darüber reden. Bitte schick sie alle weg, Tante Kade.«

Del und Kade tauschten einen langen Blick.

Kade zeigte auf die Tür und flüsterte: »Lass es mich noch einmal allein versuchen.«

Seufzend verließ Del den Raum.

Aiden ging auf den jungen Polizisten zu. »Wo ist der Täter?«

»Draußen, in einem der Streifenwagen.«

»Hat man ihm seine Rechte erklärt?«, fragte Aiden.

Der Beamte nickte. »Ihr.«

»Was?« Aiden starrte ihn an. »Soll das heißen, der Täter ist eine Frau?« Sie wusste, dass auch Frauen Vergewaltigungen begehen konnten, aber ihrer Erfahrung nach war in neunundneunzig Prozent aller Fälle der Täter ein Mann.

Als der Polizist nickte, schoben sie und Ray sich an ihm vorbei und marschierten auf den Streifenwagen zu, der vor der Tür geparkt war.

Eine schlaksige junge Frau, eher noch ein Teenager, saß auf dem Rücksitz, die Arme vor der Brust verschränkt. Ihr gelangweilter Gesichtsausdruck brachte Aiden zum Kochen.

Aiden riss die Autotür auf, sodass das Mädchen ihr fast vor die Füße fiel, weil sie sich gegen die Tür gelehnt hatte.

Sie funkelte Aiden an. Ihre dunklen Augen blitzten. »Hey, pass doch auf, du …!«

»Ja?« Aiden hoffte, dass die Täterin das Beleidigen einer Polizistin der Liste ihrer Vergehen hinzufügen würde.

»Ha! Du denkst wohl, ich bin blöd?« Das Mädchen lehnte sich zurück und ignorierte Aiden.

»Hast du das gehört, Ray?«, fragte Aiden. »Hat sie mich eben blöd genannt?«

Ray trat näher und starrte auf das Mädchen auf dem Rücksitz hinab. »Nein. Sie hat sich selbst blöd genannt und das muss sie wohl auch sein, sonst hätte sie nicht die Nichte einer Staatsanwältin vergewaltigt.«

»Ich habe sie nicht vergewaltigt, verdammt noch mal! Ich habe es nicht nötig, jemanden zu vergewaltigen, Mann! Es gibt genug willige Mädchen, die sich mir an den Hals werfen.«

»Na klar.« Aiden schlug die Tür zu. Sie wollte, dass die Verdächtige ihre Lügen ganz offiziell im Befragungsraum auf der Wache wiederholte. Alles nach Vorschrift, sagte sie sich und versuchte, ihre Wut in den Griff zu bekommen.

Sie klopfte auf das Autodach. »Schaffen Sie diese Nervensäge zum Revier!«, rief sie dem Beamten hinter dem Steuer zu.

Ray lehnte sich gegen die Wand des Befragungsraums und sah zu, wie sich Aiden und die Verdächtige mit Blicken duellierten.

Das Mädchen saß hinter dem kleinen Tisch in der Mitte des Raums, ihre langen Beine lässig von sich gestreckt, und blickte Aiden kühl an.

Schließlich warf Aiden den Geldbeutel mit dem Ausweis, den sie Evan Whitfield abgenommen hatten, auf den Tisch. »Du siehst nicht aus, als wärst du neunzehn.«

Evan grinste. »Schätze, ich habe einfach gute Gene. Wenn ich in Ihrem Alter bin, werde ich sicher dankbar dafür sein, etwas jünger auszusehen.«

Einen Moment lang befürchtete Ray, Aiden würde gleich über den Tisch springen und sie erwürgen, aber dann beugte sie sich nur vor und sah Evan durchdringend an. »Warum hast du dann mit einer Fünfzehnjährigen geschlafen?«

»Wer sagt, dass ich das getan habe?«

Ihre Verdächtige war eine verwegene Angeberin, aber sie war nicht dumm. Wenn sie zugab, mit einer Fünfzehnjährigen geschlafen zu haben, konnte man sie wegen Unzucht mit Minderjährigen anklagen.

»Ich werde dir mal sagen, was passiert ist«, sagte Aiden. Ihre Stimme war scharf, aber ruhig. »Du hast so getan, als wärst du ihre Freundin, und hast dir so Zugang zum Schlafzimmer eines jungen, naiven Mädchens verschafft. Als sie dir dann nicht gegeben hat, was du wolltest, hast du sie vergewaltigt.«

Ein Grinsen breitete sich auf Evans Gesicht aus. »Haben Sie öfter solche Fantasien, Detective?«

Ray stieß sich von der Wand ab und legte seiner Partnerin eine Hand auf die Schulter. »Komm, lass uns eine Cola trinken, während Ms. Whitfield sich eine bessere Ausrede einfallen lässt.« Er zog Aiden vom Tisch weg.

Sie schüttelte seine Hand ab und stürmte aus dem Raum.

Ray folgte gemächlicher.

Im Flur schlug und trat Aiden auf den Automaten ein.

»Hey, immer mit der Ruhe. Okada wird ziemlich sauer sein, wenn du seine Süßwarenquelle zerstörst.« Er griff durch die Öffnung unten im Automaten, schüttelte ein paar Mal und zog Aidens Coladose heraus. »Hier.«

»Danke.« Aiden nahm ein paar Schlucke und wirkte dabei, als wünschte sie, es handelte sich um ein sehr viel stärkeres Getränk.

»Du darfst das, was sie sagt, nicht so persönlich nehmen, Aiden«, sagte Ray.

»Ich muss Dawn anrufen und ihr sagen, dass es Kade gut geht.« Sie wandte sich ab und ging ein paar Schritte den Flur hinunter.

Ray wartete und sah zu, wie sie mit dem Handy am Ohr im Gang auf und ab tigerte. Er konnte nicht hören, was sie sagte oder was Dawn antwortete, aber nach einigen Minuten blieb sie stehen, lehnte sich gegen einen der Automaten und nickte zu irgendetwas, das Dawn sagte. Ihr Gesichtsausdruck war jetzt viel ruhiger. *Na also. Dawn tut ihr wirklich gut.*

Er drehte sich um und nutzte die Gelegenheit, Kade anzurufen und zu fragen, ob es etwas Neues von ihrer Nichte gab.

»Dawn?« Aiden presste das Handy ans Ohr und ging im Flur auf und ab, den Rücken zu Ray gewandt, um etwas Privatsphäre zu haben. »Ich bin's … Aiden.«

»Wie geht es Kade?« Dawns Stimme zitterte. Die Situation ähnelte viel zu sehr ihrer eigenen Vergewaltigung vor einem halben Jahr.

»Kade geht's gut. Sie war nicht das Opfer. Es war ihre Nichte.«

»Das Mädchen, das wir kennengelernt haben, als sie mit Kade Weihnachtsgeschenke kaufen war?«, fragte Dawn. »Das süße kleine Ding, das in dich verschossen ist?«

»Was?« Aiden blieb stehen. »Ja, wir haben sie bei den Weihnachtseinkäufen mit Kade getroffen, aber sie ist nicht in mich verschossen.« Sie schüttelte den Kopf. Manchmal hatte Dawn eine blühende Fantasie.

»Wie geht es ihr?«, fragte Dawn. »Gott, so etwas mit fünfzehn durchmachen zu müssen …«

Aiden biss sich auf die Unterlippe. »Ich weiß nicht. Sie will nicht darüber reden. Wir geben ihr etwas Zeit und versuchen währenddessen, ein Geständnis zu bekommen und Beweise zusammenzutragen.«

»Und wie geht es dir?«, fragte Dawn. »Du wirkst aufgewühlt.«

Aiden seufzte und lehnte sich gegen einen der Automaten. »Ich bin auf hundertachtzig.«

Dawn stellte keine Fragen. Das hatte sie nie getan. Sie wusste, dass Aiden nicht über offene Fälle sprechen durfte. »Ihr werdet den Fall schon lösen. Es braucht eben nur ein wenig Zeit. Mach einfach einen Schritt nach dem anderen. Ich weiß, es ist schwer, wenn das Opfer jemand ist, den du kennst.«

Aiden schluckte. »Ja.«

»Wenn es dir zu viel wird, übergib den Fall bitte an jemanden, der nicht so emotional involviert ist«, sagte Dawn sanft.

Aiden hatte nicht vor, das zu tun, aber es tat trotzdem gut zu hören, dass Dawn sich um ihr Wohlergehen sorgte. Nie zuvor hatte sie das gehabt. »Wir reden später.«

»Pass auf dich auf. Ich liebe dich.«

Ein winziges Lächeln huschte über Aidens Gesicht. »Mach ich. Ich dich auch«, sagte sie, wohl wissend, dass Ray irgendwo hinter ihr stand und vermutlich jedes Wort hören konnte. Als sie auflegte und sich zu Ray umdrehte, schob er gerade sein eigenes Handy in die Tasche zurück.

»Alles okay mit dir?«, fragte er.

»Ja. Das eben tut mir leid.« Aiden zeigte zum Befragungsraum. Normalerweise war sie immer diejenige, die ruhig blieb, während Ray seinen Zorn gelegentlich kaum zügeln konnte, wenn jemand einem Kind oder einem Jugendlichen wehgetan hatte. »Ihre ganze Art geht mir einfach auf die Nerven. Die Unschuld eines jungen Mädchens ist heute Nacht zerstört worden und diese Angeberin tut so, als ob sie darauf auch noch stolz sein könnte!«

Ray nickte und tätschelte ihr die Schulter. »Komm, lass uns Ms. Whitfield Fingerabdrücke und DNA-Proben abnehmen. Ihr ein Geständnis zu entlocken, kann warten, bis wir Beweise gegen sie haben.«

»War das Kade?«, fragte Aiden, auf sein Handy zeigend.

»Ja. Sie ist im Haus ihres Bruders, aber ihre Nichte ist immer noch zu durcheinander, um zu erklären, was passiert ist. Wir werden bis morgen warten müssen«, sagte Ray. »Bis dahin sollten wir auch DNA-Beweise aus dem Labor haben. Sie untersuchen gerade die Laken aus Laurel Mathesons Bett. Kade hat aber etwas anderes für uns. Sieht so aus, als hätte Evan Whitfield eine Strafakte.«

Aiden schüttelte den Kopf. »An die Strafakten von Jugendlichen kommen wir nicht ran, das weißt du doch.«

»Ja, aber Kade hat ein paar Leute angerufen, die ihr noch einen Gefallen schuldig waren. Sie kann es zwar nicht vor Gericht verwenden, aber vielleicht finden wir ja trotzdem etwas Interessantes. Sie faxt uns gerade die Akte.« Ray ging zum Faxgerät und wartete ungeduldig, bis es die Dokumente ausgespuckt hatte.

Aiden war schneller. Sie schnappte sich die Seiten und las sie. »Treffer! Sie war im Jugendknast. Ladendiebstahl, Autodiebstahl, Drogenbesitz und so weiter. Gewaltverbrechen sind aber keine dabei.«

Ray starrte auf das Fax hinab. »Mist. Sieh dir das Geburtsdatum an.«

Aiden warf einen Blick auf das Blatt Papier. »Sie ist sechzehn. Ihr Ausweis ist gefälscht. Das heißt, wir können sie nicht für Unzucht mit Minderjährigen drankriegen. Wenn wir nicht nachweisen können, dass es nicht einvernehmlich war, müssen wir sie laufen lassen.«

KAPITEL 13

DAWN SCHLOSS DIE LETZTE PATIENTENAKTE. Normalerweise ging sie samstags nicht ins Büro, aber sie wusste, dass Aiden das Polizeirevier nicht verlassen würde, solange sie noch kein Geständnis von Laurie Mathesons Vergewaltiger hatte, deshalb konnte sie genauso gut auch ein wenig Arbeit erledigen.

Sie streckte sich und schlenderte hinaus zum Empfangsbereich, um sich einen Tee zu holen.

Mrs. Phillips war ebenfalls im Büro, um sich der überquellenden Ablage anzunehmen. Sie telefonierte gerade und bedeutete Dawn zu warten, als sie am Empfangstresen vorbeigehen wollte. Schnell beendete sie das Gespräch und sah auf. »Das war Mrs. LeCroix. Sie hat angerufen, um Evan Whitfields Termin am Montag abzusagen. Evan kann nicht kommen.«

Dawn runzelte die Stirn. »Hat sie gesagt warum?«

»Ja.« Mrs. Phillips nickte. »Sie ist verhaftet worden.«

Mist. Dawn wusste, dass Evan noch immer mit den falschen Leuten herumhing, aber ihr waren positive Veränderungen an Evan aufgefallen und sie hatte gehofft, dass Evan nichts tun würde, was ihre Zukunft gefährdete. »Hat Mrs. LeCroix gesagt, was genau passiert ist?«

»Nein. Aber sie hat geweint, es kann also nichts Gutes sein.«

Dawn nagte an ihrer Unterlippe und traf eine Entscheidung. Sie nahm das Telefon vom Schreibtisch.

Anstelle von Mrs. LeCroix war es ihr Ehemann, der sich meldete.

Dawn sagte ihm, wer sie war. »Ich weiß nicht, was passiert ist, aber wenn ich irgendwie helfen kann …«

»Dafür ist es jetzt zu spät.« Seine Stimme klang frostig.

Was um Gottes Willen hat sie getan? Jemanden getötet? Dawn hätte nicht gedacht, dass Evan fähig war, ein Gewaltverbrechen zu begehen, aber offensichtlich ging es nicht nur um ein Bagatelldelikt wie Ladendiebstahl. »Was ist passiert?«

»Diese nichtsnutzige … Sie hat ein Mädchen vergewaltigt! Sagen Sie mir, Doktor, wie können Sie da helfen?«

Einige Sekunden lang konnte Dawn nicht antworten. Sie hielt das Telefon fest umklammert und starrte an die Wand. Unzählige Gedanken gingen ihr durch den Kopf. *Oh Gott. Evan ist doch keine Vergewaltigerin … Oder doch?* Hatte sie es nur nicht sehen wollen, weil Evan sie an Aiden erinnerte?

»Sie müssen mich jetzt entschuldigen«, sagte Mr. LeCroix. »Wir müssen aufs Revier fahren.«

»Warten Sie! Kann ich mitkommen und mit Evan reden?« Sie musste herausfinden, ob sie sich wirklich so gewaltig in ihr getäuscht hatte.

»Tun Sie, was immer Sie wollen.« Mr. LeCroix seufzte. »Das Mädchen hat mich jetzt so weit, dass es mir einfach egal ist.«

Dawns Beine zitterten, als sie die Dienststelle betrat. Sie hatte nie wieder einem Vergewaltiger gegenüberstehen wollen und war sich nicht sicher, wie objektiv sie bleiben konnte. Ihr berufliches und ihr privates Leben prallten gleich in mehrfacher Hinsicht aufeinander. Möglicherweise war dies einer von Aidens Fällen, aber sie hatte nicht die Zeit, sie anzurufen und vorzuwarnen.

Ein Polizist in Uniform öffnete ihnen die Tür des Befragungsraums.

Dawn trat hinter Evans Pflegeeltern ein.

Evan saß hinter einem kleinen Tisch, ihre Körperhaltung so rebellisch und konfrontativ wie immer. Sie sah nicht auf, als sie eintraten.

Dawn sah zu Evans Pflegeeltern. Judy weinte und ihr Ehemann ballte die Hände zu Fäusten. Keiner von beiden schien auch nur ein Wort sagen zu können. Dawn trat vor. »Weißt du, du übertreibst es wirklich ein wenig mit deinen Versuchen, nicht zu unseren Sitzungen kommen zu müssen.«

Evans Kopf ruckte hoch. Überraschung und etwas, das wie Hoffnung aussah, glomm in ihren Augen, bevor sie wieder ihre coole, gelangweilte Miene aufsetzte. »Hi, Doc. Was macht denn ein Mädel wie Sie an einem Ort wie dem hier?« Sie deutete auf den sterilen Befragungsraum.

»Das sollte ich dich fragen«, sagte Dawn so ruhig wie möglich. »Was ist passiert, Evan?« Sie stellte nicht dieselbe Frage, die die Polizei und ihre Pflegeeltern sicher schon gefragt hatten: Was hast du getan? Evan brauchte jemanden, der an sie glaubte und ihr einen Vertrauensbonus gab, bis ihre Schuld oder Unschuld bewiesen war. Sie war entschlossen, diese Person für Evan zu sein, auch wenn sie insgeheim doch ein paar Zweifel hatte.

Ehe Evan antworten konnte, öffnete sich die Tür ein zweites Mal.

KAPITEL 14

»Die DNA-Ergebnisse sind noch nicht da, aber Deming hat versprochen, sich zu beeilen«, sagte Ray, als er das Telefongespräch beendete. Er stand auf und nahm seine Jacke von der Stuhllehne. »Komm, lass uns mal sehen, ob unsere Verdächtige heute ein wenig umgänglicher ist.«

Ein uniformierter Beamter winkte ihnen zu, als sie zum Befragungsraum gingen. »Wir haben die Verdächtige in den größeren Befragungsraum gesetzt. Sie hat Gesellschaft. Ihre Eltern sind gekommen.«

»Gut«, sagte Aiden. Jetzt, da sie wussten, dass Evan Whitfield noch nicht volljährig war, durfte sie ohne Anwesenheit der Eltern nicht mehr befragt werden.

»Und ihre Psychologin«, sagte der Polizist.

»Ihre Psychologin? Sagen Sie nicht, sie will auf Unzurechnungsfähigkeit plädieren?«

»Hat sie nicht gesagt.« Der Beamte öffnete die Tür für sie.

Aiden konzentrierte sich auf Evan, als sie den Befragungsraum betrat. Das Mädchen wirkte so arrogant wie immer, selbst nachdem sie die Nacht in U-Haft verbracht hatte. Aidens Blick glitt über den auf und ab gehenden Mann und die weinende Frau, die sicher Evans Eltern waren, und landete dann auf … »Dawn? Was machst du denn hier?«

»Sie kennen sich?« Evans Mutter sah Dawn an, als ob sie sich mit dem Feind verbündet hätte.

Evan lachte laut.

Aiden warf ihr einen vernichtenden Blick zu.

»Hör auf damit, Evan«, sagte Dawn mit einer Autorität, die Aiden selten von ihrer sanften Partnerin gehört hatte.

Evan hörte auf zu lachen, grinste Aiden aber weiterhin an.

»Kann ich mal kurz mit dir sprechen? Draußen.« Aiden zeigte zur Tür.

Dawn folgte ihr ohne Proteste nach draußen.

Sobald sich die Tür hinter ihnen geschlossen hatte, blieb Aiden stehen und drehte sich zu ihr um. »Was zum Teufel machst du hier? Wieso hast du auch nur im Entferntesten mit einer Person«, sie ließ es wie ein Schimpfwort klingen, »wie Evan Whitfield zu tun?«

»Sie ist meine Patientin«, antwortete Dawn.

»Was?« Aiden rieb sich die Schläfen. Sie wollte sich nicht mal vorstellen, dass Dawn allein im Raum mit einer Vergewaltigerin gewesen war. Evan mochte nur ein Teenager sein, aber sie war schon jetzt größer und schwerer als Dawn und konnte sie sicher leicht überwältigen. »Ich will nicht, dass du sie weiterhin behandelst.«

Dawn schüttelte den Kopf. »Das ist nicht deine Entscheidung.«

»Sie ist gefährlich, Dawn!«

»Sie braucht Hilfe«, sagte Dawn. »Und ich bin diejenige, die sie ihr geben kann.«

Aiden massierte sich mit beiden Händen den Nacken. »Du kannst nicht …«

»Aiden?«, unterbrach eine Stimme.

Verärgert wirbelte Aiden herum. »Was ist?«

Irene Deming, die Gerichtsmedizinerin, hielt eine dünne Akte umklammert, als wäre sie ein Schutzschild.

»Tut mir leid«, murmelte Aiden sanfter. »Haben Sie die Ergebnisse?«

Die Gerichtsmedizinerin nickte. »Haben Sie kurz Zeit?«

Aiden sah zu Dawn und dann zu Deming, bevor sie nickte.

»Können wir irgendwo ungestört reden?«, fragte Deming.

Aiden hatte nicht vor, sich lange zu unterhalten. »Sie können mir die Ergebnisse einfach geben.« Nach all den Jahren bei der Sondereinheit für Sexualdelikte hatte sie gelernt, aus DNA-Ergebnissen schlau zu werden.

»Nein, kann ich nicht.«

Etwas in Demings Augen ließ Aiden ganz flau im Magen werden.

»Na schön.« Aiden blickte zu Dawn. »Ich bin gleich wieder da. Bitte warte hier, ja?« Sie schaffte es, ihre Bitte nicht wie einen Befehl klingen zu lassen. Als Dawn nickte, drehte sie sich um und führte Deming zum kleineren Befragungsraum.

Deming ging auf einen der Stühle zu und bedeutete Aiden, sich auf den anderen zu setzen.

Aiden blieb stehen. Sie wollte gleich zur Arbeit und zu Dawn zurück, um Klarheit in diese seltsame Situation zu bringen. »Geben Sie mir einfach die Ergebnisse. Eine Tatverdächtige wartet im Befragungsraum auf mich.«

»Was ich zu sagen habe, hat mit der Verdächtigen zu tun, aber es lässt sich nicht in zwanzig Sekunden abhaken. Aiden, bitte setzen Sie sich kurz.«

Aiden setzte sich. »Also?« Sie zeigte auf die Akte mit den DNA-Ergebnissen.

»Der Abstrich von Evan Whitfield stimmt mit den Körperflüssigkeiten überein, die wir auf Laurel Mathesons Laken gefunden haben.« Deming legte ein Blatt Papier auf den Tisch vor Aiden.

Aiden nahm es und erhob sich. »Danke.« Zwar bewies das noch keine Vergewaltigung, aber wenigstens konnten sie nun nachweisen, dass ein sexueller Kontakt stattgefunden hatte.

»Das ist noch nicht alles.« Demings Worte stoppten sie, noch bevor sie die Tür erreicht hatte. »Bitte setzen Sie sich wieder.«

Aiden ging zum Tisch zurück, setzte sich aber nicht. »Was ist los, Irene?«

»Wir haben ihre DNA durchs System gejagt, um zu überprüfen, ob sie an weiteren Verbrechen beteiligt war«, sagte Deming.

»Und?« Aiden kniff die Augen zusammen.

Deming blätterte durch die Akte und hielt ihr ein weiteres Blatt Papier hin. »Es gab eine Übereinstimmung.«

Aiden nickte mit grimmiger Befriedigung. »Also hat sie noch andere Verbrechen begangen?«

»Nein. Es war keine Übereinstimmung mit CODIS. Es war eine teilweise Übereinstimmung mit einer Probe aus dem staatlichen System. Sie wissen doch, dass alle Angehörigen der Polizei zu Eliminierungszwecken in die Datenbank eingegeben werden, oder?«

Aiden nickte. Natürlich wusste sie das. Sie hatte oft verflucht, was Okada »Murphys Gesetz der Polizeiarbeit« nannte: Die unfähigste Person bei der Polizei war immer diejenige, die zuerst am Tatort eintraf, was dazu führte, dass sie oft deren Fingerabdrücke, Schuhabdrücke und DNA-Spuren vorfanden. »Und?«

»Die Probe von Evan Whitfield und die DNA in unserer Datenbank haben fünf gemeinsame Allele.«

»Das bedeutet, dass sie mit einem Polizisten verwandt ist, oder?«

Deming nickte mit zusammengepressten Lippen. Sie schob das zweite Blatt Papier über den Tisch. »Aiden, sie ist Ihre Schwester.«

Aiden starrte sie an und blickte dann auf das Blatt Papier. Die Grafiken und Zahlen auf der Seite ergaben im Moment nicht den geringsten Sinn. Nichts ergab mehr Sinn.

»Ich habe ihre DNA persönlich ein zweites Mal analysiert, nur um sicherzugehen«, sagte Deming. »Sie ist Ihre Halbschwester.«

Langsam schob Aiden den Stuhl zurück unter den kleinen Tisch und wandte sich zur Tür.

»Aiden …«

»Nicht jetzt.« Sie konnte mit dieser Offenbarung jetzt nicht umgehen. Sie öffnete die Tür und schritt mit mechanischen Bewegungen auf den Flur hinaus.

Dawns sanfte Berührung am Arm ließ sie aus ihrer Benommenheit erwachen. »Was ist passiert?«

Aiden wollte nicht darüber reden. Sie wollte nicht aussprechen, dass sie womöglich nicht nur mit einem, sondern mit zwei Vergewaltigern verwandt war. Sie wollte nicht, dass Dawn davon erfuhr. »Nicht jetzt.«

Aber Dawn hielt sie am Arm fest und sah sie weiterhin besorgt an.

Der stumme Blickwechsel mitten auf dem Gang erregte Aufmerksamkeit. Okada kam auf sie zu und sah von Dawn zu Aiden. »Ist alles okay?«

»Okada, bitte geh und hilf Ray im Befragungsraum.« Sie konnte dem Mädchen, das ihre Halbschwester war, jetzt nicht gegenübertreten. Sie wollte nicht im selben Raum oder auch nur im selben Gebäude sein. Wenn ihre Kollegen sie zusammen sahen, würden sie sicher sofort wissen, was los war. Sanft befreite sie sich aus Dawns Griff und stürmte den Gang hinab, um alles hinter sich zurückzulassen.

Aiden hielt sich nicht damit auf, das Licht anzuschalten. Sie ging am Spiegel im Flur vorbei, ohne einen Blick auf ihr Spiegelbild zu werfen. Immer noch ihre Jacke tragend, stapfte sie durch ihre dunkle Wohnung und ließ sich auf die Couch fallen.

»Hi.«

Die unerwartete Stimme aus dem Schlafzimmer ließ sie aufspringen. »Dawn! Gott! Du hast mich zu Tode erschreckt!«

Dawn lehnte im Türrahmen und musterte sie. »Na ja, du hast mir einen Schlüssel gegeben und ich dachte, das bedeutet, es ist okay, wenn ich hier bin, selbst wenn du nicht zu Hause bist.«

»Natürlich ist es okay.« *Nur nicht gerade jetzt,* wollte sie hinzufügen, ließ es aber bleiben.

Langsam, mit vorsichtigen Bewegungen kam Dawn näher.

Hat sie etwa Angst vor mir? Der deprimierende Gedanke ging Aiden durch den Kopf. Hatte sie Angst, dass Aiden möglicherweise wie Evan und ihr Vater war? Dann schüttelte sie den Kopf. Dawn wusste nichts von den DNA-Ergebnissen.

»Was ist los mit dir?« Sanft half Dawn ihr aus der Lederjacke.

Aiden presste die Lippen aufeinander. Die sanften Berührungen waren nur schwer zu ertragen.

»In der Dienststelle haben sich alle Sorgen um dich gemacht«, fuhr Dawn fort, als Aiden nicht antwortete. Sie berührte Aidens Haar, das noch immer feucht war. »Wo warst du? Es regnet nicht, oder?«

Aiden zuckte mit den Schultern. »Keine Ahnung.« Sie hätte es vermutlich nicht einmal bemerkt, wenn tennisballgroße Hagelkörner vom Himmel gefallen wären.

»Wo bist du hingegangen, nachdem du das Revier verlassen hast?«

»In eine Bar.« Sie hatte einen Whiskey heruntergeschüttet und die Hand gehoben, um einen zweiten zu bestellen, hatte es sich dann aber anders überlegt. Sie wollte nicht die Gewohnheiten ihrer Mutter übernehmen. Schlimm genug, dass sie mit dem Erbe ihres Vaters konfrontiert wurde, da musste sie nicht auch noch das Alkoholproblem ihrer Mutter mitbekommen. »Ich bin nicht betrunken«, sagte sie, weil sie wusste, dass Dawn das nicht gemocht hätte.

»Ich weiß.« Dawns Finger glitten durch das feuchte Haar in Aidens Nacken. »Du riechst nach Chlor. Wo warst du?«

Das war jetzt das dritte Mal, dass Dawn danach fragte, und Aiden wusste, dass sie ihr die Antwort nicht länger vorenthalten konnte. Dawn hatte geduldig versucht, ihr beizubringen, über ihre Gefühle zu sprechen. Stures Schweigen hätte all die Arbeit zerstört, die sie beide in ihre Beziehung gesteckt hatten. »Die Polizei von Portland hat ein Hallenbad.«

»Du bist von der Arbeit weg, um schwimmen zu gehen?«

Aiden hatte nicht vorgehabt, im Swimmingpool zu landen. Nachdem sie die Bar verlassen hatte, war sie ziellos herumgefahren. Irgendwie war sie vor dem Trainingszentrum gelandet und hatte beschlossen, hineinzugehen. »In der Schule war ich Mitglied des Schwimmteams.« Das Schwimmen hatte ihr früher geholfen, mit ihren Problemen fertigzuwerden. Wenn sie im Wasser war, verschwand der Rest der Welt, sodass sie klarer denken konnte.

Diesmal hatte nicht einmal das geholfen.

»Sprich mit mir. Erzähl mir, was passiert ist. Warum bist du so plötzlich gegangen? War das wegen mir? Ich weiß, ich hätte dich wissen lassen sollen, dass ich mit dem Fall zu tun habe, bevor du in den Befragungsraum gekommen bist, aber alles ist so schnell passiert und ich hatte einfach keine Zeit, um …«

»Nein«, sagte Aiden. »Es hat nichts mit dir zu tun. Ich war nicht gerade erfreut, dich im Befragungsraum anzutreffen, aber ich bin nicht sauer auf dich.«

»Was ist es dann? Es hat mit Evan zu tun, oder? Ich weiß, du machst dir Sorgen um mich und willst nicht, dass ich jemanden therapiere, der womöglich gefährlich ist, aber ich kann nicht glauben, dass Evan mir etwas tun würde. Sie ist ein Teenager mit einer Menge Problemen und aufgestauter Wut, aber ich glaube nicht, dass sie das Mädchen vergewaltigt hat. Ich glaube, sie ist unschuldig, Aiden.«

»Wirklich?« Ein Teil von Aiden wollte ihr nur zu gern glauben. »Ich meine, hat sie irgendetwas dergleichen gesagt?«

»Du weißt, dass ich dir nicht verraten kann, was sie mir gesagt hat. Ich bin ihre Therapeutin, deshalb unterliegt alles, was sie mir anvertraut, der Schweigepflicht.«

Aiden fuhr sich mit der Hand durch ihr feuchtes Haar. Wie konnte sie Dawn sagen, dass sie nicht als Polizistin fragte, sondern als jemand, der sich an jede Information klammerte, die darauf hinwies, dass ihre Schwester ein guter Mensch war, obwohl alles auf das Gegenteil hindeutete?

Seufzend gab sie den Versuch auf, Ordnung in ihre wirren Gedanken zu bringen. »Können wir später darüber reden? Ich bin müde und will einfach nur ins Bett.« Es war nicht komplett gelogen. Sie war erschöpft, aber sie wusste, dass sie nicht würde schlafen können.

Noch lange lag sie wach und hielt Dawn in den Armen.

Jemand berührte sie. Eine Hand umklammerte ihre Schulter. Dawn schreckte in die Höhe.

»Dawn?«, flüsterte Aiden.

Dawn atmete tief ein und aus in dem Versuch, ihren trommelnden Herzschlag zu beruhigen. Sie streckte die Hand aus und knipste das Licht auf dem Nachttisch an.

Aiden saß im Bett. Sie sah aus, als hätte sie nicht eine Minute geschlafen. »Tut mir leid. Ich wollte dich nicht erschrecken.«

»Was ist los?« Dawn berührte sie sachte am Arm.

Aiden blies ihre Wangen auf und ließ dann langsam ihren Atem entweichen. »Ich muss reden.«

Eine Welle der Erleichterung und Sorge überkam Dawn. Sie war froh, dass Aiden endlich bereit war, über das, was sie bedrückte, zu reden. Sie streichelte Aidens Arm und drückte ermutigend ihre Hand. »Erzähl's mir.«

»Ich weiß nicht, wie.« Aiden mied Dawns Blick, verflocht aber ihre Finger miteinander. »Mit dir darüber zu reden, ist hart.«

Dawn runzelte die Stirn. »Weil ich Evans Therapeutin bin? Es geht doch um den Fall, oder?«

»Ja. Nein. Es hat mit Evan zu tun, aber nicht damit, dass du ihre Therapeutin bist, auch wenn es die Sache nicht eben einfacher macht.« Aiden seufzte.

»Wäre es einfacher für dich, mit jemand anderem darüber zu reden?« Dawn wollte, dass Aiden sich ihr anvertrauen konnte, aber es war ihr wichtiger, dass es Aiden bald besser ging. Falls das bedeutete, dass Aiden sich jemand anderem anvertraute, würde sie das akzeptieren.

Aiden ließ sich gegen das Kopfteil des Bettes sinken. »Ich könnte mit Ray darüber reden, aber ich möchte mit ihm nicht darüber sprechen, welche Auswirkungen das, was ich heute erfahren habe, auf unsere Beziehung hat.«

»Wie wäre es mit Kade?«, fragte Dawn. Noch vor einigen Wochen hätte sie es vermieden, Aiden zu Kade zu schicken, aber so langsam hatte sie es überwunden, Kade als Rivalin um Aidens Liebe zu sehen.

»Nein. Ihre Nichte ist das vermeintliche Opfer, da kann sie nicht neutral sein. Und Kade ist noch schlechter darin, über Gefühle zu sprechen, als ich.«

Dawn lächelte kurz. »Ja, ist mir aufgefallen. Dann bleibe also nur ich.«

»Das klingt, als ob du die letzte Wahl wärst. Ich muss nicht nur mit irgendjemandem reden, ich muss mit dir darüber reden. Du hast ein Recht darauf zu erfahren, mit wem du dein Leben und dein Bett teilst.« Selbstvorwürfe standen Aiden ins Gesicht geschrieben.

Dawn rutschte näher an sie heran und schlang besitzergreifend ein Bein über Aidens. »Das weiß ich bereits und ich mag diese Person. Ich liebe sie, um genauer zu sein, und nichts, was du mir erzählst, wird das ändern. Es wird nicht ändern, wie ich dich sehe.«

Bedächtig fuhr Aiden mit den Fingerkuppen über Dawns Bein. »Aber es ändert, wie ich mich selbst sehe.«

»Sag mir, was es ist. Was hat dich so aus der Bahn geworfen?« Dawn zog Aidens Hand in ihren Schoß und drückte sie. »Sag's mir. Bitte.«

Aiden zog ihre Hand behutsam zurück und stand vom Bett auf.

Dawn starrte ihren Rücken an, als sie wegging. Ein dicker Kloß bildete sich in ihrem Hals und sie musste blinzeln, als Tränen der Frustration und Verletzung in ihren Augen brannten.

Keine Minute später kehrte Aiden zurück. Ihre Schritte beschleunigten sich, als sie um das Bett eilte und vor Dawn niederkniete. »Was ist los? Weinst du etwa?«

»Nein. Ich …« Dawn schluckte.

»Du hast gedacht, ich laufe wieder davon.« Aiden seufzte. »Nicht, dass ich es dir verübeln kann. Ich habe es schon mehrfach getan und ich bin sicher, dass ich es wieder tun werde, aber ich verspreche, egal, wie weit ich laufe, ich werde wieder zu dir zurückkommen. Das war doch unsere Vereinbarung, oder?«

Dawn wischte sich über die Augen und rang sich ein Lächeln ab. »Wenn ich mich recht erinnere, beinhaltete unsere Vereinbarung auch heiße Schokolade für mich.«

»Möchtest du eine? Ich könnte …« Aiden zeigte zur Tür.

»Nein.« Schnell hielt Dawn sie zurück. »Tut mir leid. Ich hätte dir vertrauen sollen, aber als du einfach aufgestanden und wortlos davongegangen bist …«

Aiden setzte sich auf die Bettkante. »Ich habe das hier geholt.« Sie gab ihr ein zerknittertes Blatt Papier. Ihre Hand zitterte.

Dawn nahm das Blatt und faltete es vorsichtig auseinander. Sie starrte auf die Zahlen und Grafiken. »Das sind die Ergebnisse eines DNA-Tests, richtig?« Warum zeigte Aiden ihr das? »Stammt das von Evan?«

Aiden nickte. Ihr Kiefer mahlte. »Das hier ist ihr DNA-Profil.« Sie zeigte auf die untere Hälfte der Seite. »Und das hier«, nun deutete sie auf die obere Hälfte, »ist meins.«

»Deins?« Warum sollte das kriminaltechnische Labor Aidens DNA analysieren? Sie starrte sie an. Das zerzauste schwarze Haar, der athletische Körper, die abwehrende Haltung. »Oh mein Gott«, flüsterte sie. »Sie ist deine Schwester!«

Aiden riss die Augen auf. »Wie hast du …?« Ihre Stimme versagte.

Himmel, es stimmt also! Dawn schüttelte den Kopf, um ihn freizubekommen. »Wie ich es erraten habe?«

Aiden nickte benommen.

»Vom ersten Moment an, als Evan mein Büro betreten hat, hat sie mich an dich erinnert«, sagte Dawn mit einem zittrigen Lächeln.

»So ähnlich sehen wir uns nicht.«

Dawn wurde schlagartig ernst. Das war es also, was Aiden beschäftigte. Sie wollte nicht sein wie eine mutmaßliche Vergewaltigerin. Vermutlich befürchtete sie, Evan hätte die gewalttätigen Tendenzen ihres Vaters geerbt, was bedeutete, dass dieselben Anlagen auch in ihr selbst schlummerten. »Ich dachte, ich bilde mir die Ähnlichkeiten nur ein und sehe dich in jeder neuen Person, die ich kennenlerne, weil ich Hals über Kopf in dich verliebt war.«

»War?«, wiederholte Aiden.

»Ich bin es immer noch«, sagte Dawn. »Wie ich schon sagte: Nichts, was du mir erzählst, kann etwas daran ändern, dass ich dich liebe.«

Aiden rutschte zur Seite, bis sie Schulter an Schulter saßen. »Hat Evan dir irgendetwas von ihren Eltern … ihrem Vater erzählt?«

Dawn nagte an ihrer Unterlippe. »Du bringst mich da in ein ethisches Dilemma. Ich darf dir nicht sagen, was Evan mir anvertraut hat.«

»Na toll!« Aiden sprang auf und begann, im Raum auf und ab zu gehen. »Ich darf nicht über das schockierendste Ereignis, das mir seit Jahren passiert ist, mit der Person sprechen, die ich liebe und der ich am meisten vertraue. Ich weiß ja, dass dein Beruf seine Regeln hat, genau wie meiner, aber wo bleibe ich dabei?«

Dawn stand auf und stoppte Aiden, indem sie die Arme um sie schlang. »Du darfst mit mir über alles reden, was dich bewegt. Du bist ja keine Psychologin, also hast du keine Schweigepflicht. Ich kann dir zuhören, deine Hand halten und dir Ratschläge geben. Was ich aber nicht tun kann, ist, dir zu sagen, was Evan mir möglicherweise in einer unserer Sitzungen anvertraut hat.«

»Das ist ja mal eine verzwickte Situation«, murmelte Aiden, starr in Dawns Armen. »Meine Freundin therapiert meine Halbschwester.«

»Jetzt nicht mehr«, sagte Dawn.

Aiden hob ihr Gesicht, das sie in Dawns Haaren vergraben hatte. »Ich dachte, du wärst wild entschlossen, ihr zu helfen?«

»Das war, bevor du mir gesagt hast, dass sie deine Schwester ist. Jetzt, da ich das weiß, kann ich nicht mehr ihre Therapeutin sein. Das ist ein großes Tabu.«

Aiden rieb sich die Schläfen.

Dawn konnte sich kaum vorstellen, wie sie sich fühlen musste. Zu erfahren, dass man eine Schwester hatte, nachdem man immer angenommen hatte, ein Einzelkind zu sein, war schon hart genug. Zusätzlich musste Aiden auch noch damit fertigwerden, dass ihre Schwester womöglich ebenso gewalttätig wie ihr Vater war.

Sie streichelte Aidens Rücken. »Wie fühlst du dich jetzt?«

»Ratlos«, murmelte Aiden. »Ich weiß nicht, was ich tun oder sagen oder denken soll.«

»Das musst du nicht heute Nacht entscheiden.« Sie rieb Aiden den Rücken und versuchte, die kühle Haut aufzuwärmen. »Lass uns wieder unter die Decke schlüpfen und versuchen, ein bisschen zu schlafen. Sicher finden wir morgen eine Lösung.«

Aiden blieb, wo sie war. »Denkst du, er hat ihre Mutter auch vergewaltigt?«

»Ich weiß es nicht.« Nach allem, was Evan ihr über ihre Mutter und ihr Vorhaben, abzutreiben, erzählt hatte, war es nicht unwahrscheinlich.

Schließlich kroch Aiden unter die Decke und zog sie bis zum Kinn hoch.

Dawn legte sich neben sie, nahe genug, um ihr Gesicht erkennen zu können, aber nicht so nahe, dass sie einander berührt hätten. Sie wartete einige Sekunden, aber als Aiden nichts mehr sagte, schaltete sie das Licht aus. Sie versuchte, einzuschlafen, aber es gelang ihr nicht. Von Natur aus war sie eine Kuschlerin, und obwohl sie meistens nur am Wochenende zusammen schliefen, war sie doch daran gewöhnt, sich beim Einschlafen an Aiden zu schmiegen.

Sie seufzte erleichtert, als Aiden sie in ihre Arme zog.

»Wie viele sind wohl noch da draußen?«, flüsterte Aiden dicht an Dawns Haut.

Oh, Schatz, quäl dich bitte nicht mit solchen Gedanken. »Ich weiß es nicht.« Sie hielt Aiden etwas fester. »Vermutlich seid ihr, du und Evan, die Einzigen. Aber selbst wenn noch mehr Halbgeschwister existieren, könnte ich wetten, dass es alles gute Menschen sind.«

»Das kannst du doch nicht wissen. Du kennst sie nicht.« Aidens Stimme klang rau vor Bitterkeit.

»Ich kenne dich«, sagte Dawn. »Du bist ein guter Mensch, eine wunderbare Partnerin und eine ausgezeichnete Polizistin. Die Umstände, unter denen du gezeugt wurdest, ändern nichts daran.«

»Er ist mein Vater. Seinen Genen kann man nicht entkommen. Ob ich es nun will oder nicht, ich habe einiges von ihm geerbt, genau wie Evan. Wenn wir einander ähnlich sehen, dann nur, weil wir denselben Vater haben. Wir ähneln ihm.«

Dawn schaltete das Licht wieder ein. Aiden hatte recht. Dawn hatte Bilder von Aidens Mutter gesehen und Aiden sah ihr ganz und gar nicht ähnlich. »Manchmal denke ich auch daran.«

Aiden erstarrte. Sie hörte sogar auf zu atmen.

»Nachdem ich vergewaltigt wurde, habe ich Garett Ballard überall gesehen. Nicht ihn selbst, sondern einzelne Teile von ihm. Eine Stimme, die wie seine klang, oder einen Mann, der seine Statur oder seine Haarfarbe hatte. Aber nach ein paar Monaten habe ich dann gemerkt, dass eine Stimme oder eine Haarfarbe jemanden nicht zu einer gewalttätigen Person machen. Ich sehe mir deine Haare an«, sanft pflügte sie mit den Fingern durch die schwarzen Strähnen, »oder deine Hände«, sie küsste Aidens Finger, »oder deine Augen und mir ist bewusst, dass du sie wahrscheinlich von dem Mann geerbt hast, der deine Mutter vergewaltigt hat. Aber schlussendlich spielt es keine Rolle. Es sind deine Augen, deine Hände und deine Haare … und ich liebe sie. Ich liebe dich, genau so, wie du bist.«

Aiden zog sie näher. »Danke«, flüsterte sie.

»Du musst mir nicht danken. Versprich mir nur, dass du dich nicht wegen etwas kasteien wirst, das du nicht beeinflussen kannst. Egal, was dein Vater oder Evan getan haben mögen, es hat keinen Einfluss auf dich oder darauf, was für ein Mensch du bist. Okay?«

»Ich werde es versuchen.« Aiden grinste schief. »Alte Gewohnheiten sind nur schwer totzukriegen, weißt du?«

Dawn ließ den Kopf auf Aidens Schulter sinken. So schlief sie am liebsten. »Dafür hast du ja mich. Ich werde dich oft daran erinnern. Du musst da nicht allein durch.«

Aiden griff über Dawn und knipste das Licht aus. »Das ist das einzig Gute an dem ganzen Schlamassel.«

KAPITEL 15

»Sie ist immer noch zu aufgewühlt, um darüber zu sprechen«, sagte Eleanor und fuhr sich mit einem Taschentuch über die Augen.

Kade schüttelte den Kopf. »Wir können nicht länger warten. Ich habe ihr schon vierundzwanzig Stunden Aufschub verschafft, aber jetzt muss Laurie aussagen.« Sie deutete auf Del, die sich sichtlich unwohl fühlte, aber darauf bestanden hatte, sie heute zu begleiten. Kade hatte den Verdacht, dass Del die Nacht vor ihrem Haus verbracht und sie seit Freitagnacht nicht aus den Augen gelassen hatte.

Ihr Bruder erhob sich von der Couch. »Was, wenn wir gar nicht Anzeige erstatten wollen?«

»Wie bitte?« Kade hatte oft mit Opfern und Angehörigen zu tun, die aus Angst oder Scham nicht aussagen wollten, aber von ihrer eigenen Familie hatte sie das nicht erwartet. »Die Sache wird sich nicht einfach in Wohlgefallen auflösen, wenn du sie ignorierst.« Sie bedachte ihren Bruder mit einem scharfen Anwältinnenblick. »Wenn Laurie wirklich vergewaltigt wurde, will ich …«

»Die schmutzigen Details in einer Verhandlung durchgehen, wo alle unsere Freunde, Nachbarn und meine Patienten es hören können«, sagte Doug. »Denk mal an die Folgen.«

»Du würdest also die Vergewaltigerin deiner Tochter laufen lassen, weil es besser für deine Karriere ist?« Kade konnte es nicht glauben. »Selbstsüchtiger geht es ja wohl nicht mehr.«

Doug baute sich vor ihr auf. Er hatte die athletische Gestalt ihres Vaters geerbt und wundersamerweise erhalten können, obwohl er keinen Tag seines Lebens körperlich gearbeitet hatte. Jetzt benutzte er seine Statur, um sie einzuschüchtern.

Kade lächelte kühl. Furchteinflößendere Männer als ihr Bruder hatten das versucht und waren gescheitert.

»Selbstsüchtig?« Doug schaffte es irgendwie, nicht zu brüllen, aber trotzdem wütend zu klingen. »Ich tue das nicht für mich. Ich tue es für Laurel. Ich muss an meine Familie denken. Davon hast du natürlich keine Ahnung.«

Das war ein Schlag unter die Gürtellinie, aber Kade setzte eine neutrale Miene auf und zuckte mit keiner Wimper. »Sie möchte lieber Laurie genannt werden. Und sie ist auch ein Teil meiner Familie.«

»An Weihnachten und Geburtstagen mit einem Kofferraum voller Geschenke hier vorbeizukommen, ist aber nicht, wovon ich spreche.«

»Ich dachte, es ginge hier darum, Laurie zu helfen. Warum diskutieren wir über dich und mich?« Sie wollte vor Del nicht darüber sprechen. »Sie muss uns erzählen, was passiert ist. Wir wissen nicht einmal, wie Evan Whitfield ins Haus gekommen ist.«

»Ich weiß nicht, was sie sich dabei gedacht hat!« Doug schritt vor ihr auf und ab. »Ein wildfremdes Mädchen mit aufs Zimmer zu nehmen. Woher kennt sie sie überhaupt? Dieses Mädchen verkehrt ganz sicher nicht in denselben Kreisen wie Laurel.«

»Doug.« Kade hob die Hand, um die Tirade ihres Bruders zu stoppen, aber er hörte nicht auf. »Douglas! Beruhige dich und hör auf, herumzubrüllen, oder ich lasse dich von Lieutenant Vasquez nach draußen begleiten.«

Del trat einen Schritt auf sie zu.

»Das wagst du nicht!«

»Und ob. Wir sind hier, um Laurie zu helfen, und deine Wutausbrüche bringen uns da nicht weiter. Du machst ihr Angst.« Kade hatte das Gefühl, dass das einer der Gründe war, warum ihre Nichte sich noch immer weigerte, auszusagen.

Er verschränkte die Arme vor der Brust. »Was sollen wir deiner Meinung nach tun?«, fragte er, das Kinn trotzig vorgeschoben.

»Ich werde noch mal versuchen, mit ihr zu reden, aber diesmal machst du währenddessen einen Spaziergang.« Kade deutete zur Haustür. »Ich will nicht, dass sie sich unter Druck gesetzt fühlt, weil sie weiß, dass du gleich hinter ihrer Zimmertür wartest.«

Doug öffnete den Mund, offensichtlich, um zu widersprechen.

Seine Frau legte ihm die Hand auf den Arm. »Es kann nicht schaden, wenn sie es noch mal versucht, Douglas. Bitte.« Sanft streichelte sie seinen Arm, bis er nachgab.

»Ihr seid euch wirklich gar nicht ähnlich«, sagte Del, als sie den Raum verlassen hatten. »Na ja, mal abgesehen von eurer Sturheit, natürlich«, fügte sie mit einem leichten Grinsen hinzu.

Kade warf ihr einen bösen Blick zu, der aber nicht ernst gemeint war. »Doug sieht mehr unserem Vater ähnlich, während ich nach der mütterlichen Seite der Familie komme.« Vor Lauries Zimmertür blieb sie stehen und lauschte, bevor sie sich wieder Del zuwandte. »Es könnte eine Weile dauern. Es wäre absolut in Ordnung, wenn du gehen willst. Das ist keine offizielle Polizeivernehmung.«

Del schüttelte den Kopf. »Ich werde bleiben.«

»Okay.« Kade gab es nur ungern zu, aber zu wissen, dass Del gleich vor der Tür warten würde, beruhigte sie. Sie klopfte und trat ein. »Laurie?«

Ihre Nichte saß mit dem Rücken zu Kade am Schreibtisch.

Ich wünschte, Aiden wäre hier und könnte das übernehmen. Sie konnte viel besser mit Opfern umgehen als Kade. Aber es war ihre Nichte und Kade war nie jemand gewesen, der seinen Pflichten nicht nachkam. Sie setzte sich auf die Schreibtischkante, sodass sie das Gesicht ihrer Nichte sehen konnte, während sie mit ihr sprach. »Wie geht es dir?«

»Alles bestens«, murmelte Laurie, ohne aufzusehen.

Kade verzog angesichts der Standard-Matheson-Antwort das Gesicht. »Ich habe deine Eltern weggeschickt.«

Das ließ Laurie dann doch aufsehen.

»Ich dachte, ein bisschen frische Luft kühlt das hitzige Temperament deines Vaters vielleicht etwas ab«, sagte Kade lächelnd.

Laurie kicherte, presste dann schnell die Hand auf den Mund und starrte wieder auf den Schreibtisch hinab.

Was war hier los? Menschen reagierten oft ganz verschieden auf durchlebte Traumata, aber Laurie verhielt sich nicht wie ein am Boden zerstörtes Vergewaltigungsopfer. Aber Kade konnte sich da nicht sicher sein. In den letzten Jahren hatte sie so viel Zeit bei der Arbeit verbracht, dass sie keine Gelegenheit gehabt hatte, ihre Nichte richtig kennenzulernen.

»Laurie, kennst du Evan Whitfield?«, fragte Kade.

Der Kopf des Mädchens schnellte herum. »Du weißt, wie sie heißt?«

»Ich bin Staatsanwältin. Meine Detectives haben es mir gesagt.« Sie wartete, aber als Laurie nichts sagte, fügte sie hinzu: »Erzähl mir bitte, was passiert ist.«

Laurie presste die Lippen aufeinander und schüttelte den Kopf.

»Es ist wichtig. Wenn sie dich zu irgendetwas gezwungen oder Druck auf dich ausgeübt hat, damit du etwas tust, was du eigentlich nicht willst …«

»Es ist nichts passiert«, flüsterte Laurie schließlich.

»Das stimmt nicht und das weißt du auch. Deine Mutter hat dich halb nackt angetroffen, mit Evan auf dir.« Kade zwang sich, ganz offen zu sprechen. Sie konnte die Gefühle des Mädchens nicht schonen, auch wenn sie ihre Nichte war.

Laurie begann wieder zu weinen. Sie bedeckte das Gesicht mit beiden Händen, aber die Tränen drangen zwischen ihren Fingern hervor.

Kade rutschte unbehaglich auf der Schreibtischkante herum. Sie war nie gut darin gewesen, andere zu trösten. Dennoch gab sie sich einen Ruck und legte die Arme um ihre Nichte.

Das Weinen nahm zu, als Laurie ihr Gesicht an Kades Schulter presste und losheulte.

»Es ist alles gut. Du bist in Sicherheit.« Kade streichelte über Lauries Haar. »Sie kann dir nichts mehr tun.«

»Das hat sie nicht«, sagte Laurie, ihre Stimme fast unverständlich, weil sie in den Stoff von Kades Bluse sprach.

Kade rückte ein wenig von ihr weg, um ihr in die Augen zu sehen. »Erzähl mir, was passiert ist.« Als Laurie nicht antwortete, beschloss sie, mit einer weniger bedrohlichen Frage anzufangen. »Du kennst sie, oder?«

Laurie nickte zögerlich.

»Wie habt ihr euch kennengelernt?«

»Als ich bei Dr. McNamara war.« Laurie zog die Nase hoch.

»Dr. McNamara? Ist er dein Hausarzt?«

»Nein. Sie ist meine Therapeutin.« Laurie fuhr sich mit dem Ärmel über die Augen.

Kade hob die Brauen. Sie hatte nicht gewusst, dass Laurie in Therapie war. Hatte sie wirklich so wenig Kontakt zu ihrer Familie gehabt? »Warum bist du in Therapie?«

Laurie zuckte mit den Schultern.

Offenbar war es die Idee ihrer Eltern gewesen. »Und du hast Evan bei der Psychologin kennengelernt?«

»Ja. Sie war nett. Sie hat mir im Wartezimmer ihre Tätowierung gezeigt«, sagte Laurie schniefend.

Kade hielt sich nur mit Mühe davon ab, das Gesicht zu verziehen. *Nett. Klar.* »War sie schon zuvor hier im Haus?«

Wild schüttelte Laurie den Kopf. »Ich wusste, dass Mama und Papa sie nicht mögen würden.«

Kade war derselben Meinung. Evan Whitfield war nicht gerade eine angemessene Gefährtin für eine Erbin des Mathesonclans. Kades Eltern hatten ihre Freunde ebenfalls für sie ausgesucht, bis zu dem Tag, an dem sie ausgezogen war. »Aber du hast dich schon mal mit ihr getroffen?«

»Letzte Woche waren wir zusammen Eis essen.« Laurie sah Kade an, als erwartete sie eine Rüge.

Kade behielt ihre neutrale Miene bei. »Und was war Freitagnacht?«

»Evan ist durchs Fenster geklettert«, flüsterte Laurie.

Das erklärte immer noch nicht, was passiert war. Vergewaltiger stiegen manchmal durchs Fenster ein, aber verliebte Teenager genauso. »Hast du ihr das Fenster geöffnet?«

Laurie sah sie nicht an. »Ich darf niemanden zu mir einladen, ohne dass Mama und Papa davon wissen.«

»Das beantwortet nicht meine Frage.« Als Laurie schwieg, strich sie ihr sanft über die Schulter. »Laurie, ich bin deine Tante. Ich weiß, dass wir uns nicht sonderlich nahestehen, und das tut mir leid. Aber ich hoffe, du weißt, dass du mir vertrauen kannst. Ich werde dich nicht dafür verurteilen, egal, was passiert ist.«

Laurie sah sie forschend an und zögerte offenbar, ihr zu glauben.

»Falls Evan dir wehgetan hat, will ich, dass sie dafür büßen muss. Aber falls sie wirklich unschuldig ist, musst du mir das sagen, sonst kommt Evan für etwas ins Gefängnis, das sie nicht getan hat.«

»Gefängnis?« Die blauen Augen ihrer Nichte weiteten sich.

Kade nickte, überrascht über Lauries Naivität. »Wenn sie dich gegen deinen Willen berührt hat, ist das ein ernstzunehmendes Vergehen.«

Laurie flüsterte etwas. Es klang wie »hat sie nicht«, aber Kade war sich nicht sicher.

»Was?«, fragte sie, aber Laurie wiederholte es nicht. »Laurie, es ist okay, falls du … falls du aus freien Stücken etwas mit ihr hattest. Es ist in Ordnung, Mädchen zu mögen, weißt du?«

Laurie schnaubte. »Na klar. Das ist in dieser Familie überhaupt nicht in Ordnung! Eine Matheson muss perfekt sein. Wie du.«

Einen Moment lang konnte Kade nicht atmen. Sah ihre Nichte sie so? Als perfekte Tante Kade? Sie holte tief Luft. Es war an der Zeit, die unterstützende Tante Kade zu sein. »Es ist in Ordnung, lesbisch oder bisexuell zu sein oder einfach noch nicht zu wissen, ob man auf Mädchen oder auf Jungs steht. Auch für eine Matheson.«

»Für Großmutter Sophie ist es eine Todsünde, lesbisch zu sein. Ihr Innenausstatter darf vielleicht homosexuell sein, aber doch nicht ihre einzige Enkelin!«

Kade seufzte. »Deine Großmutter ist in der Hinsicht etwas altmodisch. Sie gehört eben einer anderen Generation an. Ich weiß nicht, wie sie reagieren wird, aber du solltest wissen, dass einige Familienmitglieder dich lieben und unterstützen werden, egal, was passiert.«

»Du?«, fragte Laurie skeptisch.

Kade nickte. »Ja. Ich werde dich unterstützen, egal, ob du heterosexuell, lesbisch oder bisexuell bist.«

Laurie antwortete nicht, aber es war leicht zu erraten, was sie dachte. Für sie waren Kades Worte nur leere Versprechungen der perfekten Tante Kade.

Kopfschmerzen kündigten sich an. Kade massierte sich die Nasenwurzel. Wenn sie Laurie sagte, dass sie lesbische Freunde hatte, würde ihr das nichts bedeuten. Andere Lesben hatten schließlich nicht der Familie Matheson und ihren Ansprüchen zu genügen. Sie musste jetzt eine Entscheidung treffen: Entweder ihr perfektes Image aufrechterhalten oder ihrer Nichte helfen. »Ich weiß, ich bin bisher kein großer Teil deines Lebens gewesen, aber wenn wir es beide wollen, könnte sich das ändern. Vielleicht stellen wir sogar fest, dass wir so einiges gemeinsam haben.«

Laurie rollte mit den Augen. »Du bist selbstbewusst, wunderschön und erfolgreich und ich bin nur ein schüchternes, ungeschicktes Mädchen. Was könnten wir schon gemeinsam haben?«

Kade zögerte. Ihre Gedanken überschlugen sich, als sie nach einer Eingebung suchte. Vor Gericht hatten ihr spontane Einfälle oft den Hals gerettet, aber diesmal gab es keinen Kunstgriff, der das Unmögliche möglich machte. Es gab nur einen Weg, Laurie zu unterstützen. Kade hob den Kopf und sah ihr in die Augen. »Wir könnten zum Beispiel einen ganz ähnlichen Geschmack haben, was Beziehungspartner angeht.«

Laurie blinzelte und starrte sie an. »Was soll das heißen?«

Kade fühlte sich unvorbereitet, aber sie sprach es trotzdem aus. »Du bist nicht die einzige Matheson, die sich für Frauen interessiert.«

»Quatsch. Du meinst … du? Du bist … eine Lesbe?«

Kade zögerte, nickte aber dann. Zu erklären, dass sie bestenfalls bisexuell war, würde ihrer Nichte nicht helfen. Ganz oder gar nicht lautete das Motto.

Übermütiges Gelächter entfuhr Laurie. Sie schlang die Arme um Kade und umarmte sie stürmisch. »Hast du eine Freundin? Es ist nicht Detective Carlisle, oder?«

»Was? Nein!«

»Oh.« Laurie wurde rot. Sie wirkte teils erleichtert, teils enttäuscht, das zu hören.

Oh Gott. Ihre Nichte war in Aiden verschossen. Kade wusste nicht, ob sie lachen oder weinen sollte.

»Dann vielleicht die südamerikanische Polizistin, die draußen wartet?« Grinsend zeigte Laurie zur Tür.

Sie wusste also sehr wohl, was im Rest des Hauses vor sich ging. »Ich habe keine Freundin. Lass uns später über mich reden. Jetzt erzähl mir erst mal, was wirklich mit Evan passiert ist.«

Lauries Wangen waren mittlerweile puterrot. Sie zog den Kopf ein. »Wir haben miteinander geschlafen. Na ja, fast, aber Mama hat uns unterbrochen. Ich liebe sie.«

Liebe … Kade bezweifelte, dass die tough wirkende Evan Whitfield viel für Liebe oder feste Beziehungen übrig hatte. »Bist du sicher, dass sie dich nicht dazu gedrängt hat?«

»Das würde sie nie tun. Aber natürlich musste Mama sofort das Schlimmste annehmen, als sie uns erwischt hat. Sie würde lieber glauben, dass Evan mich vergewaltigt hat, als sich einzugestehen, dass ich lesbisch und verliebt bin.« Sie begann wieder zu weinen. »Was soll ich nur tun? Ich kann es ihnen nicht sagen.«

Kade streichelte Lauries blonde Locken. »Das musst du aber, Laurie. Dieses ganze Missverständnis muss endlich aufgeklärt werden. Evan wurde in

Handschellen abgeführt, hat die Nacht im Gefängnis verbracht und vermutlich jede Menge Ärger mit ihren Pflegeeltern bekommen.«

»Das wollte ich nicht«, flüsterte Laurie.

»Das weiß ich. Aber jede Minute, die du damit wartest, es deinen Eltern zu sagen, macht alles nur noch schlimmer für Evan. Ich weiß, dass es nicht leicht ist, mit deinen Eltern zu reden, aber ich verspreche, dass ich dabei sein und dich unterstützen werde.«

Sie konnte nur hoffen, dass Laurie die »perfekte Tante Kade« nicht als Paradebeispiel einer erfolgreichen Lesbe anführen würde. Ihr wurde ganz flau im Magen. Kurz zog sie in Erwägung, Laurie zu bitten, niemandem zu erzählen, was sie ihr eben verraten hatte. Aber eine solche Bitte würde Laurie vermitteln, dass Homosexualität etwas war, was man verstecken musste, deshalb verwarf sie den Gedanken.

Laurie schnäuzte sich. »Kann ich bei dir einziehen, wenn sie mich rauswerfen?«

Nur jahrelange Übung vor Gericht ermöglichte es Kade, sie nicht entsetzt anzustarren. Sie wollte in Zukunft mehr Anteil am Leben ihrer Nichte haben, aber sie war völlig unvorbereitet, eine Mutterrolle zu übernehmen. »Sie werden dich schon nicht rauswerfen«, sagte sie und hoffte, dass sie recht hatte.

»Du hättest mich nicht nach Hause fahren müssen«, sagte Kade zum dritten Mal. »Es ist nicht weit bis zu meiner Wohnung.«

Jeder Meter, den Kade allein zurücklegte, war Dels Meinung nach einer zu viel. Nach dem Schrecken von Freitagnacht wollte sie das Schicksal nicht noch einmal herausfordern. Sie hielt den Wagen vor Kades Wohngebäude. »Wie ich schon sagte, es ist kein Problem.«

»Klar. Ich bin sicher, dass du nur darauf gewartet hast, den Sonntag mit dem Matheson-Familiendrama verbringen zu dürfen«, sagte Kade.

Um ehrlich zu sein, hätte sich Del all das Geschrei und die Tränen gern erspart, aber zumindest hatte sie so miterleben können, wie Kade für ihre Nichte einstand. Es bewies, dass Kade sich für die Rechte Homosexueller einsetzte und nicht so engstirnig und voller Vorurteile war wie der Rest ihrer sehr konservativen Familie. »Für einen Augenblick dachte ich schon, ich müsste deinen Bruder in Handschellen legen, aber insgesamt gesehen haben sie es ganz gut aufgenommen. Im Vergleich zur Reaktion meiner Eltern, als ich mein Coming-out hatte, waren sie geradezu tolerant.«

»Wenn du glaubst, dass das tolerant war …« Kade schüttelte den Kopf. »Was haben deine Eltern getan? Dich geteert und gefedert?«

»Meine Mutter hat geweint und um Heilung gebetet, während mein Vater versucht hat, es aus mir rauszuprügeln. Keiner von beiden hatte viel Erfolg damit«, sagte Del und lachte.

Kade lachte nicht mit. »Das ist ja schrecklich. Hat sich niemand für dich eingesetzt?«

»Nein. Es gab keine mutige Tante Kade in meiner Familie. Du hast deiner Nichte heute wirklich sehr geholfen. Es hat eine Menge Mut erfordert, sich vor ihre Eltern hinzustellen und ihnen zu sagen, dass sie lesbisch ist. Nachdem sie uns seit Freitagnacht nicht mal einen Satz der Erklärung gegeben hat, hätte ich nicht gedacht, dass sie sich je dazu äußern würde. Wie hast du sie dazu bekommen, die Wahrheit zu sagen?«

Kade drehte den Kopf und sah Del an. »Ich habe ihr gesagt, dass sie nicht die einzige Matheson ist, die sich für Frauen interessiert.«

Del war froh, dass sie den Wagen bereits angehalten hatte. »Du sprichst nicht von einer entfernten Cousine, oder? Du hast dich wirklich deiner Nichte gegenüber geoutet?«

»Es war die einzige Möglichkeit, sie dazu zu bekommen, die Wahrheit zu sagen, und ihr zu helfen, sich nicht so sehr wie ein Außenseiter zu fühlen«, sagte Kade.

»Dann hast du es nur gesagt, um deiner Nichte zu helfen?« Del wagte kaum zu atmen, während sie auf die Antwort wartete.

Kade sah durch die Windschutzscheibe und dann zurück zu Del. »Nein. Ich habe es gesagt, weil es der Wahrheit entspricht. Ich war noch nicht bereit, mich den Folgen zu stellen, aber das ist jetzt egal. Alles, was zählt, ist, Laurie zu helfen. Ich bin alt genug, um mit allem, was kommen mag, umzugehen, aber sie ist es nicht. Jedenfalls nicht allein.«

Del griff über die Mittelkonsole und drückte Kades Hand. Sie hätte nicht gedacht, dass Kade je zugeben würde, dass sie sich zu Frauen hingezogen fühlte. »Du bist eine mutige Frau, Kade Matheson.«

»Es fühlt sich aber nicht so an«, murmelte Kade leise. Sie streckte die Hand aus, um die Beifahrertür zu öffnen. »Danke, dass du mich nach Hause gebracht hast.«

»Kade! Warte! Ich will dir noch etwas geben.« Als Kade sie mit großen Augen ansah, musste sie lachen. »Keine Sorge. Ich spreche nicht von Schmuck oder anderweitig romantischen Geschenken.« Sie beugte sich zur Seite und öffnete das Handschuhfach. »Hier.«

Kade starrte auf die Waffe hinab, die Del ihr in die Hand drückte. »Eine Pistole?«

»Das ist die kleinste und leichteste Neun-Millimeter-Pistole, die je hergestellt wurde. Sie wiegt nur sechshundert Gramm und hat zehn Patronen im Magazin.«

»Nett«, sagte Kade und wollte sie zurückgeben.

Del schüttelte den Kopf. »Ich erzähle dir das nicht, um dich mit meiner Waffensammlung zu beeindrucken. Ich will, dass du sie behältst.«

»Ich bin Anwältin, Del, nicht Polizistin.«

»Du bist eine Anwältin, die einen Stalker hat. Wenn die Sache eskaliert, will ich, dass du dich verteidigen kannst.«

»Ich weiß deine Sorge zu schätzen, aber …«

»Vergiss mal deinen Stolz«, sagte Del lauter als beabsichtigt. »Dein Stolz wird dich im Notfall nicht schützen. Die Pistole schon.«

»Ich habe noch nie im Leben eine Waffe abgefeuert«, sagte Kade.

»Kein Problem. Wir lassen dich von einem Polizeiausbilder zertifizieren, aber bis dahin werde ich dir alles beibringen.«

Kade zögerte. »Ich habe keinen Waffenschein, der mir das verdeckte Tragen einer Waffe erlaubt.«

»Darum werde ich mich kümmern. Normalerweise dauert es ein oder zwei Wochen, bis man die Tragebewilligung erhält, aber ich kenne ein paar Leute, die das beschleunigen können.«

Kade wirbelte zu ihr herum. »Und genau das will ich nicht! Das ist genau der Grund, warum ich nicht wollte, dass die Polizei von meinem Stalker erfährt. Ich will nicht, dass irgendjemand denkt, dass ich meine Stellung in der Staatsanwaltschaft ausnutze. Hin und wieder beuge ich mal ein Gesetz, um einen Fall zu gewinnen, aber ich würde das nie aus privaten Gründen tun.«

Wut stieg in Del empor. Für gewöhnlich fand sie Kades Sturheit süß, aber im Moment gefährdete sie damit ihr Leben. »Du willst, dass alles streng nach Vorschrift abläuft?«

»Ja!« Kades Stimme klang wie der Knall eines Richterhammers, der zum endgültigen Urteil auf den Tisch geschlagen wurde.

»Du willst also das Sicherheitstraining durchlaufen, den ganzen Papierkram ausfüllen und beim Büro des Sheriffs einreichen, dir Fingerabdrücke abnehmen lassen und dann wenigstens eine Woche, möglicherweise aber auch bis zu fünfundvierzig Tage warten?« Del schlug mit der Faust auf das Lenkrad. »Verdammt noch mal, Kade! Es dauert seine Zeit, alles genau nach Vorschrift zu machen. Zeit, die du vielleicht nicht hast!«

»Bei dir klingt das, als wäre ich in unmittelbarer Gefahr. Der Stalker hat sich nicht mehr gemeldet, also brauche ich das hier nicht.« Sie versuchte erneut, Del die Waffe zurückzugeben.

Del nahm sie nicht. »Vielleicht hat er das, vielleicht wartet er aber auch nur ab und beobachtet dich weiter. Wir wissen es einfach nicht. Wenn du schon nicht Anzeige erstatten und der Polizei erlauben willst, dich zu beschützen, dann musst du es selbst tun.«

Kade neigte den Kopf und betrachtete die Waffe in ihrer Hand. »Ich will nicht, dass du deswegen Ärger bekommst«, sagte sie leise.

»Das werde ich nicht. Ich werde dir innerhalb der nächsten zwei Tage eine Tragebewilligung beschaffen, aber um ehrlich zu sein … Wenn es dir das Leben rettet, nehme ich es gerne in Kauf, mir Ärger einzuhandeln.«

Einige Sekunden lang starrten sie einander an, dann schloss Kade die Finger um den Griff der Waffe. »Na schön. Zeigst du mir, wie sie funktioniert?«

Del atmete auf. Sie war froh, dass Kade endlich nachgab. »Selbstverständlich.«

»Wann?«, fragte Kade.

»Wie wäre es mit jetzt sofort?« Del hatte nicht vor, Kade allein zurückzulassen. Sie verbrachte gern Zeit mit ihr und falls sie sich jetzt verabschiedeten, würde sie doch nur im Auto sitzen und das Haus beobachten.

»Jetzt gleich?«

»Warum nicht? Wie heißt es doch so schön? Was du heute kannst besorgen, das verschiebe nicht auf morgen.«

Schließlich nickte Kade. »Einverstanden. Aber erst muss ich noch kurz Aiden anrufen.«

Sie ruft Carlisle an einem Sonntag an? Del konnte nicht umhin, ein wenig eifersüchtig zu sein, auch wenn Aiden in einer festen Beziehung und Kade ganz sicher noch nicht bereit war, sich mit einer Frau einzulassen.

Kade fischte ihr Handy aus der Tasche. »Aiden? Tut mir leid, dass ich Sie zu Hause störe, aber ich habe wichtige Neuigkeiten. Ich habe eben mit meiner Nichte gesprochen.« Kade hörte einige Sekunden lang zu, dann runzelte sie die Stirn. »Warum soll ich Ray anrufen? Warum kann ich das nicht mit Ihnen besprechen?« Erneut ließ die Antwort sie die Stirn runzeln. »Was? Aber deshalb rufe ich ja gerade an. Nein, hören Sie mir doch zu, es gibt gar keinen Fall. Es hat sich herausgestellt, dass es sich nur um zwei Teenager handelt, die zusammen im Bett erwischt wurden. Laurie hatte nur Angst, es ihren Eltern zu beichten.«

Kade erklärte noch ein paar Einzelheiten und beendete dann das Gespräch. »Das war seltsam«, murmelte sie, mehr zu sich selbst als zu Del.

»Was?«, fragte Del, als sie den Wagen startete.

»Aiden wollte nicht über den Fall reden. Sie sagte, ich soll Ray deswegen anrufen.«

Del zuckte mit den Schultern. »Vielleicht wollte sie nur mal einen völlig arbeitsfreien Sonntag mit Dawn verbringen.«

»Nein, das ist es nicht. Sie sagte, sie hätte den Fall abgegeben. Das hat sie sonst noch nie getan und weiß Gott, wir hatten schon mehr als genug toughe Fälle.«

Das war in der Tat seltsam. Falls Carlisle Del auch nur im Entferntesten ähnelte, hätte sie nie freiwillig einen ihrer Fälle abgegeben und ganz bestimmt nicht diesen. »Hat sie nicht gesagt, warum?«

»Nein, aber sie schien erleichtert zu sein, als ich ihr sagte, der Fall sei abgeschlossen und die Anklage zurückgezogen«, sagte Kade.

»Na ja, bei ihrer Arbeitsbelastung freut sie sich vermutlich über jeden abgeschlossenen Fall, oder? Vor allem, weil es bedeutet, dass deine Nichte keinem schrecklichen Verbrechen zum Opfer gefallen ist. Natürlich freut sich Carlisle darüber. Der Frau liegt etwas an dir, Kade.«

»Wo fahren wir hin?«

Del ließ den Themenwechsel zu. »Zuerst mal zum Schießstand.«

»Und dann?«

»Nach unserem Schießunterricht werden wir zusammen mittagessen.« Del hatte den ganzen Vormittag mit Kade verbracht und wusste deshalb, dass sie noch nicht einen Bissen zu sich genommen hatte. Ihr gefielen Kades Essgewohnheiten nicht. Kade nahm sich nie die Zeit zum Essen.

Kade rückte ihre Brille gerade und starrte sie an. »Ach ja? Wir gehen zusammen mittagessen? Und ich habe da gar nichts mitzuentscheiden?«

»Natürlich. Du darfst entscheiden, wohin wir gehen. Das ist nur fair, denn immerhin wirst du bezahlen, zum Dank dafür, dass ich dir Schießunterricht gebe«, sagte Del mit einem charmanten Grinsen. Jetzt konnte Kade nicht ablehnen, ohne unhöflich zu erscheinen. Und wenn Del heute eines über die Mathesons gelernt hatte, dann, dass man ihnen von Kindesbeinen an beibrachte, den äußeren Schein zu wahren.

Kade drohte ihr mit dem Zeigefinger. »Glaub nicht, ich hätte deine clevere Manipulation nicht durchschaut. Du bist eine hinterlistige Frau, Lieutenant.«

»Jawohl.« Del grinste. *Im Krieg und in der Liebe ist alles erlaubt.*

Drei verschiedene Personen grüßten Del, bevor sie das Gebäude auch nur betreten hatten.

»Kommst du oft hierher?«, fragte Kade.

Ein schelmisches Lächeln huschte über Dels Gesicht. »Ist das eine Anmache?«

Kade fühlte, wie sie rot anlief. Sie suchte nach den richtigen Worten.

»Entspann dich.« Del schmunzelte. »Ich necke dich doch bloß.«

Kade warf ihr einen finsteren Blick zu. Sie war nicht wütend auf Del, sondern mehr auf sich selbst. Irgendwie schaffte Del Vasquez es regelmäßig, sie, die wortgewandte Staatsanwältin, sprachlos zu machen.

»Außer deinem Job gibt es in deinem Leben im Moment nur eine Sache, die du todernst nehmen solltest … deinen Stalker. Bei allem anderen geht es nicht um Leben oder Tod, also nimm mich … oder dich selbst … nicht immer so ernst.« Del lächelte sie an. »Du musst lernen, auch mal loszulassen.«

Sie hatte recht, aber es ärgerte Kade, dass Del ständig versuchte, hinter ihre Schutzmauern zu gelangen. Alle anderen hielten sofort Abstand, wenn sie ihnen einen kühlen Blick zuwarf, aber Del lächelte nur. »Wer sagt denn, dass ich das muss? Niemand zwingt dich zu bleiben, wenn du meine Gesellschaft nicht magst.«

Del blieb vor der Eingangstür stehen. »Ich mag deine Gesellschaft und diese kühle, gefasste Anwältinnenfassade ist verteufelt sexy, aber um ehrlich zu sein, muss das doch nach einer Weile ganz schön ermüdend werden ... für dich, nicht für mich.«

Kade wusste nicht, ob sie Dels Ehrlichkeit mochte oder hasste. Vielleicht beides.

Dann fügte Del ernst hinzu: »Ab und zu würde ich dich gerne mal lachen hören.«

»Im Moment gibt es aber nicht viel zu lachen«, sagte Kade.

Del nahm ihre Hand und drückte sie sanft. »Ich weiß. Deshalb sind wir ja hier. Damit du dich sicherer fühlst.«

Kade genoss die Wärme von Dels Hand auf ihrer einen Moment lang und war fast enttäuscht, als Del sie wieder losließ. Sie folgte Del in das Gebäude.

»Zieh die an.« Del gab ihr Ohrenschützer und eine Schutzbrille.

Sie gingen hinüber zu einem der Schießstände. Del hielt die kleine Waffe in die Höhe, die sie Kade im Auto gegeben hatte. »Das ist eine semiautomatische Pistole. Du schiebst das Magazin in den Griff und ziehst den Schlitten zurück, um die erste Patrone zu laden. Richte die Waffe nie auf dich oder jemand anderen, während du sie lädst.« Sie führte es langsam vor, sodass Kade jeder Bewegung folgen konnte, und gab ihr dann die Waffe.

Mehrmals wiederholte Kade das Laden und Entladen der Pistole, bevor Del auf einen Knopf drückte, der die schwarze, menschlich geformte Zielscheibe weiter nach vorne rückte. »Jetzt kommen wir zum Wichtigsten. Spreize die Beine, damit du einen sicheren Stand hast, und halte die Waffe so.«

Kade ließ ihren Blick an Dels langen Beinen hinaufwandern und weiter zu den ruhigen Händen, die die Pistole mit demselben zweihändigen Griff hielten, den sie bei ihren Detectives gesehen hatte.

Als Del ihr die Pistole übergab, versuchte sie, dieselbe Haltung einzunehmen. »So?«

»Nimm die Arme etwas höher und streck den rechten Arm mehr aus.« Del trat näher, sodass Kade ihre Körperwärme im Rücken spürte, selbst durch ihre Kleidung hindurch. Ihre Finger bedeckten Kades, als sie ihren Griff korrigierte. »Vergiss nicht zu atmen, Kade.«

Kade zitterte ein wenig. Sie versuchte, sich einzureden, es hätte nichts mit Dels Nähe zu tun und käme nur daher, dass sie gleich zum ersten Mal eine Waffe abfeuern würde.

»Deine linke Hand umfasst die Finger der rechten und zieht sie zurück. So gleichst du den Vorwärtsdruck der anderen Hand aus, sodass der Lauf dir nicht nach oben oder unten verrutscht.« Sanft schob sie Kades linke Hand ein wenig weiter nach unten. »Dein Zeigefinger bleibt noch außerhalb des Abzugsbügels. Berühre nie den Abzug, bevor du nicht dein Ziel vor Augen hast und abdrücken willst.«

Kade ließ den Zeigefinger an der Seite der Waffe ruhen.

Del drehte sie ein wenig nach rechts. »Jetzt visierst du dein Ziel mit Hilfe von Kimme und Korn an. Konzentrier dich auf das Korn am vorderen Teil des Laufs. Wenn du so weit bist, drück langsam und ruhig den Abzug.«

Del zog sich etwas zurück, was Kade einen Moment lang das Ziel aus den Augen verlieren ließ. Schnell rief sie sich zur Ordnung, konzentrierte sich wieder auf die schwarze Silhouette und drückte einmal ab.

Die Kugel streifte den unteren, linken Teil der Zielkontur.

Sie drehte sich zu Del um. »Was mache ich falsch?«

Del nahm ihr die Waffe ab, ließ das Magazin aus dem Griff gleiten und legte die Waffe so beiseite, dass sie in Richtung Schießstand zeigte. »Du drückst zu ruckartig ab, statt sanft den Druck zu erhöhen, und du zuckst zusammen, weil du schon mit dem Rückstoß rechnest. Das bringt dich aus der Balance. Versuch mal, gleichmäßig Druck auszuüben und dich von dem Moment überraschen zu lassen, in dem der Schuss ausgelöst wird.«

Ich soll also die Kontrolle aus der Hand geben. Darin war Kade nie sehr gut gewesen. Sie nahm die Waffe, schob das Magazin zurück in den Griff und wandte sich zur Zielscheibe. Diesmal bewegte sie den Zeigefinger mit konstanterem Druck zurück. Sie drückte einmal ab und korrigierte dann ihre Haltung, bevor sie den Rest des Magazins leerte.

»Nicht schlecht für dein erstes Mal«, sagte Del.

»Nicht schlecht?« Kade drückte den Schalter, um die Zielscheibe zu ihnen heranzufahren. Sie hatte das schwarze Papier mit jedem Schuss getroffen.

Del grinste. »Selbst du kannst ja nicht in allem perfekt sein, Frau Anwältin.« Sie lachte, als Kade sie ungläubig ansah. »Entspann dich, ich necke dich nur. Du bist ein Naturtalent. Wenn wir regelmäßig üben, wirst du bald besser als deine Detectives sein.«

Kade hob die Augenbrauen. »Ist das ein cleverer Trick, damit ich mehr Zeit mit dir verbringen muss?«

»Kein Trick«, sagte Del, jetzt vollkommen ernst. »Wir sind hier, um sicherzugehen, dass du dich verteidigen kannst, wenn es notwendig werden sollte. Aber wenn wir deswegen mehr Zeit miteinander verbringen müssen, wäre das eine angenehme Nebenwirkung, meinst du nicht?« Ihre Augen funkelten.

Ja, Kade musste zugeben, dass sie gern Zeit mit Del verbrachte. Del forderte sie heraus, gleichzeitig hatte Kade aber auch das Gefühl, dass sie ihr vertrauen und ihr gegenüber sie selbst sein konnte. Statt zu antworten, streckte sie die Hand aus. »Neues Magazin, bitte.«

Del lachte. »Ich wusste doch, dass du mir zustimmen würdest.«

Kade sah auf, als Del den Wagen anhielt. Sie waren irgendwo in St. Johns, aber in diesem Teil der Stadt war sie noch nie zuvor gewesen. »Das ist kein Restaurant.« Sie deutete auf die fast gleich aussehenden Wohnhäuser in der Straße. Die Bewegung ließ sie aufstöhnen. Jeder Muskel in ihren Armen und Schultern schmerzte, nachdem sie zwei Stunden lang auf dem Schießstand geübt hatten.

»Das ist meine Wohnung. Ich dachte, nach dem anstrengenden Tag, den du hattest, wäre es netter, wenn wir uns etwas kommen lassen und nicht noch mal rausgehen müssen.« Del ließ die Hände auf dem Lenkrad ruhen und wartete Kades Reaktion ab.

Kade biss sich auf die Unterlippe und sah zwischen dem dreistöckigen Gebäude und Del hin und her.

»Komm schon.« Del lachte. »Ich schleppe dich nicht zu meiner Höhle, um über dich herzufallen!«

Ihre Unverblümtheit schockierte Kade einen Moment lang, aber sie ließ sich das nicht anmerken. »Na schön. Aber ich bezahle trotzdem unser Abendessen.«

Sie betraten das Gebäude, wobei Del ihr höflich die Tür aufhielt.

Eine zierliche, silberhaarige Frau versuchte gerade, ihre Post aus einem zerbeulten Briefkasten zu ziehen.

»Hallo, Mrs. Rios. Kann ich Ihnen behilflich sein?« Del nahm ihr den Briefkastenschlüssel ab und gab ihr ihre Post.

»Oh, vielen Dank, Clarice!« Die alte Dame strahlte Del an.

»Clarice?«, fragte Kade, als sie in den Aufzug traten.

Del lachte. »Sie denkt, ich wäre beim FBI.«

»Was hat das denn damit zu …?«

»Mrs. Rios ist ein großer Fan von Jodie Foster«, sagte Del mit einem liebevollen Lächeln. »Eines Tages habe ich ihr bei ein paar Reparaturen in ihrer Wohnung geholfen und da hat sie mich gezwungen, *Das Schweigen der Lämmer* mit ihr anzuschauen. Seither nennt sie mich immer Clarice.«

Meine Güte, Del war zu gut, um wahr zu sein. Die Frauen, die Kade kannte, spendeten regelmäßig Geld für wohltätige Zwecke, gingen zu Wohltätigkeitsveranstaltungen und halfen vielleicht sogar einmal im Jahr in einer Suppenküche aus, aber nur, wenn sichergestellt war, dass irgendwo eine Kamera in der Nähe war, die ihre guten Taten aufzeichnete. Del half anderen, ohne sich lange bitten zu lassen und ohne dafür mehr als ein Danke zu erwarten.

Del schloss die Wohnungstür auf. »Komm rein und mach's dir bequem.«

Kade war nicht sonderlich entspannt, als sie Dels Wohnzimmer betrat. Sie war neugierig zu sehen, wie Del wohnte, aber zugleich fühlte es sich seltsam intim an, hier zu sein.

»Kaffee?«, rief Del aus der Küche. »Magst du chinesisches Essen?«

»Ja zu beidem.« Wenigstens würde der Kaffee ihren Händen etwas zu tun geben, während sie auf das Essen warteten.

»Ich bestelle immer die Frühlingsrollen und das Hühnchen mit Cashewnüssen und gebratenem Reis. Willst du mal einen Blick auf die Speisekarte werfen?«

Kade zögerte nur kurz. Es war an der Zeit, ein wenig Vertrauen in Del zu beweisen, auch wenn es nur um das Abendessen ging. »Nein, nicht nötig. Frühlingsrollen und Reis mit Hühnchen klingen gut. Bestell einfach dasselbe für mich.«

Sie sah sich im Wohnzimmer um. Eine bequem wirkende Ledercouch nahm eine ganze Wand ein, aber Kade wollte sich nicht ohne ausdrückliche Aufforderung setzen. Sie wanderte durch das Wohnzimmer und sah sich die Fotos auf dem Bücherregal an.

Eines davon zeigte eine jüngere Del, die mit einem etwas älteren Mann vor einem Streifenwagen stand. Beide trugen Uniform. Kade hatte Del noch nie in Uniform gesehen, deshalb nahm sie sich jetzt die Zeit, sie ausführlich zu bewundern. *Hübsch. Sehr hübsch.*

Das nächste Foto brachte sie zum Lächeln. Eine pausbäckige Dawn mit langen Zöpfen und Zahnspange grinste in die Kamera. Del hatte sie aufwachsen sehen. Deshalb auch ihre beschützende Haltung, was Dawn anging. *Aiden, gib lieber acht, dass du Dawn nie wehtust, oder du musst dich vor einer wütenden Adoptivtante verantworten.*

Kade stellte das Foto wieder aufs Regal und betrachtete Dels umfangreiche Büchersammlung. Sie drehte den Kopf zur Seite, um die Titel auf den Bücherrücken lesen zu können. Keiner kam ihr vertraut vor. Neugierig nahm sie eines der Bücher aus dem Regal.

Auf dem Cover waren mehrere gläserne Schachfiguren abgebildet.

Gerade als Kade das Buch umdrehte, um den Klappentext zu lesen, räusperte sich Del hinter ihr.

Schnell stellte Kade das Buch zurück und nahm die Tasse entgegen, die Del ihr reichte. »Ich wusste nicht, dass du Schach spielst«, sagte sie, ein wenig verlegen darüber, beim Herumschnüffeln in Dels Büchern ertappt worden zu sein.

Del lächelte sie über den Rand ihrer Kaffeetasse hinweg an. »Ich spiele Schach, aber das da«, sie zeigte auf das Buch, das Kade aus dem Regal genommen hatte, »hat nichts mit Schach zu tun. Es ist ein Liebesroman für Lesben.«

»Oh.«

»Schau mich nicht so an!« Del verschüttete vor Lachen fast ihren Kaffee. »Ich sagte, es ist ein Liebesroman, nicht das lesbische Kamasutra.«

Kade sah sie tadelnd an.

»Du kannst es dir mal ausleihen, wenn du magst«, sagte Del.

Kade hatte schon ein »nein, danke« auf den Lippen, aber dann sah sie Dels herausfordernden Blick. Wenn Kade eine Schwäche hatte, dann war das die Unfähigkeit, klein beizugeben. »Oh, herzlich gern.« Sie zog das Buch aus dem Regal.

Jetzt war es zum ersten Mal Del, die sprachlos war, was Kade sehr genoss. Nach ein paar Augenblicken lachte auch Del. »Also, willst du mit mir spielen?«

Nun war es wieder Kade, die nicht wusste, was sie zu diesem mehrdeutigen Angebot sagen sollte. *Ob es wohl immer so sein wird, dass wir uns abwechselnd sprachlos machen?*

»Schach, Kade. Ich spreche von Schach.« Del lachte. »Ich sagte doch, du sollst dich entspannen. Falls je etwas zwischen uns passieren wird, dann, weil du den ersten Schritt gemacht hast. Solange du mir kein eindeutiges Signal gibst, werde ich mich wie die perfekte Gentlewoman verhalten.«

»Okay, dann lass uns mal sehen, ob du deinen Worten auch Taten folgen lässt.«

Del verschluckte sich fast an ihrem Kaffee. »Wie bitte?«

»Schach, Del. Ich spreche von Schach.« Kade grinste breit. Del mit ihren eigenen Waffen zu schlagen, machte Spaß. »Lass uns um Geld spielen.« Sie deutete auf das Schachbrett, das sie schon beim Hereinkommen auf dem Couchtisch entdeckt hatte.

»Das ist aber nicht fair. Du bist steinreich und ich nur eine arme Polizeibeamtin.«

»Was schlägst du vor? Dass wir nur um die Ehre spielen?«

»Nein, da fehlt mir die Herausforderung«, sagte Del. »Lass uns Stripschach spielen.«

»Stripschach? Das gibt es nicht, Delicia Vasquez Montero!«

Del schüttelte sich, als Kade ihren vollen Namen benutzte. »Natürlich gibt es das. Die Regeln sind die üblichen, mit einer Ausnahme. Für jede Figur, die man verliert, muss man ein Kleidungsstück ausziehen. Wer zuerst Schachmatt gesetzt wird oder völlig nackt ist, hat verloren.«

Kade zögerte nur eine Sekunde lang. Sie setzte sich vor die weißen Spielfiguren. »Okay.«

»Okay?« Del starrte sie an.

»Ja. Lass uns spielen.«

»Wir könnten warten. Das Essen wird in einer halben Stunde hier sein.«

Kade schüttelte den Kopf. »Nein. So lange werden wir nicht brauchen.«

»Oh-oh. Da ist jemand zuversichtlich, das Spiel schnell zu gewinnen.« Del setzte sich ihr gegenüber.

»Ich habe seit Jahren nicht gespielt.« Seit ihr Vater gestorben war, um genauer zu sein.

»Soll ich dir die Regeln noch mal kurz erklären?«

»Nein, danke.« Kade bewegte einen ihrer Bauern zu e4. »Aber du bist eine gute Lehrerin. Vorhin auf dem Schießstand warst du bewundernswert geduldig, egal, wie oft du meine Haltung verbessern musstest. Du solltest darüber nachdenken, den Beruf zu wechseln.« Natürlich war das nur ein Scherz. Sie konnte sich Del beim besten Willen nicht in einem anderen Beruf vorstellen.

Del führte den gleichen Bauern einen Schritt nach vorne. »Das hätte ich fast mal.«

Oh. Überrascht sah Kade vom Schachbrett auf. Del schien Polizistin mit Herz und Seele zu sein. »Du hast darüber nachgedacht, den Dienst zu quittieren?«

»Nein. Ich habe darüber nachgedacht, ob ich mich um einen Job an der Polizeiakademie bewerben soll«, sagte Del. »Ich war damals in einer langjährigen Beziehung und wir haben davon gesprochen, ein Baby zu bekommen. Ich wollte nicht, dass meine Familie dasselbe wie Jimmys Familie durchmachen müsste. Also dachte ich, eine Stelle an der Akademie wäre sicherer.«

Kade bewegte einen ihrer Springer. Dels Kinderwunsch überraschte sie. Es war ihr bewusst, dass eine Frau in Dels Alter vermutlich mehrere Langzeitbeziehungen gehabt haben musste, aber sie hätte nicht gedacht, dass Del ernsthaft darüber nachgedacht hatte, ein Kind zu bekommen. Vielleicht schloss sie da zu sehr von sich auf andere, aber sie hatte angenommen, dass Del ihre Karriere wichtiger war als Liebe und Familie.

Del schlug einen von Kades Bauern und sah mit einem erwartungsvollen Lächeln auf. »Ausziehen!«

Kade musste lachen. »Das wolltest du schon seit einer ganzen Weile zu mir sagen, oder?«

»Ja, also mach schon, Frau!« Del lehnte sich mit einem zufriedenen Grinsen zurück und beobachtete sie.

»Nein, tut mir leid, aber dafür ziehe ich nicht mal einen Ohrring aus.« Kade zeigte auf den geschlagenen Bauern. »Wenn man es genau nimmt, zählt der Bauer nicht als Figur. Du hättest das eindeutiger definieren sollen.«

Del stöhnte. »Mit einer Anwältin Schach zu spielen, war keine gute Idee.«

Kade grinste und rückte den anderen Springer nach vorne, um die Lücke in ihrer Bauernstruktur zu decken. »Was ist passiert?«, fragte sie schließlich. »Ich meine, warum ist aus den Plänen von Kind und Jobwechsel nichts geworden?«

»Wir haben uns getrennt und danach habe ich mich auf meinen Job und auf Grace und ihre Tochter konzentriert.« Del bewegte ihren Läufer und bedrohte damit einen von Kades Springern.

Statt die Figur zurückzuziehen und an Schwung zu verlieren, schlug Kade den Läufer mit ihrer Dame. »Und du hast die Pläne, selbst ein Kind zu bekommen, aufgegeben?«

Del lächelte und schlüpfte kommentarlos aus einem ihrer Turnschuhe. Es schien ihr nicht schwerzufallen, mit Kade über ihr Privatleben zu reden. »Es war keine bewusste Entscheidung, aber in den letzten paar Jahren war ich nicht in der Position, ernsthaft darüber nachzudenken, und jetzt ... Tja, da bin ich zu alt, um ein Baby zu bekommen.«

»Heutzutage bekommen viele Vierzigjährige noch Babys«, sagte Kade, ohne genau zu wissen, warum. Vielleicht, weil sie nicht wollte, dass Del, die sie die ganze Zeit über unterstützte, ihre Träume so einfach aufgab. »Außerdem ist das doch einer der Vorteile, wenn man lesbisch ist. Deine Partnerin könnte das Baby bekommen.«

»Vorausgesetzt, ich würde auf jüngere Frauen stehen.« Del griff Kades Bauern auf dem linken Flügel an und schaffte so Platz, um einen ihrer Türme nach vorne zu bewegen.

Röte stieg Kade ins Gesicht. Sie presste die Lippen zusammen und verfluchte ihre helle Haut. »Ja, das mal vorausgesetzt.« Sie entschied sich dagegen, Dels Bauern zu schlagen, weil sie sonst einen Doppelbauer erhalten hätte. Stattdessen bewegte sie ihre Dame. »Schach.«

»Und ebenfalls vorausgesetzt, dass meine hypothetische Partnerin Kinder haben möchte«, sagte Del, immer noch lächelnd, als sie ihre Dame zwischen Kades und ihren König zog.

Kade nickte erneut, sagte aber nichts. Vielleicht war es besser, wenn sie den Mund hielt. Sie dachte kurz nach und schlug dann Dels Dame mit ihrer eigenen.

Del zog den anderen Schuh aus und schlug Kades Dame mit ihrem König.

Kade schlüpfte aus dem linken Schuh. »Wenn deine hypothetische Partnerin also keine Kinder wollte, wäre das kein Hinderungsgrund?«, fragte sie und betrachtete das Spielbrett, bevor sie ihren nächsten Zug machte.

»Nein.« Del schlug einen von Kades Bauern mit ihrem Springer. »Ich mag Kinder, aber ich bin keine der Frauen, die unbedingt ein Kind haben muss, um glücklich zu sein. Ich glaube, was mir so an dem Gedanken, ein Kind zu haben, gefallen hat, war, dass es bedeutet, eine Familie zu haben. Jemanden, der zu mir gehört. Wenn meine hypothetische Partnerin Kinder wollte, würde ich nicht nein sagen, aber wenn nicht, wäre das auch kein Problem. Wir könnten uns ja abwechselnd kindisch verhalten.« Sie zwinkerte Kade zu.

Kade lachte und schlug Dels Springer.

Zwanzig Minuten später nahm sie Dels letzten Turm vom Brett und lehnte sich zufrieden grinsend zurück. »Schachmatt.«

Del starrte auf das Spielbrett. »Verdammt, du bist gut. Wer hat dir beigebracht, so zu spielen?«

»Warum?« Kade schmunzelte. »Willst du Unterricht nehmen?«

»Ja, wäre vielleicht keine schlechte Idee. Wenn mir jemand beigebracht hätte, so zu spielen, dann würde ich jetzt nicht in meiner Unterwäsche dasitzen, während du bloß barfuß bist.«

Kade musterte Del in ihrem Unterhemd, das ihre muskulösen Schultern zeigte. Schließlich zwang sie sich, wegzusehen. »Tja, du bist einige Jahre zu spät dran.«

»Dein Vater hat es dir beigebracht«, sagte Del. Sie formulierte es nicht als Frage.

Kade nickte. Es überraschte sie nicht, dass Del es erraten hatte. Del schien gute Instinkte zu haben, was sie anging. »Andere Väter bringen ihren Kindern Mensch-ärgere-dich-nicht bei. Mein Vater hat mir das Schachspielen beigebracht.«

»Mich wundert es trotzdem, dass du mich so leicht schlagen konntest«, sagte Del.

So leicht war es nun auch wieder nicht gewesen. Del spielte gut. »Sieht aus, als hättest du mich unterschätzt.«

»Nein, das ganz sicher nicht. Ich wusste, dass du gut bist. Ich hätte nur gedacht … Ich hatte nicht erwartet, dass du so aggressiv spielst«, sagte Del. »Ich dachte, du würdest eine defensivere Taktik anwenden.«

Kade schüttelte den Kopf. »Auf Nummer sicher zu gehen, ist nicht immer eine gute Taktik. Wenn man stets nur reagiert, statt zu agieren, kann man nicht gewinnen. Man ist dann ständig einen Schritt hintendran.«

»Hört sich wie eine gute Lebenseinstellung an«, sagte Del.

»Ich rede über Schach, nicht übers Leben.«

Del nickte nur. »Wie wäre es mit einer Revanche?«

»Nicht so schnell! Du hast noch nichts für den Turm, den du verloren hast, ausgezogen.« Kade deutete auf die Spielfigur.

»Du willst mich wirklich unbedingt nackt sehen, oder?«

Um ehrlich zu sein, hätte Kade überhaupt nichts dagegen gehabt, Del nackt zu sehen, aber das hätte sie nie zugegeben. »Es war nicht meine Idee. Du hast die Regeln erfunden, jetzt musst du sie auch befolgen.«

»Na schön. Was soll ich ausziehen? Das Unterhemd …« Del hob es spielerisch ein wenig an und enthüllte ihren flachen Bauch. »Oder die Unterhose?« Sie ließ die Fingerkuppen über den elastischen Bund gleiten und wartete auf Kades Entscheidung.

»Weißt du was? Lass uns noch eine Partie spielen. Wir haben sicher noch ein paar Minuten, bis das Essen kommt.«

Del lachte. »Angsthase.« Sie mimte einen mümmelnden Hasen.

»Ich werde dich dazu bringen, in der nächsten Partie beides auszuziehen«, sagte Kade.

Del begann, die Figuren wieder auf dem Brett zu platzieren. »Nein. Diesmal wirst du diejenige sein, die am Ende in Unterwäsche dasitzt.«

KAPITEL 16

Aiden ging langsamer, als sie sich dem Befragungsraum näherte. Sie sah über die Schulter zu Dawn, froh, dass sie nachgegeben und Dawn gestattet hatte, mitzukommen.

Dawn trat neben sie und berührte sie sanft am Rücken. »Bist du bereit?«

»Nicht wirklich.« Aiden holte tief Luft. Zuvor hatte es ihr keine Probleme bereitet, mit Evan zu sprechen, aber da hatte sie auch noch nicht gewusst, dass sie ihre Schwester war.

»Ich bin hier.« Dawn streichelte Aidens Rücken. »Du musst es ihr noch nicht sagen, wenn du dich damit nicht wohlfühlst. Lern sie erst mal besser kennen und versuche, herauszufinden, was sie über ihren Vater weiß.«

Mit dieser neuen Taktik war es etwas einfacher, die Tür zu öffnen.

Evan sah auf, als sie eintraten. Ihre Augen blitzten wütend. »Warum haben Sie mich wieder hierhergeschleppt? Die achtundvierzig Stunden sind fast vorbei. Sie müssen mich gehen lassen!«

»Das tun wir auch«, sagte Aiden ruhig. »Laurel Matheson hat uns erzählt, was wirklich passiert ist. Du kannst gehen.«

»Das hab ich doch von Anfang an gesagt, aber ihr dummen Bullen wolltet mir ja nicht glauben!« Evan sprang auf und schritt zur Tür.

Dawn hielt sie mit einer Berührung am Arm zurück.

Aiden versteifte sich, bereit, jederzeit einzugreifen, sollte Evan versuchen, sie aus dem Weg zu stoßen.

Zu ihrer Überraschung schien Dawns Berührung einen ähnlich beruhigenden Effekt auf ihre Schwester wie auf sie selbst auszuüben.

Evans wütender Blick wurde sanfter. »Was ist?«

»Wir fahren dich nach Hause«, sagte Dawn.

»Wir? Haben Sie nicht gehört? Ich bin unschuldig. Ich habe nichts mehr mit den Bullen zu tun.«

Aiden wartete und ließ Dawn entscheiden, was sie Evan sagen wollte. Sie schien besser mit ihr umgehen zu können.

»Aiden ist meine Partnerin«, sagte Dawn.

Evan runzelte die Stirn. »Partnerin? Sie sind kein Bulle. Sie sind Seelenklempnerin, Doc.«

Ein sanftes Lächeln kräuselte Dawns Lippen. »Es gibt nicht nur eine Sorte Partner. Aiden ist meine Lebensgefährtin.«

Evan grinste. »Dann gehören Sie also sozusagen zur Regenbogenfamilie.«

Familie. Wenn du wüsstest. Aiden zwang sich, nicht auf Evans anzüglichen Tonfall zu reagieren.

»Jetzt weißt du, warum du mich nicht mit deinen angeblichen lesbischen Affären schocken konntest«, sagte Dawn.

»Angeblich? Ich würde sagen, allein die Tatsache, dass ich hier bin, beweist, dass sie nicht …«

»Beruhig dich. Du musst mir nichts beweisen. Lass uns gehen.«

Die Fahrt zu Evans Haus verlief schweigend. Aiden wusste nicht, was sie zu der Fremden, die ihre Schwester war, sagen sollte, deshalb konzentrierte sie sich auf den Verkehr. Sie spürte Dawns Blick auf sich ruhen. Einmal legte Dawn ihr die Hand aufs Bein und drückte es ermutigend. Aiden blickte in den Rückspiegel. Es machte sie etwas verlegen, vor Evan solche Gesten der Zuneigung auszutauschen.

Dawn lächelte und zog die Hand zurück.

»Sehe ich Sie morgen zu unserer Foltersitzung?«, fragte Evan schließlich.

Dawn räusperte sich. »Darüber wollte ich noch mit dir reden. Evan, ich kann nicht mehr deine Therapeutin sein. Ich glaube, es wäre das Beste, wenn ich dich zu einem meiner Kollegen überweise.«

»Na super. Sie schmeißen mich raus? Ich dachte, Sie wären anders als die anderen, aber Sie sind auch nur eine Heuchlerin.« Evan starrte aus dem Fenster.

Dawn drehte sich auf dem Beifahrersitz. »Ich schmeiße dich nicht raus. Es gibt einen Grund, warum ich nicht länger mit dir arbeiten kann, aber es liegt nicht an dir.«

»Ja, klar.« Evan schnaubte.

»Evan …«

»Halten Sie die Klappe und sparen Sie sich die Erklärungen. Ist mir doch egal. Ich wollte ohnehin nicht zu dieser blöden Therapie gehen.«

Aiden warf einen warnenden Blick über die Schulter. »Wie wäre es, wenn du etwas mehr Respekt zeigen würdest?«

»Wie wäre es, wenn Sie auch die Klappe halten? Das geht nur mich und den Doc was an. Mit Ihnen hat das nichts zu tun.«

»Natürlich hat es mit mir zu tun! Ich bin der Grund, warum sie nicht mehr deine Therapeutin sein kann.« Aiden hatte es gesagt, bevor sie sich davon abhalten konnte. *Mist.*

Evan warf Dawn einen vorwurfsvollen Blick zu. »Sie lassen sich von ihr vorschreiben, was Sie zu tun und zu lassen haben? Sie hat Ihnen verboten, mir weiter Termine zu geben, weil sie denkt, ich wäre der letzte Dreck!«

»Ich kann so etwas sehr gut allein entscheiden«, sagte Dawn. »Ich brauche Aiden nicht, um zu wissen, was richtig und was falsch ist.«

»Warum wollen Sie dann nicht mehr meine Therapeutin sein? Nicht, dass ich scharf drauf wäre, mit einem Seelenklempner zu reden, aber im Vergleich zu den anderen waren Sie wirklich annehmbar. Und süß«, fügte sie mit einem winzigen Lächeln hinzu. »Zu einem anderen Seelenklempner gehe ich nicht. Wenn sogar Sie denken, dass ich ein hoffnungsloser Fall bin, warum sollte ich mich noch bemühen?«

Dawn schüttelte den Kopf. »Du bist kein hoffnungsloser Fall. Ich sagte doch, dass meine Entscheidung nichts mit dir zu tun hat.«

»Oh ja, sicher.« Evan rollte mit den Augen.

Aiden hielt es nicht mehr aus. Nichts, was Dawn sagte, würde Evan überzeugen. »Ihre Entscheidung hat sehr wohl mit dir zu tun. Mit dir und mir.« Sie umklammerte das Lenkrad mit schweißfeuchten Händen. Das war vermutlich nicht der beste Moment, es Evan zu sagen, aber vermutlich gab es so etwas wie den perfekten Zeitpunkt für eine solche Offenbarung nicht. Sie musste es tun, bevor sie der Mut verließ.

»Sie und mich? Es gibt kein Sie und mich. Mal abgesehen davon, dass Sie mich verhaftet haben, weil diese Schlampe …«

»Halt die Klappe und hör mir zu! Wir haben deine DNA-Probe analysiert.«

Evan starrte uninteressiert aus dem Fenster. »Und wenn schon. Ich bestreite ja nicht, dass ich mit Laurie geschlafen habe.«

Aiden hielt den Wagen vor dem Haus der LeCroixs an.

Dawn legte die Hand wieder auf Aidens Schenkel.

Diesmal ergriff Aiden ihre Hand. »Die DNA-Analyse hat ergeben, dass du und ich … Wir sind Geschwister. Halbschwestern.«

Evan lachte, aber es klang nicht amüsiert. Sie wandte sich an Dawn. »Doc, Ihre Freundin braucht eine Therapie dringender als ich. Sie hat nicht alle Tassen im Schrank.«

»Nein, Evan. Ich weiß, dass es sich verrückt anhört, aber es stimmt«, sagte Dawn.

»Ihr lügt!« Evan sprang aus dem Wagen und schlug die Tür zu.

Aiden fluchte. »Na, das lief ja prima.«

Dawn streichelte Aidens Bein. »Sie ist wütend und verwirrt. Gib ihr etwas Zeit und dann versuch noch mal, mit ihr zu reden. Und jetzt lass uns gehen und ihnen sagen, dass wir ihre Pflegetochter zurückgebracht haben.«

Von Evan war weit und breit nichts zu sehen, als sie die Auffahrt hinaufgingen und an der Tür klingelten.

Evans Pflegevater öffnete.

»Wir haben Evan nach Hause gebracht.« Aiden zeigte zur Garage, wo sich Evan vermutlich versteckte. »Das Mädchen, das angeblich von ihr vergewaltigt wurde, hat zugegeben, dass Evan sie in keinster Weise bedrängt hat. Es war alles nur ein Missverständnis.«

»Sie haben sie uns zurückgebracht?«, fragte Mr. LeCroix, ohne die Tür weiter zu öffnen und sie eintreten zu lassen. »Detective, ich bin mir nicht sicher, ob mein Haus weiterhin der richtige Ort für Evan ist.«

Aiden sah von ihm zu seiner Frau, die hinter ihn getreten war und aussah, als kämpfte sie gegen die Tränen an. »Sie haben mich wohl nicht verstanden, Mr. LeCroix. Sie ist unschuldig.«

Sie war so erleichtert gewesen, herauszufinden, dass ihre Halbschwester keine Vergewaltigerin war. Vielleicht hatten sie die gewalttätigen Tendenzen ihres Vaters doch nicht geerbt.

»Nein, Sie sind diejenige, die nicht versteht. Dieses ganze Drama war nur der Tropfen, der das Fass zum Überlaufen gebracht hat. Wilde Partys, Drogen, Ladendiebstahl, mit irgendwelchen Halunken herumhängen, mitten in der Nacht betrunken oder bekifft nach Hause kommen …« Mr. LeCroix zählte es an den Fingern ab. »Und jetzt finden wir heraus, dass sie Sex mit Mädchen hat.«

Aiden senkte den Blick und fühlte sich schuldig für die Vergehen ihrer Schwester, so wie sie sich immer schuldig für die Verbrechen ihres Vaters gefühlt hatte.

Als er versuchte, ihnen die Tür vor der Nase zuzuschlagen, trat Dawn vor und schob einen Fuß in die Tür. »Lesbisch zu sein, ist kein Verbrechen, Mr. LeCroix. Ich bin selbst lesbisch und ich weiß, wie schwer es ist, ehrlich zu sein und in ihrem Alter ein Coming-out zu haben. Sie sollten stolz auf Evans Mut sein und sie unterstützen, wo Sie nur können.«

»Aber sie hat uns nie erzählt, dass sie lesbisch ist«, sagte Mr. LeCroix.

Dawn stand ungerührt da. »Warum sollte sie? Warum sollte Sie Ihnen diese sehr persönliche Information anvertrauen, obwohl Sie nie auch nur das geringste Vertrauen in sie gezeigt haben? Sie haben die Anschuldigungen gegen Evan sofort geglaubt, ohne sie auch nur nach ihrer Version der Geschichte zu fragen.«

Aiden starrte ihre normalerweise sanfte, freundliche Partnerin an. *Gott, ich liebe diese Frau.*

»Sie hat uns nie einen Grund gegeben, ihr zu vertrauen«, sagte Mr. LeCroix. »Vom allerersten Tag an hat sie …«

»Evan ist in Pflegefamilien aufgewachsen«, unterbrach ihn Dawn. Ihre Stimme war hart wie Stahl. »Wissen Sie, was das bedeutet?«

»Natürlich. Ich …«

Dawn ließ ihn nicht aussprechen. »Es bedeutet, dass sie nie jemanden hatte, der sie ohne Wenn und Aber geliebt hat. Es bedeutet, dass sie nie jemanden hatte, der an sie geglaubt hat. Niemanden, der sie verstand, der sie tröstete, der ihr half, wenn sie Probleme hatte. Und es ist völlig normal, dass sie mit solch einer

Familiengeschichte Probleme hat.« Sie stieß die Tür zurück und baute sich direkt vor Evans Pflegeeltern auf. »Evan hat nie gelernt, um Hilfe zu bitten, also musste sie sich Ihre Aufmerksamkeit auf andere Weise sichern.«

»Indem sie eine kriminelle Karriere beginnt?«, fragte Mr. LeCroix.

»Sie ist keine Kriminelle, Mr. LeCroix. Evan mag ja tough tun und den Eindruck erwecken, sich um niemanden zu scheren, aber damit verbirgt sie nur ihre wahren Gefühle. Sie muss sich schützen.«

Er stand stocksteif und mit roten Wangen da, aber Aiden war nicht sicher, ob er wütend oder beschämt war.

»Es ist ein Teufelskreis«, fuhr Dawn fort. »Sie erwarten, dass sie Mist baut, also tut sie das auch. Sie haben die Rolle ihrer Eltern übernommen, also ist es Ihre Aufgabe, diesen Teufelskreis zu durchbrechen. Zeigen Sie ihr, dass sie ihr vertrauen.«

»Sie hat recht, Roger«, sagte Judy LeCroix schließlich. »Wir können sie nicht rauswerfen, nur weil es nicht immer leicht ist. Wenn wir es noch einmal mit ihr versuchen und Doktor Kinsley weiterhin mit ihr arbeitet, wird es besser werden.«

Aiden und Dawn tauschten lange Blicke aus.

Mist. Fast hätten wir sie überzeugt, aber das können wir ihnen nicht vorenthalten. »Dawn … Doktor Kinsley kann nicht mehr Evans Therapeutin sein«, sagte Aiden. Sie wollte nicht, dass Dawn diesen Kampf ganz allein ausfechten musste.

Roger LeCroix kniff die Augen zusammen. »Seit wann mischt sich die Polizei in Therapiepläne ein?«

»Ich spreche hier nicht als Polizistin, Mr. LeCroix. Ich spreche als Dawns Partnerin … als ihre Lebensgefährtin.«

»Sicher war sie doch auch schon vor letzter Woche Ihre Lebensgefährtin«, sagte Judy. »Das hat sie nicht davon abgehalten, Evan zu therapieren.«

Letzte Woche war noch alles anders gewesen. Aiden holte tief Luft. »Im Verlauf unserer Ermittlungen hat unsere Gerichtsmedizinerin herausgefunden, dass Evan meine Halbschwester ist.«

Die LeCroixs starrten sie an. »Aber … wie ist das möglich?«

»Wir sind noch nicht ganz sicher, aber vermutlich haben wir denselben Vater.« Mehr wollte Aiden ihnen nicht sagen. Die Einzelheiten gingen nur sie und Evan etwas an.

Mr. LeCroix verschränkte die Arme vor der Brust. »Wenn Sie ihre Schwester sind, warum nehmen Sie Evan dann nicht bei sich auf?«

Das Blut wich so schnell aus Aidens Kopf, dass ihr schwindelig wurde. *Ich?* Sie schluckte. Das war keine gute Idee. Sie würden sich innerhalb einer Woche gegenseitig umbringen. Aber das konnte sie natürlich nicht sagen.

»Evan braucht Stabilität in ihrem Leben. Es würde ihr schaden, wenn sie nur von Familie zu Familie herumgereicht würde«, sagte Dawn. »Es würde ihr mehr bedeuten, wenn sie bei jemanden leben könnte, der sie freiwillig zu einem Teil der Familie macht, statt bei jemanden, der keine andere Wahl hat, weil sie verwandt sind.«

Das klang viel besser als zuzugeben, dass ihr die Knie schlackerten bei dem Gedanken, Evan zu sich zu holen.

»Wir lassen sie erst mal hier bleiben«, sagte Judy LeCroix, bevor ihr Ehemann eine anders lautende Entscheidung treffen konnte. »Wo ist sie überhaupt?«

Aiden seufzte. »Sie ist weggelaufen, als ich ihr sagte, dass wir Schwestern sind. Ich bin nicht sicher, ob sie mir geglaubt hat.«

Dawn schlang einen Arm um ihre Hüfte. »Ein Teil von ihr weiß, dass es stimmt. Sie ist weggelaufen, weil sie nicht damit umgehen kann. Wir müssen ihr Zeit lassen.«

Sie verabschiedeten sich mit steifer Höflichkeit. Von Evan gab es noch immer keine Spur, als Aiden und Dawn zum Auto zurückgingen.

»Mist«, murmelte Dawn, als sie auf dem Beifahrersitz Platz nahm. »Ich hab's vermasselt.«

»Was?« Aiden drehte sich um und starrte sie an. »Du hast es nicht vermasselt. Du warst wundervoll. Wäre ich allein hier gewesen, wäre Evan jetzt unterwegs zur nächsten Pflegefamilie.«

Dawn schüttelte den Kopf. »Ich habe mich unprofessionell verhalten. Es ist … war meine Aufgabe, Evan zu therapieren, nicht ihren Pflegeeltern eine Predigt zu halten.«

»Sie haben sie zum Teufel noch mal verdient! Wie du Evan verteidigt hast … Das hat mir zu denken gegeben. Ihr oberschlaues Gehabe geht mir auf die Nerven und ich muss zugeben, dass ich keine Geduld mit ihr hatte, selbst nachdem ich herausfand, dass wir Schwestern sind. Aber was du gesagt hast, hat mich darüber nachdenken lassen, wie es wohl für sie war, in Pflegefamilien aufzuwachsen. Das hätte mir auch passieren können.«

Trotz der Art, wie sie gezeugt worden war, hatte Aiden Glück gehabt. Ihre Mutter hatte sie nie offen mit ihrem Vater verglichen oder ihr gedroht, sie zur Pflege freizugeben, egal, wie oft Aiden in der Schule Ärger bekommen hatte.

»In gewisser Weise seid ihr euch sehr ähnlich«, sagte Dawn. »Sie ist wie eine jüngere, aggressivere Version von dir.«

»So weit würde ich nicht gehen.« Aiden war nicht bereit, zuzugeben, dass sie viel mehr gemeinsam hatten als den Mann, der sie gezeugt hatte.

»Mach dir keine Sorgen. Du bist immer noch meine Nummer eins.« Grinsend lehnte sich Dawn zu ihr herüber und küsste sie.

Aiden vertiefte den Kuss sofort. Dawns leidenschaftliches Eintreten für Evan war heiß gewesen. Nach einer Weile wich sie etwas zurück. »Na, das will ich doch schwer hoffen!«

KAPITEL 17

Del stellte einen Pappbecher vor der Pförtnerin ab und grinste in sich hinein. *In letzter Zeit sehe ich sie so oft, dass ich vielleicht eine Beziehung mit ihr anfangen sollte.*

»Was ist das?« Die große Frau sah stirnrunzelnd auf.

»Kaffee. Der ist für Sie.« Auch wenn die Pförtnerin Kade im Notfall vielleicht nicht verteidigen konnte, schien sie ihre Pflichten doch sehr ernst zu nehmen und Del war dankbar, dass jemand Kades Gebäude bewachte, wenn sie nicht hier sein konnte. »Sie müssen nicht oben anrufen. Ich möchte sie überraschen.« Mit den beiden anderen Pappbechern in Händen marschierte sie an der Pförtnerin vorbei.

Eine Frau mit Kinderwagen und ein älterer Mann unterhielten sich angeregt und versperrten den Weg zum Aufzug, deshalb beschloss sie, die Treppe zu nehmen. So hatte sie wenigstens Zeit, darüber nachzudenken, was sie Kade sagen sollte, wenn sie oben ankam. Sie konnte Kade schlecht erklären, dass es ihr unten im Auto zu langweilig geworden war, schließlich sollte sie gar nicht hier sein. Wenn sie zugab, dass sie Kades Haus weiterhin beobachtete, würde Kade ihr nur vorwerfen, sie wie ein Kind zu behandeln.

Als sie Kades Etage erreichte, hatte sie immer noch keine überzeugende Ausrede gefunden. Der Kaffee schwappte über, als sie um die Ecke bog, und verbrannte ihr die Hand. »Autsch. Verdammt.« Sie hielt die Pappbecher etwas fester.

Ohne Vorwarnung explodierte ein Schmerz in ihrem Hinterkopf. Das Letzte, das sie sah, waren die fallenden Pappbecher, bevor sie auf ihnen landete.

Ein gellender Schrei drang durch Kades Wohnungstür. Sie ließ den Kugelschreiber fallen und knurrte genervt. Warum schrie ihre Nachbarin wie eine Irre? War ihr Chihuahua mal wieder ausgebüchst?

Grummelnd ging sie zur Tür, öffnete sie einen Spaltbreit und sah vorsichtig hinaus. Auf keinen Fall wollte sie, dass der Chihuahua versuchte, in ihrer Wohnung Zuflucht zu finden.

Die alte Dame aus der Nachbarwohnung stand vor Kades Tür und wedelte wild mit den Armen. »Sie ist tot! Oh Gott, sie ist tot!«

»Ihr Hund?« Kade versuchte, Mitgefühl zu zeigen, obwohl sie kein großer Fan der kleinen Ratte war, die sie immer wieder durch ihr Kläffen bei der Arbeit störte.

»Nein!« Ihre Nachbarin zeigte mit einer zitternden Hand nach links. »Die Frau da!«

Kade drehte den Kopf in die Richtung, in die sie wies.

Eine Person lag dort reglos in einer Kaffeepfütze.

»Del!« Sie schnappte sich ihre Schlüssel, rannte den Gang entlang und fiel neben ihr auf die Knie. »Rufen Sie den Notarzt«, rief sie ihrer Nachbarin zu. »Jetzt sofort!«

Kein Lebenszeichen kam von Del. Sie war sehr blass. Blut mischte sich in die Kaffeepfütze am Boden.

»Oh Gott! Nein, nein, nein. Del, komm schon. Du musst wieder in Ordnung kommen. Del?« Kade versuchte, ihren Puls zu ertasten, aber ihr eigenes Herz schlug so heftig, dass sie nicht sicher war, ob es Dels Puls oder ihr eigener trommelnder Herzschlag war.

Del stöhnte.

»Oh Gott, Del.« Kade beugte sich über sie. Es war ihr egal, ob ihre Kleidung mit Blut oder Kaffee besudelt wurde. »Kannst du mich hören?«

Del schlug die Augen auf. Sie rollte sich auf den Rücken, bevor Kade sie davon abhalten konnte. »K-Kade?«

Kade strich ihr eine Haarsträhne aus der Stirn. »Ja, ich bin's.«

Del stöhnte, als sie versuchte, sich aufzusetzen.

»Bleib liegen.« Kade drückte sie sanft auf den Boden zurück. »Der Notarzt ist schon unterwegs. Bald geht es dir wieder gut.« Sie versuchte, fest daran zu glauben.

Del sank zurück, sodass ihr Kopf auf Kades Schoß zu ruhen kam. »Was ist passiert?« Sie blinzelte zu Kade auf, als könnte sie sie nicht scharf sehen.

Angst überkam Kade. *Sie kann sich nicht daran erinnern?* »Ich bin nicht sicher. Eigentlich solltest du gar nicht hier sein.«

»Wollte dir Kaffee bringen«, murmelte Del.

Kade starrte auf die Pfütze, die sie umgab. »Bist du hingefallen? Ist dir schwindelig geworden?«

Del runzelte die Stirn. »Weiß nicht. Ich glaube nicht.«

»Schon okay.« Kade streichelte Dels Stirn. »Du musst das jetzt nicht wissen. Hast du Schmerzen?«

»Nein, fühlt sich gut an.« Ein schiefes Grinsen verdrängte Dels Stirnrunzeln.

Kade brauchte ein paar Sekunden, um zu verstehen, dass Del von den behutsamen Berührungen ihres Gesichts sprach. »Du bist unmöglich«, sagte sie, ohne wirklich verärgert zu sein.

Die Fahrstuhltüren öffneten sich und zwei Sanitäter rannten mit einer Trage auf sie zu. »Wir übernehmen jetzt. Machen Sie bitte Platz.«

Zögernd überließ ihnen Kade ihren Platz neben Del. Sie sah besorgt zu, wie sie Del anwiesen, ihre Hände und Füße zu bewegen und ihr dann mit einer kleinen Taschenlampe in die Augen leuchteten.

Del protestierte, als die Sanitäter ihr eine Halskrause anlegten und sie auf die Trage heben wollten. »Ich kann laufen!«

»Nein, kannst du nicht.« Kade holte eilig ihre Handtasche aus ihrer Wohnung und folgte den Sanitätern und der sich noch immer wehrenden Del zum Aufzug. »Hör auf, dich zu wehren, bevor ich dich noch mal bewusstlos schlage!«

Die Sanitäter starrten sie an. »Sie haben …?«

»Was? Nein! Natürlich nicht.« Sie hob die Hände, um sich das Gesicht zu reiben, ließ es aber bleiben, als sie merkte, dass ihre Finger blutverschmiert waren. Ihr Magen rebellierte.

»Ma'am?« Einer der Sanitäter hielt sie am Ellbogen fest. »Alles in Ordnung?«

Kade schüttelte seine Hand ab. »Alles bestens.«

Der Aufzug hielt im Erdgeschoss.

Sie schoben die Trage an der Pförtnerin vorbei zum Krankenwagen.

»Ich fahre mit«, sagte Kade.

Der Sanitäter neben ihr schüttelte den Kopf. »Das ist nicht erlaubt. Ich kann Ihnen sagen, in welches Krankenhaus wir sie bringen, dann können Sie …«

»Ich bin Staatsanwältin und sie ist bei der Polizei. Ich fahre mit.« Sie hielt ihm ihren Ausweis unter die Nase.

Sie luden Del in den Krankenwagen und Kade stieg ein, bevor jemand sie davon abhalten konnte.

Einer der Sanitäter setzte sich hinters Steuer und fuhr los. Kade war froh, dass sie die Sirene nicht einschalteten. Sie hoffte, es bedeutete, dass Del nicht schwer verletzt war und es ihr bald wieder gut gehen würde.

Del lag festgezurrt auf der Trage und konnte sich kaum bewegen. Es gab keine Fenster, deshalb konnte sie nur das Dach des Krankenwagens und die medizinische Ausrüstung um sie herum sehen.

»Kade?« Del sprach laut, um den Verkehrslärm zu übertönen.

»Ja? Ich bin hier.«

Del räusperte sich. »Ich würde gerne deine Hand halten, aber … im Moment bin ich hier etwas angebunden.«

Der Sanitäter sah zwischen ihnen hin und her, lächelte dann und rückte beiseite.

Etwas verlegen nahm Kade seinen Platz ein, legte ihre Hand auf Dels und rieb sanft ihre Finger, um sie zu wärmen. »Wie geht es dir?«

»Gut«, antwortete Del. Sie klang schon viel wacher. »Das war wirklich nicht nötig.«

»Das zu entscheiden, ist ihre Aufgabe, nicht deine.« Kade zeigte auf den Sanitäter, der abermals lächelte und nickte. Sie würde sich erst dann wieder entspannen können, wenn ihr ein Arzt bestätigte, dass es Del gut ging.

»Zu welchem Krankenhaus bringen Sie mich?«, fragte Del.

Der Sanitäter sah von Dels Kopfwunde auf. »Zum Garfield Memorial.«

Del stöhnte.

Bevor Kade nach dem Grund fragen konnte, hielt der Krankenwagen. Nur wenige Augenblicke später wurde Del ins Krankenhaus geschoben. Del verschwand hinter einem mit Vorhängen abgetrennten Bereich und Kade wurde gebeten, zurückzubleiben und zu warten.

Sie setzte sich auf einen der unbequemen Plastikstühle und starrte hinab auf ihre blut- und kaffeegetränkte Hose. Niemand hatte Kadence Matheson je in einem solchen Zustand gesehen, aber im Moment war ihr das egal. Nur Del war jetzt wichtig.

Es kam ihr wie eine Ewigkeit vor, bis ein Arzt hinter dem Vorhang hervortrat. Er sah aus, als wäre er kaum alt genug, ein Arzt zu sein. Kade runzelte die Stirn. Sie wollte, dass Del die beste Behandlung bekam.

»Ms. Vasquez sagt, Sie hätten sie gefunden?«, fragte er ohne lange Vorrede.

»Ja.« Kade sprang auf. »Wie geht es ihr?«

»Sie hat eine Gehirnerschütterung, aber bisher sieht es so aus, als wäre sie ansonsten okay.«

Bisher? Sieht so aus? Das genügte Kade nicht. Nicht, wenn es um Del ging. »Aber sicher sind Sie sich da nicht?«

»Wir machen noch ein CT, nur um sicherzugehen, dass es keine Blutungen unter der Schädeldecke gibt«, sagte er. »Und ich muss Ihnen einige Fragen stellen.«

Kade nickte knapp. »Schießen Sie los.«

Der Arzt sah auf sein Klemmbrett. »Haben Sie gesehen, was passiert ist?«

»Nein. Meine Nachbarin hat sie gefunden. Del wollte mir wohl Kaffee bringen. Vielleicht ist sie dabei gestürzt.«

»Hat sie das Bewusstsein verloren?«

»Ja.« Kade würde nie vergessen, wie sie die reglos daliegende Del gefunden hatte.

»Wie lange?«, fragte er.

Es hatte sich vermutlich länger angefühlt, als es tatsächlich gewesen war. »Nicht sehr lang. Es kann nicht mehr als eine Minute gewesen sein, nachdem ich meine Nachbarin um Hilfe rufen hörte. Aber ich bin nicht sicher, wie lange Del schon da lag, bis meine Nachbarin sie fand.«

Der Arzt notierte sich etwas. »Schien sie verwirrt, als sie wieder zu sich kam?«

»Ein wenig. Sie konnte sich nicht daran erinnern, was passiert war, aber sie hat mich sofort erkannt. Das ist gut, oder?«

»Das ist schon mal ermutigend, aber wir machen trotzdem das CT, um sicherzugehen.«

Als er davonging, setzte sich Kade wieder auf den unbequemen Stuhl und wartete. Gott, sie hasste diese Warterei.

Eine Frau in Krankenhauskleidung eilte den Gang hinab und blieb vor ihr stehen. »Ms. Matheson?«

Kade sah die Fremde fragend an, bis ihr einfiel, woher sie diese kannte. »Mrs. Kinsley …« Sie wusste nicht, was sie zu Dels bester Freundin sagen sollte.

»Eine der Schwestern in der Notaufnahme hat mir erzählt, dass man Del eingeliefert hat. Geht es ihr gut? Was ist passiert?« Grace Kinsley starrte auf das Blut auf Kades Kleidung. »Oh mein Gott! Ist sie …?«

Kade sprang auf und drückte Grace auf den Stuhl hinab. »Der Arzt sagt, sie ist mehr oder weniger okay. Sie machen nur noch ein paar Untersuchungen.«

Grace sank gegen die Wand. »Was ist passiert?«

»Del kann sich nicht daran erinnern, aber wie es aussieht, wollte sie mir Kaffee bringen und ist gestürzt.« Kade fühlte sich schuldig, obwohl sie Del nicht gebeten hatte, ihr Kaffee zu bringen.

»Sie ist gestürzt? Einfach so?«

»Vielleicht ist sie mit dem Kaffee in den Händen ausgerutscht oder ihr ist schwindelig geworden, weil sie nichts gegessen hatte.« Der Sanitäter hatte ihr Dels Jacke in die Hand gedrückt und sie hatte zwei zerdrückte Muffins in der Tasche gefunden.

»Tory«, rief Grace einer der Krankenschwestern zu, die gerade den Flur hinabging. »Kannst du für mich herausfinden, was mit Del Vasquez los ist? Sie ist eine Freundin von mir.«

Sie warteten angespannt, bis die Krankenschwester zurückkam. »Man bringt sie gerade auf Station. Sie ist in Zimmer 1019.«

Kade folgte Grace schweigend durch das Labyrinth der Krankenhausgänge zu Raum 1019. Unsicher, wie sie sich verhalten sollte, blieb sie hinter Grace zurück, als diese schnurstracks auf Dels Bett zuging.

»Del.« Grace beugte sich vor, umarmte ihre Freundin und küsste sie mit einer Zärtlichkeit auf die Wange, die Kade neben der Tür stehen bleiben ließ.

Eine heftige Welle von Eifersucht überraschte sie. Sie war nie zuvor eifersüchtig auf etwas oder jemanden gewesen. In den meisten Bereichen war sie immer die unangefochtene Nummer eins. Selbst wenn einer ihrer Freunde an einer anderen Frau Interesse gezeigt hatte, war höchstens ihr Stolz verletzt worden. Kade war ohne gebrochenes Herz darüber hinweggekommen.

»Mir wurde gesagt, man hätte dich blutend in die Notaufnahme eingeliefert«, sagte Grace mit zittriger Stimme. »Genau wie bei Jimmy.«

Del strich beruhigend über Grace' Rücken. »Es war kein bisschen wie bei Jimmy. Ich war nicht mal im Dienst. Ich Tollpatsch bin nur gestolpert und hingefallen. Das ist alles.«

»Du bist kein Tollpatsch.« Grace löste sich aus der Umarmung, um sie zu mustern. »Erzähl mir, was wirklich passiert ist.«

»Ich erinnere mich nicht daran, wie es passiert ist, aber ich bin vermutlich auf ein paar Tropfen Kaffee ausgerutscht und hingefallen.«

Grace sah sie an. »Du versteckst doch was.«

Kade begann langsam, das auch zu glauben. Del hatte auf dem Bauch gelegen, als sie sie gefunden hatte, warum also hatte sie eine Wunde am Hinterkopf und nicht an der Stirn? Hatte sie sich den Kopf an der Wand aufgeschlagen, bevor sie zu Boden gegangen war? Oder verheimlichte sie wirklich etwas?

»Ach was.« Del zwinkerte ihnen zu. »In diesem dünnen Krankenhausnachthemd kann man gar nichts verstecken.«

Erst jetzt merkte Kade, dass Del in der Tat eines der unattraktiven Nachthemden trug. Darin sah sie so verletzlich aus, dass Kade schlucken musste.

Sie hörte der Unterhaltung zwischen Del und Grace zu, während sie auf die Ergebnisse des CTs warteten. Es dauerte länger, als Kade erwartet hatte, und das machte sie nervös.

Schließlich kam der junge Arzt von zuvor herein. »Das CT zeigt keine Auffälligkeiten.«

»Seht ihr?« Del sah sie herausfordernd an. »Ich sagte doch, dass es mir gut geht.«

»Wir würden Sie trotzdem gerne über Nacht zur Beobachtung hierbehalten, einfach um sicherzugehen. Ich schicke Ihnen gleich die Krankenschwester mit Schmerzmitteln vorbei.« Der Arzt drehte sich um.

»Mir geht es gut«, sagte Del entschlossen. »Ich will, dass Sie mich entlassen.«

Er wandte sich ihr wieder zu. »Leben Sie mit jemandem zusammen, der Sie die nächsten vierundzwanzig Stunden unter Beobachtung halten kann?«

»Ich bin sicher, da findet sich jemand«, sagte Del, obwohl sie allein lebte.

Der Arzt sah zu Kade. Vermutlich nahm er an, dass Grace eine der Krankenschwestern auf dieser Station war. »Stellen Sie sicher, dass sie sich ausruht und genug trinkt. Ich schreibe ihr Schmerzmittel auf. Wecken Sie sie heute Nacht jede Stunde auf. Wenn Sie sie nicht wach bekommen oder sie Ihnen keine kohärente Antwort auf ihre Fragen geben kann oder wenn die Kopfschmerzen schlimmer werden, bringen Sie sie sofort in die Notaufnahme.«

Wieso sah der Arzt sie an? Sicher würde sich doch Grace um Del kümmern, oder etwa nicht? Die Verantwortung für Dels Wohlergehen senkte sich wie eine Bleischürze auf Kades Schultern hinab. Bevor sie etwas sagen konnte, ging der Arzt.

Grace berührte sanft Dels Hand. »Du musst hier noch ein Weilchen warten, während ich versuche, jemanden zu finden, der meine restliche Schicht übernimmt. Wenn ich niemanden finde, rufe ich Dawn an und frage sie, ob ...«

»Nein«, sagte Del. »Lass Dawn ihr wohlverdientes Wochenende genießen. Kade wird bei mir bleiben.«

Jahrelanges Arbeiten im Gerichtssaal hatte Kade ein perfektes Pokerface verliehen, aber jetzt konnte sie Del nur verblüfft anstarren. »Ach ja?«

»Ja. Das ist doch die perfekte Lösung.«

»Ich glaube, deine Kopfverletzung ist schlimmer, als wir angenommen haben. Inwiefern ist das die perfekte Lösung? Es ist verrückt, Del! Grace ist Krankenschwester. Sie ist darin ausgebildet, verletzten Menschen zu helfen. Ich bin Anwältin. Das Einzige, was ich über Gehirnerschütterungen weiß, ist, dass sie das Ergebnis eines tätlichen Angriffs sein können!«

»Du musst kaum etwas tun«, sagte Del. »Weck mich nur jede Stunde und plaudere ein wenig mit mir. Es wird schon alles gut gehen. Ich hatte schon zuvor Gehirnerschütterungen, deshalb habe ich mehr als genug Erfahrung für uns beide.«

Warum bestand Del darauf, dass sie Krankenschwester spielte, obwohl ihre beste Freundin eine richtige Krankenschwester war?

Grace beugte sich über das Bett und sah Del aus nächster Nähe an. »Bist du sicher, dass du es wirklich so machen willst?«

»Ganz sicher.« Del lächelte ihre alte Freundin an. »Geh zurück an die Arbeit, Schwester. Ich bin in guten Händen.«

Grace sah immer noch etwas skeptisch drein und Kade konnte sie verstehen.

Del drückte ihre Hand. »Kade kann bei mir in der Wohnung arbeiten, aber deine Arbeit ist hier. Es ist nur logisch, dass sie bei mir bleibt. Es macht dir doch nichts aus, oder, Kade?«

Und ob es ihr etwas ausmachte, aber nachdem Del sich verletzt hatte, als sie ihr Kaffee bringen wollte, konnte sie sich jetzt nicht von ihr abwenden. »Nein, es macht mir nichts aus.«

Grace sah auf die Uhr. »Okay, wenn du dir sicher bist, dann sollte ich zur Pädiatrie zurück. Ich rufe dich später an, um sicherzugehen, dass alles okay ist.« Sie küsste Del auf die Wange und ging.

Kade nahm ihren Platz neben dem Bett ein. »Warum tust du das?«

»Ich dachte, es macht dir nichts aus?«

»Tut es auch nicht. Aber ich glaube trotzdem, dass es keine gute Idee ist. Grace wäre viel besser dafür geeignet, sich um dich zu kümmern. Wenn es Komplikationen gibt, kann ich dir nicht helfen.« Wieder durchlebte sie die endlos scheinenden Minuten, als sie neben Del gesessen hatte, ohne ihr helfen zu können.

Del setzte sich stöhnend auf und nahm Kades Hand.

Kade zog sie nicht weg.

»Niemand erwartet von dir, dass du auf wundersame Weise mein Leben rettest. Du musst mich nur im Auge behalten und den Notarzt rufen, wenn du glaubst, dass etwas nicht stimmt. Das kannst du doch, oder?«

Kade nickte zögernd. Sie fühlte sich noch immer nicht wohl damit. »Diesmal lasse ich es dir durchgehen, aber bring mich nie wieder in eine solche Lage. Du hättest mich erst unter vier Augen fragen sollen, bevor du Grace sagst, dass ich bei dir bleiben werde.«

»Ich weiß, es war nicht fair, aber ich hatte meine Gründe. Ich erkläre es dir später«, sagte Del. »Lass uns erst hier abhauen. Kannst du mir meine Klamotten geben?«

Dels Kleidung lag auf einem kleinen Tischchen an der Wand. Sie holte sie und trug sie zum Bett. Als sie aufsah, schlüpfte Del gerade aus dem Krankenhausnachthemd. Schnell drehte Kade sich weg.

Del lachte. »Du hast mich doch schon zweimal halb nackt gesehen, warum bist du plötzlich so schüchtern?«

Langsam drehte sich Kade wieder um. Niemand hatte sie je schüchtern genannt und sie würde nicht zulassen, dass Del es tat. »Vielleicht sehe ich dich einfach lieber an, wenn dein Körper nicht von Prellungen und Platzwunden bedeckt ist?«

Del glotzte sie an. »Wirklich?«, fragte sie, ohne zu lächeln.

»Na klar. Prellungen und Platzwunden sind kein schöner Anblick.« Davon bekam sie schon bei der Arbeit genug und sie mochte es nicht, Del verletzt zu sehen.

»Nein, ich meine … magst du meinen Körper, wenn er nicht gerade von Prellungen und Platzwunden übersät ist?« Das neckische Lächeln, das Kade erwartet hatte, blieb aus.

Kade sah auf die Kleidung in ihren Armen hinab und leckte sich die Lippen. »Na ja, die Boxershorts mit den tanzenden Mäusen war süß.«

Del sah sie einfach nur weiter an.

Schließlich nickte Kade. Dels halb nackten Körper auf der anderen Seite des Schachbretts betrachten zu können, war all die vielen Stunden wert gewesen, die sie in der Kindheit damit verbracht hatte, Schachspielen zu lernen. »Du bist eine attraktive Frau.«

»Findest du mich attraktiv?«

»Ja.« Das konnte sie problemlos zugeben. Nur weil sie ihr Leben lang angenommen hatte, heterosexuell zu sein, war sie noch lange nicht blind. Außerdem wurde von Mathesonfrauen erwartet, dass sie auf das Aussehen anderer Frauen achteten, und sei es nur, um die Konkurrenz im Auge zu behalten. Okay, in den Augen ihrer Mutter war Del sicher keine ernst zu nehmende Konkurrenz, aber das ignorierte Kade für den Moment.

Del sah aus, als wollte sie weitere Fragen stellen, aber dann nickte sie nur und nahm Kade die Kleidung aus der Hand.

Dawn sprang aus ihrem Auto und vergaß in ihrer Eile fast, es abzuschließen. Sie rannte über die Straße und klingelte bei Del.

»Ja?«, antwortete nach einigen Sekunden der Stille eine Stimme, die nicht Del gehörte.

Dawn runzelte die Stirn, bevor ihr einfiel, dass Kade angeboten hatte, bei Del zu bleiben. »Hallo, Kade. Hier ist Dawn Kinsley.«

Kade ließ sie ins Haus und Dawn nahm die Treppe, weil sie nicht auf den winzigen, langsamen Aufzug warten wollte.

Als sie in der dritten Etage ankam, wartete Kade an der Tür. Sie begrüßte sie mit einem Nicken und folgte Dawn ins Wohnzimmer.

»Wie geht es Del?«

Del erschien im Türrahmen. »Mir geht's gut. Würdet ihr bitte aufhören, so zu tun, als läge ich auf dem Sterbebett?«

Dawn hastete zu einer vorsichtigen Umarmung zu ihr hinüber. »Ist wirklich alles in Ordnung mit dir?«, fragte sie, als sie schließlich wieder zurücktrat. Sie blickte zur Bestätigung zu Kade.

»Sie spielt die Heldin. Sie hat gegen den Rat der Ärzte das Krankenhaus verlassen.«

Da Dawn in einer Polizistenfamilie aufgewachsen war, überraschte sie das nicht. »Setz dich wenigstens und ruh dich aus.«

Del schlurfte zur Couch und sank in die abgewetzten Lederpolster.

»Ich lasse euch mal allein, damit ihr in Ruhe reden könnt«, sagte Kade und verschwand in die Küche. Sie schloss die Tür hinter sich.

Kade in der Küche. Dawn erinnerte sich noch an den Vorfall mit der Käsereibe und hoffte, dass Kade nicht versuchen würde, etwas für Del zu kochen. »Es war wirklich nett von ihr, dir anzubieten, sich um dich zu kümmern.« Sie wusste, dass es nicht Kades Natur entsprach, sich um andere zu kümmern.

»Na ja …« Del grinste und drehte den Kopf ein wenig, damit die Couch nicht gegen den kleinen Verband an ihrem Hinterkopf drückte. »Sie hat es nicht direkt angeboten. Ich habe deiner Mutter gesagt, dass Kade sich um mich kümmern würde, und Kade hat liebenswürdig zugestimmt.«

»Liebenswürdig?« Dawn konnte sich vorstellen, wie Kade darauf reagierte, dass jemand Entscheidungen für sie traf, ohne sie erst zu fragen. *Liebenswürdig* war nicht gerade das erste Wort, das ihr dazu einfiel. »Mensch, Del, wieso hast du mich nicht angerufen? Du weißt, dass ich sofort gekommen wäre. Schick die arme Frau nach Hause und lass mich hierbleiben.«

Del schüttelte den Kopf, verzog dann das Gesicht und hörte damit auf. »Nein. Ich weiß, dass du dich um mich kümmern würdest und ich weiß das Angebot zu schätzen, aber …nein. Kade bleibt hier.«

Dawn beäugte sie kritisch. »Du benutzt doch nicht etwa deine Verletzung, um Kade dazu zu nötigen, Zeit mit dir zu verbringen, oder?«

Del sah sie ernst an. »Meine Absichten sind ehrenwert.«

Dawn lächelte und berührte Del sanft am Arm. »Das weiß ich.«

»Aber ich gebe zu, dass ich zwei Fliegen mit einer Klappe schlage«, fügte Del grinsend hinzu. Dann wurde sie wieder ernst. »Es hat seine Gründe, weshalb ich will, dass Kade bleibt, aber ich kann dir das jetzt nicht erklären. Außerdem glaube ich, dass es gut für Kade ist, wenn sie sich um mich kümmern kann. Sie ist sehr unabhängig, deshalb würde sie nie eine einseitige Beziehung akzeptieren.«

Seit mehr als einem Jahrzehnt hatte Dawn sie nicht mehr so ernsthaft an jemandem interessiert erlebt. »Was ist es, dass dich so an Kade fasziniert?«

Del lächelte wissend. »Meinst du nicht eher, was ist es an Kade, das mich und Carlisle so fasziniert?«

»Nein. Ich weiß genau, warum Aiden an ihr interessiert war«, sagte Dawn. »Und hör bitte auf, sie ständig Carlisle zu nennen. Sie hat einen Vornamen, weißt du?«

Del grinste nur. »Also, was ist es, das deine Freundin so an Kade fasziniert?«

»Ich glaube, es ist das Bild, das sie nach außen abgibt. Die selbstbewusste, kühle Staatsanwältin. Aiden wusste, dass sie Kade nie haben konnte und das machte sie interessant. Sie konnte sie aus der Ferne bewundern, ohne riskieren zu müssen, sich emotional auf sie einzulassen«, sagte Dawn. »Und natürlich schadet es auch nicht, dass sie so attraktiv ist.«

»Nein.« Lächelnd sah Del zur geschlossenen Küchentür. »Das schadet ganz sicher nicht.«

Dawn neigte den Kopf zur Seite. »Ich nehme mal an, dass du dich nicht aus denselben Gründen für Kade interessierst?«

»Meine Gründe sind genau umgekehrt«, sagte Del.

»Umgekehrt?«

»Ich bewundere Kades Selbstbewusstsein und ihre aristokratische Haltung, aber hauptsächlich mag ich das, was ich entdecke, wenn ich ein wenig genauer hinschaue.« Dels Grinsen wuchs in die Breite. »Und ich will sie definitiv nicht nur aus der Ferne bewundern.«

Dawn kam eine plötzliche Eingebung. »Willst du, dass ich sie zu deiner Geburtstagsfeier einlade?«

Del blinzelte unschuldig. »Welche Geburtstagsfeier?«

»Du kannst dir die Unschuldsmiene schenken.« Dawn lachte. »Die Überraschungsparty, die wir seit zwanzig Jahren jedes Jahr für dich veranstalten.«

Del fiel in ihr Lachen mit ein. »Heißt das, ich kann aufhören, jedes Jahr so überrascht zu tun?«

»Nein. Es ist deine Pflicht als Geburtstagskind, überrascht zu tun«, sagte Dawn. »Also? Soll ich Kade nun einladen oder nicht?«

»Na ja, ich hätte schon gerne, dass Kade aus einer Torte springt.« Del zwinkerte. Dann lehnte sie sich zur Seite und küsste Dawn auf die Wange. »Das ist sehr nett von dir. Danke.«

Die Küchentür wurde geöffnet. Kade trat mit einem Tablett ins Wohnzimmer. »Ich habe Kaffee gekocht.« Mit einem Nicken in Dawns Richtung fügte sie hinzu: »Und Tee.«

Kade hatte also aufgepasst. Dawn nickte ihr anerkennend zu. »Danke, aber ich muss los. Als meine Mutter angerufen hat, habe ich das Büro in einem ziemlichen Chaos verlassen.« Sie berührte Dels Schulter sachte und erhob sich.

Kade brachte sie zur Tür.

Dawn drehte sich zu ihr um. »Passen Sie gut auf Del auf.«

Ein kaum wahrnehmbarer Ausdruck von Nervosität huschte über Kades Gesicht, bevor ihre selbstbewusste Miene zurückkehrte. »Das mache ich.«

Eine Berührung an der Schulter weckte Del und ließ sie zusammenzucken. Nach jahrelangem Singledasein war sie nicht mehr daran gewöhnt, dass jemand in der Wohnung war. Im Schein der Nachttischlampe konnte sie Kades Gesicht erkennen.

Gott, wie war es möglich, dass sie so perfekt aussah, obwohl es nach Mitternacht und sie den ganzen Tag auf den Beinen gewesen war? Jedes Haar saß perfekt. Selbst Dels altes Poloshirt, das im Trockner eingegangen war, sah elegant an ihr aus.

»Ist es Zeit für meine neurologischen Tests?« Sie klopfte neben sich auf die Matratze.

Kade setzte sich auf die Bettkante und musterte sie. »Ja, ich muss deine verbalen und motorischen Reaktionen testen. Also, sag mir deinen Namen. Deinen vollen Namen.«

»Staatsanwältin Matheson quält eine ohnehin schon verletzte Frau? Wie grausam.« Del legte den Kopf aufs Kissen zurück. Sie hatte immer noch leichte Kopfschmerzen, wollte aber Kade nicht beunruhigen, also sagte sie nichts. »Okay. Mein voller Name ist Delicia Vasquez Montero. Wenigstens habe ich keinen zweiten Vornamen.«

Kade lächelte. »Jetzt drück meine Hand.«

Na, endlich mal eine gute Gelegenheit, sie zu berühren. Del zögerte nicht. Sanft nahm sie Kades Hand in ihre und genoss die Berührung weicher Haut.

»Ich sagte drücken, nicht streicheln«, sagte Kade, zog ihre Hand aber nicht weg.

Ups. Del drückte Kades Finger und ließ dann los. »Also, Doktor Matheson, wie habe ich abgeschnitten?«

»Ich kann dir nicht die volle Punktzahl geben, weil ich die verbale Anweisung wiederholen musste. Aber dein Ergebnis ist gut genug, um dich nicht wieder zur Notaufnahme zu schleppen.« Kade erhob sich. »Schlaf weiter.«

Bevor Del etwas sagen konnte, verschwand Kade ins Wohnzimmer. Del schloss lächelnd die Augen.

Als Kade sie das nächste Mal aufweckte, zuckte sie nicht zusammen. Ihr Kopf schmerzte und sie freute sich nicht gerade darüber, schon wieder aufgeweckt zu werden, aber Kade zu sehen, verbesserte ihre Stimmung schlagartig. Sie musterte Kades Jogginghose, das zerknitterte Poloshirt und das rote Haar, das ihr lose bis auf die Schultern fiel. Scheinbar hatte Kade endlich die Schlafcouch benutzt.

»Brauchst du noch etwas Eis für deinen Kopf?«, fragte Kade, als sie sich neben sie setzte.

Ihre Hüfte streifte Dels Seite. Del atmete Kades Geruch tief ein. *Hm, wenn das so weitergeht, brauche ich das Eis, um andere Körperteile zu kühlen.* Sie schüttelte den Kopf, hörte aber sofort damit auf, als die Bewegung ein Schwindelgefühl erzeugte. »Also, was ist diesmal die Frage?«

»Warum wolltest du unbedingt, dass ich an Grace' Stelle bei dir bleibe?«, fragte Kade.

Del stöhnte. »Solltest du mich nicht eigentlich fragen, wer der Präsident der Vereinigten Staaten ist oder so was Ähnliches?«

»Du hast versprochen, es später zu erklären«, sagte Kade. »Jetzt ist später.«

Vorsichtig setzte Del sich auf. »Okay, lass uns darüber sprechen.« Sie musterte Kade. »Brauchst du eine Decke?« Sie hatte bemerkt, dass es in Kades Wohnung immer wärmer war als in ihrer eigenen. Vermutlich wurde Kade rasch kalt.

»Nein, alles bestens.«

Trotz ihres Protests zog Del einen Teil ihrer Decke über Kades Schoß. »Ich habe darauf bestanden, dass du hierbleibst, weil ich nicht wollte, dass du allein in deiner Wohnung bist.«

»Warum sollte ich nicht allein bleiben können? Die Blumenlieferungen haben aufgehört. Ich bin sicher, mein Stalker hat ein besseres Objekt seiner Bewunderung gefunden.«

»Vielleicht. Vielleicht auch nicht. Ich kann mich noch immer nicht daran erinnern, was genau heute Morgen passiert ist. Das Letzte, woran ich mich erinnere, ist, wie ich mit dem Kaffee das Gebäude betreten habe.«

»Der Arzt sagte, dass ein Verlust des Kurzzeitgedächtnisses nicht unüblich ist bei einer Gehirnerschütterung«, sagte Kade.

»Ich weiß. Aber Grace hat recht. Ich bin kein Tollpatsch. Das letzte Mal, dass ich hingefallen bin, war, als ich mich an Dawns Jungesellinnenabend ein wenig betrunken hatte. Und selbst da konnte ich mich mit einer Hand abfangen.« Del schüttelte den Kopf. »Und jetzt, im Vollbesitz meiner geistigen und körperlichen Kräfte, rutsche ich aus und lande direkt auf dem Kopf? Da stimmt doch was nicht.«

Kade starrte sie an. »Du meinst …?«

»Ich bin mir nicht sicher, aber ich glaube, jemand hat mich niedergeschlagen. Die Position dieser charmanten kleinen Platzwunde an meinem Hinterkopf stimmt eher mit einem Schlag als mit einem Sturz überein.« Del nahm Kades Hand. »Ich glaube, dein Stalker hat das Warten satt. Jetzt ist er hinter mir her.«

Kades Finger zuckten. »Was? Aber warum sollte er dir wehtun wollen? Selbst wenn er zurück ist, er ist hinter mir her, nicht hinter dir.«

»Er hat bemerkt, dass ich viel Zeit in deiner Nähe verbringe. Warum sollte er sonst aufhören, dir Blumen zu bringen? Und ich bin sicher, dass er es nicht ausstehen kann, wenn ich so viel Zeit mit dir verbringe.«

»So viel Zeit hast du doch gar nicht in meiner Wohnung verbracht«, sagte Kade.

Del fuhr sich über die empfindliche Haut auf ihrem Bauch, wo sie sich am Kaffee verbrannt hatte. »Na ja, nicht in deiner Wohnung, aber vor ihr.« Sie zog den Kopf ein.

»Wie bitte?« Kades blaue Augen schienen sie wie Laser zu durchbohren. »Willst du damit sagen, du hast deine Freizeit vor meiner Wohnung verbracht? Wir hatten eine Vereinbarung, Del! Eine Nacht, nicht einen Monat!«

Del seufzte. »Ich weiß.«

»Es tut dir nicht mal leid?«

Del begann langsam, sich wie ein Zeuge der Gegenseite zu fühlen, der von der Staatsanwältin im Zeugenstand auseinandergenommen wurde. »Es tut mir leid, dass ich es dir nicht erzählt habe. Aber es tut mir nicht leid, dass ich versucht habe, dich zu beschützen.«

»Was ist damit, dich selbst zu beschützen? Ich will nicht, dass du wegen mir zu Schaden kommst. Das ist meine Entscheidung, Del. Meine!« Kade zog ihre Hand unter Dels weg und zeigte mit dem Finger auf sich.

»Du kannst nicht verhindern, dass deinen Mitmenschen etwas an dir liegt, Kade«, sagte Del und bemühte sich, ruhig zu bleiben. Die Diskussion verschlimmerte ihre Kopfschmerzen. »Du musst keine Angst haben, ein wenig Hilfe von deinen Freunden anzunehmen.« Sie holte tief Luft. »Ich denke, wir sollten die Ermittlungen offiziell machen.«

»Ich habe dir doch schon gesagt, dass ich nicht …«

»Es für uns zu behalten, ist keine Option mehr. Das war okay, solange er dir nur Blumen geschickt hat, aber jetzt hält mich der Stalker für eine Rivalin. Er wird aktive Schritte unternehmen, um dich für sich zu gewinnen.«

Kade sprang auf und marschierte zum Fenster. Sie starrte hinaus in die Dunkelheit, als könnte sie dort den Stalker entdecken und ihn mit einem vernichtenden Blick zur Strecke bringen. »Was, wenn du dich irrst? Was, wenn du wirklich nur gestürzt bist, ohne dass dich jemand angegriffen hat?«, fragte sie mit dem Rücken zu Del.

Del warf die Decke beiseite, wartete kurz, bis sie ihr Gleichgewicht gefunden hatte, und trat dann ganz dicht hinter Kade, ohne sie jedoch zu berühren. »Was sagt dir dein Instinkt?«

Kade drehte sich zu ihr um. Sie sahen einander aus nächster Nähe in die Augen. Beide standen bewegungslos da. »Die Sache eskaliert«, flüsterte Kade.

Del zog sie in ihre Arme und drückte sie sanft an sich.

Kade erstarrte einen Moment lang, dann erwiderte sie die Umarmung.

Der Druck auf ihren Prellungen schmerzte, aber Del ignorierte das. Jetzt, da sie Kades Körper an ihrem spürte, war der Drang, sie zu küssen, fast unwiderstehlich. Doch Del hielt sich zurück. Jetzt war nicht der richtige Zeitpunkt. »Wir überstehen das gemeinsam, okay? Aiden und Ray werden uns helfen. Es werden keine fremden Leute in deine Privatsphäre eindringen, so lange es nicht unbedingt sein muss.«

Kade nickte. Sie drückte Del kurz, ließ dann los und trat zurück. »Deine motorische Reaktion ist zufriedenstellend.«

Del brauchte einen Moment, um ihren rebellierenden Körper unter Kontrolle zu bekommen und zu verstehen, wovon sie sprach. »Gut zu wissen.«

Kade musterte sie. »Dir ist doch nicht schwindelig, oder?«

Del schwirrte wirklich der Kopf, aber das kam von Kades Nähe, nicht von der Gehirnerschütterung. »Mir geht's gut.« Sie kroch zurück unter die Decke. »Weißt du, jetzt habe ich fast Angst, wieder einzuschlafen. Wer weiß, was du mich fragst, wenn du mich das nächste Mal aufweckst.«

Kade ging zur Tür und grinste über die Schulter zurück. »Tja, wart's ab.«

KAPITEL 18

O*KAY, WENN SIE HIER AUCH nicht ist, gebe ich auf.* Evans Pflegemutter hatte Dawn gesagt, dass das Mädchen zum Skatepark gegangen war, wusste aber nicht, zu welchem. Dawn war erfolglos an drei Skateparks vorbeigefahren, aber eine nagende Sorge ließ sie weitersuchen. Sie hatten nichts mehr von Evan gehört, seit sie ihr vorige Woche gesagt hatten, dass Aiden ihre Schwester war.

Dawn war nicht sicher, ob es richtig war, hier zu sein und Evan aufzusuchen. Eine Beziehung mit einer früheren Patientin anzufangen, auch wenn es völlig platonisch war, entsprach nicht gerade den ethischen Standards, denen Psychotherapeuten unterlagen. Sie hatte lange darüber nachgedacht und dann entschieden, dass es unmöglich war, sich von Evan fernzuhalten. Sie war Aidens Halbschwester, deshalb würde sie ein Teil von Dawns Leben sein, egal, was passierte.

Dawn stieg aus dem Wagen und überquerte den Parkplatz in Richtung der Halfpipe. Niemand schien sie im Moment zu benutzen, aber ein paar Kinder fuhren mit ihren Inlineskates herum oder übten Skateboardmanöver. Einige Jugendliche lagen unter einem Baum und rauchten etwas, das Dawn sich lieber nicht so genau anschauen wollte. Sie ging auf sie zu, als sie aus dem Augenwinkel eine einsame Gestalt auf der Halfpipe sitzen sah.

Sie ließ ihre Füße, die in Skates steckten, über den Rand der Plattform am einen Ende der Halfpipe baumeln.

Ohne das Gesicht erkennen zu können, wusste Dawn sofort, dass sie Evan gefunden hatte. Langsam ging sie auf sie zu. »Hallo, Evan.«

Evan sah auf sie herab. Eine Zigarette hing in ihrem Mundwinkel. »Machen Sie jetzt schon Hausbesuche? Ich dachte, Sie wollten nicht mehr meine Therapeutin sein?«

Dawn hatte eine derart feindselige Begrüßung erwartet. Evan fühlte sich verstoßen, deshalb fiel sie zurück in ihr aggressives Verhalten. »Kann ich mich setzen?« Sie war jetzt auf Evans Territorium, deshalb musste die Unterhaltung nach Evans Regeln stattfinden.

Sie nahm das lässige Schulterzucken als Einladung, kletterte auf die Plattform und setzte sich in respektvoller Entfernung neben Evan. »Ich kann nicht mehr deine Therapeutin sein. Das ist ein Unterschied.« Sie entschied sich, Evan jetzt zu duzen, um anzudeuten, dass sich die Art ihrer Beziehung geändert hatte. »Aber das heißt nicht, dass ich dich nicht mehr sehen will. Wir können uns weiterhin treffen, nur nicht als Therapeutin und Patientin.«

»Warum sonst sollten wir einander sehen wollen? Und kommen Sie mir jetzt nicht wieder mit diesem Quatsch von wegen wir wären Schwägerinnen.« Evan warf ihre Zigarettenkippe auf den Boden neben der Halfpipe und zündete sofort die nächste an.

»Aiden ist wirklich deine Halbschwester, aber lass uns das mal für einen Moment vergessen. Ich bin nicht wegen Aiden hier. Ich bin deinetwegen hier.« Dawn hielt Evans skeptischem Blick stand, ohne zu blinzeln.

»Tja, ich bin hier, um mit meinen Freunden rumzuhängen.«

Dawn blickte zu den Kindern mit den Skateboards und den kiffenden Jugendlichen unter dem Baum. Einige sahen zu ihnen herüber, aber niemand kam zur Halfpipe, um sich Evan anzuschließen. »Deine Freunde sind da unten und du sitzt hier oben. Sieht nicht so aus, als ob ihr zusammen herumhängt.«

»Ist doch super. Dann hab ich die Halfpipe ganz für mich.« Evan grinste frech, konnte aber den einsamen Ausdruck in ihren Augen nicht verbergen.

»Na ja, es sieht auch nicht so aus, als ob du die Halfpipe nutzen würdest.« Dawn deutete auf die Plattform, auf der sie saßen.

Evan drückte ihre Zigarette aus und erhob sich. »Sie haben mich nur bei einer kurzen Zigarettenpause angetroffen. Jetzt skate ich weiter, wenn Sie sich mir also nicht anschließen wollen, sollten Sie besser gehen.«

»Ich habe nicht mal Skates«, sagte Dawn, stand aber nicht auf, um zu gehen.

»Sie können meine haben.«

Dawn blickte auf Evans Füße, die mindestens zwei Nummern größer als ihre eigenen waren. »Die würden mir nicht passen.«

»Hey, Joe«, rief Evan einem der Jungs zu. »Gib mir deine Skates.«

Der Junge reichte ihr sofort seine Skates. Offensichtlich respektierte er sie. Solange Evan tough tat, bekam sie, was sie wollte.

»Also, Doc, was wollen Sie machen? Skaten oder gehen?« Der Ausdruck auf ihrem Gesicht sagte klar, dass sie erwartete, dass Dawn den Rückzug antreten würde.

Dawn nahm ihr die Skates aus der Hand. »Skaten, schätze ich.«

Evan verschränkte die Arme und sah zu, wie Dawn die Skates anzog. »Von einem Ende der Halfpipe zum anderen.«

Dawn schloss die letzte Plastikschnalle und richtete sich auf. Sie hielt sich an Evans Schulter fest, um die Balance nicht zu verlieren, und schielte auf die Halfpipe hinab. Das konnte richtig wehtun und die dünne Stoffhose, die sie zur

Arbeit getragen hatte, würde sie nicht schützen. Aber wie sonst sollte sie Evans Respekt erringen? Sie atmete tief durch und ließ Evans Schulter los.

»Tun Sie mir einen Gefallen und brechen Sie sich nicht das Genick, Doc«, sagte Evan und versuchte, barsch zu klingen.

»Danke für deine rührende Sorge.« Dawn konzentrierte sich auf die Halfpipe unter ihr.

»Ich mache mir keine Sorgen um Sie. Ich sorge mich um mich selbst. Ihre Freundin wird mir den Hals umdrehen, wenn Sie mit gebrochenen Knochen nach Hause kommen.«

»Ich habe nicht vor, mir etwas zu brechen, und ich habe auch nicht vor, Aiden hiervon zu erzählen.« Dawn rollte über die Kante der Plattform. Sie raste die Steilwand hinab und unterdrückte einen Aufschrei, als sie fast das Gleichgewicht verlor. Dann erreichte sie den flachen Teil der Halfpipe und versuchte, genug Schwung zu holen, um es auf der anderen Seite nach oben zu schaffen.

Bevor sie die andere Plattform erreichen konnte, zog die Schwerkraft sie nach unten. Sie begann, rückwärts zu rollen. Sie versuchte, sich umzudrehen, aber sie war viel zu schnell.

Hart landete sie auf dem Beton und schlidderte auf dem Hintern, bis sie in der Mitte der Halfpipe endlich anhalten konnte.

Evan war bei ihr, noch bevor sie zum Stillstand kam. »Alles okay, Doc?«

Dawn sah zu ihr auf. Die unelegante Landung hatte Evan sicher nicht sonderlich beeindruckt. »Ging mir nie besser, danke.«

Das Handy in Dawns Tasche begann zu klingeln. Einen Moment lang wollte sie es ignorieren, aber dann fiel ihr ein, dass es eine Patientin sein konnte, also zog sie es hervor. »Kinsley.«

»Hey, Dawn. Ich bin's.« Die warme Stimme ließ keinen Zweifel zu. Es war Aiden. »Wo bist du?«

»Oh, ich sitz hier nur so rum.« Dawn grinste Evan zu, die sich bemühte zu wirken, als wäre sie nicht versucht, zurückzulächeln.

»Wo? Ich könnte vorbeikommen und dir Gesellschaft leisten.«

Dawn grinste Evan immer noch an. »Ich hab schon Gesellschaft, danke, Schatz.«

»Muss ich mir Sorgen machen?«, fragte Aiden scherzhaft.

»Na ja, sie ist gut aussehend, aber ein bisschen jung für mich.« Sie musste lachen, als Evan die Augen aufriss, bevor sie schnell wieder so tat, als interessierte sie sich nicht im Geringsten für Dawns Telefongespräch.

»Jamie?«, fragte Aiden lachend.

»Nicht ganz so jung.«

Aiden hörte auf zu lachen. »Du bist doch nicht etwa bei Evan, oder?«

»Doch, bin ich.«

»Ohne es mir zu sagen?«

»Lass uns später darüber sprechen.« Dawn wollte nicht, dass Evan mitbekam, wie sie sich ihretwegen stritten.

Aiden seufzte. »Du hättest es mir sagen sollen. Sie ist meine Schwester. Ich sollte diejenige sein, die mit ihr spricht.«

»Das hat nichts mit dir zu tun«, sagte Dawn. Sie hasste es, sich mit Aiden zu streiten, aber sie war bereit, ihr die Stirn zu bieten.

»Du bist meine Lebensgefährtin und sie ist meine Schwester. Natürlich hat es mit mir zu tun!«

»Ich komme später bei dir vorbei«, sagte Dawn. »Dann können wir in Ruhe darüber reden.«

»Schön. Bis später.« Aiden legte auf.

Dawn steckte das Handy weg.

Evan hielt ihr die Hand hin, um ihr hochzuhelfen.

»Danke.« Sie unterdrückte ein Grinsen, als Evan ihre Stärke bewies, indem sie sie fast im Alleingang auf die Füße hob.

»Ich hätte nicht gedacht, dass Sie das wirklich tun würden«, sagte Evan, als sie die Skates auszogen und wieder auf die Plattform kletterten.

»Na ja, ich bin ziemlich gut im Schlittschuhlaufen und ich dachte mir, so anders kann es doch auch nicht sein. Schätze, ich habe mich geirrt.« Lächelnd klopfte Dawn sich auf den schmerzenden Hintern.

Evan zündete sich eine Zigarette an und lehnte sich zurück.

Dawn rümpfte die Nase, als der Rauch zu ihr herüberzog, aber sie sagte nichts.

»Das war Ihre Polizistenfreundin«, sagte Evan, auf das Handy in Dawns Tasche zeigend.

»Ihr Name ist Aiden und ja, das war sie.«

Evan schnippte etwas Asche von der Spitze ihrer Zigarette. »Schätze, sie ist der eifersüchtige Typ und hält Sie an der kurzen Leine, oder?«

»Nein. Es gibt keinen Grund zur Eifersucht. Sie weiß, dass ich sie nie betrügen würde.« *Und ganz sicher nicht mit ihrer minderjährigen Schwester!*

»Aber sie mag es trotzdem nicht, wenn Sie mit mir reden.«

Dawn dachte eine Weile über ihre Antwort nach. Wenn sie Evans Respekt verdienen wollte, musste sie sie wie eine Erwachsene behandeln … und das bedeutete, dass sie ehrlich sein musste. »Nein, sie mag es nicht sonderlich. Aber nicht aus den Gründen, an die du vermutlich denkst.«

»Klar.« Evan schnaubte. »Ein Blinder mit Krückstock könnte sehen, dass sie ihre kostbare Freundin von Abschaum wie mir fernhalten will.«

»Darum geht es nicht. Sie hält dich nicht für Abschaum und ich auch nicht. Aiden denkt nur, dass sie, als deine Schwester, diejenige sein sollte, die sich mit dir trifft.«

Evan breitete die Arme in einer Geste aus, die den ganzen Skatepark mit einschloss. »Warum ist sie dann jetzt nicht hier?«, fragte sie mit aggressivem Unterton.

»Weil sie Angst hat«, sagte Dawn leise.

Evan lachte. »Der war gut, Doc.«

»Das ist mein Ernst. Nur weil sie selbstbewusst und tough tut, heißt das nicht, dass sie nicht manchmal auch Angst hat.«

Evan wich ihrem Blick aus, indem sie mit übertriebenem Interesse ihre Zigarette studierte.

»Aiden hatte noch nie eine Schwester. Sie weiß nicht, wie sie mit der Situation umgehen oder was sie zu dir sagen soll. Ich könnte mir vorstellen, dass es dir auch so geht.«

»Woher weiß ich, dass sie wirklich meine Schwester ist?«, fragte Evan, anstatt über ihre Gefühle zu sprechen. »Wie kann ich sicher sein, dass Sie mich nicht nur verarschen?«

Dawn zuckte mit den Schultern. »Aiden könnte dir die wissenschaftlichen Beweise zeigen. Oder du vertraust mir einfach, wenn ich sage, dass ich mir ganz sicher bin. Ihr seid Halbschwestern.«

Langsam drehte Evan den Kopf und sah in Dawns Augen, bevor sie den Blick abwandte und ihre erst halb gerauchte Zigarette zu Boden warf. »Ist auch egal. Selbst wenn es stimmt, mir ist das schnuppe. Ich hatte nie eine Schwester und jetzt brauch ich auch keine.« Sie erhob sich und kletterte von der Plattform.

»Tu das nicht«, sagte Dawn. »Schmeiß das nicht einfach weg.«

Evan drehte sich nicht um.

Dawn schloss eilig zu ihr auf. »Weißt du, wer mir das Schlittschuhlaufen beigebracht hat?«

Evan rollte mit den Augen. »Lassen Sie mich raten. Ihre geliebte Polizistin.«

»Nein.« Allein die Erinnerung daran, wie Aiden auf der Eisfläche herumgestolpert war, brachte Dawn zum Lachen. »Aiden kann beim besten Willen nicht Schlittschuhlaufen.«

Evan grinste, sichtlich erfreut.

Dawn verkniff sich ein Grinsen. Evan mochte zwar abstreiten, dass Aiden ihre Schwester war, aber offensichtlich war ihr Geschwisterrivalität nicht fremd. »Es war Brian, mein Bruder. Er war fünf Jahre älter als ich.«

»War? Ist er tot oder so?«, fragte Evan, als ob ihr das völlig gleichgültig wäre.

Dawn biss sich auf die Unterlippe. »Ja. Er ist vor zehn Jahren erschossen worden. Ich vermisse ihn immer noch.«

»Was hat diese rührselige Geschichte mit mir zu tun?«

Dawn versuchte, ruhig zu bleiben. Sie wusste, dass Evan ihr nur deshalb wehtun wollte, weil sie selbst auch litt. »Du hast jetzt eine ältere Schwester. Ich weiß, es ist nicht dasselbe für dich ...«

»Verdammt richtig. Und mehr will ich zu der Sache nicht sagen. Sie sollten zu Ihrer ungeduldigen Freundin nach Hause fahren.« Evan nahm ihr die Skates ab.

»Sie kann warten. Ich habe mir das Recht verdient, Zeit mit dir zu verbringen, nachdem ich auf der Halfpipe Kopf und Kragen riskiert habe. Und das will ich auskosten. Sollen wir Eis essen gehen?«

Evan verzog das Gesicht. »Eiscreme ist was für Kinder.«

Vor anderen tough zu erscheinen, ist wirklich wichtig für dich, nicht? »Dann bin ich wohl kindisch, denn ich liebe Eiscreme. Willst du mir wenigstens Gesellschaft leisten, während ich mich diesem kindischen Vergnügen hingebe?«

»Kann ich machen«, sagte Evan ohne jede Begeisterung. »Wenigstens werden mich Judy und Roger nicht dumm anmachen, wenn ich ihnen sage, dass ich bei Ihnen war.«

Sie stiegen in Dawns Auto und fuhren zu einer Eisdiele in der Nähe. »Bist du sicher, dass du nichts möchtest?«, fragte Dawn, als sie sich setzten. »Das geht auf mich.«

»Ich brauche keine Almosen. Ich hab selbst Geld.«

»Ich weiß. Ich dachte nur, es wäre fair, wenn ich bezahle, weil ich es vorgeschlagen habe. Du kannst dann nächstes Mal bezahlen.« Dawn wartete mit angehaltenem Atem auf Evans Antwort.

Evans lange Finger spielten mit der Eiskarte. »Na ja, ich schätze, ich verdiene eine kleine Belohnung dafür, dass ich Ihnen das Skaten beigebracht habe.«

Dawns erster Impuls war es, einfach zuzustimmen, aber sie stoppte sich. Evan wollte wie eine Erwachsene behandelt werden, nicht wie ein verwöhntes Kind. »Du hast mir gar nichts beigebracht, Evan. Du hast mir die Skates in die Hand gedrückt und mir gesagt, ich soll mir nicht das Genick brechen. Wenn du dir eine Belohnung verdienen willst, dann musst du dich schon mehr anstrengen.«

Der Hauch eines Lächelns umspielte Evans Lippen, aber sie versteckte es schnell. »Sie wollen doch nicht wirklich, dass ich Ihnen das Skaten beibringe.«

»Ach? Jetzt kannst du also Gedanken lesen. Wenn ich sage, ich bin interessiert, dann bin ich auch interessiert. Ich bin recht gut im Schlittschuhlaufen, deshalb denke ich, dass ich mit der richtigen Lehrerin das Skaten im Nu lernen kann. Oder traust du dir das nicht zu?« Sie sah Evan mit einem herausfordernden Blick an.

»Das kommt drauf an, was für mich dabei rausspringt«, sagte Evan.

»Du meinst Geld?« Dawn schüttelte den Kopf. »Ich bezahle meine Freunde nicht dafür, dass sie mir einen Gefallen tun. Aber wie wäre es damit: Du hilfst mir, Skates und die restliche Ausrüstung für mich auszusuchen und bringst mir das Skaten bei und ich bezahle neue Skates für dich.«

»Egal, welche ich will?«, fragte Evan.

Dawn lachte. »Oh, du hast wohl einen teuren Geschmack, was?«

Evan schenkte ihr ein schiefes Grinsen.

»Egal, welche du willst. Also, haben wir einen Deal?« Sie streckte die Hand über den Tisch.

Evan blickte von der Hand zu Dawns Gesicht. »Ich bin die Lehrerin? Ich darf bestimmen?«

Oh, du genießt diesen Rollenwechsel so richtig, nicht? Dawn war bereit, die überlegene Stellung in ihrer Beziehung aufzugeben. Vielleicht half es ihnen sogar dabei, eine Beziehung aufzubauen, die nicht auf ihren früheren Rollen von Therapeutin und Patientin beruhten. »Du bist die Lehrerin. Du darfst bestimmen.«

Evan gab ihr die Hand und drückte fest zu. »Dann haben wir einen Deal.«

Ein Schlüssel klirrte im Schloss.

Aiden legte das Buch beiseite, das sie seit einer halben Stunde in der Hand hielt, ohne zu lesen. »Dawn?«, rief sie und gab sich dann einen mentalen Schlag auf den Hinterkopf. *Wer sollte es denn sonst sein?* Ihre Partnerin war die Einzige, die einen Schlüssel zu ihrer Wohnung hatte.

Dawn kam ins Wohnzimmer und ging zur Couch, wo Aiden saß. »Hi.« Sie bückte sich, um ihr einen Begrüßungskuss zu geben.

Aiden war nicht in der Stimmung für Zärtlichkeiten, aber sie zwang sich, den sanften Kuss zu erwidern. Ihr die kalte Schulter zu zeigen, war etwas, das ihre Mutter getan hatte, wenn sie trank, und Aiden wollte nicht die schlechten Gewohnheiten ihrer Eltern übernehmen. »Wie geht es Evan?«

»Ein bisschen besser, glaube ich.« Dawn sank neben ihr auf die Couch. »Nächstes Mal will ich versuchen, sie dazu zu überreden, sich an eine andere Therapeutin zu wenden.«

»Nächstes Mal?«, wiederholte Aiden stirnrunzelnd. »Hört sich an, als hättest du regelmäßige Treffen geplant, obwohl du nicht mehr ihre Therapeutin bist.« Sie konnte den vorwurfsvollen Ton nicht verhindern.

»Ich glaube, es würde ihr mehr schaden als nutzen, wenn ich mich von ihr fernhalte.« Dawn verlagerte ihr Gewicht und berührte Aidens Knie. »Ich weiß, du glaubst, ich würde dir deinen Platz in Evans Leben wegnehmen und …«

»Nein.« Aiden bedeckte Dawns Hand mit ihrer eigenen. »Was ich am Telefon gesagt habe, war blöd. Ich habe es nicht so gemeint. Ich bin stolz darauf, dass du Evan hilfst.«

Dawn sah sie an. »Aber?«

Aiden seufzte und lächelte verlegen. Dawn kannte sie einfach zu gut. »Aber«, sagte sie und streichelte Dawns Hand, um ihren Worten die Schärfe zu nehmen,

»es führt dazu, dass ich mich ziemlich unfähig fühle, weil ich weiß, dass ich es nicht kann. Ich kann sie nicht so erreichen wie du.«

»Das solltest du auch nicht erwarten«, sagte Dawn. »Mal abgesehen von den Genen, die ihr teilt, seid ihr Fremde, die nichts voneinander wissen. Du kannst nicht mit einem Riesensprung von der Feindin, die sie hinter Gitter bringen wollte, zur geliebten Schwester werden.«

»Ich weiß.« Aiden lehnte den Kopf gegen das Rückenpolster der Couch. »Ich wollte auch gar nicht springen, aber ich weiß nicht mal, was der erste winzige Schritt sein soll.«

»Versuch erst mal, ihre Freundin zu sein«, sagte Dawn.

Aiden atmete tief aus und ein. »Das ist leichter gesagt als getan. Ich weiß nicht, wie man sich mit einer rebellischen Jugendlichen anfreundet, und sie macht es mir auch nicht leicht.«

»Warum sollte sie das? Evan hat es auch nie leicht gehabt. Im Moment muss sie mit einer ganzen Menge fertigwerden. Fast wäre sie wegen Vergewaltigung angeklagt worden, ihre Pflegeeltern wollten sie rauswerfen, ihre Therapeutin hat sie verstoßen … Versuch mal, dich in ihre Lage zu versetzen.«

»Das macht es ja so schwierig. Was, wenn meine Mutter es nicht ertragen hätte, dass ich bei ihr lebe? Was, wenn sie mich zur Adoption freigegeben hätte? Was, wenn ich in Pflegefamilien aufgewachsen wäre? Was, wenn ich nie herausgefunden hätte, dass mein Vater ein Vergewaltiger ist?«

»Das ist es ja gerade. Du bist nicht so aufgewachsen, aber Evan ist es. Ich weiß, dass die Offenbarung, dass du eine Schwester hast, auch für dich viele Fragen aufwirft, aber versuch für den Moment, dich nicht auf dich, sondern auf Evan zu konzentrieren.«

Aiden stöhnte und rieb sich das Gesicht. »Ich weiß, dass du recht hast, aber das macht es mir nicht leichter, mit ihr umzugehen. Ich weiß wirklich nicht, wie du das machst. Du bist so frustrierend gut im Umgang mit Menschen.« Sie stupste Dawn sanft an, um ihr zu zeigen, dass sie sie nur neckte.

»Du kannst auch gut mit Menschen umgehen.« Dawn streckte die Hand aus und streichelte Aidens Kiefer mit zwei Fingern.

Ein Kribbeln durchlief Aidens Körper und ließ sie fast die Unterhaltung vergessen. »Ich kann gut mit Opfern umgehen.«

»Stimmt. Das weiß ich aus eigener Erfahrung.« Dankbarkeit stand Dawn ins Gesicht geschrieben.

»Ja, aber mit Evan funktioniert das nicht«, sagte Aiden.

»Sie würde sich nicht wie ein Opfer behandeln lassen, so viel steht fest. Du musst ganz anders mit ihr umgehen.«

»Wie denn?«

»Versuch, etwas zu finden, das ihr gemeinsam habt«, sagte Dawn.

Ihr fiel sofort eine Sache ein. »Dass wir beide einen gewalttätigen Vater haben?« Wusste Evan überhaupt, dass sie durch eine Vergewaltigung gezeugt worden war? Oder hatte der Bastard womöglich geheiratet und eine Familie gegründet?

»Etwas Positives«, sagte Dawn.

»Dass wir beide in dich verliebt sind?« Aiden grinste, weil sie Dawns Reaktion schon erahnte.

Dawn kniff sie ins Bein, was Aiden zusammenzucken und sich den Schenkel reiben ließ. »Evan ist nicht in mich verliebt.«

»Okay, vielleicht ist es ja nicht Liebe, aber sie ist schon ein wenig in dich verschossen.«

»Quatsch. Wenn überhaupt, dann ist es das, was meine psychoanalytischen Kollegen Übertragung nennen würden. Sie sieht mich immer noch als Therapeutin, nicht als Person. Patienten bilden sich gerne mal ein, sich in ihren Therapeuten verliebt zu haben. Du weißt ja, wie Evans Kindheit aussah. Jetzt stell dir vor, wie es für sie sein muss, dass da plötzlich jemand ist, der sich ganz auf sie konzentriert und ihr Anteilnahme entgegenbringt.«

»Ich weiß, was du meinst. Also kommt diese Gemeinsamkeit auch nicht infrage.« Aiden seufzte. »Was haben wir sonst noch gemeinsam? Ich bin Polizistin und wenn sie so weitermacht, ist sie auf dem besten Weg, kriminell zu werden.«

»Schlag dir das sofort aus dem Kopf! Wenn du so über sie denkst, wirst du nie eine Beziehung zu deiner Schwester aufbauen!«

Die Strenge in Dawns sonst sanfter Stimme ließ Aiden zurückzucken, aber sie wusste, dass Dawn recht hatte. Wenn sie Evan weiterhin wie eine missratene Herumtreiberin behandelte, durfte sie sich nicht wundern, wenn Evan nichts mit ihr zu tun haben wollte. »Du hast recht, aber es ist schwer, irgendetwas zu finden, das wir gemeinsam haben.«

»Das liegt daran, dass du etwa doppelt so alt bist wie sie und an einem ganz anderen Punkt deines Lebens stehst«, sagte Dawn, jetzt wieder mit ruhiger Stimme.

Na, jetzt fühl ich mich aber besser. Aiden verzog das Gesicht.

Dawn lachte. »Ich habe nicht gesagt, dass du so alt wie Methusalem bist. Denk mal daran zurück, als du so alt wie Evan warst. Welche Interessen hattest du mit sechzehn? Was wolltest du mehr als alles andere?«

Aiden beugte sich vor und starrte auf den Couchtisch, ohne ihn zu sehen. Sechszehn … Sie erinnerte sich daran, dass sie möglichst wenig Zeit zu Hause verbracht hatte, während sich ihre Mutter im Studio einschloss, um zu malen. Sie erinnerte sich an die Saufgelage ihrer Mutter, das Herumschreien und die guten Zeiten, wenn ihre Mutter nüchtern war und sich nicht gerade ihrer Kunst widmete. *Was habe ich mehr als alles andere gewollt?* »Allem entkommen«, sagte sie.

»Und wie hast du das angestellt, als du sechzehn warst?«, fragte Dawn.

Die Erinnerung daran ließ Aiden aufstöhnen. »Ich habe das Auto meiner Mutter geklaut und bin stundenlang herumgefahren. Also sind Evan und ich beide Diebe. Ich dachte, wir suchen nach einer positiven Gemeinsamkeit?«

»Genau. Denk darüber nach. Evan hat ständig ihre Skates dabei und ich fürchte, sie fährt per Anhalter durch die Gegend. Ich glaube, sie hat den Lernführerschein noch nicht.« Dawn sah sie erwartungsvoll an.

»Oh, nein. Du meinst doch nicht ...?«

Dawn nickte. »Hilf ihr, den Lernführerschein zu bekommen und dann bring ihr das Fahren bei. Ich glaube kaum, dass irgendeine Sechzehnjährige ein solches Angebot ausschlagen würde, auch wenn es von jemandem kommt, den sie nicht sonderlich mag.«

»Hm.« Aiden rieb sich den Nacken.

Dawn stieß sie mit dem Ellbogen an. »Komm schon. Was hast du zu verlieren?«

»Mein Auto?«

»Was ist wichtiger ... deine Schwester oder das Auto?«

Aiden atmete hörbar aus. »Du hast recht. Das Auto ist ersetzbar. Ist nicht so schlimm, wenn es ein paar Kratzer abbekommt, richtig?«

Dawn lachte und schlug ein Bein unter sich, bevor sie herumrutschte und sich wieder anders hinsetzte. »Wen versuchst du zu überzeugen? Mich oder dich selbst?«

»Mich.« Sie hatte Evans wenig vorbildliches Verhalten erlebt und jetzt fiel es ihr schwer, dem Mädchen ihren Wagen anzuvertrauen. Aber sie war wild entschlossen, es zu versuchen.

Dawn verlagerte wieder ihr Gewicht. Das machte sie nun schon, seit sie sich hingesetzt hatte.

»Alles in Ordnung? Du zappelst herum wie ein Fisch am Haken.«

»Ja, alles okay. Ich kann nur keine bequeme Stellung finden.«

Irgendetwas stimmte hier nicht. Dawn hatte sich immer auf ihrer Couch wohl gefühlt und soweit Aiden wusste, war die Couch nicht über Nacht unbequem geworden. »Was ist los?«

Dawn seufzte. »Ich bin hingefallen und ich glaube, ich habe ein paar Kratzer und blaue Flecken am Hintern.«

»Du bist hingefallen?« Aiden riss die Augen auf. Warum waren plötzlich alle so unsicher auf den Beinen? Kade hatte erzählt, dass Del ebenfalls gestürzt war.

»Ist nicht der Rede wert. Es hätte schlimmer sein können, wenn man bedenkt, dass ich so was noch nie zuvor getan habe.« Dawn starrte ins Leere und schüttelte den Kopf.

»Was hast du noch nie zuvor getan? Auf den Hintern fallen?«

»Auf Inlineskates eine Halfpipe runterfahren«, sagte Dawn.

»Und ich dachte, mein Job wäre gefährlich. Was für eine Therapie ist das denn bitte?«

Dawn lachte. »Das ist keine Therapie. Obwohl es wunderbar dazu geeignet ist, das aufgeblasene Ego von Therapeuten wieder auf normale Größe zurückzustauchen. Ich habe mit Evan geskatet, als du angerufen hast. Du hast meine anmutige Landung um Sekunden verpasst.«

Aidens Blick huschte über Dawns Körper, um sicherzugehen, dass sie keine weiteren Verletzungen davongetragen hatte. Dawn war keine Sportskanone. Sie sah fit und gesund aus, aber sie war nicht sonderlich sportlich. »Warum zum Teufel bist du ein solches Risiko eingegangen?« Sie selbst hatte ein paar dumme Dinge in ihrem Leben getan, weil sie sich weigerte, vor einer Herausforderung zurückzuschrecken, aber Dawn war normalerweise klüger.

»Das war die Bedingung, damit ich bleiben durfte«, sagte Dawn schulterzuckend. »Als ich Evans Therapeutin war, habe ich die Regeln aufgestellt. Jetzt ist sie dran.«

»Ich finde das nicht gut.«

Dawn richtete sich auf den Knien auf und kletterte auf Aidens Schoß. Sie sah ihr geradewegs in die Augen. »Es steht dir nicht zu, es mir zu gestatten oder zu verbieten. Ich bin erwachsen und kann selbst entscheiden, welche Risiken ich eingehe. Ich weiß es zu schätzen, dass du dich um mein Wohlergehen sorgst, aber es ist meine Entscheidung, nicht deine oder Evans. Ist das klar?«

Sie presste spielerisch ihren Zeigefinger gegen Aidens Brust, aber der Ausdruck in ihren graugrünen Augen war ernst.

Was Dawn da von ihr verlangte, ließ Aidens Instinkte rebellieren. Sie war von Natur aus eine Beschützerin, und ihr Beschützerinstinkt Dawn gegenüber war stärker als bei all ihren früheren Freundinnen, vielleicht, weil sie einander kennengelernt hatten, als Dawn sehr verletzlich gewesen war, oder vielleicht, weil sie sie mehr liebte als je eine Frau zuvor.

Dawn bestand darauf, dass sie ihre eigenen Entscheidungen treffen und selbst auf sich aufpassen konnte, was Aiden zugleich frustrierte, sorgte und stolz machte. Trotz ihrer sanften Art war Dawn keine Frau, die es zulassen würde, dass Aiden sie herumkommandierte … und insgeheim mochte sie das.

»Glasklar«, antwortete sie. »Ich werde mir trotzdem Sorgen machen, aber ich weiß, dass du das selbst entscheiden musst.«

»Gut. Nun, da wir das geklärt haben …« Dawn machte Anstalten, von Aidens Schoß zu klettern.

»Nicht so schnell.« Aiden legte die Hände auf Dawns Hüften. Sie hielt sie nicht fest, ermutigte sie aber, sitzen zu bleiben. »Soll ich deine Prellungen nicht gesund küssen?« Sanft fuhr sie mit den Händen über Dawns Hüften bis hinab zu ihrem Hintern.

»Du müsstest ein Zirkuskünstler sein, um meine Wehwehchen aus deiner Position küssen zu können.« Dawn beugte sich vor, bis Aiden ihre Körperwärme spüren konnte. Aiden wurde ganz warm, als Dawns Brüste ihre eigenen streiften. »Aber es fühlt sich schon nicht mehr so schlimm an.« Dawn stöhnte.

»Wir könnten unsere Positionen wechseln.« Aiden wollte sich herumrollen, aber Dawn warf sich gegen sie, sodass ihr Gewicht Aiden gegen die Couch presste.

»Was, wenn ich diese Position mag?« Dawns Stimme war spielerisch, aber ihre nun rauchgrauen Augen sagten etwas anderes.

»W…« Aiden räusperte sich. »Wirklich?«

»Ja.« Dawn beugte sich vor, presste ihren Körper noch enger an Aidens und knabberte an ihrem Ohrläppchen.

Ein angenehmer Schauer durchlief Aiden. Sie ließ die Hände Dawns Rücken hinabgleiten und zog sie näher.

Dawn fiel gegen sie, stützte sich dann aber schnell mit den Händen auf Aidens Schultern ab. »Beug dich vor.«

Aiden starrte sie an. Sie war nicht daran gewöhnt, dass Dawn ihr Befehle gab und die Initiative beim Sex übernahm, aber sie würde ganz sicher nicht protestieren. Sie beugte sich vor, weg von der Rückenlehne.

Dawns Finger glitten unter ihr Sweatshirt und streichelten ihre nackte Haut.

Aiden hielt die Luft an, als Dawn ihren BH öffnete. Als Dawns Hände nach vorne wanderten, konnte sie nicht länger stillhalten. Sie reckte sich und küsste Dawn leidenschaftlich.

Dawns Mund war warm und weich und fügsam, aber dann lehnte sich Dawn nach Luft schnappend zurück und übernahm wieder die Kontrolle.

Dawns Bemühen, die Führung in ihrem Liebesspiel zu übernehmen, entfachte Aidens Verlangen nur noch mehr. Sie küsste Dawn erneut und löste ihre Lippen erst voneinander, als Dawn ihr das Sweatshirt über den Kopf zog. Aiden streifte ihren BH ab und warf ihn zu Boden, ohne darauf zu achten, wo er landete.

Dawn begann, sich rhythmisch auf ihr zu bewegen. Ihre Wärme rieb gegen Aidens Bauch.

Sie spannte die Muskeln an und zog Dawn näher, ohne zu versuchen, ihre Bewegungen zu kontrollieren.

Dawns Hüften bewegten sich schneller.

Aiden bäumte sich unter ihr auf. Sie wollte Dawns Haut auf ihrer spüren, deshalb begann sie, Dawns Bluse aufzuknöpfen. Ihre Finger zitterten vor Erregung und arbeiteten nicht schnell genug. Bei jeder anderen Frau hätte sie die Knöpfe einfach abgerissen, aber bei Dawn zwang sie sich, sich ein paar Sekunden länger Zeit zu lassen. Schließlich war der letzte Knopf offen und sie ließ die Bluse von Dawns Schultern gleiten, wobei sie darauf achtete, dass sich Dawns Arme nicht in den Ärmeln verfingen. Diese Erfahrung mit Dawn zu teilen, war wundervoll und sie wollte nicht, dass es mit einem Flashback oder einer Panikattacke endete.

Sie beugte sich vor, küsste Dawns nackte Schulter und liebkoste ihre Sommersprossen mit der Zunge.

Dawn verflocht ihre Finger in Aidens Haaren und zog sie näher.

Aiden jedoch lehnte sich zurück, um Platz zwischen ihren Körpern zu schaffen, sodass sie Dawns Gürtel und den Reißverschluss öffnen konnte. Dawn protestierte, als Aidens Mund sich von ihrer Haut löste, aber Aiden beruhigte sie schnell mit einem Kuss. Sie streichelte die weiche Kurve von Dawns Bauch. Als sie den Bund ihres Slips erreichte, hielt sie inne und sah Dawn in die Augen. »Ja?«

»Ja«, antwortete Dawn, ohne zu zögern.

Aiden küsste sie und erstickte so ihr Aufstöhnen, als sie in Dawn hineinglitt.

Ein paar Momente lang hielten beide schwer atmend still. Dann verlagerte Dawn ihr Gewicht und stöhnte. Leidenschaft loderte auf.

Dawn presste ihr Gesicht an Aidens Schulter, als sie sich über ihr auf und ab bewegte. Stöhnend fuhr sie mit den Zähnen über Aidens Haut.

Aiden fiel nach vorne. Ihre Finger glitten tiefer.

»Aiden!« Dawn schnappte nach Luft.

Sie hätte ihre Finger zurückgezogen, aber Dawns enthusiastische Bewegungen verrieten, dass es ein leidenschaftliches Stöhnen gewesen war, kein Laut des Schmerzes. Aiden ließ sie das Tempo bestimmen. Es erregte sie, zuzusehen, wie Dawn sich auf ihr bewegte und sich nahm, was sie brauchte.

Die rhythmischen Bewegungen rieben den Saum von Aidens Jeans gegen ihre Klitoris, aber sie zwang sich, die Kontrolle zu behalten und sich ganz auf Dawn zu konzentrieren.

Sie verteilte Küsse auf Dawns Brust und hielt inne, um die salzige Haut zwischen ihren Brüsten zu kosten.

Dawn warf stöhnend ihren Kopf zurück, was ihre Brüste noch mehr gegen Aidens Gesicht drückte.

Durch das seidene Material des BHs umschloss Aiden einen ihrer Nippel mit den Lippen.

»Oh Gott, Aiden!« Dawns Bewegungen stoppten einen Moment lang und wurden dann noch schneller, als Aiden begann, an dem Nippel zu saugen. Sie stieß ihre Hüften gegen Aidens Finger, einmal, zweimal, bevor sie aufschrie und sich gegen Aiden sinken ließ.

Hitze schoss durch Aidens Körper. Das Blut rauschte in ihren Ohren, sodass sie Dawns Stöhnen fast nicht mehr hören konnte. Ihr ganzer Körper pulsierte, deshalb dauerte es eine Weile, bis sie bemerkte, dass es nicht nur Erregung war, sondern auch Schmerz. Dawn hatte sie in die Schulter gebissen und ihre Hand war völlig verkrampft in ihrer unbequemen Position.

Sanft zog sie ihre Finger zurück und dirigierte Dawn zur Seite, bis sie beide eng aneinander gepresst auf der Couch lagen.

Dawn ließ eine Hand an Aidens Körper entlang nach unten wandern, aber Aiden hielt sie schnell fest und presste sie gegen ihren Bauch. »Gib mir 'ne Minute, bitte«, sagte sie atemlos.

Auf einen Ellbogen gestützt sah Dawn auf sie herab. Ihre Wangen waren gerötet und ihre roten Lippen bettelten praktisch darum, erneut geküsst zu werden. »Du meinst, du …?«

»Ich bin nicht sicher, aber ich glaube, dein kleiner Liebesbiss hat mir den Rest gegeben.« Aiden lachte zittrig.

Dawn kuschelte sich wieder an sie. »Liebesbiss?«, fragte sie benommen.

»Ja.« Aiden zog den Ausschnitt ihres T-Shirts nach unten und reckte den Hals, um die Bissspuren auf ihrer Schulter zu betrachten.

Dawn folgte ihrem Blick. Sie riss die Augen auf und ihre Finger tasteten sanft über Aidens Schulter. »Oh Gott! Das habe ich nicht mal bemerkt. Tut mir so leid!« Sie streichelte die Bissspuren, als könnte sie diese so heilen.

Aiden lachte. »In dem Moment hat es kein bisschen wehgetan, glaub mir. Ganz im Gegenteil.«

Noch immer streichelte Dawn die Bissspuren mit zitternden Fingern.

»Hey, ist doch wirklich nicht schlimm.« Aiden hob Dawns Kinn an, damit sie ihr in die Augen sehen konnte. »Wenn ich ehrlich bin, mag ich es sogar. Es beweist, wie sehr du mich begehrst. Das ist doch gut, oder?« Zärtlich streichelte sie Dawns Gesicht.

»Ja«, sagte Dawn, sah aber nicht völlig überzeugt aus. »Ich habe völlig die Kontrolle verloren.« Dann schlich sich ein zögerliches Lächeln auf ihr Gesicht. »Das ist ein gutes Zeichen, oder?«

Aiden küsste Dawns Hals, wo ihr Puls noch immer rasch ging. Sie brummte zustimmend gegen die schweißfeuchte Haut. »Ein sehr gutes Zeichen.«

KAPITEL 19

»Dir ist aber schon bewusst, dass das Erpressung ist, oder?«

Ein finsterer Blick von Kade schüchterte für gewöhnlich sogar hartgesottene Kriminelle ein, aber Del hielt ihrem Blick problemlos stand.

»Nein. Ich tue das nur aus Sorge um dein Wohlergehen.« Del bedeutete Kade, sich neben sie auf die Couch zu setzen. »Im Moment müssen wir annehmen, dass der Stalker einen Weg gefunden hat, ins Gebäude zu kommen, ohne dass ihn jemand sieht. Bevor du nicht deinen Detectives alles erzählt hast und wir nicht eine offizielle Ermittlung beginnen, ist es keine gute Idee, wenn du allein in deiner Wohnung bleibst.«

Kade hörte auf, im Raum auf und ab zu tigern, und setzte sich auf das freie Ende der Couch. Del hatte recht. Die Sache zog sich schon zu lange hin. Jetzt ging es nicht mehr nur um sie. Del war verletzt worden. Trotzdem zögerte sie noch immer, sich der Ermittlerin anzuvertrauen, der sie am nächsten stand. »Im Moment kann ich Aiden nicht auch noch damit kommen. Sie hat schon genug um die Ohren.«

»Warum? Was ist passiert?«

»Bevor ich Laurie dazu bewegen konnte, die Wahrheit zu sagen, hat unsere Gerichtsmedizinerin Evan Whitfields DNA analysiert«, sagte Kade.

Del nickte. »Ja, das ist die normale Vorgehensweise.«

»Aber die Ergebnisse waren ganz und gar nicht normal.« Kade zögerte. Sollte sie es Del sagen? Eigentlich war es nicht ihre Entscheidung, aber Del verdiente ihr Vertrauen und sie war nicht nur eine Kollegin für Aiden. Sie war praktisch ihre Schwiegertante. »Die DNA-Analyse hat ergeben, dass Evan Aidens Halbschwester ist.«

Del beugte sich vor und starrte sie an. »Was? Wie ist das möglich?«

»Es steht mir nicht zu, dir das zu verraten. Auf jeden Fall hat es Aidens Leben ganz schön durcheinander gebracht. Ich will sie jetzt nicht auch noch mit meinen Problemen belasten.«

»Na schön. Für den Moment kann ich das akzeptieren. Unter der Bedingung, dass du bei mir bleibst, bis wir mit einer offiziellen Ermittlung anfangen können.« Del sah sie eindringlich an.

Kade verschränkte die Arme vor der Brust. »Was ist, wenn ich Nein sage?«

»Dann fange ich eben wieder an, deine Wohnung von meinem Auto aus im Auge zu behalten. Es wäre natürlich nicht gut für mich, weil ich mich noch nicht so ganz von der Gehirnerschütterung erholt habe, aber ich tue es, wenn ich muss.« Sie setzte eine übertrieben tapfere Miene auf.

Trotz ihrer Verärgerung musste Kade sich ein Lachen verkneifen. »Das ist Erpressung«, sagte sie erneut.

»Nein. Du tust es aus Sorge um mein Wohlergehen.« Del grinste. »Also, bleibst du?«

»Ich werde darüber nachdenken. Wie geht es deinem Kopf?« Sie waren eben erst von einem Nachsorgetermin im Krankenhaus zurückgekommen, als Del beschlossen hatte, dass Kade nicht allein in ihre Wohnung zurückkehren konnte.

»Hängt davon ab, ob du Menschen mit kahlen Stellen attraktiv findest.« Del zwinkerte und drehte den Kopf, um ihr die Stelle zu zeigen, an der der Arzt ihr die Haare abrasiert hatte.

Die Attraktivität von kahlen Stellen war Kade egal. Sie hatte sich zu viel Sorgen um Del gemacht, um über irgendetwas sonst nachzudenken. »Tut mir leid, aber das ist keiner meiner Fetische.«

»Nein? Weißt du denn nicht, dass Männer mit Glatze anscheinend besser im Bett sind? Ich bin sicher, dass das auch für Frauen mit kahlen Stellen gilt.«

Kade neigte den Kopf, um Del ein herausforderndes Grinsen zuzuwerfen. »Und was habe ich mit dieser netten Theorie zu tun?«

Bevor Del antworten konnte, klingelte es an der Tür.

Sie erhob sich und deutete mit dem Finger auf Kade. »Nicht vergessen, über was wir eben gesprochen haben. Ich will die Frage später noch beantworten … ganz im Detail.«

Als Del ging, um die Tür zu öffnen, rieb sich Kade mit beiden Händen über ihr Gesicht und verfluchte sich. Das hatte sie jetzt davon.

»Kade«, rief Del aus dem Flur. »Ich glaube, es ist für dich.«

»Für mich?« Niemand wusste, dass sie hier war. Ihre Freundschaft mit Del war nicht gerade allgemein bekannt. Sie stand auf, ging zur Tür und reckte den Hals, um an Del vorbeisehen zu können.

Ihre Nichte stand vor der Tür, Tränen in den Augen, und umklammerte mit beiden Händen die Träger ihres Rucksacks.

»Laurie!« Kade zog sie in die Wohnung. »Was machst du denn hier? Wie hast du mich gefunden?«

Laurie scharrte mit den Füßen und kämpfte sichtlich mit den Tränen. »Ich bin zu deiner Wohnung gegangen, aber die Pförtnerin hat gesagt, du wärst gerade in einem Taxi weggefahren. Zum Glück konnte sie sich noch an die Adresse erinnern, die du dem Taxifahrer gegeben hast. Eine ihrer Nachbarinnen«, sie zeigte auf Del, »hat mich ins Haus gelassen und als ich dich beschrieben habe, sagte sie, du wärst die Freundin von Clarice und zeigte mir Clarices Wohnung.«

»Ihr Name ist Del, nicht Clarice«, murmelte Kade, immer noch geschockt, ihrer Nichte so plötzlich gegenüberzustehen.

»Beeindruckende Ermittlungsarbeit.« Del lächelte Laurie zu. »Du würdest eine erstklassige Polizistin abgeben.«

»Oder eine erstklassige Staatsanwältin«, sagte Kade und merkte erst dann, dass sie Laurie unter Druck setzte, so wie ihre Eltern es taten. »Sie wird erstklassig in jedem Job sein, den sie sich später mal aussucht«, fügte sie hinzu.

Laurie schielte zu Del und flüsterte Kade dann zu: »Kann ich mal mit dir reden?«

»Ich lass euch mal allein«, sagte Del.

»Es ist deine Wohnung.« Es schien ihr nicht fair, Del aus dem Wohnzimmer zu vertreiben, vor allem, da sie sich immer noch schonen musste. Außerdem hätte sie ein wenig Verstärkung beim Gespräch mit ihrer Nichte durchaus gebrauchen können.

Aber Del war schon auf dem Weg zur Küche. »Das macht mir nichts aus«, sagte sie über die Schulter. »Ich mache uns was zu essen.«

Kade schüttelte den Kopf über Dels ständige Versuche, sie zum Essen zu animieren. Sie führte Laurie zur Couch und setzte sich neben sie. »Erzähl mir, was passiert ist.«

»Sie ruinieren mein Leben! Ich gehe da nie wieder hin!« Laurie schluchzte los.

Kade hatte sich nicht mehr so hilflos gefühlt, seit sie die bewusstlose Del vor ihrer Wohnung gefunden hatte. Das war erst zwei Tage her, sagte sie sich. In letzter Zeit war ihr Leben ziemlich außer Kontrolle geraten. »Was ist passiert?«

Laurie sah auf. Die Tränen in ihren Augen wichen Zorn. »Sie haben mir verboten, mich noch mal mit Evan zu treffen. Und als ich Evan angerufen habe, um ihr davon zu erzählen, sagte sie, dass es vermutlich besser so ist! Sie sagte, das zwischen uns wird langsam zu kompliziert und das wäre es einfach nicht wert.« Sie begann erneut zu weinen.

Oh Gott. Warum musste sie diejenige sein, die sich um Lauries ersten Herzschmerz kümmern musste? Als ihre Nichte zu hyperventilieren begann, rieb Kade ihr den Rücken. »Beruhig dich, sonst musst du dich noch übergeben. Soll ich dir ein Glas Wasser holen?«

Als Laurie nickte, eilte Kade in die Küche, froh, die angespannte Situation ein paar Momente lang hinter sich lassen zu können. »Könnte ich ein Glas Wasser für Laurie haben?«

»Klar.« Del gab ihr zwei Gläser. »Alles in Ordnung da draußen?«

»Nein. Nichts ist in Ordnung.« Kade sank gegen die Arbeitsfläche. »Ihre Eltern sind homophob und ihre Freundin hat gerade mit ihr Schluss gemacht. Jetzt kommt sie und will meinen Rat. Plötzlich bin ich die Sprecherin aller Lesben, die lesbische Dr. Ruth! Ich kann das nicht, Del.«

Del schlang einen Arm um Kades Schultern und zog sie kurz an sich. »Du kannst das.«

»Aber sie glaubt, dass ich eine erfahrene Lesbe bin, und das stimmt nicht.« Kade füllte eines der Gläser mit Wasser und trank es leer, bevor sie das zweite Glas für Laurie füllte.

»Das musst du auch nicht sein. Sei einfach du selbst.« Del nickte ihr ermutigend zu. »Und falls sie spezifische Fragen hat, die du nicht beantworten kannst, darfst du sie jederzeit gerne auf die dienstältere Lesbe verweisen.« Sie zwinkerte ihr zu.

Trotz ihrer Anspannung musste Kade lächeln. Sie sah in Dels Augen. »Danke.«

Zurück im Wohnzimmer gab sie Laurie eines der Gläser, während sie darüber nachdachte, was sie sagen sollte. Erst wollte sie Laurie versichern, dass alles wieder in Ordnung kommen würde, dass es nicht so schlimm war, wie es schien, aber dann gingen ihr Dels Worte durch den Kopf. *Sei einfach du selbst.*

Jemanden zu trösten, war nicht ihre Stärke. Sie war eine Frau der Tat, also bot sie konkrete Hilfe an. »Gibt es etwas, was ich tun kann, um dir zu helfen?«

»Kann ich bei dir bleiben?« Laurie umklammerte Kades Ärmel.

Kade musste gegen aufsteigende Panik ankämpfen. Einen Teenager aufzuziehen, war nicht auf der Liste der Dinge, die sie in den nächsten Jahren tun wollte. Sie konnte Laurie auch nicht bei sich übernachten lassen, während womöglich ein gefährlicher Stalker draußen lauerte. »Laurie, ich würde dich liebend gerne öfter bei mir zu Gast haben, aber ich kann dich nicht ohne die Zustimmung deiner Eltern bei mir behalten. Ich weiß, es wirkt im Moment vielleicht nicht so, aber ihnen liegt wirklich viel an dir.«

Laurie schnaubte. »Na klar. Ihnen liegt so viel an mir, dass sie gedroht haben, mich auf ein Internat zu schicken, wenn sie mich noch mal mit Evan antreffen!«

Was für ein Schlamassel. Wie konnte sie Laurie sagen, dass ihre Eltern sicher lernen würden, sie zu akzeptieren. Insbesondere vor dem Hintergrund, dass sie selbst ihr Leben lang vermieden hatte, ihre Gefühle für Frauen auszuleben, weil es einfach nicht akzeptabel für eine Matheson war? Verzweifelt suchte Kade nach Worten.

»Braucht ihr noch mehr Zeit zum Reden oder seid ihr bereit für Pfannkuchen?«, fragte Del, als sie ins Wohnzimmer spähte.

Laurie sah mit rotgeweinten Augen auf. »Pfannkuchen isst man zum Frühstück«, sagte sie schniefend.

»Nicht, wenn man nur drei Dinge kochen kann.« Del trug das Tablett mit den Pfannkuchen und einer Flasche Ahornsirup zum Couchtisch.

»Ich habe keinen Hunger.« Laurie zog den Kopf ein und verschränkte die Arme über dem Bauch.

Kade hatte die Sache auch den Appetit verdorben, aber sie war trotzdem froh über Dels Gesellschaft.

»Das kann ich verstehen«, sagte Del. »Ich wollte auch nichts essen, nachdem meine Eltern mich rausgeworfen hatten.«

Lauries Kopf ruckte hoch. »Ihre Eltern haben Sie rausgeworfen? Weil Sie …?«

»Weil sie mich mit einem anderen Mädchen erwischt haben, ja.«

»Ist es irgendwann besser geworden?«, fragte Laurie mit hoffnungsvollem Blick.

»Meine Eltern sind nicht wie deine, Laurie«, sagte Del leise. »Sie sind in Puerto Rico aufgewachsen, in dem Glauben, dass Homosexualität eine Todsünde ist. Sie haben mich nicht nur angeschrien, nachdem sie herausfanden, dass ich lesbisch bin. Mein Vater hat mich grün und blau geschlagen, während meine Mutter nur gebetet hat und tat, als wäre ich vom Teufel besessen. Seither habe ich sie nicht wiedergesehen.«

Obwohl Del ihr schon früher davon erzählt hatte, starrte Kade sie an. Der Impuls, aufzuspringen und Del zu umarmen, überraschte sie.

»Wow, das ist ja schrecklich! Tut mir wirklich leid, dass Ihnen das passiert ist«, sagte Laurie. »Darüber muss ich mir zumindest keine Sorgen machen. Meine Eltern würden nie die Hand gegen mich erheben. Sie kehren ihre Probleme lieber unter den Teppich.« Sie warf Kade einen neugierigen Blick zu. »Es ist ein Wunder, dass sie mir nicht verboten haben, dich zu sehen. Wie haben sie es aufgenommen, als sie erfahren haben, dass du lesbisch bist? Warum hat mir das nie jemand erzählt?«

Da hatten sie den Salat. Kade hatte befürchtet, dass die Frage irgendwann kommen würde, aber das machte es jetzt nicht leichter, sie zu beantworten. Wie konnte sie Laurie die Wahrheit sagen, ohne dass ihre Nichte sich verraten und verkauft fühlte? »Das ist … kompliziert.«

Laurie verzog das Gesicht. »Warum ist in dieser Familie alles, worüber ich reden will, ›zu kompliziert‹?«

Kade seufzte. Laurie hatte recht. Sie hatte als Kind die Es-ist-kompliziert-Ausrede auch oft hören müssen. Sie sah zu Del, die ihr zunickte und flüsterte: »Sag es ihr.«

»Deine Eltern wissen nicht, dass ich … dass ich an Frauen interessiert bin.« Sie brachte die Worte kaum über die Lippen. »Niemand in der Familie weiß es.«

Laurie sprang auf, wobei sie fast über den Couchtisch stolperte. »Du hast mich gezwungen, es meinen Eltern zu sagen, während du dich die ganze Zeit versteckst?«

Kade hob abwehrend die Hände. »So ist das nicht, Laurie.« *Ach nein?* War das nicht genau das, was sie tat?

»Ich dachte, ich könnte dir vertrauen!« Laurie schnappte sich ihren Rucksack und rannte zur Tür.

Del versperrte ihr schnell den Weg. »So lass ich dich hier nicht weg. Nicht, bevor du dir nicht angehört hast, was deine Tante zu sagen hat.« Sanft aber bestimmt schob sie Laurie zur Couch zurück.

Das war ja das Problem. Kade hatte nichts zu sagen, zumindest nichts, was Lauries Vertrauen in sie wiederherstellen würde. Sie sah von Laurie zu Del, stumm um Hilfe bittend.

»Es ist nicht leicht, jemandem zu sagen, dass man lesbisch ist, wenn man genau weiß, dass derjenige es nicht gut aufnehmen wird«, sagte Del. Sie sah Laurie an, aber Kade spürte, dass ihre Worte auch an sie adressiert waren. »Es sollte die Wahl jedes Einzelnen sein, wann immer das möglich ist. Bei dir war es einfach nicht möglich. Wenn du weiterhin geschwiegen hättest, wäre Evan ins Gefängnis gekommen. Ich weiß, dass du das nicht wolltest.«

»Natürlich nicht!« Laurie vergaß ihre Schüchternheit, als sie Del anschrie.

Del blieb ruhig. »Denkst du, es hätte der Situation geholfen, wenn Kade deinen Eltern gesagt hätte, dass sie auch nicht hetero ist?« Laurie öffnete sofort den Mund, aber Del unterbrach sie. »Denk mal kurz darüber nach. Wie hätten deine Eltern wohl reagiert?«

»Sie hätten sie rausgeschmissen, weil sie schlechten Einfluss auf mich hat«, sagte Laurie.

Kade starrte Del an, die es doch tatsächlich geschafft hatte, ihr Versteckspiel wie eine vernünftige Taktik klingen zu lassen. Aber war es das wirklich? Oder war es Feigheit?

»Okay, das war vielleicht nicht der richtige Augenblick«, sagte Laurie schließlich, »aber warum hast du es ihnen nicht schon früher erzählt? Immerhin bist du nicht erst seit Sonntag lesbisch.«

Kade musste sich zurückhalten, um nicht aufzuspringen und unruhig durchs Zimmer zu gehen. »Du hast recht. Meine sexuelle Orientierung hat sich nicht über Nacht ergeben. Ich habe mich schon mein ganzes Leben lang für Frauen interessiert. Genauso habe ich mich aber auch für Männer interessiert«, fügte sie langsam hinzu und beobachtete Lauries Reaktion.

Laurie sah sie nur abwartend an.

»Viele Jahre lang hatte ich wenig Interesse an Männern oder Frauen. Ich bin ab und zu mit jemandem ausgegangen, aber ich war nie in einer richtigen Beziehung. Mein Job war mir einfach wichtiger. Ich habe nie eine Frau kennengelernt, die das Risiko wert schien.« Kade verstummte und lauschte dem Echo ihrer eigenen Worte.

Sie spürte Dels Blick auf sich ruhen, vermied es aber, sich zu ihr umzudrehen. Es war zu früh, um ihr zu sagen, dass sie vielleicht die Frau war, die es wert war, das Risiko einzugehen.

Laurie runzelte die Stirn. »Was soll das heißen?«

Kade seufzte. Sie wusste, dass Laurie es als Verrat an ihrer sexuellen Orientierung ansehen würde, aber sie musste es trotzdem sagen. »Mein Interesse an Frauen hat nie eine aktive Rolle in meinem Leben gespielt, deshalb habe ich es nie für notwendig befunden, jemandem davon zu erzählen.«

»Du bist gar nicht lesbisch?« Laurie sprang erneut auf. »Aber du hast doch gesagt …«

Del trat zwischen sie. »Laurie, auch wenn die Leute das denken – mit einer anderen Frau zu schlafen, ist nicht, was dich zu einer Lesbe macht. Deine Gefühle sind es. Manche Leute wissen schon von Kindheit an, dass sie sich zum eigenen Geschlecht hingezogen fühlen. Bei anderen dauert es etwas länger und manche werden diese Gefühle vielleicht nie ausleben. Sexualität ist eine komplizierte Sache.« Sie lächelte Laurie zu. »Und das sage ich nicht, weil ich nicht darüber reden will. Ich verspreche, dass du immer mit mir reden kannst.«

Kade atmete laut aus. Die Anspannung im Raum schien etwas nachzulassen. Sie konnte es so stehen und Del Lauries lesbische Mentorin sein lassen, aber damit würde sie es sich zu leicht machen. »Nur weil ich mich für einen anderen Weg entschieden habe, bedeutet das nicht, dass ich dich nicht unterstützen werde, so gut ich kann. Möchtest du, dass ich mit deinen Eltern rede?«

Nun, da ihr Ärger verflogen war, erschienen wieder Tränen in Lauries Augen. »Könntest du mit Evan sprechen und sie überreden, mir noch eine Chance zu geben?«

Na toll. Kade rieb sich die Augen. »Ich weiß nicht, ob das eine gute Idee ist. Ich hätte sie fast ins Gefängnis gebracht. Vermutlich bin ich nicht die beste Person, um mit ihr zu reden. Lass mich erst mal mit deinen Eltern sprechen, okay?«

Kade hatte fast schon vergessen, wie unwohl sie sich in einem Matheson-Haushalt fühlen konnte. Sie saß auf der Stuhlkante und starrte auf ihre Teetasse, während sie darauf wartete, dass ihr Bruder nach Hause kam.

Ihre Schwägerin leistete ihr Gesellschaft, aber sie hatten kaum etwas gemeinsam und Kade war nicht nach Small Talk zumute, deshalb saßen sie schweigend am Tisch.

Als Doug endlich kam, küsste er beide höflich auf die Wange, bevor er sich setzte und Tee eingoss. »Wo ist Laurel?«

»Darum bin ich ja hier. Sie hat mich vorhin aufgesucht«, sagte Kade.

»Sie ist nicht in ihrem Zimmer?« Dougs Teetasse klirrte, als er sie absetzte. »Sie ist weggegangen, obwohl sie Hausarrest hat?«

Kades Wangen glühten. »Du hast ihr Hausarrest gegeben?« Sie konnte es kaum glauben. »Sie zu bestrafen wird auch nichts daran ändern, dass sie lesbisch ist, Douglas. Das geht nicht einfach wieder weg. Du wirst dich daran gewöhnen müssen.«

»Sie ist nicht lesbisch!«, brüllte Doug. »Sie ist nur verwirrt.«

Wie konnte er die Gefühle seiner Tochter einfach so beiseiteschieben? »Verwirrt? So wie ihr beide verwirrt wart, als ihr euch mit siebzehn ineinander verliebt habt?« Sie sah von Doug zu Eleanor. Ihre Schwägerin hatte zumindest den Anstand, den Blick zu senken. »Laurie ist vielleicht verwirrt über eure Reaktion, aber sie ist alt genug, um zu wissen, was sie fühlt.«

»Sie ist verwirrt«, wiederholte Doug. »Sie ist so verwirrt, dass sie schon anfängt, überall homosexuelle Leute zu sehen. Sie denkt sogar, du wärst lesbisch!« Lachend hob er seine Teetasse zum Mund.

Kade erstarrte. Laurie hatte es ihnen also erzählt. »Laurie ist nicht verwirrt«, sagte sie erneut. Sie sprach ganz ruhig und versuchte, ihre Stimme und ihre Emotionen im Griff zu behalten. »Ich habe ihr gesagt, dass ich mich auch für Frauen interessiere.«

Eine tiefe Falte entstand auf Dougs Stirn. »Warum sagst du ihr so etwas?«

»Weil es die Wahrheit ist«, antwortete Kade leise.

»Was zum Teufel …?« Dougs Stuhl scharrte über den Holzboden, als er aufsprang. »Was ist das denn für ein Quatsch? Du bist doch nicht lesbisch! In der Schule bist du mit meinem besten Freund ausgegangen und …«

»Genaugenommen bin ich wohl bisexuell«, sagte Kade, bevor er all ihre Exfreunde aufzählen konnte. Sie straffte die Schultern und hob den Kopf, um ihm in die Augen zu sehen. »Ich bin nicht hier, um über mich zu reden. Ich bin nicht mal hier, um über Laurie zu reden. Ich bin hier, um über euch beide zu sprechen!« Sie zeigte mit dem Finger auf Doug und seine Frau. »Ich und Laurie sind nicht das Problem. Ihr beide seid das Problem.«

Doug wurde puterrot. »Ich habe kein Problem! Ich versuche nur zu tun, was für meine Tochter am besten ist. Ganz sicher brauche ich dafür nicht den Rat meiner alleinstehenden, kinderlosen Schwester!«

Kade ignorierte den Tiefschlag und ging auf ihn zu. »Du glaubst allen Ernstes, du verhältst dich wie ein guter Vater?«

»Natürlich. Ich …«

»Du behandelst Laurie so, wie unser Vater dich behandelt hat!« Doug wurde bleich, aber sie redete weiter. »Du warst ein guter Junge mit fantastischen Noten, einer vielversprechenden Zukunft und einer netten Freundin, aber das genügte unserem Vater nicht. Deine Pläne und Träume waren ihm egal, denn er wollte, dass du Anwalt wirst und die Tochter seines Geschäftspartners heiratest. Er hat deine Leistungen nie anerkannt. Selbst als du deine eigene Klinik aufgemacht hast, hat er kaum ein Wort darüber verloren. Ich weiß, dass du all die Jahre darunter gelitten hast.«

»Ach, als ob du das bemerkt hättest!«, brüllte Doug. »Du warst zu beschäftigt damit, überall als Papas kleiner Liebling und zukünftige Staranwältin herumgereicht zu werden.«

Kade verkniff sich eine wütende Antwort. Ihr eigenes Leben war nicht so einfach gewesen, wie Doug glaubte, aber sie war nicht hier, um über sich zu sprechen. »Natürlich habe ich es bemerkt«, sagte sie. »Aber ich habe nie etwas dagegen getan. Mach nicht denselben Fehler mit Laurie.«

»Das ist nicht dasselbe«, sagte Doug, nun ein wenig ruhiger.

»Du hast eine gesunde, hübsche, intelligente Tochter. Sie ist freundlich und strengt sich an, um gute Noten zu bekommen, aber dir reicht das nicht, weil du mit einigen ihrer Entscheidungen nicht glücklich bist. Weil sie nicht so ist, wie du sie gerne hättest.« Kade hielt inne, damit er über ihre Worte nachdenken konnte. »Und jetzt sag mir, ob das nicht genau nach dem klingt, was unser Vater dir angetan hat.«

Dougs Kiefer mahlten. Einen Moment lang sah er aus, als wollte er sie schlagen, aber dann wirbelte er herum und stürmte aus dem Zimmer.

Kade sah ihm nach.

»Das war ziemlich brutal«, flüsterte Eleanor.

Langsam drehte Kade sich zu ihr um. Sie hatte fast vergessen, dass ihre Schwägerin ebenfalls anwesend war. »Es war die Wahrheit und er musste sie hören.« *Genau wie du.*

»Geht es Laurel gut?«, fragte Eleanor schließlich.

Die beiden Jahrzehnte, die Kade im Haus ihres Vaters verbracht hatte, ließen sie fast mit einem *ihr geht es gut* antworten. Sie stoppte sich. Es war ein Abend voller unangenehmer Wahrheiten für sie alle gewesen, da wollte sie jetzt nicht anfangen zu lügen. »Sie ist am Boden zerstört. Stell dir vor, wie du dich fühlen würdest, wenn deine Eltern dich verstoßen und die Person, die du liebst, dir das Herz bricht.«

Eleanor hielt sich die Hand vor den Mund, um ihr Schluchzen zurückzuhalten. »Wo ist sie? Bei dir in der Wohnung?«

»Nein. Del ist mit ihr zur Eisdiele gefahren.« Sie hatte Laurie nicht allein lassen wollen und Del hatte angeboten, ihr Gesellschaft zu leisten, bis Kade zurückkam.

»Del?« Eleanor blinzelte.

Erst jetzt merkte Kade, wie selbstverständlich der Name ihr schon über die Lippen kam. Del war langsam zu einem wichtigen Teil ihres Lebens geworden …

so langsam, dass sie es selbst nicht bemerkt hatte. »Sie ist die Polizistin, die mich begleitet hat, als ich gestern mit Laurie gesprochen habe.«

»Oh.« Eleanor nickte. Dann riss sie die Augen auf. »Oh! Ist sie deine …?«

»Eine Freundin?« Kade wusste, dass das nicht das Wort war, nach dem Eleanor suchte, aber sie tat unschuldig. Wenn Eleanor etwas wissen wollte, würde sie sie zwingen zu fragen.

Eleanor fuhr die Muster an ihrer Teetasse mit den Fingerkuppen nach. »Ja … nein. Ich meine, ist sie deine … Geliebte? Ist das das richtige Wort?«

Wenigstens gab sie zu, ahnungslos zu sein. »Vielleicht solltest du deine Tochter fragen, welche Bezeichnung du für Evan Whitfield benutzen sollst. Ich vermute, es ist keines der Schimpfwörter, die Doug gestern quer durchs Haus gebrüllt hat.«

Eleanor schniefte. »Es ist nicht einfach für uns.«

»Niemand erwartet, dass ihr vor Freude Luftsprünge macht, weil ihr herausgefunden habt, dass eure Tochter lesbisch ist. Gebt Laurie nur nicht das Gefühl, dass sie etwas Falsches tut, oder sie wird es vor euch verstecken.«

»So wie du es vor uns versteckt hast?«, fragte Eleanor.

Diese Frage von ihrer stillen Schwägerin überrumpelte Kade. »Es gab nie etwas zu verstecken.«

»Das verstehe ich nicht. Bist du gar nicht lesbisch oder … bisexuell? Aber du hast doch gesagt …«

»Ich weiß, was ich gesagt habe. Diese Kategorien haben nichts damit zu tun, wie ich mein Leben gelebt habe. Ich könnte mich in eine Frau verlieben, ja, aber ich habe es mir nie gestattet.« Sie hatte viele Optionen ausgeschlossen, weil ihr beigebracht worden war, dass nur Männer für eine Beziehung infrage kamen.

Eleanor sah aus, als hätte sie Hunderte von Fragen, aber sie stellte keine davon. »Kann Laurel bis morgen bei dir bleiben? Ich glaube, ihr Vater braucht ein wenig Zeit, um sich zu beruhigen, nach allem, was du zu ihm gesagt hast.«

Normalerweise wäre das kein Problem gewesen, aber möglicherweise lungerte der Stalker noch immer vor ihrer Wohnung herum. Sie wollte nicht, dass Laurie unter diesen Bedingungen bei ihr übernachtete. »Ich weiß nicht so recht …«

»Bitte.« Eleanor umklammerte ihren Unterarm.

Kade seufzte. Sie würde schon einen Weg finden. »Na schön. Sie kann heute Nacht bei mir bleiben.«

Del empfing Kade an der Tür.

Kades vornehme Gesichtszüge waren noch bleicher als sonst, aber ihre eisblauen Augen glitzerten entschlossen. Sie hatte in den letzten Tagen viel durchgemacht. Dels Bewunderung für sie nahm immer mehr zu.

»Wie ist es gelaufen?«, fragte Del, als sie Kade in die Wohnung ließ und ihr den pinkfarbenen Rucksack abnahm, der sicher ein paar Sachen für Laurie enthielt.

Kade leckte sich die Lippen und sah sich um. »Wo ist Laurie?«

Del grinste. »Keine Sorge, sie wird sicher die nächsten Stunden beschäftigt sein. Sie hat meine Sammlung lesbischer Romane gefunden.«

»Lesbische Romane?« Kade hob eine Augenbraue. »Du lässt sie doch nicht etwa …?«

»Mach dir keinen Kopf. Ich habe ihr nur die jugendfreien Bücher gegeben.« Del zwinkerte ihr zu.

Kade sah aus, als wäre sie zu müde, um zurückzulächeln.

Del drückte sanft ihre Schulter. »Wie ist es gelaufen?«

»Mein Bruder und ich haben uns gegenseitig angeschrien. Ich bin nicht sicher, ob es was gebracht hat, aber zumindest hat er jetzt etwas, über das er nachdenken kann.« Kade durchquerte den Flur und sah nach Laurie, ohne auf sich aufmerksam zu machen. »Ihre Mutter möchte, dass sie bis morgen bei mir bleibt. Ich konnte nicht Nein sagen, deshalb habe ich jetzt ein Problem. Ich kann sie nicht mit zu mir nehmen. Könnte ja sein, dass der Stalker noch in der Nähe ist.«

»Ihr könntet hier bleiben«, sagte Del. Sie hatte ohnehin gewollt, dass Kade blieb, und sie mochte Laurie. Sie erinnerte Del an eine jüngere, schüchternere Version von Kade.

»Du hast eine Zweizimmerwohnung.«

»Es ist ja nur für eine Nacht. Du und Laurie könnt euch das Bett teilen und ich schlafe auf der Couch.« Sie wollte jegliche Missverständnisse vermeiden. Ihr Angebot war kein cleverer Versuch, Kade dazu zu bringen, mit ihr in einem Bett zu schlafen. Es ging ihr nur darum, Kade zu beschützen.

Eine kleine Falte entstand auf Kades normalerweise glatter Stirn. »Das kann ich nicht von dir verlangen.«

»Das tust du nicht. Ich biete es dir an. Komm schon. Sag Ja. Ich hätte gerne etwas Gesellschaft.«

»Ich muss Laurie fragen, ob ihr das recht wäre«, sagte Kade. »Ich bin nicht sicher, ob sie hierbleiben will.«

Sie gingen ins Wohnzimmer.

Laurie legte ihr Buch beiseite und sah mit großen Augen auf. »Wie ist es gelaufen? Was haben sie gesagt?«

»Nicht viel, aber ich hoffe, sie haben mir zugehört. Sie brauchen etwas Zeit, um zu verarbeiten, was ich ihnen gesagt habe, deshalb bleibst du heute Nacht bei mir, wenn das okay ist.«

Die Art, wie sie das sagte, und die Unsicherheit in ihrer Stimme ließ Del vermuten, dass sie ihrer Nichte bisher nicht sehr nahegestanden hatte.

»Klar. Das wäre super. Ich würde viel lieber bei dir in der Wohnung übernachten als zu Hause, so viel ist mal sicher.«

Kade biss sich auf die Unterlippe. »Wir übernachten nicht bei mir. Wir bleiben hier.«

»Hier?« Laurie sah sich um. »Warum?«

»Äh, weil ...« Kade sah Del hilfesuchend an.

»Weil ich erst vor Kurzem eine Gehirnerschütterung hatte und deine Tante angeboten hat, hierzubleiben und ein Auge auf mich zu haben«, sagte Del.

»Gehirnerschütterung?«, wiederholte Laurie. »Sie sind verletzt?«

Das Mitgefühl in ihrer Stimme war herzerwärmend. So musste Kade auch gewesen sein, bevor ihre Familie ihr beigebracht hatte, ihre Gefühle hinter einer Maske der förmlichen Höflichkeit zu verstecken. »Es ist nicht so schlimm, sagen die Ärzte. Kade bleibt nur hier, um auf Nummer sicher zu gehen.«

»Hierzubleiben, ist sogar noch besser«, sagte Laurie mit einem schüchternen Lächeln. Sie blickte zu ihrer Tante. »Hast du all die Bücher gesehen, die sie hat?«

»Ja, die habe ich gesehen. Sie hat mir sogar ein paar ausgeliehen, aber ich bin noch nicht dazu gekommen, sie zu lesen.«

Del grinste und fragte sich, ob Kade wohl einen Blick auf die Sexszenen geworfen hatte.

»Es ist schon spät«, sagte Kade, »und du musst morgen zur Schule. Du solltest besser schlafen gehen.«

Als Laurie ins Bad ging, bereiteten Kade und Del die Schlafcouch vor.

»Wisst ihr«, sagte Laurie, als sie zurückkehrte und mit roten Wangen zu Boden sah, »ihr müsst das nicht nur wegen mir tun.« Sie zeigte auf Del und die Couch. »Ich bin kein Kind mehr. Ich habe Augen im Kopf.«

Del lachte. »Hast du gehört, Schatz?« Sie tätschelte spielerisch Kades Hintern. »Wir müssen unsere Liebe nicht vor deiner Nichte verstecken. Das kluge Mädchen hat uns durchschaut.«

Langsam drehte Kade sich zu ihr um und kniff die Augen zusammen. »Hör auf, meinen Hintern zu tätscheln oder ich kriege dich wegen sexueller Belästigung dran!« Ihre Miene war todernst, aber als sie sich wieder Laurie zuwandte, kniff sie Del beiläufig in den Hintern. »Laurie, ich habe doch gesagt, sie ist nicht meine Freundin. Das habe ich ernst gemeint. Sie schläft nicht nur wegen dir auf der Couch.«

»Oh.« Laurie zog den Kopf ein. »Ich dachte ... Tut mir leid.«

»Es muss dir nicht leidtun. Ihr Mathesonfrauen seid sehr attraktiv. Für die Freundin deiner Tante gehalten zu werden, ist also nicht gerade eine Beleidigung.« Del schmunzelte, als ihr Kompliment Laurie erröten ließ.

Kade schlang einen Arm um Lauries Schultern. Sie sahen gut zusammen aus, mehr wie Schwestern denn wie Tante und Nichte. »Komm, Laurie. Lass uns ins Bett gehen, bevor sie noch mehr lahme Komplimente verteilt.« Spielerisch warf sie den Kopf zurück und stolzierte an Del vorbei. An der Tür blickte sie zurück. In ihren Augen spiegelte sich eine Wärme, die Del nie zuvor gesehen hatte. »Danke«, flüsterte sie.

Del nickte und flüsterte zurück: »Gern geschehen.«

KAPITEL 20

Das vertraute Klackern von Kades Absätzen endete vor ihrem Schreibtisch. Aiden konnte das Geräusch noch immer mühelos identifizieren, aber es hatte nicht mehr denselben Effekt auf ihren Puls wie noch vor einem Jahr. »Hallo, Kade«, sagte sie, noch bevor sie aufsah.

»Aiden.« Kade stellte ihre Aktentasche auf Aidens Schreibtisch und setzte sich in einen Stuhl, anstatt sich auf der Schreibtischkante niederzulassen, wie sie das sonst meist tat.

Aiden musterte ihren ernsten Gesichtsausdruck. »Alles okay? Ich habe Sie die ganze Woche nicht gesehen.«

»Ich konnte mich kaum retten vor lauter Anklageerhebungen und Tenleys Anwalt hat mich mit Anträgen zugemüllt.« Kade winkte ab. »Haben Sie kurz Zeit?«

Aiden lehnte sich zurück und reckte sich. »Klar.«

»Ist einer der Befragungsräume frei?«, fragte Kade.

Aiden runzelte die Stirn. Warum die Geheimniskrämerei? Sie erhob sich und führte Kade zu dem kleineren Befragungsraum. Als sie an Okadas Schreibtisch vorbeikamen, zwinkerte er ihr anzüglich zu und zeigte hinter ihrem Rücken auf Kade. Aiden warf einen Stift nach ihm.

Kade schloss die Tür hinter ihnen. »Ich weiß, das ist ungewöhnlich, aber es geht nicht um die Arbeit und ich wollte das nicht vor allen anderen besprechen.«

Wenn es nicht um die Arbeit ging, worum dann? Aiden wartete.

»Ich möchte, dass Sie für mich mit Ihrer Schwester reden«, sagte Kade.

Das hatte Aiden nicht erwartet. »Mit meiner Schwester reden? Worüber?«

»Über das, was sie meiner Nichte antut.«

Oh Gott. War das die Sagen-Sie-Ihrer-Schwester-sie-soll-sich-von-meiner-Nichte-fernhalten-Unterhaltung? Aiden hoffte, dass Evan clever genug war, von Laurie wegzubleiben. Laurie Matheson war eine Nummer zu groß für sie. »Ich kann es versuchen, aber um ehrlich zu sein, Evan ist nicht gerade eifrig, meinen Rat zu befolgen. Wir haben kaum mehr als ein paar Worte miteinander gewechselt, seit mir Deming gesagt hat, dass ich eine Schwester habe.«

Kade lehnte sich gegen den kleinen Tisch und musterte Aiden. »Es muss schwer für Sie sein.«

»Als Kind habe ich mir immer eine Schwester gewünscht, aber jetzt, da ich eine habe, weiß ich nicht, wie ich mit ihr umgehen soll«, sagte Aiden. Sie hatte einen Besuch bei Evan immer wieder aufgeschoben, weil sie sich dazu noch nicht bereit fühlte. »Wenn ich ihr jetzt sagen muss, dass sie sich von Ihrer Nichte gefälligst fernhalten soll, wird es die Sache nicht einfacher machen.«

Kade sah abrupt auf. »Ich möchte gar nicht, dass sie sich von Laurie fernhält.«

»Was? Aber ich dachte …«

»Mein Bruder und seine Frau hätten das vermutlich gern, aber es ist nicht das, was meine Nichte will. Laurie heult sich die Augen aus, weil Evan sie nicht mehr sehen will.« Sanfter Sarkasmus klang in Kades Stimme mit, aber Aiden konnte sehen, dass sie an ihrer Nichte hing. »Ich würde es sehr zu schätzen wissen, wenn Sie etwas dagegen unternehmen könnten.«

»Meine Halbschwester und Ihre Nichte.« Aiden schüttelte den Kopf.

Kade warf ihr einen verständnisvollen Blick zu. »Ich weiß. Irgendwie seltsam, oder?«

»Oh ja. Also, was soll ich Evan sagen?«

»Ich möchte einfach sichergehen, dass sie nicht mit Laurie Schluss gemacht hat, weil mein Bruder sie dazu gezwungen hat«, sagte Kade. »Lassen Sie sie wissen, dass nicht alle Mathesons arrogante, herrschsüchtige, dickköpfige Snobs sind.«

»Ach nein?«, fragte Aiden mit Unschuldsmiene.

Kade grinste. »Laurie zumindest nicht.«

»Klar. Wir reden ja über Laurie.« Aiden erwiderte das Grinsen, wurde dann aber ernst. »Ich werde mit ihr reden, kann aber nichts versprechen. So wie das zwischen uns läuft, wird sie vielleicht genau das Gegenteil von dem tun, was ich ihr sage.«

»Einen Versuch ist es wert. Wenn sie nichts mehr mit Laurie zu tun haben will, ist das okay, solange es nur ihre eigene Entscheidung war und nicht die meines Bruders.«

Aiden seufzte. Nun musste sie wohl mit Evan reden. Kein Aufschieben mehr. Sie nickte Kade zu und wandte sich zur Tür.

»Aiden?«, rief Kade.

Sie drehte sich um. »Ja?«

Kade zögerte.

Stirnrunzelnd ging Aiden zu ihr zurück. »Gibt es sonst etwas, worüber Sie reden wollen?« Was immer es auch war, nach Kades Gesichtsausdruck zu urteilen, war es nichts Angenehmes.

»Ja, schon. Ich könnte Ihre Hilfe mit einer … Situation gebrauchen.« Kades Worte kamen zögernd.

Aiden ahnte, was es die stolze Frau kosten musste, sie um Hilfe zu bitten. »Jederzeit, Kade, das wissen Sie. Erzählen Sie mir von dieser Situation.«

»Wie es aussieht, habe ich wohl einen heimlichen Verehrer«, sagte Kade. »Seit sechs Monaten bekomme ich ständig Blumen und Karten.«

»Ja, ich weiß. Von Del, richtig?«

Ihre Lippen formten eine dünne Linie, als Kade den Kopf schüttelte. »Das habe ich zuerst auch gedacht, aber die Blumen sind nicht von ihr. Und es geht nicht nur um die Blumen und die Karten. Oft habe ich das Gefühl, dass mich jemand beobachtet und ich bekomme anonyme Anrufe, obwohl meine Nummer nicht im Telefonbuch steht.« Ihr Pokerface wankte einen Moment lang, sodass Aiden die Angst in ihren Augen sehen konnte.

»Kade! Das ist kein heimlicher Verehrer! Das ist ein Stalker!« Aiden konnte es nicht glauben. Wie konnte Kade, eine Staatsanwältin, die Sexualverbrechen verhandelte, diese Situation auf die leichte Schulter nehmen?

Kade sah zu Boden. »Ich weiß. Und ich glaube, dass die Sache eskaliert.«

»Was? Was ist passiert?«

»Ich kann es nicht beweisen, aber wir glauben, dass Dels Sturz kein Unfall war.« Mit schuldbewusster Miene wandte Kade den Blick ab.

Aiden umklammerte die Stuhllehne. Sie wollte den Stuhl quer durch den Raum schleudern, hielt sich aber zurück. »Da wird jemand direkt vor Ihrer Wohnung angegriffen und Sie behalten es für sich? Sie hätten getötet werden können und Sie hielten es nicht für nötig, um Hilfe zu bitten?«

»Ich habe es nicht für mich behalten«, sagte Kade und reckte störrisch das Kinn. »Ich habe es Del erzählt.«

Die Worte, die Aiden ihr entgegenschleudern wollte, erstarben. *Del. Sie hat es Del erzählt und nicht mir.*

»Es ist nicht etwa so, dass ich ihr mehr vertraue als Ihnen«, sagte Kade, als erahnte sie Aidens Gedanken. »Als ich diese Erkältung hatte, hat sie mir Suppe vorbeigebracht und gemerkt, dass ich zusammenzucke, wenn das Telefon klingelt. Ich musste es ihr sagen.«

»Als Sie die Erkältung hatten … Das ist doch mindestens drei Wochen her! Sie weiß das schon so lange und hat nichts unternommen?« Aiden beschloss, sich Del vorzuknöpfen. Wenn sie schon die Rolle als Kades Beschützerin übernahm, musste sie es richtig machen.

Kade trat schnell vor, bis sie direkt vor Aiden stand. »Del hat getan, was sie konnte, ohne es offiziell zu machen. Ich wollte keine Berichte über mein Privatleben.«

Und ganz sicher nicht jetzt, wo sie endlich beginnt, ein Privatleben zu haben. Kade hatte immer klargemacht, dass sie ehrgeizige Zukunftspläne hatte. In einem offiziellen Polizeibericht geoutet zu werden, würde ihrer Karriere bestimmt nicht helfen.

Aiden atmete tief durch. »Haben Sie noch die Karten, die der Stalker Ihnen geschickt hat?«

»Del hat sie schon von einem Freund im Kriminallabor überprüfen lassen. Fehlanzeige.«

»Hat sie die Blumenläden in der Umgebung überprüft?«, fragte Aiden. »Jemand muss ein Vermögen für Blumen ausgeben. Das hat sicher Aufmerksamkeit erregt.«

Kade schüttelte den Kopf. »Del hat es überprüft, aber es ist ebenfalls eine Sackgasse. In einer der Karten sagt der Stalker auch, dass er die Blumen selbst in einem Treibhaus anbaut.« Sie hob die Hand, bevor Aiden nachfragen konnte. »Sie hat auch Gärtnereien und Firmen überprüft, die Treibhäuser verkaufen, aber das ist die sprichwörtliche Suche nach der Nadel im Heuhaufen.«

Zumindest hatte Del nicht faul herumgesessen und darauf gewartet, dass der Stalker Kade angriff. »Ich rufe sie an und lasse mich auf den aktuellen Stand bringen. Wir werden semioffiziell ermitteln. Keine Berichte, bis es an der Zeit ist, offizielle Schritte einzuleiten.«

Kade berührte sie flüchtig am Arm. »Danke.«

Aiden trat von einem Fuß auf den anderen, während sie darauf wartete, dass die Tür geöffnet wurde. Sie hatte sich vor dem Haus von Serienkillern, die sie verhaften wollte, schon wohler gefühlt. Im Moment hätte sie lieber einem Serienkiller als ihrer Halbschwester gegenübergestanden. Als Judy LeCroix die Tür öffnete, rang sich Aiden ein Lächeln ab. »Hallo. Ist Evan zu Hause?«

»Ja. Sie ist in der Garage«, sagte Evans Pflegemutter. »Kommen Sie doch bitte rein. Ich sage ihr, dass Sie hier sind. Es ist schön, dass Sie gekommen sind. Ich glaube, sie könnte eine große Schwester gebrauchen.«

Mrs. LeCroix redete weiter auf sie ein, aber Aiden hörte nicht mehr zu. Sie war zu überwältigt von all den Erwartungen, die in sie gesetzt wurden. Sie hatte kaum ihr eigenes Leben im Griff und hatte mit ihren eigenen Dämonen schon genug zu tun, wie konnte sie es da auch noch mit Evans aufnehmen?

Plötzlich fühlte sie sich so sehr unter Druck gesetzt, dass sie glaubte, in diesem Haus ersticken zu müssen. Sie fragte sich, ob Evan sich genauso fühlte. »Wenn es recht ist, gehe ich lieber zu ihr in die Garage.«

»Na klar.« Judy LeCroix lächelte und beschrieb ihr den Weg.

Aiden ging um das Haus herum. Die Garagentür stand offen. Laute Musik drang aus einem CD-Player, unterbrochen nur von rhythmischen Schlägen und Kettenklirren.

Aiden trat näher und spähte in die Garage.

Evan prügelte auf einen schweren Boxsack ein, der von der Decke baumelte. Ohne ihre Lederjacke sah sie schlaksig und verletzlich aus.

Aiden sah ihr eine Weile zu, korrigierte in Gedanken Evans Haltung oder applaudierte innerlich einer cleveren Finte und schneller Fußarbeit.

Irgendetwas musste ihre Anwesenheit verraten haben. Evan ließ vom Boxsack ab und wirbelte herum.

»Hi«, sagte Aiden.

»Hi.« Evan hielt den Boxsack mit beiden Handschuhen fest, bedeutete Aiden aber nicht, einzutreten.

Aiden nickte in Richtung Boxsack, das erstbeste Gesprächsthema, das ihr einfiel. »Ich wusste nicht, dass du boxt.«

»Tue ich nicht. Ich spiele nur ein wenig rum.« Evan zuckte mit den Schultern.

Oh ja. Zeig bloß kein Interesse an irgendetwas. Das würde es mir zu leicht machen, Gemeinsamkeiten zu finden. Das geht natürlich nicht. »Hattest du geplant, den Nachmittag damit zu verbringen?«

»Eigentlich nicht.«

»Willst du dann vielleicht mit mir in die Stadt fahren und der Zulassungsstelle einen Besuch abstatten? Ich dachte, wir könnten heute den Papierkram erledigen und mal sehen, was du sonst noch so brauchst, um einen Lernführerschein zu bekommen.« Sie hielt Evan das Wort vor die Nase wie eine Karotte vor einen Esel.

Evan behielt ihre coole, unbeeindruckte Miene bei. »Ich habe meinen Lernführerschein schon.«

Mist. Das war Aidens einzige Idee gewesen. »Oh. Ich dachte, du hättest ihn noch nicht, weil Dawn sagte ...« Sie hielt inne und rieb sich den Nacken. »Ich schätze, deine Eltern haben dir schon beigebracht, wie man fährt?«

»Sie sind nicht meine Eltern!« Evan schlug auf den Boxsack ein. Die Ketten klirrten. »Das solltest du doch wissen!«

»Tut mir leid. Natürlich weiß ich das. Ich wusste nur nicht, wie ich sie sonst nennen soll.«

»Versuch's doch mal mit ihren Namen. Originelle Idee, oder?«

Aiden atmete tief durch und stellte sich vor, in Dawns sanfte grüne Augen zu blicken. *Nicht reagieren. Nicht provozieren lassen. Sie will dich nur auf Abstand halten.* »Also bringen Judy und Roger dir das Autofahren bei?«

»Ja, ab und zu bin ich früher mal mit ihnen gefahren«, antwortete Evan.

»Früher?« Es war also etwas passiert, das den Fahrunterricht gestoppt hatte. Aiden begann sofort, sich auszumalen, was Evan verbrochen haben könnte, aber dann rügte sie sich. Dawn hatte recht. Sie musste aufhören, immer davon auszugehen, dass alles Evans Schuld war.

Evan schlang einen Arm um den Boxsack. »Sie haben total überreagiert, als ich mir eines Nachts das Auto ausgeliehen habe.«

Aiden biss sich auf die Innenseite der Wange, um nicht loszulachen. Sie wollte nicht, dass Evan glaubte, sie würde sich über sie lustig machen oder ein solches Verhalten gutheißen. Erneut hatte Dawn recht gehabt. Sie hatten einiges gemeinsam. »Du könntest mit meinem Auto üben.«

»Mit deinem Auto?«

»Mit mir drin, natürlich«, fügte Aiden hastig hinzu. Sie wollte nicht, dass sich Evan das Auto für eine Solo-Spritztour »auslieh«.

Evan beäugte sie misstrauisch. »Warum machst du das? Glaub nicht, dass du mir was schuldig bist, nur weil dein Vater meine Mutter geschwängert hat.«

Aiden zwang sich, nicht auf die Provokation zu reagieren. »Ich schulde es mir selbst. Ich war im Unrecht, als ich angenommen hatte, dass du Laurie Matheson wehgetan hast, und ich will es wiedergutmachen. Was meinst du?« Sie zog ihre Autoschlüssel aus der Tasche und hielt sie Evan hin.

»Das ist nicht der Schlüssel zum Miniaturauto des Docs, oder?«, fragte Evan.

Aiden lachte. »Nein, keine Sorge. Ich habe ein eigenes Auto und es ist für Erwachsene gebaut.«

Evan sah zwischen Aiden und den Autoschlüsseln hin und her. »Okay, warum nicht?« Sie begann, mit Hilfe ihrer Zähne die Boxhandschuhe auszuziehen.

»Warte, ich helfe dir«, sagte Aiden.

Evan wich ihr aus. »Ich hab das schon allein hingekriegt, lange bevor ich dich kennengelernt habe.« Sie zog die Boxhandschuhe aus und nahm Aiden die Schlüssel aus der Hand.

Aiden eilte ihr hinterher und nahm auf dem Beifahrersitz Platz.

Enthusiastisch drehte Evan den Schlüssel im Zündschloss.

»Anschnallen«, sagte Aiden und hielt sich nur mit Mühe davon ab, ein Dutzend anderer Regeln aufzuzählen, die Evan befolgen musste, solange sie mit ihrem Wagen unterwegs war.

Evan fuhr viel schneller aus der Auffahrt, als es Aiden lieb war, aber sie biss sich auf die Zunge und sagte nichts. Dies war ein Test für sie beide. Sie testete Evans Fahrkünste, während Evan ihre Geduld auf die Probe stellte.

Auf dem Weg durch die Stadt sah sie immer wieder auf den Tacho. Jedes Mal stellte sie fest, dass Evan nicht so schnell fuhr, wie sie vermutet hatte. Es kam ihr nur so vor, weil sie jetzt hilflos auf dem Beifahrersitz saß.

»Willst du das Einparken üben?«, fragte sie nach einer Stunde. Sie deutete auf den Parkplatz, der vor ihnen auftauchte.

Evan nickte knapp. Bisher hatte sie das Lenkrad lässig gehalten, aber jetzt umklammerte sie es fester, als sie eine Parklücke wählte und begann, den Wagen rückwärts zu manövrieren.

Aiden versteifte sich. Evan hatte das Lenkrad zu früh eingeschlagen, sodass sie dem Auto zu ihrer Rechten zu nahe kommen würde. Aiden trat auf die imaginäre Bremse. »Äh, du bist zu weit rechts.«

»Ich weiß. Ich bin ja nicht blind.« Evan legte den ersten Gang ein, rollte aus der Parklücke, und korrigierte die Stellung der Räder, bevor sie wieder zurücksetzte. Diesmal landete der Wagen genau in der Mitte der Parklücke, mit viel Platz nach links und rechts.

Aiden entspannte sich ein wenig. »Das ist gut. Lass uns den Motor ausstellen und eine Pause einlegen.«

Eine Weile saßen sie schweigend da.

»Wie läuft es denn so?«

»Das Fahren? Super natürlich. Merkt man das nicht?«

»Nein, nicht das Fahren. Der Rest deines Lebens«, sagte Aiden. »Wie läuft es?«

Evan überkreuzte die Handgelenke auf dem Steuerrad. »Diese Woche hab ich noch keine Verbrechen begangen, wenn es das ist, was du meinst.«

Aiden seufzte. »Nein, das meine ich nicht. Lass uns aufhören, immer vom Schlimmsten auszugehen, okay?«

Evan reagierte nicht auf das Friedensangebot. »Was meinst du dann?«

»Triffst du dich noch mit Laurie Matheson?«

»Nein. Du kannst ihren Eltern sagen, sie brauchen sich keine Sorgen zu machen. Ich hab Schluss gemacht.« Evan spielte am Radio herum und tat gleichgültig.

»Ich werde ihren Eltern keinen Bericht erstatten.« Aiden wusste, dass sie das klarstellen musste, wenn sie wollte, dass Evan ihr vertraute.

»Nein, du wirst ihrer Tante Bericht erstatten«, sagte Evan.

»Ich bin mit Kade befreundet, ja, aber ich bin nicht ihre Spionin«, sagte Aiden. »Ich will nicht, dass du aus den falschen Gründen mit Laurie Schluss machst. Wenn du dich nicht mehr mit ihr treffen willst, schön und gut, aber mach es nicht, weil ihre Eltern dir Angst eingejagt haben.«

Evan setzte sich aufrechter hin. »Ich habe keine Angst.«

»Warum hast du dann plötzlich Schluss gemacht?«, fragte Aiden.

Evan zuckte lässig mit den Schultern. »Vielleicht langweilt sie mich einfach.«

Aiden zügelte ihr Temperament. Sie mochte es nicht, wenn jemand so über Kades Nichte sprach. »Nach dem, was ihre Mutter erzählt hat, hast du in jener Freitagnacht vor zwei Wochen aber ganz und gar nicht gelangweilt gewirkt.« Es rutschte ihr heraus, bevor sie es zurückhalten konnte. *Mist.* Sie wünschte, sie hätte Dawns Geduld und ihre Fähigkeit, einfach nur mit Evan zu reden, ohne die Spannungen und die gegenseitigen Vorwürfe, die zwischen ihr und Evan existierten.

»Das war nur eine einmalige Sache. Ich bin nicht der Typ für Beziehungen.« Evan starrte sie an, bis Aiden endlich nickte, um zu zeigen, dass sie verstanden hatte.

Sie hatten wirklich mehr gemeinsam, als Aiden angenommen hatte. Früher hatte sie es sich auch nicht gestattet, sich auf Beziehungen einzulassen. »Weiß Laurie das?«

Evan war ihre Schwester und Aiden wusste, dass sie deshalb automatisch auf ihrer Seite sein sollte, aber sie konnte nicht umhin, sich um Laurie zu sorgen. Sie wirkte so sehr wie eine jüngere, verletzlichere Version von Kade.

Erneut zuckte Evan mit den Schultern.

»Wenn du noch nicht für eine feste Beziehung bereit bist, okay.« Weiß Gott, sie war mit sechzehn auch noch nicht für eine Beziehung bereit gewesen. Sie schnaubte innerlich. *Du warst noch nicht mal mit dreißig bereit dafür.* »Wenn du mit ihr Schluss machen willst, auch okay. Aber bitte mach es auf eine nette Art. Brich ihr nicht das Herz.«

Evan starrte aus dem Fenster, als wäre ihr alles egal und als hörte sie nicht mal richtig zu.

Aiden drehte sich auf dem Beifahrersitz, um Evan ins Gesicht zu sehen. »Bevor ich Dawn kennengelernt habe, war ich genau wie du.« Sie ignorierte Evans Schnauben. »Ich habe mit Frauen geschlafen und ihnen am nächsten Tag gesagt, dass es mir nichts bedeutet hat. Ich war ein unsensibles Arschloch. Ich bin nur froh, dass ich mich rechtzeitig geändert und es bei Dawn nicht genauso gemacht habe.«

Das brachte ihr endlich eine Reaktion ein. Evan sah sie böse an.

Aha. Sieh mal einer an. Offensichtlich mochte Evan den Gedanken nicht, dass jemand Dawn verletzen könnte. Trotz ihrer rauen Schale lag ihr etwas an Dawn. Aiden verkniff sich ein Grinsen.

»Können wir jetzt zurückfahren?«, fragte Evan. Scheinbar hatte sie genug von ihrem Gespräch.

»Sicher doch. Du bist die Fahrerin. Fahr einfach los.«

Evan drehte kommentarlos den Schlüssel im Zündschloss.

Aiden schlug die letzte Akte zu, warf sie in ihren Postausgang und blickte über ihre aneinandergeschobenen Schreibtische hinweg zu ihrem Partner. »Hast du heute Abend schon was vor?«

»Nein. Willst du noch was trinken gehen?«

Aiden schüttelte den Kopf. »Deshalb frage ich nicht. Wenn du noch nichts vorhast, könnte ich deine Hilfe gebrauchen.« Sie hatte den ganzen Tag auf eine Gelegenheit gewartet, mit Ray zu sprechen. Jetzt, da die meisten Kollegen nach Hause gegangen waren, war es endlich so weit.

Ray runzelte die Stirn. »Wobei?«

»Genauer gesagt bin nicht ich es, die Hilfe braucht, sondern Kade.« Aiden sah sich in der fast leeren Dienststelle um, um sicherzugehen, dass niemand mithörte. »Sie hat einen Stalker. Blumen, Briefe, das Gefühl, beobachtet zu werden, anonyme Anrufe, das volle Programm. Und sie glaubt, dass die Situation eskaliert. Es ist möglich, dass er Del Vasquez angegriffen hat, als sie Kade besuchte.«

Rays Augen wurden mit jedem Wort größer. »Warum sagt sie uns das erst jetzt? Das klingt, als hätte das alles schon vor Wochen oder sogar Monaten angefangen. Gerade Kade sollte doch wissen, dass so etwas nicht einfach von allein wieder aufhört.«

»Das habe ich ihr auch gesagt. Sie wollte keinen offiziellen Bericht über die Details ihres Privatlebens.«

Ray lachte auf. »Da gibt's nicht viel zu schreiben. Kade hat kein Privatleben.«

»Ich glaube, sie ist gerade dabei, sich eines zuzulegen, und sie hat Angst, dass es ihrer politischen Karriere schaden könnte. Deshalb hat sie nur Del Vasquez von dem Stalker erzählt.«

»Was am Privatleben unserer Eiskönigin könnte denn bitte ihrer Karriere schaden?«, fragte Ray und verwendete den scherzhaften Spitznamen, den die Detectives Kade verpasst hatten. »Isst sie nicht die politisch korrekte Sorte Müsli, oder was?«

Aiden lachte nicht. »Denk mal drüber nach. Welche Gerüchte könnten es Kade erschweren, irgendwann Bezirksstaatsanwältin zu werden?«

»Dass sie inkompetent, bestechlich oder lesbisch ist?« Ray grinste.

»Genau. Kade schließt mehr Fälle als jeder andere Staatsanwalt ab und es ist allgemein bekannt, dass sie mehr Geld hat, als sie je ausgeben kann. Bleibt also noch Option Nummer drei.«

»Jetzt hör aber auf.« Ray warf ein zerknülltes Blatt Papier nach ihr. »Du erwartest doch nicht wirklich, dass ich glaube, dass Kade …?«

Aiden nickte.

»Kade Matheson ist lesbisch?«

Schnell hob Aiden eine Hand. »Das habe ich nicht gesagt. Ich denke nur, dass sie anfängt, ihre Optionen zu erkunden, und sie will die Einzelheiten nicht in einem Polizeibericht oder in der Zeitung nachlesen können.«

»Wow. Stacy Ford, du und jetzt auch noch Kade … Gibt es eigentlich noch heterosexuelle Frauen hier?«

Aiden grinste. »Tja, wenn es dich aufmuntert … Ich bin ziemlich sicher, dass Richterin Linehan für euer Team spielt.«

»Na, das ist ja mal ein schöner Trost!« Ray erhob sich und zog seine Jacke an. »Also, was hast du heute Abend vor? Kades Wohnung überwachen?«

»Herausfinden, wie er ins Haus gelangt ist. Ich habe Vasquez angerufen. Wir treffen uns gleich vor Kades Wohnung.« Aiden nahm ihre Schlüssel und die Dienstwaffe aus der Schreibtischschublade.

Ray hielt ihr die Tür auf. »Läuft da was zwischen Lieutenant Vasquez und Kade?«

»Oh nein, die Frage beantworte ich nicht.« Sie wusste selbst nicht, was zwischen den beiden vorging. Sie war nicht einmal sicher, ob Kade es wusste. »Wenn du das wissen willst, musst du Kade selbst fragen.«

Ray hob beide Hände. »Nein, danke. Ich will noch miterleben, wie meine Kinder die Schule abschließen.« Er grinste spitzbübisch. »Ich werde einfach mal eine Bemerkung fallen lassen, wenn ich mit Okada zu Mittag esse. Du weißt ja, dass er sofort neugierig wird, wenn er ein Geheimnis wittert. Dann kann er ja unsere Staatsanwältin fragen.«

Aiden erwiderte sein Lächeln nicht. »Nein. Es darf keine Gerüchte darüber geben, Ray. Keine Gerüchte, keine Berichte, keine Witze im Revier. Nichts dergleichen. Kriegst du das hin?«

»Für dich mache ich das doch auch, oder?«, antwortete Ray. »Ich hab nie Witze über dich und Dawn gemacht, selbst dann nicht, als du mit einem Knutschfleck ankamst, der ungefähr die Größe von Madagaskar hatte.«

Aiden tastete über ihre Schulter, zog die Hand dann aber schnell zurück, bevor sie die Bissspuren berühren konnte. »Ich weiß und ich bin dir dankbar für deine Unterstützung.« Sie merkte erst jetzt, dass sie ihm das nie gesagt hatte. »Ich wollte auch nicht andeuten, dass du …«

»Ich weiß. Komm, lass uns gehen.« Ray schob sie zur Tür.

Del wartete schon auf sie, als sie vor Kades Haus parkten. Sie lehnte sich gegen ihr Auto und hob grüßend die Hand, lächelte aber nicht.

»Du, ich und Lieutenant Vasquez … wir sind also die neue lesbische Sondereinheit?«, fragte Ray, als sie aus dem Wagen stiegen. »Bekomme ich keinen Spezialausweis dafür?«

Aiden lachte. »Warum fragst du nicht Lieutenant Vasquez?«

Del kam auf sie zu. »Danke fürs Kommen.«

Warum zum Teufel dankte Del ihnen, als wäre sie Kades älteste Vertraute und sie beide nur die neuen Bekannten? Der alte Ärger auf Del stieg wieder in Aiden auf. Sie hatte noch immer nicht ganz verwunden, dass Kade Del schon Wochen zuvor von dem Stalker erzählt, aber ihr gegenüber kein Wort darüber verloren hatte.

»Also, wo fangen wir an?«, fragte Ray.

Del legte eine dicke Akte auf ihre Motorhaube. »Das ist eine detaillierte Liste von allem, was ich bisher getan habe.«

Aiden blätterte durch die Akte. Del war fleißig gewesen. Die Akte enthielt Fingerabdruckanalysen, Hintergrundberichte von Kades Fällen aus dem letzten halben Jahr, Interviews mit Nachbarn, Überwachungsfotos und Kundenlisten von Firmen, die Treibhäuser verkauften. Wie hatte Del ohne Durchsuchungsbefehl Zugang zu all dem erhalten? Vielleicht war es besser, nicht nachzufragen.

»Ich habe jeden befragt, der Zugang zum Gebäude hat … Nachbarn, Pförtner, Handwerker, Lieferanten. Mit den meisten habe ich sogar zweimal gesprochen, weil ich hoffte, dass jemand etwas gesehen hat, als ich niedergeschlagen wurde.« Del rieb sich den Hinterkopf, wo eine kleine kahle Stelle eine heilende Platzwunde zeigte. »Bisher ohne Erfolg, aber ich hatte noch keine Gelegenheit, mit der Teilzeit-Pförtnerin und mit einem der Nachbarn zu reden. Ich dachte, das könnten wir jetzt machen.«

Als sie das Marmorfoyer von Kades Wohnhaus betraten, kam eine hochgewachsene Frau aus dem Pförtnerbüro.

»Lasst mich das übernehmen«, sagte Ray grinsend. »Ich komme mit Pförtnern gut klar.«

Aiden und Del hielten sich im Hintergrund.

»Hi. Ich bin Detective Bennet und das sind meine Kolleginnen, Lieutenant Vasquez und Detective Carlisle.« Ray zeigte seinen Dienstausweis und ein charmantes Lächeln.

Aiden verkniff sich ein Schmunzeln. Falls ihr Gaydar richtig funktionierte, würde Rays Charme seine Wirkung verfehlen.

»Wir ermitteln in einem Vorfall, der sich …?« Ray sah Del fragend an.

»Letzten Sonntagmorgen ereignet hat«, warf Del ein.

»Vielleicht haben Sie ja kurz Zeit für ein paar Fragen unter Kollegen«, sagte Ray.

Seine Wir-sind-ja-praktisch-Kollegen-Methode war clever. Viele Sicherheitsbeamte und Pförtner hatten irgendwann in ihrem Leben versucht, Polizisten zu werden.

Die Pförtnerin reagierte nicht mit dem erwarteten geschmeichelten Lächeln. Sie sah ihn ruhig an. »Ich bin keine Polizistin, der kollegiale Ansatz funktioniert bei mir also nicht.«

Aiden biss sich auf die Lippe, um nicht loszulachen. Ray kam vielleicht prima mit Pförtnern klar, aber mit Pförtnerinnen hatte er so seine Probleme. »Wie wäre es dann, wenn sie einer Frau aushelfen, die wie Sie in einem typischen Männerberuf arbeitet?«

»Das kann ich machen.«

»Also, was haben Sie letzten Sonntagmorgen gesehen?«, fragte Aiden.

Die Frau zeigte auf Del. »Sie ist mit zwei Kaffeebechern nach oben gefahren, aber das hat sie schon öfter gemacht, deshalb hab ich mir nicht viel dabei gedacht.«

Wie oft hatte Del Kade eigentlich besucht? »War zu dem Zeitpunkt sonst noch jemand hier?«, fragte Aiden.

»Mr. Meyer und Ms. Giavelli standen im Foyer und haben stundenlang getratscht, wie sie das immer tun«, sagte die Pförtnerin.

Aiden blickte zu Del, die den Kopf schüttelte, um zu zeigen, dass sie bereits mit den beiden Nachbarn gesprochen hatte und diese nichts zu berichten wussten.

»Und sonst haben Sie an diesem Morgen nichts Auffälliges bemerkt?«, fragte Aiden. »Irgendjemanden, der nicht im Haus wohnt?«

Die Pförtnerin dachte einen Moment lang darüber nach. »Da stand ein junger Mann vor der Tür und rauchte eine Zigarette nach der anderen. Er war mindestens eine halbe Stunde lang vor dem Haus, aber als ich dann die Sanitäter reingelassen hatte, war er verschwunden.«

Ein junger Mann, der vor Kades Haus herumlungerte? Konnte das der Stalker sein? »Wie sah er aus?«

»Ende Zwanzig, braunes Haar, ungefähr so groß wie ich. Er trug eine Baseballkappe und sah nicht in meine Richtung, deshalb kann ich Ihnen sein Gesicht nicht beschreiben.«

Das war mehr, als die meisten Zeugen sagen konnten, aber die Beschreibung passte auf halb Portland. Später würde Aiden Kade fragen, ob die Beschreibung auf einen ihrer Fälle passte, aber sie hegte nicht allzu große Hoffnung.

Del drehte sich um und verließ das Gebäude.

Hastig dankte Aiden der Pförtnerin und folgte Del. »Wo gehst du?«

Del ging vor dem Eingang in die Hocke. »Ich suche nach Beweisen. Sie sagte, er hat geraucht. Vielleicht hat er ja Zigarettenstummel zurückgelassen.«

Sie hat recht. Aiden bückte sich und begann ebenfalls, Zigarettenstummel aufzusammeln.

Ray schloss sich ihnen an und murmelte: »Weißt du, ich hätte gedacht, die Arbeit in der neuen Sondereinheit würde mehr Spaß machen.«

KAPITEL 21

Kade zuckte zusammen, als das Telefon klingelte. Sie ließ ihren Kugelschreiber fallen und fluchte leise. Seit Del ihr Telefon verwanzt hatte, hatten die anonymen Anrufe aufgehört. Es hätte sie beruhigen sollen, aber es bewirkte genau das Gegenteil, denn es bedeutete, dass der Stalker von ihrer halboffiziellen Ermittlung wusste. Er beobachtete sie noch immer.

Das Telefon klingelte weiter und sie griff endlich danach. »Matheson.«

»Hi, Kade. Hier spricht Dawn Kinsley.«

»Hallo, Dawn«, sagte sie und verbarg ihre Überraschung. »Was kann ich für Sie tun?«

»Vermutlich wissen Sie, dass Del bald Geburtstag hat.«

»Nein, das hat sie nicht erzählt«, antwortete Kade.

Dawn lachte. »Sie versucht, es zu ignorieren, weil sie sich sonst alt fühlt. Wie dem auch sei, ihr Geburtstag ist am Dienstag und wir planen eine Überraschungsparty. Ich hatte gehofft, Sie könnten auch kommen.«

Eine Geburtstagsfeier. Der Gedanke war ein wenig überwältigend. Zwar wollte sie den Geburtstag gern mit Del feiern, aber sie war nicht sicher, ob sie schon so weit war, all ihre Freunde kennenzulernen. »Wer wird kommen?«

»Na ja, Aiden und ich, natürlich, und ich glaube, Sie kennen meine Mutter. Der Rest der Familie kommt auch.«

»Familie?« Kade wusste, dass Del seit zwei Jahrzehnten keinen Kontakt mehr zu ihrer Familie hatte. »Ihre oder Dels?«

»Das ist dasselbe, Kade. Und sie will, dass Sie auch dazugehören. Also, kommen Sie?«

Kade zögerte kurz und gab sich dann einen Ruck. Del hatte so viel für sie getan und war beim Versuch, sie zu beschützen, sogar verletzt worden. Zu ihrer Geburtstagsfeier zu gehen, war das Mindeste, was sie tun konnte, auch wenn sie sich nicht so recht wohl damit fühlte. »Ich werde da sein.«

»Super.«

»Soll ich etwas mitbringen?«, fragte Kade.

Dawn lachte. »Ich würde ja sagen einen Salat, aber so weit ist unser Kochunterricht noch nicht fortgeschritten, also lieber nicht. Wie wäre es, wenn Sie statt etwas zu essen Ihre Nichte mitbringen.«

»Laurie? Warum möchten Sie, dass sie mitkommt?«

»Ich dachte, die Feier wäre eine tolle Gelegenheit, Evan der Familie vorzustellen. Wenn Laurie da ist, wäre Evan nicht der einzige Teenager und hätte jemanden, mit dem sie reden kann«, sagte Dawn.

»Sie versuchen doch nicht etwa, die beiden zu verkuppeln, oder?«, fragte Kade.

»Ich?«

»Die Unschuld vom Lande zu spielen, funktioniert bei mir nicht. Ich bin Staatsanwältin. Ich kenne den Unterschied zwischen unschuldig sein und unschuldig tun.«

»Okay, okay. Ich glaube, Evan würde Laurie gerne wiedersehen, aber sie ist zu stolz und zu stur, um den ersten Schritt zu machen«, sagte Dawn.

Das klang, als hätte sie viel gemein mit ihrer großen Schwester. Was, wenn Aiden den ersten Schritt gemacht hätte und so hartnäckig wie Del gewesen wäre? Kade schob den Gedanken schnell beiseite. »Na schön. Ich frage Laurie, ob sie mitkommen möchte.«

Aiden lehnte im Türrahmen und sah zu, wie Dawn sich im Bad fertigmachte. Sie bewunderte das hellgrüne Kleid, das Dawns Augen die Farbe von Smaragden verlieh. »Im Vergleich zu dir komme ich mir vor wie Aschenputtel.«

Dawn sah vom Spiegel auf. »Du siehst doch gut aus. Del ist es ohnehin egal, was du bei ihrer Geburtstagsfeier trägst.«

»Ja, aber Del ist nicht diejenige, die ich beeindrucken möchte. Ich will einen guten Eindruck bei deiner Familie hinterlassen.«

»Ach, komm schon. Du weißt doch, dass meine Mutter sich nicht viel aus Förmlichkeiten macht«, sagte Dawn.

Aiden lächelte, als sie sich daran erinnerte. »Ja, ich weiß. Bei euch gibt es keine Servietten am Esstisch.«

»Genau. Du musst dich also nicht bemühen, meine Mutter zu beeindrucken.«

»Deine Mutter ist nicht die Kinsleyfrau, die ich beeindrucken will.« Mittlerweile wusste Aiden, dass sie Dawn nur gut behandeln musste, um Grace' Wohlwollen zu ernten.

Dawn drehte sich um und schlang die Arme um Aiden. »Die andere Kinsleyfrau ist bereits beeindruckt.« Sie streifte Aidens Mund mit ihrem. »Sehr …« Sie küsste sie erneut. »Sehr …« Noch ein Kuss. »Sehr beeindruckt.«

Aiden zog sie an sich und küsste sie, diesmal länger. »Ich spreche von deiner Großmutter«, sagte sie, als der Kuss schließlich endete.

Dawn lachte. »Meine Großmutter hat's auch nicht so mit Förmlichkeiten. Du könntest zerrissene Jeans oder einen hawaiianischen Grasrock tragen. Meiner Großmutter wäre das egal.«

»Also ist sie eine moderne alte Dame?«

»Sie ist nicht altmodisch, aber lass dich nicht dabei erwischen, sie ›alt‹ zu nennen.« Dawn hob warnend den Zeigefinger.

Aiden grinste und nahm sich vor, heute Abend am besten keinerlei Kommentare über irgendjemandes Alter zu machen. Zumindest war es schon mal ermutigend, dass die Haltung der Großmutter nicht altbacken war. »Sie findet es also okay, dass du lesbisch bist?« Die Eltern ihrer Mutter waren vor Aidens Geburt gestorben, deshalb hatte sie keinerlei Erfahrung mit Großeltern und ihrer Reaktion auf ein Coming-out.

»Na ja …« Dawn drückte ihr ihre Ohrringe in die Hand und drehte ihren Kopf, damit Aiden ihr helfen konnte. »Um ehrlich zu sein, weiß sie noch gar nichts davon.«

Aiden ließ die Ohrringe fallen. »Was? Wie ist das denn möglich? Ich dachte, jeder in deiner Familie wüsste es.« Sie hob die Ohrringe auf und umklammerte sie fest.

»Alle außer Oma«, sagte Dawn mit einem verlegenen Lächeln.

»Warum das denn?« Dawn hatte nie gezögert, den Leuten zu sagen, dass sie lesbisch war. Selbst ihre zehnjährige Nichte wusste Bescheid.

Dawn nahm Aiden die Ohrringe ab und befestigte sie an ihren Ohrläppchen. »Meine Mutter und Del waren nicht sonderlich angetan von Maggie. Selbst mit Dels Hilfe schien meine Mutter nicht sehr erfreut über meine sexuelle Orientierung, deshalb dachte ich mir, ich warte lieber ein bisschen, bis ich es Oma erzähle.«

»Aber dazu kam es dann nie?«

Dawn schüttelte den Kopf. »Bevor ich mich dazu durchringen konnte, haben Maggie und ich Schluss gemacht. Ich hatte keine neue Freundin, bis ich dich kennengelernt habe, also war es nie notwendig, es ihr zu sagen.«

»Und nachdem wir uns kennengelernt hatten?«, fragte Aiden. Immerhin kannten sie einander jetzt schon seit acht Monaten.

»Oma war letztes Jahr ständig im Krankenhaus. Außerdem wollte ich es ihr nicht am Telefon sagen. Ich weiß, das klingt wie eine dumme Ausrede, aber …« Dawn seufzte. »Ich will, dass sie dich mag. Ich wollte auf den richtigen Moment warten.«

Aiden nahm ihre Hand. »Machst du dir Sorgen wegen ihrer Reaktion?«

»Ich glaube nicht, dass sie homophob ist. Aber nach meiner Ehe steht sie jedem, den ich nach Hause bringe, skeptisch gegenüber, egal, wer es ist.«

»Sie mochte Cal nicht?«

»Am Anfang mochte sie ihn recht gerne«, sagte Dawn. »Er ist Polizist, genau wie ihr verstorbener Ehemann, mein Großvater.«

Aiden strahlte. »Ich bin auch Polizistin! Ist das ein Pluspunkt für mich?«

Dawn lachte und zupfte spielerisch an Aidens Ohr. »Warum denkst du, dass du Pluspunkte nötig hast? Cal hat es auch nicht geholfen.«

»Was ist passiert?« Sie hatten nie viel über Dawns Ehe gesprochen.

Dawn zog sie zur Couch, als erwartete sie, dass die Unterhaltung etwas länger dauern würde. »Das erste Jahr unserer Ehe war okay.«

»Okay?« Aiden hoffte, dass Dawn andere Begriffe benutzte, um ihre Beziehung zu beschreiben. »Das hört sich nicht nach einem glücklichen Eheleben an.«

»War es auch nicht. Wir hätten einfach nur Freunde bleiben sollen, aber damals war mir das nicht klar. Ich wusste, dass etwas fehlt, aber ich hatte nicht genug Erfahrung mit Männern oder mit Beziehungen, um zu wissen, was es war.«

Manchmal konnte Aiden kaum glauben, dass Dawn vor ihr erst mit zwei Leuten zusammen gewesen war.

»Das zweite Jahr war eine emotionale Hölle«, fuhr Dawn fort. Ihre Stimme war rau und ihr Blick reichte in weite Ferne.

Aiden erstarrte. »Warum? Was ist passiert?«

»Er hat mich nie geschlagen«, sagte Dawn als ahnte sie, was Aiden dachte. »Er hat nur meine Gefühle mit Füßen getreten.«

»Und trotzdem bist du noch ein Jahr bei ihm geblieben?« Das war überraschend. Dawn war eigentlich ein Mensch, der sich gut verteidigen konnte.

Dawn nickte und nagte an ihrer Lippe.

»Warum?«

Dawn sah auf ihre ineinander verschlungenen Hände. »Cal klammerte sich beharrlich an unserer Beziehung fest, aber ich begann langsam zu merken, dass ich mich zu Frauen hingezogen fühlte. Ich habe mich wahnsinnig schuldig gefühlt.«

Aiden hob Dawns Hand und küsste ihre Finger.

Dawn lächelte und berührte sanft Aidens Wange. »Mach dir keine Sorgen. Darüber bin ich hinweg.«

»Aber deine Großmutter hat nie den Grund für deine Scheidung erfahren?«, fragte Aiden.

»Sie hat gesehen, dass ich mit Cal nicht glücklich war. Das hat ihr genügt. Sie hat nie nachgefragt.«

Eine solche Großmutter zu haben, klang nett, aber Aiden fürchtete, sie könnte als die Frau angesehen werden, die ihre Enkelin lesbisch gemacht hatte.

»Können wir los?«, fragte Dawn.

Aiden nickte, obwohl sie sich nicht bereit dafür fühlte.

Als Kade klingelte, öffnete ihr Grace die Tür und führte sie und Laurie ins Wohnzimmer, wo eine Gruppe Fremder saß, laut lachte und sich unterhielt. Del war noch nicht da, ebenso wenig wie Dawn und Aiden, die ausgesandt worden waren, um das Geburtstagskind abzuholen.

Kade hatte sich auf Partys nie unwohl gefühlt. Schon als Kind hatte sie gelernt, höflich Konversation zu betreiben und sich auf den großen Empfängen ihrer Eltern unters Volk zu mischen. Das hier jedoch war völlig anders. Diese Leute betrieben nicht nur Small Talk, während sie vornehm Häppchen aßen. Sie lachten, umarmten einander und schienen aufrichtig froh zu sein, einander wiederzusehen.

Laurie schien sich noch unwohler zu fühlen als Kade. Ihr Blick glitt von Gast zu Gast und sie ließ den Kopf hängen, als sie Evan nicht entdecken konnte.

Bevor Kade etwas sagen konnte, um sie aufzuheitern, rannte ein Mädchen auf sie zu, das wie eine zehnjährige Version von Dawn aussah. Sie zog Laurie mit sich und versprach Eiscreme und heiße Schokolade.

Kade sah ihnen amüsiert nach.

»Hallo.«

Als Kade sich umdrehte, stand eine kleine, grauhaarige Dame vor ihr. Ihr Gesicht war voller Falten und die Hand, mit der sie Kade ein Glas Sekt anbot, war übersät von Altersflecken, aber die Augen der alten Frau waren voller Leben.

»Sie wirken ein wenig verloren und da dachte ich, ich komme mal rüber und stelle mich vor«, sagte die alte Dame mit einem gütigen Lächeln. »Ich bin Margot Kinsley.«

»Oh. Dann sind Sie Dawns Großmutter?«

Margot Kinsley lächelte. »Ja. Und ich bin stolz darauf. Sind Sie mit Dawn befreundet?«

Bin ich das? Kade zögerte und sagte dann: »Ich glaube schon. Ich bin Kade Matheson.« Zaghaft schüttelte sie die dünne Hand der älteren Frau.

»Arbeiten Sie mit Dawn?«, fragte Mrs. Kinsley.

Kade verschluckte sich fast an einem Schluck Sekt. »Oh, nein. Ich bin keine Psychologin. Ich arbeite mit Aiden. Ich bin Staatsanwältin.«

»Aiden?« Dawns Großmutter neigte den Kopf zur Seite, als hätte sie diesen Namen noch nie gehört.

Hatte sie Gedächtnisprobleme? Dann kam Kade ein anderer Gedanke. Vielleicht wusste sie gar nichts von Aiden. Weiß Gott, Kade wäre auch nicht erpicht darauf gewesen, ihre Freundin ihrer Familie vorzustellen. »Sie ist … äh, eine weitere Freundin von Dawn.«

»Oh.« Mrs. Kinsley sah sich um. »Ich dachte, ich kenne alle Freunde von Dawn. Wenn sie kommt, müssen Sie uns vorstellen.«

Kade vermied eine Antwort, indem sie noch einen Schluck Sekt nahm. Sie hatte vor, sich da herauszuhalten. Sie hatte mit ihrem eigenen Coming-out schon mehr als genug zu tun.

Dels Ankunft lenkte Mrs. Kinsley ab.

Zwei Dutzend Gäste eilten auf Del zu, um ihr zu gratulieren. Kade hielt sich im Hintergrund und sah zu. Sie lachte, als Dawns Großmutter Del umarmte. Del musste sich zu ihr herabbeugen, um zu hören, was Mrs. Kinsley ihr ins Ohr flüstern wollte.

Als Dawns Großmutter Del losließ, trat eine große, attraktive Brünette auf sie zu und umarmte Del.

Kades Grinsen erstarb. Die Muskeln in ihrem Kiefer mahlten. Del mit der Fremden zu beobachten, weckte Gefühle in ihr, die sie lieber nicht zu genau analysieren wollte.

Dann rissen Dawns Nichte und ein blondes Kleinkind Del mit ihrer stürmischen Umarmung fast von den Beinen und Kade verlor sie im Gewirr von Gästen aus den Augen.

»Hallo, Kade.« Aiden gesellte sich zu ihr.

»Hallo, Aiden.« Außerhalb der Arbeit hatten sie nie viel Zeit zusammen verbracht, aber es war trotzdem gut, Aiden zu sehen.

»Soll ich Sie allen vorstellen?«, fragte Aiden.

So geübt sie auch in der hohen Kunst des Small Talks war, dazu fühlte Kade sich noch nicht bereit. »Nein, danke. Vielleicht später. Kennen Sie jeden hier?« Es war schwer zu glauben, dass die einzelgängerische Aiden, die außerhalb der Arbeit nie viele Freunde gehabt hatte, plötzlich Teil einer Großfamilie war.

Aiden sah sich um. »Die Meisten, ja.«

»Wer ist das da?« So lässig wie möglich zeigte Kade auf die Brünette neben Del.

Aiden drehte sich um. Ein wissendes Lächeln umspielte ihre Lippen. »Sie ist hübsch, nicht?«

Kade nickte zögernd. Ja, die Brünette war hübsch, aber Kade hatte kein Interesse an ihr.

»Das ist Eliza«, sagte Aiden. »Dawns Schwägerin.«

»Ihre Schwägerin? Ich dachte, sie wäre ein Einzelkind.«

Aiden presste die Lippen aufeinander. »Sie hatte einen Bruder. Er ist vor zehn Jahren gestorben.«

»Oh. Das blonde Mädchen, das vorhin Laurie entführt hat, ist also Dawns Nichte?« Jetzt erinnerte sie sich wieder daran, das Mädchen auf einem Foto in Dawns Wohnung gesehen zu haben.

Aiden nickte und sah sich um.

»Wen suchen Sie? Dawn?«

»Nein«, antwortete Aiden, noch immer den Hals reckend. »Dawn ist in der Küche und hilft ihrer Mutter. Ich suche nach Evan.«

»Sie konnten sie wirklich überreden zu kommen?« Kade hatte nicht daran geglaubt.

Aiden schüttelte den Kopf. »Dawn hat sie überredet. Auf mich hört sie nicht.« Sie seufzte. »Haben Sie Laurie mitgebracht?«

»Sie zu überreden war leicht. Ich musste nur erwähnen, dass Evan kommen würde.«

Aiden grinste. »Tja, das muss der Charme von uns Carlisle/Whitfield-Schwestern sein. Frauen können uns einfach nicht widerstehen.«

Kade schob ihre Brille etwas höher und sah sie skeptisch an. »Ach, ich glaube, ich konnte Ihrem Charme bisher ganz gut widerstehen, Aiden Carlisle.«

»Tante Aiden!« Dawns Nichte rannte Kade fast um in ihrer Hast, zu Aiden zu gelangen.

»Sehen Sie? Was habe ich eben über unsere Wirkung auf Frauen gesagt?« Aiden grinste und fing das Mädchen ab, bevor es hinfallen konnte. »Was ist los, Schatz?«

»Ich hab draußen gespielt, aber mein Frisbee ist auf einem Baum gelandet und jetzt krieg ich es nicht mehr runter!« Jamie gestikulierte wild. »Kannst du mitkommen und es mir vom Baum holen, Tante Aiden?«

Aiden liebte den Titel der Tante ehrenhalber, den Jamie ihr gegeben hatte … bis sie aus dem Augenwinkel wahrnahm, wie eine silberhaarige Dame sie anstarrte. Das konnte doch nur Dawns Großmutter sein.

Oh Mist! Dawn hatte ihrer Großmutter in einer ruhigen Minute von ihrer sexuellen Orientierung und ihrer neuen Beziehung erzählen wollen. Aber jetzt hatte Jamie alles verraten – oder? Zumindest würde Aiden schnell handeln müssen, um Schaden abzuwenden.

Sie beugte sich zu Jamie hinab. »Geh schon mal vor. Ich komme dann gleich.« Als Jamie davonrannte, richtete sich Aiden auf und drehte sich zu Dawns Großmutter um.

»Hallo«, sagte Margot Kinsley mit einem neugierigen Lächeln. »Meine Urenkelin hat Sie eben Tante genannt, aber ich bin ziemlich sicher, dass wir uns nicht kennen. Bitte sagen Sie mir, ich bin noch nicht so senil, dass ich eine meiner Enkelinnen vergessen habe.«

Die alte Dame scherzte offensichtlich.

Kade verbarg ein Lächeln hinter ihrer Hand, aber Aiden war nicht zum Lachen zumute. Sie spielte nervös mit dem Glücksbringer, den sie an einer Kette um den Hals trug.

Mrs. Kinsley riss die Augen auf. Sie trat auf Aiden zu und streckte eine zitternde Hand aus, bis sie den Glücksbringer fast berührte. »Woher haben Sie den?«

Aiden starrte auf Sankt Michael, den Schutzpatron der Polizisten. Als ihr einfiel, dass Dawns Großmutter den Glücksbringer für ihren Ehemann hatte anfertigen lassen, war es bereits zu spät. *Oh Mist. Wie kann ich das erklären?*

»Ich habe ihn ihr zu Weihnachten geschenkt«, sagte Dawn hinter ihr.

Aiden drehte sich um, erleichtert, ihre Freundin zu sehen.

Dawn starrte ihre Großmutter an. Die Teller in ihren Händen waren in Vergessenheit geraten. »Aiden ist auch Polizistin«, sagte sie, als würde das alles erklären.

»Du hast ihr den Glücksbringer deines Großvaters gegeben? Du weißt doch, dass dein Vater wollte, dass er in der Familie bleibt.«

Dawn stellte die Teller ab, bevor sie ihr aus den Händen rutschen konnten. Sie trat neben Aiden und legte eine Hand auf das Medaillon in einer Geste, die so zärtlich und intim war, dass Aiden errötete. »Deshalb habe ich ihn Aiden gegeben, Oma«, sagte Dawn. Ihre Stimme zitterte vor Anspannung. »Ich möchte, dass sie auch zur Familie gehört.«

Margot Kinsley seufzte und lächelte dann liebevoll. »Du bist ein gutes Mädchen. Du hast das große Herz deines Vaters. Wenn es dir wichtig ist, dann werde ich deine Freundin auch als Teil der Familie betrachten, genau wie Del.« Sie nickte Aiden freundlich zu.

So einfach war das also? Aiden sah zu Dawn und hoffte, dass sie es dabei belassen würde. Morgen würde Dawns Großmutter zurück nach Spokane reisen und Aiden wollte in der kurzen Zeit, die sie zusammen hatten, nicht für Ärger zwischen ihnen sorgen.

»Nein. Ich meine, ja, ich möchte, dass du Aiden als Teil der Familie ansiehst, aber nicht aus dem Grund, aus dem du glaubst«, sagte Dawn. »Aiden ist nicht nur eine Freundin. Sie ist *meine* Freundin.«

Margot tätschelte ihr die Schulter. »Natürlich ist sie das.«

»Nein, Großmutter, du verstehst nicht. Sie ist die Frau, die ich liebe.«

Margot starrte auf Dawns Hand, die immer noch das Medaillon auf Aidens Brust bedeckte. »Oh.«

Aiden verlagerte unbehaglich ihr Gewicht. Sie spürte die Blicke der anderen Gäste auf sich ruhen. Genau eine solche Szene hatte sie vermeiden wollen.

»Du meinst … du … bist wie Del?«, fragte Margot mit großen Augen.

Del kam zu ihnen herüber. Sie schlang einen Arm um Margot und den anderen um Dawn. »Nein, Mama Kinsley, sie ist nicht wie ich. Sie ist viel hübscher, findest du nicht. Das liegt in der Familie.«

Aidens Anspannung ließ etwas nach, als Margot lächelte und Del einen Klaps auf den Arm gab. »Schmeichlerin. Du weißt genau, was ich meine. Ist sie …?«

Del sagte nichts. Das war eine Frage, die Dawn beantworten musste.

Dawn umklammerte das Medaillon. »Ja, Oma. Ich bin lesbisch.«

»Und sie ist …?« Ein knotiger Finger zeigte von Dawn auf Aiden.

»Wir sind ein Paar«, sagte Dawn.

»Oh.« Margot hielt sich an Dels Arm fest. »Ich glaube, ich muss mich setzen.«

Schnell zog Kade einen Stuhl heran. Del und Dawn halfen der alten Dame, sich zu setzen.

Aiden sah hilflos zu. Ihr war ganz flau im Magen. Sie war nicht an solche Familiendramen gewöhnt.

Dawn kniete sich neben den Stuhl und nahm die Hand ihrer Großmutter. »Ich wollte dich nicht aufregen, Oma, aber ich wollte dich auch nicht anlügen oder vor dir verheimlichen, wer ich bin. Ich liebe Aiden und will mein Leben mit ihr teilen.«

Wow. Aiden hatte natürlich gewusst, dass Dawn das wollte, aber sie hatte nie gehört, wie sie es in einem einfachen, aber überwältigenden Satz zusammenfasste.

Margot sah auf die Hand ihrer Enkelin hinab. »Ich rege mich nicht auf. Ich brauche nur etwas Zeit, um … Ich brauche ein bisschen frische Luft.« Sie sah auf und in Aidens Augen. »Wären Sie so nett, mich auf einem kleinen Spaziergang durch die Nachbarschaft zu begleiten?«

Ich? Aidens Mund war zu trocken, um zu antworten.

»Oma«, sagte Dawn.

»Keine Sorge, Kind. Ich werde sie nicht hinters Haus führen und erschießen.« Margot erhob sich und sah Aiden fragend an.

Jemand, vermutlich Kade, gab ihr einen Schubs und Aiden trat vor. »Äh, ja, natürlich.« Sie bot der alten Dame ihren Arm an und ging langsamer, als sie den Raum durchquerten. Ihr Herz schlug hastig, als sie darüber nachdachte, was Margot wohl zu ihr sagen würde, sobald sie allein waren.

Als sie das Haus verließen, rannte Jamie auf sie zu. »Holst du mir jetzt das Frisbee vom Baum, Tante Aiden?«

Vielleicht konnte sie so die Unterhaltung mit Margot noch ein wenig hinauszögern. Sie wäre lieber auf einen Mammutbaum geklettert, statt sich mit Dawns Großmutter zu unterhalten.

Aber Margot hatte andere Pläne. »Tut mir leid, Jamie, aber deine alte Uroma braucht Aidens Hilfe dringender als du. Warum wartest du nicht, bis wir zurückkommen oder fragst die anderen jungen Leute, ob sie dir helfen können?«

Jamie schmollte und lief davon.

Jetzt war Aiden allein mit der Matriarchin des Kinsleyclans. Sie schluckte nervös.

Margot wartete, bis sie den Gehweg erreicht hatten, bevor sie ihr die erste Frage stellte. »Wann haben Sie und Dawn sich kennengelernt?«

»Letzten September«, antwortete Aiden. Es war erst acht Monate her, aber Aiden konnte sich ihr Leben ohne Dawn nicht mehr vorstellen.

Margot hatte offenbar auch gerade zurückgerechnet. »Sie waren die Polizistin, die in Dawns Fall ermittelt hat.«

Es war keine Frage, also nickte Aiden. Sie hoffte, dass Margot sie nicht für unprofessionell halten würde.

»Glauben Sie …?« Margot zögerte. »Sie sind eine gut aussehende Frau und ich möchte Sie nicht beleidigen, aber … Glauben Sie, Dawn würde sich auch zu Ihnen hingezogen fühlen, wenn sie nicht vergewaltigt worden wäre?«

Na toll. Warum musste sie diejenige sein, die Dawns Großmutter über Homosexualität aufklärte? »So funktioniert das nicht, Mrs. Kinsley«, sagte sie so geduldig, wie sie konnte. »Man wird nicht lesbisch, nur weil man schlechte Erfahrung mit Männern gemacht hat.«

Margot schien kurz darüber nachzudenken. »Soll das heißen, Sie sind nicht die erste Frau, mit der meine Enkelin zusammen war?«

»Das sollten Sie mit Dawn besprechen.« Aiden wollte nicht, dass Margot glaubte, sie würde sich weigern, mit ihr zu reden oder hätte etwas zu verbergen, aber sie wollte Dawn auch nicht die Entscheidung abnehmen.

»Das heißt also Ja.« Margot tätschelte ihr den Arm, als sie protestierten wollte. »Sie müssen das nicht beantworten. Ich werde später mit Dawn reden. Ich bin nur etwas überrascht. Ich hätte nie gedacht, dass Dawn …« Sie schüttelte den Kopf. »Bei Del überrascht mich das weniger. Verstehen Sie mich nicht falsch, sie ist ein Schatz und war mir all die Jahre nach Jimmys Tod wie eine Tochter. Aber sie ist nicht sehr …«

Aiden neigte den Kopf, während Margot nach den richtigen Worten suchte.

»Sie ist ein wenig …«

»Butch?«, schlug Aiden vor.

Margot nickte. »Ich glaube, so nennt ihr jungen Leute das.«

»Lesbisch zu sein, hat nichts mit dem Aussehen zu tun. Manche von uns sehen wie Del aus, manche wie ich und andere sehen aus wie …«

»Wie Dawn«, sagte Margot.

Aiden sah ihr in die Augen. Was sie darin sah, schien fast schon so etwas wie Akzeptanz zu sein. »Ja«, sagte sie leise.

»Ich werde Dawns Intelligenz … oder meine eigene … nicht beleidigen, indem ich frage, ob sie sich da sicher ist. Offensichtlich ist sie das, sonst hätte sie Ihnen das hier nicht gegeben.« Margot hob die Hand und berührte den Glücksbringer um Aidens Hals mit einem Finger. Eine Menge Erinnerungen, gute und schlechte, spiegelten sich auf ihrem Gesicht.

Aiden fühlte sich sofort schuldig. Sie griff nach dem Verschluss der Kette. »Tut mir leid, dass Dawn mir den Anhänger geschenkt hat, ohne Sie erst zu fragen. Ich kann ihn zurückgeben, wenn Sie möchten.«

»Nein.« Margot legte ihre Hand auf Aidens. »Stopp. Dawn wollte, dass Sie ihn haben, also gehört er jetzt Ihnen.«

Grace kam aus dem Haus und ging zu ihnen. »Ist alles in Ordnung?«, fragte sie und blickte von ihrer Schwiegermutter zu Aiden.

»Du hättest es mir früher sagen sollen«, sagte Margot.

»Ich brauchte erst mal Zeit, um selbst damit fertigzuwerden.«

Margot musterte ihre Schwiegertochter. »Und? Hast du es geschafft?«

Aiden wünschte sich weit, weit weg, aber zugleich wollte sie Grace' Antwort hören. Am Anfang war Dawns Mutter von ihrer Beziehung nicht begeistert gewesen und Aiden war nicht sicher, was sie jetzt davon hielt. Grace hatte sie immer unterstützt, aber nie eine Meinung über Aiden oder ihre Beziehung zu Dawn geäußert.

»Wenn ich mir jemanden für Dawn aussuchen könnte, wäre es jemand wie Charlie gewesen, ihr männlicher Kollege.« Grace sprach zu ihrer Schwiegermutter, sah aber Aiden an. »Ich habe es nicht gerne gesehen, dass Dawn in einer Beziehung mit jemandem von der Polizei oder einer Frau war.«

Aiden schluckte.

»Aus demselben Grund. Ich wollte, dass Dawn glücklich und sicher ist. Ich wusste, wenn sie ihr Leben mit einer Frau teilt, besonders einer, mit einem so gefährlichen Beruf, könnte sie das verletzen.«

»Ja, das könnte es.« Ihr besorgtes Stirnrunzeln fügte Margots Gesicht noch ein paar Falten hinzu.

Das hatte es bereits. Dawn war vergewaltigt worden, nur weil jemandem ihre sexuelle Orientierung nicht gefallen hatte. Daran zu denken, drehte Aiden fast den Magen um.

»Aber dann habe ich sie zusammen beobachtet. Zum ersten Mal seit Jahren wirkt Dawn glücklich«, fuhr Grace fort. »Ich kann an einer Hand abzählen, wie oft Dawn in den letzten zehn Jahren wirklich glücklich und nicht nur zufrieden war. Erst ist Jimmy gestorben und dann Brian. Sie musste eine unglückliche Ehe und dann eine hässliche Scheidung durchmachen. Ihre erste Beziehung mit einer Frau war eine Enttäuschung, deshalb blieb sie allein und hat sich auf die Arbeit konzentriert. Dann, gerade als sie ihren Weg zu finden schien, wurde sie vergewaltigt.«

»Ich … ich wusste nicht, dass sie unglücklich ist.« Margot wirkte, als bräche sie gleich in Tränen aus.

Aiden starrte Grace an. Sie brachte kein Wort heraus. Sie hatte von all den unschönen Dingen gewusst, die Dawn passiert waren, aber sie hatte Dawn trotzdem nie für eine unglückliche Frau gehalten. Selbst direkt nach der Vergewaltigung hatte Dawn eine innere Stärke besessen, die ungebrochen schien.

Grace schüttelte den Kopf. »Du kennst doch Dawn. Sie war der reinste Sonnenschein, seit sie auf die Welt kam. Sie war nicht unglücklich, aber sie war eben auch nicht glücklich.«

»Aber jetzt ist sie es?«, fragte Margot. Hoffnung schwang in ihrer Stimme mit.

Grace sah Aiden an und hielt ihrem Blick stand, während sie antwortete. »Sie ist glücklich, gesund und verliebt. Was mehr kann eine Mutter für ihr Kind wollen?«

»Nichts«, antwortete Margot. »Genau das wünsche ich mir auch für Dawn. Aber es ist trotzdem schwer, all das zu begreifen.«

»Ich weiß. Du brauchst es ja auch nicht jetzt sofort zu verstehen. Akzeptiere es einfach und gib dir etwas Zeit«, sagte Grace. »In einem Jahr wirst du an einem Punkt sein, wo du dir Dawn nicht mehr mit irgendjemand anderem als Aiden vorstellen kannst.«

Aiden erstarrte, als Grace demonstrativ einen Arm um sie schlang.

Margot seufzte. »Ich verspreche, dass ich es versuchen werde.«

Dieses Versprechen genügte Aiden fürs Erste, denn sie hatte mit einer weitaus schlimmeren Reaktion gerechnet. Sie hoffte nur, dass es Dawn auch genügen würde.

Margot setzte ihren Spaziergang fort. »Sollen wir noch eine Runde drehen?«

»Äh …« Aiden schielte sehnsüchtig zum Haus. Nicht nur, dass sie dieser angespannten Situation entkommen wollte, sie wollte auch nicht, dass Dawn sich Sorgen machte, wenn sie so lange weg blieb. »Dawn …«

»Meine Enkelin kann Sie nachher wiederhaben«, sagte Margot.

Grace lachte über Aidens Gesichtsausdruck. »Keine Sorge. Mich hat sie auch ausgefragt, als Jimmy mich mit nach Hause genommen hat, um mich seiner Familie vorzustellen.«

Das war ein Trost, wenn auch nur ein kleiner.

»Erzählen Sie mir von Ihrer Familie«, sagte Margot, als sie weitergingen.

Aiden öffnete den Mund, um ihr zu sagen, dass sie keine Familie hatte, aber dann stoppte sie sich. Die Antwort stimmte nicht mehr. Dawn war jetzt ihre Familie und dann gab es auch noch Evan. »Meine Mutter ist vor zwei Jahren gestorben, aber ich habe eine Halbschwester.« Es war das erste Mal, dass sie es laut aussprach, und plötzlich war es überwältigend. Es gab jemanden, der ihre Gene und vermutlich auch die Umstände ihrer Zeugung mit ihr teilte.

»Was ist mit Ihrem Vater?«, fragte Margot. »Haben Sie keinen Kontakt zu ihm?«

»Ich habe ihn nie kennengelernt.« Sie wollte nicht lügen, aber sie wollte auch nicht die volle Wahrheit sagen. Dawns Großmutter hatte schon genug, das sie erst mal verdauen musste.

»Oma? Aiden?«, rief Dawn.

Aiden sehnte sich danach, zu ihr zu laufen, aber sie hielt sich zurück.

Margot musterte sie ein paar Sekunden lang, dann lächelte sie. »Gehen Sie schon, bevor sie glaubt, ich hätte Ihnen meinen Krückstock über den Kopf geschlagen und Sie mit meinen Stützstrümpfen erwürgt.«

Lächelnd eilte Aiden Dawn entgegen.

KAPITEL 22

Del lehnte sich im Stuhl zurück. Nachdem Margot und Carlisle das Haus verlassen hatten, ließen ihre Gäste endlich von Del ab und starrten nun aus dem Fenster oder unterhielten sich darüber, was Margot wohl gerade zu Carlisle sagte. So hatte Del Gelegenheit, ihren Lieblingsgast zu beobachten.

Jetzt, da Dawn hinausgegangen war, um sicherzugehen, dass ihre Großmutter Carlisle nicht folterte, sah Kade etwas verloren aus. Bevor Del sich zu ihr gesellen konnte, ging Kade zur Tür, um Dawn zu folgen.

»Oh, nein!« Del versperrte ihr den Weg. »Nicht du auch noch. Ich habe dich eingeladen, damit du meinen Geburtstag mit mir feierst, nicht, um draußen rumzurennen.«

»Es ist eine Überraschungsparty. Du hast mich gar nicht eingeladen.«

Del grinste. Sie liebte Kades analytischen Verstand. »Na gut. Aber ich möchte trotzdem, dass du mir Gesellschaft leistest. Falls Carlisle Verstärkung braucht, wird sie um Hilfe rufen.« Sie deutete auf das eingepackte Geschenk, das vor Kade auf dem Tisch lag. »Ist das für mich?«

»Da heute dein Geburtstag ist, scheint das die logische Schlussfolgerung zu sein«, sagte Kade mit dem Hauch eines Lächelns.

»Gibst du mir das Geschenk jetzt?«, fragte Del.

Kade sah sich um, als wollte sie sichergehen, dass die anderen Gäste nicht mithörten. »Ich wollte die Gelegenheit nutzen, um dir für alles zu danken, das du in den letzten Wochen für mich getan hast«, sagte sie leise.

Del drückte ihre Hand. »Jederzeit.« Sie sah Kade tief in die Augen und versuchte, ihr zu vermitteln, wie ernst sie dieses Versprechen meinte. »Was immer du auch brauchst.«

Mit geröteten Wangen sah Kade weg und drückte Del ihr Geschenk in die Hand.

Del schüttelte es und wog es abschätzend in der Hand. »Ein Buch?«

»Öffne es und find's raus.«

Del entfernte das Geschenkpapier. Es war tatsächlich ein Buch. Auf den ersten Blick schien es ein Krimi zu sein. Ein gelbes Polizeiabsperrband war auf dem unteren Teil des Umschlagbildes zu sehen. Aber ein Blick auf den Namen der Autorin verriet, dass sie einen Liebesroman für Lesben in den Händen hielt.

»Ich hoffe, du hast das nicht schon. Ich habe es nicht bei dir im Bücherregal gesehen, als Laurie und ich bei dir übernachtet haben.«

Sie plappert. Wie süß. Del lächelte. »Nein, ich habe es noch nicht. Ich wollte es mir immer kaufen, bin aber nicht dazu gekommen.« Es bedeutete ihr viel, dass Kade ihr das Buch geschenkt hatte. Vor zwei Wochen hatte Kade noch nichts über Bücher für Lesben gewusst. Offenbar hatte sie Nachforschungen angestellt.

»Ich bin froh, dass es dir gefällt«, sagte Kade.

»Wie könnte es mir nicht gefallen? Es ist eine Geschichte über eine sexy Polizistin, die ihre heiße, ehemals heterosexuelle Kollegin verführt.« Del grinste sie herausfordernd an, um zu sehen, ob Kade den Köder schlucken oder den Kommentar ignorieren würde.

Kade sah auf und begegnete Dels Blick. »Es ist nur ein Roman.«

Del lachte und gab auf. »Danke für das Buch, Kade.«

Sie wurden abgelenkt, als Carlisle, Dawn und die beiden älteren Kinsleyfrauen zurück ins Haus kamen. Dawn hatte demonstrativ einen Arm um Carlisle geschlungen.

»Alles okay?«, fragte Del.

»Ja, ich glaube schon«, sagte Dawn. »Tut mir leid, dass deine Geburtstagsfeier zu einem Kinsley-Familiendrama ausgeartet ist.«

Del gab ihr einen sanften Nasenstüber. »Ohne wären meine Geburtstage doch langweilig. Erinnerst du dich noch daran, wie du als Zehnjährige mit dem Gesicht voran in meine Torte gefallen bist?« Manchmal konnte sie es kaum fassen, dass Dawn längst erwachsen war und ihren Schutz nicht mehr brauchte.

»Wie hast du das denn geschafft?«, fragte Carlisle.

Dawn wurde rot und rieb sich die Augenbraue, die sie damals angesengt hatte. »Ich glaube, ich bin über meine eigenen Füße gestolpert. Wo wir gerade über Torte reden …« Sie zeigte in Richtung Küche.

Grace brachte eine riesige Geburtstagstorte mit einer Horde brennender Kerzen ins Wohnzimmer.

»Ach du meine Güte!« Kade lachte. »Sag mir, Del, wie viele Kerzen sind auf dieser Torte?«

Del seufzte. »Leider viel mehr als auf deiner.«

»Du fühlst dich deswegen doch nicht verunsichert, oder?«, fragte Kade.

»Nö. Nicht verunsichert. Nur alt.« Sie schüttelte den Kopf und sah Grace tadelnd an. »Musstest du all die Kerzen auf die Torte tun? Ein paar symbolische hätten doch auch gereicht.«

Grace stellte die Torte ab und kniff Del. »Beschwer dich nicht. Ich bin älter als du. Und jetzt halt die Klappe und blas die Kerzen aus, bevor das Haus abbrennt!«

»Zu Befehl, Ma'am!« Del beugte sich vor und holte tief Luft. Sie spürte, wie eine Hand sanft ihr Haar zurückhielt, damit es den brennenden Kerzen nicht zu nahe kam. Zu ihrer Überraschung stellte sie fest, dass es nicht Grace', sondern Kades Hand war. Einen Moment lang genoss sie die Berührung, bevor sie die Kerzen ausblies.

Ihre Gäste klatschten und stießen Beifallsrufe aus.

Inmitten von all dem Chaos begann Dels Handy zu klingeln. Sie zog es aus der Tasche und rückte ein wenig von ihren lärmenden Gästen ab.

Evan lehnte sich im Hof der Kinsleys gegen einen Baum. In seinem Schatten konnte sie alles beobachten, ohne selbst gesehen zu werden. Gelangweilt von der Party, war sie nach draußen gegangen, um eine Zigarette zu rauchen. *Ich hätte nicht zulassen dürfen, dass mich diese verdammte Seelenklempnerin überredet, zu dieser blöden Party zu gehen.*

Hier zu sein, fühlte sich an wie das Aufwachsen in einer Pflegefamilie. Auch hier war sie eine Außenseiterin, die nicht richtig zur Familie gehörte. Nicht, dass sie das gewollt hätte. Es war schon schwer genug gewesen, Laurie den ganzen Abend lang auszuweichen.

Die Haustür wurde geöffnet. Die Großmutter des Docs trat heraus, ihre Schritte entschlossen trotz ihres Krückstocks. Eine deutlich zögerliche Aiden Carlisle folgte ihr. Sie sah aus, als wäre sie lieber woanders gewesen, ganz egal, wo.

Evan grinste. Also hatte der Doc recht gehabt. Die große Polizistin hatte wirklich manchmal Angst. Sie zog noch mal an der Zigarette.

»Hi.«

Beim plötzlichen Klang der Stimme neben ihr ließ Evan fast die Zigarette fallen.

Laurie stand neben ihr. »Was machst du denn hier draußen?«

Ich verstecke mich. Ich sterbe vor Langeweile. »Ich rauche«, antwortete Evan. Sie schnippte die Asche von der Spitze der Zigarette und sah zu, wie sie zu Boden fiel. Sie wusste nicht, was sie sagen sollte. Als sie zuletzt miteinander am Telefon gesprochen hatten, hatte Laurie geweint, aber zumindest hatte Evan sie damals nicht sehen müssen.

Laurie lehnte sich neben ihr an den Baum. »Kann ich auch eine haben?«

Das Musterkind wollte eine mit ihr rauchen? Das überraschte sie. Evan war nicht sicher, ob sie es mochte. Irgendwie behagte ihr der Gedanke an eine rauchende Laurie nicht.

»Es ist doch eine Zigarette, oder?«, fragte Laurie, als Evan zögerte. »Kein Joint?«

»Nö.« Die waren in ihrer anderen Tasche. Evan hatte daran gedacht, sich einen Joint zu drehen, aber das Haus war voller Polizisten, da wollte sie das Risiko nicht eingehen. »Es ist eine normale Zigarette, aber ich glaube kaum, dass deine Tante es gut fände, wenn ich dir eine geben würde.«

»Genau wie deine Schwester es nicht mögen würde, wenn sie wüsste, dass du rauchst«, antwortete Laurie mit untypischer Verwegenheit.

»Ist mir scheißegal, was sie mag oder nicht mag.« Wenn Aiden sie erwischte und die Geduld verlor, würde es wenigstens beweisen, dass sie nicht die perfekte Schwester war, die sie vorgab zu sein. »Woher weißt du überhaupt, dass sie meine Schwester ist?«

Laurie schielte unter blonden Lidern zu Evan auf und errötete. »Ich habe meine Tante belauscht.« Sie trat näher.

Zu nah, wie Evan fand. Sie mochte es, einem hübschen Mädchen nah zu sein, aber es musste ihre Idee sein, nicht der Versuch des Mädchens, eine intime Unterhaltung zu führen.

»Also ist Detective Carlisle wirklich deine Schwester?«, fragte Laurie.

Evan kratzte mit dem Fingernagel an der Borke des Baumes herum. »Vermutlich.«

»Wow. Das ist so cool!«

»Nein, das ist es nicht.« Es war ganz und gar nicht cool. Vielleicht wenn es die süße Psychologin gewesen wäre, aber Aiden Carlisle war einfach nur eine Nervensäge.

»Hallo?«, rief eine Stimme. »Ist jemand hier draußen?«

Evan rollte mit den Augen, als sie merkte, dass Dawns Nichte Laurie gefolgt war. *Wenn man von Nervensägen spricht …* Sie drückte ihre Zigarette aus und warf sie zu Boden.

»Hey, Jamie. Wir sind unter dem Baum.« Laurie trat aus ihrem Versteck und winkte dem Mädchen zu.

Na super. Jetzt ist es vorbei mit Ruhe und Frieden. Evan grollte innerlich, als die Zehnjährige zu ihnen kam. »Warum gehst du nicht wieder rein?« Es klang unfreundlich, deshalb fügte sie hinzu: »Ich habe gehört, es gibt Kuchen.«

»Aber es ist so langweilig da drin mit all den Erwachsenen«, sagte das Mädchen.

Tja, willkommen im Club. Evan grinste.

»Du kannst bei uns bleiben«, sagte Laurie.

Evan stöhnte. Jetzt spielten sie und das Musterkind Babysitter. Das nächste Mal würde sie sich eine Rebellin aussuchen.

»Könnt ihr mir helfen, mein Frisbee vom Baum zu holen?« Jamie zeigte hinauf zu dem Gewirr aus Zweigen und Ästen.

Evan hatte nicht vor, sich ihre Lederjacke zu zerkratzen. Sie sah zu dem Mädchen und wollte eben den Kopf schütteln.

»Tante Aiden hat gesagt, sie hilft mir, aber jetzt geht sie mit Uroma spazieren und die hat gesagt, ich muss warten«, sagte Jamie mit vorgeschobener Unterlippe.

Evan schnaubte. »Wir brauchen die tolle Tante Aiden nicht, um das Frisbee aus dem verdammten Baum zu kriegen.«

»Holst du es mir runter?«

»Natürlich.« Evan straffte unter dem bewundernden Blick des Mädchens die Schultern. »Kein Problem.«

»Oh, danke!« Jamie umarmte sie.

Evans Wangen brannten und sie trat knurrend zurück. »Kein Grund, gleich so aufgeregt zu sein. Noch ist es nicht unten.« Trotz ihrer Proteste musste sie zugeben, dass das Vertrauen des Mädchens gut tat. Jetzt musste sie das verdammte Ding nur noch aus dem Baum holen. Sie sah nach oben. Ein winziges Stück pinkfarbenes Plastik blitzte zwischen zwei Zweigen im oberen Teil des Baums hervor. Da ranzukommen, war unmöglich, weil der untere Teil des Baumes völlig glatt war und keine Äste hatte, an denen man sich festhalten konnte.

»Ich kann dir helfen«, sagte Laurie.

Evan wollte ablehnen, aber sie wusste, dass es unmöglich war, das Frisbee allein vom Baum zu holen.

»Meinst du, du kannst mich hochheben?«, fragte Laurie.

Im Vergleich zu ihr war Laurie klein und dünn. »Klar«, sagte Evan mit mehr Zuversicht, als sie wirklich empfand. »Wenn du keine Höhenangst hast.«

»Nein, keine Sorge. Ich bin Cheerleaderin. Ich klettere ständig auf Leute.«

Evan grinste und genoss es, Laurie erröten zu sehen. Sie zog ihre Lederjacke aus und gab sie Laurie. »Hier. Zieh die an.« Sie wollte nicht, dass die dichten Zweige weiter oben Lauries Arme zerkratzten. Sie verzog das Gesicht, als sie daran dachte, was die Äste ihrer Jacke antun würden. Na ja, immer noch besser die Jacke als Lauries Haut.

Sie verkniff sich ein Grinsen, als sie das kleinere Mädchen in ihrer schweren Lederjacke sah.

»Du lässt mich deine Jacke anziehen. Heißt das, wir sind jetzt zusammen?«, fragte Laurie mit einem Grinsen, das Evan an ihre selbstbewusstere, aber genauso attraktive Tante erinnerte.

»Es bedeutet, dass ich keinen Ärger bekommen will, weil du dich verletzt.« Evan lehnte sich mit dem Rücken gegen den Baumstamm und formte mit den Händen eine Räuberleiter. Sie hievte Laurie nach oben und unterdrückte ein Stöhnen, als ihre Muskeln protestierten.

Laurie kletterte auf ihre Schultern. Erde rieselte auf ihr T-Shirt. Sie war schwerer als erwartet. Gerade als Evan glaubte, sie nicht mehr länger halten zu können, fiel das Frisbee neben ihr ins Gras.

Laurie glitt an Evans Körper nach unten und landete in ihren Armen.

Evan hatte sich geschworen, dass sie sich von Laurie Matheson und ihrer Familie fernhalten würde. Sie hatte sich gesagt, dass Laurie es nicht wert war, ihretwegen Ärger zu bekommen. Aber jetzt, da die süße Blondine aus nächster Nähe zu ihr aufsah, vergaß sie ihre Vorsätze. Evan beugte sich vor und küsste Laurie.

Erst Jamies Freudentanz um das Frisbee erinnerte sie wieder daran, dass sie nicht allein waren. *Mist! Das Kind!* Sie würde gleich ausflippen, ins Haus laufen und es ihren Eltern erzählen. Schnell ließ sie Laurie los.

Aber das Mädchen schien ganz ruhig zu bleiben. Sie grinste und hielt das Frisbee in die Höhe. »Danke!«

Ach so. Sie war Dawns Nichte, deshalb war sie vermutlich daran gewöhnt zu sehen, wie zwei Frauen sich küssten. Evan schüttelte sich, als sie daran dachte, ihre Halbschwester und ihre frühere Psychotherapeutin beim Küssen zu beobachten.

»Jamie?« Eine große Brünette trat aus dem Haus.

»Mama, schau! Evan und Laurie haben mein Frisbee vom Baum geholt!« Jamie wedelte mit dem Spielzeug.

Die Brünette trat unter den Baum. Falls sie den Rauch an Evans Kleidung roch, ließ sie es sich nicht anmerken. »Das war nett von dir. Danke.«

Evan wollte diese Familie nicht mögen, aber alle hatten sie mit Respekt behandelt, nicht so, als wäre sie nur Aidens dumme kleine Schwester. »Schon okay«, antwortete sie.

»Jamie, komm bitte rein und verabschiede dich. Wir müssen los«, sagte die Brünette.

»Aber ich will warten, bis Tante Aiden zurück ist!«, jammerte Jamie.

Warum waren nur alle so verrückt nach Aiden? Evan verdrehte die Augen.

»Sie ist schon wieder im Haus«, sagte Jamies Mutter. »Jetzt komm und verabschiede dich.«

Evan sah ihnen nach. Sie wollte sich nicht umdrehen und Laurie anblicken.

»Tut mir leid.« Laurie schniefte. »Es tut mir so leid, dass ich dich in Schwierigkeiten gebracht habe. Ich hätte dir das schon früher sagen sollen und deshalb bin ich rausgekommen, um dir zu sagen …«

Evan drehte sich zu ihr um. »Hör auf zu heulen.«

»Ich war so dumm«, sagte Laurie, immer noch weinend. »Ich dachte wirklich, meine Eltern würden sich einfach abregen und der Polizei sagen, dass alles nur ein Missverständnis war. Ich dachte, alles würde sich in Wohlgefallen auflösen.«

Mann, wie naiv. Tja, diese süße Naivität war es, was sie als Erstes an Laurie wahrgenommen hatte und aus irgendeinem Grund hatte sie es gemocht. Vielleicht, weil es bedeutete, dass Laurie nie schlecht von Leuten dachte, auch nicht von ihr.

»Ich dachte wirklich nicht, dass du die Nacht im Gefängnis verbringen musst oder dass das in deiner Strafakte auftaucht, selbst nachdem deine Unschuld erwiesen wurde.« Laurie rieb sich die rotgeränderten Augen. »Ich könnte mit meiner Tante reden. Vielleicht kann sie dafür sorgen, dass deine Akte gelöscht wird.«

»Nicht nötig. Es ist nicht die einzige Festnahme in meiner Akte, eine mehr macht da keinen Unterschied.«

Laurie hörte auf zu weinen und starrte sie an. »Aber macht es dir gar nichts aus, dass zukünftige Arbeitgeber herausfinden könnten, dass du der … der Vergewaltigung beschuldigt wurdest? Meine Tante sagt, das könnte passieren.«

»Natürlich macht es mir was aus!« Evan merkte, dass sie schrie. »Glaubst du, ich will, dass jemand denkt, ich wäre eine Vergewaltigerin?«

Laurie begann erneut zu weinen. »Ich wollte nicht, dass das passiert.«

Evan seufzte. »Würdest du bitte aufhören zu weinen. Es ist nun mal passiert und Tränen ändern auch nichts daran.«

»Aber vielleicht kann ich helfen, es wiedergutzumachen«, sagte Laurie. »Ich könnte mit deinen Pflegeeltern reden und ihnen sagen, was wirklich passiert ist und dass dich keine Schuld trifft.«

Wenn man bedachte, wie viel Angst Laurie davor gehabt hatte, es ihren eigenen Eltern zu sagen, war das ein mutiges Angebot. »Das musst du nicht. Dawn und Aiden haben schon mit ihnen geredet. Sie sind nicht gerade erfreut darüber, dass ich auch noch eine Lesbe bin, aber wenigstens haben sie mich nicht rausgeworfen.«

Schüchtern schob Laurie ihre Hand in Evans. »Tut mir leid.«

Evan seufzte, zog aber ihre Hand nicht weg. Sie mochte keine Mädchen, die klammerten, aber sie wollte ebenso wenig, dass Laurie wieder zu weinen begann. Sie würde für den Moment ihre liebevolle Geste zulassen.

Beide schwiegen eine Weile lang.

»Kommst du mit mir rein?«, fragte Laurie im Flüsterton. »Del sagt, dass später getanzt wird.«

Das klang, als wäre Laurie bereits ein Teil der Familie.

»Ich tanze nicht. Wenigstens nicht zu dem, was die Musik nennen.« Sie konnte nicht tanzen, aber das brauchte Laurie nicht zu wissen. Evan wollte nicht dumm erscheinen.

»Dann komm trotzdem mit mir rein. Das Essen ist gut.«

Evan seufzte. Sie konnte sich nicht den ganzen Abend lang hier draußen verstecken. Irgendwann würde sonst Dawn nach ihr sehen oder, noch schlimmer, Aiden schicken. »Na schön. Aber nur wegen des kostenlosen Essens.«

Kade lehnte sich zurück und nahm einen Schluck Wein. Sie hatte während der letzten Stunde nur an dem Wein genippt. Oft fühlte sie sich in Dels Nähe etwas außer Kontrolle geraten und sie wollte nicht, dass der Alkohol das Gefühl verstärkte.

Aiden und Dawn waren auf der kleinen, improvisierten Tanzfläche, die Arme umeinandergeschlungen und ihre Körper eng aneinander gepresst. Dawn war keine gute Tänzerin, zumindest nicht nach Mathesonmaßstäben, aber sie und Aiden bewegten sich völlig im Einklang miteinander.

Selbst Dawns betagte Großmutter, die zuerst geschockt gewesen war, ihre Enkelin in den Armen einer Frau zu sehen, staunte, wie gut die beiden zusammen aussahen. Kade wünschte, ihre Familie wäre ebenso tolerant.

Der Gedanke ließ ihren Blick hinüber zu Del wandern, die Grace über den Tanzboden wirbelte. Grace tanzte genauso unbeholfen wie ihre Tochter, aber es wirkte, als hätte sie schon tausend Mal mit Del getanzt.

Schließlich flüchtete Grace zurück zum Tisch und Del kam zu Kade herüber. Sie verneigte sich und hielt ihr die Hand hin. »Darf ich bitten?«

Kade zögerte. Sie hatte schon früher mit Frauen getanzt, aber es waren ihre Cousinen oder Freundinnen gewesen, wenn keine männlichen Tanzpartner zur Verfügung standen.

»Komm schon.« Del stupste sie an. »Ich lass dich sogar führen.«

Statt Kade zu ermutigen, erinnerte die Bemerkung sie nur daran, dass sie mit einer Frau tanzen würde. Mit Del.

»Als mein Gast ist es deine Pflicht, meinen Geburtstagswunsch zu erfüllen. Und das«, Del zeigte auf Kade und dann zum Tanzboden, »ist, was ich mir gewünscht habe, als ich die Kerzen ausgeblasen habe.«

»Das darf man doch niemandem erzählen, sonst geht der Wunsch nicht in Erfüllung«, sagte Kade.

Del lächelte. »Wenn ich dir nicht von meinem Wunsch erzähle, wie kannst du ihn mir dann erfüllen?«

Das war ein überzeugendes Argument. Zögernd legte sie ihre Hand in Dels und folgte ihr zur Tanzfläche. Ein paar Sekunden lang kämpften sie darum, wer führen würde, dann gab Del auf und folgte Kades Schritten.

Kade war froh, dass ihre Mutter darauf bestanden hatte, ihr die Tanzschritte einzutrichtern, bis sie alles im Schlaf beherrschte. Dels Nähe war zu überwältigend, als dass sie auch noch hätte darüber nachdenken können, was ihre Füße machten. Das Gefühl von Dels Armen, die sie hielten, die Wärme ihres Körpers und ihr leicht herber Geruch vernebelten ihr die Sinne.

»Entspann dich«, sagte Del. »Es soll doch Spaß machen.«

Spaß. Klar. Kade biss sich auf die Unterlippe. »Tut mir leid.«

»Du musst dich nicht entschuldigen. Du bist eine tolle Tänzerin.«

Kade war an aalglatte Komplimente gewöhnt, aber sie spürte, dass Del es aufrichtig meinte. »Mit Grace schien es dir aber mehr Spaß zu machen.«

»Du bist doch nicht eifersüchtig, oder?« Einer von Dels Mundwinkeln hob sich zu einem erfreuten Lächeln.

»Natürlich nicht! Es ist nur … Na ja, ihr habt sehr … vertraut gewirkt.«

»Klar haben wir das. Grace ist meine beste Freundin, Kade. Du bist doch auch sehr vertraut mit deiner besten Freundin, oder?«

Kade dachte kurz darüber nach. »Ich habe gar keine beste Freundin.«

»Was ist mit Carlisle?«, fragte Del.

»Warum nennst du sie immer Carlisle?«

Del zuckte mit den Schultern. »Das machen wir Polizisten eben so.«

»Aber mich nennst du doch auch nicht Matheson«, sagte Kade.

»Das ist nicht dasselbe.«

Kade wirbelte sie herum. »Nennt dich Aiden Vasquez?«

»Meistens vermeidet sie es, mich beim Namen zu nennen.«

»Aiden ist Dawns Lebensgefährtin und Teil deiner selbsterwählten Familie und trotzdem geht ihr beide euch aus dem Weg. Warum eigentlich?«, fragte Kade.

»Es ist nicht etwa so, dass ich sie nicht mag. Ich mag sie mehr als Dawns Exfreundin oder ihren Exmann. Vielleicht ist das ja das Problem.« Del wirkte, als ob ihr das auch erst jetzt klar wurde. »Cal und Maggie waren keine würdigen Partner für Dawn. Sie haben nie meine Rolle in ihrem Leben übernommen.«

Kade nickte. »Aber Aiden tut es.«

»Irgendwie ist es wie ein seltsamer Rollenwechsel. Sie ist jetzt Dawns Beschützerin und Vertraute und ich bin jetzt diejenige, die an dir interessiert ist.«

Ihre Offenheit verschlug Kade wieder einmal die Sprache. »Das muss seltsam für dich sein.«

Del zog Kade etwas näher. »Manchmal denke ich, wir sind uns zu ähnlich und ich hoffe, dass du nicht nur an mir interessiert bist, weil ich dich an sie erinnere.«

Kade blieb stehen. Sie stand mitten auf der Tanzfläche und starrte Del an. »Du erinnerst mich nicht an Aiden.«

»Komm schon, Kade! Zwei hochgewachsene, entschlossene, lesbische Polizistinnen mit dunklen Haaren, die beide in dich verschossen sind. Sag nicht, da siehst du keine Ähnlichkeiten.« Dels Gesichtsausdruck war amüsiert und verärgert zugleich.

»Ja, du und Aiden habt ein paar Gemeinsamkeiten und anfangs habe ich dir nur deshalb vertraut«, sagte Kade. »Aber je besser ich dich kennenlernte, umso mehr habe ich gemerkt, wie unterschiedlich ihr wirklich seid und jetzt respektiere ich dich um deiner selbst willen.«

Del neigte den Kopf und grinste sie an. »Dann sag mir: Was sind die Unterschiede, die du an mir magst?«

»Du wirkst irgendwie … solider«, sagte Kade, weil ihr kein besseres Wort einfiel.

»Solider?« Del hob eine Braue. »Na, das klingt vielleicht sexy!«

»Du hast nicht so viele Ecken und Kanten wie Aiden«, fügte Kade hinzu. »Du bist entspannter und offener. Du wirkst immer so im Reinen mit dir, so zufrieden mit deinem Leben.«

»Ich bin zufrieden mit meinem Leben. Na ja, ich könnte jemanden gebrauchen, der es mit mir teilt, aber ich arbeite daran.« Sie lächelte Kade an.

Eilig tanzte Kade weiter und unterbrach so ihren Blickkontakt.

»Nachdem wir jetzt über Aiden und mich gesprochen haben«, sagte Del und betonte Aidens Vornamen, »lass uns über dich und Grace reden.«

»Zwischen mir und Grace gibt es kein Problem. Ich mag sie«, sagte Kade. Dawns Mutter war das glatte Gegenteil von Kades: Sie war warm, ehrlich und freundlich.

»Dann bist du also nicht eifersüchtig?«

»Nein!«

»Gut. Du hast nämlich keinen Grund, es zu sein«, sagte Del.

Kade war immer noch nicht so ganz davon überzeugt. Del hatte während der vergangenen zehn Jahre praktisch die Rolle von Grace' Ehemann übernommen. Sie hatten alles geteilt, nur nicht das Bett. »Weil sie heterosexuell ist? Aber das habe ich von mir auch gesagt und es hat dein Interesse an mir nicht gemindert.«

Del lachte. »Nein, hat es nicht. Aber nur, weil ich davon überzeugt bin, dass du nicht so hetero bist, wie du dir einredest. Weißt du, es gibt nicht nur Nullen und Sechser auf der Kinseyskala. Ich bin eine Sechs und ich würde sagen, Grace ist eine Eins. Du jedoch bist irgendwo in der Mitte der Skala.«

»In der Mitte?«, wiederholte Kade. »Ich bin eine Matheson. Es ist mir nicht gestattet, in irgendetwas mittelmäßig zu sein.« Während der letzten Wochen war ihr klargeworden, dass Del wohl recht hatte, aber im Moment wollte sie lieber darüber scherzen.

»Ach, deine Familie würde es lieber sehen, wenn du eine glatte Sechs wärst?«, fragte Del lächelnd.

»Etwas anderes als eine Null ist nicht akzeptabel für eine Matheson.«

»Selbst, wenn das bedeutet, dass du einen Teil von dir ignorieren musst?«, fragte Del.

»Einen Teil von uns zu ignorieren ist praktisch eine Mathesontradition«, sagte Kade. »Meine Mutter ignorierte jahrelang die Affären meines Vaters, mein Vater ignorierte seinen eigenen Sohn und mein Bruder ignoriert die sexuelle Orientierung seiner Tochter.«

Del sah ihr in die Augen. Ihr Blick war fast wie eine Berührung. »Und was ignorierst du, Kade?«

Dass ein vermutlich gefährlicher Stalker hinter mir her ist. Dass es nur eine Frage der Zeit ist, bis meine Mutter erfährt, was in meinem Leben vor sich geht. Dass ich das Tanzen mit dir viel zu sehr genieße. »Dass du nun schon zum dritten Mal versuchst zu führen«, sagte Kade mit einem etwas erzwungenen Lächeln. Sie wusste, dass Del ihr die ausweichende Antwort gestatten würde. Das war eines der Dinge, die sie an ihr mochte. Del war eine von wenigen Personen in ihrem Leben, die sie nie drängten, das zu tun, was sie wollten.

»Tja, vielleicht mag ich ja nicht, wohin du uns führst«, antwortete Del spielerisch.

Trotz der scherzhaften Worte konnte Kade die Frage spüren, die unausgesprochen zwischen ihnen stand. »Ach nein?«

»Wenn ich ehrlich bin … doch.« Del grinste auf sie herab. Trotz Kades hoher Absätze war sie ein paar Zentimeter größer. »Es ist ein langsamer Walzer, den wir da tanzen, aber damit kann ich leben.«

»Das musst du auch, denn zu einem Foxtrott bin ich noch nicht bereit«, sagte Kade.

Del lächelte weiterhin. »Walzer genügt mir.«

»Oh, nein, Delicia Vasquez!« Grace nahm Del den Stapel schmutzigen Geschirrs ab. »Du hast heute Geburtstag. Du darfst nicht in der Küche helfen.«

»Aber es macht mir nichts aus«, sagte Del.

Grace schüttelte den Kopf. »Trotzdem. Setz dich und leiste uns Gesellschaft. Kade wird mir helfen, nicht wahr, Kade?«

Kade stellte das Tablett mit den leeren Gläsern ab. »Richtig.« Wenigstens würde Del sie mit ihrer besten Freundin nicht allein lassen.

Grace nahm ein Geschirrtuch und lehnte sich gegen die Arbeitsfläche, während sie darauf wartete, dass Kade das Geschirr abwusch. »Du bist so still. Stimmt was nicht?«

»Na ja, ich bin ein Jahr älter, wie eine gute Freundin von mir mit ihrem Kerzenmeer so hilfreich angedeutet hat«, sagte Del lächelnd. »Ich schätze, in meinem Alter wird man einfach schneller müde.«

Kade drehte sich von der Spüle weg, um Del zu mustern. Jetzt, da Grace es gesagt hatte, fiel auch ihr auf, wie still Del in den letzten Stunden gewesen war.

»Du bist zweiundvierzig, nicht zweiundneunzig.« Grace nahm ein gewaschenes Glas von Kade entgegen.

Zweiundvierzig also. Kade grinste. Endlich kannte sie Dels Geheimnis. Vielleicht hätte ihr der Altersunterschied zu denken geben sollen, aber irgendwie war er das geringste ihrer Probleme.

»Danke, dass du es Kade verraten hast«, grummelte Del.

Grace antwortete nicht wie erwartet mit einem Scherz. »Der Anruf vorhin … Das war doch nichts Ernstes, oder?«

Kade hielt inne, als Del nicht sofort antwortete.

»Doch«, sagte Del nach kurzem Schweigen. »Das war mein Bruder.«

Kade drehte sich um. »Ich dachte, du hättest seit fünfundzwanzig Jahren nicht mehr mit deiner Familie geredet? Und jetzt ruft dich dein Bruder aus heiterem Himmel an, um dir zum Geburtstag zu gratulieren?« Das ergab keinen Sinn. Fünfundzwanzig Geburtstage waren ohne einen Anruf ins Land gezogen. Warum rief Dels Bruder jetzt an?

»Er hat nicht wegen meines Geburtstags angerufen«, sagte Del. Sie wirkte angespannt. »Er hat angerufen, um zu sagen, dass unser Vater im Sterben liegt.«

Das Spültuch sank auf den Boden der Spüle, als es Kade entglitt. »Del.« Sie wollte zu ihr eilen und sie umarmen, aber sie steckte bis zum Ellbogen in Seifenwasser und Grace beobachtete sie. »Es tut mir so leid.«

»Er will mich noch mal sehen, bevor er stirbt.« Dels Gesicht wirkte wie eine steinerne Maske.

Kade wusste nicht, was sie sagen sollte. Wie konnte sie Del helfen? Sie sah zu Grace, Dels ältester Freundin, in der Hoffnung, dass diese wusste, was zu tun war.

Aber Grace gab ihr das Geschirrtuch und schwieg.

Sie überträgt mir die Verantwortung für Dels Wohlergehen. Kade trocknete sich die Hände am Geschirrtuch und setzte sich neben Del, während Grace auf der anderen Seite Platz nahm. »Wirst du zu ihm fahren?«, fragte Kade leise.

Del senkte den Blick zum Tisch. »Ich weiß nicht. Würdest du es tun?«

Würde ich? Kade hatte sich diese Frage seit Jahren gestellt. »Mein Vater hat nie nach mir gefragt.«

Dels Kopf ruckte hoch. Sie starrte Kade an. »Dein Vater und du … ihr hattet keinen Kontakt, als er gestorben ist?«

Kade hatte nie gerne über Familienangelegenheiten gesprochen, aber sie würde es tun, um Del zu helfen. »Mein Vater war ein stolzer und eigensinniger Mann.«

»Der Apfel fällt da wohl nicht weit vom Stamm«, sagte Del ohne jeden Vorwurf.

Kade lächelte reumütig. »Liegt wohl in der Familie. Er war Politiker und Seniorpartner in einer einflussreichen Kanzlei.«

»Matheson, Sutherland und Bryce, richtig?«

»Jetzt nur noch Sutherland und Bryce«, sagte Kade.

Del musterte sie. »Ich wette, dein Vater wollte, dass du in seiner Firma arbeitest.«

»Er hatte ehrgeizige Pläne für seine einzige Tochter. Ich sollte in der Firma arbeiten, den Sohn seines Geschäftspartners heiraten und ihm eines Tages in die

Politik folgen.« Es erschien ihr so weit weg, als würde sie über das Leben einer Fremden sprechen. Aber der Schmerz war immer noch da.

»Du bist eine ehrgeizige Frau«, sagte Del. »Ich nehme mal an, eure ehrgeizigen Ziele waren nicht dieselben?«

Das war mild ausgedrückt. »Manche unserer Träume waren gar nicht so verschieden. Ich kann mir schon vorstellen, eines Tages in die Politik zu gehen oder Bezirksstaatsanwältin zu werden.«

»Es gibt aber schnellere und einfachere Wege, das zu erreichen, als eine unterbezahlte Stelle als Staatsanwältin«, sagte Del, wieder ohne zu urteilen.

»Das hat mein Vater auch gesagt. Wir waren uns nie einig, welcher Weg mich zum Ziel führt. Ich wollte nicht die ausgetretenen Pfade gehen. Ich wollte meinen eigenen Weg gehen. Mir lag etwas am Gesetz, nicht an einem fetten Gehalt oder daran, Klienten zu verteidigen, die unter Umständen schuldig sind. Meinem Vater waren meine Beweggründe egal. Nachdem mein Bruder Arzt und nicht Anwalt wurde, hat er alle Hoffnung auf mich gesetzt.« Kade umklammerte das Geschirrtuch, das sie immer noch in der Hand hielt. »Als ich eine Stelle bei der Staatsanwaltschaft angenommen habe, hatten wir einen gewaltigen Streit. Ein Jahr lang haben wir kein Wort miteinander geredet, aber bevor wir uns aussprechen konnten, ist mein Vater an einem Herzinfarkt gestorben.«

»Du denkst, ich sollte gehen und meinen Vater besuchen, bevor es zu spät ist«, sagte Del.

Kade schüttelte den Kopf. »Das habe ich nicht gesagt. Ich will nur nicht, dass du mit demselben Bedauern wie ich leben musst.«

Del seufzte. »Ich werde darüber nachdenken.«

Zögernd streckte Kade die Hand aus. Sie war sich Grace' Blick sehr bewusst, als sie Del die Hand auf die Schulter legte. »Lass mich wissen, wenn ich dir irgendwie helfen kann, okay?« Es fühlte sich gut an, die Unterstützung zurückzugeben, die Del ihr hatte zuteilwerden lassen.

Del legte die Hand auf Kades. »Danke. Das werde ich.«

KAPITEL 23

Aiden sah auf, als Ray einen Pappbecher aromatisch riechenden Kaffees auf ihren Schreibtisch stellte. Nachdem sie den ganzen Tag die Revierbrühe getrunken hatte, war das eine nette Abwechslung. »Danke, Ray.« Sie griff mit der Linken nach dem Getränk, während sie mit der anderen Hand weiter durch die Akte blätterte.

»Hab ich ein Rundschreiben verpasst?« Ray zeigte auf den Aktenstapel auf ihrem Schreibtisch. »Haben wir einen neuen Fall, von dem ich nichts weiß?«

»Es ist Kades Fall«, sagte Aiden leise. Es war schon spät und die meisten ihrer Kollegen waren bereits nach Hause gegangen, aber sie wollte trotzdem vorsichtig sein.

Ray setzte sich ihr gegenüber. »Und was ist das alles?«

»Ich habe mir die Fälle angesehen, an denen Kade gearbeitet hat oder die sie eben erst abgeschlossen hatte, als das mit den Blumen anfing.« Sie deutete auf den Aktenberg auf ihrem Schreibtisch. »Der Stalker hat vermutlich mit einem ihrer Fälle aus der Zeit zu tun. Wenigstens hoffe ich das. Wenn er einfach nur ein Verrückter ist, der sie zufällig ausgewählt hat, werden wir ihn nie finden.«

»Ich dachte, Lieutenant Vasquez hat sich die Fälle bereits angesehen?«, fragte Ray.

»Ja, aber sie kennt unsere Fälle nicht so gut wie wir. Vielleicht hat sie etwas übersehen.«

Ray beugte sich vor. »Hast du was gefunden?«

Aiden nahm einen Schluck Kaffee. »Drei der Täter ähneln der Beschreibung, die die Pförtnerin uns von dem Mann gegeben hat, der vor Kades Haus herumstand.« Sie nahm einen kleineren Aktenstapel und reichte ihn Ray.

»Drei?« Ray breitete die Akten aus. »Das sind aber vier Akten.« Er öffnete die Akte, die ganz oben lag, und begann zu lesen. »Gary Ballard? Das ist doch der Mann, der ...«

Aiden musste nicht daran erinnert werden, was er Dawn angetan hatte. »Ja.«

»Du glaubst, er hat etwas damit zu tun, dass Kade gestalkt wird?«

»Ich weiß, es wirkt, als würde ich wegen Dawn überreagieren, aber wir sollten die Möglichkeit nicht ausschließen. Ballards Fall wurde abgeschlossen, unmittelbar bevor das Stalking begann.«

»Ja, aber der Fall endete mit einer Verurteilung«, sagte Ray. »Ballard sitzt jetzt im Gefängnis.«

»Das heißt noch nichts. Er könnte jemanden bezahlen. Männer wie er haben immer genug Freunde, bezahlte Handlanger oder kranke Bewunderer, die die Drecksarbeit für sie erledigen. Weißt du noch, wie Kade ihn während der Verhandlung provoziert hat?« Kade hatte seine Männlichkeit infrage gestellt. Mehr als einmal hatte er ausgesehen, als wollte er Kade im Gerichtssaal angreifen, aber er hatte sich zurückgehalten, bis er am Ende aus dem Saal gezerrt wurde, brüllend und Drohungen ausstoßend.

»Vielleicht ist er auf Rache aus. Und er ist hinter lesbischen Frauen her. Wenn er herausgefunden hat, dass Kade nicht so heterosexuell ist, wie wir alle angenommen haben …«

Sie sahen einander an.

»Wenn Ballard dahintersteckt, würde es auch erklären, warum Lieutenant Vasquez angegriffen wurde. Er fühlt sich von Lesben bedroht«, sagte Ray. »Jetzt, da der Angriff fehlgeschlagen ist, könnte Kade in Lebensgefahr schweben.«

Und vielleicht nicht nur Kade. Was, wenn er sich auch an den Zeugen rächen wollte, die gegen ihn ausgesagt hatten? Dawns Aussage hatte ihn hinter Gitter gebracht. Der Drang, Dawn anzurufen, nach Hause zu rasen und zu sehen, ob es ihr gut ging, überwältigte Aiden fast.

»Alles okay?« Ray runzelte die Stirn. »Du bist plötzlich ganz blass geworden.«

»Mir ist eben aufgefallen, dass Dawn möglicherweise auch in Gefahr ist.« Aiden sagte es im Flüsterton, als würde lautes Sprechen die Bedrohung real werden lassen.

»Du auch«, sagte Ray.

Sie wünschte sich fast, Ballard oder seine Handlanger hätten es auf sie abgesehen. »Um mich mach ich mir keine Sorgen. Ich bin ein großes Mädchen mit einer großen Waffe.« Sie grinste Ray an.

»Lieutenant Vasquez ist das auch«, sagte er. »Es hat ihr aber nicht geholfen, als sie von hinten niedergeschlagen wurde.«

Aiden zeigte mit ihrem Kugelschreiber auf ihn. »Ja, aber sie hatte keinen Ray, um ihr Rückendeckung zu geben. Sollen wir Ballard morgen einen Besuch abstatten?«

»Äh, ja, klar. Treffen wir uns hier?«, fragte Ray beiläufig, aber Aiden war sein Zögern nicht entgangen.

»Du hast schon was vor«, sagte sie.

»Ich habe Susan versprochen, dass wir mal ein Wochenende zu zweit verbringen, ohne Kinder und ohne Arbeit. Sie denkt, wir brauchen es.«

»Hey, du musst dich nicht dafür entschuldigen, ein Privatleben zu haben.« Jetzt, da sie Dawn hatte, verstand sie das.

»Ich entschuldige mich nicht. Ich will nur nicht, dass du allein gehst. Ich werde mitkommen.« Rays Entscheidung klang endgültig.

Aiden rieb sich den Nacken. »Weißt du was? Ich frage mal das dritte Mitglied unserer lesbischen Sondereinheit. Ich bin sicher, Del würde es nichts ausmachen, den Bastard mit mir aufzusuchen.«

»Ist das wirklich eine gute Idee?«, fragte Ray. »Ihr steht beide einem von Ballards Opfern sehr nahe.«

Aiden grinste, aber sie wusste, dass es ihre Augen nicht erreichte. »Hast du Angst, dass wir Amok laufen und ihn in seiner Zelle töten, wenn du nicht dabei bist, um uns daran zu hindern?«

»Weißt du, wie du reagieren wirst, wenn du allein mit dem Mann bist, der die Frau, die du liebst, vergewaltigt hat?«

Rays leise Frage ließ Aiden nach Luft schnappen. Sie hatte sich bisher nicht gestattet, auf diese Weise darüber nachzudenken. »Nein«, antwortete sie. »Ich habe keine Ahnung, wie ich reagieren werde. Aber ich mache keine Dummheiten, versprochen.«

Ray sah sie forschend an. Nach einigen Sekunden nickte er. »Wirst du Dawn sagen, dass du Ballard besuchen gehst?«

»Ich weiß noch nicht.« Sie wollte keine schmerzhaften Erinnerungen in Dawn wecken, nachdem sie endlich etwas Frieden gefunden hatte. Ebenso wenig wollte sie Dawn aber anlügen. Falls Dawn wirklich in Gefahr war, musste sie sie warnen.

»Wer hätte das gedacht«, sagte Dawn und lehnte sich in ihrem Stuhl zurück. »Del Vasquez liegt auf der Couch einer Psychologin … freiwillig!«

Del streckte sich genüsslich auf der Couch in Dawns Büro aus und erinnerte Dawn dabei an einen geschmeidigen Panther. »Ich hoffe, du erwartest nicht, dass ich dich für deinen Rat bezahle.«

»Nein. Ich rede mit dir als Freundin.« Dawn antwortete nicht mit einem Scherz. Dazu war diese Unterhaltung ihr viel zu wichtig.

»Und was ist dein Rat unter Freunden?«, fragte Del. »Soll ich meinen Vater besuchen oder ihn verstoßen, so wie er mich verstoßen hat?«

Dawn seufzte. »Tut mir leid, aber dazu kann ich dir keinen objektiven Rat geben. Du weißt, dass ich alles dafür geben würde, nur noch einmal mit meinem Vater sprechen zu können.«

»Das ist nicht dasselbe. Dein Vater war ein wundervoller Mann. Meiner war ein Arschloch.« Dann wurde Dels Blick etwas weicher und sie fragte: »Wenn du könntest, was würdest du deinem Vater sagen wollen?«

Dawn sah hinüber zu dem Foto ihres Vaters, das an der Wand hing. »Ich würde ihm gern Aiden vorstellen und ich …« Sie atmete tief durch. »Manchmal frage ich mich, was er zu einigen Aspekten meines Lebens sagen würde.«

»Welchen Aspekten?«

»Na, hauptsächlich zu den lesbischen Aspekten«, sagte Dawn. Sie hatte ihre sexuelle Orientierung erst entdeckt, nachdem ihr Vater gestorben war, und fragte sich oft, ob er sie wohl akzeptiert hätte. Ihr Vater war in einer sehr konservativen Familie aufgewachsen und war in mancher Hinsicht ein typischer Polizist gewesen. Sie wusste nicht, welche Einstellung er zu Homosexualität gehabt hatte. »Wie hat er reagiert, als du ihm gesagt hast, dass du lesbisch bist?«

Del verschränkte die Arme hinterm Kopf und starrte mit einem leichten Lächeln an die Decke. »Nun ja, ich habe es ihm nicht wirklich erzählt.«

»Du warst eine Schranklesbe? Du?« Dawn konnte sich kaum vorstellen, dass die stolze Del nicht offen mit ihrer sexuellen Orientierung umgegangen war.

»Das war damals eine ganz andere Zeit«, sagte Del. »Vor zwanzig Jahren war die Polizei noch ein richtiger Männerverein. Sich als weibliche Anfängerin Respekt zu verschaffen, war auch so schon hart genug, da wollte ich nicht auch noch meine sexuelle Orientierung an die große Glocke hängen.«

»Und wie hat mein Vater es herausgefunden, wenn du es ihm nicht erzählt hast?«

»In der ersten Woche, in der ich mit deinem Vater Streife gefahren bin, mussten wir eine Zeugin befragen. Es stellte sich heraus, dass es eine Frau war, mit der ich kurz zuvor was gehabt hatte.« Del verzog das Gesicht. »Als sie mich in Uniform sah, hat sie lauthals und mit ausschmückenden Details verkündet, was ich mit meinen Handschellen und meinem Knüppel mit ihr anstellen sollte.«

Dawn lachte los.

»Ich hoffe, das machst du nicht auch, wenn deine zahlenden Patienten dir von den dramatischen Momenten ihres Lebens berichten«, sagte Del und gab vor zu schmollen.

»Tut mir leid. Ich nehme an, Dad hat gehört, was sie gesagt hat?«

Del nickte grimmig. »Er und die halbe Abteilung.«

»Wie hat er reagiert?« Jetzt lachte Dawn nicht mehr. Dels Antwort war ihr zu wichtig.

Del setzte sich auf und betrachtete sein Foto. »Er drehte sich um und sagte mit ernster Miene: ›Wenn doch nur all unsere Zeugen so versessen darauf wären, der Polizei von Portland weiterzuhelfen‹.«

Dawn riss die Augen auf. »Das hat er wirklich gesagt?«

»Ja. Nicht alle haben so lässig reagiert. Später fand ich heraus, dass dein Vater ein paar Zusammenstöße mit Idioten hatte, die etwas gegen Lesben in Uniform hatten. Er hat sich in meiner ersten Woche im Dienst immer schützend vor mich gestellt und das hat sich auch dann nicht geändert, als er herausfand, dass ich lesbisch bin.« Sie lächelte Dawn an. »Jim hätte kein Problem damit gehabt, dass du lesbisch bist. Ich wünschte, mein Vater wäre mehr wie er.« Del seufzte und die dunkle Wolke schien sich wieder auf sie herabzusenken.

»Vielleicht hat er sich geändert«, sagte Dawn sanft. »Vielleicht will er sich entschuldigen und möchte dich deshalb sehen.«

»Vielleicht.« Del klang nicht, als ob sie es glaubte. Sie stand auf und nahm ihre Jacke. »Komm. Ich habe dich lang genug aufgehalten. Lass uns gehen.«

Janet und Mrs. Phillips waren schon gegangen, sodass sie als Letzte das Büro verließen und über den Parkplatz gingen.

Eine dunkle Gestalt lehnte an Dawns Wagen.

Sie zuckte zusammen und ging langsamer. Nur Dels Anwesenheit bewahrte sie vor einer Panikattacke.

Del schob Dawn hinter sich. »Hey!«, schrie sie den Fremden auf dem Parkplatz an.

Schnell trat die Person ins Licht der einzigen Straßenlaterne. »Ich bin's. Aiden.«

Wut, Erleichterung und Freude kämpften in Dawn um Vorherrschaft. Als sich das emotionale Chaos in ihr legte, ging sie auf Aiden zu und küsste sie zur Begrüßung. »Was machst du denn hier? Ich dachte, wir treffen uns bei mir?«

»Ich war gerade in der Nähe und hab gesehen, dass dein Auto noch hier ist«, sagte Aiden.

Dawn kniff die Augen zusammen. Es hatte eine Weile gedauert, aber mittlerweile konnte sie zwischen den Zeilen lesen und hörte, was Aiden nicht sagte. »In der Nähe sein« hieß für gewöhnlich, dass sich Aiden Sorgen gemacht hatte und nicht wollte, dass sie spätabends allein das Büro verließ. Dawn fand das süß und nervig zugleich.

»Dann bis später.« Del winkte und wollte davongehen.

»Lieutenant … Del!« Aiden hielt sie zurück. »Hast du morgen schon was vor?«

Dawn konnte es nicht fassen. Endlich bemühte sich Aiden, sich mit Del anzufreunden.

»Nein, noch nicht«, antwortete Del langsam, fast vorsichtig. »Wieso? Hast du was im Sinn?«

Aidens Blick huschte zu Dawn. Sie zögerte.

Dels Körperhaltung veränderte sich. »Sollen wir uns um neun vor Dawns Wohnung treffen?«

Aiden nickte. Die beiden schienen sich ohne große Worte über etwas auszutauschen.

Dawn sah von einer Frau zur anderen. Die beiden waren nicht entspannt. Das waren keine Freundinnen, die Pläne fürs Wochenende machten. Das waren zwei Polizistinnen, die eine gemeinsame Ermittlung planten. »Was ist hier los?«

Del sah Aiden an und überließ die Entscheidung ihr.

»Kade hat einen Stalker und wir gehen ein paar Hinweisen nach«, sagte Aiden.

Dawn konnte nicht glauben, was sie da hörte. »Kade hat einen Stalker? Ich habe sie erst vor Kurzem bei Dels Feier getroffen. Warum hat sie nichts gesagt?«

»Sie will keine offizielle Ermittlung, die Aufmerksamkeit auf ihr Privatleben lenken würde.« Diesmal antwortete Del an Aidens Stelle.

»Eine offizielle Ermittlung und es ihren Freunden zu erzählen, sind ja wohl zwei verschiedene Dinge«, sagte sie, enttäuscht, dass Kade sich ihr nicht anvertraut hatte.

Del drückte Dawns Arm. »Nimm's nicht persönlich. Kade ist eben so. Sie ignoriert persönliche Probleme so lange sie nur kann. Sie hat nicht mal Carlisle … Aiden davon erzählt.«

»Ja«, grummelte Aiden.

»Kann ich irgendetwas tun, um zu helfen?«, fragte Dawn.

Aiden und Del tauschten Blicke.

Dawn hatte zwar gewollt, dass sie sich anfreundeten, aber nicht, dass sie sich gegen sie verbündeten. »Was verheimlicht ihr mir?«

Aiden rieb sich den Nacken, was immer ein Zeichen dafür war, dass sie gestresst oder nervös war. »Einer der Hinweise, dem wir nachgehen … Wir glauben, dass der Stalker etwas mit einem von Kades Fällen zu tun haben könnte. Vielleicht ein Verdächtiger oder ein Angehöriger von jemandem, den sie hinter Gitter gebracht hat.«

Das ergab Sinn. Kade hatte sich als Staatsanwältin viele Feinde gemacht. Es war ziemlich wahrscheinlich, dass das Stalking mit ihrer Arbeit zusammenhing. »So weit kann ich euch noch folgen, aber was hat das mit mir zu tun? Es hat doch mit mir zu tun, oder?«

Aiden räusperte sich. »Es ist nur eine von vielen Möglichkeiten. Vermutlich ist es eine Sackgasse, aber ich möchte kein Risiko eingehen.«

Die Antwort verwirrte Dawn nur noch mehr. »Wovon sprichst du?«

»Einer der Fälle, die abgeschlossen wurden, als das Stalking begann, war Gary Ballards.« Aiden biss sich auf die Unterlippe.

Dawn atmete scharf ein. Sie hatte gehofft, den Namen nie wieder hören zu müssen. »Du meinst, er steckt hinter dem Stalking?«

»Das ist nur eine von vielen Möglichkeiten«, wiederholte Aiden, als hätte sie es sich selbst hundert Mal gesagt. »Wir wollen es ausschließen, um ganz sicher zu gehen. Aber bis wir das tun, solltest du nicht mehr allein spätabends das Büro verlassen.«

Brodelnder Zorn ersetzte die kalte Benommenheit, die Dawn überkommen hatte, als Aiden Ballards Namen ausgesprochen hatte. Sie warf Del einen wütenden Blick zu. »Bist du deshalb vorhin hergekommen? Damit du mir Polizeischutz geben kannst?«

Schnell hob Del die Hände. »Nein. Ich habe dir die Wahrheit gesagt. Ich wollte nur mit dir reden. Ich wusste nicht mal von Ballard, bis Carlisle … bis Aiden es eben erwähnt hat.«

»Wenn ich in Gefahr bin, will ich das wissen«, sagte Dawn und kämpfte gegen das Zittern in ihrer Stimme an. Sie sah von Aiden zu Del, bis beide zögernd nickten. »Und ich will entscheiden, was zu tun ist. Wenn ich glaube, dass ich einen Bodyguard brauche, werde ich euch das sagen. Keine selbsternannten Superheldinnen, die ihr Leben für mich aufs Spiel setzen, ja?«

Nach der Vergewaltigung hatte sie sich geschworen, dass sie nie wieder jemand anderem die Kontrolle über ihr Leben übergeben würde, nicht mal in guter Absicht.

Beide seufzten, nickten aber.

»Also, was ist das für eine geheime Operation, die ihr für morgen geplant habt?«, fragte Dawn.

»Ich will Ballard im Gefängnis besuchen, um zu sehen, ob er was mit den Blumen oder mit dem Angriff auf Del zu tun hat«, antwortete Aiden.

Dawn sah abrupt auf. »Angriff auf Del? Ich dachte, du bist nur hingefallen! Was verheimlicht ihr sonst noch vor mir?« Sie funkelte die beiden an, aber keine begegnete ihrem Blick. »Müssen wir das immer und immer wieder durchkauen?«

»Es war nicht unsere Entscheidung«, sagte Del. »Kade ist diejenige, die einen Stalker hat, also sollte sie auch …«

»Quatsch! Du bist diejenige, die angegriffen wurde, also war es an dir zu entscheiden, ob du mir die Wahrheit sagst oder mich anlügst.«

»Tut mir leid, aber was hätte es gebracht, wenn ich es dir gesagt hätte?«, fragte Del. »Du hättest nichts tun können und hättest dir nur Sorgen gemacht.«

Dawn verkniff sich eine wütende Antwort. So dachten Del, Aiden und die meisten anderen Polizisten nun mal und daran würde sich nie etwas ändern. Ihre Beschützerinstinkte waren einfach zu stark.

Aiden verlagerte ihr Gewicht, als Dawn schwieg. »Willst du, dass wir uns von Ballard fernhalten?«

Dawn wollte nicht, dass Aiden auch nur in die Nähe dieses Bastards kam, aber sie ignorierte ihre Gefühle. »Wenn es nötig ist, um Kade zu beschützen, dann fahrt hin. Verheimlicht es nur nicht vor mir.«

Die beiden Polizistinnen sahen sich kurz an und nickten dann. »Werden wir nicht«, sagte Aiden.

Jeder Muskel in Aidens Körper zitterte vor Anspannung, als sie vor dem Besucherraum anhielten und darauf warteten, dass der Justizvollzugsbeamte ihnen die Tür öffnete.

»Willst du ihn befragen oder soll ich das machen?«, fragte Del.

Offiziell bekleidete Del den höheren Rang, die Entscheidung war also ihre. Aiden wusste es zu schätzen, dass Del ihr die Entscheidung überließ. »Ich mach es. Halt mich nur zurück, wenn es aussieht, als ob ich gleich über den Tisch springe«, sagte sie, nur halb im Scherz.

»Wenn du dasselbe für mich tust«, sagte Del.

Sie sahen einander an und zum ersten Mal herrschte ein tiefes Einverständnis zwischen ihnen. Sie grinsten sich an, wurden dann aber schnell wieder ernst, als der Gefängniswärter die Tür aufschloss und zurücktrat.

Aiden atmete tief durch und betrat mit resoluten Schritten den Raum. Sie wollte nicht, dass Gary Ballard erkannte, dass dieser Besuch sie nervös machte.

Der Mann in orangefarbener Gefängniskleidung sah auf. »Na, wenn das mal nicht die Lesbe mit dem Glaskinn ist!«

Es war eine Anspielung auf den Schlag, den er ihr bei seiner Verhaftung im Oktober verpasst hatte. Aiden setzte sich ihm gegenüber, ohne auf seine Provokation zu reagieren.

»Und ich sehe, Sie haben jemanden mitgebracht«, sagte Ballard, als Del sich zu ihnen gesellte. »Neue Freundin?«

Er schien Del nicht wiederzuerkennen, obwohl sie der Verhandlung beigewohnt und sogar ausgesagt hatte. Vermutlich hielt er jede Polizistin mit kurzen Haaren sofort für lesbisch … oder er war wirklich derjenige, der Kade beobachten ließ, und wusste deshalb genau, wer Del war.

»Ich bin nicht hier, um über mich oder meine Kollegin zu sprechen«, sagte Aiden. »Sprechen wir doch über Sie. Wie haben Sie das erste von fünfzehn langen, einsamen Jahren verbracht?«

Ballard war nicht blöd. Er würde nichts verraten, solange er seine Emotionen im Griff hatte. Sie musste ihn provozieren, ohne dass er merkte, was sie vorhatte.

Die Handschellen um Ballards Handgelenke rasselten, als er sich zurücklehnte. »Gibt hier nicht viel zu tun, Officer.«

Aiden ignorierte die inkorrekte Anrede. »Ja, kann ich mir vorstellen. Aber ich wette, Sie haben schnell Freundschaften geschlossen. Die anderen Häftlinge finden bestimmt, dass Ihr Hintern in Gefängnisorange ziemlich gut aussieht.« Sie zwinkerte ihm anzüglich zu.

Ballard sprang hinter dem Tisch auf. »Was soll das heißen, Miststück?«

»Setzen oder der Besuch ist zu Ende!«, rief der Justizvollzugsbeamte, der an der Wand stand.

Ballard zögerte.

Aiden begann zu fürchten, dass sie zu weit gegangen war und er das Gespräch beenden würde. Dann funkelte er sie ein letztes Mal an und setzte sich wieder. Sein rotes Gesicht nahm allmählich wieder normale Farbe an. Vermutlich langweilte er sich hinter Gittern und ihr Besuch brachte ein wenig Abwechslung in den eintönigen Gefängnisalltag.

Krieg dich wieder ein. Auch wenn es sich gut anfühlte, ihn wütend zu machen, sie war hier, um zu ermitteln, nicht um Dawn zu rächen. »Nehmen Sie's nicht persönlich. Ich dachte nur, nachdem Sie ja keinen Kontakt zur Außenwelt haben …«

»Die könnten mich für den Rest meines Lebens einsperren, ich würde trotzdem nie einem Kerl erlauben, mich anzufassen.« Ballard spuckte vor Abscheu aus.

Sie hatte erwartet, dass er trotzig zugeben würde, dass er durchaus noch Kontakt zur Außenwelt hatte. Entweder war er schlauer, als sie gedacht hatte, oder er hatte wirklich nichts mit dem Stalking zu tun.

»Was machen Sie hier? Sie sind doch nicht nur hier, um vor Ihrer Geliebten anzugeben, oder?« Er nickte in Dels Richtung.

Er ließ Dawn nicht beobachten, so viel stand schon mal fest. Sonst hätte er gewusst, dass sie mit Dawn zusammen war, nicht mit Del. »Ich bin hier, um herauszufinden, ob Sie plötzlich das Bedürfnis hatten, Blumen zu verschenken.« Sie beobachtete ihn aufmerksam.

»Ich? Blumen verschenken?« Ballard lachte brüllend. »Das ist was für Schwächlinge. Selbst hier in diesem Loch brauche ich mein Geld für wichtigere Dinge.«

Zum Beispiel Drogen? Aiden nahm sich vor, den Gefängniswärtern zu sagen, sie sollten Ballards Zelle durchsuchen und ihn auf Drogen testen. Wenn sie erreichen konnte, dass Ballard nicht wegen guter Führung vorzeitig entlassen wurde, dann würde sie das mit Freude tun.

»Wer hat denn die ungewollten Blumen bekommen?«, fragte Ballard.

Aiden zögerte. Sie wollte einerseits Kade nicht unnötig in die Unterhaltung einbringen, aber andererseits wusste Ballard viel mehr als nur Kades Namen, falls er wirklich etwas mit dem Stalker zu tun hatte. »Die Staatsanwältin, die Sie hinter Gitter gebracht hat.«

Ballard grinste. »Jemand ist hinter ihr her, was?«

Del lehnte sich nach vorn, jeder Muskel angespannt, aber zu Aidens Erleichterung hatte sie sich im Griff und sagte nichts.

»Vielleicht jemand, den Sie kennen?«, fragte Aiden und sah ihm in die Augen.

Ballard lachte. »Sie beschuldigen mich? Glauben Sie mir, wenn ich mich an jemandem rächen wollte, dann an der blonden Schlampe, die schuld daran ist, dass ich jetzt hier bin.«

Verdammter Bastard! Jetzt gibt er Dawn die Schuld für das, was er getan hat. Der Stuhl unter Aiden knarrte, als sie ihr Gewicht nach vorn verlagerte.

Del umklammerte Aidens Bein und hielt sie fest.

»Und glauben Sie mir, ich hätte ihr keine Blumen geschickt«, sagte Ballard.

Aiden hatte genug. Sie konnte dem Mann, der Dawn vergewaltigt hatte, nicht mehr länger gegenübersitzen. Sie bedeutete dem Wärter, die Tür zu öffnen, und verließ den Raum, ohne zurückzuschauen.

Draußen lehnten sich Aiden und Del Schulter an Schulter gegen die Wand und schwiegen lange.

»Ich glaube nicht, dass er hinter dem Stalking steckt«, sagte Del schließlich. »Falls er nicht ein großartiger Schauspieler ist, weiß er nichts über Dawns oder Kades Privatleben. Blumen und Liebesbriefe sind nicht sein Stil oder der seiner Freunde. Er hätte jemanden geschickt, um Kade zu töten, nicht, um ihr den Hof zu machen.«

Aiden hätte Ballards Haftstrafe gerne verlängert, indem sie ihn eines weiteren Verbrechens anklagte, aber sie musste zugeben, dass Del recht hatte. Sie würde sich seine Besucherliste ansehen, aber sie ahnte, dass Gary Ballard eine Sackgasse war. Ihnen gingen langsam die Hinweise aus.

»Hast du noch Zeit, was trinken zu gehen?«

Aiden versuchte, ihre Überraschung zu verbergen. Del hatte nie zuvor vorgeschlagen, Zeit miteinander zu verbringen, deshalb wusste sie nicht so recht, was sie davon halten sollte. »Äh, ich trinke im Moment nicht.«

»Dann lass uns einen Kaffee trinken«, sagte Del. »Ist ja schließlich nicht so, dass ich dich abfüllen will, um dich dann zu fragen, welche Absichten du Dawn gegenüber hast.«

»Ach nein?«

»Ich weiß, ich bin manchmal etwas überfürsorglich, was Dawn angeht. Wenn du je Kinder hast, wirst du es verstehen.«

Kinder haben … Lass uns lieber das Thema wechseln. »Ist Dawn wirklich wie eine Tochter für dich?«

Del lehnte sich gegen das Auto, das sie vor dem Gefängnis geparkt hatten. »Nicht wirklich wie eine Tochter. Mehr wie eine Nichte. Aber ich wollte nicht über Dawn reden.«

Ansonsten hatten sie nur eine einzige Sache gemeinsam. »Du wolltest über Kade reden.«

Del lächelte. »Ich gebe zu, dass sie im Moment mein Lieblingsthema ist«, sagte sie mit einer Offenheit, die Aiden bewunderte. »Aber nein, ich wollte auch nicht über Kade reden. Ich habe vorgeschlagen, etwas trinken zu gehen, weil ich so das Gefühl habe, dass im Moment ziemlich viel los ist in deinem Leben. Wenn du darüber reden willst, bin ich ganz Ohr.«

Aiden starrte sie an. Das hatte sie nicht erwartet.

»Also? Wie wär's? Ich kenne da eine gemütliche Kaffeebar ganz in der Nähe.«

Sie konnte sich schlecht weigern, also nickte sie.

Beide schwiegen, als sie ins Auto stiegen und zu der Kaffeebar fuhren.

Del zeigte auf einen Tisch in der Ecke. »Lass uns da drüben sitzen.«

Sie erreichten den Tisch zeitgleich und prallten fast zusammen, als beide versuchten, den Platz zu ergattern, der es ihnen erlauben würde, mit dem Rücken zur Wand zu sitzen.

Angespannt sahen sie auf.

Dann lächelte Del. »Das ist der Grund, warum ich nie was mit einer Polizistin anfangen würde. Zuviel Gezanke am Esstisch.«

Aiden erwiderte das Lächeln und trat zurück, sodass Del den begehrten Platz für sich in Anspruch nehmen konnte.

Die Kellnerin kam zum Tisch. »Was kann ich Ihnen bringen?«

Nachdem sie Dawns Vergewaltiger gesehen hatte, war Aiden der Appetit vergangen. »Nur einen Kaffee. Und könnte ich bitte ein Roastbeefsandwich und ein Schinken-Käse-Sandwich zum Mitnehmen haben?«

Die Kellnerin nickte. »Selbstverständlich. Welche Sorte Brot möchten Sie haben?«

»Weißbrot für das Schinken-Käse-Sandwich und Roggenbrot fürs Roastbeef, bitte.«

Del schüttelte den Kopf, als die Kellnerin zu ihr blickte. »Für mich nur Kaffee, bitte.« Als die Bedienung davonging, sagte sie: »Ich nehme an, das eine Sandwich ist für Dawn?«

Aiden nickte. Sie war sicher, dass Dawn den ganzen Tag nichts gegessen hatte.

»Gut.« Del nickte ihr anerkennend zu.

Die Kellnerin brachte ihren Kaffee und ging wieder.

Del lehnte sich zurück und musterte sie. »Evan Whitfield ist also deine Halbschwester?«

Die unerwartete Frage ließ Aiden fast ihren Kaffee verschütten. Sie stellte die Tasse ab, blinzelte und versuchte, ungerührt zu tun. »Du hältst nichts davon, um den heißen Brei herumzureden, oder?«

Del zuckte mit den Schultern. »Warum sollte ich meine oder deine Zeit damit verschwenden?«

»Wer hat dir davon erzählt?«, fragte Aiden. »Kade?«

»Ja. Aber bitte sei nicht sauer auf sie, weil sie …«

Aiden hob die Hand. »Ich bin nicht sauer. Es ist nur …« Es war ihr nicht ganz wohl dabei, dass Del nun ihre privaten Probleme kannte.

»Hab ich dir je erzählt, dass ich fünf Brüder habe?«, fragte Del und überraschte Aiden erneut. »Nein, natürlich nicht. Wir haben ja nie viel miteinander geredet. Wie dem auch sei, ich habe sie über zwanzig Jahre nicht gesehen. Jetzt sind sie praktisch Fremde für mich, wenn ich also einen von ihnen wiedersehen würde, wüsste ich auch nicht, wie ich mich ihm gegenüber verhalten sollte.«

Aiden sah sie aus zusammengekniffenen Augen an. »Wer sagt, dass ich nicht weiß, wie ich mich Evan gegenüber verhalten soll? Hat Kade …?«

»Nein. Kade hat nichts dergleichen gesagt, nur dass du erfahren hast, dass Evan Whitfield deine Halbschwester ist. Aber ich kann mir gut vorstellen, wie seltsam es für dich sein muss, plötzlich herauszufinden, dass du eine Schwester hast, von der du nichts wusstest.«

Aiden seufzte und gab endlich ihre Versuche auf, ruhig und selbstbewusst zu wirken. »Ich habe keine Ahnung, wie ich mich ihr gegenüber verhalten soll. Was immer ich auch tue, es scheint das Falsche zu sein. Es gelingt mir einfach nicht, ihr Vertrauen zu gewinnen.«

»Ich weiß, wie sich das anfühlt«, sagte Del.

»Du hast Erfahrung mit Teenagern?«

Del nickte. »Als ich die Familie Kinsley kennenlernte, war ich Berufsanfängerin. Frisch von der Polizeiakademie. Dawn war acht und hat mich von Anfang an geliebt, aber ihr Bruder, Brian, war fast vierzehn und hat mir das Leben schwer gemacht.«

Aiden lehnte sich vor. »Was hast du dagegen unternommen?«

»Ich habe abgewartet und ihn einfach nur wissen lassen, dass ich die Partnerin seines Vaters und die neue Adoptivtante bin und nicht einfach wieder aus seinem Leben verschwinden werde. Es hat einige Zeit gedauert, aber irgendwann schien er dann zu verstehen, dass ich keine Bedrohung für ihn bin.«

Aiden seufzte. »Es gibt also keine Wunderheilung? Keinen Trick, der alles über Nacht verändern kann?«

»Leider nicht.« Del schenkte ihr ein mitleidiges Lächeln.

Die Kellnerin brachte die bestellten Sandwichs zum Tisch.

Del zückte den Geldbeutel. »Komm«, sagte sie zu Aiden. »Lass uns austrinken und Dawn ihr Sandwich bringen.«

Einige Minuten später waren sie auf dem Weg zurück zum Auto. »Siehst du? Mit mir zu reden, hat gar nicht wehgetan«, sagte Del grinsend.

»Nicht sehr.« Aiden lächelte zurück. »Aber nächstes Mal bekomme ich den Platz in der Ecke.«

KAPITEL 24

»Danke, dass du mir an deinem freien Tag hierbei hilfst«, sagte Dawn zu ihrer Mutter, als sie die letzten Plastikbehälter schlossen.

Grace winkte ab. »Ich habe es für deinen Vater, für Brian und für Del oft genug getan, warum sollte ich es nicht auch für Aiden und ihre Kollegen tun? Wenn sie schon sonntags arbeiten müssen, können wir braven Bürger wenigstens dafür sorgen, dass die Polizei von Portland nicht verhungert.«

Dawn lächelte. Ihre Mutter hatte wirklich riesige Fortschritte gemacht in den letzten sechs Monaten. Anfangs war sie sehr skeptisch gewesen, was ihre Beziehung mit Aiden betraf, aber jetzt bemühte sie sich, Aiden wie einen Teil der Familie zu behandeln.

»Außerdem habe ich so Gelegenheit, etwas Zeit mit dir zu verbringen«, sagte Grace. »In letzter Zeit habe ich dich kaum gesehen.«

Sie sagte es ohne jeden Vorwurf, aber Dawn fühlte sich trotzdem etwas schuldig. Ihre Mutter hatte recht. In den letzten Monaten hatten sie weniger Zeit als sonst miteinander verbracht. »Tut mir leid. Durch meinen neuen Job und Aiden und Evan …«

»Du musst dich nicht entschuldigen.« Grace drückte Dawns Hand. »Du hast dein eigenes Leben und so soll es auch sein.«

Dawn fragte sich, ob ihre Mutter einsam war, besonders jetzt, da Del mehr und mehr Zeit mit Kade verbrachte und weniger mit ihr. »Hast du je in Betracht gezogen, wieder mit Männern auszugehen?«, fragte Dawn und überraschte sie damit beide.

Grace bedeutete ihr, die schmutzigen Töpfe stehenzulassen und sich mit ihr an den Tisch zu setzen. »Nein, nicht wirklich. Wieso fragst du?«

»Na ja, ich habe jetzt Aiden und selbst Del könnte bald wieder in einer Beziehung sein, da will ich nicht, dass du allein bist.«

Grace griff nach ihrer Hand. »Ich vermisse deinen Vater noch immer, aber ich bin nicht allein. Ich habe die Liebe meines Lebens bereits erlebt, deshalb suche ich nicht mehr danach. Vielleicht wird sich das eines Tages ändern, aber im Moment bin ich zufrieden, mich einfach nur für dich und Del zu freuen.«

»Magst du Kade? Ich glaube, ihr drei habt nach Dels Party ein bisschen Zeit in der Küche verbracht, richtig?«

»Anfangs mochte ich sie nicht«, sagte ihre Mutter. »Sie schien so zurückhaltend, fast distanziert. Aber nachdem ich sie eine Weile mit Del beobachtet habe, merkte ich, dass es nur eine Fassade ist.«

Dawn wartete ab, was ihre Mutter noch sagen würde, aber sie schien das Thema für beendet zu erachten. »Und was hältst du von ihrer Beziehung zu Del?«

Grace zuckte mit den Schultern. »Ich bin nicht sicher. Del ist nicht gerade auskunftsfreudig.«

»Hast du das erwartet?«

»Nein. Sie hat nie über die Freundinnen gesprochen, die sie im Laufe der Jahre hatte.«

»Aber mit Kade ist es was anderes, oder?«, fragte Dawn und beobachtete ihre Mutter genau.

Grace stemmte die Hände an die Hüften. »Versuchst du, deine Mutter zu psychoanalysieren, junge Dame?«

Dawn musste lachen. Es war Jahre her, seit ihre Mutter zuletzt diesen Tonfall bei ihr angewandt hatte. »Nein, nicht wirklich.«

»Doch, tust du!« Grace kniff sie spielerisch in den Arm.

»Ich will einfach nur wissen, wie es für dich ist, dass Del möglicherweise wieder in einer Beziehung ist, und du machst es mir nicht gerade leicht.«

Grace sah sie ernst an. »Wenn Kade Del glücklich machen kann, bin ich dafür.«

»Aber?«

Grace zögerte.

»Du zweifelst daran, dass sie Del glücklich machen kann, oder?«

»Ich will nicht neidisch oder eifersüchtig erscheinen.« Grace zögerte noch etwas länger, dann sah sie Dawn an. »Ich habe Angst, dass Del am Ende verletzt wird. Sie und Kade haben ganz unterschiedliche Erwartungen an ihre Beziehung.«

Das konnte Dawn nicht bestreiten.

»Kade ist in deinem Alter und Del ist ein Dutzend Jahre älter.«

»Ein Altersunterschied hat wahre Liebe noch nie aufhalten können«, sagte Dawn. Sie wollte, dass es so war, wusste zugleich aber, dass es nur die halbe Wahrheit war. Altersunterschiede machten eine erfolgreiche Beziehung nicht unmöglich, erleichterten sie aber auch nicht.

»Es geht nicht nur um die Anzahl der Kerzen auf der Geburtstagstorte. Die beiden sind einfach an unterschiedlichen Punkten ihres Lebens. Del würde gern häuslich werden und mit einer Frau den Rest ihres Lebens verbringen und Kade … Zwar hat sie nichts dergleichen zu mir gesagt, aber ich habe so das Gefühl, dass sie gerade erst beginnt, ihre sexuelle Orientierung zu erforschen.«

Grace sah Dawn besorgt an. »Mir wurde gesagt, dass eine Frau, die gerade erst entdeckt hat, dass sie lesbisch ist, nie mit ihrer ersten Freundin zusammenbleibt. Die Erste ist nur ein Türöffner für neue Erfahrungen.«

»Woher hast du das denn?«

»Von Del«, sagte Grace und starrte auf den Tisch. »Du hattest mir gerade Maggie vorgestellt und ich konnte mir einfach nicht vorstellen, dass du den Rest deines Lebens mit ihr verbringen würdest. Da hat mir Del gesagt, dass du das vermutlich auch nicht würdest. Und sie hatte recht.«

Dawns Wangen begannen zu glühen. »Aber nicht, weil Maggie meine erste Freundin war. Maggie ist großartig, aber sie war nicht die Richtige für mich. Ich glaube aber schon, dass ich mit Aiden zusammengeblieben wäre, wenn ich sie zuerst kennengelernt hätte.«

»Bist du sicher, dass Kade das auch tun wird? Du kannst doch nicht mal sicher sein, dass sie nicht ihre Meinung ändern und entscheiden wird, dass sie doch nicht lesbisch ist, oder?«

»Nein. Das wäre durchaus möglich.« Dawn musste ehrlich mit sich und mit ihrer Mutter sein. »Aber glaubst du nicht, Del weiß das? Sie war schließlich diejenige, die dir gesagt hat, dass die meisten Frauen nicht mit ihrer ersten Freundin zusammenbleiben. Wenn sie also bereit ist, es trotzdem mit Kade zu versuchen, denkt sie vermutlich, dass sie das Risiko wert ist.«

Grace nickte. »Du bist nicht nur so erpicht darauf, dass Del und Kade zusammenkommen, weil Aiden in Kade verschossen war, oder?«

Dawn sank gegen die Stuhllehne und starrte ihre Mutter an.

»Nur weil ich nicht über die Einzelheiten lesbischer Beziehungen spreche, heißt das nicht, dass ich sie nicht sehe«, sagte Grace lachend.

»Woher …?«, fragte Dawn und hielt dann inne, um sich zu räuspern.

»Ich habe gesehen, wie sie Kade im Gerichtssaal beobachtet hat, damals, als …« Jetzt war Grace diejenige, die nicht weitersprach.

»Als Aiden noch single und ich nur eine Zeugin für sie war«, sagte Dawn.

Grace nickte, ohne ihr in die Augen zu sehen. »Ja.«

»Nicht, dass ich über Eifersucht und Unsicherheiten erhaben wäre, aber nein, das ist nicht der Grund, warum ich hoffe, dass Kade und Del zusammenkommen«, antwortete Dawn. »Wenn ich sicherstellen wollte, dass zwischen Kade und Aiden nie etwas passiert, würde ich Kade ermutigen, weiter am heterosexuellen Ufer zu fischen, meinst du nicht?«

»Vielleicht. Ich hoffe einfach, dass sie Del nicht verletzt, insbesondere im Moment.« Grace musterte ihre Hände, die sie vor sich auf dem Tisch gefaltet hatte. »Hat Del dir von ihrem Vater erzählt?«

»Ein wenig.« Dawn wusste, dass es viel gab, das Del ihr nicht erzählt hatte. In dieser Hinsicht war Del eine typische Polizistin: stets bereit, anderen zu helfen, aber eher unwillig, wenn es darum ging, über ihre eigenen Ängste und Sorgen zu sprechen. »Ich hoffe, sie redet mit Kade darüber.«

Grace sah skeptisch aus. »Kade ist die Frau, die sie beeindrucken will. Sie wird sicher nicht riskieren, sie in die Flucht zu treiben, indem sie ihr sämtliche Details ihrer unschönen Familiengeschichte erzählt.«

»Kade kann man nicht so schnell in die Flucht schlagen«, sagte Dawn. »Sie ist mindestens genauso stur wie Del. Sie wird nachhaken, bis Del ihr erzählt, was mit ihr los ist.«

Grace erhob sich, ohne zu antworten. »Komm, lass uns zum Revier fahren, bevor das Essen völlig kalt ist.«

Kade steckte ihr Handy ein und massierte sich die Schläfen. »Meine Mutter«, sagte sie zu Del, die geduldig neben ihr gewartet hatte, die Pizzaschachtel in beiden Händen haltend. »Sie will, dass ich für ihre große Party nach Hause komme.«

»Und du willst nicht hingehen?« Del balancierte die Pizzaschachtel auf einem Arm, während sie mit der freien Hand die Tür zu ihrem Wohngebäude aufschloss.

»Nicht sonderlich. Wenn ich hingehe, muss ich den ganzen Abend damit verbringen, Small Talk mit dem halben Dutzend Junggesellen zu betreiben, die meine Mutter einladen wird. Sie denkt, ich brauche Hilfe dabei, einen Ehemann zu finden, damit ich mit meinen neunundzwanzig Jahren nicht als alte Jungfer ende.«

Del sagte nichts, als sie den Aufzug betraten. Einen Moment lang dachte Kade, Del würde gleich vorschlagen, sie solle ihrer Mutter erklären, dass sie kein Interesse an einem Ehemann hatte, aber Del sagte nichts dergleichen. »Es tut mir leid, dass sie dich so sehr unter Druck setzt«, sagte Del stattdessen. »Ich weiß, wie schwer das sein kann.«

Kade biss sich auf die Lippe. Die distanzierte Beziehung zu ihrer Mutter war nichts im Vergleich zu den Problemen, die Del mit ihrer Familie hatte. »Hast du noch mal darüber nachgedacht, was du wegen deines Vaters tun wirst?«

»Ich glaube kaum, dass es irgendetwas bringen wird, wenn ich ihn besuche. Es ist besser, wenn ich wegbleibe.« Del klang, als wollte sie nicht weiter über dieses Thema sprechen.

Kade wusste aus eigener Erfahrung, dass es nicht half, Probleme zu ignorieren. Die Wunde würde unter der Oberfläche weiterexistieren. »Besser für wen? Für deinen Vater, deine Mutter und deine Geschwister oder für dich?«

Del sah sie nicht an, aber die verspiegelten Wände des Aufzugs zeigten den aufgewühlten Ausdruck in ihren dunklen Augen. »Es ist für uns alle am besten.«

Die Fahrstuhltüren glitten auseinander. Del trat vor, aber Kade versperrte ihr den Weg. Sie standen so dicht beieinander, dass sie sich in der Enge des Aufzugs fast berührten. Ein Kribbeln ging durch Kades Körper, aber sie ignorierte es. »Sprich mit mir. Bitte.« Sie berührte sanft eine von Dels Händen, die die Pizzaschachtel umklammert hielten. »Du warst für mich da und jetzt bin ich an der Reihe, für dich da zu sein. So funktioniert das doch in einer Beziehung, ob sie nun romantisch oder platonisch ist, nicht?«

Die Aufzugtüren schlossen sich wieder, während sie noch immer im Fahrstuhl standen.

»Ich komme mir vor wie eine Sektflasche, die jemand kräftig geschüttelt hat«, flüsterte Del. »All die aufgestauten Gefühle in mir … Wenn ich meinen Vater besuche, fürchte ich, dass sie aus mir herausbrechen werden, und ich will keinen sterbenden Mann anschreien. Oder vielleicht wird das genaue Gegenteil passieren. Vielleicht werde ich kein Wort rausbringen.«

Kade streichelte mit dem Daumen Dels Handrücken. Ihre Haut war kalt, trotz der Wärme der Pizzaschachtel. »Es ist nicht so wichtig, was du sagst oder nicht sagst.«

»Was ist dann wichtig?«, fragte Del, ohne ihre Hand wegzuziehen.

»Deiner Vergangenheit und deinem Vater ins Auge zu blicken und dich von beidem zu verabschieden. Du musst alte Gefühle beerdigen, um Platz für neue zu schaffen.« Kade wünschte, jemand hätte ihr das gesagt, bevor ihr Vater gestorben war.

»Ich habe mit meiner Vergangenheit längst abgeschlossen«, sagte Del.

Kade schüttelte den Kopf. »Nein, hast du nicht. Wenn du das hättest, dann würde es dir jetzt nicht so wehtun. Ich habe nicht das beste Verhältnis zu meiner eigenen Familie. Niemand steht mir so richtig nahe und vielleicht bin ich deshalb nicht geeignet, dir Ratschläge in Familienangelegenheiten zu geben, aber eines ist mir klar geworden: Man kann Familienbanden nicht entkommen. Dein Vater wird immer dein Vater bleiben, egal, wie sehr du oder er das verabscheuen.«

»Du meinst also, ich sollte hingehen und ihm vergeben, weil er mich gezeugt hat?«

»Nein. Es geht nicht um Vergebung«, sagte Kade, noch immer Dels Hand haltend. »Oder vielleicht doch, aber nicht um deines Vaters Willen. Du musst mit deinen Gefühlen weiterleben, noch lange nachdem dein Vater von uns gegangen ist. Wenn es eine Chance gibt, dass du all die Wut, den Hass und den Groll begraben kannst, dann solltest du es vielleicht tun. Um deinetwillen.«

Del drückte Kades Hand und zog ihre eigene dann weg, um die Taste zu drücken, die die Fahrstuhltüren öffnete. »Vermutlich hast du recht, aber ich brauche noch etwas Zeit.« Sie trat aus dem Aufzug und sah zu Kade zurück.

Kade lächelte und ging auf sie zu. »Das ist do…« Sie hielt mitten im Wort inne und starrte auf Dels Wohnungstür. »Himmel! Was ist denn hier passiert?«

Jemand hatte mit blutroter Farbe »Sie gehört mir! Lass sie in Ruhe!« an Dels Tür gesprüht. An der Wand daneben waren Totenschädel und andere bedrohliche Symbole hinterlassen worden.

»Mist! Bleib hier!« Del warf die Pizzaschachtel zu Boden und zog ihre Waffe, die sie im Moment immer zu tragen schien. Sie griff mit einer Hand nach Kade und dirigierte sie hinter sich, um sie mit ihrem eigenen Körper zu schützen.

Kade lehnte sich gegen die Wand und umklammerte die kleine Pistole in ihrer Handtasche. Ihr Blick ruhte auf Del. Solange sie Del sah, fühlte sie sich zumindest einigermaßen sicher.

Del durchsuchte das Treppenhaus, bevor sie zu ihrer Wohnungstür zurückkehrte. Sie berührte den Schriftzug und sah dann auf ihre Fingerspitzen. Die Farbe war trocken. Der Stalker war längst wieder gegangen. Del atmete scharf aus. Ihr Körper war angespannt. Langsam steckte sie die Waffe weg. »Dein Stalker wird langsam richtig kreativ.«

»Kreativ? Er bedroht dich!« Ein Schauer durchlief Kade, als sie die Totenköpfe anstarrte. »Der Angriff auf dich war eine Warnung. Das nächste Mal wird er dich nicht am Leben lassen. Ich sollte gehen.« Sie wandte sich zum Fahrstuhl.

Del rannte ihr nach. »Du gehst nirgendwo hin!«

Langsam drehte sich Kade um und fixierte Del mit einem kalten Blick. »Was hast du eben gesagt?« Die angespannte Situation machte ihnen beiden zu schaffen, aber sie mochte es nicht, wie ein Kind behandelt zu werden.

Del holte tief Luft. »Kade …« Sie fuhr sich mit der Hand durch die Haare. »Tut mir leid, aber ich denke nicht, dass du irgendwohin gehen solltest. Zumindest nicht allein.«

»Wenn du dich nicht von mir fern hältst, wirst du zur Zielscheibe!« Vor ihrem inneren Auge sah sie Del wieder blutend und bewusstlos am Boden liegen. So etwas wollte sie nie wieder erleben.

»Und wenn ich wegbleibe, wirst du zur Zielscheibe!«, erwiderte Del. »Siehst du denn nicht, dass er genau das will? Ich wette, er wusste genau, dass du heute mit mir hierherkommen würdest. Er wollte, dass du seine Nachricht an mich siehst. Er will, dass du mir befiehlst, wegzubleiben, damit er an dich rankommt.«

Kade versuchte, sich zu beruhigen und klar zu denken. Was Del sagte, ergab Sinn. »Er ist kein gewöhnlicher Stalker.«

»Nein. Der Bastard ist verdammt schlau.« Del starrte auf die Wohnungstür.

Kade nagte an ihrer Unterlippe. »Was sollen wir tun?« Sie hatte nicht vor, einfach nur abzuwarten, was dem Stalker als Nächstes einfallen würde. Nicht, wenn es Del in Gefahr brachte.

Del bückte sich nach der Pizzaschachtel. »Ich werde einen meiner Freunde von der Spurensicherung anrufen, damit er vorbeikommt und Fingerabdrücke nimmt. Ich erwarte zwar nicht, dass wir Übereinstimmungen mit der Datenbank finden werden, aber es ist einen Versuch wert. Das Haus hat weder eine Kamera noch einen Pförtner, deshalb können wir höchstens auf Fingerabdrücke hoffen.«

»Und danach?«, fragte Kade.

Del schloss ihre Wohnung auf. Sie bedeutete Kade, zurückzubleiben, bis sie sicher war, dass niemand die Wohnung betreten hatte, dann verschloss sie die Tür hinter ihnen. »Ich denke, es wäre das Beste, wenn du für ein paar Tage die Stadt verlassen würdest.«

»Die Stadt verlassen?« Kade schüttelte den Kopf. »Nein. Ich laufe nicht vor diesem kranken Bastard davon. Das geht sowieso nicht. Ich habe morgen drei Anklageverlesungen, die Wright-Verhandlung beginnt kommende Woche und wenn ich meine Anträge für den Finlay-Fall nicht bis Mittwoch einreiche, wird Linehan …«

»Kade«, unterbrach Del. »Ist dein Stolz oder dein Job es wert, dafür getötet zu werden?« Ihre dunklen Augen schienen zu glühen.

Ist es wert, dass Del getötet wird? Der Gedanke ging Kade durch den Kopf und es gab nur eine Antwort darauf. *Nein.*

»So kann es doch nicht weitergehen, Kade. Obwohl wir jetzt zu dritt ermitteln, sind wir noch keinen Schritt weitergekommen. Der Kerl ist uns immer einen Schritt voraus. Er weiß, wo ich wohne und wo du wohnst. Er könnte uns ganz leicht verletzen.«

Kade seufzte. Sie hasste es, nachzugeben, aber Del hatte recht.

»Es wäre ja auch nur für ein paar Tage,« sagte Del. »Wenn er merkt, dass du weg bist, wird er vielleicht so wütend, dass er einen Fehler macht. Dann schnappen Aiden und Ray sich den Hurensohn.«

»Okay.«

Del drehte sich zu ihr um. »Okay?«

»Wir Mathesonfrauen können auch sehr vernünftig sein, wenn wir nur wollen«, sagte Kade mit einem Halblächeln. »Vielleicht könnte ich ja meine Mutter besuchen.« Ein Besuch war längst überfällig, vor allem, weil sie nicht warten wollte, bis ihre Mutter von ihrer neuentdeckten sexuellen Orientierung erfuhr und sie damit konfrontierte. Sie dachte daran, was sie Del über das Schachspielen gesagt hatte: Man konnte nicht gewinnen, wenn man immer nur reagierte statt zu agieren. Vielleicht war es ja doch eine gute Lebensphilosophie. »Ich übernehme morgen noch die Anklageverlesungen und versuche dann, den Rest meiner Fälle an jemand anderen zu übergeben, bevor ich losfahre.«

»Bevor wir losfahren«, sagte Del.

»Wir?« Bisher war keine Rede davon gewesen, dass Del mitkommen würde.

Del grinste sie an. »Ich habe mich selbst eingeladen, mitzukommen.«

»Einfach so? Kannst du überhaupt so kurzfristig die Woche freinehmen?« Es war nicht etwa so, dass sie sich über Dels Gesellschaft nicht gefreut hätte, aber sie konnte nicht glauben, dass Del alles andere einfach so stehen und liegen ließ, um mit ihr durchs halbe Land zu fahren. Für Kade hatte neben ihrem Job kaum etwas Priorität und zu erleben, wie Del alles andere für sie beiseiteschob, war etwas beängstigend.

»Ich habe in den letzten Jahren nie mehr als zwei Tage Urlaub am Stück genommen. Mein Captain hat mir ohnehin schon gesagt, dass ich Urlaub nehmen muss. Wenn es dir also nichts ausmacht, komme ich mit zu deiner Mutter.«

»Ist es nicht noch ein wenig früh in unserer Beziehung, um dich jetzt schon den Eltern vorzustellen?«, fragte Kade.

Del hustete. »Ich komme nicht mit, um deiner Mutter vorgestellt zu werden. Ich begleite dich nur aus Sicherheitsgründen. Aber wenn du mich als deine lesbische Partnerin vorstellen willst, ist mir das recht.«

Kade wollte sich die Szene nicht mal vorstellen. »Für den Moment stelle ich dich einfach als eine Freundin vor, wenn das okay ist.«

»Natürlich ist das okay.« Del lächelte warm. »Wenigstens kann ich dann mein Essen genießen, ohne Angst zu haben, dass es vergiftet ist.«

Gift? Nein, das wäre zu offensichtlich. Kades Mutter würde kreativere Methoden finden, Del aus ihrem Leben zu verjagen. Nun ja, zumindest würde Del im Haus ihrer Mutter vor dem Stalker in Sicherheit sein.

»Also geht es am Dienstag los?«, fragte Del.

Kade nickte nur.

Del grinste. »Ein Ausflug mit Kade Matheson! Hurra!«

KAPITEL 25

Aiden schob ihren Pappbecher in den Getränkehalter des Zivilfahrzeugs und stupste den Kollegen vom Rauschgiftdezernat an, der neben ihr auf dem Fahrersitz saß. »Hey, Moreno! Unsere Zielperson bekommt Besuch.«

Der Drogendealer auf der anderen Straßenseite nahm ein Bündel Geldscheine von einem jungen Mann entgegen und gab ihm ein Tütchen von etwas, das wie Koks aussah.

Er war jedoch nur ein kleiner Fisch, deshalb warteten sie, bis er sich mit seinem Lieferanten traf, der in der Nahrungskette weiter oben stand.

Aiden unterdrückte ein Seufzen. Das konnte Stunden dauern. Wenigstens hatte sie so Zeit, über ihre Ermittlungen bezüglich Kades Stalker nachzudenken. Leider hatten sie keine großen Fortschritte gemacht. Sie hatten zwei Verdächtige überprüft, auf die die Beschreibung der Pförtnerin passte und deren Fall letzten Oktober abgeschlossen worden war. Der erste war vor Kurzem im Gefängnis gestorben und der zweite war so oft vor Gericht gewesen, dass Aiden nicht glauben konnte, dass er Kade verfolgte, die anderen Staatsanwälte aber unbehelligt ließ.

Als ihr Handy klingelte, warf sie Moreno einen entschuldigenden Blick zu. »Tut mir leid. Ich habe vergessen, es auszuschalten.« Ein Blick auf das Display zeigte ihr, dass es Kade war. »Das ist unsere Staatsanwältin. Ich muss rangehen. Hallo, Kade«, sagte sie in den Hörer. »Brauchen Sie irgendetwas? Hat Lieutenant Swenson Ihnen nicht gesagt, dass wir wieder den Kollegen von der Drogenfahndung aushelfen?«

»Nein, hat sie nicht. Ich rufe später noch mal an«, sagte Kade eilig.

»Ist schon okay. Ich habe kurz Zeit.« Sicher war es wichtig. Kade rief nicht nur an, weil ihr an einem Sonntagabend langweilig war.

»Ich wollte Sie nur wissen lassen, dass ich für ein paar Tage verreisen werde«, sagte Kade. »Ford wird den Wright-Fall für mich übernehmen. Keine Sorge, ich bringe sie auf den neuesten Stand, bevor ich gehe.«

Aiden stieg aus dem Wagen, um sprechen zu können, ohne dass ihr Kollege jedes Wort mithören konnte. »Was ist los, Kade?« Die Kade Matheson, die sie kannte, fuhr nicht einfach mitten in einer Verhandlung in Urlaub. »Ist alles in Ordnung?«

Kade schwieg einen Moment lang. »Der Stalker hat eine Drohung an Dels Wohnungstür zurückgelassen.« Sie klang ruhiger, als sie sich vermutlich fühlte. »Del meint, es wäre besser, wenn ich für ein paar Tage die Stadt verlasse. So haben Sie Zeit, mehr über den Stalker herauszufinden.«

Aiden atmete scharf ein. Die Situation geriet völlig außer Kontrolle. Sie mussten schnell mit ihrer Ermittlung vorankommen. Stattdessen saß sie hier bei dieser Überwachung von Drogendealern fest. »Ich spreche mal mit Lieutenant Swenson. Vielleicht kann ich ein paar Tage freinehmen und Sie begleiten. Es ist keine gute Idee, völlig allein die Stadt zu verlassen.« Sie wusste, dass Kade sich weigern würde, einen Babysitter mitzunehmen, aber Aiden war entschlossen, sie zu beschützen.

»Das wird nicht nötig sein«, sagte Kade, wie erwartet.

»Oh doch, das ist es! Wir wissen, dass er Sie rund um die Uhr beobachtet. Was, wenn er Ihnen folgt? Vielleicht wartet er ja nur darauf, dass Sie allein und ohne Schutz wegfahren.«

»Ich werde nicht allein sein.«

Oh. Aiden verstand endlich, was sie meinte. Del würde Kade begleiten. »Oh. Das ist … gut.« Das war es doch, oder? Del würde Kade beschützen. Trotzdem tat es weh, dass Kade sich nicht an sie gewandt und um Schutz gebeten hatte. »Seien Sie bitte vorsichtig. Del auch. Sie ist jetzt ebenfalls in Gefahr.«

»Wir werden vorsichtig sein und sichergehen, dass er uns nicht folgen kann«, sagte Kade.

Draußen auf der Straße bog ein Mann um die Ecke und schlenderte auf den Drogendealer zu.

Moreno ließ das Fenster auf Aidens Seite des Wagens herunter. »Das ist der Lieferant«, sagte er. »Mach dich bereit.«

»Kade, ich muss los.« Hastig beendete Aiden das Gespräch.

Ein weiterer potenzieller Kunde kam von der anderen Seite auf den Drogendealer zu. Irgendetwas an der großen, schlaksigen Gestalt mit dem selbstbewussten Gang kam Aiden vertraut vor. Die Person sah sich um, um sicherzugehen, dass niemand zusah, als sie dem Dealer Geld gab.

Aiden erhaschte einen Blick unter die Kapuze des Sweatshirts. *Evan! Mist!* Sie lief los, gerade als der Befehl zum Eingreifen aus dem Funkgerät kam.

Chaos brach aus. Ein halbes Dutzend Detectives des Rauschgiftdezernats und der Sondereinheit für Sexualdelikte sowie ein Beamter der Drogenbehörde rannten auf den Drogendealer, seinen Lieferanten und Evan zu.

Einer von Morenos Kollegen presste Evan gegen eine Wand und nahm Handschellen von seinem Gürtel.

»Stopp!« Aiden griff nach seinem Arm und zog ihn von Evan weg.

Der Detective löste sich aus ihrem Griff. »Was zum Teufel soll das werden, Carlisle?«

»Sie ist meine …« Aiden hielt inne. Ihm zu sagen, dass Evan ihre Schwester war, würde ihn nicht davon abhalten, sie zu verhaften. »Sie ist meine Informantin.«

»Ihre Informantin?«, wiederholte der Drogenfahnder.

Jorge Moreno kam zu ihnen herüber. »Gibt es Probleme?« Er sah von Aiden zu seinem Kollegen, der noch immer die sich zur Wehr setzende Evan festhielt.

»Sie«, er zeigte mit dem Finger auf Aiden, »sagt, dass sie«, er deutete auf Evan, »ihre Informantin ist.«

»Jorge …« Aiden konnte Moreno nicht bitten, ihr zu helfen. Nicht solange der andere Drogenfahnder mithörte.

Moreno musterte sie kurz, bevor er mit den Schultern zuckte. »Wenn Carlisle das sagt, dann wird es schon stimmen. Wir sollten sie gehen lassen.«

Ray gesellte sich zu ihnen. »Was ist denn hier los?« Er blickte unter Evans Kapuze. »Ist das nicht …?«

»Genau. Das ist unsere Informantin«, sagte Aiden hastig und warf Ray einen langen Blick zu. »Wir sollten sie lieber zu einer Besprechung mit aufs Revier nehmen.« *Und zwar schnell, bevor jemand ihren Ausweis verlangt und ihre Daten durchs System jagt.*

»Na schön. Lass uns gehen. Wir faxen unseren Bericht später rüber.«

Aiden dirigierte Evan zu Rays Auto und riss die Tür mit mehr Schwung als nötig auf. »Rein mit dir!«

Evan biss die Zähne zusammen und sah sie trotzig an, aber nach einem letzten Blick zu den Drogenfahndern kletterte sie auf den Rücksitz.

»Halt an, Ray«, sagte Aiden, als sie um die nächste Ecke gebogen waren.

Evan konnte Aidens Gesicht nicht sehen, aber ihre Stimme klang scharf und wütend. Sie ballte die Hände zu Fäusten, entschlossen, ihrer Halbschwester die Stirn zu bieten.

Aiden sprang aus dem Wagen, sobald er stand. Sie riss Evans Tür auf. »Steig aus!« Sie ragte über Evan empor. Ihre bernsteinfarbenen Augen schienen vor Zorn zu glühen.

Evans Handflächen waren schweißfeucht, aber sie sagte sich, dass sie keine Angst hatte. Sie war einfach nur vorsichtig, weil sie wusste, dass Aidens Partner ihr im Notfall Rückendeckung geben würde. »Nein, danke. Ich sitze gern hier. Ist sehr bequem.« Sie tätschelte den Rücksitz.

Mit zusammengepressten Lippen packte Aiden sie am Arm und zog sie aus dem Wagen.

»Autsch! Hey, das ist Polizeigewalt!« Zwar tat Aidens Griff nicht weh, aber sie mochte es trotzdem nicht, wenn an ihr herumgezerrt wurde.

»Halt den Mund. Wenn ich als Polizistin handeln würde, wärst du schon in einer Zelle.« Aiden starrte sie zornig an. »Was zum Teufel hast du dir dabei gedacht, Drogen zu kaufen?«

Evan wich ihrem Blick störrisch aus. »Ich bin dir keine Erklärung schuldig. Du bist nicht meine Mutter.«

»Ich bin deine Schwester!«

»Na und?« Je lauter Aiden wurde, desto ruhiger und gleichgültiger tat Evan. Sie wusste, dass es Aiden zur Weißglut bringen würde. Wenn sie nicht so viel Ärger am Hals gehabt hätte, wäre es richtig witzig gewesen, ihr zuzusehen.

Aiden wirkte, als hätte sie am liebsten zugeschlagen. »Es ist mir nicht egal, was aus dir wird.«

Evan würdigte das nicht mit einer Antwort. In Wirklichkeit machte Aiden sich nur Sorgen um ihren guten Ruf als Polizistin.

»Weißt du eigentlich, was passiert wäre, wenn ich die Kollegen nicht davon abgehalten hätte, dich zu verhaften?«, fragte Aiden kopfschüttelnd.

»So schlimm wäre es nicht gewesen. Ist ja nicht so, als hätte ich Heroin gekauft. Gras wird ohnehin bald legalisiert.«

»Nicht für Minderjährige und auch nicht, wenn man in der Öffentlichkeit mit solchen Mengen herumläuft.«

»Ich wäre denen entwischt. Ich bin schneller als ihr Bullen«, sagte Evan, obwohl sie wusste, dass es eine Lüge war. Die Bullen hatten sie überrascht. Wäre Aiden auch nur eine Sekunde später dazugekommen, hätten sie ihr Handschellen angelegt. Evan ignorierte das aufkeimende Gefühl der Dankbarkeit. *Sie hat's für sich selbst getan. Nicht auszudenken, dass die Schwester der großen Polizistin beim Drogenkauf erwischt wird.*

»Und dann? Selbst wenn du ihnen entwischt wärst, was ich bezweifle, hättest du die Drogen genommen und später neue gekauft. So wäre es immer weitergegangen. Es ist ein Teufelskreis. Ehe du dich versiehst, probierst du was Stärkeres und dann steckst du zu tief drin und kannst nicht mehr aufhören, selbst wenn du wolltest.« Aiden schlug die Faust gegen das Autodach, sodass ihr Partner zusammenzuckte. »Ich habe meine Mutter an Alkohol verloren. Ich will nicht auch noch dich an eine verdammte Sucht verlieren! Ich kann nicht einfach zuschauen, wie du dich selbst zerstörst!«

Evan wollte zurückbrüllen und ihr sagen, dass ein bisschen Gras sie noch lange nicht zur Drogensüchtigen machte. Ihr Blick fiel auf Aiden. Sie hielt inne und sah sie eine Weile nur an.

Die Wut hatte Aidens Gesichtszüge verlassen. Jetzt sah sie nur noch hilflos und verlegen aus. Sie zitterte. Vor Frustration? Offenbar hatte sie nicht vorgehabt, das zu sagen. Es war ihr herausgerutscht und jetzt wirkte sie, als würde sie es gerne zurücknehmen. Aidens perfektes Leben war also gar nicht so perfekt. Evan versuchte, an ihrem Sarkasmus festzuhalten, aber jetzt, da sie einen Blick auf Aidens Verletzlichkeit erhascht hatte, war das nicht mehr so einfach.

Ihr Ärger darüber, mit einem Alkoholiker verglichen zu werden, verblasste, als sie merkte, was Aiden da eben zugegeben hatte. Für Aiden war sie tatsächlich eine Familienangehörige, an der ihr etwas lag.

Eine Weile starrten sie einander an. Keine von beiden schien die richtigen Worte zu finden.

»Was passiert jetzt?«, fragte Evan, als sie das Schweigen nicht länger ertrug.

Aiden zuckte mit den Schultern. Vermutlich fühlte sie sich ebenso unwohl wie Evan. »Wir können nur abwarten und hoffen, dass die Jungs vom Rauschgiftdezernat mir glauben, dass du meine Informantin bist.«

»Und wenn sie das nicht tun?«, fragte Evan.

»Dann muss ich mit den Konsequenzen leben«, sagte Aiden leise.

Sie riskiert ihren Job für mich. Mist. Jetzt bin ich ihr was schuldig. Es war ihr lieber gewesen, als sie Aiden anschreien konnte, statt mit ihr reden zu müssen. »Du wirst doch meinen … Judy und Roger nichts davon erzählen, oder?«

»Nein.«

Gut. Noch mehr Familiengespräche würde sie heute nicht durchstehen.

»Du wirst es ihnen sagen«, fügte Aiden hinzu.

»Seh ich so blöd aus?«

»Ich werde mich den Konsequenzen meines Handelns stellen und du musst mit den Konsequenzen deines Verhaltens klarkommen«, sagte Aiden. »Das tun Erwachsene nun mal.«

Verdammt. Sie konnte nicht widersprechen, wenn Aiden es so formulierte. »Was, wenn sie mich rauswerfen?« Es war zwar nicht so, dass sie ihre Pflegeeltern heiß und innig liebte, aber sie hatte sich an die LeCroixs gewöhnt. Im Vergleich zu früheren Pflegeeltern waren sie annehmbar. »Würdest du mich bei dir aufnehmen?«

Eine Sekunde lang flackerte ein panischer Ausdruck über Aidens Gesicht, dann straffte sie die Schultern. »Das würde ich, wenn es das Beste für dich wäre. Aber im Moment glaube ich, dass deine Pflegeeltern bereit wären, alles zu vergessen, wenn du zu deinen Fehlern stehst und versuchst, sie nicht zu wiederholen. Vorausgesetzt, du bist bereit und in der Lage, die Drogen aufzugeben?«

»Natürlich kann ich das. Ich bin doch kein Junkie! Ich rauche nur ein wenig Gras, wenn ich …«

»Wenn du was?«

»Ab und zu eben.« Wenn sie wütend, frustriert oder gelangweilt war. Sie musste zugeben, dass es in letzter Zeit häufiger geworden war. Vielleicht war es gar keine so schlechte Idee, das Gras mal für eine Weile wegzulassen. »Ich kann jederzeit aufhören.«

»Dann versprich mir, dass du es tun wirst.« Aiden hielt ihr die Hand hin, sah aber nicht nach unten, sondern geradewegs in Evans Augen.

Evan zögerte. Sie wollte sich nicht auf Aidens Regeln festlegen lassen. Genauso wenig konnte sie Aidens hingehaltene Hand ignorieren, denn der Handschlag zeigte, dass Aiden bereit war, ihrem Wort zu vertrauen. Außer Dr. Kinsley hatte das noch nie jemand getan. Sie nahm Aidens Hand und drückte fest zu, weil sie nicht wollte, dass Aiden sie für schwach hielt. »Ich werde das Gras für den Moment aufgeben.«

Aiden sah sie an. Gleich würde sie sicher Einwand gegen das »für den Moment« erheben. Stattdessen nickte sie und schüttelte ein letztes Mal Evans Hand, bevor sie losließ. »Gut. Dann lass uns gehen. Du musst mit deinen Pflegeeltern reden und ich einen Bericht schreiben.«

KAPITEL 26

»Und dann fragte er die Gerichtsmedizinerin, wie viele Autopsien sie schon an toten Menschen durchgeführt habe … als ob es auch noch andere Autopsien gäbe«, erzählte Kade, als sie geschickt die Fahrspur wechselte.

Del lehnte sich im Beifahrersitz des BMWs zurück und lachte. »Autsch.«

Kade grinste. »Das hat der Richter auch gesagt.«

Lächelnd sah Del zu ihr. Sie mochte es, wie Kades schlanke Hände auf dem Lenkrad aussahen. Bisher hatte sie ihre Reise genossen. Mit jedem weiteren Kilometer, den sie zwischen sich und die Bedrohung durch den Stalker brachte, schien Kade entspannter zu werden. Während der vergangenen Stunde hatte sie Del mit witzigen Anekdoten aus dem Gericht unterhalten.

»Wie wäre es mit einer Kaffeepause?«, fragte Kade, als ein Schild am Straßenrand auftauchte.

Del nickte. Vor ein paar Stunden hatten sie in einem Restaurant zu Mittag gegessen, aber Kaffee hörte sich gut an. Sie stieg aus dem Wagen aus, sobald Kade einen Parkplatz gefunden hatte. Nach einigen Stunden im Auto war sie froh, sich die Beine vertreten zu können. »Gehst du mit zur Toilette?«

Kade sah sie mit einem Glitzern in den Augen an, das Dels Herz einen Sprung machen ließ. »Ist das ein unmoralisches Angebot, Delicia Vasquez?«

»Nur wenn du willst, dass es das ist, Kadence Matheson.« Del genoss Kades gute Laune, deshalb wollte sie ihr nicht sagen, dass sie zögerte, sie aus den Augen zu lassen. Sie hatten sich bemüht, den Stalker glauben zu lassen, dass Kade heute Morgen lediglich zur Arbeit gefahren war und dort noch immer weilte. Del hatte sogar darauf bestanden, dass sie eine halbe Stunde lang in die entgegengesetzte Richtung fuhren, um sicherzugehen, dass ihnen niemand folgte.

Kade schien jedoch zu spüren, was Del nicht sagte. »Ist schon okay, Del. Ich fühle mich hier sicher. Ich glaube kaum, dass er uns folgt. Ashland ist nicht sonderlich interessant.«

»Okay.« Es war besser, Kade nicht mit ihrer überprotektiven Ader in Angst und Schrecken zu versetzen. »Dann hol du den Kaffee, während ich auf die Toilette gehe.«

Fünfzehn Minuten später waren sie auf dem Rückweg zum Auto. »Ich kann auch mal eine Weile das Fahren übernehmen«, sagte Del.

Kade drückte ihr kommentarlos die Schlüssel in die Hand.

Del hatte nicht geglaubt, dass es so einfach sein würde. Für gewöhnlich zögerte Kade auch im nicht übertragenden Sinne, anderen das Steuer zu überlassen. Del grinste und nahm es als Zeichen von Kades zunehmendem Vertrauen in sie. Sie schob den Sitz ein wenig nach hinten, damit ihre längeren Beine Platz fanden, und startete den Wagen. »Hm, nett«, sagte sie, als sie beschleunigte.

»Das hat der letzte Mann, mit dem ich ausgegangen bin, auch gesagt«, meinte Kade.

Del sah kurz von der Straße weg, um einen Blick auf Kades Gesicht zu werfen. »Hat er von deinem Auto gesprochen?«, fragte sie grinsend.

Kade gab ihr einen Klaps aufs Bein. »Männer verwenden für gewöhnlich aufregendere Adjektive, wenn sie über mich sprechen.«

Del lächelte. Sie liebte Kades Selbstbewusstsein. Andere verwechselten es vermutlich mit Arroganz, aber für Del war klar, dass Kade lediglich ihren Wert kannte. »Wenn du mich also mit einem der Männer, mit denen du ausgegangen bist, vergleichst, heißt das, du betrachtest mich nicht nur als Freundin?«

»Fang du nicht auch noch an.« Kade stöhnte. »Meine Mutter wird diese Woche schon oft genug versuchen, mich zu verkuppeln.«

»Mag sein, aber ich bezweifle, dass sie versuchen wird, dich mit mir zu verkuppeln, oder?«

Kade lachte, aber Sarkasmus klang mit. »Nein. Sie hat ein sehr genaues Bild von der Person, die ich heiraten soll. Männliches Geschlecht ist eine der Grundvoraussetzungen.«

»Mischt sie sich wirklich in dein Liebesleben ein?«

»Anfangs nicht. Es gab zwar unausgesprochene Erwartungen an die Jungs, mit denen ich ausgehen sollte, aber sie hat nicht versucht, mich mit einem bestimmten Mann zu verkuppeln.« Kade schloss die Augen und lehnte den Kopf zurück. »Aber seit mein Vater starb, wurde die Ehelosigkeit ihrer Tochter für meine Mutter zum persönlichen Feldzug.«

Del sah zwischen dem Verkehr und Kades Gesicht hin und her. »Aber trotz all ihrer Bemühungen gab es nie jemanden, der ihren Erwartungen … oder deinen … entsprochen hätte?«

Kade öffnete ein Auge und blinzelte in die Nachmittagssonne. »Es gibt nicht sehr viele Männer, die sich auf eine Beziehung mit einer Frau einlassen würden, die zwölf Stunden am Tag arbeitet, dann nach Hause kommt und weiterarbeitet. Niemand reagiert sehr verständnisvoll, wenn ich von einem romantischen Abendessen weggerufen werde, weil meine Detectives einen Durchsuchungsbefehl brauchen.«

»Vielleicht hast du einfach noch nicht an der richtigen Stelle gesucht«, sagte Del.

Kade neigte den Kopf. »Vielleicht. Aber es liegt nicht nur am Job. Es liegt an mir.« Sie öffnete auch das zweite Auge, um Dels Reaktion zu beobachten. Als Del ihr ermutigend zunickte, fuhr sie fort. »Ich habe mein Glück nie in Beziehungen gesucht. Ich habe meine Erfüllung immer im Beruf gefunden. Ich hatte eine Handvoll Beziehungen, mit denen ich recht zufrieden war und der Sex war auch okay, aber ich war nie Hals über Kopf verliebt. Ich schätze, ich bin einfach nicht der Typ Mensch für diese Art leidenschaftlicher Liebe.«

»Wer sagt das?« Del wollte nicht glauben, dass Kade unfähig war, wahre Liebe zu empfinden und Leidenschaft für etwas außer ihrem Beruf zu hegen.

»Erfahrung«, sagte Kade.

Del musterte sie. »Nur weil du bisher diese Erfahrung gemacht hast, muss es ja nicht so bleiben.«

»Du meinst, ich habe einfach noch nicht die richtige Person gefunden?«, fragte Kade mit einem Schmunzeln, das Del unglaublich süß fand.

»Oh, vielleicht hast du sie schon gefunden.«

Kade kniff ihr ins Bein.

»Hey! Behalt deine Hände bei dir, Frau! Ich fahre gerade!« Trotz ihrer Proteste war Del froh, dass Kade sich wohl genug mit ihr fühlte, um sie auf spielerische Weise zu berühren. »Es könnte sein, dass du noch nicht die richtige Person gefunden hast, aber ich glaube, es geht mehr darum, dir selbst zu gestatten, mit ganzem Herzen zu lieben, ohne etwas zurückzuhalten.«

Kade durchwühlte das Handschuhfach. Schließlich fand sie ihre Sonnenbrille und setzte sie auf, sodass ihre blauen Augen nun vor Del verborgen waren. »Hast du je auf diese Weise geliebt?«, fragte sie im Schutz ihrer Sonnenbrille.

»Ein oder zwei Mal«, antwortete Del und gestattete es Kade, das Thema von sich selbst wegzulenken.

»Aber im Endeffekt hat es doch nicht funktioniert?«

»Bisher nicht.« Sie streckte die Hand aus und zog Kades Sonnenbrille etwas nach unten, sodass sie ihr in die Augen sehen konnte. »Aber ich hege Hoffnung für die Zukunft.« Sie zuckte zusammen, als Kade sie noch einmal kniff. »Autsch. Bis wir in Ashland ankommen, bin ich grün und blau. Deine Mutter wird denken, du misshandelst mich.«

»Meine Mutter wird dich nicht in Unterwäsche sehen, also wird sie nicht wissen, dass du grün und blau bist«, sagte Kade und schob die Sonnenbrille wieder nach oben.

Del lachte. Kades Logik war so unanfechtbar wie immer. »Und du?«

»Du meinst: Werde ich dich grün und blau schlagen?«, fragte Kade. »Nur wenn du es verdienst.«

»Wirst du mich in Unterwäsche sehen?«, fragte Del.

Kade verschränkte lässig die Arme hinter ihrem Kopf. »Das ist ein alter Hut. Ich habe dich schon drei Mal in Unterwäsche gesehen.«

»Aber da ging es mir nicht sonderlich gut. Die ersten beiden Male hast du mein Ego geknickt, indem du mich im Schach geschlagen hast, und beim dritten Mal hatte ich eine Gehirnerschütterung.«

»Papperlapapp.« Kade zeigte auf ein Schild am Fahrbahnrand. »Nimm die nächste Ausfahrt.«

Del lenkte den Wagen auf die rechte Spur. »Wir sind schon da?« Die Zeit, die sie mit Kade verbrachte, ging immer viel zu schnell vorbei.

»Bekommst du es mit der Angst zu tun?«, fragte Kade grinsend.

»Hab ich denn Grund dazu?«

Kades neckisches Lächeln erstarb. »Nicht wirklich. Meine Mutter ist eine perfekte Gastgeberin und sie wird dich mit absoluter Höflichkeit behandeln.«

Del spürte, dass Kade etwas verschwieg. »Und du? Warum bist du so nervös?«

»Wenn ich meine Mutter besuche, weiß ich normalerweise immer genau, warum ich da bin und was mich erwartet. Ich erfülle meine Pflicht und tauche bei Familienfeiern auf und danach reise ich wieder ab und kehre in mein eigenes Leben zurück.« Kade nahm die Sonnenbrille ab und faltete langsam und methodisch die Bügel. »Aber diesmal weiß ich nicht, was geschehen wird. Vielleicht gar nichts. Vielleicht der große Familienkrach, den ich mich bemüht habe zu vermeiden, seit mein Vater gestorben ist.«

»Ich weiß auch nicht, was passieren wird. Aber eines weiß ich.« Del legte ihr kurz die Hand auf den Arm. »Egal, was passiert, ich werde für dich da sein. Du hast Rückendeckung, okay?«

Der Polizeiausdruck entlockte Kade ein Lächeln. »Okay.«

Del stand neben Kade und versuchte, nicht nervös herumzuzappeln, während sie darauf wartete, dass die Tür geöffnet wurde. Tür? Es war wohl eher ein Eingangsportal. Sie ließ den Blick über den perfekt getrimmten Rasen und die majestätischen Ulmen gleiten. Das beeindruckende Grundstück umfasste eine Villa, einen Rosengarten und einen eigenen Tennisplatz. Das alles machte Del noch nervöser, als sie ohnehin schon war. Aber wenigstens waren die Sicherheitsmaßnahmen hier ziemlich gut. Ein hoher Zaun umgab das Grundstück, das nur durch ein passwortgeschütztes Tor betreten werden konnte.

Endlich wurde die Tür geöffnet. Eine grauhaarige Frau stand vor ihnen und grinste breit, als sie Kade sah. War das Kades Mutter?

»Hallo, Bernice«, sagte Kade. »Schön, Sie zu sehen. Ist meine Mutter zu Hause?«

»Ja, Ms. Matheson«, antwortete die Frau. »Kann ich Ihnen mit dem Gepäck helfen?«

Schnell schüttelte Del den Kopf. »Nein, danke. Das mache ich schon.« Sie folgte Kade und der Angestellten in eine marmorbedeckte Eingangshalle und hielt Kades Kleidersack in die Höhe, um nicht versehentlich eine der antiken Vasen umzustoßen.

Eine schlanke Frau kam die Treppe herab. »Kadence. Ich hatte dich nicht so früh erwartet. Ich bin gerade erst vom Tennisplatz gekommen und bin nicht für Gäste gekleidet.«

Gäste? War Kade in den Augen ihrer Mutter nur ein Gast?

Del musterte die elegante Frau. Sophie Thayer Matheson trug eine teure Bluse und beigefarbene Hosen, die offenbar maßgeschneidert waren. Ein Kaschmirpullover hing über ihren schmalen Schultern. Was auch immer sie auf dem Tennisplatz getan hatte, es hatte sie nicht ins Schwitzen gebracht.

»Auf der Autobahn war weniger los, als wir dachten«, antwortete Kade in demselben distanzierten, übermäßig höflichen Tonfall.

Mrs. Matheson stieg die letzte Stufe herab und küsste flüchtig die Wange ihrer Tochter. Ihre Umarmung kam fast ohne Körperkontakt aus. »Hallo, Kadence.«

»Hallo, Mutter«, antwortete Kade.

Himmel. Das alles wirkte wie ein Empfang bei der Queen, nicht wie eine Mutter, die ihre Tochter zu Hause willkommen hieß.

»Wie ich sehe, hast du einen Gast mitgebracht.« Kades Mutter wandte sich Del zu und beäugte sie kritisch. Offenbar hatte sie eine andere Begleitung erwartet, vielleicht einen der reichen, weißen Anwälte Mitte zwanzig, die Kade wohl früher mit nach Hause gebracht hatte. Stattdessen stand sie nun einer zweiundvierzigjährigen Polizistin puertoricanischer Abstammung gegenüber.

»Hallo. Ich bin Sophie Thayer Matheson. Ich heiße Sie in meinem Haus willkommen.«

Einen Moment lang dachte Del, Mrs. Matheson erwartete einen Hofknicks, aber dann reichte sie Del ihre zierliche Hand.

Del stellte die Reisetasche ab und nahm vorsichtig Mrs. Mathesons Hand. »Delicia Vasquez Montero. Schön, Sie kennenzulernen«, sagte sie mit ihrem charmantesten Lächeln.

Mrs. Matheson nickte ihr höflich zu. »Wie ich sehe, sind gute Manieren auch in Portland noch nicht ganz verloren gegangen.«

»Danke, dass Sie mich eingeladen haben«, sagte Del, obwohl das nicht ganz stimmte.

»Gern geschehen«, antwortete Sophie. »Bernice, bitte begleiten Sie unsere Gäste zu ihren Zimmern, während ich mich umziehe.«

Als sie die Treppe zum ersten Stock hinaufstiegen, versuchte Del sich vorzustellen, wie Kade hier als Kind gelebt hatte. Sie erhaschte einen Blick auf die umfangreiche Bibliothek, aber ansonsten sah sie nichts, womit ein Kind sich hätte beschäftigen können, und sie konnte sich nicht vorstellen, dass Sophie sich auf den Boden gesetzt hatte, um mit ihrer Tochter zu spielen. Kade hatte sich sicher schon als Kleinkind wie eine Erwachsene verhalten müssen.

Ihre Mutter und ihr altes Zuhause kennenzulernen, gab Del neue Einblicke in Kades Persönlichkeit. Kein Wunder, dass sie so zurückhaltend war. In diesem Haus wurden keine Gefühle gezeigt.

Die Angestellte führte sie zu ihren Zimmern. Del stellte zufrieden fest, dass Kades Zimmer gleich neben ihrem lag. So konnte sie Kade im Auge behalten, für den Fall, dass der Stalker doch herausgefunden hatte, wo sie war.

Sie stellte die Tasche ab und sah sich im Gästezimmer um. Die Einrichtung war geschmackvoll und teuer, aber das alles wirkte mehr wie ein Museum und weniger wie ein gemütliches Zuhause.

Ein Klopfen an der Verbindungstür ließ sie aufsehen.

Kade streckte den Kopf in den Raum. »Ist das Zimmer in Ordnung?«

»Ja, natürlich.« Del hätte auch in der Besenkammer übernachtet, wenn das notwendig gewesen wäre, um Kade zu beschützen.

Kade trat ein und sah sich um. »Das war das Zimmer meines Kindermädchens, als ich klein war.«

»Du hattest ein Kindermädchen?« Die Vorstellung war befremdlich. In ihrer Familie hatte es viele Kinder gegeben, aber keines hatte ein Kindermädchen gehabt. Ältere Geschwister, Tanten oder Freunde passten gelegentlich auf die Kinder auf, aber keines wurde von Fremden großgezogen.

»Ich hatte ein halbes Dutzend im Laufe der Jahre«, antwortete Kade.

Was vermutlich bedeutete, dass sie keine Gelegenheit gehabt hatte, sich mit ihnen anzufreunden. Del schüttelte den Kopf. Wie einsam Kade gewesen sein musste, insbesondere, weil ihr Bruder sicher zehn Jahre älter war als sie. Del konnte nicht ohne Bitterkeit an ihre eigene Familie denken, aber zumindest war sie als Kind nie einsam gewesen. Bis zu dem Tag, an dem sie zu Hause rausgeworfen wurde, war immer jemand für sie dagewesen.

»Ich habe nichts gesagt, weil ich nicht wollte, dass deine Mutter denkt, ich flirte, aber, meine Güte, deine Mutter sieht jung aus«, sagte Del. »Ich bin näher an ihrem Alter als an deinem.«

»Sie sieht jünger aus, als sie ist«, antwortete Kade. »Sie hat gute Gene, hoffe ich, und einen guten Schönheitschirurgen.«

»Trotzdem. Nie im Leben hat sie einen Sohn, der so alt ist wie dein Bruder«, sagte Del.

»Das ist eines der Familiengeheimnisse, die jeder kennt, aber über die niemand spricht. Doug ist der Sohn meines Vaters aus erster Ehe.«

Erneut wurde Del daran erinnert, wie sorgsam Kade normalerweise ihre Privatsphäre schützte. Sie war sicher, dass keiner ihrer Kollegen oder Freunde wusste, dass Doug nur ihr Halbbruder war … falls sie überhaupt von ihm wussten. »Dein Vater hat sich scheiden lassen?«

»Nein. Mathesons lassen sich nicht scheiden. Sie sind unglücklich verheiratet, aber nie geschieden. Macht euch gegenseitig unglücklich, aber verlasst euch nicht, so lautet das ungeschriebene Gesetz«, sagte Kade mit Bitterkeit. »Dougs Mutter ist kurz nach seiner Geburt gestorben. Mein Vater hat zwei Jahre später wieder geheiratet.«

»Dann seid ihr also zusammen aufgewachsen. Steht Doug deiner Mutter nahe?«, fragte Del.

Kade nahm die Kleiderhülle, die Del aufs Bett gelegt hatte. »Nicht sonderlich.«

Genauso wenig wie Kade. Sie und ihre Mutter waren höflich miteinander umgegangen, aber es kam keine richtige Wärme auf.

Es klopfte, diesmal an der Tür zum Flur.

Schnell nahm Kade die Kleiderhülle, lächelte Del verschwörerisch zu und verschwand in ihr eigenes Zimmer.

»Herein«, rief Del.

Die Angestellte öffnete die Tür. »Mrs. Matheson hat ein leichtes Abendessen servieren lassen. Wenn Sie sich ihr anschließen möchten …«

»Gerne«, sagte Del mit mehr Enthusiasmus, als sie wirklich empfand. Das Essen mit Sophie würde sicherlich eine langweilige und förmliche Angelegenheit werden. Wenigstens konnte sie Kades Gesellschaft genießen.

Del folgte dem Dienstmädchen zum Esszimmer. Von Kade sah sie noch keine Spur. Del ließ sich Zeit, sie wollte nicht zu lange mit Sophie allein sein. Ihr Blick glitt über die holzvertäfelten Wände, den Kronleuchter und den Tisch, der viel zu groß für drei Personen war. Zwischen den drei Gedecken war zu viel Platz und Del fand, dass es ein gutes Symbol für die emotionale Distanz in dieser Familie war.

Sophie saß bereits am Tisch. Jetzt trug sie noch elegantere Kleidung.

Del blieb im Türrahmen stehen. Sie wusste nicht, wo sie sitzen und was sie sagen sollte. Als sie eine leichte Berührung am Rücken spürte, drehte sie sich um.

Kade stand vor ihr. Sie hatte sich umgezogen und trug nun eine maßgeschneiderte Hose und eine hellblaue Seidenbluse, die ihre schlanke Gestalt umschmeichelte und ihre blauen Augen betonte.

Mist. Del merkte, dass sie sich auch hätte umziehen sollen. Im Vergleich zu den beiden Mathesonfrauen fühlte sie sich wie ein Mischling unter Pudeln mit Stammbaum. Aber wenn es Kade nichts ausmachte, dass sie in Jeans zum

Abendessen erschien, dann musste sie auch nicht versuchen, ihre Mutter zu beeindrucken. Es schien ohnehin ein unmögliches Unterfangen zu sein. Kade kam Perfektion so nahe wie nur irgend möglich, aber ihre Mutter schien das nicht zufriedenzustellen.

Del wartete, bis Kade saß, und hielt sich nur mit Mühe davon ab, ihr den Stuhl zurechtzurücken. Als sie sich setzte, fiel ihr Blick auf ein großes Ölportrait an der Wand. Ein stattlicher Mann mit sandblondem Haar und eisblauen Augen sah streng auf sie herab. *Kades Vater.*

»Woher kennen Sie meine Tochter, Ms. Vasquez?«, fragte Sophie, als das Dienstmädchen die Suppe brachte.

Niemand nannte Del »Ms. Vasquez«. Sie war Polizistin, nicht Lehrerin, zum Teufel. »Bitte, nennen Sie mich Del.«

»Del?« Sophie hob eine Augenbraue, eine Geste, die Del an Kade erinnerte.

Sie hätte ahnen müssen, dass die formelle Mrs. Matheson es nicht mochte, Namen abzukürzen. Sie nannte Kade auch ständig »Kadence«. Del unterdrückte ein Seufzen und fügte hinzu: »Delicia.«

Kade hustete, als sie sich an ihrer Suppe verschluckte. Sie starrte Del an, aber diese zuckte nur mit den Schultern.

Was mach ich nicht alles für dich.

Sophie nickte, bot ihr aber nicht an, sie zu duzen oder sie beim Vornamen zu nennen. »Dann sagen Sie mir, Delicia, woher Sie meine Tochter kennen.«

Del zuckte innerlich zusammen, als sie »Delicia« genannt wurde.

Kade umklammerte ihren Löffel.

Keine Sorge. Del würde ihr nie etwas erzählen, das für Kade nachteilig sein konnte. Sie lächelte ihr beruhigend zu, bevor sie sich Sophie zuwandte. »Ich arbeite als Lieutenant bei der Polizei, deshalb arbeiten wir manchmal zusammen. Kade war auch diejenige Staatsanwältin, die letzten Herbst den Fall einer meiner Freundinnen verhandelt hat.« Sie entschied sich, die Kurzversion von Kades Vornamen zu benutzen. Zwar zog Sophie die längere Version vor, aber Kade tat es nicht. »Sie hat den Fall gewonnen und dafür werde ich ihr ewig dankbar sein.«

Ihre Blicke trafen sich und Kades angespannte Gesichtszüge hellten sich auf.

»Kadence ist eine ausgezeichnete Anwältin«, sagte Sophie, als säße Kade nicht neben ihr. »Ihr Vater hat das auch immer gesagt. Er war überzeugt, dass sie ihre Fähigkeiten an die Staatsanwaltschaft verschwendet.« Ihr Gesichtsausdruck verriet, dass sie dasselbe dachte.

Del legte ihren Löffel beiseite. »Ich kann Ihnen versichern, dass das nicht der Fall ist. Kades Verurteilungsrate liegt deutlich über dem landesweiten Durchschnitt. Kade verschafft einer Menge Frauen und Kindern Gerechtigkeit, die ansonsten zusehen müssten, wie ihre Peiniger ungestraft davonkommen.«

Die beiden Mathesonfrauen sahen sie erstaunt an. Unter dem Tisch berührte ein Fuß Dels in einer stummen Geste der Dankbarkeit.

»Gut zu sehen, dass deine Kollegen dein Talent zumindest zu schätzen wissen«, sagte Sophie nach einer Weile. Zum ersten Mal sprach sie Kade direkt an, statt nur über sie zu reden.

Del wusste weit mehr als Kades juristisches Talent zu schätzen, aber das behielt sie wohl lieber für sich.

»Erzählen Sie mir doch etwas von sich.« Sophie wandte sich wieder Del zu. »Sind Sie verheiratet?«

»Nein, bin ich nicht«, antwortete Del so neutral wie möglich.

»Aber Sie haben doch einen Freund, oder?«

Die meisten Menschen vermuteten sofort, dass Del lesbisch war, aber scheinbar war Sophie mit Blindheit gesegnet.

»Ich bin single«, antwortete Del. Sie würde nicht lügen, wenn Sophie sie direkt fragte, aber sie sah auch keinen Grund, ihre sexuelle Orientierung zu offenbaren. Sobald Sophie wusste, dass Del lesbisch war, würde sie vermutlich beginnen, ihre Freundschaft mit Kade zu hinterfragen.

»Falls Sie …«

»Mutter«, unterbrach Kade. »Ich glaube kaum, dass unser Gast es genießt, einem Verhör unterzogen zu werden.«

Del sah sie dankbar an. Sie hatte das Gefühl, dass Kade sich nur selten so offen gegen ihre Mutter zur Wehr setzte.

»Ich habe lediglich versucht, deine Freundin etwas besser kennenzulernen«, antwortete Sophie. »Immerhin bringst du nicht oft jemanden mit nach Hause.«

Del räusperte sich. »Ist schon okay, Kade. Es macht mir wirklich nichts aus. Mein Leben ist ein offenes Buch, aber leider ist es nicht sehr interessant. Ich verbringe die meiste Zeit bei der Arbeit.«

Sophie sah von Del zu Kade. »Ich sage Kadence immer, dass sie zu viel arbeitet. Ich weiß ihren Ehrgeiz zu schätzen, aber ihre Arbeit lässt ihr keine Zeit, auszugehen und jemanden kennenzulernen. Beziehungen brauchen nun mal Zeit und die hat man nicht, wenn man ständig arbeitet.« Ihr Blick wanderte zum Gemälde ihres Ehemanns. Einen Moment lang glitzerten Trauer und Bedauern in ihren Augen. Es war die erste echte Emotion, die Del bei ihr sah.

»Wenn ich die richtige Person kennenlernen würde, würde ich mir die Zeit für eine Beziehung nehmen«, sagte Del und bemühte sich, nicht zu Kade zu schielen. »Aber bis das passiert, stecke ich meine Energie in einen Job, den ich liebe und mit dem ich etwas Gutes bewirken kann. Das ist doch keine schlechte Alternative, oder?«

»Nun ja, vermutlich nicht«, musste Sophie schließlich zugeben. Sie griff wieder zu ihrem Löffel und beendete damit die Unterhaltung.

Kade aß noch immer nicht. Sie sah von Del zu ihrer Mutter. Erstaunen zeigte sich auf ihrem normalerweise emotionslosen Gesicht. Vermutlich hatte sie bisher keinen Erfolg damit gehabt, ihre Mutter zu solchen Zugeständnissen zu bewegen.

Del lächelte ihr zu, bevor sie den Kopf über den Teller beugte und ihre Suppe aß.

KAPITEL 27

Aiden wippte auf den Fussballen. Schritte erklangen im Haus, aber es dauerte ewig, bis die Tür endlich geöffnet wurde. Das Warten machte sie noch nervöser. Sie hatte gehofft, dass Evan die Tür öffnen würde, aber jetzt stand sie Roger LeCroix gegenüber.

Er lächelte nicht, als er sie sah.

Aiden verzog innerlich das Gesicht. *Mist.* Sie versuchte zu ergründen, ob Evans Pflegevater so missmutig aussah, weil Evan ihm von ihrer Beinahe-Verhaftung erzählt hatte oder weil etwas anderes ihn verärgert hatte. Für den Fall, dass Evan noch nichts gesagt hatte, wollte sie jetzt nicht das Falsche sagen. »Äh, hi. Ist Evan zu Hause?«

»Ja«, antwortete er.

Sie wünschte, sie wäre als Polizistin hier. Dann könnte sie einfach ihren Ausweis zücken und sich notfalls mit Gewalt Zutritt zum Haus verschaffen. »Wäre es okay, wenn ich sie zu einer Fahrstunde mitnehme?«

»Nein«, sagte Mr. LeCroix. »Für den Rest des Monats hat sie Hausarrest. Die Fahrstunden sind fürs Erste abgesagt.« Er machte Anstalten, die Tür zu schließen.

»Warten Sie!« Aiden schob schnell den Fuß vor. »Sie hat Ihnen erzählt, was passiert ist?« Trotz Evans Versprechen war sie nicht sicher gewesen, ob Evan es ihren Pflegeeltern sagen würde.

Er nickte grimmig. »Ja, hat sie.«

»Und?«

»Was erwarten Sie? Wir tolerieren in diesem Haus keine Drogen … und keine Drogensüchtigen!«

Oh, oh. Das klang nicht sonderlich ermutigend. »Sie werden Evan doch nicht rauswerfen und in eine andere Pflegefamilie stecken, oder?«

»Wir haben noch keine endgültige Entscheidung getroffen, aber …« Roger LeCroix schüttelte den Kopf. »Unsere Geduld hing bereits am seidenen Faden, bevor das passiert ist. Jetzt kommt sie auch noch und erzählt, dass sie fast bei einem Drogenkauf verhaftet worden wäre.«

»Aber wenigstens hat sie Ihnen davon erzählt. Das hat eine Menge Mut erfordert.« Aiden begann endlich, Evan positiver zu sehen, und sie wünschte,

Evans Pflegeeltern könnten das auch. »Sie übernimmt die Verantwortung für ihr Handeln und sie hat mir versprochen, keine Drogen mehr zu nehmen. Mehr können wir doch wirklich nicht von ihr erwarten.«

Er sagte nichts dazu.

»Kann ich reinkommen und kurz mit ihr sprechen?«, fragte Aiden, als er weiterhin schwieg.

Er zögerte, aber schließlich trat er zurück und gestattete ihr, das Haus zu betreten. »Sie ist oben. Ihr Zimmer ist die erste Tür auf der rechten Seite.«

Langsam nahm Aiden eine Stufe nach der anderen und versuchte, sich zurechtzulegen, was sie sagen würde, wenn sie oben ankam. Ein Teil von ihr fühlte sich schuldig, weil sie Evan in diese Lage gebracht hatte, aber sie wusste, dass sie Evan nicht einfach ungestraft davonkommen lassen konnte. Ihre Schwester musste lernen, dass ihr Verhalten Konsequenzen hatte, sonst war es irgendwann zu spät.

Tief durchatmend, klopfte sie an Evans Tür. Sie lauschte, aber von der anderen Seite der Tür kam nur laute Musik. Sie klopfte erneut, nur für den Fall, dass Evan das erste Klopfen nicht gehört hatte, und spähte dann durch den Türspalt. »Evan?«

»Was?«

Aiden öffnete die Tür ganz und trat ein. »Hi.«

Evan lag bäuchlings auf dem Bett und starrte die Wand an. »Kommst du mich in meiner Zelle besuchen?«

»Zelle?« Evans Zimmer war nicht gerade eine Luxussuite, aber es war auch nicht eben spartanisch eingerichtet. »Dein Zimmer ist zu unordentlich für eine Zelle.« Ein zusammengeknülltes T-Shirt lag neben dem Bett am Boden, ein Stapel gefalteter Wäsche thronte auf dem Schreibtisch und einige Hüllen von Computerspielen stapelten sich daneben, sodass kein Platz mehr war, um Schularbeiten zu erledigen.

»Sie halten mich hier gefangen«, sagte Evan. »Kein Telefon, kein Fernsehen, kein Computer und kein Internet für zwei Wochen. Herzlichen Dank auch!«

»Das brauchst du mir nicht zuzuschreiben. Wenn ich mich nicht irre, warst du doch diejenige, die versucht hat, Drogen zu kaufen. Wenn du jetzt deswegen Ärger bekommen hast, dann ist das deine Schuld, nicht meine.«

»Ja, ja, ja«, sagte Evan, senkte aber den Blick. »Und du? Hast du Ärger bekommen, weil du mich da rausgeholt hast, oder haben sie dir die Geschichte mit der Informantin abgekauft?«

Aiden verkniff sich ein Lächeln. *Sieh mal einer an. Es ist ihr doch nicht egal, ob ich Ärger bekomme.* »Ein paar meiner Kollegen ahnen wohl, dass mehr dahintersteckt, aber sie vertrauen mir und stellen keine Fragen.« Sie hoffte, dass Evan eines Tages auch solche Freunde haben würde. »Kann ich mich kurz setzen?«

»Klar.« Evan deutete zum Schreibtischstuhl, auf dem ein Stapel Zeitschriften lag.

Statt den Stuhl abzuräumen, setzte sich Aiden neben Evan aufs Bett. Sie würde nicht mehr zulassen, dass Evan sie immer auf Distanz hielt.

Evan runzelte die Stirn, offenbar nicht daran gewöhnt, dass ihre Mitmenschen keinen Abstand hielten. Sie protestierte jedoch nicht, deshalb blieb Aiden, wo sie war.

»Wie haben deine Pflegeeltern reagiert, als du ihnen erzählt hast, was passiert ist?«, fragte Aiden.

»Hallo? Ich bin hier in meinem Zimmer, ohne Fernseher, Telefon und Internet. Das könnte ein Hinweis darauf sein, dass sie nicht gerade erfreut waren. Würde mich nicht wundern, wenn sie mich rauswerfen.«

Entschlossen schüttelte Aiden den Kopf. »Das werde ich nicht zulassen. Du stehst für deine Fehler ein und du wirst versuchen, sie nicht zu wiederholen. Das sollte doch genug sein, um eine zweite Chance zu bekommen.«

Evan beäugte sie skeptisch, als könnte sie nicht glauben, dass die positiven Worte ernst gemeint waren, aber als Aiden sie nur ernst ansah, zuckte sie mit den Schultern. »Tja, sag das mal denen.«

»Das habe ich schon.«

»Echt?« Misstrauen, Überraschung und Hoffnung mischten sich in Evans Stimme.

Aiden nickte. »Ich habe dich dazu ermutigt, es ihnen zu sagen, und ich weiß es zu schätzen, dass du dein Wort gehalten hast. Das erfordert Mut.«

»Ich wusste, dass du es ihnen sagen würdest, wenn ich es nicht tue. Ist also nicht so, als hätte ich irgendeine Wahl gehabt.« Evan wehrte Aidens Lob ab, konnte aber nicht verhindern, dass sie errötete.

»Aber du warst diejenige, die es ihnen gesagt hat. Ich hoffe, das wird einen Unterschied machen«, sagte Aiden. Sie würde alles dafür tun, damit Evan nicht dafür bestraft wurde, die Wahrheit gesagt zu haben. Hausarrest zu bekommen, war schön und gut, aber sie hatte nicht erreichen wollen, dass Evan aus ihrer Pflegefamilie geworfen wurde.

Evan antwortete nicht, also beschloss Aiden, das Thema zu wechseln.

»Jetzt, da du unter Hausarrest stehst und nicht telefonieren darfst, gibt es irgendjemanden, den ich für dich anrufen soll?«

Evan zuckte mit den Schultern, als gäbe es niemanden auf der Welt, an dem ihr auch nur ein wenig lag. Schließlich sagte sie: »Du kannst der Seelenklempnerin sagen, dass wir unseren Skating-Unterricht verschieben müssen.«

Ihr liegt was an Dawn. Aiden verkniff sich ein Lächeln. *In der Hinsicht kommt sie nach ihrer älteren Schwester.* »Das werde ich ihr ausrichten. Sie lässt dich übrigens lieb grüßen.«

»Klar. Ich wette, das ist genau das, was sie gesagt hat, als du ihr von meiner Begegnung mit den Bullen erzählt hast. Du hast es ihr doch gesagt, oder?«

»Ja, habe ich. Ich habe keine Geheimnisse vor Dawn«, sagte Aiden.

Evan presste die Lippen zusammen. »Und was hat sie zu meinem kleinen Abenteuer gesagt?«

Dawn war nicht überrascht gewesen, aber das behielt Aiden lieber für sich. Sie wollte nicht, dass Evan glaubte, Dawn hätte kein Vertrauen in sie. Das stimmte nicht. Dawn war einfach nur realistisch und wusste, dass Evans Probleme sich nicht einfach in Luft auflösen würden, nur weil sie jetzt eine große Schwester hatte. »Sie macht sich Sorgen um dich«, antwortete Aiden.

Einen Moment lang ließ Evan den Kopf hängen. Als sie bemerkte, dass Aiden sie musterte, schob sie trotzig das Kinn vor. »Das ist nicht nötig. Ich bin ja schließlich keine Drogensüchtige oder so was.«

»Das weiß Dawn, aber das heißt noch lange nicht, dass du kein Problem hast«, sagte Aiden. »Sie … wir machen uns Sorgen um dich.«

Evan antwortete nicht. Ihre langen Finger zupften an einem Loch im Knie ihrer verwaschenen Jeans herum.

»Also, soll ich jemanden für dich anrufen?«

»Wen denn?«

»Zum Beispiel Laurie Matheson. Wird sie sich nicht wundern, wenn du sie nicht mehr anrufst?«

Evan zuckte mit den Schultern.

»Was soll das heißen? Hast du sie seit Dels Geburtstagsfeier nicht mehr gesehen?« Nachdem Dawns Nichte ins Haus gelaufen kam und verkündet hatte, dass Evan und Laurie sich unter dem Baum im Hof der Kinsleys geküsst hatten, war Aiden davon ausgegangen, dass die beiden jetzt ein Paar waren.

»Doch, hab ich.« Evan nahm eine aufrechte Haltung ein. »Ich hatte sogar die Eierstöcke, sie zu Hause zu besuchen.«

Als Aiden nur über ihre Ausdrucksweise lachte, statt sie zurechtzuweisen, löste Evan ihre Arme, die sie zuvor über der Brust gefaltet hatte.

»Wie haben ihre Eltern darauf reagiert?«, fragte Aiden.

»Ihr Vater war nicht da, aber ihre Mutter hat sich aufgeführt wie eine mittelalterliche Anstandsdame. Sie hat Laurie sogar befohlen, die Tür offen zu lassen, als wir in ihr Zimmer gegangen sind.«

»Wenigstens hat sie es dir gestattet, Laurie zu sehen«, sagte Aiden. »Das ist doch schon mal ein Fortschritt, oder?«

»Schätze schon.« Evans Miene erhellte sich. »Lauries Tante hat ihnen wohl die Meinung gegeigt. Eine lesbische Tante zu haben, macht die Sache für Laurie etwas leichter.«

Aiden umklammerte die Bettdecke mit beiden Händen, als sie Evan anstarrte. »Wie kommst du darauf, dass Lauries Tante lesbisch ist?«

Kade mochte langsam zugeben, dass sie sich zu Frauen im Allgemeinen und zu Del im Speziellen hingezogen fühlte, aber so sehr sich Del das auch wünschte, sie waren noch kein Paar. Kades Körpersprache und ihre Mimik waren zu kontrolliert, als dass Evan Kades sexuelle Orientierung daraus hätte erkennen können.

»Laurie hat es mir erzählt«, antwortete Evan.

Aiden konnte nicht glauben, dass Kade sich ihrer Familie gegenüber einfach outen würde, nachdem sie diese jahrelang in dem Glauben gelassen hatte, komplett heterosexuell zu sein. »Und woher weiß Laurie das?«

»Ihre Tante hat Laurie ermutigt, sich ihren Eltern gegenüber zu outen und ihnen zu sagen, dass ich sie nicht dazu gezwungen habe, mit mir zu schlafen. Als Laurie sich nicht getraut hat, sagte ihre Tante, dass sie auch lesbisch ist.« Ein breites Grinsen schlich sich auf Evans Gesicht, als sie Aiden musterte. »Hast du das nicht gewusst? Hast du nie dein Glück bei ihr versucht?«

Eine unwirsche Antwort lag Aiden auf der Zunge. Sie wollte Evan befehlen, sich um ihre eigenen Angelegenheiten zu kümmern, aber sie hielt sich zurück. Wenn sie Evan jetzt zurechtwies, weil ihr die Frage nicht behagte, würde Evan ihr nie vertrauen. »Wir sind Freunde.«

»Weil du mit Doktor Kinsley zusammen bist?«, fragte Evan. Normalerweise täuschte sie immer Desinteresse vor, aber jetzt leuchteten ihrer Augen voller Neugier.

Es wäre einfach gewesen, Ja zu sagen und es dabei zu belassen. Aber Aiden wollte die zerbrechliche Beziehung zu ihrer Schwester nicht mit einer Lüge aufs Spiel setzen. »Nein. Ich habe schon mit Kade zusammengearbeitet, lange bevor ich Dawn kennengelernt habe.«

»Aber ihr habt nie …?« Evan machte eine anzügliche Handbewegung.

Wieder biss sich Aiden auf die Zunge, um sie nicht zurechtzuweisen. Sie wusste, dass Evan nur versuchte, sie zu provozieren, aber sie war entschlossen, sich wie eine Erwachsene mit ihr zu unterhalten. »Nein, nie. Ich dachte immer, sie wäre hetero.«

»Sie spielt die Rolle ziemlich gut«, sagte Evan.

Aiden starrte sie an. Sie hatte Evan nicht für eine gute Menschenkennerin gehalten, aber scheinbar war Evan Expertin, wenn es darum ging, sich zu verstellen und sich hinter Rollen und Masken zu verstecken, um sich zu schützen.

»Evan!« Roger LeCroixs Stimme drang die Treppe herauf. »Komm runter. Wir müssen uns mal unterhalten.«

Evan stand auf und schnitt eine Grimasse. »Die Geschworenen sind mit dem Urteil zurück.«

»Soll ich hierbleiben?«

»Nein. Wenn sie mich rauswerfen, tauche ich einfach vor deiner Tür auf«, sagte Evan mit einem tapferen Grinsen.

»Evan!«, brüllte Mr. LeCroix.

Schnell erhob sich Aiden. Sie wollte Evans Pflegeeltern nicht noch zusätzlich verärgern, deshalb eilte sie die Treppe hinab, während Evan ihr langsamer folgte.

Evans Pflegevater stand im Türrahmen zum Wohnzimmer und sah sie mit unbewegter Miene an.

»Sie verdient eine zweite Chance«, sagte Aiden leise, als sie an ihm vorbeiging.

Er antwortete nicht.

An der Haustür drehte Aiden sich noch mal um und sah Evan an, die versuchte, sich ihre Nervosität nicht anmerken zu lassen. Die Anspannung in ihren Schultern und ihre Hände, die tief in den Taschen ihrer zu weiten Jeans vergraben waren, verrieten sie jedoch. »Ich komme morgen wieder her, um dich zu besuchen«, sagte Aiden. Sie hoffte, dass ihre stumme Botschaft bei den LeCroixs ankam. *Wehe, Evan ist dann nicht mehr hier!*

Nach einem letzten Blick zurück trat sie ins Freie.

»Aiden!«, rief Evan, bevor sie die Tür schließen konnte.

Sie drehte sich um. »Ja?«

»Könntest du …?« Evan scharrte mit den Füßen. »Steht dein Angebot, Laurie anzurufen, noch?«

Aiden unterdrückte ein Lächeln. Evan machte sich also doch etwas aus Kades Nichte. »Ich werde sie anrufen.«

KAPITEL 28

»Tolle Party«, sagte eine Männerstimme hinter ihr.

Kade drehte den Kopf und wandte den Blick von Del ab, die am anderen Ende des Raums mit jemandem redete.

Mathew Haygood drückte ihr ein Glas Sekt in die Hand.

»Meine Mutter hat sich ins Zeug gelegt«, sagte Kade.

Sophie hatte all ihre Schulfreunde eingeladen, die noch in der Gegend wohnten, sowie sämtliche Junggesellen, die sie kannte. Sie hatte weder Kosten noch Mühe gescheut, um eine Feier auf die Beine zu stellen, über die ihre Freunde noch in einigen Monaten sprechen würden. Die Musik war gut, das Essen teuer und die Unterhaltungen halbwegs intelligent. Noch vor einigen Jahren hätte Kade den Abend genossen, aber jetzt erschien ihr die Feier wie eine Zeitverschwendung.

Daran war zum Teil auch Del schuld. Wenn Kade mit ihr zusammen war, gab es keinen höflichen Small Talk. Del forderte sie heraus, brachte sie aber auch zum Lachen. Mit ihr konnte Kade sich entspannen und sie selbst sein, nicht das sorgsam gepflegte Bild, das andere von Kadence Matheson hatten.

»Gibt es da drüben etwas Interessantes?«, fragte Mathew. »Du siehst ständig dahin.«

Kades Wangen wurden warm. »Ich habe nur ein Auge auf eine Freundin, um sicherzugehen, dass sie sich gut amüsiert.«

Er sah in dieselbe Richtung. »Das ist eine Freundin von dir?«

Del hob sich deutlich von den restlichen Partygästen ab. Sie war die einzige Frau im Raum, die kein Kleid trug. Das hatte ihr tadelnde Blicke von Sophie eingebracht, aber Kade bewunderte Del dafür, dass sie sich nicht nach den Erwartungen anderer richtete. Außerdem sah Del großartig aus in ihrer schwarzen Hose, die ihre langen Beine und ihre athletische Gestalt gut zur Geltung brachte. Die weiße Bluse, die sie trug, bildete einen reizvollen Kontrast zu ihrer kaffeefarbenen Haut und ihrem pechschwarzen Haar.

Als Kade nicht antwortete, berührte Mathew sie leicht am Arm. »Wer ist sie?«

Kade gab vor, sich ihm mehr zuzuwenden. Die Bewegung ließ seine Hand von ihrem Arm rutschen. »Das ist Del Vasquez. Sie ist mit mir hergekommen.«

»Also hast du keinen Mann mit nach Hause gebracht«, sagte Mathew mit hoffnungsvoller Stimme.

Kade war in ihrem Abschlussjahr ein oder zwei Mal mit ihm ausgegangen und er schien immer noch zu glauben, dass sie eines Tages zurückkehren und ihn heiraten würde. »Ich habe Del mit nach Hause gebracht.«

Mathew winkte grinsend ab. »Aber du hast keinen Freund, oder?«

»Nein, es gibt keinen Mann in meinem Leben«, sagte sie, in sich hineinlächelnd.

Del stand mit einem Weinglas in der Hand da und lauschte mit halbem Ohr einer Geschichte, die einer der Gäste erzählte. Hauptsächlich war sie aber darauf konzentriert, Kade zu beobachten.

Ein halbes Dutzend Männer stand um Kade herum, verteilte Komplimente, küsste ihre Hand und bot ihr Getränke an. Es wirkte wie eine Szene aus einem altertümlichen Märchen … die Höflinge machten der Erbin des Matheson-Throns ihre Aufwartung.

Del hatte keine drei Worte mit Kade gewechselt, seit die Feier begonnen hatte. Die männlichen Gäste, die Sophie eingeladen hatte, nahmen Kade in Beschlag. Als Del sah, wie der letzte Mann an Kades Seite davonging, entschuldigte sie sich rasch und ging zu ihr hinüber. »Na, amüsierst du dich?«

»Ich hatte schon bessere Abende«, sagte Kade, nachdem sie sichergestellt hatte, dass niemand mithören konnte.

»Zum Beispiel?«, fragte Del. Es interessierte sie, was Kade als einen angenehmen Abend bezeichnen würde.

»Deine Geburtstagsfeier war schöner als dieses Eheanbahnungsfest«, antwortete Kade. »Und es hat mir mehr Spaß gemacht, mit dir Schach zu spielen.«

Vor Freude wurde Del fast schwindelig. »Du magst es also, dich mit mir nackt auszuziehen?«

Kade sah sie streng an, aber eine verdächtige Röte überkam ihre helle Haut. »Ich habe mich nicht ausgezogen. Du warst diejenige, die am Ende fast ohne Kleidung dasaß.«

»Du warst barfuß«, sagte Del.

»Na und? Wenn du glaubst, es gäbe keinen Unterschied, ob ich nun ohne Socken oder ohne sämtliche Kleidung dasitze, dann hast du mich offenbar noch nie nackt gesehen.« Kade warf mit einem selbstbewussten Grinsen den Kopf zurück.

Dels Mund war plötzlich trocken. Sie griff nach dem nächstbesten Sektglas, das ein Kellner gerade auf einem Tablett vorbeitrug. »Oh, ich bin sicher, es ist ein ziemlich großer Unterschied.« Sie lachte und sah neckisch hinab auf Kades Brüste.

Kade blickte auf eine Stelle hinter Del. »Hallo, Mutter.«

Das Blut entwich Dels Gesicht und schoss dann zurück in ihre Wangen, als sie vor Verlegenheit rot wurde. Ganz langsam drehte sie sich zu Kades Mutter um – nur um festzustellen, dass Sophie nicht hinter ihr stand.

»Reingelegt!«

Del wirbelte wieder herum. »Du! Du …!« Sie deutete mit dem Zeigefinger auf Kade. »Das war …«

»Gemein? Tja, Kommentare über die Größe meiner … Unterschiede abzugeben, war auch nicht gerade nett.«

Del versuchte, beleidigt zu tun, gab aber rasch auf. Sie mochte Kades Humor und die Tatsache, dass Kade sie mit nichts davonkommen ließ. Ein unfreiwilliges Lächeln kräuselte ihre Lippen. »Touché. Wenn ich verspreche, solche Kommentare in Zukunft zu lassen, musst du versprechen, mich nie mehr derart zu erschrecken.«

»Einverstanden.« Kade nickte, als hätte sie eben einen Deal mit einem Strafverteidiger ausgehandelt.

»Aber ich kann dir trotzdem noch Komplimente machen, oder? Du siehst nämlich heute Abend wunderschön aus.« Dels Blick glitt über das eng anliegende, schwarze Kleid, das Kade trug. Es ließ Kades Arme und Schultern frei, entblößte ein Stück ihres Dekolletés und war auch im Rücken tief ausgeschnitten.

»Danke.« Kade nahm das Kompliment auf wie jemand, der dasselbe schon tausend Mal gehört hatte.

Del hielt Blickkontakt. »Ich meine es wirklich ernst.« Sie wollte, dass Kade sie nicht für einen ihrer aalglatten Bewunderer hielt.

»Danke«, sagte Kade und nickte, zum Zeichen, dass sie verstanden hatte. »Du siehst aber auch großartig aus.«

»Ich weiß, dass ich nicht mit dem Rest der Gäste mithalten kann.« Die anderen Leute im Raum trugen Kleidung, die mehr gekostet hatte als Dels altes, zerbeultes Auto.

»Das musst du auch nicht«, sagte Kade. »Es ist gerade die Tatsache, dass du nicht wie sie bist, die ich an dir mag.«

Del starrte sie an. Bildete sie sich das nur ein oder war Kade im Laufe der letzten Wochen ihr gegenüber merklich aufgetaut?

Kade unterbrach den Blickkontakt, indem sie zum Büfett sah. »Ich glaube, ich hole mir noch ein paar Garnelen, bevor alle weg sind. Soll ich dir welche mitbringen?«

Lächelnd schüttelte Del den Kopf. Sie ließ Kade kommentarlos gehen, weil sie wusste, dass diese einen Moment allein brauchte, um sich wieder zu sammeln. In der Zwischenzeit tröstete sie sich damit, ihr zuzusehen, wie sie mit anmutigen Schritten in ihrem rückenfreien Kleid zum Büfett ging.

Kade schaufelte sich mehr Garnelen auf den Teller, als sie essen wollte. Sie fühlte Dels Blick auf sich ruhen, sodass ihr ganz warm wurde. Die meisten anderen Gäste warfen ihr auch heimliche Blicke zu, aber Dels dunkle Augen waren die einzigen, die diese Wirkung auf sie hatten.

Sie genoss es, gleichzeitig fühlte sie sich aber auch ein wenig unbehaglich, deshalb war sie fast froh, als ihre Mutter sich zu ihr gesellte.

»Genießt du deine Feier?«, fragte ihre Mutter.

Meine Feier? Kade widerstand der Versuchung, das Gesicht zu verziehen. Bei dieser Party ging es nicht um sie, sondern darum, dass Sophie mit ihrer erfolgreichen Tochter angeben und einen geeigneten Schwiegersohn finden konnte. »Ja, natürlich«, antwortete sie höflich.

»Hast du schon mit Thomas gesprochen?« Diskret nickte Sophie in seine Richtung.

Bisher hatte Kade es vermieden. Thomas war Anlageberater und sprach über nichts anderes, wann immer sie ihn traf.

Sophie fixierte sie mit einem strengen Blick. »Ich habe gesehen, wie du dich stattdessen mit Delicia unterhalten hast.«

Kade stellte den Teller ab, als eine Mischung aus Wut und Nervosität ihre Finger zum Zittern brachte. Ahnte ihre Mutter etwas? »Und was ist daran falsch?«

»Nichts. Ich bin sicher, dass deine Freundin sehr nett ist.«

Übersetzt hieß das: Ihre Mutter fand Del zu gewöhnlich und Kades Aufmerksamkeit nicht würdig.

»Aber würdest du dich nicht lieber unter die anderen Gäste mischen?«

»Männliche Gäste«, sprach Kade aus, was ihre Mutter wirklich meinte. Für gewöhnlich ließ sie die Kuppelversuche ihrer Mutter mit unbewegtem Gesichtsausdruck über sich ergehen, aber heute hatte sie keine Geduld dafür. »Mutter, hör bitte auf, mich ständig verkuppeln zu wollen.«

Ihre Mutter setzte die entrüstete Miene auf, die sie über die Jahre perfektioniert hatte. »Ich müsste dich nicht verkuppeln, wenn du …«

»Was für eine wundervolle Party, Mrs. Matheson.« Del trat genau im richtigen Moment zwischen die beiden Mathesons. »Danke, dass Sie mich eingeladen haben.«

Sie wussten alle, dass Sophie sie nicht eingeladen hatte, aber Del strahlte sie weiterhin an, sodass Sophie nicht anders konnte, als mit der Höflichkeit zu antworten, die man ihr von Kindesbeinen an eingetrichtert hatte. »Gern geschehen. Ich hoffe, Sie genießen den Abend.«

»Wie könnte ich das nicht, wo ich doch in der Gesellschaft unserer charmanten Gastgeberin bin.« Dels Lächeln wirkte so warm und aufrichtig, dass Sophie blinzelte.

Ihre kühle Förmlichkeit schmolz hinweg und wurde durch ein zögerliches Lächeln ersetzt. Sophie nickte Del zu, blickte vielsagend zu Kade und stolzierte davon.

»Puh.« Del wischte sich imaginären Schweiß von der Stirn. »Ich dachte, ich komme dich mal retten.«

Normalerweise ärgerte sich Kade darüber, wenn jemand sie wie eine Jungfrau in Nöten behandelte, aber diesmal war sie froh über Dels Eingreifen. Del war vermutlich die einzige Person im Raum, die Sophie in die Flucht schlagen konnte. Sophie wusste nicht, was sie von ihr halten sollte, deshalb hatte sie den Rückzug angetreten.

»Wie hast du das gemacht?«, fragte Kade. »Meine Mutter eine charmante Gastgeberin zu nennen und dabei keine Miene zu verziehen. Sie hat dich den ganzen Abend lang links liegen gelassen und mir gesagt, dass ich meine Zeit nicht mit dir verschwenden und mich lieber auf die Junggesellen konzentrieren soll.«

»Ich habe deshalb so aufrichtig ausgesehen, weil ich es ernst gemeint habe. Du hast mich nach Ashland eingeladen, also bist du für mich die Gastgeberin.« Del stibitzte eine Garnele von Kades Teller. »Komm, lass uns deine Mutter glücklich machen und uns unters Volk mischen.«

KAPITEL 29

Als ein Schlüssel ins Schloss geschoben wurde, sprang Jamie von der Couch auf. »Das ist Tante Aiden!«

»Gib ihr 'ne Minute, Jamie«, sagte Dawn.

Wenn Aiden nach Hause kam, brauchte sie immer ein wenig Zeit, um den Polizistinnenmodus auszuschalten. Kleine Rituale wie das Wegschließen ihrer Dienstwaffe halfen ihr dabei und Dawn hatte gelernt, sie erst einmal in Ruhe zu lassen.

Jamie hörte nicht auf sie. Sie rannte in den Flur, um Aiden zu begrüßen.

»Muss wohl das Aiden-Virus sein«, sagte Eliza lächelnd. »Ich hab gehört, es ist ansteckend.«

Aiden kam ins Wohnzimmer, Jamie an der Hand. »Oh. Hi.«

Tim, Dawns fünfzehn Monate alter Neffe, sah von seinen Bauklötzen auf, hob die Arme und forderte: »Hoch!«

Aiden sah etwas überrumpelt aus, bückte sich aber gehorsam und nahm ihn auf den Arm.

»Oh ja.« Eliza grinste. »Hochansteckend.«

Dawn erhob sich und beugte sich über Jamie, um Aiden zu küssen. »Wie war's? Habt ihr was gefunden?« Aiden und Ray hatten einen weiteren Verdächtigen überprüft, auf den die Beschreibung von Kades Stalker zutraf.

Aiden schüttelte den Kopf. Frustration lag in jeder ihrer Bewegungen und Dawn bereute es, dass sie ihre Mutter, die Kinder und Eliza zum Essen eingeladen hatte, während deren Mann Spätschicht hatte. Aiden brauchte einen ruhigen Abend zu zweit und ein bisschen Verwöhntwerden.

»Ist das eine richtige Pistole?«, fragte Jamie und berührte das Holster an Aidens Hüfte.

Schnell legte Aiden die Hand auf die Waffe, damit Jamie sie nicht erreichen konnte. »Ja, die ist echt. Sie kann sehr gefährlich sein, deshalb musst du immer daran denken, dass es kein Spielzeug ist, okay?«

Als Jamie nickte, ließ Aiden die Waffe los und streichelte Jamies Haar. Mit Tim auf der linken Hüfte ging sie nach nebenan, um die Pistole wegzuschließen, und dann in die Küche, wo Grace das Abendessen zubereitete.

Jamie rannte hinter ihr her. »Hast du schon mal jemanden erschossen?«

Eliza stöhnte. »Tut mir leid. Ihre Neugier hat sie aber von deiner Seite der Familie.«

Dawn versuchte nicht einmal, es zu bestreiten. »Ist nicht schlimm. Aiden kriegt das schon hin.«

»Sie kann toll mit Kindern umgehen.« Eliza stützte das Kinn auf eine Hand auf und musterte Dawn. »Habt ihr je darüber gesprochen, Kinder zu haben?«

Jedes Mal, wenn Dawn Aiden mit Kindern sah, dachte sie, was für eine großartige Mutter sie sein würde, aber sie wusste, dass Kinder kein einfaches Thema für Aiden waren, deshalb hatte sie es nie direkt angesprochen. »Na ja, wir haben uns mal so ganz im Allgemeinen darüber unterhalten, als wir noch nicht zusammen waren, aber nicht darüber, ob wir zusammen Kinder haben wollen.« Sie sprach im Flüsterton, weil sie nicht wollte, dass Aiden oder Grace sie hörten.

Eliza stupste sie an. »Aber du hättest doch gern Kinder mit ihr, oder?«

Es war unmöglich, ein verträumtes Lächeln aus dem Gesicht zu bekommen. »Irgendwann, ja.«

Eliza schlang einen Arm um sie. »Ich freue mich so für dich. Ich weiß, dass du das immer gewollt hast, selbst als du noch verheiratet warst.«

Dawn nickte. Sie hätte gerne ein Baby gehabt, als sie mit Cal verheiratet gewesen war, aber schließlich hatte sie sich dagegen entschieden. Irgendetwas hatte in ihrer Beziehung gefehlt und in eine solche Situation wollte sie kein Kind bringen.

Jamie kam ins Wohnzimmer gehüpft, Aiden im Schlepptau, die immer noch den kreischenden und lachenden Tim trug. Der Geräuschpegel im Raum nahm sofort um einige Dezibel zu.

Eliza rollte mit den Augen. »Ihr wollt Kinder? Nehmt doch einfach meine.«

Aidens Augenbrauen schossen in die Höhe, aber sie fragte nicht, wie Eliza auf den Gedanken kam, dass sie Kinder wollten.

Im selben Moment rief Dawns Mutter nach ihr und sie eilte davon, um ihr in der Küche zu helfen.

Dawn schloss die Tür hinter ihren Besuchern.

Aiden stellte die letzten schmutzigen Teller in die Spülmaschine, ließ sich auf die Couch fallen und streckte stöhnend die Beine aus. Sie lehnte den Kopf gegen die Sofalehne und schloss die Augen. Es war ein langer und frustrierender Tag gewesen und jetzt wollte sie nur noch ins Bett gehen und alles vergessen.

Dawn setzte sich neben sie und rieb sanft Aidens Bein. »Du bist ziemlich platt, oder? Tut mir leid, dass ich dich nicht gefragt habe, ob es okay ist, wenn ich meine Familie zum Essen einlade.«

Aiden schüttelte den Kopf. Sie hielt die Augen geschlossen und erwiderte Dawns Streicheln. »Du musst mich nicht um Erlaubnis fragen, wenn du deine Familie einladen willst.«

»Ich will dich aber fragen«, sagte Dawn. »Du bist die wichtigste Person in meinem Leben, deshalb hast du bei meinen Entscheidungen ein Mitspracherecht.«

»Ja, aber deine Familie zum Essen einzuladen ist keine wichtige Entscheidung.« Aiden fragte Dawn nie, ob es okay war, wenn sie nach der Arbeit noch mit Ray ein Bier trinken ging. Normalerweise rief sie an, um zu sagen, dass es später werden würde oder sie erst am nächsten Tag vorbeikommen würde. Wollte Dawn, dass sie um Erlaubnis fragte?

»Nein, das ist es nicht«, sagte Dawn. »Aber nach einem anstrengenden Tag bei der Arbeit kannst du dich nicht entspannen, wenn die Kinder wie Kletten an dir hängen.«

Aiden konnte nicht bestreiten, dass es ein wenig überwältigend gewesen war. Sie geriet etwas aus dem Gleichgewicht, wenn sie nicht die Zeit hatte, von der frustrierten Polizistin zur entspannten Spielkameradin zu werden. »Wenn es mir zu viel geworden wäre, hätte ich ja nach Hause gehen können.« Sie streichelte sachte Dawns Oberschenkel.

Dawn bettete ihre Wange auf Aidens Schulter. »Aber ich will nicht, dass du nach Hause gehen musst. Wenn wir irgendwann zusammenziehen, ist das auch keine Option mehr.«

Zusammenziehen? Aiden hielt in ihren Streicheleinheiten inne und öffnete die Augen. Erst hatte Dawn ihrer Schwägerin gesagt, dass sie Kinder wollten, und nun sprach sie darüber, zusammenzuziehen?

Dawn hob den Kopf, um sie anzusehen. »Hab ich was Falsches gesagt?«

»Nein.« Sie hatte von Anfang an gewusst, dass Dawn das Haus mit dem weißen Gartenzaun und den zweieinhalb Kindern wollte. Ein Teil von ihr sehnte sich auch danach, aber ein größerer Teil war nicht sicher, ob sie schon so weit war, ihre eigene Wohnung aufzugeben. Warum konnte ihre Beziehung nicht so bleiben, wie sie war?

»Was ist es dann?«, fragte Dawn und streichelte vorsichtig Aidens Bein.

Aiden war nicht bereit für diese Unterhaltung. Nicht ausgerechnet jetzt. »Ich bin nur müde.«

Aber Dawn kannte sie zu gut, um ihr zu glauben. »Es ist, weil ich Eliza gesagt habe, dass ich Kinder will, oder?«

Aiden rieb sich den Nacken und massierte die angespannten Muskeln. »Ich bin einfach noch nicht so weit.«

»Ich auch nicht«, sagte Dawn.

»Aber du hast doch gesagt …«

»Dass ich liebend gerne ein Kind mit dir hätte, ja.«

Die Gewissheit in Dawns Stimme verursachte Aiden Kopfschmerzen. Zu wissen, dass sie unterschiedliche Einstellungen zu diesem Thema hatten und das ihrer Beziehung schaden könnte, zerrte an ihren ohnehin schon zum Zerreißen gespannten Nerven.

»Aber nicht jetzt sofort«, sagte Dawn mit beruhigender Stimme, so als spürte sie, dass das Thema Aiden nervös machte.

Aiden rang sich ein Lächeln ab. »Tja, jetzt sofort wäre auch schwer machbar.« Sie deutete auf ihren Körper. »Du und ich haben beide nicht die richtige Ausstattung dafür.«

Sanft ließ Dawn die Finger durch Aidens Haare gleiten. »Du bist mal wieder eine wahre Polizistin und versteckst dich hinter Scherzen, wenn dir ein Thema zu nah geht und du nicht weißt, was du sagen sollst.« Es lag kein Vorwurf in ihrer Stimme, nur liebevolle Resignation. »Ich meine es ernst, mit dem, was ich gesagt habe. Unsere Beziehung ist noch nicht an dem Punkt, wo wir uns ernsthaft über ein Baby unterhalten können.«

Noch nicht, wiederholte Aiden in Gedanken. »Aber in ein paar Jahren würdest du gerne an dem Punkt sein?«, fragte sie, obwohl sie die Antwort bereits kannte.

»Ja. Aber da sind noch viele Schritte zu tun, bevor es so weit ist.«

»Schritte?« Das hörte sich nicht unbedingt gut an. Aiden mochte, wie ihre Beziehung jetzt lief, und sie wollte das nicht in Gefahr bringen, indem sie irgendetwas änderte.

Ein Lächeln umspielte Dawns Lippen. »Du könntest bei mir einziehen. Ich würde gerne jeden Abend mit dir verbringen.«

Einerseits wollte Aiden das auch. Aber auf der anderen Seite war sie nicht sicher, ob es gut für ihre Beziehung sein würde. Sie versuchte, sich vorzustellen, wie es sein würde, mit Dawn zusammenzuleben und nach stundenlangem Verhör nach Hause zu kommen, ihre Kleidung befleckt mit dem Blut eines Opfers, das sie nicht hatte schützen können. Wie würde sie damit umgehen, nicht allein zu sein, wenn sie eine solche Laune hatte? »Ich weiß, dass es nicht praktisch ist, zwei Wohnungen zu haben, mal ganz abgesehen davon, was es kostet. Eine Wohnung zu teilen, wäre …«

»Nein.« Dawn schüttelte den Kopf. »Ich will nicht aus praktischen oder finanziellen Gründen mit dir zusammenziehen. Ich möchte mein Leben und mein Zuhause mit dir teilen.«

Dawns Stimme war so voller Leidenschaft und Emotion, dass Aiden nicht wusste, was sie sagen sollte.

»Du bist wirklich platt.« Zärtlich strich Dawn ihr ein paar Haarsträhnen aus dem Gesicht. »Wir sollten ins Bett gehen. Wir können später noch darüber reden.«

Der Impuls, nach Hause zu fahren und in ihrer eigenen Wohnung zu übernachten, stieg in Aiden auf, aber sie wollte Dawn nicht verletzen, deshalb nickte sie.

»Komm.« Dawn nahm ihre Hand und zog sie von der Couch hoch.

Benommen folgte Aiden ihr ins Schlafzimmer.

KAPITEL 30

»So leben also die oberen Zehntausend.« Del ließ die Füße ins Wasser des Swimmingpools baumeln und drehte den Kopf zu Kade, die auf der Terrasse saß und am Laptop tippte.

Kade hielt inne, die Finger auf der Tastatur. »Ich weiß nicht, wovon du sprichst. Du bist doch diejenige, die faulenzt, während ich arbeite.«

Del lachte. »Okay, da hast du recht.«

Die Schiebetür wurde geöffnet und Sophie trat auf die Terrasse. »Aha, hier versteckt ihr euch also. Ich mache mich gerade zum Tennisspielen fertig. Möchte eines von euch Mädchen mitspielen?«

Mädchen? Del wandte sich ab, um ihr Grinsen zu verstecken. Schon seit vielen Jahren war sie nicht mehr als Mädchen bezeichnet worden.

»Nein, danke«, sagte Kade in dem höflich-distanzierten Tonfall, den sie immer benutzte, wenn sie mit ihrer Mutter sprach. »Ich arbeite.«

Sophie wandte sich Del zu, die erstarrte. »Äh ...«

»Ich gehe mich umziehen«, sagte Sophie. »Kommen Sie einfach zum Tennisplatz, falls Sie spielen möchten. Wenn nicht, würde Margret«, sie zeigte zur Nachbarsvilla, »mir sicher gerne Gesellschaft leisten.« Sie schloss die Schiebetür hinter sich.

Kade betrachtete Del mit einem amüsierten Grinsen. »Also, wirst du mit meiner Mutter Tennis spielen?«

»Warum glaubst du, dass ich überhaupt spielen kann? Nur weil ich lesbisch bin, heißt das nicht, dass ich gut im Tennis bin. So was wie ein Martina-Gen gibt es nicht, weißt du?«

»Hast du Angst zu verlieren?«, fragte Kade mit funkelnden Augen.

Del verschränkte die Arme vor der Brust. »Warum spielst du nicht mit ihr? Sie ist schließlich deine Mutter.«

»Ach, ich habe schon tausend Mal mit ihr gespielt«, sagte Kade und warf überlegen den Kopf zurück. »Es ist einfach keine Herausforderung mehr.«

Del dachte darüber nach. Es wäre unhöflich, Sophies Angebot auszuschlagen, und sie hatte ohnehin nichts Besseres zu tun. Wie schwer konnte es schon sein, ein paar Bälle mit einer zerbrechlichen, reichen Dame hin- und herzuschlagen?

Sie erhob sich und überquerte die Terrasse. Vor Kades Liegestuhl blieb sie stehen, beugte sich über sie und hielt Kade ihre Wange hin. »Wie wäre es mit einem glücksbringenden Kuss?«, fragte sie mit ihrem charmantesten Lächeln.

Kade sah zur Glastür, um sicherzugehen, dass niemand zusah. Sie packte Dels T-Shirt und zog sie zu sich herab.

Del ließ es willig geschehen. Warme Lippen berührten ihre Wange und streiften dann ihren Mundwinkel, bevor sie sich wieder zurückzogen. Ein Kribbeln durchzog Dels Körper und sie hielt sich an den Armlehnen des Liegestuhls fest.

»So«, sagte Kade und bemühte sich sichtlich, nicht zu erröten. »Jetzt geh Tennis spielen.«

Tennis war so ziemlich das Letzte, woran Del dachte, aber als Kade sich wieder hinter dem Bildschirm ihres Laptops versteckte, richtete sie sich auf und ging zur Schiebetür. »Bekomme ich noch einen Kuss, wenn ich gewinne?«

Kade sah auf. »Klar. Falls meine Mutter bereit ist, dich zur Belohnung zu küssen.«

»Sollte die Gewinnerin sich ihren Hauptgewinn nicht aussuchen dürfen?«, fragte Del.

Kades Lächeln verschwand und sie sah Del ernst an. »Ich bin kein Hauptgewinn, Del. Wenigstens nicht, wenn es um Beziehungen geht. Ich bin störrisch, unabhängig und eine unmögliche Mitbewohnerin.«

Del zuckte mit keiner Wimper. »Wer will es schon einfach haben, wenn er Kade Matheson haben kann?« Sie verlieh ihrer Stimme einen neckischen Klang, denn sie wusste, dass noch immer nicht klar war, ob sie Kade haben konnte. Als Kade sie weiterhin mit ernster Miene ansah, gab Del das Scherzen auf. »Ich war in Beziehungen mit Frauen, die umgänglich, freundlich und nachgiebig waren. Wie du sehen kannst, hat es nicht geklappt.« Del ging zurück zum Liegestuhl. »Ich kann auch ziemlich störrisch, unabhängig und unmöglich sein. Je älter ich werde, desto festgefahrener werde ich in meinen Gewohnheiten. Ich brauche eine Partnerin, keine Bedienstete. Ich brauche eine Frau, die weiß, wer sie ist, und nicht einfach tut, was ich will.«

»Du bist nicht störrisch«, sagte Kade.

»Ach nein?« Del schmunzelte. »Du hast mir mehrfach gesagt, dass du heterosexuell und nicht an einer Beziehung mit mir interessiert bist. Trotzdem bin ich jetzt hier und werde gleich versuchen, meine zukünftige Schwiegermutter zu beeindrucken.«

Kade riss die Augen auf, aber dann musste auch sie lächeln. »Wenn du sie so nennst, wirst du schon sehen, wie beeindruckt sie ist.«

Del schritt zurück zur Glastür. »Ich glaube, im Moment ist es wohl besser, wenn ich sie mit meinen Tenniskünsten beeindrucke.« Sie schloss die Tür hinter sich und sah durch das Glas nach draußen. Ihre Blicke begegneten sich. Sie lächelten einander zu und Del spürte, wie ein warmes Glücksgefühl sich in ihr ausbreitete.

Schließlich setzte Kade ihre Arbeit fort und Del ging sich umziehen. Zehn Minuten später betrat sie den Tennisplatz.

Sophie saß auf einer Bank. Sie trug einen Tennisrock und ein elegantes Poloshirt, das aussah, als wäre es für sie maßgeschneidert worden. Sie erhob sich und lächelte höflich, obwohl sie sicher gehofft hatte, dass Kade diejenige war, die mit ihr spielen würde.

Manchmal schien es, als wollte Sophie Kontakt zu ihrer Tochter herstellen, wüsste aber nicht wie. Kade machte es ihr nicht einfach. Sie hatte die Beziehung zu ihrer Mutter wohl schon vor langer Zeit abgeschrieben.

Sophies Blick wanderte über Dels Körper, von dem ärmellosen T-Shirt zu den kurzen Hosen, aber sie sagte nichts. Sie drückte Del nur einen Tennisschläger in die Hand und empfahl ihr, Dehnübungen zu machen.

Del beobachtete, wie Sophie sich dehnte und streckte. Sie musterte die zierliche Gestalt und erinnerte sich daran, dass Sophie nicht mal außer Atem gewesen war, als sie kurz vor Dels und Kades Ankunft vom Tennisplatz gekommen war. Offensichtlich war Tennis nicht sonderlich anstrengend, wenn man mit Sophie Matheson spielte. *Vielleicht sollte ich sie gewinnen lassen.* Falls Sophie so ehrgeizig war wie ihre Tochter, würde Del sich nicht beliebt machen, wenn sie haushoch gegen sie gewann.

Sie nahmen ihre Positionen ein. Sophie hatte den ersten Aufschlag. Der Ball bewegte sich langsam über das Netz und Del hatte keine Probleme, ihn mit einer Vorhand zurückzuschlagen. Del hatte schon öfter Tennis gespielt, auch wenn sie keine erfahrene Spielerin war. Sie war fit und konnte gut mit Sophies gemächlichem Spiel mithalten.

»Gut«, rief Sophie ihr nach einigen Minuten zu. »Wenn Sie jetzt aufgewärmt sind, können wir anfangen.«

Anfangen? Ich dachte, das hätten wir schon.

Dann hatte sie keine Zeit mehr zum Nachdenken, denn Sophie warf den Ball in die Höhe und schlug ihn mit einer Geschwindigkeit über das Netz, dass Del Hören und Sehen verging.

Del rannte zurück und schaffte es irgendwie, den Ball ohne jede Eleganz übers Netz zu befördern.

Statt den Ball mit aller Kraft zurückzuschlagen, berührte Sophie ihn nur sanft, sodass er dicht hinter dem Netz zu Boden fiel.

Del hatte keine Chance, ihn rechtzeitig zu erreichen. Sie blieb stehen und starrte zu Sophie hinüber, die ruhig zur Grundlinie zurückging.

Eine Stunde lang rannte Del Sophies klug platzierten Rückhänden und unerwartet kraftvollen Vorhandschlägen hinterher, dann hatte sie in klaren Sätzen verloren. Nach Luft schnappend ging sie zum Netz und schüttelte Sophies Hand. »Ihr Mathesonfrauen seid wirklich schlecht für mein Ego. Erst schlägt mich Kade im Schach und jetzt führen Sie mich auf dem Tennisplatz vor.«

»Kadence spielt noch immer Schach?«, fragte Sophie. Sie war nicht einmal außer Atem.

Del nickte. Sie wischte sich mit einem Zipfel ihres T-Shirts den Schweiß aus dem Gesicht. »Sie ist großartig.«

Sophie lächelte wehmütig. »Ihr Vater hat ihr das Schachspielen beigebracht.«

»Ich weiß.«

Eine Sekunde lang stand Sophies Überraschung ihr deutlich ins Gesicht geschrieben.

War sie überrascht, dass Kade überhaupt über ihren Vater gesprochen hatte? Oder dass sie mit Del über ihn gesprochen hatte?

Sophie legte ihren Tennisschläger beiseite und bedeutete Del, sich mit ihr auf eine Bank zu setzen. »Kadence und ihr Vater waren sich sehr ähnlich.«

Del konnte ihren Gesichtsausdruck nicht deuten. Die ältere Frau hatte ihre Gefühle stets unter Kontrolle, deshalb war Del nicht sicher, ob sie Stolz, Trauer oder Bedauern empfand.

»Nun ja, Kade hat auch einiges mit Ihnen gemeinsam. Sie ist eine brillante Strategin im Gerichtssaal und Sie sind eine brillante Strategin auf dem Tennisplatz. Gott, so hat mich noch niemand über den Platz gehetzt! Sie könnten das hauptberuflich machen.«

»Als ich jünger war, habe ich es in Betracht gezogen.« Sophie strich sich eine Haarsträhne aus dem Gesicht. Erst jetzt bemerkte Del die sehnige Stärke in ihrem schlanken Arm.

»Warum hat es nicht geklappt?«, fragte Del.

Sophie winkte ab. »Meine Eltern hielten es nicht für einen geeigneten Beruf für eine junge Frau in meiner gesellschaftlichen Stellung.«

Del seufzte. Es war immer dasselbe. Merkte Sophie nicht, dass sie Kade und ihrem Bruder dasselbe antat? Sie zwang ihnen ihre Erwartungen auf.

»Was ist?«, fragte Sophie.

Del zögerte nur eine Sekunde lang. Vielleicht war es an der Zeit, dass jemand es ansprach. »Ich habe gerade über Eltern und ihre unrealistischen Erwartungen an ihre Kinder nachgedacht.«

Sophie schüttelte den Kopf. »Heute glaube ich, dass meine Eltern recht hatten. Damals war ich nur zu jung, um es zu erkennen. Ständig zu trainieren, zu spielen und zu reisen, das ist doch kein Leben.«

Aber zu Hause zu sitzen und zu warten, bis der Ehemann aus dem Büro oder von seiner Geliebten kommt, sich nach den Erwartungen der oberen Zehntausend zu richten und sich so sehr von seinen Gefühlen abzuschotten, dass man nicht mal mehr zu seinem eigenen Kind einen Bezug herstellen kann, das ist ein Leben? Del schüttelte den Kopf. Vermutlich war es besser, wenn sie das Thema wechselte. Wenn sie weiter darüber sprachen, würde das nur zu einer Diskussion über ihre eigenen Eltern und ihre Erwartungen führen. Dann musste sie sich Sophie gegenüber outen und das würde für Kade alles nur noch komplizierter machen.

Stöhnend erhob sich Del. »Ich glaube, ich gehe jetzt wieder ins Haus. Sie sehen taufrisch aus, aber ich brauche dringend eine Dusche«, sagte sie und verneigte sich vor ihrer siegreichen Gegnerin.

Sophie schenkte ihr ein Lächeln, das etwas wärmer war als zuvor. »Das kommt daher, weil es uns Mathesons nicht gestattet ist, Schweißdrüsen zu haben«, sagte sie mit ernster Miene.

Del starrte sie an. Wer hätte das gedacht? Sophie Matheson hatte doch tatsächlich Sinn für Humor!

Kade trommelte mit den Fingern auf der Seite ihres Laptops herum. Sie hatte fast sämtliche Arbeiten erledigt, die sie mitgebracht hatte. Ihre Mutter und Del waren immer noch nicht zurück. Was dauerte denn so lange? Mittlerweile sollte ihre Mutter das Spiel haushoch gewonnen haben. Sie schloss den Laptop und stand auf.

Im selben Augenblick glitt die Schiebetür auf und Del trat nach draußen. Ihr Haar war feucht und zerzaust. Ihr schweißnasses T-Shirt klebte an ihrem Oberkörper, sodass Kade ein zweites Mal hinsah. Sie räusperte sich und zwang sich, von Dels athletischem Körper wegzusehen. »Wie war das Spiel?«

Del verschränkte ihre muskulösen Arme vor der Brust. »Demütigend. Deine Mutter ist eine fantastische Tennisspielerin. Hast du nicht gesagt, es wäre einfach keine Herausforderung mehr, mit ihr zu spielen?«

»Ist es auch nicht … für meine Mutter. Du hast also verloren?«

Del nickte. »Wie du dir sicher schon gedacht hast.«

»Dann bekommst du also keinen Kuss«, sagte Kade mit gespieltem Bedauern.

Del schlenderte auf sie zu.

Jetzt stand sie so nahe, dass Kade ihre Körperwärme spüren und ihren Schweiß riechen konnte. Es war kein unangenehmer Geruch, ganz anders als der Geruch von Männerschweiß. Kade hatte das noch nie zuvor bewusst wahrgenommen.

»Nicht mal als Trostpreis?« Del gab vor zu schmollen.

»Ich vergebe keine Trostpreise«, sagte Kade. »Wenn ich jemanden küsse, dann meine ich es ernst.«

Del starrte sie an und Kade konnte den Blick nicht von den eindringlichen dunklen Augen abwenden, die sie magisch anzuziehen schienen.

»Gutes Spiel«, sagte Sophie hinter ihnen.

Kade zuckte zusammen und trat eilig einen Schritt von Del zurück.

»Danke«, sagte Del. »Dann gehe ich jetzt mal duschen.« Sie schritt zurück ins Haus und Kade bemühte sich, den Blick von Dels langen, muskulösen Beinen abzuwenden.

»Du und deine Freundin, wie lange kennt ihr euch schon?«, fragte Sophie.

Mit einem Kloß im Hals beobachtete Kade ihre Mutter. Ahnte sie irgendetwas? Aber Sophie schien nicht aufgebracht zu sein, sondern nur nachdenklich. »Seit ein paar Monaten. Wieso fragst du?«

»Oh, ich hätte gedacht, ihr kennt euch schon länger. Sie scheint dich sehr gut zu kennen«, sagte Sophie und blickte in die Richtung, in die Del gegangen war.

Im Vergleich zu ihrer Mutter kannte selbst der Hausmeister von Kades Büro sie gut. Trotzdem hatte Sophie recht. Innerhalb weniger Monate hatte Del sie gut kennengelernt. »Das stimmt. Del hat sich bemüht, mich zu verstehen und mich so zu akzeptieren, wie ich bin.« Erst in letzter Zeit war ihr klargeworden, wie wichtig ihr das war … und wie wichtig ihr Del war.

»Es freut mich, dass du so jemanden in deinem Leben hast«, sagte Sophie zu Kades Überraschung. »Ich brauche auch eine Dusche.« Mit diesen Worten ging sie davon und ließ eine verblüffte Kade zurück.

KAPITEL 31

Aiden schielte hinüber zu Dawn, als sie auf das Haus zugingen. Dawn verbrachte mindestens einen Nachtmittag pro Woche mit Evan und auch Aiden hatte sie regelmäßiger besucht, aber bisher waren sie nie gemeinsam zu Evan gefahren.

Eigentlich war es keine große Sache, aber Aiden fühlte sich unsicher. Sie wusste nicht, wie sie vor Evan mit Dawn umgehen sollte. Sie wollte nicht, dass Evan Witze über ihre Beziehung machte, wenn sie kleine Zärtlichkeiten austauschten, aber sie hatte nichts zu Dawn gesagt, aus Angst, sie zu verletzen.

»Hör auf, dir Sorgen zu machen«, sagte Dawn, als könnte sie Aidens Gedanken lesen. »Evan wird sicher noch da sein. Ihre Pflegeeltern haben zugesagt, ihr eine zweite Chance zu geben, und ich glaube kaum, dass sie es sich anders überlegt haben, vor allem, nachdem du am Telefon mit ihnen darüber gesprochen hast.« Sie nahm Aidens Hand und drückte sie, als sie an der Haustür anhielten.

Hör auf zu grübeln. Aiden erwiderte den sanften Druck.

Judy öffnete die Tür.

Aiden widerstand der Versuchung zu fragen, ob Evan seit dem letzten Besuch irgendwelchen Ärger gemacht hatte. Sie musste ihr vertrauen.

»Evan ist oben in ihrem Zimmer«, sagte Judy. Sie schien nicht mehr so erfreut, sie zu sehen, wie noch am Anfang, aber die Resignation von vor wenigen Tagen war ebenfalls verschwunden. Vielleicht entwickelten die LeCroixs endlich eine realistische Haltung, was Evan und ihre große Schwester betraf, und erwarteten keine Wunder mehr. Sie schienen nun zu begreifen, dass Evan Zeit und Geduld brauchte, nicht nur von Aiden, sondern auch von ihnen.

»Ich weiß, dass sie noch unter Hausarrest steht, aber es ist heute so schön draußen. Wir haben uns gefragt, ob wir für heute Nachmittag nicht mal eine Ausnahme machen und sie unter unserer Aufsicht für ein paar Stunden nach draußen lassen könnten.« Dawn bedachte Judy mit dem sanften Lächeln, dem Aiden nie widerstehen konnte.

»Ich denke auch, sie verdient eine kleine Belohnung«, sagte Judy. »Gestern hat sie uns freiwillig ihre letzten Marihuanavorräte gegeben. Wir wussten nicht einmal, dass sie noch irgendwo ein Tütchen versteckt hatte. Ja, ich denke, ein paar Stunden Ausgang wären okay.«

Aiden und Dawn grinsten sich an, froh zu hören, dass Evan das Richtige tat, auch ohne Druck von außen. Sie gingen die Treppe hinauf und klopften an Evans Tür.

Evan lag auf dem Bett und blätterte durch eine Zeitschrift. Sie grinste, als sie Dawn sah, und nickte Aiden zu.

»Hi«, sagte Dawn. Sie blieb stehen und warf Aiden einen erwartungsvollen Blick zu, damit sie das Sprechen übernahm.

»Wir dachten uns, vielleicht würdest du gern mit uns spazieren gehen oder etwas anderes mit uns unternehmen«, sagte Aiden und hielt sich nur mit Mühe davon ab, mit den Füßen zu scharren. »Judy hat es erlaubt.«

Evan wirkte nicht so glücklich, wie Aiden erwartet hatte. »Spazierengehen?« Sie machte ein Gesicht, als hätten sie einen Spaziergang über glühende Kohlen vorgeschlagen.

»Oder etwas anderes unternehmen«, wiederholte Aiden. Außer den Fahrstunden wusste sie nicht so recht, was sie mit Evan unternehmen sollte.

»Wir könnten skaten gehen«, sagte Dawn. »Ich habe meine Skates und den Rest der Ausrüstung draußen im Auto.«

Evan schien immer noch nicht sonderlich begeistert und Aiden war fast froh darüber. Sie war auch nicht sonderlich erpicht darauf, skaten zu gehen.

»Ich wette, sie hat nicht mal Skates«, sagte Evan und zeigte auf Aiden.

»Sie könnte deine alten leihen«, sagte Dawn.

»Meine alten?« Evan runzelte die Stirn. »Ich habe nur ein Paar.«

Ein spitzbübisches Lächeln zauberte Grübchen in Dawns Wangen. »Jetzt nicht mehr. Ich bin gestern zu dem kleinen Laden gefahren und habe dir die Skates gekauft, die du mir gezeigt hast, als wir meine geholt haben. Ich hoffe, das war okay?«

Evan blinzelte. »Ja, klar. Das ist super. Aber ich habe meinen Teil der Vereinbarung noch nicht eingehalten und ich will keine Almosen.«

»Ach, du meinst, ich habe noch nicht gelernt, wie man skatet?« Dawn bedachte sie mit einem herausfordernden Grinsen. »Wart's ab. Ich werde dich heute locker in Grund und Boden skaten.«

»Ha!« Evan schüttelte den Kopf, sagte aber sonst nichts.

Dawn trat näher und setzte sich neben sie aufs Bett. »Ich dachte, du wärst froh, eine Weile aus dem Haus zu kommen«, sagte sie leise und klang ein wenig enttäuscht.

Es ging Aiden ans Herz und sie vermutete, dass es auch Evan nicht kalt ließ. Vielleicht wollte Evan nur nicht mit ihr skaten gehen. Vielleicht wollte sie, dass es eine Aktivität blieb, die sie nur mit Dawn teilte. »Ihr zwei könntet ja ohne mich skaten gehen. Ich hab das noch nie gemacht und würde euch nur ein Klotz am Bein sein.«

»Du warst schon mal Schlittschuhlaufen«, sagte Dawn.

»Ja, genau zwei Mal im Leben. Weißt du noch unsere erste Verabredung? Es ist ein Wunder, dass du noch was mit mir zu tun haben wolltest, nachdem ich mich auf der Eisfläche so blamiert hatte.«

Dawn grinste. »Du warst süß.«

Evan erhob sich abrupt. »Wollt ihr über die guten alten Zeiten reden oder skaten gehen?«

Aiden konnte verstehen, weshalb die Unterhaltung Evan nicht behagte. Sie wollte die Details von Evans Beziehung zu Kades Nichte auch nicht wissen. Das brachte sie auf einen Gedanken. »Wir können bei Laurie vorbeifahren und fragen, ob sie mitkommen will, dann musst du nicht mit uns alten Omas allein sein.«

»Hey, sprich für dich, Schatz«, sagte Dawn. »Ich bin noch jung und fit.«

Eine halbe Stunde später zogen sie am Rand des fast leeren Skateparks ihre Skates an. Während Aiden noch versuchte, aus den Schnallen schlau zu werden und sich an das steife Plastik zu gewöhnen, das es ihr unmöglich machte, den Fuß zu beugen, rasten Evan und Dawn bereits um die Wette. *Himmel! Ist es das, was sie den ganzen Monat lang gemacht haben?*

Es sah ein wenig gefährlich aus und sie machte sich Sorgen um Dawn, die lachte, als sie Seite an Seite mit Evan dahinraste. Ihr blondes Haar wehte im Wind.

Gott, sie ist so wunderschön, so voller Leben und Freude. Aiden hoffte, dass sie nie etwas tun würde, das Dawn diese Lebensfreude nahm.

»Die sind richtig gut«, sagte Laurie neben ihr.

Es war seltsam, die vertrauten Mathesongesichtszüge mit einem so zaghaften Ausdruck zu sehen. Nie hatte sie solche Selbstzweifel auf Kades Gesicht gesehen – vermutlich, weil Kade es sich nie anmerken ließ, nicht, weil sie keine hatte.

»Wenn wir üben würden, könnten wir innerhalb weniger Wochen sicher auch so gut sein.« Sie hielt Laurie die Hände hin und gemeinsam kamen sie schwankend auf die Füße.

Dawn legte neben ihnen eine gelungene Bremsung hin. »Braucht ihr Hilfe? Evan ist eine vorzügliche Lehrerin. Sie wird euch im Nu alles beibringen.«

Röte überzog Evans Gesicht. »Erst mal müsst ihr einander loslassen. Ihr könnt nicht skaten, wenn ihr euch aneinanderklammert.«

Aiden sah Laurie schulterzuckend an und ließ sie langsam los.

»Jetzt lehnt euch etwas vor. Nicht zu viel, nur ein wenig aus der Hüfte.« Evan korrigierte Lauries Haltung mit einer Hand auf ihrem Rücken, berührte Aiden jedoch nicht. »Winkelt die Arme an. Ihr müsst sie benutzen, um Schwung zu holen. Dann setzt ihr einfach einen Fuß nach vorne und skatet mit gleichmäßigem Rhythmus.« Sie machte es ihnen vor.

Laurie versuchte es zuerst. Alles lief glatt, bis sie anhalten wollte, aber nicht wusste, wie. Sie ruderte mit den Armen, verlor das Gleichgewicht und fiel hin. »Autsch«, murmelte sie und rieb sich den Hintern.

Evan half ihr hoch. »Jetzt du.« Sie nickte Aiden zu.

»Hab ich erwähnt, dass ich Skaten nicht mag? Schlittschuhlaufen war schon schlimm genug, aber wenigstens war das Fallen auf dem Eis nicht so schlimm. Wenn ich jetzt hinfalle …« Aiden starrte auf den harten Betonboden. »Das wird wehtun.«

»Hinzufallen mag ja wehtun, aber davon solltest du dich nicht abhalten lassen, es zu versuchen«, sagte Dawn.

Aiden blickte sie an. Redete sie über das Skaten oder über ihre Beziehung?

»Komm schon, furchtlose Kriegerprinzessin, versuch's!« Dawn stupste sie an.

Aiden stieß sich vorsichtig mit einem Fuß ab. Schnell setzte sie den Fuß wieder ab und skatete mit beiden Füßen auf dem Boden.

»Stoß dich noch mal ab«, rief Evan. »Abwechselnd mit beiden Füßen.«

Evan sah für Aidens Geschmack viel zu amüsiert aus und genoss es sichtlich, in etwas besser als ihre Schwester zu sein. Aiden versuchte, es ihr nicht übel zu nehmen. Sie hob den anderen Fuß und begann zu skaten. *Links, rechts, links, rechts. Hey, das ist gar nicht so schlecht.*

»Nicht auf deine Füße sehen«, rief Evan.

Aiden sah auf. Die Bewegung verschob ihren Körperschwerpunkt und sie fiel nach hinten.

Starke Hände packten sie am Arm und hielten sie auf den Füßen.

Als sie das Gleichgewicht wiedergefunden hatte, sah sie auf und in Evans braune Augen. »Puh. Danke.«

Schnell ließ Evan sie los und nickte ihr zu.

Sie skateten eine Weile. Nachdem sie einige Male auf dem Hintern oder den Knieschützern gelandet war, ließ Aidens Angst, sich beim Hinfallen zu verletzen, langsam nach.

»Kommt ihr beiden für ein paar Minuten allein klar? Dawn möchte es noch mal mit der Halfpipe probieren«, sagte Evan.

Aiden riss die Augen auf.

Dawn lächelte tapfer. »Halb so wild. Ich hab's schon mal gemacht.«

»Du bist hingefallen, als du es versucht hast«, sagte Aiden.

»Sie wird das schon schaffen.« Sanft berührte Evan Dawn am Arm. »Ich würde es sie nicht versuchen lassen, wenn ich nicht davon überzeugt wäre, dass sie es schafft.«

Aiden war gerührt und auch ein wenig amüsiert von Evans Fürsorge gegenüber Dawn. »Na schön. Wir sehen von da drüben aus zu. Sei bitte vorsichtig.«

Dawn nickte, ihr Gesicht bereits konzentriert. Sie folgte Evan zur Halfpipe und kletterte auf die Plattform.

Aidens Muskeln spannten sich an, als Dawn sich näher an den Rand schob und die steile Rampe hinabblickte. Evan stellte sich neben sie, sprach zu Dawn und zeigte auf die Halfpipe. Offenbar erklärte sie etwas. Schließlich nickte Evan ihr zu und trat zurück.

Sichtlich nervös, aber auch entschlossen, rollte Dawn auf die Kante zu.

Aidens Fingernägel bohrten sich in ihre Handflächen. Sie merkte es kaum, weil sie sich auf Dawn konzentrierte.

Dawn sprang ab und raste die Rampe hinab.

Ein Schmerzensschrei durchbrach die Stille.

Aiden erstarrte. Eine Sekunde später übernahm ihre berufliche Ausbildung und sie zwang sich, den Blick von Dawn abzuwenden, die mittlerweile sicher den flachen Teil der Halfpipe erreicht hatte. Sie sah sich nach der Quelle des Aufschreis um.

Laurie war einige Meter nach links geskatet, um einen besseren Blick auf die Halfpipe zu haben. Irgendwie war sie dabei gestolpert. Jetzt lag sie am Boden und wimmerte vor Schmerz.

Evan raste die Halfpipe hinab. In ihrer Hast, zu Laurie zu gelangen, fiel sie fast selbst. »Hey, alles okay?« Behutsam half sie Laurie, sich aufzusetzen.

Sekunden später kniete auch Dawn neben Laurie.

Aiden, die um die Halfpipe herumfahren musste, war die Letzte, die das Mädchen erreichte. Blut tropfte von einer Schürfwunde an Lauries Unterarm, zwischen dem Ellbogenschützer und dem Handgelenkschoner. Nach Luft schnappend skatete Aiden auf sie zu.

Schnell erhob sich Dawn und versperrte ihr den Weg. »Nein.« Sie legte eine Hand auf Aidens Schulter. »Ich glaube nicht, dass sie schwer verletzt ist. Lass das Evan machen.«

Aiden starrte sie aus zusammengekniffenen Augen an. »Weiß sie überhaupt, was zu tun ist?« Zurückzubleiben und die Hände in den Schoß zu legen, war nicht Aidens Stärke. Sie war daran gewöhnt, die Führung zu übernehmen.

»Wir sind im Skatepark. Hier ist Evan die Chefin, nicht du. Wenn sie unsere Hilfe braucht, wird sie uns das sagen«, sagte Dawn.

Sanft zog Evan Laurie die Schutzkleidung aus. Sie drückte ein Taschentuch auf die blutenden Schrammen und wischte Schmutz und winzige Steinchen von Lauries Jeans, während sie beruhigend auf sie einredete.

Dawn hatte recht. Evan machte ihre Sache hervorragend. Es gab nichts, was Aiden zusätzlich hätte tun können, um Laurie zu helfen.

Schließlich sah Evan auf. Ihre Lippen waren fest aufeinandergepresst. »Ich glaube, ihr Handgelenk ist gebrochen.«

Oh Mist. Aiden biss sich auf die Innenseite ihrer Wange. Sie freute sich nicht darauf, das Lauries Eltern und Kade zu erzählen. »Dann lasst uns mal ins Krankenhaus fahren. Kannst du laufen?«

Dawn stupste sie an. »Sie hat sich den Arm verletzt, nicht die Beine, Schatz.«

Evan zog Laurie die Skates aus und sah zu den beiden Erwachsenen auf. »Kann eine von euch ihre Schuhe aus dem Auto holen?«

Erneut war Aiden beeindruckt von ihrer jüngeren Schwester. Sie nickte und sah dann auf ihre eigenen Füße.

»Ich gehe.« Dawn skatete zum Auto, um ihre Schuhe zu holen.

Als sie zurückkam, zogen Aiden und Evan ihre Skates aus und ihre Schuhe an, bevor sie Laurie halfen. Ihre Blicke trafen sich über Lauries ausgestreckte Beine hinweg und Aiden nickte ihr anerkennend zu.

Vorsichtig half Evan Laurie, aufzustehen. Aiden und Evan flankierten Laurie und so gingen sie zum Auto. Dawn folgte ihnen mit der Skatingausrüstung.

Auf dem Weg zum Krankenhaus sah Aiden in den Rückspiegel. Laurie war blass, weinte aber nicht mehr. Evans Gesicht war eine steinerne Miene von Schuld und Selbstanklage. Aiden kannte diesen Ausdruck nur zu gut.

Die einzige Person im Auto, die zumindest ruhig wirkte, war Dawn. Aiden kannte sie gut genug, um zu wissen, dass Dawn nicht wirklich so unbesorgt war, wie sie tat. Als Psychologin war sie gut darin, ihre eigenen Gefühle zu verbergen und ein Pokerface aufzusetzen, aber ihre Hände, die den Beifahrersitz umklammerten, verrieten sie.

Aiden nahm eine von Dawns Händen und drückte sie sanft. Als sie aus dem Auto stiegen und die Notaufnahme betraten, nahm sie wieder Dawns Hand, weil sie wusste, dass Dawn sich in Krankenhäusern immer unbehaglich fühlte.

»Wir brauchen die Erlaubnis deiner Eltern und deine Versicherungskarte, damit die Ärzte dich behandeln dürfen. Soll ich deine Eltern anrufen?«, fragte Dawn, als sie alle auf den unbequemen Stühlen im Wartebereich Platz nahmen.

Evan sprang auf. »Ich mach das.«

Aiden musste zugeben, dass sie ihre Schwester unterschätzt hatte. Evan übernahm die Verantwortung für Laurie und den Unfall, obwohl sie genau wusste, dass die Mathesons wütend auf sie sein würden.

»Nein!« Lauries normalerweise sanfte Stimme klang fest und entschlossen. »Meine Eltern haben eben erst aufgehört zu denken, du wärst schlecht für mich. Ich will das nicht gefährden, indem du sie anrufst und ihnen erzählst, dass ich verletzt wurde. Ich rufe lieber selbst an.«

Sieh mal einer an! Sie klingt wie Kade. Aiden stellte fest, dass sie beide Teenager unterschätzt hatte.

Laurie nahm ihr Handy aus der Tasche.

Dawn rutschte auf einen freien Stuhl, damit sie neben Evan sitzen konnte, und drückte ihre Schulter. »Du hast die Situation prima gemeistert.«

»Prima? Ich hab sie aus den Augen gelassen, obwohl ich wusste, dass sie noch nicht gelernt hat zu bremsen. Ich hab die Situation überhaupt nicht gemeistert!«

Aiden beugte sich vor, stützte die Ellbogen auf die Knie und sah Evan in die Augen. »Unfälle passieren eben, Evan. Das hättest du nicht verhindern können, selbst wenn du neben Laurie gestanden hättest. Dich trifft keine Schuld und hinterher hast du alles richtig gemacht.«

»Klar. Ich bin sicher, ihre Eltern verleihen mir einen Orden. Und Judy und Roger …« Evan stöhnte.

Bisher hatte sie immer so getan, als wäre es ihr egal, wenn die LeCroixs sie rauswarfen. Sie hatte vorgegeben, kein Teil dieser Familie oder überhaupt irgendeiner Familie sein zu wollen.

Sie täuscht das nur vor. Es ist ihr nicht egal. »Ich komme mit, wenn du es ihnen erzählst«, sagte Aiden. »Ich bin genauso dafür verantwortlich wie du.«

»Kopf hoch, ihr zwei!« Dawn klopfte ihnen beiden auf die Schulter. »Sie hat sich das Handgelenk gebrochen, nicht das Genick. Ich habe mir zweimal den Arm gebrochen, als ich versucht habe, mit meinem großen Bruder und seinen Freunden mitzuhalten. Das ist schnell passiert. Lasst uns nicht vergessen, dass es nur ein Unfall war. Niemand trägt daran die Schuld.« Sie sah von Aiden und Evan, bis beide nickten. »Nächstes Mal fangen wir einfach mit dem Bremsunterricht an.«

»Nächstes Mal? Ich glaube kaum, dass Laurie je wieder mit mir skaten gehen will.« Evan schüttelte den Kopf.

»Wollen wir wetten?«, fragte Dawn. »Du hast dich gut um sie gekümmert. Das erste Mal, als ich mir den Arm gebrochen habe, hat mein Bruder mich den gesamten Nachhauseweg angeschrien, aber du bist ganz ruhig geblieben. Ich bin sicher, Laurie weiß das zu schätzen. Du solltest stolz auf dich sein. Ich bin es.«

Aiden räusperte sich. »Ja, ich auch.«

Evan sah sie beide an. Erstaunen stand ihr ins Gesicht geschrieben. »Ihr macht mir Angst«, murmelte sie.

Dawn lachte. »Gewöhn dich dran.«

KAPITEL 32

Kade lauschte angestrengt. Da war es wieder: ein leises Stöhnen ertönte hinter der Verbindungstür. Sie trat näher.

Ein weiteres Stöhnen erklang.

Ein Schauer durchlief Kades Körper. *Sie macht doch da drin nicht etwa das, wonach es sich anhört, oder?* Sie schüttelte den Kopf. *Und wenn doch, warum stehst du hier und lauschst?* Trotzdem bewegte sie sich keinen Millimeter von der Tür weg.

Noch ein Geräusch kam aus Dels Zimmer, aber diesmal war es definitiv ein Schmerzenslaut.

Kade klopfte. »Del? Alles okay?«, rief sie durch die Tür.

»Alles in Ordnung«, antwortete Del.

Kade klopfte erneut und öffnete die Tür einen Spaltbreit. »Kann ich reinkommen?«

»Klar.«

Als Kade eintrat, sah sie Del auf der Bettkante sitzen, eine Hand auf den Rücken gepresst. »Was ist los? Ich habe gehört, wie du … äh … gestöhnt hast.«

»Ich habe nur ein wenig Muskelkater, nachdem deine Mutter mich den ganzen Nachmittag auf dem Tennisplatz herumgejagt hat«, sagte Del mit einem Schulterzucken. Die Bewegung ließ sie das Gesicht verziehen.

»Ein wenig?«

»Ja. Ich bin nicht daran gewöhnt, einen Tennisschläger zu schwingen, das ist alles.«

»Jetzt weißt du, wie ich mich gefühlt habe, nachdem ich mit dir auf dem Schießstand war und zum ersten Mal eine Pistole abgefeuert habe. Am nächsten Tag konnte ich kaum einen Stift halten, weil meine Finger, Handgelenke und Schultern so schmerzten.«

Del runzelte die Stirn. »Warum hast du nichts gesagt? Vor mir musst du nicht so tun, als wäre alles in Ordnung.«

Kade wusste das. Seit sie Del kannte, hatte sie langsam gelernt, ihre gewohnten Masken und Schutzmauern zu senken. Mit Del konnte sie ganz sie selbst sein. »Ich hoffe, du weißt, dass das für dich auch gilt.« Sie musterte Del eindringlich.

»Wenn du traurig oder schlecht gelaunt bist oder Schmerzen hast, kannst du zu mir kommen.«

»Wenn das so ist …« Del sah ihr in die Augen und grinste schief. »Mein Rücken tut schon ein bisschen weh. Ich glaube, ich habe mir einen Muskel gezerrt oder so.«

Kade schluckte. Jetzt war es an ihr, Del zu helfen. Sie war nicht sicher, ob Hitze oder eher Kälte bei einem gezerrten Muskel helfen konnte, aber eine Massage würde sicher nicht schaden. »Wenn du willst, kann ich dich massieren.«

»Hm, zu einem solchen Angebot sage ich nicht nein.« Del drehte sich, um sich aufs Bett zu legen.

»Stopp«, sagte Kade.

Del erstarrte. »Ich hoffe, du weißt, dass das kein Trick ist, um dich ins Bett zu bekommen.«

Kade rollte mit den Augen. »Wenn ich glauben würde, dass du bei mir Tricks anwendest, würdest du immer noch in der Tiefgarage stehen und darauf warten, mit mir reden zu dürfen. Ich wollte nur vorschlagen, dass wir in mein Zimmer gehen, weil ich das größere Bett habe. Und zieh dein Oberteil aus, bevor du dich hinlegst.«

»Du willst mich wirklich nackt sehen«, sagte Del.

In Wahrheit hätte Kade nichts dagegen gehabt. Sie grinste innerlich. »Wenn du willst, kannst du das Shirt auch anlassen und ich reibe dir dann die Haut wund. Es ist deine Entscheidung«, sagte sie mit einem Schulterzucken.

Del zog sich auf dem Weg ins andere Zimmer das T-Shirt über den Kopf. Ohne Eile ging sie zu Kades Bett, sodass Kade reichlich Zeit hatte, ihren athletischen Körper zu begutachten.

Diesmal blickte Kade nicht weg. Sie studierte die ausgeprägten Muskeln von Dels Schultern und Bauch und die kleinen Brüste, die von einem schwarzen Sport-BH bedeckt wurden. Die Muskeln und die weiblichen Rundungen bildeten einen reizvollen Kontrast. Eine dünne Narbe verlief entlang einer von Dels Rippen. »Was ist da denn passiert?«

Del sah an sich hinab. »Du meinst das da?« Sie berührte die Narbe. »Oh, nur eine nervöse Staatsanwältin, die mich in einer Tiefgarage mit ihrem Autoschlüssel attackiert hat.«

»Wie bitte?« Kade starrte sie an. Dunkel erinnerte sie sich daran, ihre Schlüssel in Dels Rippen gerammt zu haben. Ihr wurde ganz schlecht. »Du meinst, ich … ich war das?«

Del nahm Kades Hand und presste sie kurz gegen ihre warme Seite. »Nein. Beruhig dich. Das war nur ein Scherz. Es ist eine alte Narbe von einer Messerwunde.«

Kade kniff sie in die Seite und zog dann ihre Hand zurück. »Das war wirklich …«

»Gemein?« Del grinste. »Tja, ich musste mich noch dafür rächen, dass du mich hast glauben lassen, deine Mutter stände hinter mir, während ich einen Kommentar über deine Brüste abgegeben habe.«

Kade musste lächeln, mehr aus Erleichterung, als dass sie Dels Scherz lustig gefunden hätte. Der Gedanke an eine verletzte Del war unangenehm genug, aber zu glauben, dass sie ihr Schmerzen verursacht hatte … Kade mochte es nicht. Nicht, dass es besser war zu wissen, dass Del mit einem Messer angegriffen worden war. Sie erschauderte bei dem Gedanken, dass Del jeden Tag bei der Arbeit verletzt werden konnte. »Leg dich hin.«

Del ließ sich auf den Bauch fallen und stöhnte, als die abrupte Landung ihren gezerrten Muskel durchschüttelte. Sie drehte den Kopf und sah Kade an.

Wie mach ich das jetzt?

»Den Muskel erreichst du am besten, wenn du dich auf mich draufsetzt«, sagte Del, als erriete sie Kades Gedanken.

Kade betrachtete die glatte Haut auf Dels Rücken und den muskulösen Hintern, der in einer engen Jeans steckte. Sie schwang das linke Bein über Del und ließ sich langsam sinken. Es schien, als könnte sie Dels Körperwärme durch jede ihrer Poren spüren. Sanft legte sie die Hände auf Dels Rücken und begann, Druck auf verschiedene Muskelgruppen auszuüben. »Welcher ist der Übeltäter?«

Del stöhnte, als sie die richtige Stelle massierte. »Ja. Genau da.«

Langsam knetete Kade den Bereich um den betroffenen Muskel herum und zog mit den Daumen immer kleinere Kreise. Dies war nicht ihre erste Massage. Ihr Freund an der Uni war Sportler gewesen und hatte sie manchmal um eine Massage gebeten. Nie wäre es Kade in den Sinn gekommen, es von sich aus anzubieten. Sie war kein Mensch, der andere ständig berühren wollte, und eine Massage war ein rein klinisches Unterfangen für sie gewesen.

Diesmal jedoch nicht. Diesmal sah sie nicht nur Muskeln, die ihre medizinische Aufmerksamkeit brauchten. Sie spürte Dels Körper unter sich und jede ihrer Berührungen fühlte sich ganz und gar nicht zweckmäßig an. Sie bewunderte die Kurve von Dels Schulterblättern, den samtigen Schimmer ihrer kaffeefarbenen Haut und das Spiel ihrer geschmeidigen Muskeln, wenn Del sich ein wenig bewegte. *Ach, komm schon. Du bist kein hormongesteuerter Teenager.*

Sie massierte den betroffenen Muskel mit etwas mehr Kraft. Ihr wurde ganz warm, als Del zu stöhnen begann. »Habe ich dir schon dafür gedankt, dass du mit mir nach Ashland gekommen bist?«, fragte sie, um sich abzulenken.

»Das musst du nicht. Ich bezweifle, dass der Stalker weiß, wo du bist. Aber ich wollte kein Risiko eingehen.«

»Ich spreche nicht nur davon, dass du mich vor dem Stalker beschützt«, sagte Kade. »Ich spreche davon, dass du für ein paar Tage unter einem Dach mit meiner Mutter weilst. Den Stalker könntest du wenigstens erschießen.«

Dels Gelächter vibrierte durch Kade. »So schlimm ist deine Mutter nun auch wieder nicht.«

»Lügnerin.«

»Nein, wirklich«, sagte Del.

Kade fuhr mit den Fingernägeln leicht an Dels Rücken hinab. Sie lächelte, als Del eine Gänsehaut bekam. »Wenn sie ständig versuchen würde, dich mit irgendwelchen Junggesellen zu verkuppeln, wärst du anderer Meinung.«

»Deine Mutter kann nur nicht verstehen, warum du noch single bist. Sie glaubt, ihre Tochter wäre eine großartige Partie … und das glaube ich übrigens auch.«

Kade seufzte. »Warum kann sie mich nicht einfach mein Leben leben lassen?«

»Ich glaube, sie ist einsam«, sagte Del und reckte den Hals, um sie anzusehen.

Kade hielt in der Massage inne. »Einsam? Die Frau ist Vorsitzende jedes Nachbarschaftskomitees, sie organisiert mehr Dinnerpartys und Wohltätigkeitsveranstaltungen als die First Lady und niemand in der Familie würde sich trauen, ohne ihre Erlaubnis auch nur zu niesen. Wie kann sie da einsam sein?«

»Sie hat ihre eigenen Träume und Hoffnungen aufgegeben und lebt ihr Leben nach den Erwartungen anderer. Jetzt, da ihre Eltern und ihr Ehemann tot sind und sie das Familienoberhaupt ist, weiß sie nicht so recht, was sie mit ihrem Leben anfangen soll. Sie hat vergessen, wie man ohne diese Rollen und Masken mit Menschen umgeht.« Del rollte sich unter Kade auf den Rücken, sodass Kade nun fast auf Dels Schoß saß. Del sah mit ihren tiefbraunen Augen zu ihr auf. »Sie würde es wohl nicht zugeben und vielleicht hat sie es selbst noch nicht gemerkt, aber sie ist einsam und sie will nicht, dass du genauso endest.«

Kade hatte nie darüber nachgedacht, warum ihre Mutter sich so verhielt. Sie hatte es einfach als unabänderlich akzeptiert. Was Del sagte, ergab jedoch Sinn. Ihre Mutter war ebenso sehr ein Produkt ihrer Umwelt und ihres Elternhauses wie sie selbst. Kade starrte auf Del hinab und studierte gebannt die entspannten Gesichtszüge. »Wie um alles in der Welt konntest du sie so schnell durchschauen?«

»Ich kenne sie zwar erst seit Dienstag, aber dich kenne ich schon seit sechs Monaten«, sagte Del.

»Soll das heißen, dass ich eine jüngere Version meiner Mutter bin und genauso wie sie enden werde?« Es war kein angenehmer Gedanke.

Del neigte den Kopf. »Ihr habt einiges gemeinsam, aber mach dir keine Sorgen. Du wirst nicht wie sie enden.«

»Woher willst du das wissen?« Kades Beziehungen waren allesamt fehlgeschlagen. An schlechten Tagen konnte sie sich nur allzu leicht vorstellen, als alte, alleinstehende Tante Kade zu enden. Früher hatte der Gedanke sie nicht beunruhigt.

Del sah zu ihr auf. Ihr Lächeln war so warm wie die Haut unter Kades Händen. »Nun, deine Mutter hatte nie jemanden wie mich in ihrem Leben.«

Aber ich schon. Kade hörte die unausgesprochene Botschaft. *Wenn ich es will.*

»Wenn du dich an mich hältst, brauchst du keine Masken und kein Versteckspiel. Du musst nur deinen eigenen Erwartungen genügen, nicht denen von irgendjemandem sonst. Und du wirst eine Beziehung haben, die nicht nur aus höflichem Small Talk beim Abendessen besteht.«

Kade schluckte. Sie hatte sich nie gestattet, das zu wollen, was Del ihr anbot. Der Preis war immer zu hoch gewesen. »Del«, flüsterte sie. Sie wusste nicht, was sie sagen sollte, aber ihr war klar, dass sie irgendwie antworten musste. Del war ein großes Risiko eingegangen, indem sie ihre Gefühle offenlegte. Kade wusste das zu schätzen, auch wenn sie es noch nicht erwidern konnte.

Sanft legte Del ihren Zeigefinger auf Kades Lippen. »Ich wollte nur die Karten auf den Tisch legen. Das heißt nicht, dass du das auch tun oder den Wetteinsatz erhöhen musst. Solange du nur nicht passt, ist mir alles recht.«

Als Kade nickte, ließ Del ihren Finger sinken. Kade war ihr dankbar für ihre Geduld. »Ich kann nicht glauben, dass meine Mutter mit dir über ihre Ehe gesprochen hat.«

»Das musste sie gar nicht. Ich habe gesehen, wie sie das Bild deines Vaters im Wohnzimmer angesehen hat.« Del schüttelte den Kopf. »Das war keine trauernde Witwe, die das Gemälde ihres verstorbenen Ehemanns betrachtet. Das war eine Frau, die auf all die verpassten Gelegenheiten ihres Lebens zurückblickt. Sie ist nicht nur einsam, weil dein Vater gestorben ist. Ich glaube, sie war auch in ihrer Ehe schon einsam.«

Kade wusste, dass sie recht hatte. *Stellt sich die Frage, ob ich das auch so machen will.* Wollte sie eine Ehe mit einem von der Gesellschaft und ihrer Familie akzeptierten Mann – oder war sie bereit, alles aufs Spiel zu setzen, ihre Karriere, ihre Zukunft als Politikerin, die wackelige Beziehung zu ihrer Mutter, um eine Beziehung mit Del zu beginnen?

Als Kade eine Weile nichts sagte oder tat, nickte Del auf sich hinab. »Machst du es dir bequem?«

Die Wärme von Dels Bauch durchdrang den Stoff von Kades Hose und sie stützte sich mit den Händen auf Dels starken Schultern ab.

Del versuchte nicht, sie zu berühren. Ihre Hände lagen auf dem Bett. Sie hob nicht einmal den Kopf. Sie sah Kade nur mit ihren warmen braunen Augen an.

Zur Abwechslung entschied Kade, einfach zu sagen, was sie dachte. »Bequem ist nicht gerade das erste Adjektiv, das mir in den Sinn kommt.«

»Ach nein? Und was wäre ein zutreffenderes Adjektiv?« In Dels Stimme und Lächeln mischten sich Humor und Zärtlichkeit, eine Kombination, die typisch für sie war.

Auf der Suche nach dem richtigen Wort fuhr Kade mit dem Finger Dels Arm hinab, bis sie die weiche Haut in ihrer Armbeuge streichelte. Eine Gänsehaut überzog Dels Arm. Kades Körper prickelte ebenso. »Ich fühle mich, als stände ich unter Strom.«

»Das ist kein Adjektiv«, sagte Del.

»Halt den Mund.« Kade beugte sich vor. Mit einer Hand drückte sie immer noch Dels Schulter gegen das Bett.

Dels Lippen öffneten sich, vielleicht, um zu antworten, vielleicht auch in Erwartung dessen, was Kade tun würde.

Kade wartete nicht ab, um herauszufinden, was von beidem es war. Fest presste sie ihren Mund auf Dels und hinderte sie so daran, irgendetwas zu sagen oder zu tun. Es war kein sanfter Kuss. Jetzt, da Kade endlich den Mut aufgebracht hatte, Del zu küssen, wollte sie Del schmecken und erforschen. Zur Abwechslung wollte sie einmal nicht die übermäßig reservierte Kadence Matheson sein.

Dels Mund öffnete sich unter ihrem und Kade vertiefte den Kuss. Sie stöhnte, als Dels Zunge über ihre glitt. Ihre Augen fielen zu.

Del ließ ihre langen Finger durch Kades Haare wandern, während sie mit der anderen Hand ihren Nacken streichelte. Sie zog Kade näher, bis ihre Körper einander von Kopf bis Fuß berührten.

Gott. Jede Zelle in Kades Körper schien zu vibrieren.

»Kade …« Del stöhnte gegen Kades Lippen.

»Wenn du …« Kade musste tief Luft holen, bevor sie weitersprechen konnte. »Wenn du mich jetzt fragst, ob ich sicher bin, werde ich dich ohrfeigen!«

Del sah verblüfft zu ihr auf, dann lachte sie. »Das wollte ich gar nicht sagen. Du hast mir mal gesagt, dass du nur dann jemanden küsst, wenn du es ernst meinst. Ich wollte nur sagen, dass du verdammt gut küsst.« Sie fuhr mit den Fingerspitzen sanft über Kades vom Küssen leicht geschwollene Lippen.

Diesmal war es Del, die sich vorbeugte und Kades Mund mit ihrem bedeckte. Der Kuss war weniger stürmisch, aber genauso leidenschaftlich.

Kade hörte auf, über die Bedeutung des Kusses nachzudenken, und begann, ihn einfach nur zu genießen.

»Kadence, dein Bruder …« Sophie stoppte abrupt, die Hand noch auf der Tür, die sie eben ohne anzuklopfen geöffnet hatte.

Verdammter Mist. Panik überkam Kade. Sie riss die Lippen von Del und sprang vom Bett. »Mutter!« Sie wusste nicht, was sie sagen sollte. Sie fühlte sich wie eine Taucherin, die zu schnell zur Wasseroberfläche zurückgekehrt und nun völlig desorientiert war.

»Was … was geht hier vor? Was soll das?« Sophie fuchtelte mit dem Zeigefinger in Dels Richtung und deutete dann auch auf Kade.

Die Erwartungen ihrer Familie lagen schwer wie Blei auf Kades Schultern. Das Wichtigste war immer gewesen, den richtigen Eindruck zu machen, die richtigen Freunde zu haben und mit den richtigen Männern auszugehen. Sie hatte sich immer nach den ungeschriebenen Gesetzen ihrer Familie gerichtet. Nur einmal hatte sie sich gegen die Erwartungen ihrer Eltern aufgelehnt, als sie sich für die Stelle in der Staatsanwaltschaft und gegen den komfortablen Job in der Kanzlei ihres Vaters entschieden hatte. Damit war ihr Vorrat an Rebellion aufgebraucht. Erneut vom Mathesonpfad abzuweichen, war es einfach nicht wert gewesen … bis jetzt.

»Mrs. Matheson …« Hastig zog Del ihr T-Shirt wieder an.

»Mit Ihnen rede ich nicht«, fuhr Sophie sie an und vergaß für einen Moment ihre guten Manieren. »Ich spreche mit meiner Tochter!«

Langsam straffte Kade die Schultern. Sie würde nicht zulassen, dass Del den Zorn ihrer Mutter abbekam. »Ich habe sie geküsst«, sagte sie leise.

Ihre Mutter schüttelte den Kopf und schob störrisch das Kinn vor. »Unsinn!«

Ärger regte sich in Kade. Sie würde ihre Mutter nicht in dem bequemen Irrglauben lassen, dass Del als Einzige den Kuss genossen hatte. »Ich habe sie geküsst«, wiederholte sie. »Weil ich es wollte.«

»Das ergibt keinen Sinn, Kadence. Du bist doch nicht … homosexuell!«

»Woher willst du das wissen? Du weißt nicht, wer ich bin und was ich will. Das wusstest du noch nie.«

Statt zurückzuweichen, tat ihre Mutter, als hätte Kade nichts gesagt. »Ist das ein Witz? Erst ruft Douglas an und erzählt mir, Laurel hätte sich den Arm gebrochen, während sie mit ihrer … lesbischen Freundin skatete, und jetzt finde ich dich mit …«

Oh Gott. Kade wusste nicht, ob sie lachen oder weinen sollte. Ihrer armen Mutter blieb heute aber auch nichts erspart. *Was für ein ruhmreicher Tag für die Mathesondynastie!* »Geht es Laurie gut?«

»Ja. Nur eine Haarfraktur des Handgelenks«, sagte Sophie.

»Tut mir leid, dass du es so herausfinden musstest, aber es ist kein Witz. Ich habe es viele Jahre lang ignoriert, genau wie du es jetzt ignorierst, aber ich bin an einem Punkt meines Lebens angelangt, an dem ich mir selbst und anderen gegenüber eingestehen kann, dass ich bisexuell bin.«

»Bisexuell?« Sophie presste die Hände gegen ihre Schläfen. Sie sah aus, als würde sie gleich ohnmächtig werden. »Aber das bedeutet … du … du magst Männer?« Hoffnung schimmerte in ihren Augen.

»Im Moment mag ich Del«, antwortete Kade.

Sophie warf Del einen vorwurfsvollen Blick zu, die noch immer neben Kade stand, nah genug, um ihre Unterstützung zu demonstrieren, aber nicht so nah, dass Sophie einen Schlaganfall bekommen würde.

»Hör damit auf, Mutter! Ich warne dich. Schmiede bloß keine Pläne, wie du Del aus meinem Leben vertreiben kannst. Es würde nichts ändern. Del ist nicht der Grund, warum ich bisexuell bin. Sie hat mich nur ermutigt, ich selbst zu sein.«

Im Nebenraum begann Dels Handy zu klingeln, aber Del rührte sich nicht vom Fleck.

Nach ein paar Sekunden angespannter Stille klingelte das Handy erneut.

»Geh ruhig ran«, sagte Kade und gab ihr einen sanften Schubs.

Del zögerte.

»Geh schon. Ich komme hier allein klar.« Zum ersten Mal in ihrem Leben fühlte sich Kade motiviert und stark genug, ihrer Mutter die Stirn zu bieten.

Nach einem letzten Blick zurück eilte Del in ihr Zimmer.

Kade lauschte nicht, aber in der Stille, die zwischen ihr und ihrer Mutter herrschte, war es unmöglich, nicht zu hören, wie Dels Stimme im Nachbarzimmer zunehmend emotionaler klang. Dann schwieg Del. Vermutlich hatte sie ihr Telefonat beendet, aber sie kehrte nicht in Kades Zimmer zurück.

Kades Anspannung wuchs. Ging es um den Stalker? Hatten sie ihn gefunden? Hatte er jemanden verletzt? »Würdest du mich kurz entschuldigen?« Sie ging an ihrer verblüfften Mutter vorbei und betrat Dels Zimmer.

Del saß auf dem Bett und starrte an die Wand. Ihre Finger umklammerten das Handy.

»Del?« Kade setzte sich neben sie und nahm ihr sanft das Handy ab. »Was ist passiert?«

Del sah auf. Das Feuer in ihren dunklen Augen war erloschen. Sie wirkte benommen. »Mein Vater … Sie sagen, wenn ich ihn jetzt nicht besuche, werde ich ihn nie wieder sehen.«

»Das tut mir so leid.« Kade nahm Dels Rechte in ihre Hände. »Wirst du … wirst du ihn besuchen?«

Mit versteinerter Miene schüttelte Del den Kopf. »Ich kann dich jetzt nicht allein lassen.«

»Mach dir keine Sorgen. Ich werde schon mit meiner Mutter fertig. Es ist nicht so schlimm, wie ich dachte«, sagte Kade. Es stimmte sogar. Sie hatte ihrer Mutter nie nahegestanden, also gab es nichts, was ihre Mutter ihr nehmen konnte. Sie brauchte ihr Geld nicht und ihre Liebe hatte sie ohnehin nie gehabt.

»Nicht nur wegen deiner Mutter. Da ist schließlich auch noch der Stalker. Ray und Aiden hatten bisher kein Glück mit den Ermittlungen. Ich lasse dich nicht schutzlos zurück, solange wir den Bastard nicht geschnappt haben.«

»Okay, dann komme ich mit dir«, sagte Kade.

Del sah sie erstaunt an.

»Oder willst du nicht, dass ich mitkomme?«

»Doch«, sagte Del.

Kade hob Dels Hand und küsste ihre Finger. Es überraschte sie, wie leicht ihr die kleine, liebevolle Geste fiel. »Gut. Bleib hier. Ich gehe und packe meine Sachen.«

Ihre Mutter war noch immer da, als Kade in ihr Zimmer zurückkam. »Wir müssen gehen.« Sie warf ihren Koffer aufs Bett und begann zu packen.

»Was? Nein! Ich lasse nicht zu, dass du gehst. Nicht bevor wir das zu Ende diskutiert haben.«

Du meinst wohl, bevor du mir nicht ausgeredet hast, bisexuell zu sein. »Wir haben jetzt keine Zeit zum Reden. Dels Vater liegt im Sterben und sie muss sofort hinfahren, wenn sie ihn noch mal sehen will.«

Sophie stand erstarrt da. Erinnerungen verdunkelten ihr Gesicht. »Gehst du mit ihr?«

»Del ist immer für mich dagewesen und hat mir durch ein paar schwierige Situationen geholfen«, sagte Kade. »Jetzt ist es an mir, sie zu unterstützen.«

Sophie antwortete nicht. Sie sah zu, wie Kade ihren Koffer und ihre Schlüssel nahm.

»Ich gehe den Wagen holen und komme dann zurück, um Del mit den restlichen Sachen zu helfen«, sagte Kade auf dem Weg zur Tür.

Del faltete das letzte T-Shirt und schob es in die Reisetasche. Sie zog den Reißverschluss zu und sah sich im Raum um. Trotz der angespannten Atmosphäre im Haus war sie ein wenig traurig, abreisen zu müssen. Es war ein sicherer Zufluchtsort für sie und Kade gewesen, weit weg von ihren Jobs, dem Stalker und all den Pflichten, die sie beide in Portland hatten. Kade hatte sich ihr geöffnet und sie sogar geküsst. *Gott, und was für ein Kuss!* Del schloss die Augen.

Jetzt hatte die Realität sie eingeholt. Sie musste gehen und sich ihrer Vergangenheit stellen. Sie öffnete die Augen, schulterte die Reisetasche und trat auf den Gang.

Die Tür zu Kades Zimmer wurde geöffnet und Sophie kam heraus. »Tut mir leid, das von Ihrem Vater zu hören«, sagte sie höflich.

»Das muss Ihnen nicht leidtun. Wir stehen uns nicht nahe. Ich habe seit mehr als zwanzig Jahren nicht mehr mit ihm gesprochen«, sagte Del und versuchte, genauso sachlich zu sein wie Sophie.

»Oh. Darf ich fragen, wieso nicht?«

Versuchte Sophie, ihre Schwachstellen zu finden, um sie aus Kades Leben entfernen zu können? Del beschloss, trotzdem zu antworten. Vielleicht würde es Sophie leichter fallen, die sexuelle Orientierung ihrer Tochter zu akzeptieren, wenn sie hörte, welche Konsequenzen Dels Coming-out gehabt hatte. »Meine Eltern konnten nicht akzeptieren, wer ich bin. Als mein Vater herausfand, dass ich lesbisch bin, hat er mich verprügelt und aus dem Haus geworfen.«

»Um Himmels willen!« Sophie war sichtlich geschockt von einem so unzivilisierten Verhalten. Jemanden zu verprügeln, war nicht die bevorzugte Methode der Mathesons.

»Die blutige Lippe und die Prellungen sind innerhalb weniger Wochen verheilt. Die bösen Worte und Beleidigungen, die er mir an den Kopf geworfen hat, haben mehr weh getan als seine Fäuste das je könnten.«

»Soll das eine Botschaft für mich sein?«, fragte Sophie. »Wir sind nicht in derselben Lage. Mit Kade ist es viel … komplizierter.«

»Ach ja? Ich glaube, es ist sogar sehr einfach: Entweder lieben Sie Ihre Tochter ohne Wenn und Aber, wie eine Mutter das tun sollte, oder eben nicht.« Del wusste, dass es ihr eigentlich nicht zustand, sich einzumischen, aber sie konnte einfach nicht länger schweigen. Es tat weh, die Distanz zwischen Kade und ihrer Mutter zu sehen.

»Natürlich liebe ich meine Tochter, aber …«

»Ich sagte, ohne Wenn und Aber. Sie stellen Bedingungen für Ihre Liebe. Sie lieben sie nur, wenn sie die perfekte Kadence Matheson ist, mit einem perfekten Job, einem perfekten Ehemann, einem perfekten Leben. Sie dulden keine Abweichungen von dem, was Sie für richtig halten.«

Die normalerweise emotionslose Sophie lief vor Zorn rot an. »Sie haben nicht das Recht …«

»Ich weiß. Ich will nur nicht, dass es Ihnen und Kade so ergeht wie mir und meinen Eltern. Bitte tun sie das Kade … oder sich selbst nicht an. Denken Sie mal in Ruhe darüber nach, was im Leben wirklich zählt. Ist es, dass Kade einen Mann heiratet, den Sie für sie aussuchen, oder ist es, dass Kade glücklich ist?« Ohne eine Antwort abzuwarten, schulterte erneut ihre Reisetasche und ging davon.

Als sie das Ende des Gangs erreichte, sah sie Kade erstarrt unten an der Treppe stehen, einen Fuß schon auf der ersten Stufe.

Mist. Sie hat es gehört. Langsam ging Del die Treppe hinab und stellte ihre Tasche neben Kade. »Tut mir leid. Ich hätte nicht …«

Kades Finger auf ihren Lippen stoppte sie. »Du brauchst dich nicht dafür zu entschuldigen, dich für mich eingesetzt zu haben.«

»Ich weiß, dass du nicht möchtest, dass andere deine Schlachten für dich schlagen«, sagte Del.

Kade nickte. »Trotzdem ist es schön, mal zur Abwechslung nicht allein kämpfen zu müssen. Ich hätte ihr das nie sagen können, obwohl es wahr ist.« Sie griff um Del herum und nahm die Reisetasche. »Komm, lass uns gehen.«

»Musst du dich nicht von deiner Mutter verabschieden?«, fragte Del. Sie wollte nicht daran schuld sein, dass sich Mutter und Tochter noch weiter voneinander entfernten.

»Nein. Ich mag deine Abschiedsworte lieber. Ich lasse ihr ein wenig Zeit und werde sie später anrufen.« Kade führte sie aus dem Haus, ohne zurückzusehen.

KAPITEL 33

Als Aiden das Haus betrat und den Tatort sah, glaubte sie fast, in einem Albtraum gefangen zu sein – oder einem Déjà-vu.

Durch die halb offene Schlafzimmertür konnte sie ein zerknittertes Bettlaken und andere Gegenstände am Boden liegen sehen. Eine Lampe war während des Kampfes umgefallen. Alles hier glich dem Zustand von Dawns Wohnung in der Nacht ihrer Vergewaltigung – mit einer Ausnahme.

Alannah Hendley saß nicht im Wohnzimmer und umklammerte mit zitternden Händen die Decke, die ihr jemand um die Schultern gelegt hatte. Sie lag tot auf dem Bett.

»Sie hatte keine Chance«, sagte Irene Deming. »Mehrere Stichwunden in Brust und Bauch. Sie ist innerhalb von Minuten verblutet.« Sie erhob sich aus ihrer gebückten Haltung, sodass Ray und Aiden einen Blick auf das Opfer werfen konnten.

Starre grüne Augen, halb verborgen unter zerzausten blonden Haaren, sahen zu Aiden auf.

Galle stieg ihre Speiseröhre empor. Sie presste sich eine Hand auf den Mund und rannte an Ray vorbei. Sie schaffte es gerade noch nach draußen, bevor sie sich übergeben musste.

Als sie sich aufrichtete, stand Ray neben ihr. Er gab ihr ein Taschentuch und eine Flasche Wasser. »Alles okay?«

Ja, klar, ich übergebe mich immer an Tatorten. Aiden verkniff sich den sarkastischen Kommentar. Ray machte sich nur Sorgen um sie. Er verdiente es nicht, ihre schlechte Laune abzubekommen. »Ja, alles okay.« Sie nahm einen Schluck Wasser und spülte sich den Mund aus.

»Bist du sicher?«

Sie hatten schon weit schlimmere Tatorte gesehen. Es war ein Teil ihres Jobs. Normalerweise ging Aiden mit professioneller Distanz damit um, aber die Parallelen zwischen diesem Fall und Dawns hatten die Schutzmauern eingerissen, die die toughe Polizistin von der Frau trennten.

»Du bist doch nicht schwanger, oder?« Er grinste.

Aiden fand das nicht witzig. »Ja, du hast es erraten«, sagte sie sarkastisch. »Meine Lebensgefährtin hat mich geschwängert. Woher weißt du das?«

Ray verschränkte die Arme vor der Brust und sah sie ruhig an. »Vielleicht weil du den ganzen Morgen über schon so reizbar bist?«

Aiden seufzte. »Tut mir leid. Es ist nur … All das …« Sie zeigte über die Schulter zum Tatort. »Da kommen Erinnerungen hoch, an die ich lieber nicht denken würde.«

»Kann ich mir vorstellen. Der Tatort und Alannah Hendley sehen fast so aus wie …«

»Ja«, sagte Aiden und unterbrach ihn, bevor er Dawns Namen aussprechen konnte. Sie wollte nicht daran erinnert werden, dass sie Dawn fast verloren hätte, bevor sie sie überhaupt richtig kennengelernt hatte.

Ray musterte sie. »Aber es ist mehr als das, oder?«

Er kennt mich zu gut. »Hast du je gedacht, dass es für deine Beziehung besser gewesen wäre, wenn du und Susan nicht schon so früh geheiratet hättet?«

»Ich bereue es nicht, Susan geheiratet oder Rebecca bekommen zu haben, aber ja, das Timing hätte besser sein können«, sagte Ray. »Ich meine, Susan war kaum siebzehn und hatte außer mir noch nicht mal einen anderen Mann geküsst. Wir waren noch nicht lange zusammen und plötzlich waren wir nicht nur ein Paar, sondern Eltern!«

»Aber du hast trotzdem nie gezögert, sie zu heiraten und eine Familie zu gründen?«, fragte Aiden.

Ray lachte. »Nie gezögert? Im ersten Ehejahr war ich ständig in Panik. Die Verantwortung für eine Ehefrau und ein Baby zu tragen, war nicht gerade das, wovon ich mit zwanzig geträumt habe.« Er betrachtete sie. »Aber es geht hier nicht wirklich um Susan und mich, oder? Was ist mit dir los?«

Aiden holte tief Luft. »Dawn hat mich gefragt, ob ich bei ihr einziehen will.«

»Das ist toll!« Ray strahlte sie an. Als er ihre angespannte Haltung sah, verblasste sein Lächeln. »Oder nicht? Ich meine, Dawn ist wunderbar. Ich weiß, dass du sie liebst. Wo ist also das Problem? Du bist lesbisch, schon vergessen? Angeblich ziehen Lesben doch schon nach dem zweiten Date zusammen, also bist du viel zu spät dran.«

»Ich weiß nicht, ob ich dazu schon bereit bin.« Aiden lehnte sich gegen die Wand und beobachtete ihn, während sie auf seine Reaktion wartete.

»Dann sag ihr das«, riet Ray. »Sie ist eine sehr geduldige Frau. Ich bin sicher, sie wird dir die Zeit geben, die du brauchst. Sie wird auf dich warten.«

Aiden wollte aber nicht, dass Dawn warten musste. Sie wollte, dass Dawn jetzt sofort alles bekam, was sie wollte, und sie ärgerte sich über sich selbst, weil sie es ihr nicht geben konnte. »Ich weiß nicht, ob Zeit wirklich das Problem ist.«

»Jetzt verwirrst du mich. Was ist dann das Problem? Sie liebt dich. Du liebst sie. In den vergangenen Monaten warst du glücklicher, als ich dich je zuvor erlebt habe.«

»Das ist es ja gerade. Warum die Dinge ändern, wenn sie schon perfekt sind?«

»Aiden«, sagte er in einem Tonfall, in dem sie ihn mit seinen Kindern hatte sprechen hören. »Das meinst du doch gar nicht so. Du hast nur Angst, verletzt zu werden.«

Das war nur eines der Dinge, vor denen Aiden Angst hatte, aber sie nickte und stieß sich von der Wand ab. »Komm, lass uns wieder reingehen. Wir haben einen Fall zu lösen.«

Del starrte zum Eingang des Krankenhauses. Wegen ihres Berufs hatte sie viel Zeit in Krankenhäusern verbracht, aber keines davon war so einschüchternd gewesen.

»Soll ich im Auto warten?«, fragte Kade.

Del drehte sich zu ihr um. »Nein.« Sie konnte sich keine Situation vorstellen, in der sie Kade nicht dabeihaben wollte. Selbst nach der 300-Meilen-Fahrt nach Sacramento, bleich vom Schlafmangel und mit zerknitterter Kleidung sah Kade wunderschön aus. Del war nicht zu stolz, um Kades Hilfe anzunehmen. »Falls es dir nichts ausmacht, für meine Partnerin gehalten zu werden, hätte ich gerne, dass du mitkommst.«

Es schien, dass Kade sich endlich damit abgefunden hatte, sich zu Frauen hingezogen zu fühlen, aber Dels Familie vorgestellt zu werden, war vielleicht mehr, als sie im Moment verkraften konnte.

»Ich werde bei dir bleiben, so lange du willst«, sagte Kade.

Seite an Seite betraten sie das Krankenhaus und fragten sich zum richtigen Zimmer durch. Dels Schritte verharrten.

Ihre Mutter und ihre beiden ältesten Brüder standen im Krankenhausflur und sprachen mit einem Arzt. Sie erkannte die drei kaum noch. Das letzte Mal, als sie ihre Mutter gesehen hatte, betete diese gerade um Vergebung für Dels Sünden und bat Gott, sie wieder »normal« zu machen. Jetzt wirkte es, als würde sie erneut zum Himmel beten, als sie den Arzt verzweifelt ansah.

Der Arzt ging davon, bevor Del die Gruppe erreichte. Kade hielt sich etwas im Hintergrund, als Del ihrer Familie wortlos zunickte.

»Delicia!« Ihre Mutter presste die Hände auf die Brust. »Du bist gekommen! Dein Vater wird sich so freuen!«

Ja, klar. Er würde außer sich sein vor Glück, herauszufinden, dass seine Tochter noch immer lesbisch war. Statt es auszusprechen, drehte Del sich um und legte einen Arm um Kade. »Kade, dies sind meine Mutter, Rosita Montero

Benítez, und meine Brüder Ismael und Ricardo. Das hier ist Kade Matheson. Sie ist mit mir von Oregon hergefahren.«

Ismael nickte ihnen beiden zu. »Danke, dass ihr gekommen seid.«

Ihre Mutter starrte Kade an. »Seid ihr …?« Mit roten Wangen wandte sie sich an Del. »Ist sie … deine …?«

»Meine Partnerin?« Del sah zu Kade, die nun ebenfalls errötete. »Nein, ist sie nicht.« *Nicht, dass ich es nicht wollte.* Aber offiziell waren sie noch immer nur Freunde und Del wusste, dass sie wegen eines Kusses nicht gleich von mehr ausgehen durfte.

»Oh.« Ihre Mutter entspannte sich sichtlich. »Dann bist du nicht …?«

Del wusste, worauf sie hoffte. »Tut mir leid, dich enttäuschen zu müssen, aber ich bin noch immer lesbisch. Das ändert sich nicht, nur weil ihr es wollt.« Sie zeigte auf die Tür. »Ist er da drin?«

Rosita nickte und fuhr sich mit einem Taschentuch übers Gesicht. »Die Ärzte sagen, er hat nicht mehr lange«, flüsterte sie.

Dels Brüder beugten in stiller Trauer die Köpfe, aber Del empfand nur Leere. Es war schwer zu glauben, dass der starke, dominante Mann, den sie gekannt hatte, sterben würde. »Bist du sicher, dass er mich sehen will?«

»Oh ja, natürlich!« Ihre Mutter schob sie zur Tür. »Geh nur rein.«

Del zögerte.

»Soll ich erst mal reingehen und mit ihm reden?«, fragte Rosita.

Fast widerwillig musste Del zugeben, dass sie beeindruckt war. Es war das erste Mal in zweiundvierzig Jahren, dass sich ihre Mutter schützend vor sie gestellt hatte. Als ihr Vater sie vor all den Jahren geschlagen hatte, war ihre Mutter untätig geblieben. Vielleicht hatten sich ja doch einige Dinge verändert. Trotzdem blieb Del skeptisch. »Nein, ist schon gut. Ich gehe und rede mit ihm. Ich habe nichts zu befürchten. Er kann mir nichts mehr wegnehmen.« Sie atmete tief ein und bereitete sich auf die Begegnung mit ihrem Vater vor.

Kade trat näher und drückte kurz ihre Hand, bevor sie wieder losließ. »Ich werde hier sein, wenn du mich brauchst.«

Del nickte, holte noch mal tief Luft und klopfte dann, bevor sie eintrat.

»Ich hab der verdammten Schwester doch schon gesagt, dass ich keine Schmerztabletten mehr will!«, schrie ihr Vater, bevor die Tür auch nur halb offen war.

Del wusste nicht, was sie erwartet hatte, aber der Patient im Krankenbett war ein Schock. Ihr Vater war alt geworden und hatte an Gewicht verloren, obwohl er immer schlank gewesen war. Seine Wangen waren eingefallen und von Bartstoppeln bedeckt und seine Haut war dünn und faltig.

Ein Sauerstoffschlauch steckte in seiner Nase, aber zum Glück hatte jemand das Piepen der Monitore um ihn herum abgeschaltet.

Eine Welle von Bedauern, Wut und Mitleid überkam sie und schnürte ihr den Hals zu, sodass sie nicht sprechen konnte.

Ihr Vater hielt ihrem Blick stand.

Er erkannte sie nicht. Das traf sie wie ein Schlag in die Magengrube, auch wenn es nicht überraschend war. Damals war sie eine verängstigte Sechzehnjährige gewesen, jetzt war sie eine erwachsene, selbstbewusste Frau.

Ohne ein Wort zu sagen, trat sie näher an das Krankenbett.

Héctor setzte sich mühsam im Bett auf und kniff die Augen zusammen. »Kenne ich Sie?«

Ein Kloß formte sich in Dels Hals und ein bitterer Geschmack lag auf ihrer Zunge. Dass ihr Vater sie, seine eigene Tochter, nicht erkannte, war fast schlimmer als wütende Zurückweisung. »Ich bin's.« Sie hasste das Zittern in ihrer Stimme. Vor vielen Jahren hatte sie sich geschworen, nie wieder Schwäche vor ihrem Vater zu zeigen. »Del.«

Ihr Vater schnappte nach Luft. »D-Delicia?« Sein Blick huschte über ihr Gesicht. »Ja, du bist es. Du siehst mir ähnlich … zumindest, bevor der verdammte Krebs mich wie einen alten, sabbernden Greis hat aussehen lassen.«

Del sagte nichts. Sie zog es vor zu glauben, dass sie ihrem freundlichen Großvater ähnelte und nicht ihrem despotischen Vater.

»Deine Mutter hat dich also gefunden«, murmelte Héctor. »Ich wusste, dass sie sofort nach dir suchen würde, sobald ich aus dem Haus bin. Nachdem du gegangen bist, ist unsere Ehe langsam zerbrochen. Dass ich dich rausgeworfen habe, stand immer zwischen uns, auch wenn wir nie darüber gesprochen haben.«

»Das klingt fast wie eine Entschuldigung. Als würdest du bereuen, wie du mich behandelt hast.« Hin und her gerissen zwischen Hoffnung und Misstrauen, sah sie ihren Vater an.

Er rieb sich die Bartstoppeln mit einer seiner mageren Hände. »Bereuen?«, wiederholte er langsam. »Bereue ich es, dass ich jetzt hier liege und wenig glorreich als einsamer Mann abtreten werde? Ja, natürlich.« Er hustete und es kostete ihn sichtlich Mühe, fortzufahren. »Bereue ich es, dass deine Mutter und ich nach fünfundvierzig Ehejahren nur unsere Söhne und die Tochter gemeinsam haben, die ich aus unserem Leben verbannt habe? Ja, ich glaube schon.«

Del starrte ihn an. »Du gibst zu, dass du mich falsch behandelt hast?«

»Es war nicht der richtige Weg, aber …« Héctor hob eine Hand und für einen Moment konnte Del den Tyrannen von früher in ihm erkennen. »Es war nur zu deinem Besten. Ich dachte, wenn ich dich zwinge, dich der Realität zu stellen und dir zeige, wie falsch solche Perversionen sind, kommst du wieder zur Vernunft.«

»Perversionen«, wiederholte Del leise. Nein, ihr Vater hatte sich nicht verändert. »Tut mir leid, dir mitteilen zu müssen, dass ich nicht zur Vernunft gekommen bin. Was jetzt?«

»Deine Mutter würde dich gerne wiedersehen. Vielleicht kann sie deinen … Lebensstil ignorieren, aber ich kann das einfach nicht akzeptieren und ich habe nicht mehr die Zeit, eines Tages vielleicht doch noch meinen Frieden damit zu schließen. Tut mir leid.« Seine mageren Schultern bewegten sich unter dem Krankenhausnachthemd auf und ab wie die Flügel eines erschöpften Vogels.

Zum ersten Mal hörte Del nicht nur Hass und Ekel für seine »perverse Tochter« aus seiner Stimme heraus. Fast schien er zu bereuen, dass er unfähig war, sie so zu akzeptieren, wie sie war. Es war nicht viel, aber es war mehr, als sie von ihm erwartet hatte. Sie räusperte sich. »Warum wolltest du mich sehen? Um mir das zu sagen?«

»Vielleicht weil ich nicht wollte, dass meine letzte Erinnerung an dich die eines weinenden Mädchens mit einem blauen Auge und einer blutigen Lippe ist«, sagte er leise.

Del zuckte betont lässig die Schultern. »Das ist schon vor langer Zeit verheilt.«

»Wirklich?«

»Nein«, sagte sie. »Wunden wie diese hinterlassen Narben. Du hast mir beinahe das Schlimmste angetan, was man seinem Kind nur antun kann. Du hast mich fast dazu gebracht, mich selbst zu hassen. Das kann man nicht so einfach vergessen.«

Ihr Vater schwieg eine Zeit lang. Vielleicht spürte er, dass nichts, was er sagte, die Vergangenheit ungeschehen machen konnte. Vielleicht wollte er auch gar nichts ungeschehen machen, weil er immer noch glaubte, im Recht zu sein. Schließlich sah er auf und in Dels Augen. »Gibst du mir die Hand, bevor du gehst?«

Del blickte hinab auf ihre langen, starken Finger, die fähigen Hände einer Polizistin, und dann auf die mageren Hände ihres Vaters, die ihre frühere, manchmal brutale Kraft verloren hatten.

Es war nicht nur das Bettgitter, das zwischen ihnen stand. Eine tiefe Kluft trennte Vater und Tochter.

Schließlich machte sie einen zögerlichen Schritt auf ihn zu, streckte die Hand aus und schloss sanft die Finger um seine.

Seine knochige Brust hob und senkte sich, aber sein Gesicht war fast ausdruckslos. »Danke«, sagte er leise.

»Gern geschehen.« Del drückte behutsam seine Hand, bevor sie losließ und aus dem Zimmer und dem Leben ihres Vaters marschierte.

Dawn saß auf den Treppenstufen vor Aidens Haus und wartete auf sie, als Aiden aus dem Auto stieg.

»Was machst du denn hier?« Natürlich war sie froh, Dawn zu sehen. Nachdem sie in die leblosen Augen einer Frau geblickt hatte, die Dawn hätte sein können, beruhigte es sie, die vertrauten grüngrauen Augen so voller Gefühle zu sehen … auch wenn eines der Gefühle Sorge war.

»Zwei meiner Patientinnen haben abgesagt, deshalb habe ich dich angerufen, um zu fragen, ob du Zeit hast, mit mir etwas essen zu gehen. Als du nicht abgenommen hast, habe ich im Revier angerufen. Man sagte mir, du wärst schon nach Hause gegangen.« Dawn erhob sich von der Treppe und kam näher, um Aidens Gesicht zu betrachten. »Du gehst nur selten mitten am Tag nach Hause. Ist alles okay?«

Aiden seufzte. »Wir haben einen neuen Fall und die Laborergebnisse kommen nicht vor morgen. Ray meinte, es wäre eine gute Gelegenheit, mich mal ein paar Stunden auszuruhen.«

»Kann ich reinkommen?«, fragte Dawn, als Aiden in der Tasche nach ihren Schlüsseln kramte.

»Klar«, sagte Aiden. »Du hättest auch ohne mich reingehen können, weißt du? Schließlich hast du einen Schlüssel.«

»Ich weiß, aber ich habe mir Sorgen um dich gemacht und wollte dich sofort sehen, wenn du auf das Haus zusteuerst«, sagte Dawn. »Ich weiß, dass du nicht nur wegen der Wartezeit auf die Laborergebnisse früher nach Hause gegangen bist.« Schnell hob sie die Hände. »Ist schon okay, wenn du nicht darüber reden willst, aber bitte lüg mich nicht an.«

Aiden rieb sich den Nacken. »Es ist ein Fall, der mich ziemlich hart trifft. Ray meinte, ich solle mir ein paar Stunden freinehmen, um mein inneres Gleichgewicht wiederzufinden. Ich würde gerne mit dir essen gehen, aber ich habe Evan versprochen, ihr noch eine Fahrstunde zu geben.«

»Es macht mir nichts aus zu warten. Ich habe ein Buch mitgebracht«, sagte Dawn, als sie Aidens Wohnung betraten. »Du wirst nicht mal merken, dass ich da bin.«

Aiden blieb im Türrahmen stehen, ganz nah vor Dawn. »Ich merke immer, wenn du da bist, und darüber bin ich froh.« Endlich erlaubte sie sich zu tun, was sie hatte tun wollen, seit sie Dawn auf der Treppe sitzen sah. Sie zog sie in eine Umarmung, schloss die Augen und atmete Dawns Geruch tief ein.

Dawn hielt sie ganz fest. »Alles in Ordnung?«

Aiden ließ sie los und trat zurück. »Ja. Jetzt ist alles wieder okay.«

Es war offensichtlich, dass Dawn ihr nicht glaubte, aber sie sagte nichts. Sie setzte sich auf die Couch und begann, wie versprochen, in ihrem Buch zu lesen. Nach einer Weile streifte sie die Schuhe ab und setzte sich im Schneidersitz auf die Couch.

Aiden war zu unruhig, um sich zu setzen. Was sie am Tatort gesehen hatte, ließ sie nicht zur Ruhe kommen. Außerdem war sie nervös wegen des bevorstehenden Besuchs bei Evan. Sie ging ins Badezimmer, prüfte den Anrufbeantworter und holte sich dann etwas zu trinken aus dem Kühlschrank. Ruhelos streifte sie durch die kleine Wohnung. Dawns Blick folgte ihr, sodass sie sich noch mehr wie ein eingesperrter Tiger im Zoo vorkam.

»Was ist los?«, fragte Dawn, als Aiden zum dritten Mal an ihr vorbeikam. »Ich dachte, du hättest dir den Mittag freigenommen, um dich zu entspannen, und jetzt läufst du nur auf und ab.«

»Ich habe den Nachmittag freigenommen, um ihn mit Evan zu verbringen«, sagte Aiden.

Dawn hob die Brauen. »Und das ist nicht entspannend?«

»Heute nicht.«

»Warum? Macht es dich immer noch nervös, wenn sie dein Auto fährt?«, fragte Dawn mit einer Spur Belustigung.

»Nein, es geht nicht um das Auto.« Das hatte Aiden schnell überwunden. »Evan fährt recht gut.«

»Was ist es dann?«

»Ich habe hin und her überlegt.«

»Worüber?«, fragte Dawn.

Aiden holte tief Luft, um es zum ersten Mal laut auszusprechen. »Darüber, ob ich mit ihr über … unseren Vater sprechen sollte oder lieber nicht.«

Dawn legte das Buch auf den Couchtisch und widmete Aiden ihre volle Aufmerksamkeit. »Wieso gerade heute?«

»Du denkst, ich sollte lieber nicht mit ihr darüber reden?«

»Das habe ich nicht gesagt. Ich frage mich nur, warum es gerade heute sein muss.« Dawn sah mit besorgter Miene zu ihr auf. »Mit all dem Stress bei der Arbeit hast du doch im Moment schon genug andere Sorgen.«

Aiden dachte darüber nach. Benutzte sie Evan nur als Ausrede, um sich nicht mit ihren eigenen Problemen beschäftigen zu müssen? Sie schüttelte den Kopf. Ihre anderen Probleme und Evan hingen zusammen. Solange sie nicht mit der Vergangenheit abgeschlossen hatte, konnte sie nicht unbeschwert in eine Zukunft mit Dawn blicken.

Aber sie wollte jetzt noch nicht mit Dawn darüber reden. Es würde sie nur auf etwas hoffen lassen, was Aiden vielleicht gar nicht erreichen konnte. »Es fühlt sich einfach wie der richtige Augenblick an. Evan und ich fangen langsam an, einander zu vertrauen.« Der Vorfall mit Laurie hatte Aiden gezeigt, was für ein guter Mensch Evan wirklich war, wenn sie ihre Schutzwälle senkte. Sie wollte, dass Evan sich selbst auch so sah.

»Okay.« Falls Dawn vermutete, dass mehr dahintersteckte, so sagte sie es nicht. »Hast du schon entschieden, ob du Evan von eurem Vater erzählen wirst?«, fragte sie in einem neutralen Tonfall.

»Bitte sprich nicht in deinem Psychologinnentonfall mit mir.« Aiden tippte ihr sanft auf die Nase.

»Psychologinnentonfall? So was hab ich?« Dawn neigte den Kopf zur Seite.

»Ja.« Manchmal wusste Aiden diesen Ton zu schätzen, aber diesmal wollte sie eine ehrliche Meinung. »Er ist freundlich und zeigt Interesse, ist aber frei von jeglichem Urteil und jeglicher Emotion.«

»Wirklich?«

Aiden nickte.

»Ich glaube, ich stelle meine Gefühle hinten an, um dir Raum für deine zu geben. Ich möchte keinen Einfluss nehmen auf eine Entscheidung, die so einzigartig und persönlich ist, dass nur du sie treffen kannst.«

Seufzend sank Aiden neben Dawn auf die Couch. »Ich wünschte, jemand würde mir sagen, was ich tun soll. Falls sie nichts von ihrem … unserem Vater weiß, könnte es sie in eine Krise stürzen, wenn ich es ihr erzähle. Aber wenn sie es weiß und ich nicht mit ihr darüber spreche, wird sie sich isoliert fühlen, wie eine Person, die es eigentlich gar nicht geben sollte.«

Dawn nahm ihre Hand und verflocht ihre Finger mit Aidens. »Glaubst du, sie weiß es?«

»Ich habe keine Ahnung. Ich kann sie ja schlecht fragen, ob sie weiß, dass ihr Vater reihenweise Frauen vergewaltigt hat. Das würde den Zweck total verfehlen.« Aiden ließ den Kopf gegen die Couchlehne fallen.

»Du könntest sie fragen, was sie über ihren Vater weiß«, sagte Dawn.

»Und du meinst, sie würde es mir sagen, falls sie weiß, dass er ein Vergewaltiger ist?«

»Würdest du es ihr sagen, wenn sie dich nach deinem Vater fragt?«, fragte Dawn. »Und fürs Protokoll: Das ist nicht meine Psychologinnenstimme.«

Aiden grinste und entspannte sich ein wenig. »Ich weiß es nicht. Das ist es ja, was mir so schwerfällt zu entscheiden. Soll ich es ihr sagen oder wäre es besser, es einfach zu vergessen?«

»Kannst du es denn vergessen?« Dawn klang skeptisch und kein bisschen therapeutisch-neutral. »Ich glaube kaum, dass es auch nur einen Tag gibt, an dem du nicht daran denkst.«

»Ich bin bei der Sondereinheit für Sexualdelikte. Natürlich denke ich jeden Tag daran. Ich werde jeden Tag mit Vergewaltigungen konfrontiert.«

»Aber diesen Beruf hast du dir ausgesucht.« Dawn hob eine Hand, als Aiden den Mund öffnete. »Das ist keine Kritik an deiner Berufswahl. Ich bin stolz darauf und auf dich.«

Die Anspannung wich aus Aidens Schultern. Sie erinnerte sich an all die Unterhaltungen mit ihrer Mutter, die ihre Berufswahl nie verstanden hatte. Ihre Mutter hatte es gut gemeint, aber es hatte sich immer wie eine Kritik an ihrer Person, nicht nur ihrem Beruf angefühlt. Es war wundervoll, dass Dawn hundertprozentig hinter ihr stand.

»Du hast dir deinen Beruf ausgesucht«, wiederholte Dawn sanft. »Es war deine Wahl, jeden Tag mit Vergewaltigungen konfrontiert zu werden.«

Meine Wahl. So hatte Aiden das Ganze noch nie gesehen. Aber es stimmte natürlich, zumindest teilweise. Sie hätte Lehrerin oder Künstlerin werden können, wie ihre Mutter, oder auch Wissenschaftlerin oder Mechanikerin. Oder sie hätte sich zumindest eine andere Abteilung der Polizei aussuchen können. Sie hatte Angebote von der Mordkommission und von der Drogenfahndung bekommen, aber sie hatte immer abgelehnt. Vielleicht ging es wirklich darum, eine Wahl und die Kontrolle zu haben, während ihre Mutter keines von beidem gehabt hatte.

»Andererseits … vielleicht hast du doch keine Wahl«, fuhr Dawn mit nachdenklichem Blick fort. »Ich bin sicher, du würdest auch ohne den Job jeden Tag an Vergewaltigungen denken, weil du glaubst, dass es das ist, was dich geschaffen und dich zu dem gemacht hat, was du bist.«

»Ohne würde ich nicht mal existieren«, sagte Aiden.

»Vielleicht denkt Evan genauso. Vielleicht glaubt sie, dass es ihr Schicksal und ihre Persönlichkeit bestimmt, dass sie durch eine Vergewaltigung gezeugt wurde. Das würde eine Menge erklären, oder nicht?«

Aiden schüttelte den Kopf. »Vererbung ist keine Entschuldigung für schlechtes Verhalten.«

Dawn drückte ihre Hand. »Ich habe nicht behauptet, dass es das ist. Es geht nicht um Vererbung. Es geht darum, von gewissen Annahmen über sich selbst auszugehen.« Sie sah Aiden tief in die Augen. Ihre jetzt grün wirkende Iris schien zu glühen. »Wenn Evan denkt, sie wäre schlecht und unwürdig, geliebt und respektiert zu werden, dann wird sie sich entsprechend benehmen und daraufhin werden die Leute mit Ablehnung und Misstrauen reagieren. Es ist eine selbsterfüllende Prophezeiung.«

War das vielleicht die Ursache von Evans Problemen? Aiden konnte Dawn nicht fragen, ob Evan mit ihr in der Therapie darüber gesprochen hatte. Aber sie wusste, wie schwer es war, sich selbst und seiner Existenz gegenüber solch widersprüchliche Gefühle zu hegen. Es hatte viele Probleme in ihrem Leben verursacht. Erst seit sie Dawn kannte, fühlte sie sich ausgeglichener und zufriedener mit sich selbst. »Du denkst also, ich sollte mit ihr über unseren Vater reden?«

»Das musst du nicht jetzt entscheiden«, sagte Dawn.

Das sollte kein Problem sein. Im Herauszögern von Entscheidungen war Aiden im Moment große Klasse.

»Taste dich erst mal langsam vor«, fuhr Dawn fort. »Wenn sie dir noch nicht genug vertraut, um dir zu erzählen, was sie über ihren Vater weiß, dann ist es vermutlich noch nicht der richtige Zeitpunkt, um es ihr zu sagen … wenn du es ihr überhaupt sagen willst.«

Aiden nickte, schloss die Augen und lehnte sich mit der Schulter gegen Dawn.

»Und wo wir gerade vom richtigen Zeitpunkt sprechen«, sagte Dawn leise. »Es gibt da etwas, worüber ich mit dir sprechen wollte, aber nach Lauries Unfall war es gestern ein wenig zu hektisch. Hast du jetzt kurz Zeit … und Nerven … dafür? Wenn du jetzt lieber nicht damit anfangen willst, können wir das auch auf später verschieben.«

Da war es: das verlockende Angebot, die Unterhaltung zu verschieben, vor der sich Aiden schon die ganze Zeit fürchtete. Gerne hätte sie angenommen, aber es würde Dawn verletzen, wenn sie jetzt nicht mit ihr redete. Sie seufzte innerlich. Das war eines ihrer Dilemmas. Egal, was sie tat, sie würde Dawn verletzen. Wenn sie sich weigerte, bei Dawn einzuziehen und vielleicht sogar eine Familie zu gründen, würde Dawn glauben, sie würde sie nicht lieben. Wenn sie bei ihr einzog und ihr ganzes Leben mit ihr teilte, könnte sie Dawn ebenfalls verletzen oder mit den Dämonen ihrer Vergangenheit in die Flucht treiben.

»Jetzt wäre okay«, sagte sie schließlich. »Evan kommt sowieso erst in einer Stunde von der Schule nach Hause.«

»Ich will gar keine große Diskussion anfangen. Wir brauchen nicht mal wirklich darüber zu reden. Ich will mich nur entschuldigen, dass ich am Samstag davon angefangen habe, wir sollten zusammenziehen und irgendwann Kinder bekommen.«

Aiden starrte sie an. Das Letzte, was sie von Dawn erwartet hatte, war eine Entschuldigung. Dawn hatte ihre Bedürfnisse immer klar kommuniziert und hatte sich für das, was sie wollte, eingesetzt, ohne dabei über die Rechte und Gefühle anderer hinwegzutrampeln. Das war eines der Dinge, die Aiden so an ihr bewunderte. »Du brauchst dich nicht zu entschuldigen. Du hast mir nur ehrlich gesagt, was du willst.« *Im Gegensatz zu mir,* fügte sie in Gedanken hinzu. Sie hatte Dawn nicht erklärt, warum sie zögerte, zusammenzuziehen.

»Ich entschuldige mich nicht dafür, dass ich mein Leben mit dir teilen will, oder dafür, dass ich dir das ehrlich gesagt habe«, sagte Dawn. »Ich entschuldige mich für mein schlechtes Timing und dafür, nicht berücksichtigt zu haben, was du willst. Ich habe dich mit meinen Zukunftsplänen überrumpelt, nach einem ziemlich stressigen Tag. Das hätte ich nicht tun sollen und es tut mir leid.«

Statt Aiden aufzuheitern, brachte die aufrichtige Entschuldigung sie nur dazu, sich noch schlechter zu fühlen. »Ist schon okay.«

»Wirklich?«

»Ja. Ich bin nur ... Es war so unerwartet. Alles läuft super zwischen uns, also kam es mir nie in den Sinn, etwas ändern zu wollen.« Aiden zuckte hilflos mit den Schultern.

Dawn streichelte Aidens Finger. »Ich will dich nicht zu etwas zwingen, das du nicht willst.«

»Ich will es. Ich will dich. Es ist nur ...« Aiden rieb sich das Gesicht. Wie konnte sie ihre komplexen Gefühle und ihre irrationalen Ängste erklären?

»Ich sagte ja, dass wir jetzt nicht darüber reden müssen. Ich wollte mich nur für mein schlechtes Timing entschuldigen.« Dawn sah Aiden in die Augen.

»Okay.« Es war wohl besser, es im Moment auf sich beruhen zu lassen. Ihr Gehirn fühlte sich schon jetzt wie Hackfleisch an, nach allem, was sie heute durchgemacht hatte. »Ich glaube, ich sollte jetzt langsam losfahren. Es wird eine Weile dauern, im Feierabendverkehr zu Evans Haus zu gelangen, und wenn ich es jetzt nicht mache, verlässt mich vielleicht der Mut.«

Dawn lehnte sich zu ihr herüber und legte beide Arme um sie.

Aiden schloss die Augen und genoss das Gefühl und die Wärme von Dawns Körper an ihrem eigenen. Sie schlang die Arme um sie und atmete tief ein und aus.

Nach einer Weile hob Dawn den Kopf und küsste sie. »Ist es okay, wenn ich hierbleibe, bis du zurückkommst, oder denkst du, du willst lieber allein sein, nachdem du mit Evan geredet hast?«

»Nein, bitte bleib. Dann habe ich etwas, worauf ich mich freuen kann.« Sie warf Dawn einen spielerisch-lüsternen Blick zu, was ihr Gelächter und noch einen Kuss einbrachte.

Als Mr. LeCroix sie ins Haus ließ, tönte eine junge, lebhafte Stimme aus dem Wohnzimmer. Es klang nicht nach Evans gelangweiltem Tonfall.

»Und dann wischte sie sanft das Blut und den Schmutz von meinem Arm und hob mich praktisch vom Boden«, beendete Laurie ihre Geschichte, als Aiden und Mr. LeCroix eintraten. Sie saß am Ehrenplatz am Kopfende des Tisches, ihren schneeweißen Gips wie eine Auszeichnung vor sich haltend.

Judy LeCroix lauschte andächtig jedem Wort, sichtlich beeindruckt von dem, was das Mädchen über Evan erzählte. Genau so sahen die meisten Geschworenen Kade an, wenn sie ein Schlussplädoyer hielt.

Sie ähnelt Kade also doch ein bisschen.

Nur eine Person im Raum schien nicht beeindruckt zu sein. Evan saß am anderen Ende des Tischs und rollte mit den Augen. Zum ersten Mal strahlte sie, als sie Aiden sah. »Oh toll, du bist schon hier! Lass uns gehen. Ich will fahren, während es draußen noch hell ist.« Sie nahm ihre Jacke von der Stuhllehne, küsste die errötende Laurie flüchtig auf den Mund und verließ das Wohnzimmer, während sie Aiden hinter sich herzog.

»Hey, vielleicht hätte ich gern Laurie und deinen Pflegeeltern guten Tag gesagt«, protestierte Aiden.

Evan blieb erst stehen, als sie Aidens Auto erreichten. »Die Schlüssel«, sagte sie und fügte dann freundlicher hinzu: »Bitte.«

Aiden warf sie ihr zu. »Du hast Laurie also deinen Pflegeeltern vorgestellt und lässt sie jetzt einfach mit ihnen alleine?«

Mit mehr Kraft als notwendig ließ Evan den Sicherheitsgurt einrasten. »Das war nicht meine Idee. Laurie ist vorbeigekommen, deshalb hatte ich keine Wahl. Hast du gehört, was sie ihnen über Sonntag erzählt hat? Sie hat ihren Eltern dasselbe Märchen aufgetischt.«

»Märchen?«, wiederholte Aiden.

»Ja. Mit mir in der Rolle der edlen Retterin.« Evan verzog das Gesicht. »Ich bin doch keine beschissene Heldin.«

Vor ein paar Monaten war Aiden ebenfalls nicht sehr erfreut gewesen, als ein Journalist einen Artikel über sie geschrieben und sie als Heldin dargestellt hatte. Sie hatte denselben Grund dafür angeführt, warum sie den ganzen Tag über grummelig gewesen war: *Ich bin keine Heldin.* Natürlich hatte Dawn widersprochen und Aiden ihre persönliche Heldin genannt. »Sieht so aus, als wärst du eine Heldin für Laurie.«

Evan schnitt eine Grimasse und startete den Wagen.

Aiden versuchte nicht, sich mit ihr zu unterhalten, während sie durch die Stadt fuhren. Evan musste sich auf den Verkehr konzentrieren und sie brauchte Zeit, um sich zu überlegen, wie sie Evan unauffällig nach ihrem Vater fragen konnte.

Als Evan schließlich auf dem üblichen Parkplatz hielt, schlug Aiden nicht wie sonst vor, dass sie einparken üben sollten. »Sollen wir uns einen Kaffee holen?« Sie zeigte auf das kleine Café an der Ecke. Die Enge des Autos schien nicht der richtige Ort für diese Unterhaltung.

Evan antwortete mit dem gleichgültigen Schulterzucken, das so typisch für sie war, und sie schlenderten in Richtung Café.

Aiden suchte immer noch nach den richtigen Worten, als Evan die Stille durchbrach. »Wie geht's dem Doc?«

Aiden sah sie fragend an. Normalerweise erkundigte sich Evan nicht nach dem Wohlergehen ihrer Mitmenschen, immer sorgsam darauf achtend, niemanden wissen zu lassen, wenn ihr etwas an jemandem lag. »Es geht ihr gut. Vermutlich liegt sie gerade mit einem Buch auf der Couch.«

»Hat sie irgendetwas über den Skatingunterricht gesagt?«, fragte Evan.

Warum redete sie so seltsam um den heißen Brei herum? Aiden versuchte, sich daran zu erinnern, was Dawn über das Skaten gesagt hatte. »Ich glaube, sie hat erwähnt, dass sie's dir beim nächsten Wettrennen mal so richtig zeigen will.«

Evan grinste vom einen Ohr zum anderen. »Ach, hat sie das gesagt?« Sie lachte.

»Es ist ein direktes Zitat.« Sie musterte Evan. »Hast du etwa gedacht, sie will nicht mehr mit dir skaten gehen, weil Laurie diesen Unfall hatte?«

»Na ja, sie hat mir die neuen Skates gekauft, die sie mir als Belohnung versprochen hatte, und sie hat die Halfpipe ohne Probleme geschafft, also ist unser Skatingunterricht vorbei.« Evan versuchte, gleichgültig zu klingen, aber es gelang ihr nicht.

»Evan, ich bin sicher, Dawn mag das Skaten, so wenig ich das auch verstehen kann.« Aiden schüttelte sich. »Aber was sie an diesen Nachmittagen wirklich mag, ist, sie mit dir zu verbringen. Sie könnte eine Weltmeisterin im Skaten sein, der niemand mehr etwas beibringen kann, sie würde trotzdem noch Zeit mit dir verbringen wollen.«

Evan sah nicht überzeugt aus. »Hat sie das gesagt?«

»Das musste sie nicht«, sagte Aiden. »Mir geht es genauso. Ich bin nicht hier, weil ich es genieße, im Auto herumzusitzen. Ich bin hier, um Zeit mit dir zu verbringen.«

Evan schnaubte. »Du bist hier, weil du dich dazu verpflichtet fühlst, Zeit mit mir zu verbringen, nicht, weil du es gern tust.«

Unter all ihrem selbstbewussten Gebaren versteckten sich viele Unsicherheiten. Wie konnte sie Evan wissen lassen, dass sie zu ihr stehen und sich nicht abwenden würde? Sie wünschte, Dawn wäre hier und könnte das Gespräch übernehmen oder ihr zumindest Ratschläge erteilen, aber da musste sie jetzt allein durch. Schließlich beschloss sie, einfach ehrlich zu sein. Evan würde es merken, wenn sie versuchte, sie zu belügen.

»Anfangs war es wohl so«, sagte sie. »Du hast nicht gerade einen guten ersten Eindruck hinterlassen und ich habe vorschnelle Urteile über dich gefällt. Aber nach einer Weile habe ich gemerkt, dass das Problem nicht bei dir liegt, sondern bei mir. Ich habe mich wie eine sture Polizistin verhalten, nicht wie eine liebevolle Schwester. Ich bin dazu ausgebildet, eine sture Polizistin zu sein und bin richtig gut darin. Ich weiß nicht das Geringste darüber, eine liebevolle Schwester zu sein, und bin so richtig schlecht darin.«

Evan starrte sie an und begann zu lachen. »Ja, bist du. Du hast auch nicht gerade einen guten ersten Eindruck hinterlassen. Ich konnte nicht verstehen, was der Doc an dir findet.«

Sie nahmen ihre Kaffeebecher entgegen und spazierten damit um den Block.

»Du konntest es nicht verstehen? Vergangenheitsform? Heißt das, du kannst es jetzt nachvollziehen?«, fragte Aiden mit einem spielerischen Grinsen.

»Muss an deinem guten Aussehen liegen. Du siehst mir ähnlich, weißt du?« Evan reckte sich wie ein eitler Pfau.

Aiden schüttelte den Kopf. »Nein. Du siehst mir ähnlich.« Dann fiel ihr ein, woher ihre Ähnlichkeit kam, und sie wurde wieder ernst.

Auch Evan hörte auf zu lachen. »Hast du je deinen … unseren Vater kennengelernt?«, fragte sie so vorsichtig, dass bei Aiden die Alarmglocken schrillten.

Oh Gott. Sie weiß es! »Nein«, sagte sie. In ihren Ohren rauschte es. »Ich habe ihn nie kennengelernt. Und du?« Sie wollte sichergehen, bevor sie weitersprach, aber jetzt stand ihre Entscheidung. Falls Evan nichts von ihrem Vater wusste, würde sie es ihr nicht erzählen. Sie wollte nicht, dass sie dieselben Gefühle der Scham, Wut und Schuld durchmachen musste wie sie selbst. Aber wenn Evan bereits einen Verdacht hatte, mussten sie darüber sprechen.

»Ich hab ihn auch nie kennengelernt«, murmelte Evan.

»Aber du weißt ein bisschen was über ihn.« Aiden formulierte es als Aussage, nicht als Frage. Sie war fast sicher, dass Evan wusste, dass ihr Vater ein Vergewaltiger war.

Evan drehte den Kopf. Sie starrten einander an. »Was weißt du über ihn?«, fragte Evan, offenbar unwillig, ihre Information zu enthüllen, bevor Aiden es tat.

Aiden holte tief Luft. Es gab nur eines, was sie von ihrem Vater wusste. »Er hat meine Mutter vergewaltigt.«

Sie hatte gehofft, ungläubigen Schock auf Evans Gesicht zu sehen, ein Anzeichen dafür, dass Evan nichts davon gewusst hatte … dass sie nicht in dem Wissen aufgewachsen war, das Produkt einer Vergewaltigung zu sein. Evans Kiefermuskeln mahlten, aber es zeigte sich keinerlei Überraschung in ihren Augen.

»Das wusstest du bereits«, sagte Aiden leise.

Evan nahm einen Schluck Kaffee und sah dabei aus, als wünschte sie, es wäre etwas Stärkeres. »Ich hab es vermutet. Einmal ein Vergewaltiger, immer ein Vergewaltiger. Es liegt im Blut. Man kann es nicht ändern.«

Aiden wusste, dass sie zum Großteil recht hatte. Es gab keine Heilung und keine anerkannte Therapie für Sexualverbrecher. Doch Evans Worte beinhalteten so viel mehr als nur wissenschaftliche Tatsachen. *Es liegt im Blut,* wiederholte sie in Gedanken und hörte erneut, was Dawn gesagt hatte: *Es geht darum, von gewissen Annahmen über sich selbst auszugehen.* »Glaubst du, er hat deine Mutter auch vergewaltigt? Bist du dir da sicher?« Sie hatte gehofft, es gäbe eine andere Erklärung, vielleicht einen One-Night-Stand oder eine kurze Affäre.

»Totsicher.« Evan nahm einen weiteren Schluck Kaffee.

»Woher weißt du das?«, fragte Aiden.

»Ich hab meine Großmutter belauscht. Obwohl ich nicht wirklich lauschen musste, denn sie hat meine Mutter am Telefon angeschrien, als die mich nicht besuchen wollte«, sagte Evan. Ihre Lippen formten eine dünne Linie.

»Besuchen?«, wiederholte Aiden. Sie wusste nicht viel darüber, wie Evan aufgewachsen war, nur dass sie die letzten Jahre in Pflegefamilien verbracht hatte. »Hat sie nicht mit dir und deiner Großmutter zusammengelebt?«

»Sie wollte nichts mit dieser ›Ausgeburt des Teufels‹ zu tun haben. Wenn meine Großmutter aus religiösen Gründen nicht gegen eine Abtreibung gewesen wäre, hätte sie mich ohne zu zögern abgetrieben.« Evans Augen waren hart und emotionslos.

Großer Gott. Aiden hatte schwierige Zeiten mit ihrer Mutter durchgemacht. Die Trinkerei, die hitzigen Streitgespräche, die Einsamkeit, wenn ihre Mutter sich tagelang in ihrem Atelier verbarrikadierte … Aber wenigstens war Aiden ihr nicht egal gewesen. Es war ihr nicht egal gewesen, ob Aiden am Leben war oder starb. Sie sandte ihrer Mutter ein stummes Dankeschön. »Dann hast du sie nie kennengelernt?«

»Nein. Aber das Desinteresse beruhte auf Gegenseitigkeit«, antwortete Evan und tat, als wäre ihr ihre Mutter völlig gleichgültig. »Die anderen Pflegekinder haben immer davon geträumt, dass ihre richtigen Eltern kommen und sie in ihre Luxusvillen mitnehmen würden.« Sie lachte sarkastisch. »Ich war die Einzige, die nie auf so etwas hoffte. Ihr Traum war mein Albtraum.«

»Wie alt warst du, als du herausgefunden hast, warum sie dich nicht sehen wollte?«, fragte Aiden und fürchtete sich fast vor der Antwort.

»Das war kurz bevor meine Großmutter starb. Ich war sechs.« Erneut war Evans Stimme ganz sachlich.

Sechs! Gott! Aiden wünschte, sie hätten nicht ganz so viel gemeinsam.

»Wie alt warst du?«, fragte Evan.

»Sieben.« Aiden hatte die im Zorn gesprochenen Worte ihrer Mutter damals nicht ganz verstanden, aber sie hatte gespürt, dass ihr Vater ein böser Mann war und dass sie ihre Mutter wohl irgendwie an ihn erinnerte.

»Bist du deshalb zur Polizei gegangen?«, fragte Evan. »Um ihn zu schnappen?«

Aiden schüttelte den Kopf. »Ich habe viel Zeit damit verbracht, ihn zu finden, aber nein, ich bin nicht zur Polizei gegangen, weil ich ihn schnappen wollte. Vielleicht andere wie ihn. Aber hauptsächlich wollte ich dazu beitragen, dass anderen Frauen nicht dasselbe passiert wie unseren Müttern. Ich identifiziere mich mit den Opfern, nicht mit den Tätern.«

»Ist er je gefasst worden? Weißt du, wer er ist? Wie er heißt? Warum er das getan hat?« Evan hatte viele Fragen, aber Aiden konnte keine davon beantworten.

»Ein oder zwei Mal dachte ich, ich hätte eine Spur, aber er war es nie.«

»Suchst du immer noch nach ihm?«, fragte Evan.

Aiden dachte darüber nach. Sie hatte seit einem Jahr die Akte nicht mehr in der Hand gehabt. »Nicht wirklich. Andere Dinge sind mir wichtiger geworden und es gab nie eine Spur … bis ich herausgefunden habe, dass ich eine Halbschwester habe.«

»Glaubst du, es gibt noch andere? Andere Frauen, die er vergewaltigt hat? Andere ›Ausgeburten des Teufels‹?«, fragte Evan.

»Ich weiß nicht. Aber was ich weiß, ist, dass du keine Ausgeburt des Teufels bist. Genauso wenig wie ich. Das darfst du nicht glauben.« Aiden warf ihren erst halb ausgetrunkenen Kaffeebecher in einen Mülleimer und widmete Evan ihre volle Aufmerksamkeit.

»Wir wurden in einem Akt des Hasses und der Brutalität gezeugt«, sagte Evan. »Wir tragen die Gene eines Vergewaltigers in uns.«

Aiden blieb stehen und legte Evan beide Hände auf die Schultern, damit auch sie anhielt. Sie sah ihr tief in die Augen. »Das bedeutet nicht, dass wir schlechte Menschen sind.«

Evans Augen blieben unbewegt. Nachdem ihr jahrelang gesagt worden war, sie tauge nichts, hatte sie angefangen, es zu glauben.

»Sieh dich um.« Aiden deutete auf die Leute, die auf dem Gehweg an ihnen vorbeigingen. »Was denkst du, wie viele von ihnen Eltern haben, die Diebe, Ganoven, Betrüger, Mörder oder Leute mit anderweitig krimineller Vergangenheit sind? Was denkst du, wie viele von ihnen während eines bedeutungslosen One-Night-Stands, einer kurzen Affäre, Schlussmachsex oder einem Kittversuch gezeugt wurden?«

Evan runzelte die Stirn. In ihrer Verwirrtheit sah sie sehr verletzlich aus. »Ich … ich weiß nicht. Ein paar von ihnen, schätze ich.«

»Glaubst du, das beeinflusst ihre Persönlichkeit? Glaubst du, sie werden automatisch auch kriminell oder Menschen, denen andere egal sind?« Sie starrte Evan an und hielt sie noch immer bei den Schultern. Fußgänger mussten ihnen ausweichen, aber das kümmerte Aiden nicht.

»N-nein, natürlich nicht«, stotterte Evan.

Aiden sah ihr weiter in die Augen. »Warum nimmst du dann das Schlechteste von dir selbst an?« Sie wartete nicht auf eine Antwort. »Wir sind unseren Genen nicht hilflos ausgeliefert, Evan. Unsere Mütter hatten keine Wahl. Wir schon. Wir können uns dafür entscheiden, nicht wie unser Vater zu sein.«

»Ich weiß nicht«, sagte Evan mit einem selbstironischen Grinsen. »Ich bin berühmt-berüchtigt dafür, falsche Entscheidungen zu treffen.«

Aiden erkannte, dass Dawn recht gehabt hatte. Es ging hier um die Annahmen, die man über sich selbst machte. »Aber nur, weil du glaubst, ein schlechter Mensch zu sein, und dich entsprechend verhältst.«

»Warum reden wir plötzlich nur über mich? Willst du etwa behaupten, dass es dich und dein Leben überhaupt nicht beeinflusst hat, das Produkt einer Vergewaltigung zu sein?«

»Es hat jeden Aspekt meines Lebens beeinflusst. Das tut es immer noch«, sagte Aiden. »Das ist ja der Grund, warum ich möchte, dass es bei dir anders ist.«

Evan sah skeptisch drein. »Wenn nicht mal du es schaffst, das alles hinter dir zu lassen, wie soll ich es dann schaffen?«

»Ich habe nicht gesagt, dass ich es nicht schaffe. Ich brauche wohl nur etwas länger.« Aiden hoffte, dass sie recht behalten würde. Sie wollte glücklich sein. Sie wollte die Zukunft mit Dawn teilen. Sie wusste, dass sie sich selbst dabei im Weg stand. Auf Vernunftsebene war ihr klar, dass das, was sie Evan gesagt hatte, auch für sie selbst galt. Es gab nichts Böses, das in ihr schlummerte, wenn sie diesem Gedanken keine Macht über sich gab. Sie hoffte, dass sie das eines Tages nicht nur verstehen, sondern auch wirklich bis in die Tiefen ihres Seins empfinden konnte.

Ein paar Minuten gingen sie schweigend nebeneinander her. Aiden spürte, dass Evan für den Augenblick genug von diesem Thema hatte. »Komm.« Sie gab ihr einen sanften Klaps auf die Schulter. »Lass uns zum Auto zurückgehen und sehen, wer besser einparken kann.«

KAPITEL 34

ALS ES AN DER TÜR klingelte, trat Del aus der Dusche, trocknete sich hastig ab und streifte sich eine Hose und ein T-Shirt über, bevor sie zur Tür eilte. Ein Blick durch den Spion zeigte ein vertrautes, gern gesehenes Gesicht. Schnell öffnete sie die Tür. »Hallo, Kade. Was machst du denn hier?«

Seit sie nach Portland zurückgekehrt waren, steckte Kade bis zum Hals in Arbeit. Del hatte sich ferngehalten, weil sie wusste, dass Kade etwas Zeit brauchte, um zu verarbeiten, was in den letzten Tagen passiert war. Sie stellte sicher, dass Aiden, Ray oder sie Kade aus der Ferne bewachten, ohne in ihr Leben einzugreifen.

Auch jetzt war Del bemüht, ihr nicht zu nahe zu treten. Gern hätte sie Kade sehr viel leidenschaftlicher als mit einem simplen »Hi« begrüßt. Da Kade jedoch keine Anstalten machte, sie zu berühren, begnügte sie sich mit einem Blick auf Kades lange Beine.

Kade hielt eine Tüte von einem chinesischen Restaurant in die Höhe. »Drei Fliegen mit einer Klappe. Ich wollte mal sehen, wie es dir geht, dir etwas zu essen bringen und gleichzeitig den Anrufen meiner Mutter ausweichen. Seit wir Ashland verlassen haben, ruft sie ständig bei mir zu Hause an.«

»Wenigstens hat sie den Kontakt mit dir nicht abgebrochen«, sagte Del, während sie Kade ins Wohnzimmer führte. »Was sagt sie denn?«

»Nicht viel. Mein Anrufbeantworter unterbricht sie ständig.« Kade grinste. »Sie schimpft und verlangt, dass ich sie anrufe, aber das werde ich nicht tun. Nicht, solange sie nicht ruhig mit mir reden kann. Ich lasse mich nicht wie ein Kind behandeln, das etwas falsch gemacht hat.«

»Gut.«

»Hast du von deiner Familie gehört?«, fragte Kade.

Del schüttelte den Kopf.

»Denkst du, sie werden dich anrufen, falls … wenn dein Vater … stirbt?«, fragte Kade.

»Ich bin sicher, jemand wird es mich wissen lassen.«

Sanft berührte Kade sie am Arm. »Wirst du zur Beerdigung gehen?«

»Nein.« Das war Del schon klar gewesen, bevor sie das Krankenhaus verlassen hatte. Ihre Familie würde es nicht verstehen und manch einer würde sie vielleicht für kaltherzig halten, aber sie hatte ihre Gründe und brauchte die Zustimmung anderer nicht. Es war ihr jedoch wichtig, dass Kade es verstand. »Ich habe mich schon von ihm verabschiedet.«

Kade nickte. »Wie fühlst du dich damit? Deinen Vater und deine Mutter nach so langer Zeit wiedergesehen zu haben, nach allem, was passiert ist?«

»Es wird immer wehtun«, gestand Del Kade und sich selbst. Es gab keinen Grund zu lügen. Kade war eine der wenigen Personen, denen sie völlig vertraute. »Aber es ist jetzt keine eiternde Wunde mehr. Ich werde nicht zulassen, dass es mein Leben vergiftet.«

Sie ging zur Küche und bedeutete Kade, ihr zu folgen. Dort streckte sie sich, um die Schüsseln auf dem obersten Regal zu erreichen, die sie immer für chinesisches Essen benutzte. Als sie sich umdrehte, starrte Kade sie an … oder vielmehr ihr T-Shirt, das an ihrer noch immer feuchten Haut klebte. »Du weißt aber schon«, sagte Del und stellte die Schüsseln ab, »dass du mich küssen kannst, wenn du willst.«

Sie war nicht sicher, was sie als Antwort auf ihre neckischen Worte erwartet hatte, aber ganz sicher nicht, dass Kade einfach einen Schritt auf sie zukam, bis sie direkt vor Del stand.

Kade hakte einen Finger in den Ausschnitt von Dels T-Shirt und zog sie zu sich herunter.

Einen Moment lang bewunderte Del Kades Selbstbewusstsein in dieser Situation, die ihr völlig fremd sein musste. Dann trafen sich ihre Lippen und sie hörte auf, nachzudenken.

Kade küsste sie langsam und ausgiebig. Spielerisch knabberte sie an Dels Unterlippe.

Del schlang beide Arme um sie und zog sie näher. Da Del barfuß war, während Kade hohe Absätze trug, waren sie fast gleich groß. Ihre Körper schmiegten sich aneinander, von den Schenkeln bis zur Brust.

Verwegen glitt Kades Bein zwischen Dels. Dels Rücken prallte gegen die Arbeitsfläche und sie stöhnte auf, halb vor Schmerz, halb vor Leidenschaft, aber sie unterbrach den Kuss nicht.

Schließlich mussten sie aufhören, weil ihnen die Luft ausging.

»Himmel«, japste Del und fuhr sich über die Stirn.

Kade lehnte sich gegen die Arbeitsfläche und schüttelte den Kopf, als müsste sie erst verarbeiten, was eben passiert war. Scheinbar hatte sie nicht gewusst, dass sie zu solcher Leidenschaft fähig war.

»Und ich hatte mir Sorgen gemacht, wie du mit all dem klarkommst.« Del zeigte zwischen ihnen hin und her.

»Tja, offenbar komme ich gut klar«, sagte Kade, das selbstbewusste Mathesongrinsen auf den Lippen. »Del, das Konzept der Liebe zwischen zwei Frauen ist nichts Neues für mich.«

Eine Welle der Überraschung und der rasenden Eifersucht verursachte Del Schwindelgefühle. »Du meinst …? Aber ich dachte …«

»Ich sagte das Konzept, nicht die Realität«, warf Kade ein. »Nur weil ich noch nie mit einer Frau geschlafen habe, heißt das nicht, dass ich keine Ahnung habe, was ich mit einer Frau tun soll.«

Del hatte geahnt, dass der sexuelle Aspekt für Kade nicht der schwierige Teil sein würde. Sie war zu selbstbewusst, um ungeschickt herumzufummeln, wenn sie jemanden küsste oder mit jemandem Sex hatte, ganz egal, wer ihr Partner oder ihre Partnerin war. »Das weiß ich«, sagte Del. »Ich habe mich nur gefragt, wie du mit den emotionalen und sozialen Konsequenzen umgehst.«

»Tja, ich vermeide sie einfach. Wenn ich großartig darüber nachdenke, weiß ich nicht, ob ich das hier durchziehen kann.«

»Worüber machst du dir die meisten Sorgen?«, fragte Del. Sie wollte Kade helfen, ihre Ängste zu überwinden, aber wollte auch, dass es Kades Entscheidung war. Wenn Kade zu dem Schluss kam, dass ihr der Preis zu hoch war, dann würde sie nicht versuchen, sie umzustimmen.

»Ich muss an meine Karriere denken«, sagte Kade. »Du weißt, dass ich ehrgeizige Pläne habe.«

»Und du denkst, dass es deinen Karriereplänen schaden würde, wenn du lesbisch wärst?«, fragte Del.

Kade zuckte mit den Schultern. »Mich als Lesbe zu outen, würde sicher nicht helfen.«

»Aber die Dinge ändern sich. Es gibt mehrere schwule und lesbische Richter in Multnomah County und wir haben sogar eine lesbische Richterin im obersten Gerichtshof von Oregon.«

Kade schüttelte den Kopf. »Ja, aber es gibt nur zwei Handvoll lesbischer und schwuler Bundesrichter im ganzen Land und es hat noch nie einen Bezirksstaatsanwalt in Oregon gegeben, der offen homosexuell gewesen wäre.«

Scheinbar hatte Kade Nachforschungen angestellt und ihre Argumente waren wie immer hieb- und stichfest. »Noch nicht«, sagte Del.

»Was?« Dünne Falten entstanden auf Kades glatter Stirn.

»Es hat noch keine lesbische Bezirksstaatsanwältin gegeben«, sagte Del. »Aber jemand muss schließlich die erste sein. Warum nicht du?«

Nach einer Sekunde des Schweigens lächelte Kade. »Danke für dein Vertrauen.«

Del nickte. Sie spürte, dass ein Themenwechsel angesagt war. Kade brauchte Zeit und sie war bereit, sie ihr zu geben. »Ich glaube, wir sollten das Essen noch mal aufwärmen.«

»Nein, es ist sicher noch warm genug. Außerdem ist kaltes chinesisches Essen eine der Hauptnahrungsquellen von Anwältinnen«, sagte Kade mit ernster Miene.

Del grinste und gab ihr die Schüsseln. »Und ich habe gedacht, du wärst eine anspruchsvolle Diva.«

Kade streckte die Hand aus und kniff sie in den Hintern.

»Hey!«

»Für den Kommentar öffnest du jetzt deine beste Flasche Wein«, sagte Kade.

»Ach ja?« Del tat, als protestierte sie, aber in Wahrheit liebte sie es, auf spielerische Weise von Kade herumkommandiert zu werden.

Kade nickte. »Ich bin dann mal im Wohnzimmer und warte auf mein Glas Wein.« Mit diesen Worten spazierte sie aus der Küche.

Del sah ihr nach. Grinsend griff sie nach dem Korkenzieher.

Kade lehnte sich gegen die weichen Kissen auf Dels Couch. Sie war froh, dass sie nach einem stressigen Arbeitstag hergekommen war, anstatt nach Hause zu fahren. Zu Hause erwarteten sie nur die Anrufe ihrer Mutter, Gedanken an den Stalker, der vor der Tür lauern könnte, und noch mehr Arbeit. Hier, mit Del, konnte sie sich entspannen und für eine Weile einmal alles andere vergessen. Sie streifte ihre hochhackigen Pumps ab und lauschte den Geräuschen aus der Küche.

Mit einem leisen Plopp glitt der Korken aus der Weinflasche und die Mikrowelle summte. Scheinbar war Del doch dabei, das Essen noch einmal aufzuwärmen. Del sang ein Lied, das im Radio lief.

Kade grinste, als sie das Lied erkannte. Die Sängerin sang von einem Anwalt, dem sie offenbarte, dass sie sich in ihn verliebt hatte. Dels tiefe Stimme brachte ihren Körper zum Kribbeln. Sie schloss die Augen und hörte zu, als die Sängerin ihre Liebe für den Intellekt des Anwalts gestand.

Zuerst glaubte sie, Del sänge mit, ohne auf den Text zu achten, aber dann bemerkte sie, dass Del einige der Textstellen änderte. Aus »Männern« wurden »Frauen«.

Die Mikrowelle piepte, gerade als Del die letzte Strophe sang und die Anwältin im Lied beschwor, ihr Herz zu öffnen.

Kade riss die Augen auf. Sang Del das Liebeslied etwa für sie? Sie starrte Del an, als diese mit einem Tablett ins Wohnzimmer kam.

»Ist alles okay?«, fragte Del.

Es wäre einfach gewesen, es zu ignorieren und so zu tun, als ob nichts gewesen wäre. *Nein. Keine Masken. Nicht mit Del.* »Äh, das Lied, das du da eben gesungen hast …«

»Ja?« Del neigte den Kopf zur Seite. »Gefällt dir die Musik nicht?«

»Doch, die Musik schon, aber das, was dahintersteckt … das ist mir im Moment etwas zu viel«, sagte Kade.

Del stellte das Tablett ab und setzte sich zu Kade auf die Couch, ohne sie zu berühren. »Es ist nur ein Lied, Kade, kein Heiratsantrag.« Ein schiefes Lächeln huschte über ihr Gesicht. »Ich weiß, wir sind Lesben …«

»Sprich nur für dich selbst«, sagte Kade in scherzhaftem Tonfall. Sie war bereits weniger angespannt. Del schaffte es immer mit wenigen Worten, sie zu beruhigen.

»Okay«, gab Del lächelnd nach. »Ich bin eine Lesbe und du bist eine Frau, die an einer Lesbe interessiert ist.« Sie wartete, bis Kade zustimmend nickte, bevor sie fortfuhr: »Aber das bedeutet nicht, dass wir gleich nach dem zweiten Date zusammenziehen werden.«

Kade spürte, wie sie rot wurde, und verfluchte ihre helle Haut. »Das hatte ich auch nicht angenommen.«

»Du bist davon ausgegangen, dass ich genau das will.« Del sah sie wissend an. »Warum sonst sollte dir das Lied eine solche Angst einjagen, nur weil ich ein oder zwei Pronomen geändert habe?«

»Ich habe keine Angst«, sagte Kade. Es war wie ein Reflex.

Del beugte sich vor und küsste sie sanft. »Lügnerin«, flüsterte sie.

»Ich habe keine Angst«, wiederholte Kade. »Ich bin nur noch nicht so weit, Liebeslieder zu singen. Ich weiß, dass du das willst, was im Lied beschrieben wird … dass wir unsere Herzen öffnen und uns verlieben.« Del war so hartnäckig und beständig in ihren Gefühlen für Kade gewesen, dass Kade nun nicht glauben konnte, dass es ihr nicht ernst war.

»Das bestreite ich ja gar nicht«, sagte Del und sah sie offen an. »Aber ich muss nicht alles auf einmal haben. Im Moment gehen wir einfach nur miteinander aus … wenn du das willst.«

Ihr Kopf und alles, was man ihr beigebracht hatte, schrien: »Nein!« Sie hatte ihr Leben und ihre Gefühle immer fest im Griff gehabt. Es war eine Grundvoraussetzung dafür, eine gute Anwältin … und eine gute Matheson zu sein. »Was, wenn ich feststelle, dass das alles zu viel für mich ist? Ich will dir nicht wehtun.«

»Ich werd's schon überleben«, sagte Del.

»Wer ist jetzt die Lügnerin?« Mit dem Anflug eines Lächelns drückte Kade ihre Lippen gegen Dels.

Del lachte. »Okay. Vielleicht wird es mir eine Weile nicht so gut gehen. Niemand würde es so einfach wegstecken, einen Korb von einer Frau wie dir zu bekommen. Aber ich bin bereit, das Risiko einzugehen. Was ist mit dir?«

»Einfach nur ausgehen?«, fragte Kade. »Ohne langfristige Verpflichtungen? Ohne öffentliches Bekanntmachen unserer Beziehung?«

»Ja. Für den Moment. Damit wäre ich zufrieden, solange jede Menge Küsse dabei für mich herausspringen.« Sie hob anzüglich die Augenbrauen.

Kade starrte sie mit gespielter Entrüstung an.

»Was denn?« Del tat unschuldig. »Frau muss schließlich nehmen, was sie kriegen kann. Wenn du noch nicht so weit bist, mir dein Herz zu schenken, dann nehme ich eben deine Lippen als vorläufigen Ersatz.«

Kade lachte. Del war die einzige Person in ihrem Leben, die diese Wirkung auf sie hatte. Sie konnte sie zum Lachen bringen, selbst wenn es um ihre eigenen Schwächen und Unzulänglichkeiten ging. Es war ein Geschenk, das sie so noch nie in ihrem Leben gehabt hatte. Sie war nicht bereit, das aufzugeben.

»Also?«, fragte Del, als Kade schwieg.

»Es könnte einen Versuch wert sein«, sagte Kade schließlich.

Del neigte den Kopf und grinste sie an. »Was denn? Mit mir auszugehen oder die vielen Küsse?«

Kade konnte nicht umhin, das Grinsen zu erwidern. »Na ja … beides.«

»Gut.« Del schlang einen Arm um Kade und zog sie näher, um sie zu küssen.

Kade presste beide Hände gegen Dels Schultern, um sie von sich fernzuhalten. Dabei genoss sie die warme Haut und die Muskeln, die sie unter Dels T-Shirt spürte.

»Was ist? Ich dachte, du bist einverstanden mit den Bedingungen unseres Deals?«

»Das Essen wird schon wieder kalt«, sagte Kade.

Del überbrückte die verbleibende Distanz zwischen ihren Körpern und diesmal gaben Kades Arme willig nach. Spielerisch zupfte Del mit den Zähnen an Kades Unterlippe. »Ich dachte, kaltes chinesisches Essen wäre eine der Hauptnahrungsquellen von Anwältinnen?«

»Stimmt.« Kade beugte sich vor und bedeckte Dels Lippen mit einem stürmischen Kuss. Zum ersten Mal in ihrem Leben war sie froh, bei einer Diskussion den Kürzeren zu ziehen.

In Gedanken immer noch bei Del ging Kade auf ihre Wohnungstür zu.

Abrupt blieb sie stehen, als eine hochgewachsene Gestalt ihr den Weg versperrte. Adrenalin pulsierte durch ihre Adern. Sie griff nach der Pistole, die Del ihr gegeben hatte.

»Kade?«

Der Klang der vertrauten Stimme ließ sie innehalten.

Es war Aiden.

Kade ließ die Waffe los. Langsam beruhigte sich ihr Herzschlag. »Himmel. Was machen Sie denn hier?«

»Ich hoffe, ich komme nicht ungelegen? Die Pförtnerin hat mich ins Haus gelassen«, sagte Aiden, statt den Grund für ihren unangekündigten Besuch zu verraten.

»Nein, ist schon okay. Geht es um einen Fall? Warum haben Sie nicht versucht, mich übers Handy zu erreichen?«

»Nein. Es hat nichts mit der Arbeit zu tun. Na ja, nicht so richtig. Ich meine … ich …« Aiden schob beide Hände in die Taschen ihrer Lederjacke und scharrte mit den Füßen. »Ich brauche einen Rat.«

»Von mir?« Ratschläge zu erteilen, war nicht gerade Kades Stärke.

Aiden nickte. »Kann ich reinkommen? Ich möchte das ungern hier draußen ausdiskutieren.«

»Natürlich.« Einen Gast im Treppenhaus stehen zu lassen … Ihre Mutter wäre entsetzt gewesen. Tja, ihre Mutter war über das meiste, das sie im Moment tat, ziemlich entsetzt.

Sie führte Aiden in die Wohnung und lud sie ein, sich zu setzen. »Also, was ist los?«

Aiden sah sich im Wohnzimmer um. Schließlich sagte sie: »Ich brauche einen Rat.«

Das hatte sie bereits gesagt. Kade nickte ihr ungeduldig zu.

»Jetzt, wo sich das Gesetz geändert hat …«

Ach so. Kade entspannte sich. Mit Fragen zum Gesetz konnte sie umgehen. »Ja? Welches Gesetz meinen Sie?«

»Das Gesetz zur Eheschließung.«

Oh. Es ging also nicht wirklich um juristische Dinge. Es ging um Beziehungen. Nie hätte Kade gedacht, dass sie und Aiden je eine solche Unterhaltung führen würden. Aidens Beziehungen hatten genau wie ihre meistens schon vor dem Frühstück geendet.

»Eheschließung«, wiederholte sie und starrte Aiden an. »Denken Sie und Dawn daran …?«

»Ich weiß nicht.« Aiden beugte sich vor, stützte die Ellbogen auf die Knie und rieb sich das Gesicht. »Dawn redet ständig davon, zusammenzuziehen und eines Tages Kinder zu haben.«

»Und Sie? Wollen Sie das auch?«

»Ja. Nein. Ich weiß nicht. Ich bin nicht sicher, ob ich dazu bereit bin. Was, wenn sich herausstellt, dass ich eine Niete in festen Beziehungen bin?« Aiden fuhr sich mit beiden Händen durchs Haar.

»Entschuldigen Sie bitte, wenn ich auf das Offensichtliche hinweise, aber Sie sind doch längst in einer festen Beziehung. Sie wussten von Anfang an, was Dawn zugestoßen ist und dass sie nicht der Typ für One-Night-Stands ist. Trotzdem haben Sie nie gezögert, sich mit ihr einzulassen, trotz aller Hindernisse. Und offensichtlich machen Sie so einiges richtig. Ein Blinder kann sehen, dass Dawn mit Ihnen glücklich ist.«

Aiden sah vom Boden auf. Hoffnung schimmerte in ihren Augen. Sie lachte auf. »Gott, sehen Sie uns an. Ich hole mir Tipps über lesbische Beziehungen von Kadence Matheson. Wer hätte das je gedacht?«

»Ich ganz sicher nicht«, sagte Kade, ohne zu lachen.

»Was ist los, Frau Anwältin?«, fragte Aiden lächelnd. »Sie haben doch keine Angst vor einer festen Beziehung, oder?«

Kade hatte vor vielen Dingen Angst, aber das hatte sie noch nie zugegeben. In ihrer Familie tat man das einfach nicht. »Letztes Jahr … bevor Dawn und Del in unsere Leben getreten sind … haben Sie da je gedacht, ich könnte lesbisch oder bisexuell sein?«

»Sie meinen, mal abgesehen von Wunschdenken?«

Kade lächelte kurz. Von Kindesbeinen an war ihr beigebracht worden, darauf zu achten, wie andere sie ansahen, deshalb war sie sich Aidens bewundernder Blicke durchaus bewusst gewesen. Es hatte sie nicht gestört, denn ihr war klar gewesen, dass Aiden trotz aller Anziehung nichts unternehmen würde. Eine solche Bewunderung aus der Ferne konnte sie sorglos genießen. »Ja, davon mal abgesehen.«

»Ich habe nie geglaubt, dass Sie lesbisch sein könnten«, sagte Aiden, »aber ich hatte immer den Eindruck, wenn die richtige Frau des Weges kommt …«

»Hat das sonst noch jemand angenommen?«, fragte Kade.

»Keine Ahnung. Ich habe keine Umfrage darüber abgehalten, was die Leute über Ihre sexuelle Orientierung denken, Kade. Warum ist es überhaupt so wichtig, was die Leute denken?«

Darauf hatte Kade keine Antwort. »Vielleicht ist es das nicht.«

Aiden streckte die Hand über den Couchtisch und berührte Kades Finger. »Versuchen Sie einfach nur, Sie selbst zu sein, wer das auch sein mag. Dann ergibt sich der Rest ganz von selbst.«

Kade sah hinab auf ihre Hände. Einen Moment lang drückte sie Aidens Hand, bevor sie losließ und sich aufrichtete. »Und ich habe geglaubt, Sie wären hier, um sich von mir Ratschläge geben zu lassen.«

»Tja, Freundschaft funktioniert eben in beide Richtungen«, sagte Aiden mit einem Lächeln.

Kade lächelte zurück. »Ja, so scheint es.«

Aiden erhob sich. »Ich sollte gehen. Es ist schon spät.«

»Warten Sie. Sie hatten doch Fragen zur Änderung des Ehegesetzes, oder?«

»Das kann warten. Ich glaube, die wichtigste Frage haben Sie schon beantwortet.« Aiden ging zur Tür. Ihr Schritt war wieder so selbstbewusst, wie Kade es gewohnt war. »Danke, Kade.«

KAPITEL 35

Ray gähnte. »Ich brauch 'nen Kaffee.«

»Ich brauche neue Augen.« Aiden lehnte sich auf ihrem Schreibtischstuhl zurück, sah aber weiterhin die Aufnahmen der Überwachungskamera an, die vor dem Gerichtsgebäude stand.

Menschen passierten die Metalldetektoren und durchquerten das Foyer, um zu den Gerichtssälen zu gelangen. Sie hatten sich im Schnelldurchlauf schon fast sämtliche Aufnahmen angesehen, die an den Tagen im Oktober gemacht worden waren, an denen Kade vor Gericht gewesen war.

Gleichzeitig war Del dabei, die Aufzeichnungen der Kameras vor Kades Büro auszuwerten, während Ray und Aiden versuchten, herauszufinden, ob jemand regelmäßig im Zuschauerbereich von Kades Verhandlungen gesessen und ihr ein bisschen zu viel Aufmerksamkeit geschenkt hatte.

Aiden setzte sich aufrecht hin. »Halt! Spul mal ein bisschen zurück. Ja, genau da!« Sie zeigte auf das Standbild.

Ray kniff die Augen zusammen. »Ist das nicht …?«

Aiden nickte. »Das ist die Pförtnerin von Kades Wohngebäude.«

Ray drückte wieder auf Abspielen und sie sahen zu, wie die Frau an einem Sicherheitsbeamten vorbeiging und um die Ecke verschwand. Sie ging in Richtung des Gerichtssaals, in dem Kades Verhandlung stattgefunden hatte.

»Es könnte nur ein blöder Zufall sein,« sagte Ray.

»Ja, könnte sein.« Aber im Laufe der Jahre hatte Aiden einen siebten Sinn dafür entwickelt, wenn etwas nicht stimmte, und dieses Gespür schlug jetzt Alarm. Sie hatte auf die harte Tour gelernt, dass es nicht klug war, ihre Instinkte zu ignorieren. Sie schob die nächste DVD in ihr Computerlaufwerk.

Ray spielte vor und erneut sahen sie, wie die Pförtnerin das Gerichtsgebäude betrat.

Aiden nahm eine dritte DVD aus dem Karton. Es war eine Aufzeichnung, die von dem Morgen stammte, an dem Kade das Schlussplädoyer im Ballard-Fall gehalten hatte.

»Da ist Kade«, sagte Ray, als sie zusahen, wie die Staatsanwältin die Metalldetektoren passierte. »Und da ist die Pförtnerin. Sie folgt Kade!«

Aiden atmete scharf ein, als sie die Daten der Aufzeichnungen verglich. »Sie hat sich Dawns Verhandlung angesehen.«

Sie tauschten Blicke. »Tja, wenn sie Kades Stalkerin ist, würde das erklären, wie die Blumen und die Karten zu Kades Wohnung gelangt sind, ohne dass jemand etwas gesehen hat«, sagte Ray. »Und es würde auch erklären, wie der Stalker an Kades Telefonnummer kam, obwohl sie nicht im Telefonbuch steht, und warum der Stalker immer wusste, wann sie zu Hause war.«

»Ja. Und warum es nichts gebracht hat, Verdächtige in Kades alten Fällen zu verhören.« Aiden knurrte. »Sie hat uns eine erfundene Beschreibung gegeben. Sie hat uns reingelegt!« Sie nahm das Telefon vom Schreibtisch.

»Was machst du?«, fragte Ray.

Aiden drückte den Hörer ans Ohr. »Ich rufe ihren Arbeitgeber an. Ich will wissen, wie sie heißt.«

Als sie das Telefon Minuten später wieder weglegte, sah sie auf und verzog das Gesicht. »Tracey Sheldon. Rate mal, wann sie sich um die Stelle als Pförtnerin beworben hat?«

Ray tippte hektisch auf seiner Tastatur, deshalb beantwortete sie ihre Frage selbst. »Im Oktober. Als Kade den Ballard-Fall gewonnen hat, muss sie das beeindruckt haben. Sie hat den Job als Pförtnerin angenommen, um Kade nahe zu sein.«

»Das ist nicht gut«, murmelte Ray und starrte auf seinen Bildschirm. »Wie's aussieht war Kade nicht die Einzige, der Sheldons unerwünschte Bewunderung zuteil wurde. Es gibt eine einstweilige Verfügung gegen Tracey Sheldon.«

»Hat die Firma, die sie angestellt hat, sie nicht durchgecheckt?«

»Scheinbar haben sie nur sichergestellt, dass sie nicht vorbestraft ist, aber sie haben keine Unterlagen vom Zivilgericht angefordert.« Ray las etwas auf seinem Bildschirm. »Die einstweilige Verfügung wurde beantragt von jemandem namens Melanie Riggs. Ich kenne den Namen doch irgendwoher, oder?«

Aidens Kopf schnellte herum. »Melanie Riggs? Sie war eines der Opfer im Ballard-Fall.«

»Denkst du, Gary Ballard hat irgendetwas zu tun mit …?«

»Nein. Wenn ich nicht ganz daneben liege, ist Tracey Sheldon lesbisch, und Melanie Riggs ist es auch. Vielleicht war Sheldon mal mit ihr zusammen oder wäre es gern gewesen. Deshalb hat sie sich die Verhandlung angesehen, wo sie dann Kade kennengelernt hat.« Aiden griff erneut zum Telefon. Sie rief Kade im Büro an, dann zu Hause und schließlich auf dem Handy.

Keine Antwort.

»Wo ist sie?«

»Vielleicht bei Lieutenant Vasquez«, sagte Ray. »Sie ist doch heute dran, Kade nach Hause zu fahren, oder?«

Aiden nickte und rief Del an. »Del? Hier spricht Aiden Carlisle. Ist Kade da?«

»Nein. Ist sie nicht bei euch? Ich habe sie vorhin angerufen, um ihr zu sagen, dass ich Überstunden schieben muss. Sie sagte, sie würde dich oder Ray anrufen, wenn sie nach Hause gefahren werden möchte.«

»Tja, scheinbar hat sie das nicht getan.« Aiden verfluchte Kades unabhängige Ader.

»Was ist los?«, fragte Del.

Aiden hatte keine Zeit, um den heißen Brei herumzureden. »Der Stalker … Es ist die Pförtnerin und wir können Kade nirgends finden.«

Ruben, der gerade die Jacke anzog, um nach Hause zu gehen, sah zu ihnen herüber. »Sucht ihr nach Matheson? Als ich ihr vor einer halben Stunde den Bericht über den Richards-Fall gebracht habe, sagte sie, sie würde gleich nach Hause gehen.«

Nach Hause … wo Tracey Sheldon schon auf sie wartete.

»Mist! Hast du gehört, Del? Wir treffen uns vor Kades Wohnung!« Aiden steckte ihr Handy ein, nahm ihre Pistole aus der untersten Schreibtischschublade und rannte zur Tür. »Komm schon, Ray!«

Kade ging langsam den Flur hinab, sorgsam darauf achtend, die randvolle Tasse Kaffee nicht zu verschütten. Eigentlich hatte sie vorgehabt, zur Abwechslung einmal pünktlich nach Hause zu gehen, aber dann hatte etwas in Rubens Bericht ihre Aufmerksamkeit erregt und so hatte sie beschlossen, doch etwas länger zu bleiben. Da Del ebenfalls Überstunden schob, wartete zu Hause nur die fordernde Stimme ihrer Mutter auf ihrem Anrufbeantworter auf sie. Sie würde den Bericht durchgehen und wenn sie fertig war, würde sie Aiden oder Ray anrufen und sich nach Hause eskortieren lassen.

Sie stellte die Tasse auf ihrem Schreibtisch ab, setzte sich wieder und vertiefte sich in den Bericht.

KAPITEL 36

Dawn verlagerte die Tupperschüssel auf den linken Arm, sodass sie mit der rechten die Tür zur Dienststelle öffnen konnte.

Noch bevor sie die Klinke ergreifen konnte, schwang die Tür auf.

Jeff Okada grinste sie an. »Beehren Sie unsere unwürdigen Hallen mit Ihrer Präsenz, Doktor?«

»Aiden und Ray sind die ganze Nacht mit einer Ermittlung beschäftigt«, sagte Dawn, ohne zu erklären, dass die beiden nach Kades Stalker suchten, »und ich wollte sichergehen, dass sie nicht verhungern.«

»Oh. Schlechtes Timing, Doc«, sagte Okada. »Sie sind vor zehn Minuten hier herausgestürmt und ich weiß nicht, ob sie zurückkommen. Ich bin der Letzte, der noch hier ist.«

»Wenn das so ist, ist das Ihr Abendessen.« Sie drückte ihm einen der Behälter in die Hand.

Er nahm das Essen, ohne zu zögern. »Wäre eine meiner Exfrauen ein wenig mehr wie sie gewesen, wäre ich sicher heute noch verheiratet. Sie haben nicht zufällig eine Schwester im heiratsfähigen Alter, oder?«

»Ich habe eine verwitwete Mutter, aber ich glaube, Sie sollten das erst mal mit Ihrem Buchhalter durchsprechen, bevor ich Sie einander vorstelle«, neckte Dawn. Aiden scherzte ständig darüber, wie viel Unterhalt Okada seinen Exfrauen bezahlen musste.

Okada grinste. »Ein weiser Ratschlag, Doktor.« Er berührte seine Hutkrempe, sagte gute Nacht und ließ Dawn mit der übrig gebliebenen Tupperschüssel zurück.

»Du bist spät dran«, sagte Frank, als er Tracey das Klemmbrett gab, damit sie sich für ihre Schicht eintragen konnte.

»Nur keine Aufregung. Es sind ja nur fünf Minuten. Ich musste mal wieder in der Gärtnerei meines Schwagers aushelfen.« Sie setzte ihre Unterschrift auf den Dienstplan und wartete ungeduldig darauf, dass ihr Kollege endlich ging. Kadence hatte in letzter Zeit häufig länger gearbeitet, aber Tracey hoffte, dass sie bald nach Hause kommen würde. Sie wollte, dass Frank bis dahin verschwunden war.

Er schien es jedoch nicht eilig zu haben. »Dem Chef ist es sicher schnuppe, warum du zu spät kommst. Ich glaube, du hast bereits Ärger am Hals.«

»Wieso das denn?«

Der einzige Ärger, den sie hatte, war diese verdammte Polizistin, die ständig hinter Kadence her war. Trotz aller Warnungen weigerte sie sich, Traceys Freundin fernzubleiben.

»Weiß auch nicht«, sagte Frank. »Der Chef sagt, die Bullen hätten ihn angerufen und sich nach dir erkundigt.«

Oh verdammt. Die Polizistin versuchte, ihr Kadence wegzunehmen. Das würde sie nicht zulassen. »Hab vermutlich einen Strafzettel zu viel kassiert.«

Als Frank endlich weg war, eilte sie zu ihrem Auto. Sie konnte nicht warten, bis Kadence endlich nach Hause kam. Da ihre Polizistenfreunde ständig zu Besuch kamen, würden sie hier ohnehin nicht in Ruhe reden können.

Die Bewohner des Gebäudes am Yachthafen würden heute einmal ohne sie auskommen müssen. Es gab nur eine Bewohnerin, der sie heute Abend zu Diensten sein wollte.

KAPITEL 37

Als ihre Bürotür geöffnet wurde, sah Kade von ihrem Bericht auf. Normalerweise klopften ihre Besucher an, bevor sie eintraten, aber sie war schon öfter von den Putzfrauen gestört worden, die angenommen hatten, Kade wäre längst nach Hause gegangen.

Diesmal gehörte die Frau, die eintrat, jedoch nicht zum Personal der Putzkolonne.

»Tracey?« Einer ihrer Mentoren hatte ihr beigebracht, stets die Namen jedes Geschworenen zu kennen. Zur Übung lernte sie die Namen von Kassierern, Zeitungsjungen und Pförtnern auswendig.

»Überrascht, mich zu sehen?«, fragte Tracey und schloss die Tür hinter sich.

Kade runzelte die Stirn. Ihr Herz schlug schneller und ihre Nackenhaare richteten sich auf. Durch ihre Zusammenarbeit mit der Polizei hatte sie ein feines Gespür für Personen und Situationen entwickelt. Tracey war immer freundlich zu ihr gewesen. Vielleicht sogar ein wenig zu freundlich. Sie hatte sich sogar an Dels Adresse erinnert und sie Laurie gegeben, obwohl sie sicher täglich hörte, wie Dutzende von Leuten den Taxifahrern ihre Zieladressen nannten. »Ein wenig. Was tun Sie hier?«

»Du bist mir in der letzten Zeit aus dem Weg gegangen?«, sagte Tracey.

»Aus dem Weg gegangen?«, wiederholte Kade. Der einzige Mensch, dem sie in letzter Zeit aus dem Weg ging, war ihre Mutter. Und warum duzte Tracey sie plötzlich?

Tracey trat näher, bis sie unmittelbar vor dem Schreibtisch stand. Sie stemmte ihre Hände auf die Tischplatte und beugte sich vor, sodass sie aus nächster Nähe in Kades Augen sah. »Willst du es etwa bestreiten? Du bist seit Tagen kaum zu Hause gewesen!«

Zu Hause? So, wie Tracey das sagte, klang es, als würden sie zusammen wohnen. Kade schluckte. *Mist. Ich glaube, ich habe gerade meinen Stalker gefunden.* Sie schielte zum Telefon und dann zur Tür und versuchte, einen Ausweg zu finden.

»Du hast sogar die Stadt verlassen, ohne es mir zu sagen. Wo warst du? Bei deiner anderen Freundin? Ich hatte sie gewarnt, die Finger von dir zu lassen!« Traceys Faust krachte auf den Schreibtisch.

Kade zuckte zusammen. *Was mache ich jetzt?* Tracey versperrte den Weg zur Tür und würde sie sicher davon abhalten, sich das Telefon zu greifen. Die Pistole war in ihrer Handtasche am anderen Ende des Raums, außer Reichweite. *Sprich mit ihr. Geh auf sie ein. Worte sind deine Waffen.*

»Sie ist nicht meine Freundin«, sagte sie so sanft wie möglich. »Wir arbeiten zusammen. Das ist alles.«

Tracey ragte drohend über ihr auf. »Lüg mich nicht an! Ich hab euch doch zusammen gesehen.«

»Aber es ist aus zwischen uns«, sagte Kade schnell.

»Beweis es.«

Kade starrte sie an. »Wie denn?«, fragte sie und fürchtete sich bereits jetzt vor der Antwort.

»Verlass sie. Komm mit mir. Jetzt sofort.« Tracey hielt ihr die Hand hin.

Mist. Bisher war es die sicherste Methode gewesen, alles mitzumachen, was Tracey wollte, aber wenn sie mit ihr ins Auto stieg, gab sie jede Chance zur Flucht auf. Langsam erhob sie sich hinter dem Schreibtisch. Sie nahm Traceys Hand und fühlte ihre rohe Kraft. Ihre Gedanken überschlugen sich. *Denk nach, Kade!*

Tracey führte sie zur Tür und benahm sich wie eine galante Verehrerin.

»Warte.« Kade entzog ihr ihre Hand. »Ich muss noch meine Handtasche holen, bevor wir gehen.« Sie machte einen Schritt auf die Garderobe zu, wo die Tasche mit der Pistole hing.

Tracey riss die Handtasche an sich, bevor Kade es tun konnte. »Die nehme ich.«

Verdammt. Ahnte Tracey, dass sie eine Waffe hatte? Vielleicht hatte sie gesehen, wie Del ihr die Pistole direkt vor ihrer Haustür gegeben hatte.

Tracey öffnete die Handtasche und drehte sie um. Die Pistole landete klirrend auf einer kleinen Flasche Parfüm. »Hast du danach gesucht?«, fragte Tracey gefährlich ruhig.

»Nein, natürlich nicht. Ich wollte mich nur etwas frisch machen, bevor wir zusammen ausgehen.« Kade zeigte auf das Parfüm.

Tracey legte die Stirn in Falten, nickte dann aber. Sie nahm die Waffe und schob sie sich in den Hosenbund.

Kade verzog das Gesicht. *Na toll. Jetzt ist sie bewaffnet. Wirklich brillant, Kade.*

Höflich hielt Tracey ihr den Mantel, während Kade hineinschlüpfte. »Dann lass uns gehen.«

Wenn sie durch diese Tür traten, würde es kein gutes Ende nehmen. Ihre verrückte Stalkerin würde versuchen, sie zu irgendeinem gemütlichen Liebesnest zu schleppen. Falls der Sicherheitsbeamte draußen versuchen würde, sie aufzuhalten, würde sie ihn erschießen, genau wie jeden anderen, der sich einmischte.

Menschen werden sterben. Du könntest sterben. Kade ballte die Hand in der Manteltasche zur Faust. Ihre Finger schlossen sich um die Autoschlüssel. Ein Bild von Del kam ihr in den Sinn, begleitet von den Worten, die Del am Ende ihrer ersten Begegnung zu ihr gesagt hatte: *Nächstes Mal zielen Sie besser auf die Augen.*

»Tracey«, sagte sie und verlieh ihrer Stimme einen verführerischen Klang.

Tracey drehte sich zu ihr um.

Mit einer blitzschnellen Bewegung riss Kade die Schlüssel aus der Manteltasche und stieß sie Tracey ins Gesicht. Sie zielte auf ein Auge.

In letzter Sekunde wich Tracey zurück.

Der Schlüssel schrammte an ihrer Schläfe vorbei. Sie stolperte zurück und hielt sich den Kopf. Langsam zog sie die Hand weg und sah auf ihre Finger.

Blut schimmerte auf ihren Fingerspitzen.

Mit einem wütenden Aufschrei kam sie auf Kade zu. »Ich habe dir jede Gelegenheit gegeben, endlich zu unserer Liebe zu stehen. Aber du bist zu dumm, um zu merken, dass das, was wir haben, so viel besser ist als alles, was diese verdammte Polizistin dir geben kann!« Grob packte sie Kade am Arm.

Kade versuchte, die Schlüssel erneut als Waffe einzusetzen, aber das Überraschungsmoment war dahin und Tracey war viel größer und stärker als sie.

Tracey umklammerte Kades Handgelenke und stieß sie zurück.

Sie zappelte verzweifelt und trat nach Tracey. Ein Tritt gegen die Kniescheibe brachte Tracey zum Fluchen. Sie musste nach einem Aktenschrank greifen, um nicht das Gleichgewicht zu verlieren.

Kade bekam die Arme frei und begann sofort, sich zu wehren. Sie boxte Tracey auf die Nase, was sie aufschreien ließ, und befreite sich aus ihrem Griff. Sofort rannte sie zur Tür.

Fast hatte sie diese erreicht, als Tracey sie von hinten packte und sie rau gegen ihren Körper zog. »Halt still!«, zischte sie ihr ins Ohr.

Natürlich dachte Kade nicht mal daran zu gehorchen. Sie trat Tracey kräftig auf den Fuß, um sich aus der Umklammerung zu befreien.

Tracey wich etwas zurück und Kade schaffte es, einen Arm freizubekommen. Sie rammte Tracey einen Ellbogen in die Magengrube.

Ächzend beugte Tracey sich vornüber.

Kade wirbelte herum und versuchte, an die Waffe zu gelangen, die aus Traceys Hosenbund ragte.

Bevor sie nach der Pistole greifen konnte, richtete Tracey sich wieder auf und schlug ihr mit dem Handrücken ins Gesicht.

Schmerz zuckte durch ihre Wange. Der Schlag warf sie quer durch den Raum. Sie prallte mit dem Rücken gegen den Schreibtisch.

Wütend zog Tracey die Waffe aus ihrem Hosenbund und hielt Kade die Mündung an die Schläfe.

Kade erstarrte, aber sie weigerte sich, aufzugeben und die Augen zu schließen. Sie sah stur in Traceys glühende braune Augen und sprach so ruhig sie konnte: »Du willst mir nicht wehtun. Du liebst mich doch.«

»Du verdienst meine Liebe nicht!«, schrie Tracey. »Du hast mich verraten!«

Kades Herz raste. Schweiß lief ihr den Rücken hinab.

Sie konnte fast fühlen, wie Traceys Finger sich langsam um den Abzug krümmte. Sie sah ihr immer noch in die Augen. »Tu das nicht«, sagte sie in einem Tonfall, der selbst die eigensinnigsten Geschworenen dazu brachte, auf sie zu hören. »Ich komme mit dir. Aber leg die Waffe weg.«

Tracey zögerte.

»Bitte, Tracey … Liebling.«

Traceys Augen leuchteten auf. Einen Moment lang dachte Kade, sie würde abdrücken, aber dann entspannte sich ihr grimmiges Gesicht. Sie senkte die Pistole, sodass die Mündung zu Boden zeigte, aber sie schob die Waffe nicht zurück in ihren Hosenbund und sie behielt den Finger am Abzug. »Wenn du mich noch mal reinlegst, dann schwör ich bei Gott, ich werde dich tö…« Mitten im Satz brach sie ab, als etwas sie von der Seite traf und von Kade wegschleuderte. Der unerwartete Schlag ließ sie seitwärts taumeln. Sie fiel und stieß sich den Kopf am Aktenschrank, bevor sie zu Boden ging.

Kade stand einen Moment lang starr da. Ihr Blick huschte zwischen Tracey und ihrer Retterin hin und her.

Vor ihr stand Dawn, mit beiden Händen eines der schweren Gesetzbücher aus Kades Bücherregal umklammernd.

Schnell bückte sich Kade und nahm der stöhnenden Pförtnerin die Pistole ab.

»Himmel, Kade! Was ist hier los?«

»Mein Stalker ist kein Stalker, sondern eine Stalkerin.« Nur mit Mühe konnte Kade verhindern, dass ihre Stimme und ihre Hände zitterten, als sie mit der Pistole auf Tracey zielte. »Rufen Sie den Sicherheitsdienst!« Sie nickte in Richtung Tür, da sie beide Hände brauchte, um die Waffe stillzuhalten.

Bevor Dawn sich in Bewegung setzen konnte, schwang die Tür auf.

Del stürmte mit gezogener Waffe in den Raum, gefolgt von Aiden, Ray und einer Horde Sicherheitsleute.

»Na toll. Jetzt, da der Kampf vorbei ist, trifft die Kavallerie ein«, murmelte Kade und versteckte ihre zum Zerreißen gespannten Nerven hinter einem Scherz.

Ray legte der stöhnenden Frau Handschellen an und zerrte sie mit Hilfe von zwei Sicherheitsbeamten nach draußen.

Langsam kam Del auf Kade zu. Ihre Hände glitten Kades Arm entlang, bis ihre Finger auf Kades ruhten, die noch immer die Pistole hielten. »Du kannst jetzt loslassen«, sagte sie behutsam.

Erleichtert ließ Kade die Waffe los.

Sofort schlang Del die Arme um sie und zog sie gegen ihren Körper.

Kade hielt sich an ihr fest und drängte sich gegen Dels tröstliche Wärme, aber dann wurde ihr bewusst, dass mehrere Blicke auf ihnen ruhten.

Dawn, Aiden und einer der Sicherheitsbeamten beobachteten die Umarmung neugierig.

Kade erstarrte und hätte fast einen Schritt zurück gemacht. Aber dann fiel ihr Blick auf die Pistole, die noch vor Kurzem gegen ihre Schläfe gepresst worden war. Sie hätte sterben können. Dann hätte es keine Rolle mehr gespielt, ob sie nun heterosexuell, lesbisch oder bisexuell war. War das, was ihre Kollegen denken könnten, wirklich wichtiger als das Gefühl von Sicherheit, das sie in Dels Armen fand?

Schließlich ignorierte sie die neugierigen Blicke und blieb, wo sie war.

Aiden sah ohnehin nicht mehr in ihre Richtung. Sie war damit beschäftigt, Dawn zu umarmen. »Was machst du denn hier?«

»Ich wollte euch etwas zu essen bringen, aber ihr wart schon weg«, sagte Dawn. »Ich wollte nicht, dass das Essen verdirbt, also dachte ich, ich schaue mal, ob Kade noch im Büro ist.« Sie ließ das Gesetzbuch los und schlang die Arme um Aiden.

»Was ist passiert?« Aiden sah von Dawn zu Kade.

Kade warf Dawn einen verschwörerischen Blick zu. »Lassen Sie uns einfach sagen, dass die volle Härte des Gesetzes sie getroffen hat.«

KAPITEL 38

Aiden ging auf dem Parkplatz der Kraftfahrzeugbehörde auf und ab und sah zum zwanzigsten Mal auf die Uhr. Evan und der Fahrprüfer waren seit mehr als fünfzehn Minuten unterwegs. War das ein gutes oder ein schlechtes Zeichen?

Ein Regentropfen traf ihre Nase und ließ sie nach oben schielen. Gott, hoffentlich wusste Evan noch, wie die Scheibenwischer in Aidens Auto funktionierten. Und hoffentlich dachte sie daran, immer erst den Schulterblick einzusetzen, bevor sie die Spur wechselte.

Schließlich kam Aidens Auto um die Ecke, mit Evan hinter dem Steuer und dem Prüfer auf dem Beifahrersitz. Er zeigte auf eine Parklücke zwischen zwei anderen Autos, vermutlich weil er wollte, dass sie dort einparkte.

Schweiß trat Aiden auf die Stirn, aber Evan ließ den Wagen ohne Probleme rückwärts in die Parklücke rollen. Aiden atmete auf, als die beiden aus dem Auto kletterten und in die Zulassungsstelle gingen. Sobald sich die Tür hinter ihnen geschlossen hatte, ging sie um ihr Auto herum und inspizierte es. Kein Kratzer zu sehen.

Nach einiger Zeit kam Evan aus der Zulassungsstelle. Ihr unbewegtes Gesicht verriet nicht, ob sie bestanden hatte.

»Und?«, fragte Aiden. Sie hatte sich bereits ein paar aufmunternde Worte zurechtgelegt, für den Fall, dass Evan durch die Fahrprüfung gefallen war.

Ein breites Grinsen erschien auf Evans Gesicht. Sie hielt einen vorläufigen Führerschein in die Höhe. »Ich hab bestanden!«

Aiden klopfte ihr auf die Schulter. »Ich wusste es!«

Als sie zum Auto gingen, zog Evan die Schlüssel aus der Tasche. »Kann ich fahren?«

»Nein, kannst du nicht«, sagte Aiden und nahm ihr die Autoschlüssel ab.

Evans Gesicht verfinsterte sich. »Ich hab die Prüfung bestanden. Was muss ich denn sonst noch tun, damit du mir endlich deinen Wagen anvertraust?«

»Wer sagt, dass ich dir nicht vertraue? Aber selbst dir wird es schwerfallen, zwei Autos gleichzeitig zu fahren.« Es fiel ihr schwer, sich ein Grinsen zu verkneifen, als sie Evans verwirrte Miene sah.

»Zwei Autos? Wovon zum Teufel sprichst du?«

Aiden zog einen anderen Schlüssel aus der Tasche und zeigte auf einen fünf Jahre alten VW Golf, der auf der anderen Seite des Parkplatzes stand. »Das ist dein neues Auto.«

Evan riss die Augen auf. »Ist das dein Ernst?«

»Klar. Dawn und ich haben mit deinen Pflegeeltern darüber geredet und wir waren uns einig, dass du deinen eigenen fahrbaren Untersatz verdienst. Ist nichts Besonderes, aber das Auto ist sicher … und es gehört dir.«

Ausnahmsweise vergaß Evan ihr cooles Image. Sie sprang wie ein Känguru auf Aiden zu und warf sich ihr übermütig in die Arme, sodass Aiden fast von den Beinen gerissen wurde.

Automatisch hob sie die Arme und hielt Evan fest.

Gerade als sie begann, die Umarmung mit ihrer jüngeren Schwester zu genießen, trat Evan zurück und räusperte sich. Ihre Wangen waren gerötet. »Äh, danke.«

Aiden lächelte. »Gern geschehen. Versprich mir einfach, dass du immer vorsichtig fahren wirst.«

Jetzt wieder ganz lässig und cool, rollte Evan mit den Augen. »Ja, ja.«

»Also«, sagte Aiden und gab ihr die Schlüssel, »wohin wird deine erste Spritztour gehen?«

Evan klimperte mit dem Schlüssel. »Ich weiß nicht.« Aber ihr erneutes Erröten besagte, dass sie sehr wohl wusste, wohin sie fahren wollte.

»Willst du mit mir nach Hause kommen und die bestandene Prüfung mit Dawn feiern?«, fragte Aiden.

»Nö. Ich seh sie ohnehin morgen im Skatepark. Vielleicht fahr ich mal zu Laurie rüber und zeig ihr mein neues Auto.«

Aiden hatte es sich bisher verkniffen, nachzufragen, aber jetzt gab sie ihrer Neugierde nach. »Seid ihr beiden jetzt zusammen?«

»Irgendwie schon.«

»Irgendwie?«, wiederholte Aiden. »Wie kann man denn ›irgendwie‹ zusammen sein?«

Evan zuckte mit den Schultern. »Ich glaube schon, dass wir ein Paar sind, aber sie hat nie etwas gesagt und ich habe nicht gefragt.«

»Dann solltest du vielleicht diejenige sein, die Nägel mit Köpfen macht.«

»Das sagt gerade die Richtige.« Evan grinste sie herausfordernd an. »Laurie sagt, du und der Doc wärt schon seit Ewigkeiten zusammen und ihr habt immer noch getrennte Wohnungen.«

»Acht Monate sind keine Ewigkeit«, sagte Aiden. Vielleicht für einen Teenager wie Evan, aber nicht für sie.

»Ist auch egal. Danke für das Auto.« Evan ging zu dem VW Golf und ließ ihre Hände über die Kotflügel und Türen gleiten, als müsste sie sichergehen, dass der Wagen echt war.

Lächelnd sah Aiden ihr zu, bevor sie in ihr eigenes Auto stieg. Vielleicht hatte Evan recht. Vielleicht sollte sie ihren eigenen Rat befolgen. Sie hoffte, sie würde bald dazu bereit sein.

Zwei Tage später blieb Aiden vor Dawns Wohnung stehen. Ein riesiger Blumenstrauß lag vor der Tür, was sie sofort an Kades Stalker erinnerte. Vorsichtig nahm sie die Blumen und inspizierte sie von allen Seiten, um sicherzugehen, dass der Strauß selbst nicht gefährlich war.

Eine kleine Karte steckte zwischen den Stielen, aber der Umschlag war verschlossen und sie wollte ihn nicht ohne Dawns Erlaubnis öffnen. Sie schloss die Tür auf und trug die Blumen in die Wohnung. »Dawn?«

Keine Antwort.

»Dawn?«, rief sie erneut, diesmal lauter.

»Ich bin hier.« Die Antwort kam aus dem Badezimmer.

Aiden öffnete die Tür einen Spaltbreit und spähte ins Bad.

Dawn lag in der Badewanne.

»Kann ich reinkommen?«, fragte Aiden, denn sie wusste, dass Dawn manchmal immer noch hastig ihren Körper bedeckte, wenn sie auf diese Weise überrascht wurde.

Heute jedoch verschränkte Dawn nicht die Arme über ihrer nackten Brust. Aiden hatte erwartet, dass es sie ziemlich mitnehmen würde zu sehen, wie Kade mit einer Pistole bedroht wurde, aber Dawn schien es gut zu gehen. Sie grinste Aiden an. »Klar.«

Aiden ließ die Blumen, ihr Polizeiabzeichen und ihre Dienstwaffe draußen und betrat das Badezimmer. Dampf hing über der schaumbedeckten Wanne.

Der Anblick der nassen, glänzenden Haut ihrer Partnerin ließ Aidens Herz schneller schlagen, aber sie hielt sich zurück. »Da lagen Blumen vor deiner Tür.«

»Ich weiß. Der Lieferant hat geklingelt, aber ich war halb nackt und gerade dabei, in die Wanne zu steigen, deshalb sagte ich ihm, er soll sie einfach vor die Tür legen.« Dawn hob eine leicht schrumpelige Hand aus dem Wasser und bedeutete Aiden, näherzukommen.

Gehorsam beugte Aiden sich hinab, um sie zur Begrüßung zu küssen, gestattete sich jedoch nicht, den Kuss in die Länge zu ziehen. Nach den Ereignissen der letzten Tage und ihrer letzten Schicht war sie noch immer zu angespannt. Sie fühlte sich, als würde sie Dawns Reinheit besudeln, wenn sie ihr jetzt zu nahe kam. »Irgendeine Idee, von wem die Blumen sind?«

Nackte Schultern tauchten unter einem Schaumberg auf, als Dawn sich etwas aufsetzte. »Sie sind von Kade. Sie hat mich heute angerufen und gesagt, dass sie mir etwas schicken würde.«

Aiden stieß einen Pfiff aus. »Mein lieber Mann, unsere Staatsanwältin wird langsam verwegen! Zuerst umarmt sie Del, obwohl ein Sicherheitsbeamter und die Hälfte ihrer Detectives zusehen, und jetzt schickt sie anderen Frauen Blumen!«

Dawn warf eine Handvoll Schaum nach ihr. »Sie bedankt sich nur. Sie glaubt wohl, dass ich ihr das Leben gerettet habe.«

»Das hast du vermutlich auch«, sagte Aiden ernst. Sie musste gegen ein Gemisch von Emotionen ankämpfen, wann immer sie an die Rolle dachte, die Dawn bei Tracey Sheldons Verhaftung gespielt hatte. Sie war geschockt und erschrocken gewesen, als sie in Kades Büro gestürmt war und Dawn dort vorgefunden hatte. Sie hatte sich Sorgen gemacht, dass es die Albträume und Flashbacks zurückbringen und die Fortschritte zerstören würde, die Dawn nach ihrer Vergewaltigung gemacht hatte. Sie war sogar ein wenig wütend, dass Dawn ihr Leben aufs Spiel gesetzt hatte, indem sie eine bewaffnete Irre mit einem dicken Gesetzbuch angegriffen hatte. Hauptsächlich war sie jedoch stolz. »Du bist eine Heldin.« Sie formte eine Schaumkrone auf Dawns Kopf.

Dawn schüttelte wild den Kopf, sodass die Schaumkrone in sich zusammenfiel, und lachte ungläubig. »Ich bin keine Heldin.«

»Du bist meine Heldin … und die von Kade und Del«, sagte Aiden. Die Situation entbehrte nicht einer gewissen Ironie. Sie und Del hatten sich einen inoffiziellen Wettstreit geliefert, um zu sehen, wer Kades Beschützerin Nummer eins war. Schlussendlich war es die sanfte Dawn gewesen, die Kade gerettet hatte, während sie beide am falschen Ort gewesen waren.

Der Vorfall hatte Aiden eine Reihe neuer Erkenntnisse gebracht. Zum einen hatte sie begriffen, dass Dawn kein hilfloses Opfer mehr war. Sie hatte sich in einer sehr gefährlichen Situation bewährt. Sie brauchte Aidens Schutz nicht.

Zuerst hatte die Einsicht, dass weder Kade noch Dawn sie als Beschützerin brauchten, sie deprimiert. Sie fühlte sich wie eine Versagerin. Aber nachdem sie über ihre sich verändernden Rollen nachgedacht hatte, wurde ihr bewusst, dass es nicht so einfach war. Dawn brauchte ihren Schutz zwar nicht ständig, würde ihn aber dankbar annehmen, wenn es die Situation erforderte. Außerdem war Dawn auch stark genug, um sie zu beschützen und zu unterstützen. Ihretwegen brauchte Aiden nicht perfekt und stark sein. Sie brauchte nur sie selbst zu sein.

»Du bist die Heldin in der Familie. Ich war nur zufällig zur richtigen Zeit am richtigen Ort.« Dawn hob ein Bein aus dem Wasser, um ihren Fuß zu schrubben. »Du kommst spät. Ist irgendetwas passiert auf der Arbeit?«

»Nein, nur das Übliche«, sagte Aiden. In diesem Fall beinhaltete »das Übliche« die Verhaftung eines Serienvergewaltigers. Sie hatten mit dem Sondereinsatzkommando seine Wohnung gestürmt und ihn dann für geschlagene sieben Stunden verhört.

Dawn streckte die Hand aus und zupfte an Aidens Gürtel. »Ich kann mir ›das Übliche‹ lebhaft vorstellen. Vermutlich klingt es wie das Drehbuch einer Krimiserie, in der du die heldenhafte Kommissarin spielst.«

»Ich habe dir doch gesagt, dass ich keine Heldin bin. Und wenn mein Leben eine Krimiserie wäre, dann wäre ich schon vor Stunden zu Hause gewesen. Im Fernsehen zeigen sie nie all den stundenlangen Papierkram.«

Dawn lachte. »Du siehst aus, als könntest du das volle Verwöhnprogramm gebrauchen. Das Wasser ist noch heiß. Komm rein und bade mit mir.« Sie rutschte in der Wanne zurück, bis ihr Rücken den Rand berührte.

»Nein, schon okay. Genieß du dein Bad. Ich dusche nachher.«

»Ich würde mein Bad aber mehr genießen, wenn du es mit mir teilen würdest.« Sie sah Aiden mit einem sinnlichen Lächeln an und ließ etwas Wasser aus der Wanne. »Komm schon.«

Aiden griff nach ihrem Gürtel, zögerte dann aber erneut. »Haben wir überhaupt Zeit dafür? Ich dachte, wir sollen heute auf Jamie und Tim aufpassen?«

»Nicht mehr nötig«, sagte Dawn grinsend. »Meine Mutter passt auf Tim auf und Eliza hat zwei andere Babysitter für Jamie gefunden.«

»Wen denn?«

»Deine Schwester und Laurie gehen mit Jamie zum Skatepark und passen auf sie auf, bis Eliza und Rick von ihrer Party zurück sind.«

»Evan?«

»Falls du nicht noch eine andere Schwester hast, von der du mir nichts erzählt hast«, sagte Dawn grinsend und wurde dann schlagartig ernst. »Tut mir leid. Ich wollte nicht …«

»Schon okay«, sagte Aiden. Vor einigen Monaten hätte Dawns scherzhafte Bemerkung sie zusammenzucken lassen. Aber jetzt lernte sie langsam, dass es nichts Schlechtes war, Geschwister zu haben, selbst wenn sie von einem Vergewaltiger gezeugt worden waren. »Ich muss zugeben, ich bin ein wenig überrascht. Ich hätte nicht gedacht, dass Evan so schnell wieder jemanden mit zum Skaten nimmt. Sie hat sich so schuldig gefühlt wegen der Sache mit Laurie. Sie traut sich nicht zu, die Menschen in ihrer Obhut nicht zu verletzen, und trotzdem hat sie zugestimmt, auf Jamie aufzupassen?«

Dawn streifte Aiden die Schuhe und Socken von den Füßen. Mit einer nassen Hand streichelte sie Aidens Knöchel. »Ich glaube, sie beginnt langsam, sich in einem positiveren Licht zu sehen. Sie merkt, dass sie Leute nicht auf Abstand halten muss, um sie nicht zu verletzen. Eine große Schwester wie dich zu haben, hat ihr gutgetan.«

»Glaubst du wirklich?« Aiden wollte es gern glauben, aber wie konnte sie Evan helfen, wenn sie mit denselben Problemen kämpfte?

»Evan würde es nie zugeben, aber sie bewundert dich. Sie hat dich besser kennengelernt und festgestellt, dass du ein guter Mensch bist. Zu sehen, wie du mit denselben Ängsten und Selbstzweifeln kämpfst, hat ihr gezeigt, wie irrational sie sind. Ich meine, sie sind real und verständlich, aber sie sagen nichts darüber aus, wer du wirklich bist. Evan ist zu sehr in ihre eigenen Probleme verstrickt, um zu erkennen, dass ihr Vater keinerlei Macht über ihr Leben und ihre Persönlichkeit hat, wenn sie ihm die nicht gibt. Dich kann sie mit etwas mehr Distanz betrachten. Sie weiß, dass du kein schlechter Mensch bist, egal, wie du gezeugt wurdest.«

Aiden begann langsam, es genauso zu sehen, was Evan, aber auch was sie selbst betraf. Wortlos öffnete sie ihren Gürtel und ließ ihre Hose zu Boden fallen. Dawns Blick ließ ihre Haut kribbeln, als sie sich weiter auszog. Ihre Bluse folgte und dann das T-Shirt, das völlig zerknittert war, nachdem sie den ganzen Tag lang die kugelsichere Weste darüber getragen hatte. Slip und BH landeten auf dem Boden. Schließlich öffnete sie den Verschluss der Kette mit dem Glücksbringer und legte sie vorsichtig auf die Ablage unter dem Spiegel.

Nackt drehte sie sich um, stieg ins Wasser und sank bis zum Bauch in den Schaum auf ihrer Seite der Badewanne.

Dawn schüttelte den Kopf. »So badet man mit seinen Geschwistern, wenn man drei ist, nicht mit seiner Partnerin.«

»Oh, entschuldige bitte. Ich muss die Seite im Beziehungshandbuch wohl überblättert haben.« Aiden stieß Dawn spielerisch mit den Zehen an. »Wie sieht denn die vorgeschriebene Weise, mit seiner Partnerin zu baden, aus?«

Dawn spreizte die Beine. »Komm her und lehn dich gegen mich.«

»Wäre es nicht besser, wenn ich hinten sitze?«, fragte Aiden und deutete auf Dawns kleineren Körper.

»Nächstes Mal. Jetzt komm her.«

Aiden drehte sich in der Wanne um und rutschte nach hinten, bis sie zwischen Dawns Beinen saß.

Dawn schlang von hinten die Arme um sie und zog sie zurück, bis sie gegen Dawns Brust lehnte. »Ist das nicht viel netter?«

»Hm. Und auch so viel weicher als den Wasserhahn im Rücken zu haben.« Aiden grinste über ihre Schulter.

Statt zu antworten, legte Dawn ihre Hände zusammen und goss Badewasser über Aidens Kopf. Es dauerte einige Zeit, bis Aidens Haare nass waren, aber Dawn schien das nichts auszumachen.

Aiden schloss die Augen, als Dawn ihr die Haare wusch und sanft ihre Kopfhaut massierte. Ihr Kopf fiel gegen Dawns Schulter. Es war beruhigend und entspannend, aber die Erfahrung hatte auch etwas sehr Erotisches an sich.

Sie seufzte enttäuscht, als Dawn ihre Hände zurückzog. Aber Dawn war noch nicht fertig. Wieder legte sie die Hände zusammen und goss warmes Wasser über Aidens Haar, um es auszuspülen.

Aiden wollte sich gerade umdrehen und Dawn anbieten, ihr auch die Haare zu waschen, als Dawns seifige Hände über ihre Arme glitten und liebevoll jeden Zentimeter Haut in langsamen Kreisen einschäumten.

Aiden lehnte sich zurück. Zur Abwechslung würde sie es einfach nur genießen. Von Dawn gewaschen zu werden, fühlte sich in mehr als nur einer Hinsicht reinigend an. Es war, als spülte Dawn all die Schuldgefühle, die Wut, die Frustration und die Selbstzweifel der letzten Monate von ihr ab.

Dawn ließ die Hände über Aidens Seiten gleiten, dann über ihre Hüften und schließlich bedeutete sie ihr, eines ihrer Beine anzuheben, damit sie es erreichen konnte. Schaum glitt ihren Schenkel hinab, gefolgt von Dawns Hand. Ihre Haut kribbelte und eine völlig andere Anspannung entstand, als Dawns Hand mehr streichelnd als waschend ihr Bein hinaufwanderte.

Dawn hielt inne, bevor sie Aidens Vagina erreichte, und wiederholte die Prozedur mit Aidens anderem Bein.

Frustriert stöhnte Aiden auf.

»Entspann dich«, flüsterte Dawn ihr ins Ohr.

»Was du da mit mir machst, trägt nicht gerade zur Entspannung bei.«

Dawn drückte ihre Lippen gegen Aidens Ohr. »Ist das eine Beschwerde?«

War es das? Mit jeder anderen Frau hätte Aiden dieses kleine Verwöhn- und Verführspiel längst beendet. Sie hätte sich umgedreht, die Kontrolle über den Liebesakt übernommen und ihre Partnerin ins Bett gezerrt. Es war nicht etwa so, dass sie ab und zu nicht auch ein langsameres Vorgehen genoss. Es ging nicht einmal darum, dass sie plötzlich die Verführte und nicht die Verführerin war. Aber hier in der Wanne zu sitzen, mit Dawn hinter sich, ohne sie sehen zu können, zwang sie, jegliche Kontrolle aufzugeben, sodass jede Berührung sich fast unerträglich intim anfühlte.

»Nein«, sagte sie schließlich. »Es ist keine Beschwerde.« Sie merkte, dass sie keine Angst mehr davor hatte, die Kontrolle anderen zu überlassen. Zumindest nicht, wenn sie mit Dawn zusammen war.

»Gut.« Dawn umschloss Aidens Ohrläppchen mit den Lippen. Ihre seifigen Hände glitten über Aidens Hüften, streichelten sanft ihren Bauch und umkreisten ihre Brüste.

Aiden schnappte nach Luft.

Dawn lehnte sich nach vorn, um über Aidens Schulter hinweg in ihr Gesicht zu sehen. »War das ein ›Autsch‹ oder ein ›Mach das noch mal‹?«

»Ein bisschen von beidem. Ich musste heute den ganzen Tag die kugelsichere Weste tragen, deshalb sind meine Brüste ein wenig empfindlich.« Sie hatte Dawn nicht die hässlichen Details ihres Arbeitstages berichten wollen, aber jetzt, wo es zur Sprache gekommen war, merkte sie, dass es dumm und unnötig war, es geheim halten zu wollen. Dawn war nicht aus Glas. Sie konnte mit den Gefahren ihres Jobs umgehen.

»Das war also ›das Übliche‹, das du heute getan hast.« Dawn knabberte an Aidens Ohr. Sie streichelte Aidens Brüste sanfter, hörte aber nicht auf.

Aiden antwortete nicht. Sie verlor rasch das Interesse an der Unterhaltung. Dank des Wassers und des Schaums fühlten sich Dawns Berührungen wie Seide auf ihrer Haut an. Sie bekam eine Gänsehaut, obwohl sie bis zur Brust in warmem Wasser lag. Mit beiden Händen hielt sie sich an den Seiten der Wanne fest und bereitete sich darauf vor, sich umzudrehen und Dawn leidenschaftlich zu küssen.

Bevor sie ihren Plan ausführen konnte, schlang Dawn ihre Beine um sie und hielt sie fest.

Aiden saß in der Falle ... und genoss es. Dawns ganzen Körper um sich herum zu spüren, war eine betörende Erfahrung. Dawns Brüste drückten sich gegen ihre Schulterblätter, ihre glatten Beine waren um Aidens Hüften geschlungen und ihre Schamlippen rieben gegen Aidens Hintern in einem langsamen Rhythmus, der das Wasser um sie herumschwappen ließ.

Dawn reckte den Hals und platzierte eine Reihe langsamer, sinnlicher Küsse auf Aidens Kiefer bis zu ihrem Mund. Ihre Zunge fuhr spielerisch über Aidens Unterlippe. Gleichzeitig ließ sie eine Hand Aidens Bauch hinaufgleiten.

So gut es in der intimen Umarmung ging, drehte Aiden sich um, nahm Dawns neckende Zunge zwischen ihre Lippen und kämpfte spielerisch um die Vorherrschaft, als sie sich küssten.

Da sie die Arme und Beine um Aiden geschlungen hatte, hielt sich Dawn nicht an der Wanne fest. Der plötzliche Positionswechsel drückte sie nach hinten und unten. Sie schluckte Wasser, hustete und versuchte, sich aufzusetzen.

Schnell wich Aiden zurück. Sie drehte sich um und hielt Dawn, bis das Husten aufhörte. »Alles okay?«

»Ja.« Dawn wischte sich Seifenwasser aus den Augen.

Aiden nahm sie in die Arme und genoss das Gefühl ihrer warmen, nassen Körper so eng aneinander. »Komm. Lass uns ins Schlafzimmer gehen, bevor noch eine von uns ertrinkt.«

»In Liebesromanen wirkt das immer so romantisch.« Dawn deutete auf die Badewanne.

Aiden küsste ein bisschen Schaum von Dawns Nase und Wange. »Oh, es ist auch romantisch, aber eben nicht sehr praktisch. Beim Sex in der Wanne wird der Person, die oben liegt, immer kalt, weil ihr Rücken aus dem Wasser ragt. Und Lubrikation kann auch ein Problem sein.«

»Dann hast du das also schon mal gemacht?« Dawns Wangen waren gerötet und das kam nicht nur vom heißen Wasser oder dem leidenschaftlichen Vorspiel.

Manchmal vergaß Aiden, dass Dawn vor ihr erst mit zwei Partnern zusammen gewesen war. Gerade eben hatte es sich nicht so angefühlt, als ob es Dawn an Erfahrung mangelte. Selten war Aiden so meisterhaft verführt worden. »Du nicht?«

»Nein. Ich konnte mich nie genug fallenlassen, um auch mal zu experimentieren.« Ein wenig verlegen zuckte Dawn mit den Schultern. Ihr nackter Körper glitt dabei über Aidens.

Aiden war froh, dass Dawn sich mit ihr fallenlassen konnte. Ihr erging es genauso. *Sag es ihr. Sie muss das hören.* »Ich kann mich bei dir auch gut fallenlassen«, murmelte sie, eine Wange gegen Dawns Stirn gedrückt.

Dawn wich ein wenig zurück und berührte mit den Fingerspitzen sanft Aidens Gesicht. »Ich will dich.« Sie sah Aiden in die Augen. »Jetzt sofort.«

Verlangen brachte Aidens Blut zum Kochen. Dawn kommunizierte immer klar und deutlich, aber so direkt drückte sie sich sonst nicht aus. Es war wie ein starkes Aphrodisiakum.

Einen Moment lang drohten Aidens Gefühle und ihre Leidenschaft außer Kontrolle zu geraten und sie bemühte sich, sie zu zügeln. Sie schloss die Augen und öffnete sie dann wieder. In Dawns Augen spiegelte sich dieselbe Leidenschaft, die sie selbst auch empfand.

Dawn nickte ihr zu. Die Kopfbewegung enthielt eine stumme Botschaft … eine, die Aiden in den letzten Wochen immer mehr verstand. Dawn wollte nicht, dass sie sich zurückhielt. Sie liebte Aiden, so wie sie war.

Aiden kletterte aus der Wanne und schlang die Arme um Dawn. Halb hob Aiden sie aus der Wanne, halb stützte sie Dawn, als diese ebenfalls aus dem Wasser stieg. Ihre Lippen pressten sich auf Dawns, sobald sie beide festen Boden unter den Füßen hatten.

Ihre nackten, nassen Körper glitten gegeneinander und beide stöhnten vor Verlangen.

Blind griff Dawn nach einem der flauschigen Handtücher. Sie unterbrach den Kuss und drückte Aiden sanft gegen das Waschbecken. Dann begann sie, Aiden abzutrocknen.

Als das Handtuch ihre Brüste umkreiste, beugte Aiden sich vor und versuchte, Dawn zu küssen. Ihre Hände bedeckten Dawns und zogen sie enger an sich.

»Noch nicht«, sagte Dawn. »Ich muss erst noch deinen Rücken abtrocknen.«

»Nicht nötig«, antwortete Aiden atemlos. »Du machst mich so heiß, dass jeder Tropfen Wasser auf meinem Körper mittlerweile verdampft sein dürfte.«

Trotz ihrer Proteste bedeutete Dawn ihr, sich umzudrehen. Statt ihren Rücken mit dem Handtuch abzutrocknen, küsste sie jeden Wassertropfen von Aidens Haut. Ihre heiße Zunge folgte einem Tropfen, der Aidens Rücken hinabglitt.

Mit beiden Händen klammerte sich Aiden am Waschbecken fest, als ihre Knie weich wurden.

Dawn fuhr mit den Fingern über Aidens empfindliche Seiten, folgte den Konturen ihrer Brüste und knetete dann Aidens muskulöse Pobacken.

Stöhnend umklammerte Aiden das Waschbecken und spreizte die Beine noch etwas mehr.

Dawn verstand den Wink mit dem Zaunpfahl. Eine ihrer Hände glitt tiefer und strich durch die nasse Hitze zwischen Aidens Beinen.

»Himmel!« Aiden schnappte nach Luft. Durch all das leidenschaftliche Vorspiel in der Wanne fühlte sie sich, als würde sie gleich explodieren. »Das hier wird ziemlich schnell vorbei sein, wenn du so weitermachst.«

»Ach ja?«, flüsterte Dawn ihr ins Ohr und presste ihren Körper von hinten gegen Aidens. »Lass mal sehen.« Sie ließ einen Finger fast unerträglich langsam in Aiden hineingleiten.

Aiden ließ mit einer Hand das Waschbecken los und griff hinter sich, um Dawn noch enger gegen sich zu drücken, in der Hoffnung, sie würde ihren Finger dann ein wenig schneller bewegen.

Dawns harte Nippel strichen über ihren Rücken, als sie sich rhythmisch bewegten. Vorsichtig knabberte Dawn an Aidens Nacken und Schulter.

Aiden warf den Kopf zurück, um ihr mehr Raum zu geben. Die Bewegung brachte ihren Bauch in Kontakt mit dem Waschbecken. Sie schauderte, als sie den Kontrast zwischen dem kalten Porzellan und Dawns Wärme in ihrem Rücken spürte.

Dawn fuhr mit der Zunge über die heftig pochende Ader an Aidens Hals.

Aiden stöhnte, als Dawns freie Hand über ihre Hüfte glitt, den angespannten Muskeln ihres Bauches folgte und dann zärtlich eine ihrer Brüste umfasste. Dawns Daumen rieb leicht über ihren harten Nippel.

Aidens Hüften bäumten sich ihr entgegen.

Dawn passte sich ihrem Tempo an. »Mehr?«, fragte sie. Ihr warmer Atem benetzte Aidens Ohr.

»Ja!« Das eine Wort kostete Aiden schon unendliche Mühe.

Dawn saugte an der Haut ihres Halses, sodass Hitze durch Aidens Körper strömte. Gleichzeitig stieß sie mit einem zweiten Finger in sie hinein.

Ein kehliger Laut entfuhr Aiden. Ihre Bauchmuskeln spannten sich an und ihre Beine begannen zu zittern. Nur ihr fester Griff am Waschbecken hielt sie noch auf den Füßen. Sie schloss die Augen.

Sofort nahm Dawn die Lippen von Aidens Hals. »Aiden«, sagte sie, ihre Stimme sanft, aber bestimmt. »Mach die Augen auf. Schau mich an.«

Mühsam öffnete Aiden die Augen. Sie hob den Kopf. Ihr Spiegelbild zeigte ihr, wie sie sich hemmungslos gegen Dawn bewegte, mit einer Hingabe, die sie selten erlebt hatte. Ihre Blicke trafen sich im Spiegel und sie verlor sich in Dawns grünen Augen.

Ohne wegzusehen, ließ Aiden mit einer Hand das Waschbecken los und umklammerte Dawns Hüfte, als sie spürte, wie sich der Orgasmus in ihr aufbaute.

Dawn hielt ihre Finger still. Sie ließ mit der anderen Hand von Aidens Busen ab und fuhr sanft über Aidens Klitoris.

»Dawn!« Aiden keuchte. Die Wellen der Erregung brachen über ihr zusammen und sie ließ sich gegen Dawn sinken.

Einige Sekunden lang versuchte Dawn, sie beide aufrecht zu halten, aber Aidens Gewicht war zu viel für sie. Vorsichtig zog sie ihre Finger zurück und ließ sich mit Aiden zu Boden gleiten.

Aiden lag mit der Wange auf Dawns Brust. Sie wusste nicht, ob es Dawns Herz war, das so hektisch klopfte, oder ihr eigenes. Noch immer durchliefen Schauer ihren Körper.

Schließlich verlangsamte sich ihr Atem und sie wurde sich der Hand bewusst, die beruhigend über ihren Rücken strich. Sie lagen auf dem nassen Badvorleger. Eine Gänsehaut bedeckte ihre feuchte Haut. Schlapp hob sie den Kopf und sah zu Dawn hinab, die sie liebevoll anlächelte. »Ich glaube«, murmelte Aiden und presste ihre Lippen auf Dawns, zu einem gemächlichen Kuss, »jetzt brauche ich doch 'ne Dusche.«

KAPITEL 39

»UND DANN KAMEN DIE DETECTIVES und die Sicherheitsbeamten in mein Büro gestürmt und verhafteten Tracey Sheldon«, beendete Kade ihren Bericht über die Ereignisse von letztem Freitag. Sie lehnte sich in ihrem Stuhl zurück und betrachtete die beiden Frauen auf der anderen Seite ihres Schreibtisches.

Ihre Chefin, die leitende Staatsanwältin Althea Coltrane, würde den ganzen Schlamassel nicht mögen. Sie wollte, dass die Staatsanwaltschaft Verbrechen bekämpfte und nicht das Opfer und den Tatort zur Verfügung stellte.

Aber zu Kades Überraschung, war es nicht Althea, die das Wort ergriff.

»Na toll!«, sagte Stacy Ford, die Staatsanwältin, die gegen Tracey Sheldon vor Gericht ziehen würde. »Noch eine Lesbe, die sich als verrückte Kriminelle entpuppt. Als gäbe es nicht schon genug Vorurteile gegen uns!«

Uns? Es war ein offenes Geheimnis, dass Stacy lesbisch war. Steckte sie Kade jetzt in dieselbe Schublade? Das konnte sie doch nicht wissen, oder?

Althea ignorierte die Bemerkung und fixierte Kade mit einem strengen Blick. »Können Sie mir erklären, was Dawn Kinsley, eine ehemalige Zeugin, in Ihrem Büro zu suchen hatte?«

Innerlich verzog Kade das Gesicht. *Sie wollte mir etwas zu essen bringen* war wohl keine gute Antwort. Sie blickte zu Stacy, in der Hoffnung, dass diese wieder das Wort ergreifen und eine harmlose Erklärung liefern würde.

Aber Stacy blickte sie nur neugierig an.

Wusste sie, dass Dawn Aidens Partnerin war? Angesichts der effizienten Gerüchteküche im Gericht war es wahrscheinlich. Andererseits schien Althea keine Ahnung zu haben. Für den Fall, dass Stacy und Althea wirklich noch nichts wussten, wollte Kade Aiden nicht outen. Es war Aidens Entscheidung. Außerdem wollte sie nicht, dass Stacy und Althea sich fragten, warum eine Lesbe versucht hatte, sie zu töten, während drei andere ihr zur Hilfe geeilt waren.

»Ja, Kade«, sagte Stacy. »Wir müssen das wissen. Ich will nicht vor Gericht überrascht werden.«

Verräterin. Natürlich hätte Kade dasselbe gesagt, wäre sie an Stacys Stelle gewesen. Tatsächlich hatte sie etwas Ähnliches zu Del gesagt, als sie einander kennengelernt hatten und Del gegen Gary Ballard hatte aussagen wollen. Es schien eine Ewigkeit her zu sein. Oberflächlich betrachtet hatte sich nichts verändert, aber Kade wusste, dass ihr Leben nie wieder dasselbe sein würde.

Sie sah von einer Frau zur anderen. Die beiden saßen da und warteten noch immer auf ihre Antwort.

Sollte sie lügen? Sie schüttelte innerlich den Kopf. *Willst du wirklich dein Leben mit Versteckspielen verbringen? Immer Angst haben, dass jemand dich outet? Ständig lügen und Ausflüchte erfinden?* Und noch wichtiger: Wollte sie Del zwingen, auch auf diese Weise zu leben? Del hatte etwas Besseres verdient und sie selbst auch. Wenn ein Leben voller Lügen das gewesen wäre, was sie wollte, hätte sie auch im goldenen Käfig ihrer Familie bleiben können.

Sie nahm ihre Brille ab und sah Althea in die Augen. »Dawn Kinsley ist eine Freundin von mir.«

»Eine Freundin?« Altheas Stuhl knarrte, als sie sich vorbeugte und Kade aus zusammengekniffenen Augen ansah. »Kadence …«

Kade hob die Hände. »Ich weiß, Sie halten das für unprofessionell und unschicklich.« *Offen gesagt, Althea, ich musste feststellen, dass Schicklichkeit nicht so wichtig ist.* Natürlich sagte sie das ihrer Chefin nicht. »Dawn und ich haben uns angefreundet, als der Fall schon lange abgeschlossen war. Es gab nie einen Interessenkonflikt.«

»Ich werde mich mit ihr treffen, um ihre Aussage zu besprechen, sollte der Fall vor Gericht gehen«, sagte Stacy, bevor Althea antworten konnte.

Dawn wird aussagen müssen. Kade schluckte. *Natürlich. Du bist Anwältin. Daran hättest du früher denken müssen.* Sie erinnerte sich noch gut dran, wie verängstigt und doch entschlossen Dawn gewirkt hatte, als sie zuletzt in den Zeugenstand getreten war. Kade wollte nicht, dass sie das ein zweites Mal durchmachen musste. »Wenn Sie Sheldon und ihren Anwalt dazu bewegen können, sich auf einen Deal einzulassen, dann machen Sie das bitte.«

Stacy starrte sie an. »Sind Sie sicher, dass ich das tun soll? Wir haben einige sehr glaubhafte Zeugen und …«

»Stalking ist nie leicht nachzuweisen.« Kade wollte nicht, dass ihr Privatleben und das ihrer Freunde vor Gericht durch den Schmutz gezogen wurden, wenn eine Verurteilung nicht garantiert war.

Sie sahen beide zu Althea und warteten auf ihre Entscheidung.

Schließlich nickte Althea knapp. »Die Staatsanwaltschaft hat ebenfalls kein Interesse daran, dass diese Vorfälle an die Öffentlichkeit gelangen.«

Die beiden Frauen erhoben sich und gingen zur Tür, wo Althea sich noch einmal umdrehte. »Ich bin froh, dass Ms. Kinsley genau im richtigen Moment in Ihrem Büro vorbeigekommen ist.« Bevor Kade auf die unerwarteten Worte reagieren konnte, fügte Althea hinzu: »Ich hätte nur ungern all Ihre Fälle übernommen.«

Kade sah erneut auf die Uhr.

Del verspätete sich. Sonst war sie immer pünktlich gewesen, wenn sie verabredet waren.

Tausend Dinge konnten ihr dazwischengekommen sein, die meisten davon völlig harmlos. Ein letzter Bericht, den sie sich anschauen musste, ein letztes Formular zum Ausfüllen, eine kurzfristige Bitte um Unterstützung in einem Fall …

Del hat eine eigene Karriere und ein eigenes Leben. Sie muss dir nicht Rede und Antwort stehen, nur weil sie sich fünf Minuten verspätet. Kade hatte das besitzergreifende Verhalten der Männer, mit denen sie sich getroffen hatte, immer gehasst. Sie mochte das Gefühl nicht, irgendjemandem Rechenschaft darüber ablegen zu müssen, was sie tat und wann. Im Gegenzug hatte es sie nie interessiert, wie die Männer ihre Zeit verbrachten, wenn sie nicht bei ihr waren. Wenn einer von ihnen zu spät zu einer Verabredung kam, hatte sie einfach eine Akte aus der Tasche gezogen und die Zeit genutzt.

Aber hier ging es um Del und sie war zu besorgt, um sich auf die Arbeit konzentrieren zu können. Sie sah wieder auf die Uhr, dann zum Telefon, welches im selben Moment zu klingeln begann.

Aufatmend blickte sie auf das Display, doch statt Dels Nummer wurde ein unbekannter Anrufer angezeigt. Vermutlich rief Del aus dem Büro an. »Hi«, sagte sie mit einem erleichterten Grinsen. »Sitzt du bei der Arbeit fest?«

Ihre Anruferin räusperte sich. »Ähm, nein.«

Kade rieb sich die Schläfen. Das würde sie lehren, ans Telefon zu gehen, wenn sie die Nummer des Anrufers nicht kannte. Ihre Mutter hatte ihre Nummer vermutlich absichtlich unterdrückt oder sich ein anderes Handy geliehen. »Hallo, Mutter. Ich dachte, du wärst … jemand anderes.«

»Ja, das ist offensichtlich«, sagte ihre Mutter. »Wenn du gewusst hättest, dass ich es bin, hättest du nicht abgenommen.«

Kade versuchte nicht, es abzustreiten. Sie wussten beide, dass es stimmte. »Ich hätte dich angerufen, wenn ich der Meinung gewesen wäre, dass du für ein Gespräch bereit bist.«

»Ich bin bereit für ein Gespräch. Weshalb sollte ich dich sonst anrufen?«

»Du bist vielleicht bereit, mit mir zu reden, aber bist du auch bereit, mir zuzuhören?«, fragte Kade.

»Ich bin bereit, auf vernünftige Argumente zu hören«, sagte Sophie. »Ich hoffe, das bist du auch.«

Vernunft. Kade hatte ihr Leben damit zugebracht, auf die Stimme der Vernunft zu hören. Damit war sie zufrieden gewesen, aber nicht glücklich. »Mutter, meine sexuelle Orientierung wird sich nicht ändern, nur weil man mir vernünftige Argumente vorträgt. Sie ist ein Teil von mir.«

»Bisher war sie doch auch nie ein Teil von dir«, sagte ihre Mutter. »Warum muss das dann jetzt sein?«

»Das habe ich eine ganze Zeit lang auch geglaubt«, sagte Kade. »Aber das Leben ist zu kurz, um einen Teil von sich selbst zu ignorieren. Fast wäre ich gestorben, ohne je eine Chance gehabt zu haben, diesen Teil kennenzulernen.«

»Wie bitte?«, krächzte Sophie. »Hast du gerade gesagt …?«

Kade seufzte. Sie hatte nicht vorgehabt, ihrer Mutter davon zu erzählen, aber wenn sie ihr jetzt keine Erklärung lieferte, würde Sophie einen ihrer einflussreichen Freunde anrufen und es auf diese Weise erfahren. »Seit Oktober hatte ich einen Stalker. Diese Person hat mich am Freitag in meinem Büro angegriffen«, sagte sie und verschwieg, dass ihr Stalker eine psychisch instabile Lesbe war, die sich eingebildet hatte, mit ihr eine Beziehung zu führen.

Einige Sekunden lang herrschte Schweigen am anderen Ende der Leitung.

Kade sank gegen die Couchlehne und wartete auf das unvermeidliche *Warum hast du mir das nicht früher erzählt?*

»Bist du in Ordnung?«, fragte Sophie stattdessen. »Hat er dich verletzt?«

Kade blinzelte und blickte dann auf die Prellungen an ihren Handgelenken, wo Tracey Sheldon sie gepackt hatte. »Es geht mir gut.« Sie zupfte an ihren Blusenärmeln, bis sie die blauen Flecken wieder bedeckten.

»Das wäre nicht passiert, wenn du in der Kanzlei deines Vaters arbeiten würdest«, sagte Sophie.

Das war es also … das *Ich habe es dir ja gleich gesagt,* auf das Kade gewartet hatte. »Das hat nichts mit meinem Job zu tun. Und selbst wenn, es ist immer noch meine Entscheidung. Es geht um mein Leben, nicht um deins. Wenn du nicht bereit bist, meine Entscheidungen zu unterstützen …«

»Wie kann ich dich unterstützen, wenn du mir nie etwas erzählst?«, unterbrach Sophie. »Du hast fast eine Woche bei mir verbracht und es nie für notwendig befunden, mir zu sagen, dass du bedroht wirst.«

»Tja, in Anbetracht dessen, wie du auf meine letzte Offenbarung reagiert hast, hielt ich es für besser, damit bis zum nächsten Besuch zu warten.«

Sophie verfiel wieder in Sprachlosigkeit. »Ich erkenne dich nicht mehr wieder«, sagte sie nach einigen Augenblicken.

»Wie könntest du mich wiedererkennen? Du hast mich doch noch nie gekannt, Mutter«, sagte Kade leise. »Du hast nur gesehen, was du sehen wolltest.«

»Ich kann nur sehen, was du mich sehen lässt«, sagte Sophie.

Das stimmte, aber es war Sophies Verhalten, das dazu geführt hatte, dass Kade auf Distanz ging. »Nachdem du und Vater nicht gerade sehr gut auf Dinge, die mir wichtig waren, reagiert habt, habe ich schnell gelernt, euch nichts mehr zu erzählen. Ihr mochtet es nicht, als ich die Stelle bei der Staatsanwaltschaft angenommen habe, ihr saht es nicht gerne, dass ich nach Portland gezogen bin und du warst entsetzt, als du herausgefunden hast, dass ich bisexuell bin.«

»Ich verstehe es einfach nicht. Ich glaube einfach nicht, dass diese Entscheidungen zu deinem Besten sind, Kadence.«

Für den Moment ignorierte Kade, dass ihre Mutter so tat, als wäre ihre sexuelle Orientierung eine Wahl, so wie die Entscheidung, bei der Staatsanwaltschaft zu arbeiten und nach Portland zu ziehen. Offenbar war ihre Mutter im Augenblick nicht in der Lage, die Feinheiten sexueller Orientierung zu verstehen. »Du musst es nicht verstehen, aber ein wenig mütterliche Unterstützung wäre schön gewesen. Vertrau mir einfach, dass ich selbst weiß, was gut für mich ist. Das ist alles, worum ich dich bitte.«

Ihre Mutter seufzte. »Ich werde es versuchen, aber es fühlt sich alles so falsch … so surreal an.«

Surreal? Kade verkniff sich ein Schnauben. *Versetz dich mal in meine Lage, Mutter! Ich habe eine lesbische Beziehung begonnen, mich meiner Mutter gegenüber geoutet und wäre fast von einer verrückten Verehrerin getötet worden … und das alles innerhalb einer Woche! Das ist surreal!* Sie sprach es nicht aus. Ihre Mutter brauchte Zeit und es würde nicht helfen, sie jetzt in ein Streitgespräch zu verwickeln.

»Möchtest du … Soll ich nach Portland kommen und ein paar Tage bei dir bleiben?«, fragte Sophie.

Kade ließ fast das Telefon fallen. »Nein!«, sagte sie hastig und fügte dann hinzu: »Das ist nicht nötig, Mutter. Es geht mir gut, wirklich.«

»Hast du jemanden, der … bei dir bleiben kann?«, fragte Sophie.

Del hatte recht. Ihre Mutter sorgte sich darum, dass Kade genauso einsam wie sie sein könnte. Es war seltsam, aber schön, dass sich ihre Mutter plötzlich um sie sorgte. »Ich komme gut allein zurecht, aber wenn ich nicht allein sein möchte, bin ich sicher, Del würde bei mir bleiben.«

»Oh.« Ansonsten schwieg Sophie. Offenbar wollte sie nicht darüber nachdenken, wozu es führen würde, wenn Del in Kades Wohnung übernachtete. Kade wusste, dass es zu gar nichts führen musste. Nicht, wenn sie nicht wollte. Del setzte sie nicht unter Druck und das gab Kade die Freiheit, ihre Gefühle zu erforschen.

Sophie räusperte sich. »Delicia scheint ein guter Mensch zu sein. Sehr loyal und ehrlich.«

Wie bitte? Das hatte Kade nicht erwartet. Sie war sicher gewesen, dass ihre Mutter kein gutes Haar an Del lassen und ihr die Schuld daran geben würde, dass ihre Tochter sich plötzlich für Frauen interessierte. »Ja, das ist sie«, antwortete Kade vorsichtig. Sie war nicht sicher, worauf ihre Mutter hinauswollte.

»Ich bin froh, dass du eine Freundin wie sie hattest, während du dich mit einem Stalker herumärgern musstest« sagte ihre Mutter. Es klang aufrichtig, nicht wie eine der höflichen Phrasen, die Sophie sonst benutzte.

»Aber?«

»Aber ich bin sicher, sie wäre auch für dich dagewesen, wenn ihr nur Freunde wärt. Warum muss es mehr sein?«

Warum musste es zwischen dir und Vater mehr sein? wollte Kade fragen, aber die Beziehung ihrer Eltern war nicht das beste Beispiel. Sie hatte nie wahre Liebe und Leidenschaft zwischen ihren Eltern gespürt, nur höflichen Respekt. »Du meinst, warum bleibe ich nicht einfach nur Dels rein platonische Freundin und verabrede mich mit Männern. Weil ich das bereits jahrelang getan habe und es hat mich nicht glücklich gemacht. An diesem Punkt meines Lebens fühle ich mich mehr zu Frauen hingezogen. Zu einer Frau, um genau zu sein, und ich bin es mir selbst schuldig, das nicht länger zu ignorieren.«

»Aber …«

Die Türklingel unterbrach Sophies Protest.

Del! Na endlich! Kade sprang von der Couch auf. »Tut mir leid, Mutter, ich muss auflegen.« Fürs Erste hatte sie genug gesagt. Mit der Zeit würde sich zeigen, ob ihre Mutter zugehört hatte. Sie verabschiedete sich und eilte zur Tür. Im letzten Augenblick fiel ihr ein, dass sie durch den Türspion blicken sollte.

Das verzerrte Bild von Del war das Beste, was ihr heute bisher vor die Augen gekommen war. Schnell öffnete sie die Tür.

»Hi. Tut mir leid, dass ich zu spät komme.« Del schloss die Tür hinter sich. »Stacy Ford hat mich abgefangen, gerade als ich gehen wollte.«

Kade hatte sie eben zur Begrüßung küssen wollen, stoppte jetzt aber abrupt. »Du hast deine Aussage doch schon gemacht und ich habe ihr gesagt, sie soll versuchen, einen Deal mit Sheldons Anwalt zu machen. Was wollte sie?«

Del grinste breit. »Ach, sie wollte mir nur meinen neuen Toaster vorbeibringen. Als Belohnung für hervorragende Arbeit.«

»Idiotin«, murmelte Kade. Sie sah sie finster an, konnte dann aber nicht anders und erwiderte Dels Lächeln.

Del lachte. »Okay, okay. Sie wollte mir noch ein paar Fragen darüber stellen, wie Tracey Sheldon mich vor deiner Wohnung niedergeschlagen hat. Ich glaube, sie möchte Sheldons Anwalt vorschlagen, die Anklage wegen Angriffs auf eine Polizeibeamtin fallen zu lassen, wenn er sich auf einen Deal einlässt.«

»Wärst du damit einverstanden?« Kade sah es nicht gerne, dass Tracey Sheldon mit dem Angriff auf Del davonkommen würde. Als Staatsanwältin wusste sie, dass es eine vielversprechende juristische Taktik war, aber als Frau wollte sie, dass Tracey dafür bezahlen musste, Del verletzt zu haben.

»Solange Stacy erreichen kann, dass Tracey Sheldon nie wieder auch nur in deine Nähe kommt, bin ich mit allem einverstanden«, antwortete Del. Ihre Stimme klang ruhig, aber das Feuer in ihren dunklen Augen sagte Kade, dass Del alles tun und jedes Risiko eingehen würde, um sie zu beschützen.

Del trat näher und sah Kade eindringlich an. »Bist du okay? Du siehst ein wenig mitgenommen aus.«

Diesmal war Kade nicht versucht, ihre Standardantwort »alles bestens« zu geben. »Ich habe endlich mit meiner Mutter gesprochen«, sagte sie und zog eine Grimasse.

Del nahm ihre Hand und verflocht ihre Finger mit Kades in einer Geste stummer Unterstützung. »Was hat sie gesagt?«

»Dass sie dich mag«, sagte Kade.

Dels Augenbrauen schnellten in die Höhe. »Ich war schon ein paar Mal mit Frauen zusammen, die gerade erst ihr Coming-out hatten. Ihre Familien haben mich eine hinterhältige Schlampe, eine lesbische Rekrutiererin oder eine zeitweise Verwirrung genannt, aber noch nie hat eine Mutter gesagt, dass sie mich mag.«

»Die Mathesons sind eben nicht wie andere Familien«, sagte Kade.

»Nein.« Del drückte Kades Hand. »Ihr seid etwas Besonderes. Aber bist du sicher, dass sie nicht gesagt hat, sie würde es *mögen*, wenn ich auf Nimmerwiedersehen verschwände?«

»Nein. Sie mag dich wirklich und hat mir zu verstehen gegeben, dass es okay ist, wenn ich dich auch mag.« Kade sah sie bedeutungsvoll an.

»Ach so.« Del nickte. »Nur nicht ›auf diese Weise‹, richtig?«

»Genau.« Kade ging zur Couch, ließ sich in die Kissen fallen und schlug ein Bein unter. »Das Problem ist, dass ich dich bereits auf diese Weise mag.«

Del riss die Augen auf. Sichtbar überrascht von diesen ehrlichen Worten sah sie Kade an. Dann breitete sich ein Grinsen auf ihrem Gesicht aus. Sie setzte sich neben Kade, wandte sich ihr zu und legte ihr die Hand auf die Hüfte. »Ich mag dich auch auf diese Weise.«

»Gut«, sagte Kade mit einem zufriedenen Grinsen. »Wäre schade, wenn das alles ganz umsonst gewesen wäre.« Sie zeigte auf das Telefon, um ihr Coming-out gegenüber ihrer sehr konservativen Familie anzudeuten.

»Es war nicht umsonst.« Del streichelte Kades Wange und sah ihr tief in die Augen. »Du musstest das für dich selbst tun.«

Kade schob ihre Finger in das dunkle Haar, das auf Dels Nacken fiel. Mit Dels Hand auf ihrer Hüfte beugte Kade sich vor, um sie zu küssen. Was als Geste der Zuneigung und Dankbarkeit für Dels Unterstützung begann, wurde schnell zu einem leidenschaftlichen Zusammentreffen von Lippen und Zungen.

Ohne den Kuss zu unterbrechen, ließ Kade ihre rechte Hand über Dels Brust gleiten, begierig darauf, sie zu erforschen und auszuprobieren, was für Reaktionen sie hervorrufen konnte.

Als sie probehalber eine von Dels Brüsten in die Hand nahm, stöhnte Del und unterbrach den Kuss. »Was machst du da?«

»War das nicht offensichtlich?« Kade lächelte sie schelmisch an. »Und ich dachte, du wärst die Erfahrene, die bereits ein Dutzend Toaster verdient hat. Ich versuche, herauszufinden, ob du einen BH trägst.«

»Ach tatsächlich?« Del grinste. »Und? Wie lautet das Urteil?«

»Die Geschworenen beraten sich noch. Ich bin immer noch mitten in meiner Ermittlung.« Kade schob ihre andere Hand unter Dels T-Shirt und ließ ihre Finger langsam ihren Bauch hinaufgleiten.

Del umklammerte die Couchlehne. »Kade … Ich hoffe, du bist dir sicher. Normalerweise habe ich eine gute Selbstbeherrschung, aber wenn ein gewisser Punkt mal überschritten ist … Du willst mich doch nicht quälen, oder?«

»Keine Sorge«, sagte Kade. »Ich mache nicht nur leere Drohungen … oder Versprechen.«

Del legte ihre Hand auf Kades und hielt sie unter ihrem T-Shirt fest. »Willst du das hier wirklich? Jetzt?«

»Warum nicht? Wenn ich mir eine Standpauke von meiner Mutter anhören muss, dann sollte es wenigstens für etwas sein, das ich auch getan und genossen habe. Willst du wirklich aufhören?« Kade wollte nicht nachdenken und anfangen, die Situation zu analysieren. Zur Abwechslung wollte sie ihren Impulsen folgen, ohne sich von ihrem Kopf davon abhalten zu lassen.

»Teufel, nein! Ich will dich, aber ich will mehr als nur Sex mit dir. Wenn du mir das noch nicht geben kannst, würde ich lieber warten.«

Kade seufzte. Sie wusste, was Del meinte. Del wollte körperliche Intimität, aber nicht ohne emotionale Intimität. »Frauen!«, sagte sie in einem genervten Tonfall, der verbergen sollte, wie verunsichert sie sich fühlte. »Wenn du ein Mann wärst, wären wir jetzt schon bei der Zigarette danach.«

»Du bist keine Raucherin«, sagte Del. »Und ich bin kein Mann.«

»Ich weiß. Wenn du einer wärst, wären wir jetzt nicht hier.«

Immer noch Kades Hand unter ihrem T-Shirt festhaltend, musterte Del sie. Nach einer Weile ließ sie endlich Kades Hand los.

Kade beugte sich vor und küsste die weiche Haut über dem Ausschnitt von Dels T-Shirt, um ihr so dafür zu danken, dass sie keine lange Diskussion begonnen hatte. Sie ließ ihre Finger über Dels Seite gleiten und fuhr jeden einzelnen Rippenbogen nach.

Del schnappte nach Luft. »Lass uns ins Schlafzimmer gehen. Die Couch ist was für Teenager.«

Kade fühlte sich ein wenig wie ein Teenager, aber sie erhob sich und zog Del von der Couch hoch. Ihr Herz klopfte wild, als sie Del bei der Hand nahm und ins Schlafzimmer führte. *Komm schon. Führ dich nicht auf wie eine verängstigte*

Jungfrau. So anders als mit einem Mann ist das nicht. Aber als sie neben dem Bett stehen blieb und Del ansah, wurde ihr klar, dass es sehr wohl anders war. Es ging weniger um die körperlichen Unterschiede zwischen Del und ihren früheren Partnern. Der Hauptunterschied lag darin, was sie fühlte, wenn sie Del ansah.

Als spürte sie Kades Zögern, trat Del näher und schlang beide Arme um sie. Sie fragte nicht, ob sie aufhören sollten oder ob Kade in Ordnung war. Sie hielt sie nur und wartete ruhig ab, was Kade tun würde.

Kade schlang die Arme um Dels Taille und presste beide Hände gegen ihren starken Rücken. Sie verbarg das Gesicht an Dels Hals, atmete ihren Geruch tief ein und konzentrierte sich nur auf sie. Alles andere war jetzt egal.

Endlich beruhigten sich ihre aufgewühlten Emotionen und sie drehte den Kopf, um Dels Hals zu küssen und daran zu nippen. Dels Puls pochte in einem hektischen Rhythmus unter ihren Lippen. Nach einem letzten Kuss wich sie zurück und sah in Dels Gesicht. »Bin ich so gut, dass ich dein Herz mit nur ein paar Küssen derart zum Klopfen bringen kann, oder bist du nervös?«

Dels Augen waren noch dunkler als sonst. »Beides.«

Die Kombination von Dels Stärke und ihrer emotionalen Offenheit war eines der Dinge, die Kade so an ihr mochte und bewunderte.

»Keine Sorge«, sagte Kade grinsend. »Ich hatte in der Vergangenheit jede Menge mittelmäßigen Sex. Ich bin daran gewöhnt. Es gibt keinen Grund für Leistungsdruck.«

»Du!« Del knurrte. Sie legte die Arme fester um Kade, hob sie ein paar Zentimeter vom Boden, machte einen Schritt und warf sie aufs Bett.

Kade federte auf der Matratze.

Bevor sie zum Stillstand kam, warf sich Del wie ein geschmeidiger Panther auf sie und bedeckte Kades Körper mit ihrem eigenen. Sie stützte sich auf den Ellbogen ab, aber ihre Unterkörper pressten sich aneinander.

»Und ich dachte, du würdest schön brav unten liegen«, scherzte Kade, um zu verbergen, wie atemlos und außer Kontrolle sie sich fühlte.

»Wie bitte? Unten liegen? Ich?« Del drückte sich enger an sie und warf ihr einen gespielt bösen Blick zu. Dann setzte sie eine ulkige Miene auf. »Ich habe Althea Coltrane doch gesagt, sie soll dir nicht all meine Geheimnisse verraten.«

Kade warf den Kopf zurück und lachte los. »Igitt!« Sie schüttelte sich bei dem Gedanken an Del mit ihrer Chefin.

Del zuckte unschuldig mit den Schultern. »Hey, eine enge Beziehung mit der Staatsanwaltschaft zu haben, ist wichtig in meinem Beruf.«

Kade lachte erneut. Sex … Liebe machen hatte noch nie so viel Spaß gemacht. Sie hatte es genossen, aber nie auf diese Weise. »Tja, viel enger geht es nicht mehr.« Sie zeigte auf ihre aneinandergeschmiegten Körper.

»Stimmt.« Del hob den Kopf und küsste Kades Hals.

Ein Schauer durchrieselte Kades Körper, als sie ihre Brüste gegen Dels presste und Del mit den Zähnen sanft an ihrer Haut knabberte. »Setz dich mal auf«, sagte Kade.

Del sah sie fragend an, folgte der Aufforderung aber ohne Kommentar.

Als Del rittlings auf ihren Hüften saß, griff Kade nach Dels T-Shirt und zog es in die Höhe. Sie sah die Überraschung in Dels Augen, bevor sie das Oberteil über ihren Kopf streifte und kurz ihr Gesicht aus den Augen verlor.

»Kein BH?«, fragte Kade, als sie das T-Shirt zu Boden warf.

Del grinste. »Ich bin heute oben ohne unterwegs.«

Kade setzte sich ebenfalls auf. Sich an Dels Hüften festhaltend, rollte sie sich zur Seite, bis sie oben lag und auf Del hinabsah. Sie fuhr mit einer Fingerspitze über Dels Bauch und betrachtete den Kontrast zwischen ihren bleichen Händen und Dels kaffeefarbener Haut. Spontan beugte sie sich hinab und küsste sanft Dels Bauch. Sie schmiegte die Wange gegen ihre weiche Haut und fuhr mit den Händen über Dels durchtrainierte Mitte. Die Muskeln vibrierten unter ihren Fingern.

Als sie an der Unterseite von Dels Brüsten angelangt war, hielt sie inne und ließ ihren Blick über Del gleiten.

Dels Körper war stämmig und athletisch und doch ganz und gar weiblich. Kade hatte sie bereits mehrfach in Unterwäsche gesehen, aber der Anblick von Del, wie sie nackt vor ihr lag, brachte ihr Herz zum Rasen.

Kade hatte das Gefühl, dass Del sonst diejenige war, die die Führung übernahm, wenn es um Beziehungen und um Sex ging, aber jetzt lag sie bewegungslos da und sah mit einem solchen Vertrauen zu Kade auf, dass es Kade den Atem raubte.

Sie rieb mit dem Daumen über die Unterseite einer kleinen, festen Brust. Es war ein überwältigendes Gefühl.

Del legte eine Hand auf Kades Rücken. »Soll ich dir ein paar Tipps geben?«

Kade schüttelte den Kopf. Das Überwältigende war weniger der Gedanke daran, zum ersten Mal mit einer Frau zu schlafen, auch wenn das schon herausfordernd genug war. Der Grund für ihr Unbehagen war das Gewirr aus Emotionen, die in ihr tobten: Nervosität, Angst, Zweifel, Verlangen, Neugierde, Zuneigung, Staunen und der starke Wunsch, Del alles zu geben, was sie brauchte. »Nein, danke. Ich habe selbst ein paar Ideen.« Kade bedachte sie mit einem sexy Grinsen. »Aber ich könnte ein bisschen Rückmeldung gebrauchen. Als Staatsanwältin bin ich daran gewöhnt. Wenn ich vor Gericht etwas tue, das der Richter oder der Strafverteidiger nicht mögen, dann lassen sie mich das sofort wissen.«

»Wir sind nicht vor Gericht, Kade«, sagte Del.

Del wollte Ehrlichkeit und wahre Gefühle, nicht Rollen und Masken. Sie wollte mehr, als Kades vorige Partner je gewollt hatten – nicht nur ihren

Körper, den Einfluss ihrer Familie oder eine schöne Frau zum Herumzeigen. Sie wollte alles. Daran war Kade nicht gewöhnt. Sie hatte immer einen Teil von sich zurückgehalten und sich nie erlaubt, ihren Gefühlen freien Lauf zu lassen oder sich zu sehr an jemanden zu binden.

»Aber ich kann dir gerne Rückmeldung geben«, sagte Del und zwinkerte ihr zu. »Das hier«, sie gab ein sinnliches Stöhnen von sich, »bedeutet ›nett, bitte mach weiter‹. Das hier«, ein längeres Stöhnen, »bedeutet ›sehr gut, mach das noch mal‹. Und das hier …«

Kade wartete die weiteren Erklärungen nicht ab. Sie beugte sich hinab und nahm einen von Dels Nippeln in den Mund. Sofort spürte sie, wie er hart wurde, als sie mit der Zunge darüber fuhr.

Del sog scharf die Luft zwischen den Zähnen ein. Sie umklammerte Kades Rücken und zog sie enger an sich. »Und das … heißt …« Ein kehliges Knurren entfuhr ihr, als Kade ihre Hand auf Dels andere Brust legte. »Das bedeutet … Gott, Kade, du brauchst überhaupt keine Rückmeldung!«

Widerwillig nahm Kade ihren Mund von Dels Brust. Sie wischte die feuchten Spuren weg, die sie dort hinterlassen hatte. Unglaublich, wie stark Dels Körper auf sie reagierte und wie sehr sie ihre Berührungen zu genießen schien. »Zieh deine Hose aus. Ich will dich spüren.«

Statt sich unter ihr hervorzurollen, schob Del eine Hand zwischen sie.

Kade stöhnte, als die Rückseite von Dels Fingern einen Moment lang zwischen ihre Beine drückte. Dann öffnete Del ihren Gürtel und knöpfte ihre Jeans auf und Kade wich zurück, um ihr beim Ausziehen zu helfen.

Sie ließ eine Hand über die beeindruckenden Muskeln in Dels Oberschenkeln gleiten.

»Jetzt bist du dran«, sagte Del. »Zieh deine Hose und das Oberteil aus. Hose um Hose, Hemd um Hemd, sozusagen.«

Kade lachte und stand auf. Sie schob ihre Hose über ihre Hüften nach unten und streifte sie ab. Auf Del Platz nehmend, zog sie sich ihre Bluse über den Kopf und beobachtete Dels Reaktion. Sie war immer selbstbewusst gewesen, selbst als Teenager, aber jetzt hielt sie die Luft an, während Dels Blick über jeden Zentimeter ihres Körpers glitt.

Del setzte sich unter ihr auf. Statt sofort Kades Brüste in die Hand zu nehmen, wie die meisten ihrer früheren Partner es getan hatten, streifte sie einen der BH-Träger von Kades Schulter und küsste die Haut darunter, bevor sie das Manöver auf der anderen Seite wiederholte.

Die sanfte, fast ehrfürchtige Geste raubte Kade den Atem.

»Kann ich den ausziehen?«, fragte Del. Ihre Pupillen waren so weit, dass ihre Augen fast schwarz wirkten.

Kade schluckte und nickte.

Ihre Brüste pressten gegeneinander, als Del um Kade herumgriff, um den Verschluss des BHs zu öffnen.

Kade nutzte die Gelegenheit, um Del leidenschaftlich zu küssen.

Zusammen sanken sie aufs Bett zurück. Del zog den BH zwischen ihnen weg. Ihre nackten Brüste rieben gegeneinander, als sie begannen, sich zu bewegen.

Das Gefühl ließ Kade ein wenig schwindelig werden und sie rutschte im Bett nach unten, um Dels Brüste wieder zu küssen. Ihr Brillenglas kollidierte mit einem von Dels Nippeln, was Del frösteln ließ. Schnell streckte Kade die Hand aus, um die Brille abzunehmen.

Del war schneller. Sanft nahm sie die Brille ab und hob den Kopf, um Kades Nase zu küssen, bevor sie die Bügel faltete und die Brille auf den Nachttisch legte.

Jede kleine Geste, jede Berührung war so voller Gefühl, dass es Kade fast überwältigte. Sie verharrte, atmete tief durch und versuchte, ihr wild schlagendes Herz unter Kontrolle zu bekommen. Dann senkte sie den Kopf und küsste die weiche Unterseite einer Brust, was ihr erlaubte, die Kontrolle zu übernehmen und gleichzeitig ihren Gesichtsausdruck zu verstecken.

Dels lange Finger glitten durch ihr Haar und zogen sie ein wenig nach oben, bis Kade erneut die Lippen um einen Nippel schloss.

Vorsichtig fuhr sie mit der Zunge über Dels Brust und versuchte aus Dels Stöhnen herauszuhören, was Del mochte und was nicht, während sie gleichzeitig herausfand, welche Art von Berührung ihr selbst am liebsten war. Als sie nach oben rutschte, um Küsse auf Dels starken Schultern zu verteilen, umklammerte Del ermutigend ihre Pobacken.

»Was willst du?«, flüsterte Kade an Dels Lippen.

Del stemmte sich nach oben. »Dich.«

Ihr warmer Atem auf ihrer Haut verursachte Kade eine Gänsehaut. Dann trafen sich ihre Lippen zu einem leidenschaftlichen Kuss.

Beide atmeten schwer, als der Kuss endete.

Del hob Kades Hand zu ihrem Mund und küsste jeden einzelnen Finger, die Handfläche und die empfindliche Innenseite ihres Handgelenks. Langsam, den Blickkontakt haltend, führte sie Kades Hand ihren Körper hinab. Als ihre verflochtenen Finger den Gummibund ihres Slips streiften, hielt sie inne und küsste Kade erneut.

Kade rollte sich halb zur Seite, sodass sie nun neben Del lag. Sie wollte sehen, was sie tat, als sie langsam die Fingerspitzen unter Dels Slip schob. Fragend sah sie zu Del auf und beobachtete, wie schnell sie atmete, als bekäme sie nicht genug Luft.

Del nickte ihr zu. Sie winkelte ein Bein an und schlang beide Arme um Kade in einer losen Umarmung.

Kade schob ihre Finger tiefer. Vorsichtig streichelte sie Dels feuchtes Schamhaar und begann, sie langsam und methodisch zu erforschen. Sie genoss jede neue Entdeckung, jedes Gefühl, und beobachtete Dels gerötetes Gesicht, um zu sehen, wie sie auf die Berührungen reagierte.

»Gott!« Del keuchte auf, als Kade ihre Klitoris umkreiste, erst im Uhrzeigersinn und dann, nur um gründlich zu sein bei ihrer Erkundung, entgegen dem Uhrzeigersinn. »Du bringst mich um den Verstand!«

Kade versuchte es mit direkterem Streicheln und ein wenig mehr Druck. Sofort hoben sich Dels Hüften unter ihr, was ihre Brüste aneinanderpresste. Diesmal stöhnten sie beide. »Willst du, dass ich …?«, fragte sie, unsicher, wo Dels Grenzen lagen und was von ihr erwartet wurde.

»Was immer du willst«, sagte Del atemlos. »Solange du nur nicht mittendrin aufhörst.« Sie sah Kade bedeutungsvoll an.

Kade schmunzelte und begann wieder, ihre Finger zu bewegen.

Dels kurze Nägel strichen über ihre Haut und jagten Wellen der Erregung durch Kades Körper. Sie schmiegte ihr Gesicht an Dels Brüste, beschrieb kleine Kreise mit ihren Fingern und ließ sich von dem leiten, was sie selbst mochte, und dem, was Dels Stöhnen ihr verriet.

Plötzlich war es nicht mehr genug, sie nur zu berühren. Sie wollte Del sehen. Als Kade ihre Hand wegzog, protestierte Del, verstummte aber schnell, als Kade ihr den Slip über die Hüften nach unten zog. Ihre Mitte presste sich gegen Dels Bein. Ein Stöhnen entfuhr ihr. Schnell rutschte sie wieder nach oben, weil sie nicht abgelenkt werden wollte. Ihre Hände glitten über Dels Haut und streichelten sie überall. Ein Taumel der Erregung ließ sie jegliche Nervosität vergessen.

Kade schob zwei Finger zwischen Dels Beine und streichelte an beiden Seiten ihrer Klitoris. Sie sah nach oben und sah zu, wie Dels Muskeln unter ihrer schweißglänzenden Haut spielten, als sie sich rastlos auf dem Bett bewegte. Langsam glitten ihre Finger tiefer. Sie drang einen Zentimeter in Del ein, zögerte dann aber, weil sie Del in ihrer Unerfahrenheit nicht verletzen wollte.

Dels Stöhnen war jedoch kein Hinweis auf Schmerz. Sie presste Kade an sich. Ihre Hüften bäumten sich auf und zwangen Kades Finger tiefer.

Betört und völlig überwältigt von dem, was sie spürte und empfand, folgte Kade einfach dem Rhythmus, den Del vorgab. Die Muskeln, die sich gegen sie bewegten, zitterten. Ihr eigener Körper vibrierte vor Erregung. Sie sah, wie Dels Halsschlagader pulsierte, genau wie das Pulsieren, das um ihre Finger herum begann.

Del bewegte sich schneller. Ein langgezogenes Stöhnen entwich ihren leicht geöffneten Lippen. »Kade.« Sie keuchte und öffnete die Augen, die sie kurz zuvor geschlossen hatte. »Kannst du …?«

»Was?«, fragte Kade, bereit, alles zu tun, was Del Vergnügen bereiten würde.

Statt zu antworten, führte Del ihre eigene Hand nach unten. Ihre Finger berührten Kades, bevor sie sich auf Dels Klitoris legten.

Himmel! Bei diesem Anblick wurde es Kade ganz warm.

Del rollte unruhig den Kopf von einer Seite zur anderen. Ihre Oberschenkel schlossen sich um Kades Hand. »Kade«, flüsterte sie rau. Ihr Körper erstarrte, bäumte sich dann noch einmal auf, bevor sie aufs Bett zurückfiel.

Fürsorglich bedeckte Kade den zitternden Körper unter sich mit ihrem eigenen. Sprachlos von dieser überwältigenden Erfahrung hielt sie still, bis die Kontraktionen um ihre Finger aufhörten.

Del schlang ihre starken Arme um sie und hielt Kade so fest an sich gepresst, dass es fast wehtat. Schließlich lockerte sich ihr Griff und sie öffnete die Augen. »Ich habe so meine Zweifel daran, dass ich den Toaster zu Recht bekommen habe«, sagte sie. Ihre Worte vibrierten durch Kade.

»Was?« Kade hatte im Stillen damit gerechnet, dass Dels erste Worte eine Liebeserklärung wären. Der Kommentar über den Toaster war eine Erleichterung, aber sie verstand ihn trotzdem nicht.

»Ich glaube nicht, dass ich einen Toaster hierfür verdiene.« Del nickte auf ihre nackten, schweißfeuchten Körper hinab. »Offensichtlich bist du schon mit anderen Frauen zusammen gewesen, sonst würdest du die Kunst der lesbischen Liebe nicht derart gut beherrschen.«

»Schmeichlerin.« Kade küsste die Brust, auf der ihre Wange ruhte. Die Haut unter ihren Lippen schmeckte salzig. »Wir wissen beide, dass ich eine blutige Anfängerin bin. Ich wusste nicht mal, was du wolltest, als du …« Sie deutete auf die Hand, mit der Del sich selbst berührt hatte.

»Ich hoffe, es macht dir nichts aus, dass ich eingegriffen habe. Es war einfach nicht der beste Augenblick für lange Erklärungen.«

Kade schüttelte freimütig den Kopf. »Es hat Spaß gemacht.« Früher, mit anderen Partnern, hätte sie es als Kritik an ihren sexuellen Fähigkeiten gesehen. Mit Del war es anders. Es war nicht wichtig gewesen, wer Del nun zum Orgasmus brachte. Nur Dels Vergnügen zählte, sonst nichts.

»Spaß?« Del rollte sich herum, sodass sie nun oben lag. »Ist das das höchste Lob in deinem Wortschatz?«

»Es war heiß … und überwältigend«, sagte Kade ehrlich. Sie stützte sich auf und küsste Del.

Del strich eine feuchte Haarsträhne von Kades Stirn und klemmte sie sanft hinter ein süßes Ohr. »Willst du mal versuchen, ob wir diese Beschreibung ein wenig ausbauen können?«

Sie hatte Kade die Kontrolle über ihr Liebesspiel überlassen, weil sie wusste, dass Kade sich so wohler fühlen würde. Da Del älter und autoritärer war als die meisten ihrer Partnerinnen, erwarteten Frauen meist von ihr, dass sie die Führung übernahm. Sich Kade hinzugeben, war eine nette Abwechslung und unerwartet erotisch gewesen. Dennoch wollte sie, dass Kade ihr dasselbe Vertrauen entgegenbrachte.

Kade nickte und biss sich auf die Unterlippe.

Del spürte, wie sie begann, sich ihr zu verschließen und einen Teil ihrer Gefühle zurückzuhalten. Sie war wild entschlossen, Kade alles spüren zu lassen … nicht nur das Körperliche, sondern auch die emotionale Verbindung zwischen ihnen. »Irgendwelche besonderen Wünsche oder kann ich einfach meine nächtlichen Fantasien ausleben?«, fragte sie und zwinkerte.

Das sexy Lächeln, das auf Kades Gesicht erschien, ließ Dels Herz schneller schlagen. »Oh, du hast Fantasien über das hier? Über mich?«

»Na klar«, gab Del ohne Verlegenheit zu. »Ich und so ziemlich jeder andere Polizist mit intakter Libido. Der einzige Unterschied ist, dass ich das Glück habe, meine Fantasien ausleben zu können.«

Sanft küsste sie die Blutergüsse, die Tracey Sheldons Angriff auf Kades Wangenknochen hinterlassen hatte. Der Anblick der Prellungen ließ sie vor Zorn und vor Schuldgefühlen die Fäuste ballen. Die erste Nacht hatte sie nicht geschlafen und sich fast verrückt gemacht mit dem Gedanken, dass Kade fast mit der Pistole erschossen worden wäre, die sie ihr zu ihrem Schutz gegeben hatte. Entschlossen schob sie den Gedanken beiseite. Zorn und Schuldgefühle waren nicht das, was sie heute Nacht fühlen wollte. Sie wollte all den Schmerz, den Hass und die Angst aus Kades Leben vertreiben und sie durch Zärtlichkeit und Zuneigung ersetzen.

Ihre Lippen liebkosten einen Kratzer auf Kades Schläfe und die dunklen Male auf ihrem Hals und verteilten dann sanfte Küsse auf den fingerförmigen Abdrücken auf Kades Schultern und Oberarmen. Sie küsste die Blutergüsse auf den hellhäutigen Innenseiten von Kades Handgelenken. Als sie aufsah, begegneten sich ihre Blicke. »Dreh dich um«, flüsterte Del.

Kade zögerte. »Wozu?«

»Vertrau mir einfach«, sagte Del und sah ihr noch immer in die Augen. Sie hob ihren Körper ein wenig an, sodass Kade sich umdrehen und auf den Bauch legen konnte.

Es bedeutete ihr viel, als Kade sich langsam umdrehte und ihren Kopf auf die gefalteten Arme bettete.

Del strich mit einer Fingerkuppe über die elegante Kontur ihres Rückgrats. »Du bist wunderschön.« Noch nie hatte sie es so ernst gemeint. Eines ihrer Beine glitt zwischen Kades, als sie eine Prellung auf Kades Rücken küsste, wo Tracey Sheldon sie gegen den Schreibtisch gestoßen hatte.

Eine Gänsehaut entstand unter ihren Lippen.

Kade umklammerte das Bettlaken, als Del zärtlich ihre roten Haare beiseiteschob und ihren Nacken küsste.

Del fuhr mit der Zunge über ihre warme, verschwitzte Haut und schmeckte das Salz. Mit beiden Händen streichelte sie Kades Seiten und umkreiste die Außenseite ihrer Brüste. Sie knabberte an Kades Schulter, erforschte ihre Schulterblätter und ließ Küsse auf ihre Wirbelsäule herabregnen.

Mit den Händen auf Kades Hüften platzierte sie einen Kuss ganz unten auf ihrem Rücken. Kades schwarzer Spitzenslip formte eine plötzliche Barriere. Del strich mit den Händen über den Stoff, beschloss dann jedoch, den Slip für den Moment zu lassen, wo er war, und rutschte im Bett nach unten. Sanft massierte sie erst einen Fuß, dann den anderen. Sie küsste und knabberte an den wohlgeformten Waden, die sie schon bei ihrer ersten Begegnung mit Kade bewundert hatte.

Kade räkelte sich unter ihr, als sie die empfindliche Haut ihrer Kniekehlen leckte. Dann ließ Del ihre Lippen und Hände höher wandern. Als sie wieder bei dem schwarzen Slip ankam, hakte sie die Finger unter den Gummibund. »Der Slip ist im Weg«, sagte sie und zupfte daran.

»Dann zieh ihn aus.« Kade drehte den Kopf und sah ihr in die Augen. Ihre Stimme war rau vor Verlangen.

Der Klang allein brachte Dels Körper zum Glühen.

Kade stützte sich auf Ellbogen und Knien auf, sodass Del ihr den schwarzen Spitzenslip über die Hüften ziehen konnte. Als Kade sich wieder aufs Bett sinken ließ, zog Del den Slip über ihre Beine und ließ ihre Hände dabei über Kades Schenkel gleiten.

Sanft hielt sie Kades athletische Beine umklammert, um nicht das Gleichgewicht zu verlieren, als sie sich hinabbeugte und ihre Pobacken küsste. Kades Muskeln zuckten unter der Berührung. Ein wenig zurückweichend, legte sie die Hände auf Kades Hüften und wollte sie eben umdrehen. Im letzten Moment hielt sie inne. Sie wollte Kade nicht wie eine willenlose Puppe herumdirigieren. Das alles wäre bedeutungslos, wenn Kade ihr und sich selbst nicht genug vertraute, um ihre eiserne Selbstkontrolle aufzugeben und sich zu erlauben, die volle Kraft ihrer Gefühle zu erfahren.

»Dreh dich um«, flüsterte sie dicht an Kades Haut.

Langsam ließ Kade das Laken los. Sie drehte sich um und sah zu Del hinauf, die sich über ihr abstützte.

Del hielt ganz still und sah sie nur an. Kades Gesicht war gerötet und ihre eisblauen Augen glitzerten vor Verlangen, aber auch vor Nervosität. Del griff nach einer der Hände, die sich sofort wieder ins Laken gekrallt hatten. »Ist alles okay? Soll ich aufhören?«

Del hatte vermutet, dass dies für Kade nicht so leicht werden würde, wie sie vermutlich gedacht hatte. Kade war selbstbewusst und las viel, deshalb hatte sie wohl angenommen, sie wüsste genau, wie es sein würde, mit einer Frau zu schlafen. Rein körperlich war sie nicht ahnungslos gewesen, aber Del spürte, dass Kade nicht auf die Emotionen vorbereitet gewesen war.

»Nein, hör nicht auf«, antwortete Kade. Sie schlang die Beine um Del und zog sie zu sich hinab.

Del stöhnte, als Kades Feuchtigkeit ihren Bauch berührte. Sie vergaß ihre Sorge und suchte Kades Lippen zu einem langen Kuss.

Kade drückte sich rhythmisch an sie, als ihre Zungen übereinander glitten.

Keuchend unterbrach Del den Kuss. Sie saugte an der schweißfeuchten Haut von Kades Hals, erst sanft und dann, als Kade den Kopf zurückwarf, um ihr mehr Raum zu geben, stärker, bis sie den durch Gewalt verursachten Blutergüssen ein Mal des Verlangens hinzugefügt hatte.

Del bewegte ihre Lippen in kurzen, federleichten Küssen Kades Brustkorb hinab. Sie umschloss eine volle Brust mit der Hand und bewunderte einen Moment lang ihre Schönheit, bevor sie den Kopf senkte, um sie zu küssen. Ihre Zunge umkreiste neckisch den Nippel, berührte ihn jedoch nicht.

Kade vergrub die Finger in Dels kurzen Haaren.

Ein Kribbeln begann in Dels Kopfhaut und durchlief den Rest ihres Körpers. Kades Hände zuckten an ihrem Hinterkopf, als sie an dem harten Nippel saugte.

Ein unterdrücktes Stöhnen ermutigte Del, stärker zu saugen.

Kade bäumte sich unter ihr auf und Del musste sich zwingen, langsam zu machen und jeden Augenblick zu genießen. Sie hob eine Hand zu Kades vernachlässigter Brust und begann sie sanft zu kneten.

Schließlich, als Kade sich unter ihr hin und her wälzte und ihr Stöhnen nicht länger zurückhalten konnte, gab Del ihrer Brust einen letzten Kuss und bewegte sich nach unten. Sie platzierte Küsse auf dem flachen und doch sehr weiblichen Bauch und umkreiste mit der Zungenspitze Kades Bauchnabel.

»Del!« Kade keuchte. »Willst du mich gleich während meiner ersten Nacht mit einer Frau umbringen?«

Del ließ ihr Kinn auf Kades Becken ruhen. »Ich hatte mehr daran gedacht, dir einen kleinen Tod zu geben«, antwortete sie grinsend. Sie ließ beide Hände auf den Innenseiten von Kades Schenkeln ruhen und senkte langsam den Kopf, sodass Kade Zeit hatte, sie zu stoppen, wenn sie das wollte.

Kades Finger umklammerten Dels Kopf, hielten sie aber nicht zurück.

Nur Zentimeter von Kades feuchter Hitze entfernt hielt Del inne und atmete ihren Duft ein. Ihr warmer Atem kitzelte Kade und ließ sie aufstöhnen.

Del drehte den Kopf, platzierte sanfte Küsse entlang eines Schenkels und knabberte dann an dem anderen.

Kade räkelte sich unter ihr, als sie mit der Zunge die Innenseite ihres Oberschenkels hinauffuhr.

Del strich mit den Fingerspitzen durch die kurzen, kupferfarbenen Härchen und benutzte ihre linke Hand, um Kade offen zu halten. Langsam und vorsichtig fuhr sie mit der Zunge über die geschwollenen Schamlippen. Als kein Laut von Kade kam, sah sie hinauf in ihr Gesicht.

Kade hatte den Unterarm über ihre Augen gelegt und hielt ihre Unterlippe zwischen den Zähnen, als ränge sie um Kontrolle.

»Ist das okay?«, fragte Del, die Lippen nur einen Zentimeter von Kades Haut entfernt.

Kade schluckte krampfhaft. Sie nahm den Arm vom Gesicht und sah Del an. Ihre Augen hatten sich verdunkelt und waren nun rauchgrau. »Ja.« Sie schnappte nach Luft. »Hör nur auf … mit mir zu spielen.«

»Ach, weil du mit mir auch überhaupt nicht gespielt hast und sofort zur Sache gekommen bist?« Ein Blick in Kades gerötetes Gesicht ließ sie nachgeben. Sie senkte den Kopf und bewegte ihre Zunge über den empfindlichen Nervenknoten. Als Kades Hüften sich unter ihr hoben, hielt sie diese mit beiden Händen fest.

Kade konnte ihr Stöhnen jetzt nicht mehr zurückhalten. Ihre Beine umklammerten Dels Kopf und ihre Fersen stemmten sich in die Matratze, sodass sie ihren Unterkörper gegen Dels Zunge pressen konnte.

Del ließ die Zungenspitze in sie gleiten.

»Oh!« Kade krallte sich am Bettlaken, an Dels Schultern, an jedem Gegenstand in Reichweite fest, um nicht völlig die Kontrolle zu verlieren.

»Kade.« Del wartete, bis Kades halb geschlossene Augen sich langsam öffneten und in ihre blickten. »Lass los. Halt dich nicht zurück. Bei mir bist du sicher.« Sie nahm Kades Klitoris in den Mund und saugte sanft daran.

Kades kehliger Aufschrei verklang, als sich ihre Oberschenkel an Dels Ohren pressten.

Schwer atmend genoss Del das Pulsieren, das sie in ihrer intimen Position spüren konnte, und wartete, bis Kade ihre Beine aufs Bett fallen ließ. Schnell schob sie sich Kades Körper entlang nach oben und ließ ihre feuchte Haut über Kades gleiten, bis sie Kade in die Arme nehmen konnte.

Kade lag mit offenen Augen da und starrte Del mit undeutbarem Gesichtsausdruck an.

Del küsste sie, um ihr eine Reaktion zu entlocken, aus der sie schlau werden konnte.

Kade hielt Del ganz fest. Sie unterbrach den Kuss und wischte sich mit einer zitternden Hand über den Mund. »Was für ein Chaos«, murmelte sie mit heiserer Stimme.

Chaos? Del wischte sich ebenfalls Mund und Kinn ab. Sprach Kade von den zerknitterten Laken und den Körperflüssigkeiten, die langsam auf ihrer Haut trockneten, oder meinte sie ihre Gefühle?

Für eine zurückhaltende Frau wie Kade waren die Gefühle, die sie, wie Del hoffte, jetzt empfand, sicherlich ein wenig chaotisch und vielleicht sogar ungewollt.

»Es ist nicht chaotisch«, sagte Del sanft. »Es ist wundervoll.« Sie küsste Kade erneut und diesmal erwiderte Kade den Kuss mit mehr Leidenschaft.

»Sag was«, bat Del, als der Kuss endete. Sie musste unbedingt wissen, was Kade durch den Kopf ging.

»Wow«, sagte Kade.

Del musste lachen. »Wow? Hier liege ich mit der redegewandtesten Staatsanwältin in Portland und alles, was sie sagen kann, ist ›Wow‹?«

Mit nachdenklicher Miene streckte Kade eine Hand aus und fuhr Dels Augenbrauen nach, dann ihre Ohrmuschel. »Du liegst hier nicht mit der Staatsanwältin.«

Dels Augen, die sie geschlossen hatte, um die sanften Berührungen besser genießen zu können, klappten auf. Sie starrte in Kades blaue Augen. Kade hatte genau das gesagt, was sie ihr schon seit ihrer ersten Begegnung klar machen wollte … dass sie mehr war als nur eine talentierte Anwältin. Sie war eine Frau mit Gefühlen, Schwächen und Unsicherheiten und genau dafür liebte Del sie noch mehr.

Liebe? Del hob eine Augenbraue. *Immer mit der Ruhe. Dafür ist es noch ein wenig zu früh.* »Ich weiß«, sagte sie. »Und ich bin froh darüber.«

»Das solltest du auch sein«, antwortete Kade mit einem Grinsen. »Denn das, was wir gerade getan haben, ist in einigen Ländern illegal.«

»Nicht in diesem«, sagte Del, ohne den Blick von den leuchtenden blauen Augen abzuwenden.

Eine rote Haarsträhne kitzelte Dels nackte Schulter, als Kade den Kopf schüttelte. »Nicht in diesem. Aber wenn wir so aus dem Haus gehen, klagt man uns vermutlich wegen fahrlässiger Körperverletzung an, so wie wir riechen.« Sie deutete lächelnd auf ihre verschwitzten Körper.

»Ja, das könnte passieren.«

»Aber dem können wir leicht Abhilfe verschaffen. Meine Wohnung verfügt über eine Dusche, weißt du?«, sagte Kade und klang dabei so majestätisch, dass Del lachen musste. Kade rollte sich aus dem Bett und stand auf wackeligen Beinen. »Herrgott, Del! Was hast du mit mir gemacht? Ich kann nicht mal richtig gehen!«

Del kletterte auf Kades Seite aus dem Bett. »Dann geh eben nicht.« Sie breitete einladend die Arme aus. »Lass mich dich tragen.«

Kade sah sie an.

Sie wussten beide, dass es um weit mehr als nur einen Transport zur Dusche ging. Del bot ihr Vertrauen, Zuneigung und Treue, falls Kade ihre Angst vor emotionaler Bindung und Kontrollverlust überwinden konnte.

Del schluckte, blinzelte aber nicht, um den Blickkontakt nicht zu unterbrechen. Kades Antwort war ihr unheimlich wichtig.

»Na gut«, sagte Kade schließlich.

Mit einem erfreuten Lächeln trat Del auf sie zu und wollte sie in ihre Arme ziehen.

Kade stoppte sie mit einer Berührung an der Schulter. »Unter einer Bedingung.«

Vielleicht hätte sie dieser Bedingung misstrauisch gegenüberstehen sollen, aber insgeheim mochte Del es, dass Kade ihre eiserne Unabhängigkeit nicht ganz aufgab. »Und die wäre?«

Kade verschränkte die Arme und bedachte sie mit einem herausfordernden Blick.

Del verkniff sich ein Grinsen. Die vertraute Mathesonpose war einschüchternder, wenn Kade nicht gerade splitterfasernackt, mit zerzaustem Haar und einem riesigen Knutschfleck am Hals dastand.

»Dass ich dich auf dem Weg aus der Dusche tragen darf«, sagte Kade.

Del verzichtete auf den Hinweis, dass sie größer und schwerer war als Kade. Sie zweifelte nicht daran, dass Kade sie zurück ins Bett tragen konnte, wenn sie wild entschlossen war. »Einverstanden«, sagte sie, schüttelte Kades Hand und küsste dann ihre Finger. »Vorausgesetzt, wir sind beide nicht zu schwach dafür, nachdem wir uns in der Dusche gegenseitig eingeseift haben.«

Selbstbewusst trat Kade einen Schritt vor, sodass ihre Nasenspitzen sich fast berührten. Sie biss Del sanft in die Unterlippe. »Dann muss ich eben sicherstellen, dass du diejenige bist, die mit wackeligen Knien aus der Dusche kommt.«

Lachend hob Del sie hoch und trug sie zur Dusche.

KAPITEL 40

»Ich liebe es, mit dir zu schlafen«, flüsterte Aiden in Dawns Haar.

Dawn hob den Kopf von Aidens Brust. Ihre Wangen waren noch immer gerötet und ihre Lippen geschwollen von den Küssen, die sie ausgetauscht hatten. »Oh ja, das hat man eben gemerkt.«

Aiden schmunzelte. »Das meine ich nicht.«

»Ach nein?«

Aiden senkte den Kopf, um die verführerischen Lippen erneut zu küssen. »Ich bin verrückt danach, Liebe mit dir zu machen. Daran haben die letzten«, sie drehte den Kopf, um einen Blick auf den Radiowecker zu werfen, »drei Stunden hoffentlich keine Zweifel gelassen. Aber ich schlafe auch einfach nur gerne mit dir. Es ist wundervoll, dich im Arm zu halten, wenn wir einschlafen, und dich zu sehen, sobald ich aufwache.«

Dawn kuschelte sich an sie. »Ich schlafe auch gern mit dir«, murmelte sie gegen Aidens Schulter.

»Ich mochte es nie, mit anderen Leuten zu schlafen. Ich habe immer meinen Freiraum gebraucht.« Mit den Fingerspitzen beschrieb sie kleine Kreise auf Dawns Rücken.

Dawn stützte sich auf einem Ellbogen auf und sah auf Aiden herab. »Versuchst du mir etwas zu sagen?«

»Ich versuche zu sagen, dass sich für mich in den letzten Monaten viel geändert hat. Ich habe mich verändert und du dich auch. Da ist es ganz natürlich, dass sich unsere Beziehung auch verändert.« Aiden schluckte. »Es hat mir Angst gemacht. Alles läuft großartig zwischen uns und ich bin glücklicher als je zuvor in meinem Leben. Ich wollte, dass das so bleibt. Was, wenn ich etwas tue, das alles versaut?« Sie atmete aus und sank zurück auf ihr Kissen. Endlich hatte sie ausgesprochen, was sie schon so lange beschäftigte.

Dawn streichelte Aidens Schläfe. »Warum glaubst du, dass du diejenige wärst, die es versauen würde? Wenn man sich meine Vorgeschichte ansieht, merkt man, dass ich ebenfalls dazu in der Lage bin, Beziehungen zu versauen, weißt du?«

»Evan kennenzulernen und ihr zu helfen, mit ihrer Vergangenheit fertigzuwerden, hat mich erkennen lassen, dass ich ebenfalls von gewissen Annahmen über mich selbst ausgegangen bin«, sagte Aiden.

»Du hast keine Angst vor einer festen Bindung. Du hast Angst vor dir selbst«, sprach Dawn aus, was Aiden nicht gesagt hatte. »Du denkst, wenn du mich ganz nah an dich heranlässt, wenn du mir Einblicke in dein Innerstes gewährst, ohne irgendetwas zurückzuhalten, werde ich dort etwas sehen, was mich verletzen oder mir Angst einjagen könnte.«

Aiden nickte langsam. Sie sah auf ihre Hände hinab, die noch immer Dawns Rücken streichelten.

»Aiden.« Dawn legte ihre Hände auf Aidens Wangen und zwang sie, ihr in die Augen zu sehen. »Im vergangenen Jahr wurde ich mit dem Bösen konfrontiert. Ich weiß, wie es aussieht und wie es sich anfühlt. Was ich in dir sehe, ähnelt dem nicht im Geringsten. Du liebst mich und ich liebe dich. Wenn eine von uns verletzt wird, dann nicht, weil Böses in dir lauert.«

Aus nächster Nähe in Dawns Augen zu sehen und der Intensität ihres Blicks standzuhalten, trieb Aiden die Tränen in die Augen.

Bevor sie diese wegwischen konnte, beugte Dawn sich vor und küsste ihr die Tränen vom Gesicht.

»Wenn du mir das jeden Abend sagst, bevor wir schlafen gehen, und jeden Morgen, wenn wir aufwachen, werde ich nach einer Weile vermutlich anfangen, das auch zu glauben«, sagte Aiden und spürte, wie sie bereits jetzt begann, es zu glauben.

»Du meinst …?« Dawn starrte sie mit angehaltenem Atem an.

»Ich könnte den Mietvertrag für meine Wohnung kündigen, wenn du willst.« Jetzt, da Aiden es gesagt hatte, freute sie sich sogar darauf. Ihre Ängste und Sorgen waren noch immer da, aber sie waren jetzt nicht mehr so überwältigend.

Dawn sah sie mit einem glücklichen Lächeln an. »Würdest du dich hier denn wohlfühlen?«

»Lass mich mal nachdenken. Ich habe bereits gemerkt, dass ich dein Badezimmer und das Schlafzimmer mag.« Aiden zwinkerte ihr zu. »Bei der Küche und dem Wohnzimmer bin ich mir noch nicht sicher, aber du könntest mir helfen, es herauszufinden.«

Dawn zwickte sie. »Klingt, als wäre das Zusammenleben mit dir ein ganz schönes Abenteuer.«

Aiden grinste schelmisch. »Ich kann nicht versprechen, dass es immer einfach sein wird, aber wenigstens wird es nicht langweilig werden.« Sie sah Dawn erwartungsvoll an. »Also, was meinst du dazu?«

Langsam senkte Dawn ihr Gesicht, bis ihre Lippen fast Aidens berührten. Dann flüsterte sie: »Ich würde gerne mit dir zusammenziehen.« Sie legte den Kopf wieder auf Aidens Schulter und schien rundum glücklich, als erwartete sie gar nicht mehr.

Aiden hätte es darauf beruhen lassen können und einen Moment lang war sie versucht, es zu tun. Aber sie wollte Dawn mehr geben, wollte, dass sie alles hatte. Sie wollte keine halben Sachen machen. Noch zögerte sie und sagte sich, dass sie verrückt war, auch nur in Betracht zu ziehen, etwas Derartiges zu sagen. Dann nannte sie sich verrückt, weil sie es nicht sagte. Schließlich räusperte sie sich. »Dawn?«

»Hm?«

»Wenn wir zusammenziehen … Meinst du nicht auch, es wäre schöner, nur einen Namen an der Tür stehen zu haben?« *Himmel.* Innerlich stöhnte sie auf. Das war vermutlich der unromantischste Heiratsantrag in der Geschichte der Menschheit.

Dawn hob den Kopf und runzelte die Stirn. »Du willst nicht, dass dein Name an der Tür steht?«

»Ich will, dass unser Name an der Tür steht.«

Dawn blinzelte, dann weiteten sich ihre Augen auf fast komische Weise. »Du meinst doch nicht etwa …?«

Aiden rutschte unter ihr hervor und kniete sich aufs Bett. »Ich weiß, dass ich nicht die umgänglichste Person bin, aber ich verspreche, dich zu lieben und zu ehren bis in alle Ewigkeit.« Sie holte tief Luft. »Dawn Kinsley, willst du mich heiraten?«

Dawn erstarrte. Dann warf sie die Decke beiseite und warf sich Aiden in die Arme.

In letzter Sekunde fing Aiden sie ab.

Der Aufprall ließ sie beide über die Bettkante stürzen. Aiden fand sich am Boden wieder, mit Dawn auf ihr.

Beide begannen zu lachen und hielten dann inne, um einander anzusehen.

»Ich nehme mal an, das war ein Ja?«, fragte Aiden lächelnd.

»Ja, ja, ja!« Dawn beugte sich hinab und bedeckte Aidens Gesicht mit stürmischen Küssen.

Ihre Lippen trafen sich zu einem tiefen Kuss.

Aidens Augen fielen zu und sie vergaß, dass sie splitterfasernackt am Boden lag, vergaß ihre Ängste, vergaß alles um sich herum, außer der Frau in ihren Armen … und ihre gemeinsame Zukunft.

###

Falls Ihnen dieses Buch gefallen hat, könnte Sie auch der erste Teil der Portland-Serie, *Auf schmalem Grat*, interessieren, in dem sich Aiden und Dawn kennengelernt haben. Ein kurzes Wiedersehen mit Dawn und Aiden gibt es außerdem in dem Roman *Vorsicht, Sternschnuppe.*

ÜBER JAE

Jae wuchs im Weingebiet Süddeutschlands auf. Schon als Kind war sie immer mit der Nase in einem Buch anzutreffen, was ihr den Spitznamen *Professor* einbrachte. Im Alter von elf Jahren begann sie dann mit dem Schreiben eigener Geschichten. Seit mittlerweile acht Jahren schreibt sie hauptsächlich auf Englisch.

Bis im Dezember 2013 arbeitete sie als Psychologin, gab dann aber ihren Beruf auf, um Vollzeitschriftstellerin und Teilzeitlektorin zu werden. In ihrer Freizeit liest sie nach wie vor gerne, frönt ihrem Eiscreme- und Schreibwarenfaible und schaut viel zu viele Krimiserien.

Jae freut sich immer über Feedback!

E-Mail: jae_s1978@yahoo.de
Webseite: http://www.jae-fiction.de
Facebook: http://www.facebook.com/JaeAuthor
Twitter: @jaefiction

EBENFALLS IM YLVA VERLAG ERSCHIENEN

www.ylva-verlag.de

AUF SCHMALEM GRAT

(Portland-Serie – Buch #1)

Jae

ISBN: 978-3-95533-302-7
Länge: 349 Seiten

Aiden Carlisle ist Detective mit Leib und Seele. Ihr Beruf lässt ihr keine Zeit für private Bindungen, doch als sie gegen ihren Willen auf ein Fortbildungsseminar geschickt wird, bringt die Kursleiterin ihre Prinzipien ins Wanken.

Psychologin Dawn Kinsley hat nach einer gescheiterten Beziehung beschlossen, sich nie wieder mit einer Polizistin einzulassen, aber zu Aiden fühlt sie sich von Anfang an hingezogen.

Als Dawn selbst einem Verbrechen zum Opfer fällt, wird Aiden mit der Ermittlung betraut – und balanciert auf dem schmalen Grat zwischen Verpflichtung und Liebe, denn die Dienstvorschriften verbieten eine Beziehung zu einer Zeugin.

VORSICHT, STERNSCHNUPPE

Jae

ISBN: 978-3-95533-261-7
Länge: 382 Seiten

Sternschnuppen sollen eigentlich Glück bringen, vor allem in der Vorweihnachtszeit, aber Austen erlebt das glatte Gegenteil. An ihrem ersten Tag im neuen Job soll sie den Weihnachtsbaum in der Lobby schmücken, aber Dee, die stellvertretende Chefin der Firma und ein zwanghafter Kontrollfreak, ist mit der Anordnung der Kerzen so gar nicht zufrieden.

Als Dee versucht, die Kerzen neu zu arrangieren, fällt ihr prompt der Stern, der die Spitze des Baumes ziert, auf den Kopf.

Dee macht ihre Kopfwunde dafür verantwortlich, dass sie sich zu Austen hingezogen fühlt. Sie ist entschlossen, ihre Gefühle zu ignorieren, vor allem auch deshalb, weil Austen keine Ahnung hat, dass Dee ihre Vorgesetzte ist.

LIEBE IM TRINKGELD INBEGRIFFEN

Alison Grey

ISBN: 978-3-95533-459-8
Länge: 334 Seiten

Sherry lebt mit ihrem Sohn Jake in einem Trailerpark außerhalb der Stadt. Mit Aushilfsjobs versucht sie, sich und Jake über Wasser zu halten.

Madison hingegen führt ein sorgenfreies Leben. Von ihrer reichen Großmutter erzogen, hat sie außer Partys nicht viel im Sinn.

Eines Tages verliert Madisons Großmutter die Geduld mit ihr und droht, sie zu enterben, falls Madison nicht endlich erwachsen wird.

Als Madison durch Zufall auf Kellnerin Sherry trifft, kommt ihr eine Idee, die beider Leben auf den Kopf stellen wird.

ALLES NUR KULISSE

Ina Steg

ISBN: 978-3-95533-455-0
Länge: 213 Seiten

Liesa Strom ist unsicher in allen Lebenslagen. Sie hat keinen Lieblingstee, findet nur schlecht bezahlte Jobs und stürzt sich immer wieder in neue Beziehungen. Aus Angst, etwas zu verpassen, ist sie stets auf der Suche – nach dem noch innigeren Kuss und dem noch intensiveren Augenblick.

Ashley Morten hingegen weiß genau, was sie will. Als angesehenste Schauspielerin der Soap Opera „Zwischen den Zeilen" genießt sie ihre stetig wachsende Beliebtheit bei den Fans. Was niemand ahnt: Um erfolgreich zu bleiben, hat sie sich einer Sekte angeschlossen.

Zwischen Ashley und ihrer neuen Assistentin Liesa entwickelt sich eine Freundschaft, die sich langsam in Zuneigung verwandelt. Doch Liesa zweifelt, ob sie die Frau hinter den zahlreichen Masken wirklich kennt oder ob in Ashleys Leben alles nur Kulisse ist.

DEMNÄCHST IM YLVA VERLAG

MAC VS. PC

Ein lesbischer Kurzroman

Fletcher DeLancey

Als IT-Fachfrau an der Universität bekommt Anna fast täglich Nummern zugesteckt – von Leuten, die denken, ihr Rat sei sogar in ihrer Freizeit kostenlos zu haben. Darum gönnt sie sich jedes Wochenende eine Pause im Coffeeshop ihres Vertrauens.

Dort trifft sie eines samstags auf Elizabeth, die Probleme mit ihrem Laptop hat. Zwischen den Frauen entwickelt sich eine innige Freundschaft und vielleicht noch etwas mehr – bis Anna herausfindet, dass Elizabeth weit höher in der universitären Nahrungskette steht, als sie zugegeben hat.

Menschen und Computer haben eine Sache gemeinsam: Sie sabotieren sich selbst. Nur mit dem Unterschied, dass Computer einfacher zu reparieren sind.

UNWEGSAME PFADE

Caren J. Werlinger

In ihrer Jugend hatte Jules Calhoon es nicht erwarten können, ihrer Heimatstadt zu entfliehen. Doch jetzt muss sie in die Kleinstadt zurückkehren, zur Beerdigung ihres Großvaters. Als sich eine verzweifelte Teenagerin an Jules wendet, um dem Provinznest zu entkommen, wird eine Flut von Erinnerungen ausgelöst, denen sie sich nicht entziehen kann.

Ihre Partnerin Kelli spürt, wie Jules ihr immer weiter entgleitet. In ihrer Hilflosigkeit wendet sie sich an Donna – Jules' älteste Vertraute und Exfreundin. Donna allerdings weiß bis heute nicht, warum Jules sie damals verlassen hat. Doch hat sie nie aufgehört, Jules zu lieben.

Als Vergangenheit und Gegenwart endgültig kollidieren, wird eine Kette von Ereignissen auslöst, die keine von ihnen unbeschadet überstehen wird. Jules findet sich erneut auf unwegsamen Pfaden.

Rosen für die Staatsanwältin
Jae

Bibliografische Information der Deutschen Bibliothek
Die Deutsche Bibliothek verzeichnet diese Publikation in der Deutschen Nationalbibliografie; detaillierte bibliografische Daten sind im Internet über http://dnb.ddb.de abrufbar.

ISBN: 978-3-95533-463-5

Dieser Titel ist auch als E-Book erschienen.

Die englischsprachige Originalausgabe erschien 2015 unter dem Titel *Next of Kin* im Ylva Verlag.

Erste Auflage 2015

Kontakt:
Ylva Verlag, e.Kfr.
Inhaberin: Astrid Ohletz
Am Kirschgarten 2
65830 Kriftel

Tel: 06192/7039881
Fax: 06192/7039347

www.ylva-verlag.de
info@ylva-verlag.de

Amtsgericht Frankfurt am Main HRA 46713

Lektorat: Denise Schneider
Umschlaggestaltung und Printlayout: Streetlight Graphics

13726646R00237

Printed in Poland
by Amazon Fulfillment
Poland Sp. z o.o., Wrocław

Drei starke Frauen und ein schwieriger Kriminalfall: ... Aiden Carlisle wird auf eine mutmaßli... angesetzt. Unter Tatverdacht steht ausge... Patientin ihrer Lebensgefährtin Dawn K... Psychologin Dawn an die Unschuld ihr... muss Aiden schonungslos ihren Ermittlungen nachgehen. Was sie herausfindet, bringt ihre Welt ins Wanken.

Derselbe Fall bringt auch Kade Mathesons geordnetes Leben durcheinander. Die ehrgeizige Staatsanwältin muss sich der Tatsache stellen, dass sie sich zu Frauen hingezogen fühlt. Zwei heimliche Verehrer stellen sie vor die Frage, was bedrohlicher ist: die Gefahr für ihr Leben oder die für ihr Herz?

www.Jae-Fiction.com
www.Ylva-Publishing.com

ISBN 9783955334635
90000 >
9 783955 334635